Lydia Schwarz
Die Kreuzträgerin

www.fontis-verlag.com

Lydia Schwarz

Die Kreuzträgerin

Roman

Bibliografische Information der Deutschen Nationalbibliothek
Die Deutsche Nationalbibliothek verzeichnet diese Publikation
in der Deutschen Nationalbibliografie; detaillierte bibliografische Daten
sind im Internet über www.dnb.de abrufbar.

Die Bibelstellen wurden folgender Übersetzung entnommen:

«Hoffnung für alle»®
© 1983, 1996, 2002 Biblica, Inc.®
Hrsg. von Fontis – Brunnen Basel

4. Auflage 2023
© 2015 Fontis – Brunnen Basel

Umschlag: spoon design, Olaf Johannson, Langgöns
Cover (Vorderseite): Stakete, Luna Vandoorne/Shutterstock.com
Cover (Vorderseite, nur Gesicht): Shutterstock_218616949
Cover (Rückseite): Cara-Foto, Aleshyn_Andrei,
Aleksandar Todorovic/Shutterstock.com
Druck: Arka
Gedruckt in Polen

ISBN 978-3-03848-051-8

Kapitel 1

Europa – in einer fernen Zukunft
Donnerstag, 25. Brumaire, im Jahr 331 Anno Illumini
«Tag des Fasans» (17. November)

Dichte Nebelschwaden, die sich mir eiskalt und feucht um den Körper legten, waberten durch die Straßen meiner Heimatstadt, als wollten sie mich davon abhalten, vorwärtszukommen. An diesem kühlen Novembermorgen ließen sie die Umrisse der Häuser noch grauer und unheimlicher erscheinen, als sie es schon bei klarem Wetter waren.

Zusätzlich blies mir ein kalter Windzug entgegen. Ich vergrub mein Gesicht im Kragen meiner grauen «Winterjacke». Der Staat teilte diese wasserabweisenden Overalls jedes Jahr an uns aus. Sie waren aber eigentlich nicht mehr als dünne Regenjacken.

Ich seufzte und überlegte, wie schön es jetzt wäre, zu Hause im Bett zu liegen. Das Wetter schien es heute auf mich abgesehen zu haben.

Wetter ist nicht mehr als ein Zustand der Atmosphäre, der in Gestalt von Sonnenschein, Regen, Wind, Wärme, Kälte, Bewölkung oder eben Nebel in Erscheinung tritt, sagte ich mir vor. *Kein Grund, emotional zu werden! Du bist Apollinerin. Reiß dich zusammen!*

Ich blieb kurz stehen und atmete einmal tief durch. Die Straßen rochen nach faulem, nassem Novemberlaub. Es lag zu meinen Füßen wie ein Versprechen: Vor uns lag der Winter.

«Ich schaffe das!», murmelte ich. Dann streckte ich den Rücken durch, reckte das Kinn und lief, der Witterung trotzend, zielstrebig weiter.

Um zu meiner Schule zu gelangen, musste ich eine schmale Gasse durchqueren, die zwischen dem Ostteil und dem Zentrum der Stadt lag. Meine Schritte hallten in der Gasse wider. In einiger Entfernung hörte ich schon das Stimmengewirr der anderen Studenten. Nicht mehr weit, dann konnte ich mich aufwärmen. Ich beschleunigte meine Schritte.

Da hielt mich plötzlich, wie aus dem Nichts, jemand am rechten Arm fest. Ich zuckte erschrocken zurück, aber die Hand ließ nicht los, sondern verstärkte ihren Griff nur noch.

«Keine Angst!» Eine heisere Stimme sprach mich aus dem Halbdunkel der Gasse an. Die dazugehörige Hand auf meinem Ärmel war schmutzig und ungepflegt. Angeekelt starrte ich auf ihre abstoßend langen, gelblichen Nägel. Als ich auf der Höhe meines Ellbogens in zwei eindringliche blaue Augen blickte, die mich aus einem ebenso bärtigen wie ungewaschenen Gesicht anstarrten, hätte ich am liebsten sofort losgeschrien.

Der Mann saß auf der Erde – dachte ich zuerst. Dann jedoch sah ich, dass seine beiden Beine unter den Knien abrupt endeten. Ich schauderte. Ich hatte noch nie einen Menschen mit Behinderung gesehen. Gab es überhaupt noch Menschen mit Behinderung? Und weshalb kniete er in dieser dunklen Gasse? Bei diesen niedrigen Temperaturen!

Meine Augen fanden den Weg zurück zu seinen. Das herausstechende Blau darin wollte gar nicht zu seiner restlichen Erscheinung passen. Unter seinem dunklen Bart, der struppig in alle Richtungen abstand, zeigte sich ein Lächeln. Trotz meiner leisen Furcht konnte ich nicht anders als zurücklächeln.

Er sah hungrig aus. Würde er mich um Lebensmittel bitten? Doch selbst wenn ich etwas dabeigehabt hätte, um es ihm zu geben – er hatte keine Tasche dabei, mit der er etwas transportieren konnte. Er trug nur einen schmutzigen, zerfransten Wollmantel, an dem sämtliche Knöpfe fehlten. Doch bevor ich weiter überlegen konnte, sagte er: «Ich habe etwas für dich!»

Ich drehte meinen Kopf nach hinten, um mich zu vergewissern, dass er wirklich mich meinte und nicht etwa eine andere Person.

«Für mich?», fragte ich erstaunt, und wieder befiel mich ein befremdliches Gefühl. Sollte ich einfach weglaufen?

«Ja! Es ist für dich persönlich.» Aus seinen Augen blitzte es.

Wie alt war dieser Mann? Um seine Augen zogen sich Krähenfüße. Der Schmutz, der ihn bedeckte, ließ sein Alter schwer erkennen. Doch als er meine Hand packte und einen Zettel hineindrückte, sahen seine Hände, trotz der Trauerränder unter den Fingernägeln, jung aus. Mitleid durchfuhr mich. Ich schaute auf das weiße kleine Stück Papier, das in meiner Hand lag.

«Lies es!», sagte die heisere Stimme eindringlich. So eindringlich, wie seine faszinierenden Augen mich in ihren Bann zogen.

Völlig verdattert wollte ich den Zettel auffalten, doch der starke Griff seiner Hand hinderte mich daran. «Nein! Nicht hier!»

«Wieso ...?», stammelte ich.

«Lies es!», wiederholte er, ohne auf meine Frage einzugehen. «Dann mach dich auf die Suche danach! Dein Leben hängt davon ab.»

Ein erneuter Schauder durchfuhr mich. Sollte ich das ernst nehmen? *Ach was! Der Mann ist bestimmt nur ein armer Außenseiter, der sich in unsere kleine, saubere Stadt verirrt hat,* dachte ich. Doch die Ernsthaftigkeit seiner Worte und die Intensität seines Blickes straften meine Vermutung Lügen.

«Wer bist du?», forschte ich nach.

Er warf einen nervösen Blick über seine Schulter.

«Du gehst jetzt besser schnell weiter!», befahl er mir. Seine Stimme klang noch eine Spur fester.

Ich leistete seinem Befehl Folge, ohne noch einmal dazu aufgefordert werden zu müssen. Meine Hand krampfte sich um den Zettel in meiner Linken. Einen letzten scheuen Blick warf ich in sein geheimnisvolles Gesicht. Dann drehte ich mich um und steuerte hastig mein Schulgebäude, das *Humanium,* an, das ich am Ende der Straße für kurze Momente schemenhaft erkennen konnte. Strammen Schrittes entfernte ich mich von der Gasse.

Als ich wenige Augenblicke später doch noch einen Blick über meine Schulter riskierte, war die Gestalt bereits vom Nebel verschluckt worden.

Ich fröstelte, zog meine Schultern hoch und eilte auf meine heutige Tagesbeschäftigung zu.

Der große Glockenturm des Hauptgebäudes meiner Schule ragte in den grauen Nebel hinein. Ich konnte die Turmspitze nicht mehr sehen, so fest hielt uns das Wetter des Spätherbstes gefangen. Die großen Quader des Turmes ragten vor mir auf, dahinter lag das längliche Gebäude der Schule, die ich seit vier Jahren besuchte.

Ich erklomm die zehn ausladenden marmornen Treppenstufen, bis ich unter dem Torbogen des Turmes stand. Von hier aus führte ein Portal aus Holz in das Innere des stolzen Baus. Das massive majestätische Material, das sich schon seit Jahrhunderten in den Türrahmen schmiegte, war mit filigranen Holzschnitzereien verziert. Kunstvolle Rosetten und geometrisch angeordnete Ornamente rankten sich um hölzerne Säulen.

Ich hob den Daumen meiner rechten Hand und drückte sein Profil in den Scanner neben der mächtigen Tür. Nach einem kurzen Augenblick, während dessen meine Daten überprüft wurden, summte das mächtige Tor und ließ mich in die Hallen der Bildung ein.

Die Erbauer, unsere Ahnen aus grauer Vorzeit, mussten beabsichtigt haben, dass jeder Besucher des Gebäudes sich wie ein Winzling vorkam. Vier gewaltige Säulen aus Marmor ragten in jeder Ecke der Eingangshalle in die hohe, gewölbte Decke, wo jeweils zwei von ihnen in einem Rundbogen ihren Abschluss fanden.

Auf der Mitte des Deckengewölbes, wo sie nicht zu übersehen waren, prangten vier monumentale Gemälde, die darstellten, worauf das Europäische Reich gegründet war: Ein großer Weißkopfseeadler spreizte seine Schwingen in einem imaginären Aufwind. Seine Krallen und der Schnabel waren wie zum Angriff geschärft. Der König der Lüfte symbolisierte Freiheit.

Daneben räkelte sich eine Dame in blauer Toga und mit üppigen Kurven. Ihr langes Haar wellte sich in sanften braunen Locken und schien zu schweben. In ihren blassen, kalten Händen trug sie ein Winkelmaß. Das Zeichen für Gleichheit.

Man musste beinahe blinzeln, da neben der griechischen Schönheit ein wildes, buntes Durcheinander flatterte – es handelte sich um eine Regenbogenflagge, die Toleranz symbolisierte.

Und zuletzt gab es da noch einen kleinen weißen Vogel, in feinen Strichen gezeichnet, den man daneben kaum bemerkte und der einen Ölzweig im Schnabel trug. Eine Friedenstaube.

Freiheit, Gleichheit, Toleranz und Frieden. Auf diesen vier Säulen ruhte unser ganzes immenses Staatengebilde. Unser freies Europa.

Ich staunte, dass die Absicht, mich zu beeindrucken, den Schöpfern des Kunstwerks immer wieder gelang.

Ein überdimensionaler Kristallleuchter hing von der Decke herunter und verlieh der Eingangshalle zusätzlich ein edles Flair. Der spiegelglatte Boden war in einem schwarz-weißen Schachbrettmuster gehalten. Bogenfenster mit vielen kleinen unterteilten Scheiben zierten die Seitenwände und ließen ab und an das Licht der Sonne auf die Grundsätze unserer Gesellschaft fallen. Dies verstärkte die Omnipräsenz und Allmacht unserer Werte und ermahnte uns Studenten dazu, unsere Geistigkeit zu vervollkommnen: Sieben Selbstverwirklichungsstufen standen einem jungen Menschen bevor, wenn er die edle und verantwortungsvolle *apollinische Laufbahn* einschlug. Ich war mittendrin.

Die Andacht, mit der ich über die grundlegenden Dogmen unserer zivilen und durchgeistigten Gesellschaft nachdachte, ließ mich ganz vergessen, dass die Schule ein bevölkerter Ort war.

Langsam fand ich mich auf dem Boden der Tatsachen wieder. Um mich herum wuselten unzählige Schüler, die wie ich eine höhere Erleuchtung erlangen wollten und sich deshalb für ein Leben in Form und Ordnung entschieden hatten. Bei allen Arbeitsstationen standen Studenten, luden per Daumendruck ihre Daten auf ihr Konto, überprüften ihren Stundenplan, vervollständigten ihre Listen oder schauten nach, wie viele Vorlesungen sie noch besuchen mussten, bis sie ihre nächste Selbstverwirklichungsstufe erreichen würden.

Die heiligen Hallen waren plötzlich erfüllt mit Geflüster, Scharren von Füßen und dem Kichern der jüngeren Mädchen und Jungen, die den Ernst des Lebens noch nicht begriffen hatten.

Vor dem linken weit geschwungenen Treppenaufgang hatten sich einige schäbig gekleidete Aussteiger-Studenten versammelt, die man der Einfachheit halber *Peacemen* nannte. Auf ihre Flagge hatten sie vor allem die Grundsätze der Toleranz und des Friedens geschrieben – und im Namen der Toleranz wurden sie auch geduldet. Ihre schlurfende Fortbewegungsart und ihre vergammelten, papageienbunten Kleider standen jedoch in einem tiefen Gegensatz zu dem zwar ärmlichen, jedoch ordentlichen Erscheinungsbild, dem der Rest der Schülerschaft sich verpflichtet wusste. Normalerweise waren alle in gedeckte, dezente Farben gekleidet. Die ganze Palette der Grautöne, dunkles Blau und devotes Grün waren akzeptabel. Ein anständiger Haarschnitt gehörte ebenso zu dem gewünschten Erscheinungsbild. Nicht so bei den Peacemen:

Lange Haare stakten bei ihnen struppig und in Rastalocken gedreht unter verfilzten Kappen hervor. Oft war nicht einmal zu erkennen, ob es sich bei ihnen um eine junge Frau oder einen jungen Mann handelte. Die Hosen hingen ihnen häufig bis zur Kniekehle. Gerade jetzt stand eine solche Erscheinung auf der untersten Treppenstufe. Sein – oder ihr? – ungesundes, pickliges Gesicht sah unter der verfilzten Lockenmähne blass aus. Als hätte sie meinen Blick gespürt, sah sie mir direkt in die Augen. Irritiert und verärgert wandte ich mich ab. Ich wollte nichts mit diesen notorischen Unruhestiftern zu tun haben.

Die Peacemen waren dafür bekannt, dass sie demonstrierten. Sie demonstrierten gegen Studiengebühren, gegen die allgemeine Armut, gegen jegliche Ungerechtigkeit. Es war mir jedoch schleierhaft, wo sie in unserer Entwicklungsstätte Ungerechtigkeit entdeckten, schließlich war die ganze heutige Gesellschaft auf Gerechtigkeit gegründet!

Die Leiterschaft des Humaniums hatte für die Anliegen der Peacemen oft nur ein missmutiges Stirnrunzeln übrig. Grundsätzlich nahm niemand die Peacemen ernst, deshalb blitzten sie mit ihren Anliegen regelmäßig ab, und ihre schmutzige, parasitenartige Gruppe wurde geduldig in dem Maße ertragen, wie eine Kuh eine Fliege in ihrem Auge toleriert. Man wird sie nie los, aber schlussendlich gewöhnt man sich an sie.

Als ich mir meiner Umgebung wieder bewusst wurde, drang auch der Druck, den das kleine Stück Papier auf meine linke Handfläche ausübte, wieder in mein Bewusstsein. Ich stand mitten in der Eingangshalle und faltete das erstaunlich saubere Papier, das ich vom Bettler erhalten hatte, auseinander. Darauf war ein Pluszeichen gemalt. Nein, kein Pluszeichen. Ich runzelte die Stirn. Das Zeichen war viel zu kunstvoll gemalt, um nur eine mathematische Operation darzustellen. Die senkrechte Linie war länger als die waagrechte. Wie hieß das Zeichen? Ich durchforstete mein Gehirn nach dem richtigen Begriff.

«Das ist ein Kreuz!», murmelte ich überrascht vor mich hin.

Schon seit meiner Kindheit kannte ich das Kreuzzeichen nur als eine Art Schimpfwort. Randalierer schmierten es auf die Wände, Teenager zeigten sich das Kreuzzeichen, wenn sie einander beleidigen wollten.

Weshalb hatte mir der Mann mit den blauen Augen ein obszönes Zeichen auf einem Zettel hinterlassen und solch ein Aufheben darum gemacht? Ich verspürte einen Stich der Enttäuschung.

Ich rollte den Zettel noch weiter auf und las die Botschaft, die mit schwungvoller Handschrift auf das weiße Papier geworfen worden war:

«Ihr werdet die Wahrheit erkennen, und die Wahrheit wird euch befreien!»

Wie ein Schwert durchdrang der Satz mein Herz, obwohl ich den Sinn nicht sofort erfassen konnte. Mein Magen zog sich zusammen. Eine unerklärliche Angst packte mich. Wahrheit? Was war das?

Ein Grundsatz, den wir Schüler immer wieder aufsagen mussten und der zum kleinen Einmaleins des Studiums geworden war, hieß: «Es gibt keine absolute Wahrheit.» Wie also sollte mich etwas frei machen, das gar nicht existierte? *Was ist Wahrheit?*, fragte ich mich. Ich würde bei der nächsten Gelegenheit in der Bibliothek nachschlagen, was man unter dem Begriff zu verstehen hatte.

«Anna!» Eine raue, tiefe Stimme hinter mir unterbrach meine Gedankengänge. Ich zuckte zusammen und drehte mich abrupt auf dem Absatz herum.

Kapitel 2

Vor lauter Schreck fiel mir der Zettel aus der Hand. Ich ging in die Knie, um ihn schnell wieder an mich zu nehmen, bevor die Person, die mich angesprochen hatte, erkennen konnte, was darauf zu lesen war. Schlanke, dunkle Finger ergriffen jedoch vor mir den Zettel. Als ich aufschaute, blitzten mir aus einem lächelnden Gesicht zwei Reihen weißer Zähne entgegen.

«Felix!»

«Anna Tanna!» Er war der Einzige, der mich so nannte. «Was trägst du mit dir herum?»

Ich streckte meine Hand verlangend nach dem Papier aus. Doch Felix hatte schon einen Blick darauf geworfen und die Botschaft erfasst. Seine dunkle Stirn legte sich in tiefe Falten.

«Woher hast du das?», fragte er mich.

«So ein Typ hat es mir heute gegeben!», antwortete ich ausweichend.

«Erstaunlich!», rief er aus. «Ein Typ hängt draußen herum, der unschuldigen jungen Mädchen obszöne Zeichen und geheime Botschaften überbringt.» Er schüttelte gespielt betrübt den Kopf.

«Unschuldige junge Mädchen!», zischte ich.

Felix Livingstone war wie ich zwanzig Jahre alt. Manchmal verhielt er sich jedoch so, als wäre er zwanzig Jahre älter. Aus einem mir unerklärlichen Grund hatte er sich schon am ersten Tag unserer gemeinsamen Schulzeit um mich gekümmert. Als verängstigte Sechzehnjährige hatte ich mich ihm sofort anvertraut. Obwohl wir gleichaltrig waren, übernahm er damals sofort die Führung. Meine größte Schwäche war, dass ich ihm nicht lange böse sein konnte. Er war ein Sonnenschein in meiner sonst meist trüben Welt.

Seine ungebändigten pechschwarzen Haare standen kraus von seinem Kopf ab. Besonders wenn Felix sein offenes Lächeln zeigte, fiel mir seine dunkle Haut auf: Sie hatte beinahe die gleiche Farbe wie sein Haar und stand im krassen Gegensatz zu seinen strahlend weißen Zähnen. Zwei Ohrringe und eine Goldkette vervollständigten das – für unsere auf Einheitlichkeit pochende Kleiderordnung – unkonventionelle Erscheinungsbild. Felix hatte in aller Ernsthaftigkeit dem Modeverantwortlichen der Schule erklärt, dass er sich mit seiner Frisur auf die Eigenheiten seines Kulturkreises berufe, die besage, dass alle Mitglieder seines Stammes die Haare nicht kürzen dürften. Ich war mit den Gepflogenheiten des *Landes der Mittagssonne* nicht vertraut, doch sein lustiges Zwinkern in meine Richtung hatte mir verraten, dass er sich einen Scherz erlaubte.

Ständig in Bewegung, schien er statt Knochen nur Sprungfedern in sich zu tragen. Meistens wippte er mit einer rhythmischen Leichtigkeit auf seinen Fußballen und hüpfte umher wie eine Bachstelze, die ihren Hintern nie stillhalten konnte. Sein Mundwerk lief genauso geschmiert wie seine Gelenke. Seine ständige Plapperei und das Gehopse machten mich zeitweise schrecklich nervös. Ich war jedoch viel zu schüchtern und beschäftigt, um mich aktiv um die Freundschaft mit anderen Mitschülern zu bemühen, deshalb war ich meistens froh über seine Gegenwart.

Felix war vor vier Jahren im Zuge eines Studentenaustauschs ins Europäische Reich übergesiedelt und hatte in Windeseile die deutsche Sprache erlernt. Jeder seiner Landsleute wäre vor Neid erblasst. Er schien zum Lernen geboren zu sein. Während ich über Büchern schwitzte und mit der Ausführung der Tugenden noch mehr Probleme hatte, glitt er mühelos wie ein Fisch in seinem Element durch die Unterrichtsstunden und Übungen.

«Keine Angst, Anna Tanna, hier!» Er reichte mir den Zettel zurück. «Das wird ein unschuldiges junges Mädchen nicht schlecht beeinflussen. Ich sag es nicht weiter. Aber ich würde das Zeichen niemandem zeigen. Du willst schließlich nicht, dass man auf dich aufmerksam wird und dir eventuell noch eine Note aberkennt.»

Ich spürte, wie mir die Röte ins Gesicht stieg, doch ich versuchte, meine Gefühle zu unterdrücken. Es war nicht gut, wenn man mir mein Innerstes ansah. Ich ärgerte mich insgeheim über seine großbrüderlichen Ratschläge. Doch ich durfte es mir nicht anmerken lassen.

«Los, Anna Tanna! Wir wollen zu unserer ersten Geschichtsstunde nicht zu spät kommen.»

Sein Kommentar brachte mich wieder zurück auf den Boden der Tatsachen. Ich ließ den Zettel in meiner Hosentasche verschwinden.

Heute würden wir zum ersten Mal einen Geschichtskurs besuchen. Schon seit Langem wollte ich wissen, wie unsere Gesellschaft ein solch durchdachtes und funktionierendes Konstrukt geworden war.

Bereits seit meiner Kindheit hatte mich die Zeit unserer Vorfahren fasziniert, als Flugzeuge noch den Himmel überzogen und Autos die Straßen verstopften.

Auch interessierten mich die Geschichten rund um die *Große Pestilenz,* eine Erkrankung der Atemwege, die vor mehreren Jahrzehnten einen Großteil unserer Bevölkerung dahingerafft hatte. Endlich durfte ich etwas darüber lernen.

Neben unserem Hauptfach, in dem wir in einer Selbstverwirklichungsstufe unterrichtet wurden, durften wir uns jedes Jahr einen Kurs aussuchen, der uns interessierte, um unser Allgemeinwissen aufzubauen. Weil die Kurse aber weniger Lerneinheiten umfassten als Hauptfächer, begannen sie immer erst im zweiten Halbjahr.

Ich hatte vor einem Jahr das Modul *Ordnung* besucht und darin mit Hängen und Würgen meine erste Selbstverwirklichungsstufe erreicht. Jetzt versuchte ich mich an meinem zweiten Modul: *Selbstbeherrschung*. Trotz allem Optimismus zitterten meine Knie jetzt schon. Wenn ich schon so lange Zeit gebraucht hatte, um Ordnung zu erlernen, würde ich für die Selbstbeherrschung eine Ewigkeit benötigen. Langsam hatte ich mich an das Beherrschen der Mimik und das gezielte Einsetzen von Gestik gewöhnt, doch bis zum Ziel war es noch ein langer Weg. Zur Abwechslung war ich begeistert über einen Kurs, der *nur* das Gehirn anstrengte.

«… deshalb wollte ich nachschauen, ob wir wirklich nur diese Aufgabe erledigen müssen. Aber ich weiß nicht, wo das Zimmer ist», schwätzte Felix. Ich hatte ihm nicht zugehört.

«Anna Tanna, wo ist unser Zimmer?»

Ich schüttelte kurz den Kopf, nahm meine *Goggles* aus der Jackeninnentasche, faltete sie auf und setzte sie mir auf die Nase. Mit unserer Informationsbrille konnten wir alle nötigen Fakten aufrufen, die wir für den Unterricht benötigten. Außerdem konnte man zum Beispiel überprüfen, wer gerade online war. Man konnte sich durch Sprachsteuerung auch Notizen machen. Sobald man sich am Humanium registrieren ließ, bekam man diese Brille kostenlos. Sie war von diesem Zeitpunkt an unser ständiger Begleiter und erleichterte uns die Kommunikation und das Lernen.

Früher war die Brille frei erhältlich gewesen, aber wegen ihres exzessiven Missbrauchs hatten viele Menschen den Bezug zur Realität verloren. Deshalb vernichtete man einen Großteil der Geräte und benutzte sie heute nur noch im Zusammenhang mit Bildung, Wissenschaft und Besonnenheit.

«Zimmer, Modul Geschichte», murmelte ich. Auf dem Display vor meinen Augen erschien die Nummer 056. Ich teilte es Felix mit, dieser zog mich mit sich und eilte mit federnden Schritten voraus, wobei er mir seine angefangene Story weitererzählte.

Seine Schwester sei gerade erst sechzehn geworden und er bedauere es, dass er zu ihrer Entscheidungsfeier nicht habe anwesend sein können. *Bla, Bla, Bla,* dachte ich.

Während Felix die Eigenheiten seines Stammes, die während der Zeremonie zelebriert wurden, beschrieb, erkannten meine Goggles seine Stimme, und er erschien als kleines Bild auf dem Display. Na toll! Jetzt bekam ich ihn im wahrsten Sinne des Wortes nicht mehr aus dem Kopf.

«Wo geht es eigentlich lang?», versuchte ich seinen Redestrom zu unterbrechen.

«Na, das wird wohl in den Katakomben sein! Komm nur mit, Anna Tanna!»

Wieso kannte er sich so gut aus?

«Sie haben bestimmt alle farbige Kleider an», erzählte er weiter, «und meine Schwester wird wieder Schwierigkeiten mit meinem Vater haben, weil er findet, sie kleide sich zu aufreizend.»

Ich versuchte mir sein farbenfrohes Heimatdorf vorzustellen, doch ich sah nur graue Wände neben meinem Display vorbeirauschen, während wir schnellen Schrittes einen Gang entlanghasteten und anschließend zwei Treppenfluchten hinunterstiegen.

«Läuft denn eure Entscheidungsfeier vom Prinzip her genau gleich ab wie bei uns?», wagte ich anzufügen und wusste ganz genau, dass auf meine Frage wieder ein Schwall von Worten folgen würde. Felix enttäuschte mich nicht.

«Natürlich, Anna Tanna! Diese Regeln gelten für die ganze Welt, soweit ich es beurteilen kann.»

Ich runzelte die Stirn. Die Entscheidungsfeier war – nach unserer Namensgebungsfeier kurz nach der Geburt – das wichtigste Ereignis in unserem jungen Leben. Es war der Zeitpunkt, an dem wir uns entweder für die *apollinische* oder die *dionysische Laufbahn* entscheiden durften. Die dionysische Laufbahn versprach ein Leben voll Religiosität, Zeremonien und rauschender Feste zu Ehren der Naturgottheiten, zu deren Priesterin oder Priester man ausgebildet wurde. Wenn man sich aber für die apollinische Laufbahn entschied, wartete auf einen das Leben in Form und Ordnung, das mit seiner Sicherheit lockte und mit seinen Grenzen ein geregeltes Leben versprach. Mit Fleiß und Arbeitswillen bemühte man sich, insgesamt sieben Selbstverwirklichungsstufen zu erreichen, um schließlich vollständige Erleuchtung zu erlangen. Es entsprach unserem Grundpfeiler der Freiheit, dass jeder sich unabhängig für den einen oder den anderen Lebensweg entscheiden konnte.

Ich seufzte auf. Für mich war immer nur die apollinische Laufbahn in Frage gekommen. Ich schätzte deren klare Linie und den Fleiß. Doch meine Stirn legte sich in tiefe Falten, wann immer ich daran dachte, wie schwer es für mich werden würde, das Level der Selbstbeherrschung zu erreichen, das vonnöten sein würde, um die nächste Stufe der Selbstverwirklichung zu erreichen. Ich studierte schon vier Jahre und war erst an meiner zweiten Stufe. Ich unterdrückte einen nächsten Seufzer.

Selbstbeherrschung, Mädchen!, sprach ich mir Mut zu, zog die Schultern zurück und stählte mich innerlich.

Währenddessen war Felix' lustiger Monolog noch immer in vollem Gange, während er zielsicher durch die Gänge eilte. Obwohl auch ich einen Meter siebzig maß, kam ich bei seinen weit ausholenden federnden Schritten kaum hinterher. Er überragte mich um Haupteslänge.

Nachdem wir ins Kellergeschoss gelaufen und dort um einige Ecken gebogen waren, sahen wir, dass am Ende eines dunklen Ganges eine Tür offen stand. Ich rief auf den Goggles meinen Stundenplan auf. Nach Geschichte würde ich *Psychologie der Selbstbeherrschung* haben. Wie sollte ich bloß in der kurzen Pause zwischen Geschichte und Psychologie von diesem letzten Ende des Gebäudes zum nächsten Unterrichtsraum finden? Allerdings würde das in die

Goggles eingebaute Navigationssystem mir den Weg auch ohne Felix weisen.

Ich war trotz regelmäßiger Sportübungen etwas außer Atem, als ich kurz hinter Felix ins Zimmer trat. Außer uns waren schon etwa dreißig Studenten anwesend. Bis auf die vorderste Reihe waren alle Plätze bereits besetzt, also blieb uns nichts anderes übrig, als dort Platz zu nehmen. Weil der Raum ähnlich wie ein Hörsaal aufgebaut war, sahen die anderen auf uns herab. *Na super,* murmelte ich und setzte mich neben Felix, der sich in aller Seelenruhe aus seiner bunten Jacke schälte.

Bis jetzt hatte ich in meinem Geschichtsprogramm noch nicht nachgeschlagen, wie unser Dozent hieß. Nichts war wichtiger als ein guter *Humanitus Perfectus*. Ein *Humanitus Perfectus* war ein Lehrer, ein Dozent, der alle Selbstverwirklichungsstufen durchlaufen und mit Bravour abgeschlossen hatte. Erst dann durfte das angesammelte Wissen auf die wissbegierigen Studenten losgelassen werden. Die meisten *Humaniti Perfecti* waren fünfzig oder älter.

Ich murmelte meiner Brille zu: «Geschichte, *Humanitus Perfectus.*» Unmittelbar darauf erschienen die Daten auf meinem Display.

«Adonis Magellan», besagte die Information, doch das war das Einzige. Kein Geburtsdatum, kein Foto. Sonst waren üblicherweise die wichtigsten Eckdaten der Kandidaten aufgelistet und besondere Verdienste hervorgehoben. Seltsam.

Ich drückte meinen rechten Daumen auf den dafür vorgesehenen Knopf an der Arbeitsstation, die sich auf meinem Pult befand, woraufhin sie automatisch startete. Der Computer scannte meine Daten, und ich hatte nun automatisch das Display der Goggles auf meinem Bildschirm und konnte mir die Brille für später in meine Haare schieben. Auf meinem Desktop rief ich alle meine Aufgaben und Stundenpläne des Tages ab und begann, konzentriert in den verschiedenen Dokumenten zu blättern.

Dabei entging mir, dass eine Person den Raum betreten, die Tür geschlossen und mit gesetzten Schritten den Weg zum Katheder zurückgelegt hatte.

«Unmöglich!», schimpfte Felix leise vor sich hin und murmelte etwas Undeutliches.

Ich las währenddessen immer noch interessiert in einem Psychologieartikel über «Die ausgerottete bipolare Störung». Mit meinen

Gedanken war ich gerade beim *Ultra Rapid Cycling,* einer Art Stimmungsschwankung, unter der Betroffene gelitten hatten, und begriff nicht, dass der Unterricht gerade mit einer Anwesenheitskontrolle begann.

Eine wohlklingende, tiefe Stimme erreichte mein Ohr. «Haben wir hier eine Anna Tanner?»

Ich schrak auf. Vor mir stand ein junger Mann, der seine braungebrannten Hände auf meinem Pult abstützte. Ich musste den Kopf in den Nacken legen, um ihm ins Gesicht zu schauen. In dem Moment, als mir seine fein geschwungenen schwarzen Augenbrauen auffielen, fuhr eine feurige Faust durch meinen Magen.

Mein Herz setzte einen Schlag aus.

Vor mir stand kein Mensch. Nein, das hier war ein himmlisches Wesen. So schön, wie man sich nur die Göttersöhne des Olymp vorstellen konnte.

Aus einem leicht gebräunten Gesicht schauten mich dunkle honigfarbene Augen an. Über den feinen Augenbrauen trug das außergewöhnlichste Gesicht, das meine Augen je erfasst hatten, eine hohe Stirn und schwarze kurz geschnittene Haare. Eine aristokratisch gerade Nase und ein kleiner Mund mit Lippen, um deren Sinnlichkeit ihn so manche Frau beneidet hätte, veredelten die herben maskulinen Gesichtszüge. Ein Grübchen im Kinn rundete das kantige und ebenmäßige Gesicht ab. Er trug eine randlose Brille, zweifellos ein modisches Accessoire, das seinen jugendlichen Zügen Ernsthaftigkeit verlieh.

Wer war dieser Mann? Er schien kaum alt genug zu sein, um die dritte Selbstverwirklichungsstufe erreicht zu haben. Was wollte dieser Student von mir? Das feurige Gefühl in meiner Magengrube breitete sich langsam in meinem ganzen Körper aus. Mein Herz raste. Ich spürte, wie es in meinen Händen kribbelte.

«Anna Tanner?»

Ja, so war mein Name. Ich war jedoch nicht fähig, meinen Kopf zu einem Nicken zu bewegen, geschweige denn einen Ton von mir zu geben. Mit Mühe versuchte ich, das Feuer in meinen Adern zurückzudrängen und diese ungewöhnlichen Gefühle aus meinem System zu verbannen. Doch die Wärme verschwand nur aus meinen Händen und wanderte von dort aus in meine Wangen. Mein Gesicht brannte, während meine Hände zu Eis erkalteten. Ich schien von Raum und Zeit entrückt.

Ich, mit meiner wissenschaftlichen Einstellung, glaubte ganz sicher nicht an ein Geistwesen. Aber diese Gestalt hatte nichts Irdisches an sich. In meinen Ohren rauschte es. Verwirrt kniff ich die Augen zu.

Erst als Felix' Ellenbogen mich zwischen die Rippen traf, öffnete ich die Augen wieder und unterdrückte mit aller Macht den Schwindel, der mich erfasst hatte. Wie immer, wenn ich unsicher war, warf ich Felix einen hilfesuchenden Blick zu. In seinen Augen blitzte mir heute aber nur ein stichelnder Schalk entgegen.

Mein Blick wanderte zurück zu dem lebhaften flüssigen Honig, in dem ein belustigter Funken glühte. Hatte ich eine Erleuchtung gehabt? Der Mund, der so vollkommene Mund bewegte die Winkel leicht nach oben. Ich senkte meinen Blick erneut. Jede Sekunde hatte sich zu einer kleinen Ewigkeit ausgedehnt.

«Sind *Sie* Anna Tanner?», fragte er betont langsam.

«Ja», krächzte ich heiser und versuchte erschrocken, zu schlucken. Ich wagte es nicht mehr, diesem Studienkollegen in die Augen zu schauen, doch konnte ich nicht verhindern, dass ich seine athletischen Schultern in einem grauen, vermutlich sündhaft teuren Anzug bewundernd musterte.

Normalerweise gingen die wenigen Reichen, die in unserem *Part* lebten, auf Privatschulen. Was hatte ihn hierher verschlagen? Bevor ich meinen Gedanken beenden konnte, hatte er seine schönen Hände von meinem Pult entfernt und bewegte sich hinter den Katheder.

«Unmöglich!», zischte Felix noch ein Mal. «Der kann unmöglich schon ein *Humanitus Perfectus* sein, der ist ja noch nicht mal dreißig.»

Tief atmete ich ein, es schien mir, als sei mein letzter Atemzug schon Ewigkeiten her. Ich konnte den Inhalt von Felix' Worten nicht erfassen, da eine Symphonie von Lauten an meine Ohren drang: «So, da wir nun alle da sind ...» Der Göttliche warf mir einen kurzen, belustigten Blick zu. Ich schüttelte leicht den Kopf. Mein Körper fühlte sich immer noch an, als würde er unter Strom stehen. Was war bloß mit mir los? «... wollen wir weiterfahren.»

Endlich drang die Erkenntnis in mein umnebeltes Hirn, und es erschlug mich fast: Dieser Mann, diese männliche Offenbarung war niemand anderes als unser neuer *Humanitus Perfectus,* und Felix hatte recht. Niemals konnte ein solch junger Mann bereits im Besitz der sieben Selbstverwirklichungsstufen sein. Niemals!

Seine von genetischem Makel vollständig befreite Erscheinung wies zwar auf seine Vollkommenheit hin. Aber wie um alles in der Welt konnte er in seinem jugendlichen Alter schon die Erleuchtung erlangt haben?

«Adonis Magellan!», flüsterte ich. Nie hatte ein Name besser gepasst. Er war gewiss ein Adonis, der aus dem Götterhimmel herabgestiegen war, um uns Sterbliche zu lehren.

«Ja?», die hochgewachsene Figur drehte sich als Antwort auf meinen leisen Ausruf schwungvoll um. Konnte ich mich noch peinlicher verhalten?! Ich hatte wohl in der Selbstbeherrschung noch überhaupt nichts gelernt.

Ich meinte, ein unterdrücktes Kichern aus den hinteren Reihen unserer sonst so stoisch ruhigen Klasse vernommen zu haben. Plötzlich war es mir zu heiß in diesem Raum.

«Nichts», wisperte ich und richtete meinen Blick schnell auf meinen Bildschirm. Mein Herz klopfte heftig. Als ich zu Felix blickte, glänzten seine weißen Zähne in einem breiten Grinsen. Er war mir keine Hilfe.

«Was ist?», zischte ich ihm zu.

«Ich kann es nicht fassen», antwortete er. «Schau dir sein *entzückendes* Gesicht an!»

Und wie ich es mir angesehen hatte ... «Ja, und?»

«Und dann heißt er auch noch Adonis!» Felix lachte leise. «Der arme Kerl! Wenn das nicht der dämlichste Name ist, den ich je gehört habe! Die Eltern müssen geistig schwer umnachtet gewesen sein, als sie seinen Namen eintragen ließen.»

Irritiert durch das Geflüster in der ersten Reihe, blickte Adonis von seinen Notizen auf. «Ist etwas?», fragte er laut.

Ich schüttelte heftig und stumm den Kopf, und Felix schwächte ab: «Nööö. Alles in ... schönster Ordnung!» Er zwinkerte mir zu. Am liebsten wäre ich unter dem Pult verschwunden. Und Felix hätte ich am liebsten auf den Mond geschossen, um ihn für immer loszuwerden. Jemanden auf den Mond schießen ... Eine nette alte Redensart. Für die Reichen unserer Welt war der Mond nur einen Wochenendausflug entfernt.

In den nächsten Minuten versuchte ich krampfhaft, mich zu konzentrieren und nicht an flüssigen Honig zu denken, doch jedes Mal, wenn meine Augen zu diesem Abgott wanderten, fiel es mir schwerer. Ich lenkte meine Gedanken auf ungefährlicheres Terrain. Die bipolare Störung und die Psychologiearbeit, die ich mit Felix darüber schrieb, schienen ein sicherer Hafen für meine wild umherschweifenden Gedanken zu sein. Doch ich konnte nur eine gefühlte Minute bei diesem Thema verweilen. Die warme Stimme von Adonis Magellan zog mich so in ihren Bann, dass ich sämtliche analytischen Denkstrukturen völlig vergaß und an seinen Lippen hing, als würde er die absolute Wahrheit verkünden.

Wahrheit?

Unruhig wand ich mich auf meinem Stuhl. Was war das bloß für ein Tag?

«Meine Damen und Herren!» Seine Stimme klang wie Schokoladekuchen mit Schlagsahne. «Ich darf Sie also zu dem Geschichtskurs begrüßen, der die Grundlagen unserer Gesellschaft erforscht und Ihnen einen Einblick dahinein verschafft, welch großartige Errungenschaften unsere Vorfahren machten, die dazu beitrugen, unser Europäisches Reich und unsere Weltordnung zu formen, wie sie heute besteht.»

Sein maskenhaft schönes Gesicht zeigte kaum eine Regung, doch seine Erläuterungen waren so dynamisch vorgetragen und mit gut geübten Gesten unterstützt, dass ich mir irgendwie klein und nutzlos vorkam. Würde ich jemals die sieben Verwirklichungsstufen erreichen? Oder wäre mein Platz an diesem Humanium, bis ich als graue Greisin aus dem Gebäude direkt auf den Friedhof wanken würde? Woher diese düsteren Gedanken? Ich stemmte zum zweiten Mal an diesem Tag meine Schultern nach hinten und gab mir einen innerlichen Ruck.

«Das Jahr 0 Anno Illumini wurde zu Ehren des Volkes festgelegt, als sich mutige Männer und Frauen im Westen des Europäischen Reiches gegen die tyrannische Herrschaft, die sie bisher geknechtet hatte, erhoben und den Absolutismus und die daraus entstehende Privilegierung einer kleinen Schicht der Bevölkerung in eine Herrschaft des Volkes umwandelten. Jahrzehntelang dauerte der Kampf um die Menschenrechte und um die Demokratie.

Schon vor dem Jahr null hatten Vordenker Werke geschrieben, die auf die natürlichen Rechte jedes Menschen hinwiesen und ihn, als das Maß aller Dinge, in den Mittelpunkt des Weltbilds und der Politik erhoben. Die Regierung müsse dem Volk dienen, forderte man schon damals. Doch erst im Jahr null wurde durch Tatkraft und den Verstand ein Eckstein gelegt, der von diesem Zeitpunkt an die Freiheit für alle Völker und Menschen einläutete.»

Der Strom seiner Worte floss durch den ganzen Raum und schien ihn vollständig zu erfüllen. Ich merkte nur am Rande, dass ich mittlerweile auf der Kante meines Stuhles saß und mich ein wenig vorbeugte, um ja nichts zu verpassen.

«Von diesem Zeitpunkt an galt eine neue Zeitrechnung. Wir begannen damit, für unsere Gesellschaft den *Republikanischen Kalender* zu verwenden. Anstatt die Monate nun nach römischen Kaisern und Göttern zu benennen, wurde aus einem 19. Juli ein 1. Thermidor, der Tag des Dinkels – Sie wissen ja, dass alle unsere Tage einen Eigennamen aus der Pflanzen-, Haustier- oder Arbeitswelt haben. Wie Sie sehen, haben die mutigen und entschlossenen Taten unserer Vorfahren Auswirkungen – bis in unser heutiges tägliches Leben.»

Beinahe andächtig blieb er hinter dem Katheder stehen, als schweiften seine Gedanken in weite Ferne.

Ich hatte bereits gewusst, dass die alten Namen der Monate nur noch literarisch verwendet wurden, aber dass diese Namensgebung eine direkte Auswirkung von mutigen Taten war, von kühlem Verstand und Vernunft, das war ein neuer Gedanke für mich.

Ich blickte auf meinen Bildschirm. Heute schrieben wir den 25. Brumaire. Nie zuvor hatte ich ein Datum so genau betrachtet.

Eine vorwitzige Stimme meldete sich aus der vierten Reihe: «Was war vor dem Jahr null? Ich meine, dass diese Revolution eine solch große Auswirkung hatte?»

Etwas ungnädig, da er in seinem enthusiastischen Monolog unterbrochen worden war, blickte Adonis Magellan in die Reihen.

«Arroganter ...», murmelte Felix beinahe unhörbar. Ich blickte ihn scharf an.

«Was vorher war?», wiederholte der *Humanitus Perfectus*. Seine makellose Stirn zeigte Anzeichen von Falten, als würde er angestrengt nachdenken. «Stellen Sie sich düstere, graue Tage vor», begann er gedehnt. Dies fiel mir nicht schwer. Ich kannte mich mit düsteren Tagen aus.

«Das finstere Mittelalter. Der Glanz des alten Rom war schon lange verblasst. Die Menschen lebten in Angst und Schrecken. In Verblendung und altem Irrglauben. Unter Tyrannenherrschaft von Königen und Päpsten.»

Was war ein *Papst*? Ich runzelte die Stirn. Das Niveau des Vortrags war hoch. Ich würde alle diese fremden Worte in der Bibliothek nachschlagen müssen.

Adonis redete sich langsam wieder in Fahrt.

«Aber durch die Vernunft wurden die vier Grundsäulen unserer Gesellschaft erschaffen. Die Freiheit, die Gleichheit, die Toleranz und der Frieden. War die Welt zuvor unter einem Schleier von Aberglauben und Riten gefangen, wurde durch diese mutigen Denker die Welt entzaubert. Die Antike wurde wiederentdeckt. Allem, was uns das alte Rom und Griechenland hinterlassen hatte, wurde wieder neues Gewicht verliehen. In Kunst, Architektur und Philosophie wurden alte Werte wiedergeboren, und nicht zuletzt ist unser modernes Staatsgebilde auf dem Gedanken der alten Demokratie der Griechen erbaut worden. Es war der Beginn einer neuen Weltordnung. Freiheit, Gleichheit und das Streben nach Glück wurden jedem Menschen zugestanden. Auch Religionsfreiheit, Versammlungsfreiheit und Meinungsfreiheit wurden dem Volk in die Hände gelegt. Das war der Beginn der Menschen- und Bürgerrechte.»

Lange sprach er über die Menschenrechte, immer wieder in Bezug auf die vier Säulen und deren Auswirkung auf unsere Gesellschaft. Nun wurde er nicht mehr unterbrochen. Das Interesse der Studenten war bei diesem packenden Vortrag fast greifbar. Wissensdurstig saugte ich jedes Wort auf.

«Um die Menschenrechte genauer zu studieren, werden wir nächste Woche einen ganzen Vormittag in der Hauptstadt unseres Parts verbringen. Wir werden das Regierungsgebäude besichtigen, wo eine Kopie der Menschenrechte für die Besucher ausgestellt ist.»

Mein Herz klopfte aufgeregt. Oft kamen wir nicht aus unserer Stadt hinaus – waren wir doch ständig damit beschäftigt, unsere Tugenden zu verbessern und Studien zu betreiben, Lebensmittel abzuholen und den Haushalt zu führen. Dieser Ausflug war eine willkommene Abwechslung im alltäglichen Trott. *Ein Trott, der dir aber auch Sicherheit gibt,* sprach ich mir selbst leise Mut zu, weil ich wieder eine Enge auf meinem Brustkorb spürte. Ich streckte meine Schultern.

Adonis Magellan erläuterte uns den Zweck dieses Ausfluges. Wir sollten lernen, wie sich unser Part, unser Verwaltungsbezirk, in das Gefüge des Europäischen Reiches eingegliedert hatte.

«Bitte lesen Sie folgendes Dossier bis nächste Woche!»

Auf unseren Bildschirmen erschien eine Datei. Überrascht vernahm ich das Klingeln der Glocke. War der Unterricht schon beendet?

Tatsächlich warf der zu junge *Humanitus Perfectus* ein berauschendes Lächeln in die Runde und verabschiedete sich mit den Worten:

«Wir sehen uns am nächsten Donnerstag beim Bahnhof auf Gleis 5. Wenn Sie Fragen haben, kommen sie jederzeit auf mich zu.» Dann verließ er den Raum so schneidig, wie er ihn betreten hatte.

«Anna Tanna! Klapp den Mund zu, lade deine Notizen, und dann ab in die Psychologie!»

Schon wieder versuchte Felix, mich herumzukommandieren. Ich warf ihm einen düsteren Blick zu.

«Fandest du ihn nicht absolut großartig?» Ich bemühte mich, meine Stimme nicht aufgeregt klingen zu lassen.

«Ich habe immer geglaubt, dass Geschichte eine interessante Wissenschaft ist, aber er scheint besessen davon zu sein. Er ist mir zu glatt und zu jung und zu polemisch.» Er grinste breit. «Außerdem ist mir das ganze Gefasel von kulturellem Erbe und so weiter zu schwülstig und zu heroisch. Ich mag es eher einfach.»

Ich starrte ihn entsetzt an. Wie konnte er es wagen, einen *Humanitus Perfectus* so vernichtend zu bewerten? Wenn das dem Rektorat zugetragen würde ...

«Keine Angst, Anna Tanna! Ich werde dies für mich behalten. Ebenfalls werde ich für mich behalten, dass sein Gesicht nur ein einziges Mal so etwas wie eine Regung zeigte – nämlich als du ihn angestottert hast.»

Ich holte mit der Faust aus und landete einen gezielten Schlag auf seinen Oberarm. Er lachte mich glücklich an. Felix war mein Ruin. Wo war meine Selbstbeherrschung eben geblieben?

Zum Glück sprachen wir nicht weiter über Adonis Magellan. Felix fragte mich rasch etwas betreffend unsere Psychologiearbeit.

Ich presste meinen Daumen auf die Arbeitsstation, wobei ich feststellte, dass ich so gebannt von dem Vortrag des Adonis' gewesen war, dass ich vergessen hatte, Notizen über das zu verfassen, was er gesagt hatte.

Während wir in eiliger Hast durch die grauen Gänge huschten, unserem nächsten Ziel entgegen, purzelten Fragen über Fragen zu dem gerade Gehörten durch meinen Kopf. Am liebsten hätte ich die Schulbibliothek nach Antworten durchsucht, aber das musste warten. Zuerst musste ich Ordnung in meine Gedanken bringen. Ich hatte noch einen langen Tag vor mir und musste dann dringend nach Hause.

Beim Gedanken an zu Hause legte sich eine bleierne Decke der Müdigkeit auf mich, und ich wusste plötzlich, wie sich die Menschen des Mittelalters gefühlt haben mussten.

Kapitel 3

Es war bereits dunkel, als ich endlich aus dem Humanium trat und den Heimweg in Angriff nahm. Ein feiner Nebelschleier legte sich noch immer – oder wieder? – um die Häuser. Ich schauderte und zog die Schultern hoch.

«Hey, Anna Tanna! Ich wünsch dir noch einen schönen Abend!»

Felix zog kurz auf die für ihn typische Weise die Augenbrauen hoch, wodurch seine Augen immer so einen lustigen Ausdruck bekamen, und machte sich dann mit schwungvollen Schritten in Richtung seines Studentenwohnheims aus dem Staub. Bald verschluckte ihn die Nacht. Ich war auf mich allein gestellt.

Je schneller ich zu Hause war, desto besser. Den Heimweg kannte ich auch im Dunkeln. Beleuchtet wurde in unserem Stadtteil nur die Bildungsstätte. Die übrigen Straßen waren finster. Doch selbst das Licht dieser starken Scheinwerfer wurde heute von Tausenden weißen Nebeltröpfchen verschluckt und schien das Gebäude kaum zu erreichen.

Als ich an der düsteren Gasse vorbeikam, stand mir die Begegnung von heute Morgen wieder klar vor Augen. In der ganzen Aufregung über die erste Geschichtsstunde hatte ich den Mann ohne Beine, den Bettler, ganz vergessen. Unwillkürlich verlangsamte ich meine Schritte. Ich tastete in der Tasche nach dem Zettel.

«Ihr werdet die Wahrheit erkennen, und die Wahrheit wird euch befreien!»

Die wenigen Worte hatten sich schon unauslöschlich auf meine Netzhaut gebrannt.

Schnell nahm ich meine Taschenlampe hervor und ließ den Lichtstrahl in die Gasse hineintanzen, bevor ich überhaupt realisierte, dass ich den Behinderten suchte. Ich wusste, es war nicht nett, ihn so zu bezeichnen, aber mein Interesse war ungebrochen. Wenn ich jedoch erwartet hatte, dass der Mann unter Zeitungen und Kartonschachteln zusammengekauert in der Gasse liegen würde, wie es sich für einen Clochard aus der Welt der Literatur gehörte, dann wurde ich enttäuscht.

Die Gasse war leer. Nur in der Mitte war ein großer dunkler Fleck auf den Pflastersteinen. Vorsichtig, wie von unsichtbaren Fäden gezogen, trat ich näher. Der Strahl meiner schwachen Funzel strich über eine dunkle, noch nicht ganz eingetrocknete Pfütze. Hier hatte jemand Blut verloren. *Viel Blut,* schoss es mir durch den Kopf.

Ich schauderte. Wie hypnotisiert starrte ich auf die Blutlache, als könnte ich dadurch den Mann ohne Beine herbeizaubern. Hektisch blickte ich über meine hochgezogenen Schultern. Ich fühlte plötzlich Dutzende Augenpaare auf mir. Die Wände der engen Gasse schienen auf mich zuzukommen. Ich wich zurück. Die Blutlache war noch nicht ganz eingetrocknet. Was war heute hier geschehen?

Endlich schien wieder Leben in mein Gehirn und meine Beine zu kommen. Ich drehte mich eilends um und, wie von wilden Hunden gehetzt, jagte ich davon. Ohne lange raten zu müssen, war mir instinktiv klar, dass das Blut von «meinem» Bettler stammte.

«Die Wahrheit wird euch befreien ...»

Ich presste die Hände auf die Ohren. Die Taschenlampe flog in den Straßendreck. Durch den Schlag erlosch das kleine Licht. Ich stoppte abrupt, bückte mich und tastete nach der Lampe. Dann setzte ich meinen Weg hastig im Dunkeln fort.

«Mach dich auf die Suche ... Dein Leben hängt davon ab ...»

Seines schien er verloren zu haben. Diese Worte waren die Ermahnung eines Sterbenden gewesen. Ich ertrug den Gedanken kaum. Aber ich konnte mir auch nicht vorstellen, dass jemand mit solch einem Blutverlust überleben könnte.

Nach drei Minuten Dauerlauf hatte ich das Stadthaus erreicht, in dem ich wohnte. Ungewöhnlich erleichtert rannte ich die Treppen hoch und blieb keuchend vor der Wohnungstür stehen. Ich lehnte mich an die Wand und versuchte, zu mir zu kommen.

Dieser Tag schien die Grenzen meiner bisherigen Vorstellungskraft sprengen zu wollen. Die unheimliche Entdeckung in der Gasse hatte meine fröhliche Stimmung über den ersten Geschichtsunterricht wie weggeblasen. Noch immer hatte ich das Gefühl, verfolgt oder beobachtet zu werden.

Dann jedoch wandte ich meinen Blick auf die dunkelbraune Wohnungstür. Wie der Turm des Humaniums ragte sie vor mir auf. Und wie jeden Tag schien sich eine dunkle Decke vom Türrahmen zu lösen und um meine Schultern zu legen.

Ich versuchte sie abzuschütteln. Aber selbst die ganze Aufregung des heutigen Tages konnte das dumpfe Gefühl, das mich umfasste, nicht durchbrechen. Kein Zettel, auf dem die «Wahrheit» stand – ich schauderte –, kein Geschichtsunterricht, auch keine Psychologiearbeit und auch nicht ... Adonis – mein Herz setzte einen Schlag aus –, niemand konnte mir diesen Schritt, den ich jeden Tag gehen musste, abnehmen.

Und plötzlich kam ich mir wie der einsamste Mensch auf Erden vor. Gerade nach dem heutigen Tag fiel es mir besonders schwer, meine Hand zu heben und meinen Daumen auf den Scanner an der Tür zu drücken. Was mich dahinter erwartete, war jeden Tag dasselbe. So aufregend und ungewöhnlich dieser Tag gewesen war, so vorhersehbar war die Situation hinter dieser schrecklichen Tür. Was mich jeden Tag erwartete, wusste außer mir niemand. Felix wusste es nicht, die Schulleitung schon gar nicht. Niemand. Es war mein dunkles Geheimnis. Die Tür klickte und öffnete sich einen Spalt weit. Abgestandene Luft und Kälte gähnten mir entgegen. Ich seufzte, wappnete mich innerlich und setzte dann meinen Fuß in die Wohnung.

«Hallo!», rief ich leise und drückte die Tür hinter mir zu.

Keine Antwort.

Ich stolperte über einen Stapel alter Bücher aus der Bibliothek, die ich neben der Tür aufgetürmt hatte. Seufzend verzog ich mein Gesicht. Schon wieder hatte ich vergessen, meine Unterlagen fürs Humanium ordentlich beiseitezulegen, wie ich es im Ordentlichkeitskurs gelernt hatte.

Disziplin ist nicht etwas, das man über Nacht lernen kann, sprach ich mir Mut zu, indem ich einen Grundsatz aus dem Kurs «Ordnung ist das halbe Leben» repetierte. Dennoch fühlte ich mich wie eine Versagerin. Konnte ich überhaupt etwas richtig machen? Eigentlich hatte ich mein Diplom in Ordnungssinn gar nicht verdient, wenn ich es nicht einmal an einem normalen Tag schaffte, die Wohnung in Ordnung zu halten.

Morgen ist auch noch ein Tag, tröstete ich mich, während ich ärgerlich die Bücher aufhob. Ein schlechtes Gewissen konnte ich nicht auch noch gebrauchen. Schließlich war ich auch nur ein Mensch, oder? Meine Augen gewöhnten sich langsam an die kalte Dunkelheit. Im einzigen Bett der Einzimmerwohnung, am anderen Ende des Raumes, konnte ich ein Bündel ausmachen, das unter der Decke zusammengerollt lag.

Ich seufzte erneut auf. Wie ging es ihr heute bloß? Hatte sie einen ihrer lichten Tage? Fror sie in der klammen Kälte der ungeheizten Wohnung? Ich trat ans Bett und schaute auf den dunklen Schatten unter mir. Die Gestalt regte sich leise.

«Mutter», flüsterte ich.

«Ja», murmelte sie.

Erleichterung. Sie sprach mit mir. Vielleicht hatte sie heute einen ihrer guten Tage.

Schon seit ich denken konnte, lebte ich mit meiner Mutter in dieser dunklen Stadtwohnung. Seit mein Bruder gestorben war, waren wir nur noch zu zweit. Niemand schien Kenntnis von meiner Mutter zu haben. Ich wurde nie nach ihr gefragt. Es war, als würde sie nicht existieren, als wäre ihr Sein ausgelöscht.

«Wie geht es dir?», fragte ich sie sanft.

«Gut.»

Ihre Stimme war nur ein leises Flüstern. Ich legte die Bücher auf das Pult meiner Arbeitsstation und knipste eine schwache Lampe an, die den Raum in ein schummriges Licht tauchte. Mutters mahagonifarbener Haarschopf lag auf dem Kissen wie aufgefächert. Sie schlug die seelenvollen Augen auf und schaute mich an. Überrascht schluckte ich. Wann hatte sie zum letzten Mal die Augen geöffnet und mich so angeschaut? Um die Augen und den Mund verliefen tiefe Falten, die sie viel älter aussehen ließen, als sie wirklich war. Ihr Haar dagegen war noch dunkel und voll und zeigte keine graue Strähne.

Ich betrachtete ihr verhärmtes, ausgehungertes Gesicht, das ganz wächsern wirkte, weil sie schon so lange nicht mehr draußen gewesen war, und ihre zusammengekrampften Schultern, die aussahen, als würden sie die Last einer ganzen Welt tragen.

In ihren Augen glomm heute jedoch ein seltsamer Funke. Eine Art Friede stand in ihnen geschrieben. Sie hatten die Farbe von blank polierten Haselnüssen. Mein Bruder hatte die gleichen Augen gehabt. So, wie sie mich anschaute, hatte ich das Gefühl, als würde sie bis in den Grund meines Seins blicken. Was war heute los? Ich runzelte die Stirn und pellte mich aus meiner Jacke.

«Ich habe heute deinen Bruder gesehen. Wir hatten ein Gespräch.»

Ich verdrehte verzweifelt die Augen und seufzte leise. Der Hoffnungsschimmer erlosch. Sie war wieder in ihrer Traumwelt. Das war nichts Neues. Neu war nur, dass sie für mich kurz daraus aufgetaucht war. Ein Stich von Ungeduld und Wut durchschoss mich, und ich warf die Jacke unachtsam auf einen Stuhl. Mein Gefühlsleben wurde heute wirklich stark beansprucht. Tief atmete ich ein – wie ich es in der Geduldslehre gelernt hatte. Dann packte ich meine Ungeduld innerlich, steckte sie in eine geistige Amphore und verschloss sie mit einem dicken Korkdeckel.

So, schon besser, dachte ich.

Wenigstens waren es heute schöne Träume gewesen. Vielleicht ging es bald wieder aufwärts mit ihr. Vielleicht läutete dieser Tag eine heitere und leichte Phase ein. Ich merkte, wie Verbitterung an meinem Herzen riss. Weshalb ich? Weshalb musste ich zusätzlich zu der schwierigen Aufgabe, die Erleuchtung zu erlangen, auch noch eine Mutter versorgen, die schwer krank war und von deren Existenz niemand wissen sollte?

Seit mein Bruder vor fünf Jahren von uns gegangen war, hatte er diese Verantwortung auf meine jungen Schultern abgewälzt, und dort saß sie seither und versuchte mich zu zerquetschen.

«Mutter! Es ist so wichtig, dass du etwas aufstehst und dich bewegst.»

Sie sah mich interessiert an, rührte sich aber keinen Zentimeter. Ich ging ins Badezimmer, schloss die Tür hinter mir und setzte mich auf den Rand der Badewanne. Mit geschlossenen Augen wartete ich darauf, dass sich meine Gefühle beruhigten.

Ich wünschte mir manchmal, ich könnte ein anderes Leben führen. Doch das Letzte, was mein Bruder mir eingeschärft hatte, war: «Niemand darf wissen, dass Mutter bei uns wohnt! Du darfst es niemandem sagen.»

Ich musste es ihm hoch und heilig versprechen. Als er schließlich verschwand, um nie mehr zurückzukehren, war ich als fünfzehnjähriges Mädchen auf mich selbst gestellt. Niemand fragte danach, ob ein junges Mädchen sich selbst durchschlagen konnte. Ich holte einfach weiterhin täglich dieselbe Menge Lebensmittel bei der Ausgabe ab wie zu der Zeit, als mein Bruder noch da gewesen war, damit meine Mutter und ich nicht verhungerten. Niemandem schien es aufzufallen, keiner stellte Fragen.

Ab und zu hatte mich eine ältere Frau aus der Nachbarschaft mitleidig gemustert, aber in den heutigen Zeiten war es nicht ungewöhnlich, dass man sich schon in jungen Jahren selbst durchs Leben kämpfen musste. Ja, als die Peacemen einmal für eine bessere

Grundversorgung der Jugendlichen demonstriert hatten, hatte die Regierung verlautbaren lassen, dass sowohl die Apolliner- als auch die Dionysier-Ausbildung jungen Menschen genug Wissen vermittle, damit sie für sich sorgen könnten. Und damit basta.

Bevor ich mit sechzehn ans Humanium kam, hatte ich die Grundschule besucht, in der wir Grundlagen in Lesen, Schreiben, Mathematik und Kochen erhielten und in unserer Freizeit im Gewächshaus Kartoffeln ernteten, um die Ernährung der Bevölkerung zu gewährleisten. Ich war froh, dass diese Phase überstanden war. So hatte ich schon in zartem Alter gelernt, für mich selbst zu sorgen.

Obwohl mich die Sorge um meine kranke Mutter ständig geplagt hatte, waren mir die Worte immer auf den Lippen erstorben, wenn ich mich der Schulleitung oder meiner *geistigen Führerin* anvertrauen wollte. Diesen letzten Wunsch konnte ich meinem verstorbenen Bruder nicht abschlagen. Ich hatte mich an die kranke Mutter gewöhnt. Ja, dass sie krank war, stand außer Frage.

Seit ich am Humanium war, hatte ich deshalb meine spärliche Freizeit damit verbracht, im Archiv nach psychischen Krankheiten zu forschen. Man hatte alle psychischen Krankheiten ausgerottet, hatte ich gelesen, genauso wie AIDS und Krebs. Aber es musste auch Ausnahmen geben. Schließlich sollte es auch keine Behinderten mehr geben ... Weshalb hatte ich dann heute einen Mann ohne Beine gesehen?

Durch meine Nachforschungen fühlte ich mich in der Annahme bestärkt, dass meine Mutter unter der «bipolaren Störung» litt. Schon während meiner Kindheit war sie gefühlsmäßig sehr unbeständig gewesen. Auf hyperaktive Phasen der Überschwänglichkeit und der ruhelosen Aktivität waren Zeiten des heulenden Elends gefolgt. Ich erinnerte mich, wie sie schon zu Lebzeiten meines Bruders tagelang weinend oder apathisch das Bett gehütet hatte.

In letzter Zeit war sie nur noch gefühlsarm und schwermütig. Sie hatte sich in sich selbst zurückgezogen wie eine Schnecke in ihr Schneckenhaus. Die bipolare Störung war vielleicht ansatzweise noch vorhanden, doch fragte ich mich, ob sie jetzt einfach nur noch chronisch depressiv war? Ich war keine Ärztin. Ich konnte ihr nicht helfen. Das dumpfe Vor-sich-hin-Brüten und die Antriebslosigkeit ... manchmal konnte ich es nicht mehr länger objektiv sehen. Manchmal war ich einfach nur schrecklich wütend auf meine Mutter.

Das *Chemondrion* war eine Art Klinik in unserer Stadt. Dort wurden Krankheiten jeglicher Art behandelt, die durch das Netz der systematischen Ausrottung geschlüpft waren. Schon manches Mal hatte ich zu dem großen Gebäude auf dem Hügel geblickt und mir gewünscht, meine Mutter dort hinbringen zu können. Doch alles Zureden brachte nichts. Sie wollte nicht.

Ich hatte gehört, dass das Chemondrion unter anderem Gehirnströme mit Elektroden behandeln konnte. In einer wissenschaftlichen Abhandlung hatte ich von der Entdeckung dieser Methode zur Ausrottung sämtlicher psychischer Erkrankungen gelesen, und ich wusste, dass auch heute noch vereinzelt solche Therapien angewandt wurden. Mein Wunsch, dem letzten Willen meines Bruders zu entsprechen, war bis jetzt jedoch größer gewesen als das Bedürfnis, aus der Enge meiner vier Wände auszubrechen. Deshalb hatte ich alle Bemühungen, meine Mutter zu überreden, eingestellt.

Manchmal versuchte ich, mir mein Leben mit einer gesunden Mutter vorzustellen. Wenn sie sich nicht immer geweigert hätte, an den Verbesserungsmaßnahmen teilzunehmen, hätte sich unser beider Leben wahrscheinlich schlagartig verändert. Sie hätte ihre Tage nicht nur im Bett verbringen und von morgens früh bis abends spät die Augen zukneifen müssen, und ich hätte neben meinen Studien am Humanium und meinen anfallenden Haushaltspflichten etwas mehr Zeit dafür gehabt, ein Teenager oder auch nur ein Mensch zu sein.

Und ich hätte ein Gegenüber gehabt, das mit mir redete. Hatte ich meine Mutter früher immer noch über meinen Tagesablauf in Kenntnis gesetzt und versucht, so ihr Interesse zu wecken, war der Dialog mittlerweile einem Monolog, der sich nur noch in meinem Inneren abspielte, gewichen.

Mit meinem fortschreitenden Studium hatte sich meine panische Verzweiflung jedoch schließlich gelegt. Ich versuchte jetzt, meine Situation mit Verstand, Vernunft und meinen Kursen und Studien zu bekämpfen.

Als ich so über alles nachdachte, spürte ich wieder, wie sich die Last der Verantwortung wie ein Gewicht auf meine Brust legte. Meine Arme fühlten sich an, als wären sie an meinen Körper gekettet. Der Plan, sich im Badezimmer zu beruhigen, war definitiv fehlgeschlagen. Ich seufzte und ging wieder zurück in den Wohnbereich.

«Anna!» Meine Mutter blickte bittend zu mir auf. «Ich weiß, dass ich nur von deinem Bruder *geträumt* habe, aber es schien so echt, dass ich meinte, er sei wirklich hier.»

Sie klang so hilflos und verwirrt. Plötzlich war meine Kehle wie zugeschnürt. Ich brachte kein Wort heraus und schluckte schwer an einem Kloß, der sich in meinem Hals verhakt hatte. Dumpf erinnerte ich mich an die Tage, an denen das Leben meine Mutter noch umfloss. Als mein Bruder noch gelebt hatte.

Der Kloß in meinem Hals ließ mich kaum noch schlucken. Doch da fiel mir wieder eine Lektion der Selbstbeherrschung ein: «Zeige deine Gefühle nicht! Das zeichnet einen wahren Menschen aus. Tränen sind nur ein Zeichen von Selbstmitleid! Du aber sei human, dann wirst du die nächste Stufe erreichen.»

Ich schluckte den Kloß mit aller Macht hinunter, fasste meine Mutter völlig beherrscht an den Schultern und richtete sie auf.

«So», versuchte ich meiner Stimme einen humoristischen Klang zu verleihen, «erzähl mir von deinem Traum.»

Etwas beruhigt, dass ich mich tatsächlich beherrschen konnte, half ich meiner Mutter aus dem Bett. Sie war über mein Interesse so erstaunt, dass sie mich verwirrt ansah. Ich führte sie behutsam an den Tisch in der Küchennische und füllte ihren Teller mit dem dünnen Haferbrei, der von gestern noch übrig geblieben war. Ich erfasste sanft ihre Hand und strich ihr wie gewohnt über den Stumpf ihres rechten Daumens, den sie als Jugendliche verloren hatte. Mitleid durchschoss mein Herz.

Mutter schlürfte die stärkenden Flocken in sich hinein und konnte den Löffel halten, ohne zu zittern. Sie vergaß anscheinend sofort wieder, dass ich sie nach ihren wirren Träumen gefragt hatte, und widmete sich mit erstaunlichem Appetit ihrer Schüssel.

Schnell verließ ich die Küchennische und trat an meine Arbeitsstation. Dass ich nichts am Zustand meiner Mutter ändern konnte, erfüllte mich wieder mit einem seltsamen Gefühl der Wut und Machtlosigkeit, und bevor ich platzte, musste ich mich ablenken. Ich schwor mir erneut, nachdem ich die sieben Selbstverwirklichungsstufen erreicht hätte, würde ich eine Kur gegen bipolare Störungen entwickeln und meine Mutter selbst behandeln. Ich wünschte mir so sehr, dass sie ein normales Leben führen konnte.

Ich drückte meinen Daumen auf den Fingerabdruckscanner der Arbeitsstation, weil ich noch den Tagesbericht schreiben und mit meiner geistigen Führerin Kontakt aufnehmen musste. Täglich besprachen wir Schüler des Humaniums unseren Tagesablauf mit einer Vertrauensperson, die die Schule zur Verfügung stellte. Meistens handelte es sich bei diesen um *Humaniti Perfecti* oder um Studenten, die kurz vor der Erleuchtung standen.

Meine Vertrauensperson war eine Mittvierzigerin mit Namen Aquilina Akbaba. Nach meiner Kenntnis befand sie sich in der Phase kurz vor ihrer Erleuchtung. Neben mir betreute sie noch fünf weitere Studenten. Felix nannte die geistigen Führer respektlos «das schlechte Gewissen», doch nur, wenn wir alleine waren.

Um unsere Entwicklungsstufen zu erreichen, mussten wir jeden Tag Rechenschaft über unseren Unterricht und unsere Leistungen ablegen. Jederzeit mussten wir bereit sein, über unseren Tagesablauf Auskunft zu geben. Ich hatte mein Rendezvous mit Aquilina Akbaba jeden Abend, nachdem ich von meinen Studien heimgekehrt war. Sobald ich die Tür öffnete, wurde automatisch ein Signal an sie gesandt. Meistens gab sie mir dann noch eine Viertelstunde, aber dann wollte sie mein Gesicht auf ihrem Display sehen, sonst erteilte sie mir eine Rüge.

Ich mochte Aquilina trotzdem. Sie war zwar sehr streng, aber unserer Gesellschaft ergeben, und man merkte ihr an, dass sie ihr ganzes Leben auf die vier Säulen ausgerichtet hatte. Sie war mein großes Vorbild. Wenn ich mich in zwanzig Jahren sah, dann stellte ich mir vor, ebenfalls wie sie junge Studenten zu betreuen. Aber zuerst musste ich die nächste Selbstverwirklichungsstufe schaffen.

Mutter aß gemütlich und etwas geräuscharmer als zu Beginn. Sie schien zu begreifen, dass sie ruhig sein musste, damit ihre Anwesenheit Aquilina verborgen blieb. *Meine Mutter ist nicht dumm, sie ist einfach krank,* sprach ich mir Mut zu. Dann war ich online mit Aquilina.

«Guten Abend, Studentin Tanner!»

Ich setzte ein wohl einstudiertes Lächeln auf, da ein echtes nicht erscheinen wollte. «Guten Abend, Meisterin Akbaba!»

«Wie war Ihr Tag?» Auf dem Display sah ich, dass sie heute ihre langen dunklen Haare zu einem strengen Knoten gebunden hatte. Der anthrazitfarbene steife Blazer, den sie trug, ließ sie wie einen strammstehenden Soldaten wirken.

«Gut!», lächelte ich.

Mein Tag war *immer* gut. Ich wollte schließlich keinen Punkt Abzug für schlechte Laune bekommen.

«Wie liefen die Studien?»

Ich musste keine Begeisterung vorheucheln, als ich ihr vom Geschichtsunterricht berichtete. Sie interessierte sich für meine Aufgaben und wie ich mich mit Studienkollegen verstanden hatte. Das meiste betraf das Humanium und die aktuellen Studien, aber sie befragte mich ebenfalls zu Themen meiner abgeschlossenen Selbstverwirklichungsstufe, damit die Schule wusste, dass ich immer noch würdig war, das Diplom der ersten Selbstverwirklichungsstufe zu tragen. Die Ereignisse des Tages hatten mich wohl etwas fahrig werden lassen. Ich war nicht so konzentriert wie sonst.

«Sind Sie nervös, Studentin Tanner?», fragte mich Aquilina nonchalant.

«Nicht sonderlich!», beruhigte ich sie und lächelte noch breiter. «Ich bin wohl noch etwas aufgeregt wegen des ersten Geschichtsunterrichts.»

«Wie war der neue *Humanitus Perfectus?*»

Ich spürte, wie mir das Blut ins Gesicht schoss. Mein Herz setzte aus. Mein Lächeln verrutschte ein bisschen.

«Sehr kompetent!»

Ich versuchte meine Stimme gleichmäßig zu halten. Es gelang mir. Ich war buchstäblich stolz auf mich.

Dann berichtete ich ihr einiges aus dem Unterricht, aber vermied natürlich zu erwähnen, dass sein Aussehen Fieberschübe in mir ausgelöst hatte. Vielleicht wurde ich ja wirklich zum ersten Mal in meinem Leben krank. Meine Finger zitterten und wurden nur schon bei seiner Erwähnung kalt und klamm.

Meisterin Akbabas Lächeln wurde mütterlich und wärmer. Irgendwie schien sie zu spüren, dass mein Tag besonders war. Ich mochte sie, entschied ich mich erneut. Mein Lächeln wurde echt. Die Zweifel fielen von mir ab.

Als sie mich fragte, was ich denn diesen Abend noch zu tun gedächte, erzählte ich ihr von der Absicht, meine tägliche Essensration abzuholen und noch etwas über die bipolare Störung zu lesen. Sie war begeistert und ermutigte mich, immer auf dem Kurs der vier Säulen unserer Gesellschaft zu bleiben. Der Enthusiasmus, den sie versprühte, motivierte mich, und ich wusste plötzlich wieder, dass ich mich auf dem richtigen Weg befand.

Ungnädig schaute ich auf den Stapel verrutschter Bücher neben mir. Ich würde lernen müssen, Ordnung zu halten.

Ich streckte meine Schultern, und wir plauderten noch ein wenig über die Tagesnachrichten. Es tat mir gut, mich mit jemandem auszutauschen. Aquilina war jemand, der meine Welt verstand. Sie war viel gesetzter als Felix und interessierter als meine Mutter. Ohne die täglichen Gespräche mit ihr wäre ich bestimmt schon lange vereinsamt.

Sie wünschte mir schließlich herzlich einen schönen Abend, und ich loggte mich aus dem Kommunikations-Programm aus.

Das Lächeln rutschte von meinem Gesicht, und ich bemerkte, wie müde ich von den Ereignissen des Tages war. Außerdem wurde mir bewusst, dass ich ihr von der Begegnung mit dem Bettler nichts erzählt hatte. Vielleicht hätte es mir noch einige Wohltätigkeitspunkte auf meinem Konto eingebracht, wenn ich von meinem humanitären Wunsch, einem Bettler etwas geben zu wollen, erzählt hätte. Ich runzelte die Stirn. Ich hatte ebenfalls vergessen, dass ich jemanden nach der genauen Bedeutung von Wahrheit und dem Kreuz hatte fragen wollen. Aber auch das musste warten bis morgen. Ich war hundemüde.

Der Appetit hatte mich verlassen. Ich würde jetzt, ohne noch Essen zu holen, ins Bett gehen. Wenigstens hatte Mutter gegessen. Sie saß nun teilnahmslos auf ihrem Stuhl und starrte vor sich hin. Versunken in ihre Depression.

Ich unterdrückte ein Gähnen. «Zeit, ins Bett zu gehen, Mutter», murmelte ich und war mir der Ironie dessen bewusst, dass sie vor einer halben Stunde erst aufgestanden war. Aber sie hatte sowieso nichts zu tun. Die Ordnung musste bis morgen warten, ebenfalls meine Studien. Ich wollte einfach nur noch schlafen.

Doch als ich dann neben meiner Mutter im Bett lag, fand ich keinen Schlaf, sondern blickte an die Decke. Mein Bruder erschien vor meinem inneren Auge. Weshalb hatte Mutter an diese schmerzhafte Wunde rühren müssen? Ich konnte sein verblasstes Lächeln immer noch sehen. «Mäuschen» hatte er mich immer genannt. Mein Bruder Michael war das Zentrum meines Lebens gewesen. Wir hatten zusammen gelacht, geweint und uns Witze ausgedacht. Und dann kam der Unfall.

«Dein Bruder ist vom Zug erfasst worden.»

Ein Vertreter der Stadtregierung war damals vor unserer Wohnungstür erschienen und hatte mir mit schwerer Stimme die Neuigkeit verkündet.

«Er hat es überlebt, aber er wird im Chemondrion behandelt.»

Als ich Michael nach der Kartoffelernte besuchen wollte, hatte man mich beim Eingang abgefangen.

«Dein Bruder ist gestorben. Wir haben gedacht, er schafft es.

Doch die Lungenkrankheit hat ihn dahingerafft. Wir können es uns nicht erklären. Wir glaubten, die Lungenkrankheit nach der Großen Pestilenz ausgerottet zu haben. Aber ein Ableger scheint sich ins Europäische Reich eingeschlichen zu haben. Wir konnten nichts tun.»

Der Arzt schaute mich aus traurigen Augen an.

«Darf ich ihn sehen?», hatte ich mit dünner Stimme gebeten.

«Du weißt, Schätzchen, dass wir die Leichen sofort verbrennen, wenn die Menschen an der Lungenkrankheit verendet sind.»

Wie gelähmt war ich vor dem Arzt gesessen und hatte darauf gewartet, dass mein Hirn die schreckliche Nachricht aufnahm. Unfassbares war geschehen. Michael Tanner. Ein Leben war so sinnlos ausgelöscht worden. Der Tod hatte ihn mir genommen, hatte mich gleich einem Totenschädel fies angegrinst und mich verhöhnt. Ich schauderte.

In meinem Hirn wirbelten die Gedanken wild umher. Michael, mein lieber Bruder ... Adonis, der schöne Sohn der Götter ... Eine Dosis Adrenalin jagte durch meinen Körper. Unruhig wälzte ich mich hin und her.

Als ich dann träumte, sah ich aber nicht die Augen aus flüssigem Honig vor mir, sondern eindringliche blaue Augen: «Mach dich auf die Suche nach der Wahrheit! Dein Leben hängt davon ab! Dein Leben ... dein Leben ... es hängt davon ab!»

Der Mann ohne Beine verschwand in einer Blutlache, über der ein helles Kreuz erstrahlte, als würde es mich rufen.

Kapitel 4

Donnerstag, 2. Frimaire 331 A. I.
«Tag der Steckrübe» (24. November)

Als ich an diesem Donnerstagmorgen erwachte, kribbelte mein Magen schon, bevor ich die Augen aufschlug. Seit letztem Donnerstag hatte mich eine nervöse Unruhe erfasst und die ganze Woche lang verfolgt. Ich schwang meine Beine über die Bettkante, warf einen Blick auf meine Mutter und zwang mich, nicht vor lauter Aufregung aus dem Bett zu hüpfen wie ein kleines Mädchen.

Durch die Erlebnisse der letzten Woche war mein Alltag auf den Kopf gestellt worden. Seit ich dem Mann ohne Beine und Adonis Magellan begegnet war, glich mein Leben einem gefühlsmäßigen Chaos. Meine Konzentration war flöten gegangen. Selbst Aquilina Akbaba hatte beanstandet, meine Leistungen und Berichte seien leicht fahrig und unkonzentriert. Ich biss die Zähne zusammen. So konnte das nie etwas werden mit meiner Selbstbeherrschungsstufe.

Mit der fehlenden Konzentration ging eine hartnäckige Appetitlosigkeit einher. Ich ging nur alle zwei Tage zur Ausgabestelle für Essensrationen, und dies auch nur, um meine schwache Mutter bei ihren letzten Kräften zu halten. Dank des fehlenden Appetits hatte sich mein Magen in einen säuerlich sich aufbäumenden Muskelklumpen verwandelt, der mich Tag und Nacht daran erinnerte, dass mein Leben sich auf eine Art verändert hatte, die ich nicht benennen konnte. Obwohl ich kaum einen Bissen durch meine zugeschnürte Kehle quetschen konnte, fühlte ich einen ungekannten Hunger in mir, der weit über das körperliche Bedürfnis nach Nahrungsmitteln hinausging. Ich versuchte es mit Ablenkung. Durchwachte Nächte wechselten sich mit eifrigen Studien ab.

Ich erhob mich und schlurfte ins Bad, um einen kurzen, müden Blick in den Spiegel zu werfen. Ich hatte tatsächlich zum ersten Mal in meinem Leben dunkle Ringe unter meinen dunkelblauen Augen. Erschrocken drehte ich den Wasserhahn auf, beugte mich über das Waschbecken und platschte mir das kalte Nass ins Gesicht.

Kränklich auszusehen war das Letzte, was ich jetzt gebrauchen konnte. Dadurch machte man sich nur verdächtig. Aber ich konnte nichts dagegen tun: Immer wenn ich den Mann ohne Beine wieder aus meinen Gedanken vertrieben hatte, fiel mein Blick irgendwann doch wieder auf den Zettel mit dem geheimnisvollen Kreuz, und mein Magen meldete sich erneut.

«Die Wahrheit», murmelte ich. «Was ist Wahrheit?», fragte ich mein Spiegelbild.

Die täglichen Pflichten und das intensive Arbeiten mit Felix an unserer Psychologiearbeit hatten mich davon abgehalten, nach dem zu suchen, was der Bettler als «Wahrheit» bezeichnet hatte. Ich schob den Gedanken daran immer wieder beiseite. Schließlich hatte ich den Zettel gepackt und unter die Matratze gesteckt. Seither hatte ich jedoch das Gefühl, auf glühenden Kohlen zu schlafen.

Ich kämmte mein kastanienbraunes, schulterlanges Haar und zog eine schwarze Hose und eine hellgraue Bluse mit kratzigem Kragen über meine einfache Unterwäsche. Heute stand der große Ausflug auf dem Plan. Adonis Magellan. Mein Herz schlug schneller. Ich hatte sehr gewissenhaft das umfangreiche Dossier studiert, das Meister Magellan uns angewiesen hatte zu lesen. Ich hatte etwas über die «Aufklärung» gelesen und über die große Revolution im Westen des Europäischen Reiches, die den Weltenlauf für immer verändert hatte. Die Theorien der Herren Montesquieu und Rousseau hatte ich akribisch auseinandergenommen und zudem eine kurze Abhandlung über die beiden Philosophen verfasst. Diese großen Vordenker hatten schon vor Jahrhunderten eine Erleuchtung gehabt und dieses Wissen einer ganzen Generation weitergegeben. Die Lektüre hatte mich gefesselt. Ich hatte mich kaum von ihr lösen können. Immer wenn ich nicht einschlafen konnte, stand ich wieder auf und las mich nochmals durch das Dossier. Ich war vorbereitet.

Mein Blick auf die Uhr ließ mich erschrocken nach Luft schnappen. In zehn Minuten würde der Eilzug in die Hauptstadt fahren, und so wie die Chancen jetzt standen, wahrscheinlich ohne mich. Es sei denn, ich würde mich sehr beeilen. Ich schlüpfte in meine abgetragenen Schuhe und zog mir meine Jacke über.

«Auf Wiedersehen, Mutter!», wisperte ich, öffnete die Tür und schoss hinaus. Die kalte Winterluft stach mir in die Lungen. Ich vermeinte, Schnee darin zu riechen. Lange würde er nicht mehr auf sich warten lassen und dann vielleicht endlich diesen elenden Blutfleck in der Gasse unter sich begraben. Dieser Fleck schien mich jeden Tag, wenn ich daran vorbeihastete, anzuschreien.

«Dein Leben hängt davon ab!», hatte der Bettler gesagt.

Ich beschleunigte meine Schritte und rannte. Meine Füße trommelten auf die feuchten Pflastersteine.

Der Bahnhof war nicht weit von meiner Wohnstätte und dem Humanium entfernt. Ein geschäftiger Ort! Apolliner, in dezente Farben gekleidet, die konzentriert ihrer Arbeit entgegeneilten. Dionysier, ganz in dunkle, weite Gewänder gehüllt, die auf ihre Züge warteten. Hatten sie ausnahmsweise einmal ihre Kapuzen heruntergeschlagen, konnte man ihre kultischen Tattoos sehen, die, je nach Alter des Dionysiers, das ganze Gesicht überziehen konnten. Da uns Apolliern der Werdegang und die Tagesbeschäftigung der Dionysier gänzlich unbekannt war – Apolliner und

Dionysier hatten, wenn überhaupt, nur flüchtig miteinander zu tun –, schaute ich immer mit einer Mischung aus Faszination und Furcht auf diese Gestalten.

Natürlich sah man auch hier am Bahnhof vereinzelt schäbig gekleidete Figuren, die weder zu uns Apollinern noch zu den Dionysiern gehörten. Sie waren wegen mangelnder Intelligenz oder mangelnder Hemmungslosigkeit vom Weg abgekommen. Ihnen wurden einfache körperliche Arbeiten in Gewächshäusern, Reinigungsfirmen und so weiter zugewiesen. Schnell wandte ich den Blick ab. So zu werden wie einer von ihnen war eine schreckliche Vorstellung.

Endlich! Ich quetschte mich an den wartenden Reisenden im Eingangsbereich vorbei und rannte dann eilig eine letzte Treppe hinunter, die zu Gleis fünf führte.

«Anna Tanna!» Felix' dröhnende Stimme echote durch die unterirdische Bahnhofshalle. Das Blut schoss mir ins Gesicht, als sein Urschrei die Aufmerksamkeit aller Studenten, die sich bereits versammelt hatten, auf mich lenkte. Auch Adonis Magellan blickte aus dem Gespräch mit einigen interessierten Studentinnen auf. Ich atmete schwer und wäre am liebsten im Boden versunken. Einen Moment lang ertappte ich mich bei dem verächtlichen Gedanken, Felix sei noch lange nicht bereit für seine nächste Selbstverwirklichungsstufe, wenn er mich so ungestüm vor einer ganzen Gruppe bloßstellte. Ich kniff die Augen zusammen.

«Anna Tanna! Gut ver... äh ... geschlafen?» Er legte stürmisch einen Arm um meine Schulter und grinste breit. Aber selbst seine Fröhlichkeit konnte nicht überspielen, dass er genauso wie ich übernächtigt aussah. Hatte ihn die Psychologiearbeit so lange wachgehalten?

Meine Antwort auf seine Frage war nur ein unwirsches Knurren gewesen. Doch nun besann ich mich auf die angemessene Reaktion in einer solchen sozialen Situation und antwortete auf die möglichst höfliche Art: «Vielen Dank, Felix! Mein Schlaf war vorzüglich.» Falls uns jemand zuhörte, würde er mich nicht wegen Unhöflichkeit oder Grobheit melden. Felix kannte mich jedoch lange genug, um den sarkastischen Unterton vollständig zu erfassen. Lässig lehnte er sich gegen die Wand, noch immer den Arm um meine Schulter gelegt. Gerne hätte ich ihn von mir gestoßen. Andererseits verschaffte mir seine Nähe an diesem eisigen Morgen aber so viel Wärme, dass ich es nicht übers Herz brachte, mich von ihm zu lösen. Er roch ein bisschen nach Farbe und feuchtem Keller. Irgendwie verlieh ihm das einen Hauch von Abenteuer.

Die Mauer, an der wir lehnten, war weiß gestrichen und Teil eines großen Quaders, der wohl zur Belüftung der Bahnstation sowie zur Abstützung des Bahnhofsgewölbes diente. Neben Felix' Schulter bemerkte ich eine relativ unauffällige, ebenfalls weiß gestrichene Tür mit einer Messingklinke.

Langsam kam ich wieder zu Atem. Wir hatten noch ganze vier Minuten Zeit, bis der Eilzug eintraf. Die ganze Hetze war umsonst gewesen, ebenso mein äußerst peinlicher Auftritt. Entnervt lehnte ich mich gegen die Tür und linste vorsichtig zu Adonis Magellan hinüber. Felix dagegen starrte konzentriert auf einen Punkt zu meinen Füßen.

«Pst, Anna Tanna! Schau mal!», raunte er so leise, dass man es kaum als ein Flüstern bezeichnen konnte. Trotzdem drehten drei umstehende Studenten sich um. Diskretion war heute wirklich nicht Felix' Stärke! Einen kurzen Augenblick lang verschaffte mir diese Erkenntnis Genugtuung. Endlich eine Tugend, an der er ebenfalls noch arbeiten musste.

Felix lächelte die neugierigen Studenten höflich an, lehnte sich zu mir hinüber und legte dann seine Lippen ganz nahe an mein Ohr. Sein Atem kitzelte meinen Nacken. Ich schüttelte mich leicht und wollte von ihm abrücken, doch seine Worte ließen mich zu einem Eisblock erstarren.

«Siehst du das Kreuz?»

«Wo?», quetschte ich aus meiner trockenen Kehle.

«Zu deinen Füßen!»

Meine Augen wanderten am weißen Türrahmen hinab. Knapp über dem Boden, direkt neben dem Türrahmen, war mit roter Farbe ein kunstvoll geschwungenes Kreuz gesprayt worden. Ja, es war ein Kreuz. Und nicht irgendein Kreuz. Die schwungvollen Schnörkel erinnerten mich an die Zeichnung auf meinem Zettel.

«Vielleicht findest du hier ein bisschen Wahrheit», schmunzelte Felix.

In diesem Moment erfasste uns die warme Luftdruckwelle des eintreffenden Eilzugs. Ruhig und geordnet, wie gebildete und besonnene Menschen, betraten wir nacheinander den Zug und nahmen in den Abteilen Platz.

Von meinem Sitz aus warf ich einen Blick durchs Fenster auf das

Kreuz. Es schien mir, als würde es sich von der weißen Wand lösen und mir seinen Willkommensgruß zuwinken. Abrupt wandte ich mich ab und setzte mich auf meinem Platz zurecht.

Ich stellte zu meiner Beunruhigung fest, dass ich über den Gang hinweg direkt in das Gesicht unseres *Humanitus Perfectus* sehen konnte. Er war jedoch in ein konzentriertes Gespräch mit drei blonden, langbeinigen Studentinnen vertieft. Wenn ich gehofft hatte, dass mir meine Bemühungen und das Quasi-Auswendiglernen des Dossiers gewisse Vorteile verschaffen würden, dann hatte ich mich getäuscht. Der Inhalt des Gesprächs mutete mich sehr intellektuell an. Wieder fragte ich mich, ob ich das Humanium in diesem Leben überhaupt noch verlassen würde.

Ich rieb gedankenverloren eine meiner kastanienbraunen Haarsträhnen zwischen den Fingern. Dann fokussierte ich mich für den Rest des kurzen Weges darauf, den Schwung der Augenbrauen meines Gegenübers zu betrachten, den sympathischen Zug seines Mundes zu bewundern und mir zu wünschen, dass diese perfekten Lippen in eine Konversation mit mir vertieft wären.

Ich konnte den Gedanken kaum zu Ende bringen, als der Eilzug auch schon abbremste. Diese unterirdischen Züge beschleunigten auf bis zu zweihundert Stundenkilometer und legten die Strecke bis zur Hauptstadt unseres Parts in einem Nu zurück.

Adonis erhob sich, und die drei blonden Schönheiten an seiner Seite taten es ihm in vollkommener Synchronität gleich. Das Gesicht des *Humanitus Perfectus* blieb reglos, als sich eine der Blondinen beim Aussteigen an seiner Schulter festhielt, weil sie aus dem Gleichgewicht geraten war. Er legte jedoch seine Hand stützend auf ihre Hüfte und stabilisierte sie. Unwillig runzelte ich die Stirn über so viel Anmaßung, als Felix' Ellenbogen mich unerwartet in der Seite traf.

«Welch ein Ritter ist doch unser *Perfectus!*» Er grinste breit. Ich versuchte ihn mit einem missmutigen Blick zu strafen.

Dann musste ich jedoch auf meine Schritte achten, um nicht in dem Menschenstrom, der sich gleichmäßig vom Bahnsteig an die Erdoberfläche bewegte, unterzugehen. Die Treppe spuckte uns direkt an den Außenmauern des imposanten Regierungsgebäudes aus.

Ich legte meinen Kopf in den Nacken, um die ganze Pracht der Architektur in mich aufzunehmen. Eine große Kuppel ragte über einem klassizistischen Gebäudekomplex auf. Die Kuppel hatte die charakteristische türkisgrüne Färbung von jahrzehntelang erodiertem Kupfer. Fensterbögen erstreckten sich über die gesamte Front. Über dem Haupteingang thronte eine Brüstung mit zwei sich entgegengesetzten geflügelten Pferden. Von der Brüstung führten zudem vier kunstvolle, aus Stein gehauene Säulen zu einem stumpfwinkligen Dach. Darüber prangten die minutiös aus Marmor gemeißelten Figuren, die die vier Grundsteine unserer Gesellschaft symbolisierten. Wenn ich meinen Kopf nach links und nach rechts wandte, sah ich, dass das gesamte Gebäude mit seinen Anbauten mehrere Straßenzüge einnahm.

Seit ich ein kleines Mädchen war, hatte ich diese Stadt nicht mehr betreten. Damals noch an der Hand eines großen Mannes. Ich runzelte die Stirn. Wer war dieser Mann eigentlich gewesen?

Adonis hob die Hand, um seine gehorsame Schülerschar zu versammeln. Mit ruhiger sonorer Stimme und einer Autorität, die seine jungen Jahre weit überstieg, erklärte er, dass wir uns am Haupteingang einem Sicherheitscheck unterziehen müssten und er uns dann auf einen kurzen Rundgang durch das Hauptgebäude mitnehmen würde.

Schnellen Schrittes erreichte er als Erster den hünenhaften Sicherheitsmann, der vor den Glastüren stand. Adonis Magellan winkte uns heran. Wir mussten alle unseren Fingerabdruck hinterlassen und uns einem Ganzkörperscan unterziehen, bevor wir die heiligen Hallen der Regierung betreten durften.

Das prächtig ausgestattete Interieur des Regierungsgebäudes erinnerte mich an unser Humanium. Große Kronleuchter schienen über dem schachbrettmusterartigen Boden zu schweben, und die angenehme Wärme eines gut geheizten Gebäudes umschmeichelte unsere geröteten Wangen. An den erstaunten Blicken anderer Studenten bemerkte ich, dass ich bei Weitem nicht die Einzige war, die die prachtvolle Hauptstadt mit ihrer luxuriösen Ausstattung noch nicht oft besucht hatte. Das Gebäude bestand aus so vielen Treppenaufgängen und Fluren, die alle so gleich aussahen, dass ich mich hier alleine hoffnungslos verlaufen hätte. Zur Sicherheit setzte ich, wie die meisten anderen meiner Klassenkameraden, meine Goggles auf.

Während wir über die Teppiche schritten, die den Klang unserer Schritte schluckten, erzählte uns die warme Stimme von Adonis Magellan die Geschichte unseres Verwaltungsbezirks und wie sich diese in die des Europäischen Reichs eingefügt hatte. Ich fühlte mich wohl, so umgeben von ihm, sein göttergleiches Antlitz auf unseren Goggles und seine aufregende Stimme im Ohr.

«Unser ‹Part›, wie wir ihn seit rund hundert Jahren nennen, gliedert sich als eher kleiner, aber nichtsdestotrotz wichtiger Teil in das Gesamtkonstrukt des Neuen Europäischen Reiches ein.

Nachdem die Große Pestilenz einen Großteil der Weltbevölkerung dahingerafft hatte, war es unumgänglich, eine neue Weltordnung zu schaffen. Im Nordwesten des Europäischen Reiches bildete sich ein Parlament heraus, das dazu auserkoren wurde, ganz Europa zu repräsentieren. Alle vier Jahre wird ein Vertreter aus unserem *Part-Parlament* gewählt, der unsere Interessen im Europäischen Parlament vertritt.

Das Regierungsgebäude, welches wir gerade durchschreiten, ist der Ort, an dem diese Vertreter in einer vereinigten Versammlung gewählt und die Regierungsgeschäfte abgewickelt werden. Es ist aber auch gleichzeitig ein Symbol für unsere freie Gesellschaft, die sich bemüht und auch schon vielfach erfolgreich darin war, unser Zusammenleben zu formen und zu beeinflussen. Es ist sozusagen die Keimzelle der Humanität, die diese Menschenwürde und Menschenfreundlichkeit in unserem Part verbreitet. Hier werden Gesetze über hohe Feiertage und über die umfassende Schulbildung erlassen. Ebenso wird hier die Zukunft geplant und dafür gesorgt, dass die Lebensmittel nicht ausgehen und die Versorgung der gesamten Bevölkerung gewährleistet ist.

Auch der Oberste Gerichtshof unseres Parts befindet sich in diesen Gemäuern, er ist darum bemüht, den Bürgern ein gewaltfreies Zusammenleben zu garantieren. Dies ist jedoch nahezu überflüssig, wie Sie wissen. Ein Richter ist bei uns prinzipiell nicht überarbeitet. Die Gesetze Europas bürgen für ein friedliches und gewaltfreies Zusammenleben.»

Ich linste zwischen meinen Brillengläsern hindurch zu Felix hinüber. Er hatte die Brille abgelegt und musterte seine Umgebung kritisch. Dabei wippte er unruhig auf seinen Zehenspitzen.

Wir befanden uns nun mitten im Parlamentssaal. Normalerweise beherbergte dieser die Parlamentarier, wenn sie ihre wichtigen Besprechungen führten und somit das ohnehin schon gewaltfreie Zusammenleben noch optimierten. Doch heute war außer uns niemand zu sehen.

«Von uns aus gesehen im linken Flügel des Gebäudes ist das Gesundheitsdepartement untergebracht. Dort werden alle *Chemondrien* unseres Parts überwacht und betreut», erklärte Adonis.

Gemurmel erhob sich in der Schülerschar. «Was haben die denn bitte noch zu tun?», fragte eine der Blondinen, die sich immer nahe bei Adonis hielten. «Die meisten Krankheiten wurden doch mittlerweile ausgerottet!»

Ich sah, dass einige nickten.

«Ja, aber trotzdem muss das Gesundheitsdepartement auf alles gefasst sein. Es kann immer noch Zwischenfälle geben.»

Ja, «Zwischenfälle» wie meinen Bruder, dachte ich bitter.

«So etwas wie die Große Pestilenz darf nie mehr geschehen.» Adonis sah uns eindringlich an, und wir alle spürten, dass es ihm todernst war.

«Haaaaaaatschi!» Felix' plötzliches Niesen krachte vernehmlich in die entstandene Stille. Mehrere Köpfe drehten sich nach uns um. Zwei Mädchen wichen sogar einen Schritt von uns weg. «Entschuldigung!» Felix hob grinsend die Hand. Zwei oder drei Studenten, die in unserer Nähe standen, runzelten die Stirn.

«Findest du das eigentlich witzig?!», flüsterte ich. «Die anderen schauen schon!»

Adonis warf Felix einen bedrohlichen Blick zu. Doch dann fuhr er fort: «Die Wissenschaftler studieren immer noch die Krankheiten der letzten Jahrhunderte und arbeiten fieberhaft an Methoden, die den Menschen gegen alle schädlichen Einflüsse von außen immun machen sollen. Wer weiß», er lächelte, «vielleicht gelingt es ihnen doch eines Tages, den perfekten Menschen zu erschaffen.»

Höfliches Gelächter folgte seinen Worten.

«So, nun aber genug davon. Wir gehen nach rechts. Wir wollen uns noch den Höhepunkt des Rundgangs ansehen.»

Wir trotteten ihm gehorsam wie Schafe hinterher. Er führte uns in die Kuppelhalle im Zentrum des Gebäudes. In der Mitte zweier Treppenaufgänge blieben wir stehen und ließen die Architektur auf uns wirken. Über uns wölbten sich die mächtigen Gemäuer und endeten in einer mit Buntglas verzierten Glaskuppel. Ich streifte die Goggles ab, um diese von Menschenhand erschaffene Pracht genauer zu betrachten. Das Tageslicht tanzte durch die bunten Fenster und projizierte vor meinen Augen ein Kaleidoskop von Farben. Die Erhabenheit der Steinmauern repräsentierte für mich nicht Freiheit. Ich kam mir viel eher so vor wie eine kleine Maus, begraben in der Gruft von Riesen. Nur weit oben gab es Licht. Dies konnte ich aus eigener Kraft nicht erreichen. Fremde Hilfe würde ich nirgends finden.

Die Wahrheit wird euch befreien!, ging es mir durch den Kopf. Ich schauderte und ließ die Augen wieder über die Mauern gleiten.

In diesem Moment löste sich aus dem Dunkel der Gänge die großgewachsene athletische Figur eines Marathonläufers in teuer aussehendem Maßanzug. Mit der geräuschlosen Eleganz und Geschmeidigkeit eines schwarzen Panthers bewegte er sich über einen der Treppenaufgänge auf unsere Schulklasse zu, die immer noch unisono mit offenen Mündern die Glaskuppel anstarrte, als wolle sie Fliegen zum Abendessen sammeln. Links und rechts wurde er von schwarz gekleideten Hünen flankiert. Er kam mir bekannt vor.

Felix folgte meinem Blick und versteifte sich kurz. «Der ist also der Höhepunkt des Rundgangs?», spöttelte er.

Adonis hatte den Neuankömmling ebenfalls gesichtet, und auf seinem Gesicht erschien ein Lächeln. Der Mann kam neben ihm zu stehen.

Adonis wandte sich an uns: «Darf ich Ihnen einen der wichtigsten Regierungsmitglieder und einen heiß gehandelten Anwärter auf das Präsidentenamt unseres Parts vorstellen? Demokrit Magellan!»

Der Präsentierte neigte seinen Kopf, um uns mit ernster Miene zu grüßen. Sein volles, schwarzes Haar krönte perfekte, asketische Gesichtszüge, die nur durch eine Adlernase unterbrochen wurden. Die Attraktivität seines Gesichts wurde dadurch jedoch nicht beeinträchtigt. Eine Welle der Autorität schien von ihm auszugehen. Selbst die leisesten Gespräche verstummten. Ich wand mich unter seinem Blick aus beinahe schwarzen Augen, obwohl er mich nur flüchtig streifte.

«Wer ist Demokrit Magellan?», sprach ich leise vor mich hin.

Felix war mit seiner Antwort sogar schneller als meine Informationsbrille. «Demokrit Magellan. Abgeordneter der fünften Abteilung unseres Parts. Seit zwanzig Jahren eine feste Größe in Politik und Regierung. Wichtiger Handelspartner und Botschafter der umliegenden Parts und Anwärter auf den Präsidentenposten, der ihn dazu ermächtigen würde, unseren Part im Europäischen Parlament zu vertreten. Außerdem ist er Präsident des Humaniums unserer Stadt.»

Jetzt erinnerte ich mich wieder an sein Gesicht bei der Eröffnungsrede unseres ersten Tages im Humanium.

«Und außerdem ist er der Vater unseres geliebten *Humanitus Perfectus* Adonis Magellan», ergänzte Felix trocken. «Jetzt ist mir auch klar, weshalb der schon *Humanitus Perfectus* ist», fügte er nachdenklich hinzu.

Ich runzelte die Stirn und entgegnete verteidigend: «Noch nie wurde einer wegen dem Einfluss seiner Familie *Humanitus Perfectus*. Adonis Magellan hat sich dieses Wissen und Können selbst erarbeitet. Und vielleicht ist es nur ein entfernter Verwandter. Sie ähneln sich ja nicht im Geringsten.»

«Ja, sicher. Du weißt es ja auch ganz genau. Du darfst das schon glauben.» Er klang wie ein großer Bruder, und ich konnte es nicht ertragen.

Ich zeigte ihm die kalte Schulter und musterte Demokrit Magellan, der in ein kurzes, leises Gespräch mit Adonis vertieft war. Ich beobachtete die beiden Männer nebeneinander, die sich sichtlich gut kannten. Adonis war groß und breitschultrig. Demokrit war größer, sehniger und schlanker. Wäre das Äußere des älteren Magellan nicht so einschüchternd gewesen, hätte man ihn als hager bezeichnen können. Doch das Charisma und die Aura der Autorität, die ihn beinahe sichtbar umgab, vertrieben jeglichen Makel aus seiner Erscheinung. Adonis wirkte neben ihm wie ein Schuljunge. Dies betonte nochmals deutlich die Tatsache, dass Adonis viel zu jung war, um *Humanitus Perfectus* zu sein. Ich meinte Spannung zwischen den beiden Männern festzustellen, als Adonis heftig auf den älteren Magellan einredete.

Demokrit Magellan richtete sich zu seiner vollen Größe auf, und seine kräftige Stimme umfasste uns, als er meinte: «Ich heiße Sie herzlich willkommen in den Hallen unserer Demokratie und habe von meinem Sohn das Privileg erhalten, Sie zu der Tafel der Menschenrechte zu führen …» Er legte seine große Pranke auf Adonis' Schulter.

Aha, also doch!

Den überraschten Gesichtern um mich herum entnahm ich, dass ich nicht die Einzige war, die von den Neuigkeiten unerwartet getroffen wurde. Felix hatte also recht gehabt. Adonis war Demokrits Sohn.

Hatte Felix auch in dem anderen Punkt recht? War Adonis aufgrund seiner persönlichen Verbindungen zur Regierung *Humanitus Perfectus* geworden? Ich mochte es nicht glauben. Unser *Humanitus Perfectus* sah abermals aus wie ein gescholtener Schuljunge. Er wirkte neben seinem einschüchternden Vater irgendwie sogar jünger als Felix. Sein Gesicht wirkte unzufrieden. Der so stolze und stattliche *Humanitus Perfectus* hatte seinen Meister gefunden, der ihn nicht nur an Autorität, sondern auch an Charisma zu überstrahlen vermochte. Er schien aus seinem göttlichen Gleichgewicht gebracht und wirkte auf einmal viel menschlicher.

Demokrit Magellan schritt mit seinen zwei Begleitern durch die Menge der Studenten, und diese teilte sich. Er wirkte wie ein Segelschiff, das durch die Fluten pflügte. Mit stetigen Schritten ging er uns voran, führte uns aus der Kuppelhalle eine Treppe hinab in eine andere Halle und versammelte uns dort vor den marmornen Tafeln, in die die Menschen- und Bürgerrechte eingemeißelt waren.

«Bitte setzen Sie Ihre Brillen auf!» Adonis Magellans Mahnung schien mir eher wie ein verzweifelter Versuch, seine Autorität zurückzugewinnen.

Demokrit Magellans ebene Züge erschienen auf den Goggles. «Das Wichtigste, was Sie verinnerlichen müssen, ist der Grundsatz, dass der Mensch an sich in unserer Gesellschaft im Mittelpunkt steht. Alles, was hier gearbeitet, erreicht und umgesetzt wird, ist von Menschen, mit den Menschen und in allen Dingen für den Menschen. Die Gesetze, die Philosophie, alles legt den Grundstein dafür, dass die Entwicklung des Menschen möglichst perfektioniert werden kann, damit ewig Frieden, Toleranz und Gleichheit herrschen können. Recht auf Freiheit, Eigentum und Sicherheit der Person soll unter allen Umständen für alle gewährleistet sein. Unabhängig von Religion und politischen Abspaltungen treffen wir uns in diesen ehrwürdigen Gemäuern. Gemeinsam mit meinen Kolleginnen und Kollegen vertrete ich diese Menschenrechte hier in Europa und in der ganzen Welt. Niemand soll wegen seiner Herkunft oder Abstammung schlecht behandelt werden. Religiöser Wahnsinn und politische Streitereien wurden ausgerottet. Hier ziehen wir alle an einem Strang.»

Demokrits Stimme dröhnte in meinen Ohren. Ich verspürte einen eigenartigen Schmerz im Kopf. Sein Vortrag klang wie eine politische Werbekampagne. Ich vermisste Adonis' warme, sanfte Stimme.

Ich suchte den Raum nach ihm ab. Er studierte aufmerksam die

Tafeln der Menschenrechte, als würde er daraus die Weisheit für die nächsten Geschichtslektionen ziehen.

Ich versuchte mich wieder auf Demokrits eindringlichen Monolog zu konzentrieren. Meine Gedanken schweiften jedoch erneut ab, und ich schloss hinter meiner Brille die Augen. Ich sah wieder das Kreuz am Bahnhof, und ich wollte, nein ich *musste* diesem Symbol unbedingt auf die Spur kommen. Das Zeichen schien eine größere Bedeutung zu haben, als mir das bis jetzt bewusst gewesen war. Ich hatte einfach nie etwas darüber hören oder lesen können.

Demokrit hatte seinen Vortrag über die Menschenrechte beendet. Ich merkte es daran, dass sein Kopf aus meinem Gesichtsfeld verschwunden und seine schneidende Stimme verstummt war. Die Studenten standen nun in mehreren Trauben vor den Tafeln, um sich die Menschenrechte aus der Nähe anzusehen. Felix hielt sich abseits und starrte in die Kuppelhalle zurück. Drei Schritte von ihm entfernt waren Adonis und sein Vater wieder in ein angeregtes, aber leises Gespräch vertieft. Felix schaute gelangweilt auf ein Fenster und stand ungewöhnlich still. Ich konnte von hier aus sehen, dass er lauschte. Kannte seine Frechheit keine Grenzen? Ich wollte mich zu ihm gesellen, um ihn zu rügen.

Da löste sich Adonis aus der Konversation mit seinem Vater und wandte sich an uns mit den Worten: «Liebe Studenten, wir werden uns nun auf den Heimweg begeben. Wir danken Demokrit Magellan herzlichst für seine Ausführungen.»

Vor allem die drei blonden Nixen klatschten laut und unmissverständlich, während Felix die Hände nur einmal demonstrativ zusammenschlug. Sah ihn eigentlich niemand, wenn er die ganze Zeit herumkasperte? Wie sollte Felix seine Selbstverwirklichungsstufen erreichen, wenn er den Kopf nur voll alberner Dinge hatte?

Vor der Schleuse, durch die wir eingetreten waren, mussten wir erneut unseren Fingerabdruck hinterlassen, und dann standen wir wieder auf dem großen Platz vor dem Gebäude, in der eisigen Kälte des Spätherbstmittags.

Adonis, das Zepter wieder fest in der Hand, instruierte weiter: «Liebe Studenten! Sie werden in den nächsten Wochen und Monaten im Zusammenhang mit dem Geschichtsunterricht eine Forschungsarbeit schreiben. Ihr Thema dürfen Sie selbst auswählen. Lassen Sie sich vom heutigen Besuch unserer Hauptstadt inspirieren. Ich stehe als Ihre Ansprechperson zur Verfügung.»

Mein Hirn rotierte. Felix und ich schrieben noch an unserer Psychologiearbeit. Wie sollten wir in dieser Zeit auch noch eine Geschichtsforschungsarbeit schreiben? Wir hatten doch gerade erst mit dem Unterricht begonnen. Krampfhaft unterdrückte ich einen Seufzer.

Da schoss mir eine Idee durch den Kopf. Ich würde mich auf die Suche nach dem Kreuz begeben, und ich würde diese Suche in die Forschungsarbeit in Geschichte einbauen. Das war sicher erlaubt. Die historische Bedeutung des Kreuzes. Genau.

«Haben Sie noch Fragen?», meldete sich Adonis Magellan zu Wort.

Bevor ich überlegen konnte, platzte ich euphorisch heraus: «Was hat es mit dem Kreuzzeichen auf sich?»

Ich erntete amüsierte und mitleidige Blicke aus dreißig Augenpaaren. Wie sollten sie auch wissen, wie sehr mich das Kreuz in der letzten Zeit beschäftigt hatte? Aus der Ecke der blonden Nixen kam leises Gekicher.

«Das hat ja nichts mit dem Thema zu tun!», flüsterte jemand hinter mir laut.

Adonis' Augen fanden meine. «Wie bitte?»

Ich schlug die Augen nieder und spürte, wie mir das Blut ins Gesicht schoss. Wieso hatte ich nicht einfach geschwiegen?

«Was hat es mit dem Kreuzzeichen auf sich?», murmelte ich leise und ballte meine Fäuste, damit ich nicht in Versuchung geriet, mein Gesicht in den Händen zu verstecken.

«Anna Tanner!», meinte Adonis amüsiert, und sein altes Selbstbewusstsein drückte wieder klar durch. «Sie müssen schon etwas lauter sprechen. Das Niveau unserer Ohren ist noch nicht auf dem des Luchses, obwohl sich die Forscher Mühe geben.»

Gelächter erklang aus den Reihen. Ich fühlte mich gedemütigt. Dennoch trat ich einen Schritt nach vorne, aus der Anonymität heraus. Ich erhob meine Stimme und sprach die Frage nochmals klar und deutlich aus: «Das Kreuzzeichen. Was hat es mit dem Kreuzzeichen auf sich?»

Das Lächeln rutschte aus Adonis' Augen. Er hatte meine Frage erst jetzt verstanden, das wusste ich plötzlich, denn sein Verhalten änderte sich um hundertachtzig Grad. Ich meinte, eine leichte Panik in seinen Augen zu sehen, bevor sein Gesichtsausdruck wieder maskenhaft ernst wurde.

«Weshalb wollen Sie etwas über das Kreuzzeichen erfahren?», fragte er einfach. Seine Augen wurden plötzlich sehr freundlich, und es schien mir, als würde sich der Wissensdurst, der mich bezüglich des Kreuzes umtrieb, in seinen Augen widerspiegeln und dort Resonanz finden.

«Nur so», piepste ich. «Ich dachte, es sei interessant, etwas über das Kreuzzeichen im Zusammenhang mit der geschichtlichen Entwicklung zu erfahren. Vielleicht wäre das ein Thema für die Forschungsarbeit?»

«Ich denke schon!», bedachte Adonis mich und nickte mir zu. «Machen Sie sich doch schlau darüber, und versuchen Sie, einen Bogen zu den Menschenrechten zu schlagen.»

Ich fühlte, dass er mich ernst nahm, denn er blickte mich nochmals mit seinen bodenlosen Augen an, bevor er sich schließlich abwandte und uns voranging in die unterirdische Bahnstation, wo uns der Eilzug wieder an den Heimatbahnhof bringen würde. Mein Herz schlug in einem unregelmäßigen Rhythmus.

Felix war sofort wieder an meiner Seite. «Na, das war was!», lachte er. Dann blickte er mich an und meinte so ernsthaft, wie er konnte: «Ich habe dir gesagt, du behältst es besser für dich! Ich denke nicht, dass du mit dem Kreuz Pluspunkte sammeln wirst.»

«Es ist ein wissenschaftliches Thema», schnauzte ich ihn an und rauschte den Treppenschacht hinunter.

Er blieb mir dicht auf den Fersen. «Ach, Anna Tanna! Sei doch nicht immer gleich eingeschnappt. Ich rate dir nur, etwas vernünftig zu sein und es nicht in aller Welt herumzuposaunen. Das Kreuz hat mächtige Feinde, weißt du?» Seine Augen tanzten lustig, als er mir den Arm um die Schulter legte und mich an sich drückte.

«Dann wird es umso interessanter für mich, etwas darüber herauszufinden», hielt ich ihm trotzig entgegen und hüpfte vom letzten Treppenabsatz.

Am Abend legte ich mich, müde vom Tag, ins Bett, doch der Schlaf floh wieder vor mir. Ich hatte mich mit Aquilina Akbaba kurz über den Ausflug unterhalten, aber über das Kreuz hatte ich mich wieder ausgeschwiegen. Ich wusste nicht, weshalb ich es ihr gegenüber nicht über die Lippen brachte. Wenn ich darüber eine Geschichtsarbeit schrieb, würde ich es ohnehin nicht mehr vor ihr verbergen können. Ich konnte Aquilina meine Suche vorenthalten oder ihr meine fleißigen Ergebnisse präsentieren. Vielleicht gäbe es dafür Extrapunkte.

Was war an diesem Kreuz so seltsam, dass es meine Gedanken permanent beschäftigte und sogar Adonis Magellan nervös zu machen schien?

Ich versuchte, ganz still zu liegen. Doch schon fünf Minuten später, wie es mir schien, schreckte ich aus einem wilden Traum auf. Ich war gerannt, mit Verfolgern dicht auf meinen Fersen. Das rote Kreuz hatte sich von der weißen Wand gelöst und war in einer Blutlache verlaufen.

Ich musste raus hier! In dieser muffigen kleinen Wohnung konnte ich nicht denken. Ich wusste auch schon, wohin mich mein nächtlicher Ausflug führen würde.

Leise zog ich mich an und huschte aus dem Raum. Ich zog die Wohnungstür hinter mir zu, bis ich sie mit einem beinahe geräuschlosen Klicken ins Schloss einrasten hörte.

Kapitel 5

Freitag, 3. Frimaire 331 A. I.
«Tag der Zichorie» (25. November)

Die eisige Nachtluft biss mir in die Wangen, als ich eiligen Schrittes den Weg zum Bahnhof einschlug. Ich war noch nie mitten in der Nacht alleine draußen unterwegs gewesen. Normalerweise fürchtete ich mich im Dunkeln, doch meine Gedanken waren so hoffnungslos durcheinandergeraten, dass ich mir von der frischen Luft Einsicht und einen Plan erhoffte. Meine Taschenlampe war kaputt, seit sie mir in der dunklen Gasse heruntergefallen war, aber ich fand den Weg mittlerweile sowieso schon blind.

Wenige Minuten später erreichte ich die Treppe, die mich zu Gleis fünf führte. Meine Schritte hallten auf dem leeren Bahnsteig wider. Nachts fuhren offenbar nicht viele Menschen mit dem Zug. In diesem Moment donnerte auf Gleis fünf ein Eilzug durch, und seine Druckwelle wirbelte meine Haare durcheinander.

Der Bahnsteig war hell erleuchtet. Langsam näherte ich mich

dem weißen Quader, der bis zur Decke reichte. Ich kniete mich neben der weißen Tür hin, um das rote, kunstvoll geschwungene Kreuz zu mustern, das sich neben dem Türrahmen befand. Die Schnörkel reichten von der Höhe der Türschwelle bis an einen kleinen Lüftungsschacht, der zwanzig Zentimeter weiter oben die Mauer des Quaders unterbrach.

Beschwörend fuhr ich mit den Fingern über die Zeichnung, als weit entfernte Klänge mein Ohr erreichten. Die Haare in meinem Nacken stellten sich auf. Ich neigte den Kopf zur Seite.

In diesem Moment durchfuhr ein weiterer Güterzug quietschend den Bahnhof und erstickte sämtliche Geräusche. Ich schüttelte den Kopf. Wahrscheinlich hatte mir mein Verstand einen Streich gespielt. Das viele Adrenalin, das in letzter Zeit durch meine Adern rauschte, hatte meine Sinne vernebelt. Hier würde ich genauso wenig Antwort auf meine Fragen finden wie zu Hause. Ich drehte mich um und entfernte mich zwei Schritte. Der Lärm des Güterzuges war verhallt.

Doch plötzlich hörte ich wieder etwas. Ohne Zweifel, das klang, als würde irgendwo etwas gesungen. Ich blieb stehen und lauschte konzentriert. Wehte der Wind in diese Halle? Der Wind konnte jedoch nicht solch melodiöse Töne hervorbringen. In auf- und abschwellender Folge erfüllte die Musik die Luft um mich herum. Die Töne klangen weit entfernt, als würden die Harmonien aus einem kleinen Lautsprecher an der Decke der Halle schallen. Ich schaute in die Höhe, konnte aber nichts entdecken. Es klang, als würde ein Chor singen.

Einmal hatte ich gehört, wie das Orchester des Humaniums für eine Aufführung geprobt hatte. Sonst waren die Vorzüge der musikalischen Freuden, jegliches Musikhören und alle Melodien, der farbenfrohen dionysischen Laufbahn vorbehalten. Musik störte schließlich nur die Konzentration.

Ich trat zurück zum Kreuz, und nun konnte ich die Klänge lokalisieren. Sie drangen aus dem Lüftungsschacht des Quaders! Automatisch fuhr meine Hand an die Messingklinke der weißen Tür, und zu meinem grenzenlosen Erstaunen ließ sie sich hinunterdrücken. Ich konnte mich kaum noch an eine Türe erinnern, durch die man treten konnte, ohne den Fingerabdruck hinterlassen zu müssen. Zögerlich starrte ich in den dunklen Spalt, den die Tür freigegeben hatte. Das Licht der Bahnhofshalle fiel in einen leeren Raum, von dem eine Wendeltreppe in die Tiefe führte. Ich streckte den Kopf hinein. Die Harmonien waren hier drin etwas besser zu hören und schienen aus dem Treppenschacht zu kommen. Jetzt konnte ich auch deutlich hören, dass es sich dabei tatsächlich um mehrstimmigen Gesang handelte.

Wie ein Magnet zog mich das Lied an. Ich zog die Tür hinter mir zu. Da wurde mir siedend heiß bewusst, dass ich gar nicht nachgeschaut hatte, ob die Tür auf der Innenseite auch eine Klinke hatte! Sie hatte. Ich atmete erleichtert auf. Ich würde freies Geleit nach draußen haben. Der Raum war wieder dunkel. Doch das Licht fiel in weichen Streifen durch den Lüftungsschacht und wies mir den Weg. Vorsichtig setzte ich meinen Fuß auf die erste Stufe. Sollte ich wirklich …? Dann trieb mich die Neugier jedoch weiter, und ich huschte die Treppe hinunter in die Dunkelheit, der Musik entgegen.

Nach zwei Windungen der Wendeltreppe erreichte ich wieder festen Boden. Ich befand mich in einem Gang aus grob gehauenen Quadern, in dem mir ein feuchter und kalter Luftzug entgegenschlug. Ich hatte bis jetzt nicht gewusst, dass unter dem Bahnhof Leben zu finden war. Von den Wänden tropfte die Nässe. Lange Rohre zogen sich an der Decke des Ganges entlang. Hier musste früher einmal die ganze Elektronik des Bahnhofs verlegt worden sein. Vermutlich gab es deswegen diese ganzen Tunnel hier unten. Für Wartungsarbeiten. Alles sah jedoch veraltet und überholt aus. Vermutlich waren die Leitungen gar nicht mehr in Betrieb und die Schächte ein Überbleibsel vergangener Bauarbeiten.

Weiter vorne sah ich einen warmen Lichtstrahl, der durch den Spalt einer Tür fiel. Das Licht flackerte und tanzte leicht. Kerzen. Wer sang bei Kerzenschein unter dem Bahnhof mehrstimmige, herzerwärmende Hymnen?

Ich trat an die Tür heran und spähte in das Licht, konnte jedoch nur einen weiteren Gang aus grob gehauenen Quadern erkennen. Dieser bog nach ein paar Metern links ab und führte wahrscheinlich zu einem größeren Raum hin. Doch dieser entzog sich meinem Blickfeld. Ich sah, dass in dem Raum ein Feuer entzündet worden war. Doch ich konnte die Sänger nicht erkennen. Dafür musste ich den Raum betreten.

Die Neugier siegte über meine Bedenken. Ich öffnete die Tür gerade so weit, dass ich hindurchschlüpfen konnte. Innen drückte ich mich an die Quader und lauschte gebannt dem Singen. Ich konnte nicht genau ausmachen, wie viele Sänger hier beieinanderstanden; es konnte gut sein, dass es weniger Menschen waren, als ich angenommen hatte. Die Musik hallte von den Wänden wider und verstärkte den Gesang um ein Vielfaches.

Nun, da ich mich näher am Geschehen befand, verstand ich auch den Text des Liedes. Ich runzelte die Stirn. Sie sangen auf Englisch etwas über die erstaunliche Rettung eines Wracks und von Blindheit. War das eine Chorprobe der Dionysier? Aber weshalb fand diese an einem so feuchten und wenig einladenden Ort statt?

Langsam schob ich mich in den Lichtkreis, bis ich einen besseren Blick auf die Sängerschar werfen konnte. Vor meinen Augen weitete sich der Gang zu einer Art Höhlenraum. Er war wie das Ende eines Tunnels geformt. Eine eventuelle Fehlkonstruktion der Arbeiter, die den Bahnhof gebaut hatten? Oder war während der Bauphase ursprünglich geplant gewesen, die Züge auf mehreren Etagen fahren zu lassen, und diese unterirdischen Wege waren nie in Betrieb genommen worden? Die rohen Steine waren weiß bemalt und verstärkten den Lichtschein des Feuers. Etwa ein Dutzend Menschen standen in einem Halbkreis um ein Feuer herum, das lustig flackerte. Sie wandten mir den Rücken zu. Alle standen kerzengerade da, das Gesicht nach oben gewandt, und sangen aus voller Kehle. Eine Gänsehaut überzog mich mit einem prickelnden Schauer. Der Gesang und die perfekt aufeinander abgestimmten Harmonien fuhren bis in mein Inneres, so dass meine Eingeweide mitzuschwingen schienen. Alles in mir wollte sich höheren Sphären entgegenstrecken.

Ein junger, eher als schmächtig zu bezeichnender Mann stand etwas abgesetzt von den übrigen Sängern. Er schien der Dirigent oder Anführer zu sein, denn er sang den Text so vor, dass ihm die anderen folgen konnten. Seine Schultern waren leicht vornübergebeugt. Seine Statur war nicht groß. Ein wilder Vollbart umgab sein Gesicht. Hinter ihm war auf die weiß gestrichenen Quader ein großes rotes Kreuz gemalt, das die gleichen Verschnörkelungen aufzeigte wie das am Eingang.

Vielleicht fand ich hier wirklich Antworten auf meine Fragen. In meinem fassungslosen Staunen hatte ich gar nicht bemerkt, dass die Harmonien verklungen und schließlich verstummt waren. Der Vorsänger öffnete seine dunklen Augen unter dichten Augenbrauen. Das Feuer überzog seine kantigen, ausgemergelten Züge mit einem überirdischen Licht, und ein Licht schien auch in seinen Augen zu brennen. Meine Magengrube wurde ruhig. Er holte tief Luft, um die nächste Hymne anzustimmen, doch im selben Moment trafen sich unsere Augen. Ich war entdeckt.

Der junge Mann schien noch überraschter zu sein als ich. Denn sein Mund blieb offen stehen, er brachte keinen Ton heraus, und seine Augen weiteten sich.

«Hallo», sagte ich schüchtern. Das Echo hallte von den Steinen wider. Das ganze Dutzend Sänger drehte sich um und fixierte mich mit ihren Blicken. In diesem Moment wünschte ich mir, ich hätte die Höhle niemals betreten. Ich wich einen Schritt zurück.

«Hallo!», antwortete der schmächtige Vorsänger zögerlich und machte einen Schritt auf mich zu. Ich trat erneut zurück.

«Komm nur herein!»

Die Sänger wichen auseinander, als er auf mich zuging und mir die Hand zum Gruß reichte. «Mein Name ist Philemon! Willkommen!» Ein Lächeln erhellte sein ganzes Gesicht.

«Anna», murmelte ich leise und erfasste seine schwielige, trockene Hand, die meine fest drückte.

«Wie bitte?» Er schaute mich freundlich an.

Ich räusperte mich und zwängte meinen Namen dann nochmals aus meiner zugeschnürten Kehle: «Anna!»

Philemon riss die Augen weit auf, und seine dichten Augenbrauen verschwanden fast vollständig unter seiner dunklen Mähne. «Anna?»

Ich nickte.

Er hustete in seine Hand. «Ein schöner Name.» Auffordernd schaute er die anderen an. Diese blieben jedoch wie angewurzelt stehen, machten keine Anstalten, mich zu begrüßen, sondern glotzten mich nur aus ungläubigen Augen an.

Nach einigen unangenehmen Sekunden des Schweigens, die mir wie eine Ewigkeit vorkamen, sprach mich endlich ein Weiterer der Versammelten an. Ein etwas gammlig wirkender Bursche, groß, schlank und mit grünen frechen Augen, trat hervor. Trotz seines unrasierten Gesichts, den blonden fransigen Haaren und seiner abgetragenen Kleidung versprühte er eine herbe schöne Männlichkeit.

«Wie bist du hier reingekommen?», fragte er neugierig.

«Die ... die ... T... Tür stand offen», stotterte ich verlegen und deutete hinter mich. «Ich habe euch singen gehört und ...» Ich richtete meine Schultern auf und verkündete mutig: «Ich bin auf der Suche nach der Wahrheit.»

Die Gruppe entspannte sich sichtlich.

Der Gammlige zwinkerte mir zu und enthüllte seine blendend weißen Zähne. «Simon ist mein Name.»

Er streckte seine Pranke aus und schüttelte meine Hand so stark, dass er mir beinahe das Schultergelenk auskugelte. Irgendwie erinnerte er mich an Felix, und ich spürte, wie ich lockerer wurde.

Neben Philemons schmächtiger Gestalt stand eine dünne Frau, die ihn um Haupteslänge überragte. Ihr Teint sah käsig weiß aus, betont durch die Schwärze ihres langen strähnigen Haares. Ich hatte, außer meiner Mutter, noch nie einen so mageren Menschen gesehen. Wir Stadtbewohner hatten normalerweise genug zu essen, damit wir gesund blieben.

Das klapperdürre Knochengestell wurde von einem kränklichen Husten geschüttelt. Ich wich etwas zurück. War sie ansteckend?

«Meine Frau Claudia», meinte Philemon.

«Claudia mit C», sagte sie mit rauer Stimme und streckte mir ihre dünne weiße Hand entgegen. Sie fühlte sich eiskalt und klamm an. Ihr Lächeln aus einem kranken spitzigen Gesicht sah jedoch echt aus.

Zum Glück trägt sie eine dicke Winterjacke, dachte ich im ersten Moment, doch dann erkannte ich, dass sie ihre dünne Jacke mit irgendetwas ausgestopft hatte. Sie zitterte sichtbar.

Philemons Augen glühten wie feurige Kohlen, als er ihr Gesicht musterte. Offenbar hegte er tiefe Gefühle für seine Partnerin. Er legte den Arm um ihre dünne Taille, und sie legte ihre Wange auf sein dichtes schwarzes Haar.

Langsam scharten sich die anderen Schatten um mich. An Simons Seite drängte sich ein Mädchen in meiner Größe und in meinem Alter. Sie sah nicht ganz so hager aus wie meine Mutter, aber auch ihr sah man an, dass sie nicht immer aus einem vollen Teller aß. Ihr Gesicht war fein gezeichnet und mit Sommersprossen übersät. Eine lustige Stupsnase zeigte gen Himmel, und ihre kupferroten Haare hatte sie zu zwei Zöpfen gebunden. Sie hatte ein weites kariertes Hemd um ihre schmalen Schultern geschlungen. Darunter trug sie einen dicken Pullover. Ihr Blick war abschätzend und barg eine stumme Herausforderung.

«Ich bin Juniss!», sagte sie kurz.

Als ich die Stirn aufgrund des ungewohnten Namens runzelte, erklärte sie burschikos: «E-U-N-I-C-E! Aber englisch ausgesprochen. Das gibt Juniss ...» Ein Lächeln zerrte an ihren Mundwinkeln.

Sie warf einen Blick zu Simon, der mich gerade wieder anlächelte und mir zuzwinkerte, als hätten wir ein gemeinsames Geheimnis. Eunice runzelte die Stirn, diesmal sah ich es ganz genau. Vielleicht würde ich ihr vorläufig aus dem Weg gehen. Aber die anderen schienen ganz nett und freundlich zu sein.

Philemon rief über die Schulter zurück: «Timothée! Zeig mal dein hübsches Gesicht.»

Aus dem Schatten schlurfte ein untersetzter, molliger Teenager von ungefähr siebzehn Jahren. «Salut!», grüßte er mich freundlich mit dem weichen Akzent der Westeuropäer. Seine Handflächen waren schweißig. Ich zog meine Hand schnell zurück.

«Timothée, würdest du bitte die Tür schließen», meinte Philemon. Der Angesprochene zottelte davon und verschwand im Schatten.

Philemon wandte sich wieder an mich. «Und hier haben wir Familie Weber! Sie haben sechs Kinder! Du darfst sie gerne selbst nach den Namen fragen.»

Kurz schüttelte ich den Eltern die Hand. Sie stellten sich als Andreas und Damaris vor. Andreas hatte graues, schütteres Haar, und in Damaris' Haare hatten sich auch zwei, drei silberne Strähnen geschmuggelt. Ich konnte mich nicht daran erinnern, wann ich das letzte Mal einen Menschen mit grauen Haaren gesehen hatte. Die Kinder standen wild verstreut im Raum. Ich gab mir gar nicht die Mühe, alle zu zählen.

«Sascha dort in der Ecke ist heute zum dritten Mal hier», fuhr Timothée fort, mir die Gruppe vorzustellen.

Abseits der anderen stand eine Version der Peacemen, bei der ich nicht bestimmen konnte, ob sie männlich oder weiblich war. Die Kleider waren wie gewohnt knallbunt und schludrig. Unter der filzigen Kappe musste eine ganze Läusekultur hausen. Ich rümpfte die Nase und nickte dem Wesen kurz zu. Sascha musterte mich mit ihren glasigen Augen aus einem pickligen Gesicht und bedachte mich dann ebenfalls mit einem Kopfnicken. Ich war mir nicht ganz sicher, ob ich den Peaceman oder die Peacewoman bereits im Humanium gesehen hatte.

«Was tut ihr hier eigentlich?», durchbrach ich die Stille, die sich wieder über den Raum zu legen drohte. «Ihr habt so schön gesungen», ergänzte ich und senkte den Blick auf den rauen Felsboden, über den die Flammenschatten zuckten.

«Wir ... wir treffen uns hier! Wir sind Freunde ...» Philemons Antwort klang zögerlich. Mein Blick fiel auf das Kreuz, und ich holte Luft, um ihn danach zu fragen.

Doch Simon kam mir zuvor. «Wir wollten jetzt eigentlich weitermachen ...» Er warf mir wieder einen vielsagenden Blick zu, so dass es mir beinahe peinlich war. Am liebsten wäre ich, wie das Mitglied der Peacemen, im Dunkel der Anonymität verschwunden.

«Okay», meinte Philemon.

«Timothée!», rief er dem etwas zu kurz geratenen Teenager zu. «Bringst du mir das Buch?»

Eifrig wieselte der Angesprochene heran und händigte Philemon einen dürftig zusammengeschnürten Papierstapel aus. Dieser setzte sich auf einen der Felsbrocken, die im Saal standen. Wie auf ein geheimes Zeichen hin setzten sich alle. Simon klopfte neben sich auf einen Felsbrocken. Doch bevor ich widerwillig reagieren konnte, setzte sich Eunice auf den Platz neben ihm. Simon warf mir unter seinen dunkelblonden Strähnen einen bedauernden Blick zu. Ich zuckte die Achseln und gesellte mich zu einem der Kinder der Familie Weber.

Das Kleine war noch im Vorschulalter und beäugte mich neugierig, bevor es geräuschvoll seine Schniefnase hochzog. Die Haare waren strohblond und verstrubbelt. «Hallo», meinte es kess. «Ich bin Lois.»

Ein Mädchen also, dachte ich.

«Ich bin Anna ... Wie alt bist du?», fügte ich nach einer kurzen Pause etwas hilflos an.

«Ich bin sechs. Und du?»

«Zwanzig.»

«Schon?» Ihre Augen wurden ganz groß. «Ganz schön was auf dem Buckel», fügte sie dreist hinzu.

«Lois!», sprach ihre Mutter sie sanft an. «Ein bisschen frech, junge Dame!»

«Ent...schuldigung», meinte sie und blinzelte kurz.

«Kein Problem», beruhigte ich sie schnell und schenkte ihr ein Lächeln.

«Ich habe fünf Brüder», plapperte sie munter weiter.

Ich warf einen Blick auf die Bande. Wie die Orgelpfeifen sahen sie aus, der Größe nach an der Felswand angelehnt.

«Sie sind leider nicht immer nett zu mir», flüsterte sie mir vertrauensvoll zu.

«Weshalb denn nicht?», senkte ich meine Stimme ebenfalls.

«Sie wollen immer Fußball spielen. Ich habe aber ein Band aus elastischem Gummi. Mit dem könnte man lustige Hüpfspiele machen. Aber sie sagen, das sei blöd. Mädchenkram und so.» Pause und ein Seufzer. «Hast du Brüder?»

Ich nickte, und dann fiel mir ein, dass Michael nicht mehr war. «Nein», antwortete ich schroffer als beabsichtigt. Lois blickte mich erschrocken an. Ich versuchte mit einem Lächeln, ihre Stirnrunzeln zu glätten. «Nein, keinen Bruder», ergänzte ich. «Aber Hüpfspiele habe ich auch gemacht, als ich so alt war wie du.» Die Augen des kleinen Mädchens leuchteten auf. Dann aber schaute sie zu Philemon und meinte: «Pscht! Jetzt müssen wir ruhig sein und zuhören.»

Philemon hatte den Papierstapel sorgfältig auf seinen Knien zurechtgelegt. Claudia half mit ihren spitzen Fingern, die Knoten der Schnur zu lösen. Er blätterte behutsam durch das vor Feuchtigkeit gewellte Papier. Schließlich schien er die richtige Seite gefunden zu haben.

Ohne Vorwarnung senkte er den Kopf, als sei ihm etwas in den Schoß gefallen. «Jesus! Danke, dass du hier bist und uns mit deiner Gegenwart beehrst. Bitte rede mit deinem Wort zu unseren Herzen. Amen.»

Ich blickte erstaunt über die versammelte Menge. Einem «Jesus» war ich noch nicht vorgestellt worden. Vielleicht hieß ein Mitglied der Familie Weber Jesus? Aber er musste etwas Besonderes sein, wenn er dermaßen ehrfürchtig begrüßt wurde, als wäre er der Ehrengast. Die meisten hatten ihre Augen geschlossen, als hätte der Gesang von vorhin und die anschließende Vorstellungsrunde sie unheimlich ermüdet.

Philemon ließ trotz seiner Einladung diesen Jesus nicht sprechen, sondern hob den Kopf wieder und rückte sich so zurecht, dass der flackernde Lichtschein des Feuers auf sein Dokument fiel. Seine Stimme wurde fest und laut, als er las:

«Glücklich sind, die erkennen, wie arm sie vor Gott sind, denn ihnen gehört die neue Welt Gottes.

Glücklich sind die Trauernden, denn sie werden Trost finden.

Glücklich sind die Friedfertigen, denn sie werden die ganze Erde besitzen.

Glücklich sind, die nach Gerechtigkeit hungern und dürsten, denn sie sollen satt werden.

Glücklich sind die Barmherzigen, denn sie werden Barmherzigkeit erfahren.

Glücklich sind, die ein reines Herz haben, denn sie werden Gott sehen.

Glücklich sind, die Frieden stiften, denn Gott wird sie seine Kinder nennen.

Glücklich sind, die verfolgt werden, weil sie nach Gottes Willen leben. Denn ihnen gehört Gottes neue Welt.

Glücklich könnt ihr sein, wenn ihr verachtet, verfolgt und verleumdet werdet, weil ihr mir nachfolgt. Ja, freut euch und jubelt, denn im Himmel werdet ihr dafür reich belohnt werden! Genauso haben sie die Propheten früher auch verfolgt.»

Die letzten Worte verhallten in den Gängen. Sie waren wie ein plätschernder Fluss durch den Raum geflossen und wie eine Erfrischung durch mich hindurchgerauscht, obwohl ich nicht die Hälfte der Botschaft verstanden hatte. Doch die Kadenz der Worte war beruhigend und tat mir so wohl, dass ich mich entspannt an die kalte Wand lehnte. Besonders der Absatz über den Hunger hatte mich angesprochen. Das Versprechen, dass jeder Hunger und Durst gestillt werden würde, gab mir Zuversicht, dass mein unerklärlicher Hunger nach dem Unbekannten vielleicht gesättigt werden konnte und mich nicht mehr belästigen würde.

Philemons Stimme war angenehm anzuhören. Nur als er die letzten Passagen über die «Verfolgten und Verleumdeten» gelesen hatte, war seine Stimme etwas brüchig geworden, als säße ein dicker Kloß in seinem Hals. Erschrocken stellte ich fest, dass über Claudias Gesicht ein glitzernder Tränenstrom rann. Eunice zog geräuschvoll die Nase hoch, und Simon starrte zu Boden, und auch in Philemons Augen glänzten zurückgehaltene Tränen.

Ein unerklärliches Gefühl wallte in meiner Brust auf. Irgendwie hatten mich die Worte tief berührt. Aber das Verständnis für die Tränen der anderen fehlte mir. Wahrscheinlich waren alle in der *Selbstbeherrschung* durchgefallen. Ich konnte mich nicht mehr daran erinnern, wann ich das letzte Mal jemanden in der Öffentlichkeit hatte weinen sehen. Philemons Adamsapfel bewegte sich langsam auf und ab, als er schwer schluckte.

«Diese Worte von Jesus mögen uns unsinnig erscheinen, wenn

wir uns unsere Situation vorstellen und den Verlust von Kephas noch so deutlich vor Augen haben.»

Aha, dachte ich bei mir, *dieser Jesus ist nicht wirklich hier, er hat einfach diese Botschaft verfasst. Aber weshalb sprechen sie dann mit ihm? Vielleicht ist er so etwas wie ein Humanitus Perfectus?* Allerdings hatte ich in meiner bisherigen Ausbildung noch nichts von ihm gelesen. Es war möglich, dass wir im Verlauf des Geschichtsunterrichts noch auf ihn stoßen würden. Wahrscheinlich war er eine literarische Größe gewesen. Seine Worte waren schön anzuhören.

Philemons Bruder Kephas musste kürzlich verstorben sein, wenn er so voller Trauer von ihm sprach, und ich fühlte mich mit ihm verbunden. Als mein Bruder gestorben war, hatte ich mich wochenlang in einem Tränenmeer befunden.

Philemon schien nun seine Fassung wiedererlangt zu haben. «Aber Jesus verspricht uns, dass er auch in schwierigen Zeiten bei uns ist und uns Trost und Freude schenkt, durch seinen Heiligen Geist.»

Ein großes Versprechen. Aber wenn dieser Jesus ein *Humanitus Perfectus* war, dann konnte er seine Versprechen vielleicht auch halten, und der Heilige Geist war dann wohl so etwas wie sein Medium, vermutete ich. Vielleicht waren alle hier doch Dionysier. Diese hatten während ihrer Ausbildung viel mit Geistwesen zu tun, hatte ich mal gehört.

Die hier versammelte Schar sah aber nicht danach aus, als würde sie zu allen hohen Feiertagen rauschende Feste feiern. Was genau waren sie nur? Und was hatte es mit dem Kreuz auf sich?

Nachdem Philemon von der Freude gesprochen hatte, schien sich die Stimmung allgemein aufzuheitern. Den Rest seiner kleinen Ansprache bekam ich nicht mehr so genau mit, seine Worte verschwammen in meinem Kopf zu einem Klangteppich, weil ich meinen eigenen Gedanken nachhing. Aber ich bekam doch mit, dass die Grundbotschaft sehr positiv war. Er sprach von Treue und Lob und einem «Ausharren bis zum Ende».

Das waren alles gute Eigenschaften und Tugenden. Vielleicht sollte Philemon mal am Humanium über Tugenden sprechen. Seine ruhige Stimme würde alle apollinisch Gesinnten ansprechen. Aber ein gravierender Unterschied zu den üblichen Schulstunden war, dass überhaupt keine Rede von der Leistung war, die er von uns erwartete, und am Schluss seiner Ansprache verteilte er keine Aufgaben.

Stattdessen forderte er Timothée auf: «Würdest du mit uns beten?»

«Beten»? Was war «beten»? Ich neigte mich neugierig nach vorne.

Timothée faltete seine Patschhände und ließ den Kopf sinken. Aber auch ihm war nichts heruntergefallen. Ich sah es genau! Er schien sich innerlich zu sammeln. Dann sprach er, genauso wie Philemon vorhin, diesen nicht anwesenden Jesus an, und irgendwie befiel mich ein beklemmendes Gefühl dabei. Es kam mir komisch vor, mit jemandem zu sprechen, der nicht anwesend war. Vielleicht waren sie alle verrückt? Die Luft war ordentlich feucht hier unten, und wenn sie zu lange hier unten saßen, hatte die schlechte Luft ihnen vielleicht das Gehirn vernebelt und in ihren Köpfen Schimmel abgelagert. Aber falls sie verrückt waren, waren es die nettesten Verrückten, die ich mir nur vorstellen konnte.

Nachdem Timothée Jesus gesagt hatte, dass er ihn sehr schätze und ihm für den Tag danke und für alle anwesenden Personen, beendete er sein Gespräch mit Jesus mit dem Wort «Amen». Er richtete sich wieder auf und grinste in die Runde.

Philemon wandte sich an die versammelte Schar. «Hat jemand noch eine Frage oder eine Anregung?»

Jetzt oder nie, dachte ich und sprach, bevor mir jemand zuvorkommen konnte: «Mir ist euer Kreuz aufgefallen.»

«Kephas hat es gemalt», entfuhr es Claudia.

«Es ist sehr schön», erklärte ich höflich. «Ich sehe, dass ihr es in Ehren haltet. Aber was bedeutet das Zeichen überhaupt?»

Die Frage hing im Raum.

Philemon richtete sich auf: «Es ist das Zeichen der Versöhnung zwischen Gott und den Menschen.»

Versöhnung? Das klang gut. «Welcher Gott denn? Ist es der Gott der Natur?»

Claudia antwortete. «Es ist der Gott der Liebe.»

«Aphrodite ist die Göttin der Liebe, aber ich habe noch nie ein Kreuz als Attribut bei ihr gesehen.» Stolz darüber, dass ich in der griechischen Mythologie so gut aufgepasst hatte, lächelte ich.

«Nein, der Gott der Liebe ist der Gott, der Himmel und Erde erschaffen hat. Alles kommt von ihm, alles lebt durch ihn, alles vollendet sich in ihm.»

Wieder verstand ich nur Bahnhof. Ich wusste, dass ich unhöflich klang, aber mein Ausflug sollte nicht vergeblich gewesen sein. «Und was hat das mit dem Kreuz zu tun?»

«Sein Sohn ist daran gestorben.»

«Also, wie jetzt?» Die Geschichte kam mir ziemlich suspekt vor. «Gottes Sohn?»

Allgemeines Nicken. Alle schienen auf dem gleichen Stand zu sein.

«Aber nicht hier, an diesem Kreuz», vergewisserte ich mich und kam mir vor wie der dümmste Mensch auf der Welt, da ich die Einzige zu sein schien, die nicht eingeweiht war. «Wer ist Gottes Sohn?»

«Jesus Christus.»

Aha, dieser Jesus also, mit dem sie gerade gesprochen hatten.

«Wer ist Jesus? Ist er auch ab und zu hier?» Vielleicht war er ja wirklich ein Göttersohn wie Adonis, der auf die Erde herabgestiegen war, dachte ich sehnsüchtig.

Philemon schmunzelte leicht. «Ja, ich denke schon, aber nicht so, wie du dir das vielleicht vorstellst.»

«Aha, durch sein Medium, das Heilige ...»

«Den Heiligen Geist, ja. Gottes Geist», nickte Claudia.

«Wann ist er denn gestorben?», erkundigte ich mich teilnahmsvoll. Vielleicht hatte dieser Jesus, der sich selbst als Sohn Gottes verstand, ihnen nahegestanden, und sie trauerten um ihn wie um Philemons Bruder Kephas.

«Vor mehr als 2100 Jahren.»

Ich konnte nicht verhindern, dass mir die Kinnlade herunterklappte. Die Sache wurde immer dubioser. Aber die Versammelten schienen nicht irre zu sein. Sie blickten mich nur geduldig an, als wäre *ich* diejenige, der der Durchblick fehlte.

Gut, dachte ich bei mir. Ich habe mit wirren Vorstellungen schon meine Erfahrungen wegen meiner Mutter. Am besten gehe ich auf das Spiel ein und spreche ganz ruhig mit ihnen.

«Wieso sprecht ihr denn noch mit ihm, wenn er tot ist?», fragte ich.

Eunice schaltete sich ein, sie blickte mich nicht mehr so misstrauisch an wie zu Beginn. «Wir glauben, dass Gott ihn wieder auferweckt hat und dass er jetzt im Himmel mit ihm lebt.»

«Und ihr habt sozusagen einen heißen Draht zu ihm?»

«Wir glauben, dass er auch hier ist und in unseren Herzen wohnt.»

Ich griff mir an die Stirn. Über der Nasenwurzel fühlte ich Kopfschmerzen aufkommen.

Philemon hatte wohl Erbarmen mit mir, denn er lenkte über zu meiner anfänglichen Kreuzfrage: «Wir haben dieses Zeichen, um uns an das Sterben von Jesus zu erinnern und daran, dass wir Menschen eine Verbindung zu Gott aufnehmen können. Seit 2100 Jahren ist es das Zeichen der Christen.»

Nun war zwar geklärt, weswegen sie es aufgemalt hatten, aber mir blieb immer noch verborgen, was das Symbol nun mit der Wahrheit zu tun haben sollte. Unbegreiflich war mir vor allem, weshalb ich noch nie von diesem Jesus oder seinem Kreuz gehört hatte. Er schien ein guter Mensch gewesen zu sein – immerhin war er für andere Menschen gestorben – und das im Auftrag eines Gottes.

Philemon sah mir meine Verwirrung wohl an. «Vielleicht ist es besser, wenn wir dir das alles mal in einer ruhigen Minute erklären», meinte er lächelnd.

Ich nickte mechanisch.

«Gut!» Simon erhob sich.

Eunice stand ebenfalls auf. «Ich habe eine Überraschung für uns!» Sie strahlte in die Runde. «Das heißt, die Überraschung ist eigentlich nicht von mir! Sascha hier», sie deutete auf die verlauste Gammlerin, «hat uns Kuchen mitgebracht. Sie ist eine hervorragende Bäckerin.»

Allgemeines Gelächter und Applaus. Sascha grinste trocken. Es war also eine Sie.

Timothée seufzte laut und meinte: «Ich hab mich schon lange gefragt, was hier eigentlich die ganze Zeit so gut duftet! Ich wär beinahe gestorben vor Hunger.» Noch mehr Gelächter.

Eunice ging zu einem kleinen Vorsprung, der sich im hinteren Bereich des Raums befand. Jetzt erst sah ich, dass von diesem Punkt aus ein weiterer Gang irgendwohin ins Dunkel führte.

Als Eunice zurückkam, hielt sie ein Blech, von dem ein betörender Duft nach Zimt und Äpfeln ausging, in den Händen. Selbst mir lief das Wasser im Mund zusammen. Eine Köstlichkeit wie Zucker und Früchte bekamen wir selten zu Gesicht. Von der Essensausgabestelle bezogen wir die nötigen Grundnahrungsmittel, wie Mehl, Eier und Salz; außerdem Kartoffeln und im Frühling Tomaten oder anderes Gartengemüse. Bei uns bekam jeder, was er brauchte. Die Rationen erhielten uns gesund und am Leben, aber im Überfluss gab es nichts. Die Essenspakete wurden rationiert, damit jeder Mensch auf der Welt genug zu essen hatte. Unsere Vorfahren – so hatte man uns gelehrt – hatten mit ihrer Gier verschwenderisch und auf Kosten der ärmeren Länder der Welt gelebt. Die Reformer unserer Regierung beseitigten diese Ungerechtigkeit und bestimmten, was das gesunde Minimum war, das jeder täglich zu sich nehmen sollte. Früher habe man die ärmeren Länder mit Entwicklungshilfe und immensen Summen unterstützen müssen. Heute lebten alle in Solidarität und Brüderlichkeit ein gleiches und gerechtes Leben. «Solidarität ist gut», sagte ich mir manchmal, wenn mein Magen Hunger anmeldete. Man musste sich eben einschränken, aber es war für einen guten Zweck. Irgendwie tröstete mich der Gedanke, dass ein Kind am anderen Ende der Welt genug zu essen hatte, weil ich meinen Verbrauch minimierte.

Eunice schnitt den Kuchen an, und jeder erhielt ein Stück. Wie ein ausgehungertes Rudel Wölfe fielen sie über die Köstlichkeit her. Sie sahen alle aus, als wären sie unterernährt. Doch das schien ihrer guten Laune keinen Abbruch zu tun. Fröhliches Gelächter und Geplauder erfüllten den kalten unterirdischen Treffpunkt. Der Zucker schien die Zungen zu lösen. Jemand warf ein Stück Holz ins Feuer, und die Flammen loderten wieder auf.

Eunice reichte auch mir ein saftiges Stück Kuchen. Sie sah mich freundlich aus ihren braunen Nussaugen an. Ich schämte mich, ihnen etwas wegzuessen, wollte aber auch nicht unhöflich sein. Deshalb erwiderte ich ihren Blick lächelnd und nahm das Kuchenstück entgegen. Wahrscheinlich hatte ich mir Eunices anfängliche Abneigung nur eingebildet.

Im hellen Feuerschein konnte ich die einzelnen Teilnehmer dieser seltsamen Zusammenkunft jetzt noch etwas genauer betrachten. Mir fiel auf, wie ärmlich alle gekleidet waren. In unserem Part lebte mit Ausnahme derjenigen, die große Verantwortung trugen, wie zum Beispiel Regierungsbeauftragte, niemand im Überfluss, aber noch nie hatte ich so viele zerschossene Schuhe und zerschlissene Jeans auf einmal gesehen, geschweige denn so schäbige, dünne Pullover. Die Gesichter waren teilweise regelrecht ausgemergelt, aber niemand hier sah deshalb verdrossen oder mürrisch aus der Wäsche, im Gegenteil, eigentlich waren sie alle sehr ausgeglichen und friedvoll. Ich runzelte die Stirn über diese offensichtlichen Gegensätze. Weshalb versammelten sie sich denn nicht an der Erdoberfläche? Hier unten war es ja trotz des wärmenden Feuers unangenehm feucht und kalt.

Ich erhob mich und ging auf das mannshohe, kunstvoll gemalte Kreuz zu und nahm einen Bissen von der wunderbar saftigen Torte. Sie zerging auf meiner Zunge wie ein Hauch. Wann hatte ich das letzte Mal etwas so Köstliches gegessen?

«Kephas hätte gewollt, dass wir einen Nachfolger bestimmen, wenn er nicht mehr da ist. Es ist für alle gut, wenn die Gruppe jemanden hat, zu dem sie aufschauen kann und der sagt, wo es langgeht.»

Erst jetzt bemerkte ich, dass sich Simon und Philemon zusammen mit Timothée und Claudia in eine dunkle Nische in meiner Nähe zurückgezogen hatten.

Simon sprach eifrig auf Philemon ein: «Ich weiß deine Bemühungen zu schätzen, Philemon, aber du hast eine Familie zu versorgen. Claudia ist krank, und deine Kleine ist ebenfalls kränklich. Du bist ein guter Prediger, aber die Leitung sollte *mir* übertragen werden. Ich bin Single. Ich habe keine weiteren Verpflichtungen.»

Unwillkürlich neigte ich meinen Kopf, um dem Gespräch besser folgen zu können.

Philemon meinte beschwichtigend: «Simon, ich verstehe deine Bedenken. Kephas wurde uns viel zu früh entrissen, so dass er keine Maßnahmen für seine Nachfolge hat treffen können, und er hätte auch gewollt, dass unsere Gemeinde einen Hirten hat. Er fehlt uns allen! Ich weiß auch, dass es fahrlässig war, sich allein auf ihn und seine Kontakte zu verlassen. All die Fragen: Wer wird von jetzt ab unsere Versorgung gewährleisten? Wer wird Außenstehende zu uns einladen? Mir dreht sich der Kopf, wenn ich daran denke! Aber Kephas hatte eine gute Tarnung! Du weißt, dass er ein Handicap hatte, und trotzdem hat er es geschafft. Auch ohne Beine. Er …»

Da fing Philemon meinen neugierigen Blick auf. «Lasst uns das zu einem anderen Zeitpunkt besprechen», sagte er etwas leiser, und die Gruppe verstummte.

Meine Augen wurden weit. Der Mann ohne Beine … Kephas … Wie viele Männer gab es ohne Beine? War der Mann mit den blauen Augen und ohne Beine etwa identisch mit dem Künstler, der das rote Kreuz gemalt hatte? War es kein Zufall, dass ich hier gelandet war? Mein Herz klopfte plötzlich wie wild. Ich wollte Philemon danach fragen. Nach der Wahrheit.

Doch er trat aus der dunklen Ecke, ging an mir vorbei und schloss sich wieder den anderen an. Simon, Claudia und Timothée tauschten vielsagende Blicke und folgten ihm.

«So, habt ihr den Kuchen genossen?», fragte Philemon in die Runde. Erneut brandete Applaus auf.

Gerade hatte ich beschlossen, mich auch wieder der Gruppe anzuschließen, als ich aus dem Augenwinkel eine Bewegung in dem Gang bemerkte, der mir vorhin erst aufgefallen war. Hatte sich jemand Fremdes unbemerkt angeschlichen? Vorsichtig näherte ich mich dem Durchgang und spähte hinein. Dort, neben aufeinandergestapelten, verrosteten Eisenstangen, lehnte eine Gestalt vornübergebeugt an der Wand. Im spärlichen Licht erkannte ich Eunice an ihrem karierten Hemd. Sie hatte die Hände vor das Gesicht geschlagen und gab dumpfe Geräusche von sich. Offenbar weinte sie. Und das herzzerreißend.

Sie klang so unglaublich traurig, dass ich gerade aus dem Schatten hervortreten wollte, um sie zu fragen, ob ich ihr helfen könnte, als plötzlich Claudia an mir vorbeihuschte und die schluchzende junge Frau in ihre Arme schloss. Es schien ihr egal zu sein, dass ich dabei zusah, und obwohl es unhöflich war, blieb ich wie angewurzelt stehen und sah zu, wie Eunice sich an Claudia klammerte.

«Was ist denn, mein Herz?», fragte die Ältere mit ihrer rauen, aber sanften Stimme. Als ich den Trost in ihren Worten hörte, wallte Sehnsucht in meinem Herzen auf, und ich wünschte mir irgendwie, an Eunices Stelle zu sein. Wann hatte mich das letzte Mal jemand so mütterlich und so liebevoll in den Arm genommen und mich getröstet? Ich wollte nicht lauschen, aber ich konnte mich von der Szene einfach nicht losreißen.

«Ach, es ist nur ...», schluchzte Eunice.

«Simon?», fragte Claudia mild.

«Ja!» Sie vergrub ihr Gesicht in Claudias Schulter.

«Was hat er denn getan?», forschte die Ältere.

«Eben! *Nichts!* Er sieht mich nicht einmal.»

Ein weiteres Schluchzen. Claudia löste Eunice aus ihren Armen, um ihr direkt ins Gesicht zu blicken.

«Es tut mir leid!», entschuldigte sich Eunice. «Ich weiß, bei Gott, dass wir hier unten größere Probleme haben als meine

Gefühlsduseleien. Ich ... ich kann ihn mir einfach nicht aus dem Kopf schlagen.»

«Das würde mich auch wundern», lächelte Claudia. Er ist ein flotter Kerl. Und sieht dazu noch gut aus ...»

Eunice stieß nochmals Luft aus. «Er ist blind.»

«Das sind sie in der Regel», schmunzelte Claudia. Sie küsste Eunice auf die sommersprossige Wange. «Es ist nicht aller Tage Abend. Die Liebe hat Geduld. Alles zu seiner Zeit.»

«Ich weiß, es ist einfach so schwer.»

«Niemand hat gesagt, es wird einfach. Nur Mut ...»

Jemand zupfte an meinem Ellbogen. Ertappt fuhr ich hoch. Es war Lois. Ihre Augen blinzelten mich an. «Mami hat gesagt, Lauschen ist nicht nett!», bemerkte sie.

Schuldbewusst suchte ich nach einer Rechtfertigung. Aber Lois war daran nicht interessiert. «Kommst du?», fragte sie und hüpfte unruhig von einem Bein aufs andere.

«Wohin?»

«Na, zum Gummibandhüpfen! Weißt du nicht mehr? Du hast gesagt, du hattest auch so eins. Kannst du mir ein neues Spiel beibringen?»

Ich zögerte.

«Oder ein Lied?» Die Kleine sah mich mit großen Augen an.

Es war Jahre her, dass ich unbeschwert gespielt hatte. Ich hob die Schultern.

«Oder einen Reim? Bitte, bitte, bitte!», fügte sie hartnäckig hinzu und zog an meiner Hand.

Ich ließ mich von ihr mitziehen. Die Jungs der Webers kickten derweil mit einem ziemlich luftleeren Lederball herum. Kämpferisch wie ein Wurf junger Hunde balgten sie sich um das Spielgerät.

«Siehst du!», trumpfte Lois mit der Hochnäsigkeit einer Sechsjährigen auf. «Nur Fußball im Kopf! Maaaami», rief sie ihrer Mutter zu, «siehst du, Anna ist gekommen und spielt mit mir. Gibst du mir jetzt das Gummiband?»

Damaris Weber förderte das Gewünschte zu Tage, stellte sich hinein und spannte das Band dann um Lois' kleine Füße.

«Ich stehe hier», verkündete Lois, trippelte rückwärts und stellte sich im Abstand von zwei Metern von ihrer Mutter auf. Das Gummiband bildete nun ein langes Rechteck. «Zeig es mir», forderte Lois mich auf.

«Ich weiß nicht», begann ich gedehnt. «Es ist schon so lange her ...»

Doch plötzlich kamen mir wie von selbst wieder die Reime in den Sinn, die ich als Kind gelernt hatte, und ich sprang los.

«Eins – zwei – drei – ich – wär – so – gerne – frei.» Ich musste lachen, so etwas Albernes hatte ich schon lange nicht mehr gemacht. «Sag – mir – al – les – was – du – weißt – und – ich – sag – dir – wie – du – heißt.» Erstaunlich! Ich wusste nach all den Jahren wirklich noch, wie ich hüpfen musste.

Hinter mir ertönte eine männliche Stimme: «Du – heißt – An – na – und – ich – heiß?» Simon war hinzugekommen und zwinkerte mir zu. Dann packte er Lois und hob sie sich auf die Arme. Das Gummiband zischte um meine Knöchel.

«Du heißt Simon», kicherte sie und quietschte vor Vergnügen, als er sie unter den Armen kitzelte.

«Glaubst du denn, dass ich das mit dem Hüpfen auch könnte, Lois?»

«Nein, deine Stinkelatschen sind zu groß», gluckste sie.

«Lois!», mahnte die Mutter. «Von wem hast du die Ausdrücke?»

«Von Philipp», erwiderte sie knapp und deutete auf einen der kleinen Fußballspieler.

«Da magst du recht haben», antwortete Simon.

«Anna war noch nicht fertig!», tadelte Lois ihn.

«Ich weiß», gab er zu. «Aber ihr könnt immer noch spielen, wenn Anna das nächste Mal hier ist. Was jedoch bald nicht mehr da ist, ist das letzte Stückchen Kuchen! Wenn deine Mama Ja sagt, dann würde ich vorschlagen, verdrücken wir zwei das noch gemeinsam.»

Lois kämpfte sich aus seinen Armen frei. «Darf ich, Mami?» Damaris nickte.

In diesem Moment erklang Philemons laute Stimme, und der Lärm der verschiedenen Aktivitäten verstummte: «Ich schlage vor, wir singen noch ein Lied. Dann wird es Zeit, dass wir uns wieder zerstreuen.»

«Bleibt es bei unserem nächsten Treffen am Sonntagabend?», fragte Simon und warf mir einen eindringlichen Blick zu.

Philemon schaute ihn streng an. «Das werden wir noch sehen.»

Er wandte sich wieder an alle. «So, lasst uns das Zusammentreffen beenden. Wer begleitet Anna hinauf?»

Ich wusste, ich war entlassen.

Simon grinste mich an. «Ich!», meldete er sich eifrig.

«Ich komme mit», warf Eunice schnell ein.

«Und das Singen?», fragte ich schüchtern. «Singt ihr nochmals das Lied von vorhin?»

«Ja, gut!», stimmte Philemon bereitwillig zu, seine Züge wieder entspannt. Er schloss nochmals die Augen. Alle erhoben sich und stellten sich im Kreis um das langsam ersterbende Feuer auf.

Philemon holte tief Luft und sang mit klangvollem Bariton: «Amazing grace, how sweet the sound ...»

Die anderen setzten mehrstimmig ein: «... that saved a wretch like me! I once was lost, but now I am found, was blind, but now I see.»

Es war eine wunderschöne Hymne. Die Klänge schallten von den Wänden wider, und mir schien es, als würden in meinem Herzen Saiten zum Schwingen gebracht, die meinen ganzen Körper mit dem Lied erfüllten. Als wäre ich ein Teil dieses Gesangs.

Eunice besaß eine glockenklare, reine Stimme, die sich von den anderen abhob. Claudias leicht heisere rauchige Altstimme verschmolz mit ihrer zu einem einzigen Guss. Philemon sang kräftig, dazu erklang Simons Bassstimme, und die übrigen schmetterten ebenfalls aus voller Kehle. Die letzten Töne verklangen, und eine andächtige Stille umhüllte uns.

Ich spürte auf meiner linken Wange einen Tropfen Feuchtigkeit. Ich wandte den Kopf nach oben. Vielleicht war die Höhle so feucht, dass es tropfte? Doch dann bemerkte ich erschrocken, dass ich eine Träne vergossen hatte. Ich wischte sie heftig weg. Seit der Trauer um meinen Bruder hatte ich nicht mehr geweint. Die Gefühle in meinem Inneren waren bei diesem Lied so stark in Wallung geraten, dass sie wohl ein Ventil gebraucht hatten. Das Lied hatte meinen Verstand ausgetrickst und hatte sich direkt an mein Herz gewandt.

Philemon öffnete die Augen. Er lächelte mich an und streckte mir dann seine Hand zum Abschied entgegen. Mir fiel auf, dass ihm, genau wie meiner Mutter, der rechte Daumen fehlte. «Danke», murmelte ich, während wir die Hände schüttelten, und wusste eigentlich gar nicht genau, wofür.

«Anna!» Er blickte mich ernst an. «Es ist eine gute Sache, sich auf die Suche nach der Wahrheit zu begeben. Bleib dran! Es könnte dein Leben verändern.»

Ich erstarrte.

Seine wissenden Augen nickten mir zu. Kephas war der Mann ohne Beine, der mir den Zettel zugesteckt hatte. Ich war mir nun ganz sicher.

Ich machte noch eine kleine Abschiedsrunde. Alle sagten mir herzlich auf Wiedersehen. Nur Sascha kam nicht näher. Sie nickte mir höflich und distanziert zu.

«Komm!» Simon fasste mich um den Ellbogen und schob mich in Richtung des Ausgangs. «Ich hoffe, du konntest einen guten Einblick in unsere Gruppe gewinnen?» Er grinste mich wieder bedeutungsvoll an.

Ich konnte nur nicken. Ich war zu keinem Wort mehr fähig. Eunice schlich uns nach. Als wir am oberen Ende der Wendeltreppe angekommen waren, schüttelte Simon mir wieder kräftig die Hand. «Es freut mich echt, dass du heute hier warst, Anna! Du bist uns jederzeit willkommen! Vielleicht willst du ja am Sonntag kommen? Wir treffen uns um 22 Uhr», lud er mich ein. Eunice rammte ihm den Ellenbogen in die Rippen. Aber dann streckte auch sie mir die Hand entgegen. «Ciao, Anna! Komm gut heim. Wir schließen hinter dir ab», meinte sie knapp. Sie öffnete vorsichtig die Tür, spähte hinaus und winkte mich heran.

«Geht ihr noch nicht nach Hause?», fragte ich Simon.

«Noch nicht», zischte Eunice an seiner Stelle.

«Aber bald!», ergänzte Simon sanft. Er hob die Hand nochmals zum Gruß. Dann wandte er sich um und stieg die Treppe hinab. Etwas enttäuscht über den schnellen Abschied, ließ ich mich von Eunice aus der seltsamen Welt, in die ich gerade hineingeraten war, herauslotsen und stand eine Sekunde später im grellen Licht des Bahnsteigs. Geblendet kniff ich die Augen zusammen.

Ein leises Geräusch vom Abschließen der Tür hinter mir und das rote Kreuz, das, wie ich nun wusste, Kephas neben die Tür gepinselt haben musste, waren das Letzte, was ich aufnahm, bevor ich mich mechanisch in Bewegung setzte. Weg von Gleis fünf, raus aus dem menschenleeren Bahnhof, weiter in Richtung Zuhause.

Die ersten Schneeflocken des Jahres tanzten mir entgegen. Ich war von Raum und Zeit entrückt. Es kam mir vor, als hätte ich im unterirdischen Bahnhof eine überirdische Begegnung gehabt. Der Schnee hatte eine weiße Decke auf den Pflastersteinen hinterlassen. Vor mir lag eine jungfräuliche Schneeschicht, die noch kein Wesen betreten hatte. Es war wunderbar, über den kühlen weichen Teppich zu schweben und die eisige Luft tief einzuatmen.

Es kam mir so vor, als hätte nicht nur die Landschaft ein neues Kleid angezogen, sondern als hätte sich auch in mir eine Verwandlung abgespielt. Die Schneeflocken legten sich auf meine dünne Jacke und auf meine Haare. Übermütig drehte ich mich einmal im Kreis herum und stampfte dann ein großes Kreuz in den Schnee. *Eins – zwei – drei – ich – wär – so – gerne – frei!* Abenteuerlust durchfuhr mich. Die Begegnungen dort unter dem Bahnhof hatten einen neuen Lebensabschnitt eingeläutet. Ich fühlte es.

In der Gasse, in der mich der Mann ohne Beine angesprochen hatte, hielt ich inne.

«Wenn du wirklich Kephas gewesen bist», murmelte ich leise, «dann wollte ich dir sagen, dass ich mich auf die Suche begeben habe. Und danken wollte ich dir auch.»

In der Stille der Nacht, den Sternenhimmel über mir und das Geräusch knirschenden Schnees unter meinen Schuhen, lief ich nach Hause.

So verwirrend und aufwühlend auch alles gewesen war, ich fühlte mich leicht wie schon lange nicht mehr, und ein echtes, tief empfundenes Lächeln erschien auf meinem Gesicht, als ich endlich vor meiner Haustür stand.

Kapitel 6

Erst als ich die Augen aufschlug, bemerkte ich, dass ich das erste Mal seit einer Woche durchgeschlafen hatte. Der Tag dämmerte bereits heran. Ich war wieder zu spät dran!

Mit einem unflätigen Fluch auf den Lippen schwang ich die Beine über den Bettrand und stieß meiner Mutter dabei versehentlich den Ellbogen in die Rippen. Sie regte sich unruhig. Meine Füße landeten auf dem eiskalten Boden. «Brrrrr, kalt!», schimpfte ich leise und kramte unter dem Bett nach den Socken, die ich, als ich gestern todmüde ins Bett gefallen war, nur noch schnell abgestreift hatte. Noch im Nachthemd, aber immerhin mit Socken, stapfte ich zur Arbeitsstation und drückte mit einer geschmeidigen Bewegung meinen

Daumen auf den Fingerabdruckscanner. In meinem Kommunikations-Programm blinkten fünf verpasste Anrufe auf. Sie stammten allesamt von Aquilina Akbaba. Sie hatte mich offenbar dringend gesucht. Ich blickte auf die Uhr und fragte mich, was mir mehr Schaden zufügen würde: zu spät zum Unterricht zu kommen oder Aquilina bis zur Mittagspause warten zu lassen.

«Aquilina ist nett!», entschied ich mich, «sie wird ein Auge zudrücken.»

Meine Haare rochen nach Lagerfeuer und erinnerten mich an die letzte Nacht. Aber es blieb mir leider keine Zeit für eine Dusche.

Eilig kleidete ich mich an, band mir vor dem Spiegel im Bad noch schnell die Haare zu einem zerzausten Pferdeschwanz zusammen und raste dann ohne Frühstück aus der Wohnung. Die Tür knallte laut ins Schloss. Wahrscheinlich war meine Mutter jetzt endgültig wach, und sicher war sie auch erschrocken, aber ich konnte es nicht riskieren, auch nur noch eine Minute zu verschwenden, sonst wären mir sowohl eine Verwarnung von der Schule als auch ein Rüffel von Aquilina gewiss.

Im Treppenflur fiel mir wieder der Schnee von gestern ein, doch als ich vor die Haustür trat, sah ich, dass sich die weichen Flocken in nasskalten Schneeregen verwandelt hatten, der meine dünne Jacke schon nach wenigen Schritten durchnässt hatte. Die Schneeschicht hatte sich auf der Straße mit Wasserpfützen vermischt. Jeder meiner hastigen Schritte ließ das eiskalte Gemisch aus Wasser und Schnee hochspritzen. Ich konnte froh sein, dass meine Schuhe nicht so löchrig waren wie die von Simon, Claudia oder einem der anderen von gestern. Aber meine Hosenaufschläge sogen sich mit dem Eiswasser voll, und das war auch nicht gerade angenehm. Für Klagen hatte ich jetzt keine Zeit. Nicht einmal, dass ich gerade die schicksalhafte Gasse durchquerte, in der Kephas in einer Blutlache verendet war, drang wirklich zu mir durch. Mein Herz raste vor Anstrengung, als ich das Humanium vor mir sah.

Mit quietschenden Sohlen schlüpfte ich hinter einer Gruppe adrett gekleideter Teenager-Mädchen durch das mächtige Eingangstor.

Im Foyer saßen wie immer die Peacemen. Diesmal gammelten sie nicht auf dem Treppenaufgang herum, sondern waren vor der Theke der Empfangsdame versammelt. Tatsächlich konnte ich unter einer der verfilzten roten Mützen die ungekämmte Mähne von Sascha ausmachen. Ich hatte gewusst, dass ich sie hier schon einmal gesehen hatte! In diesem Augenblick hatte sie mich ebenfalls erblickt. Sie lächelte mich spröde an. Ich ertappte mich beim Zurücklächeln. Wir teilten nun ein Geheimnis. Obwohl ich ihr schäbiges Aussehen verachtete und für ihre Aktivitäten nur ein müdes Kopfschütteln übrighatte, fühlte ich mich mit ihr verbunden, weil sie wie ich dieser geheimnisvollen Zusammenkunft in den Tiefen des Bahnhofs beigewohnt hatte.

Ich wollte auf sie zugehen. Vielleicht hatte sie Insiderwissen, vielleicht kannte sie die verrückte, singende Gruppe ja schon länger und konnte mir noch zusätzliche Informationen über das Kreuz geben? Für diese Auskunft würde ich sogar eine Verwarnung fürs Zuspätkommen in Kauf nehmen. Doch als sie bemerkte, dass ich sie anpeilte, verschwand sie schnell in einem der Gänge.

«Mist!», rief ich halblaut aus, drehte auf dem Absatz um und hastete die Treppe zum Unterrichtszimmer hoch. Auf dem Programm stand heute – als Teil des Moduls Selbstbeherrschung – ein Meditationskurs. Ich glaubte, etwas Ruhe würde mir guttun.

Auf die Sekunde pünktlich öffnete ich die Tür zu dem abgedunkelten Raum. Alle Studenten waren bereits eingetroffen und hatten sich im Lotossitz auf Matten niedergelassen. Die für die Entspannungsübungen zuständige *Humanita Perfecta* bedachte mich bloß mit einem ungnädigen Blick. Doch ich war um eine Verwarnung herumgekommen. Ich atmete auf und suchte Felix. Ich konnte ihn in der Dunkelheit bloß ausmachen, weil er ein grellgrünes T-Shirt trug. Er winkte mir zu. Liebenswürdigerweise hatte er neben sich eine Matte frei gelassen.

«Na, Anna Tanna!», sagte er in einer Lautstärke, die er wohl selbst für halblaut hielt, die ihm jedoch einen bösen Blick der *Humanita Perfecta* einbrachte. «Was ist in letzter Zeit los mit dir?», sagte er etwas leiser. «Du bist immer zu spät!»

«Was heißt hier *immer?*», gab ich zurück. Ich schlüpfte aus meinen Schuhen, ließ mich auf die Matte nieder, legte meinen rechten Fuß auf meinen linken Oberschenkel und den linken Fuß auf den rechten Oberschenkel. Die Fußsohlen mussten nach oben zeigen, die Knie sollten im Kontakt mit dem Boden stehen. Ich richtete meinen Oberkörper auf, wie ich es bei den anderen sah, und zog die Schultern leicht zurück. Dann schloss ich die Augen, um mich darauf zu konzentrieren, regelmäßig zu den sphärischen Klängen zu atmen, die die *Humanita Perfecta* mit einer Klangschale vorgab. Erst nach ein paar Minuten gelang es mir, ein wenig abzuschalten.

Doch Felix war noch nicht fertig. Er wisperte: «Dein schlechtes Gewissen hat dich gesucht!»

«Aquilina?», fragte ich erschrocken – und viel zu laut.

«Bitte entspannen Sie sich!», kam die Aufforderung von vorne.

Ich presste die Augen zu und versuchte angestrengt, entspannt auszusehen.

«Ja, ich glaube, so hieß sie!», führte Felix das Gespräch unbeirrt fort.

«Wie kommst du darauf, dass sie mich sucht?», fragte ich.

«Sie hat mich auf den Goggles angerufen, da sie dich nicht erreichen konnte. Ich sagte ihr, dass ich nicht dein Aufpasser sei», meinte er.

Ich hoffte einfach, er hatte es ihr nicht in diesem aufsässigen Ton gesagt.

Auf meinen Goggles blinkten die verpassten Anrufe jetzt auch auf. Ich schüttelte verständnislos den Kopf. So langsam war ich verunsichert. Hatte ich etwas verbrochen, was mir nicht bewusst war? Gab ich ihr einen Grund, mir Punkte abzuerkennen? Felix hatte wirklich recht, wenn er unsere geistigen Führer als «schlechtes Gewissen» bezeichnete. Dieses pochte nun in mir.

«Wieso wendet sie sich an dich?», maulte ich.

«Nimm es easy!», versuchte mich Felix zu beruhigen. «Du hast halt keine Angehörigen oder Freunde außer mir!» Er hatte wieder einmal recht. Ich knirschte mit den Zähnen. Ich dachte an Philemon und seine Gruppe und schüttelte den Kopf. Sie waren zwar alle sehr nett zu mir gewesen, aber ob sie irgendwann mal meine Freunde sein würden, bezweifelte ich.

Aquilina! Noch nie war sie mit mir außerhalb der abgemachten Zeit in Kontakt getreten. «Was mag sie wohl von mir wollen?», überlegte ich leise.

«Was hast du Verbotenes getan?», neckte Felix.

Ich zerbiss mir eine mögliche Antwort auf den Lippen. Nicht einmal Felix wollte ich erzählen, wo ich heute Nacht gewesen war. Nicht, bevor ich nicht mehr über diese Gruppe herausgefunden hatte. Mittlerweile war ich mir nicht einmal mehr sicher, ob ich das alles nicht nur *geträumt* hatte. Ich würde am Sonntag wieder zum Bahnhof gehen und bis dann weiter fleißig Informationen über das Kreuz und diesen Jesus sammeln. Aber Aquilina durfte unmöglich etwas über diesen Ausflug erfahren.

Die Entspannungsübungen rauschten an mir vorbei, weil ich sämtliche Gespräche und Begegnungen der gestrigen Nacht in meinem Gehirn rekapitulierte.

Als der Gong ertönte, raffte ich mich geistesabwesend und erschreckend verspannt auf. Normalerweise ging ich nach diesem Kurs mit Felix einen kostenlosen Kaffee trinken. Doch nun wollte ich an meiner Geschichtsarbeit weitermachen und die Informationen, die ich während meines nächtlichen Erlebnisses gesammelt hatte, auswerten.

Bevor Felix sich aus dem Lotossitz entknotet hatte, war ich auch schon davongehuscht, um mir irgendwo in der Schule eine freie Arbeitsstation zu suchen. Ich hätte zwar auch einfach alle Informationen in die Goggles eingeben können, doch ich wollte – im wahrsten Sinne des Wortes – einen freien Kopf haben und meinen Gedanken an einer neutralen Arbeitsstation nachgehen.

Ich fand einen Aufenthaltsraum, der relativ leer war, und drückte dort nachdenklich den Daumen auf den Fingerabdruckscanner einer freien Arbeitsstation. Sobald sie hochgefahren war, tippte ich in die Suchmaschine den Begriff «Kreuz» in das dafür vorgesehene Feld ein. In Sekundenschnelle listete der Rechner mir seitenweise Vorschläge auf, die das Wort enthielten.

«Es ist ein Kreuz mit der Verteilung der Lebensmittel ...» Ich klickte die Seite an, doch es war nur der Bericht einer Angestellten aus dem entferntesten Winkel unseres Parts.

Über «Das Rote Kreuz» gaben die nächsten fünfzig Artikel Auskunft. Dort sah ich zwar das Pluszeichen, aber als ich mich etwas hineinlas, merkte ich, dass es eine medizinische Organisation beschrieb, die vor Jahrhunderten gegründet worden war, nun aber unter anderem Namen arbeitete. Aber nichts von einem Zeichen der Versöhnung.

Ich scrollte weiter nach unten und ließ mir dann die nächsten hundert Ergebnisse anzeigen. Kreuzbandriss ... ein wichtiger *Humanitus Perfectus* hatte sich einer Operation unterziehen lassen. Weiter. Kreuzotter, eine giftige Schlange ... Kreuzspinne ... Kurz klickte ich mich durch die Bilder. Sie hatte zwar dieses charakteristische Zeichen auf ihrem gewölbten Leib, aber das brachte mich natürlich auch nicht weiter. Kreuzschlüssel ... ein Werkzeug.

Kreuzworträtsel ... schon mal gelöst, aber eher weniger spannend gefunden.

Nach der elften Seite stieß ich auf das Hakenkreuz ... Es war das Zeichen einer Diktatur gewesen, die vor etwa zweihundert Jahren ganz Europa ins Chaos gestürzt hatte, doch das Zeichen war nicht das Richtige.

Sosehr ich auch suchte, ich fand weder ein Kreuz, das so aussah wie «mein» Kreuz, noch Informationen über ein Zeichen, das für die Versöhnung zwischen Gott und den Menschen stand. Die Zeit verging schnell, und ich wurde so langsam ärgerlich. Wo sollte ich denn noch suchen?

Philemons Stimme klang in mir nach: «Seit 2100 Jahren ist das Kreuz das Zeichen der Christen.» Christen. Ich hatte von ihnen noch nie gehört. Aber was konnte es schaden, wenn ich auch danach noch ein wenig suchte? Flink tippten meine Finger «Christen» in das System ein. Das brachte mich jedoch auch nicht weiter. Vor meinen Augen erschien eine lange Liste von Namen. Ein Mario Christen war *Humanitus Perfectus* geworden. Eine Sabine Christen hatte sich entschieden, den dionysischen Weg einzuschlagen. Namen. Namen, wohin man nur blickte. Ich seufzte ärgerlich auf.

«Okay! Versuchen wir es mal mit ‹Jesus›! Einer, der vor 2100 Jahren Worte verfasst hat, die man heute noch liest, muss doch in einem die Welt umspannenden Netzwerk zu finden sein!», grummelte ich leise vor mich hin.

Aber als ich nach ein paar Minuten bei der Biografie eines Jesús, der ein spanischstämmiger Diktator gewesen war, angekommen war, musste ich einsehen, dass meine Suche immer nur in Sackgassen endete. Wenn jemand den Frieden predigte, konnte er wohl kaum ein Diktator im *Land des Silbers* gewesen sein. Also war ich auch mit diesem Begriff gescheitert.

Langsam fing ich an, an meinem Verstand zu zweifeln. Hatten sich die Ereignisse heute Nacht wirklich abgespielt? Hatte es diesen Jesus jemals gegeben, oder war er ein Hirngespinst dieser Leute? Aber der Zettel und die Begegnung mit Kephas waren real gewesen! Der Beweis lag zu Hause unter meiner Matratze. Vielleicht gab es einfach nur sehr wenige Spezialisten, die etwas über die Christen wussten? Philemon hatte meine Worte über die Suche nach der Wahrheit aufgegriffen, als wüsste er mehr, als er mir gesagt hatte. Als wäre er in ein Geheimnis eingeweiht ...

«Wahrheit», tippte ich in das Suchfeld. Auch hier fand ich jedoch nur abstrakte philosophische Abhandlungen und nichts über diejenige Wahrheit, die Menschen befreien sollte.

Eine Blitzidee schoss mir durch den Kopf. Wenn die Worte dieses Jesus so alt waren, dann waren sie vielleicht in der Bibliothek des Humaniums zu finden.

Das Humanium beherbergte im Untergeschoss einen riesigen Fundus an Büchern der vergangenen Jahrhunderte, in dem man nach alten Schriften suchen konnte. Schnell klickte ich auf der Arbeitsstation den Bibliothek-Button an und gestaltete die Suche dort so, dass es mir das Buch mit den meisten Erwähnungen des Namens «Jesus» aufrufen würde. «Die Bibel», hieß es am Anfang meiner Liste. «Die Heilige Schrift», lautete der Untertitel.

«Heilig hört sich gut an», murmelte ich. Schnell sprach ich mir die Nummer des Buches, den Gang und das Regal in die Goggles. In der Mittagspause würde ich nach dem Buch suchen, vielleicht würde es mich weiterbringen.

Meine Augen erfassten die Zeitleiste der Arbeitsstation. Erschrocken blickte ich auf. Das Foyer der Schule war wie leergefegt. Diesmal würde ich zu spät kommen, das war so sicher, wie auf den Tag der Abend folgte. Schnell schaltete ich die Arbeitsstation aus und rannte durch die Gänge in den nächsten Selbstbeherrschungskurs. Vor der verschlossenen Tür angekommen, presste ich keuchend den Daumen auf den Scanner neben dem Schulzimmer. Die *Humanita Perfecta* sah ärgerlich auf, als ich eintrat.

«Studentin Tanner! Beehren Sie uns auch noch mit Ihrer Anwesenheit?», sagte sie kühl und beherrscht. «Sie wissen, dass Sie damit eine Verwarnung erhalten.» Ich nickte ergeben und setzte mich. Auf meinen Goggles blinkte ein roter Punkt auf. Ich hatte diese offizielle Rüge beim allabendlichen Gespräch meiner geistigen Führerin zu melden. Wieder dachte ich daran, dass sie mich heute schon mehrere Male versucht hatte zu erreichen. Sie würde keine Freude an mir haben. Eine Verwarnung würde das Gespräch mit ihr nicht einfacher machen.

Felix warf mir einen verwunderten Blick zu und grinste, als ich ungehalten die Augen verdrehte. In letzter Zeit hatte ich häufiger das Bedürfnis, ihn zu hauen. Doch wo war meine Selbstbeherrschung? Je mehr ich versuchte, mich beherrscht und angemessen zu verhalten, desto mehr hatte ich das Gefühl, dass mein Leben außer Kontrolle geriet.

«Was hat dich aufgehalten?», fragte Felix.

«Recherche!», zischte ich ihm zu.

«Gibt es etwas, das du mir sagen möchtest?», hakte er nach.

«Ja», lenkte ich ein, «aber sicher nicht hier und auch nicht heute!», fügte ich hinzu und fühlte mich besser, weil ich wusste, dass es ihm immer schwerfiel, seine Neugier im Zaum zu halten.

Die Stunde wollte einfach nicht vorbeigehen. Unsere überaus langweilige und gelangweilte *Humanita Perfecta* schwadronierte über die griechische Schule der Stoa und informierte uns über die Selbstbeherrschungsmethoden der Antike.

Nach zwei Stunden erlöste uns der Gong, der die Mittagspause ankündigte, und ich eilte erneut ohne Gruß von Felix weg. Ich sah ihn ohnehin jeden Tag, und vielleicht tat es ihm auch mal gut, wenn er merkte, dass er nicht immer das Interessanteste in meinem Leben war. Ich wusste, dass ich versuchen sollte, mit Meisterin Akbaba Kontakt aufzunehmen. Doch die Aussicht, mehr über das Kreuz und die Christen zu erfahren, übte eine stärkere Anziehungskraft auf mich aus. Aquilina konnte auch bis zum Abend warten. *Während der Unterrichtszeit hat sie mich nicht zu stören,* dachte ich trotzig, um im nächsten Moment erschrocken über meine Schulter zu schauen, als hätte ich meine rebellischen Gedanken laut ausgesprochen. Aber die Studenten, die hinter mir herliefen, waren viel zu konzentriert auf ihre Gespräche, als dass sie von mir Notiz genommen hätten.

Bald hatte ich die Katakomben des Humaniums erreicht. Eine nervöse Anspannung ergriff mich. Ich presste den Daumen auf den Scanner der Bibliothekstür. Zischend öffneten sich die hydraulischen Tore, und ich betrat das Bücherparadies. Der modrige, staubige Duft alter Bücher kam mir entgegen. Neben dem Eingang stand eine Angestellte, die für das Einsortieren und für die Ruhe in der Bibliothek zuständig war. Im Eingangsbereich waren viele Tische aufgebaut, an denen Studenten saßen, deren Nasen in klobigen oder zerfledderten Büchern steckten. Ich schaute kurz auf meine Notiz in den Goggles und irrte dann eine Weile in den Gängen umher, die sich über mehrere Etagen erstreckten.

Der gesuchte Gang lag im untersten Stock der Bibliothek, in einer der hintersten Reihen. Suchend streiften meine Augen über die gleichförmigen Buchrücken. In der drittobersten Reihe fand ich das

Buch schließlich. Zwischen Fantasy- und Science-Fiction-Romanen des 21. Jahrhunderts stand ein dicker schwarzer Schmöker mit einem goldfarbenen Kreuz auf dem Rücken. Ich war tatsächlich fündig geworden!

Ich stellte mich auf die Zehenspitzen und streckte meinen Arm aus, um das Buch aus dem Regal zu ziehen.

Doch eine andere Hand griff im selben Moment über meinen Kopf hinweg und war zuerst an der Bibel. Die Hand war braungebrannt und kam mir seltsam bekannt vor.

«Hallo, Anna!» Eine maskuline Stimme sprach mich an.

Ich zuckte erschrocken zurück und knallte mit dem Rücken gegen das Büchergestell. Mein Herz raste. Adonis Magellan! Wie war er so plötzlich aus dem Nichts erschienen?

Mein Dozent stand mit einem nonchalanten Lächeln vor mir. Die Augen mit der Farbe von dunkler Melasse schauten mich belustigt an, während er das schwere Buch unter seinen Arm klemmte.

«Na, haben Sie noch mehr Fragen?»

Ich schüttelte nur den Kopf und versuchte mich von dem doppelten Schrecken, in der verlassenen Ecke der Bibliothek von jemandem überrascht worden zu sein, und der Tatsache, dass diese Person der schönste Mann war, dem ich je begegnet war, zu erholen. Weshalb sprach er mich mit meinem Vornamen an? Wieso hatte er ihn sich gemerkt?

«Eine Frage? Ja, ähm, was tun Sie hier?» Ich biss mir auf die Lippen. Ich war viel zu vorlaut.

«Eine gute Frage!», lächelte Adonis sein göttliches Lächeln. «Aber ich habe eigentlich eher Fragen betreffs der Forschungsarbeit gemeint.» Er zog das Buch unter seinem Arm hervor und schaute es stirnrunzelnd an.

«Na?», forderte er mich heraus.

«Was ist die Bibel eigentlich?», stieß ich hervor.

«Das Buch der Bücher!» Die Antwort kam fließend.

«Sagt wer?»

«Die Christen.»

«Wer sind eigentlich Christen?»

«Sie sind Nachfolger eines gewissen Christus.»

«Wer ist Christus?»

«Eigentlich heißt er Jesus Christus.»

«Wo lebt er? Er ist offenbar vor langer Zeit gestorben?»

«Ja, davon habe ich gehört.» Adonis lächelte sein jungenhaft umwerfendes Lächeln. «Sie haben tatsächlich viele Fragen, Anna!»

«Sie wissen viele Antworten, Meister Magellan», gab ich verwundert zurück. Er hatte mir auf jede Frage wie aus der Pistole geschossen geantwortet.

«Dafür werde ich ja auch bezahlt», schmunzelte er.

Meine Anspannung löste sich bei unserem munteren Frage-Antwort-Feuergefecht. Mein Herzschlag beruhigte sich.

Ich streckte die Hand bittend nach der Bibel aus. «Ich möchte sie gerne ausleihen.»

«Jetzt habe ich aber auch eine Frage ...» Adonis klemmte das Buch wieder unter den Arm. «Weshalb interessieren Sie sich so für die Bibel ... Anna?»

Unter seinem Blick stieg mir wieder die Röte ins Gesicht. «Ich habe das dumpfe Gefühl, dass das Kreuz und die Bibel eng zusammenhängen», antwortete ich mutig und deutete auf das Zeichen auf dem Buchrücken.

«Und Sie?», fragte ich keck.

Adonis' Mundwinkel zogen sich nach oben. «Ich darf als *Humanitus Perfectus* nicht hinter meinen fleißigen Schülern zurückstehen. Wenn Sie unter meiner Aufsicht eine Geschichtsarbeit schreiben wollen, dann muss ich bestens informiert sein.» In seinen Augen blitzte es schelmisch, als er mich anschaute, und dann lachten wir einfach los.

Ich senkte den Blick und schlug erschrocken meine Hand vor den Mund. Durfte ich mit einem *Humanitus Perfectus* so unbeschwert scherzen?

Adonis schien solche Hemmungen nicht zu kennen. «Lassen Sie mir das Buch für heute?» Er schaute mich treuherzig an. «Ich möchte etwas darin lesen. Ich werde es aber wieder zurückstellen. Morgen dürfen *Sie* das Buch der Christen dann ausleihen.» Ich nickte automatisch.

«Kennen Sie Christen, Anna?», fragte er plötzlich unvermittelt. Ich war nicht sicher, ob Philemon und seine Freunde Christen waren, obwohl ich die Antwort ahnte. Ich zuckte deshalb unverbindlich mit den Schultern.

Adonis legte mir die Hand auf die Schulter, und bei seiner Berührung fing mein Herz wieder an zu rasen. «Anna, falls Sie Christen kennen lernen, dann fragen Sie doch diese, was es mit dem Kreuz und alldem auf sich hat.» Er hob die Bibel leicht an. «Die Christen sind schwer zu finden. Man munkelt, sie seien ausgestorben. Nichtsdestotrotz, falls Sie auf Christen treffen, geben Sie mir Bescheid. Versprochen?» Ich nickte eifrig.

«Darauf können Sie Gift nehmen!», rutschte es mir heraus.

«Nein, den Gefallen tue ich Ihnen nicht», scherzte Adonis erneut. Ich errötete.

«Bildlich gesprochen», korrigierte ich mich.

«Also gut, bildlich gesprochen!» Er grinste.

«Sie gefallen mir, Anna!» Er blickte mich direkt an. «Sie haben einen guten Instinkt für die Recherche. Ich denke, wir werden da eine brauchbare Arbeit zustande bringen. Verpassen Sie die Mittagspause nicht.» Er zwinkerte mir zu und verschwand um die Ecke, die Bibel fest unter seinen Arm geklemmt.

Ich blickte ihm nach. *Hab ich das grad geträumt?*, fragte ich mich. Als wir so unbeschwert über die Bibel gesprochen hatten, hatte ich einen Augenblick lang wirklich vergessen, dass ich ihn für den Abgesandten der Götter hielt und dass er ein respektabler *Humanitus Perfectus* war.

Nun aber traf mich die Begegnung mit voller Wucht. Kraftlos sank ich gegen das Büchergestell. Die Konversation hatte mir buchstäblich den Atem geraubt. Zwar hatte ich das Buch, das meinen Wissensdurst stillen sollte, nicht erhalten, doch mein Dozent schien, was meinen Forschungsdrang betraf, hinter mir zu stehen. War das nicht viel wichtiger? Vielleicht würde ich mit Adonis' Hilfe tatsächlich eine gute Arbeit auf die Beine stellen. Wenn dies Extrapunkte gab, dann konnte ich dadurch meine momentane Unachtsamkeit und Zerstreutheit wieder wettmachen. Mich mit dem Sohn eines Regierungsmitglieds gut zu stellen würde meinem Ruf nur Gutes tun.

Ich staunte über das Wissen von Adonis Magellan. Wieso hatte er über die Christen und diesen Jesus Christus so gut Bescheid gewusst? Wenn ich über diesen Jesus keine Informationen im weltweiten Netzwerk fand, wie konnte Adonis dann über ihn Bescheid wissen? Vielleicht war es das Privileg eines *Humanitus Perfectus,* Zugang zu Daten zu haben, die normalen Studenten verwehrt blieben. Ein weiterer Grund für mich, möglichst rasch die Erleuchtung zu erlangen …

Ein nächster Besuch bei Philemon und den anderen war dringend notwendig. Wenn er und seine Freunde wirklich Christen waren, dann hatte ich unverschämtes Glück. Der tote Künstler Kephas hatte mir mit dem Zettel und seiner dringlichen Aufforderung unwissentlich eine Tür aufgestoßen. Das nächste Mal würde ich Philemon, Simon und Eunice mit Fragen buchstäblich löchern und danach mit Adonis alle Antworten bis ins kleinste Detail erörtern, beschloss ich.

Aber jetzt musste ich mir erst einmal meinen Weg heraus aus dem Labyrinth der Bibliothek suchen. Ich stieß mich vom Regal ab und ging schnellen Schrittes in die Richtung, in die auch Adonis gegangen war.

Als ich einige Minuten später, noch immer etwas gedankenverloren, das Zimmer für den nächsten Selbstbeherrschungs-Unterricht betrat, prallte ich in der Tür mit einer der Blondinen zusammen, die scheinbar unweigerlich in jedem meiner Kurse anzutreffen waren. Ich murmelte eine kurze Entschuldigung und ließ die Nixe dann einfach stehen – ich hatte jetzt wirklich keine Zeit für die Probleme so einer Blondine, die wahrscheinlich eh nur an der Tür herumlungerte, damit alle, die reinkamen, ihre ultralangen Beine in gewagt enger, cremefarbener Hose bewundern konnten.

Der Nachmittagsunterricht rauschte ungehört an mir vorbei. Selbst Felix' Fragen, wo ich denn wieder gesteckt hätte, konnten mich nicht aus der Ruhe bringen. Ich konnte nur an Adonis' schönes Gesicht denken und mich in der Erinnerung an den Klang seiner Stimme sonnen. «Sie gefallen mir, Anna ... Sie gefallen mir ...»

Beim Ertönen des Gongs stand ich blitzartig auf. Mit einem kurzen Gruß in die Richtung des verwunderten Felix hastete ich aus dem Unterricht heraus, die Gänge der Schule entlang und raus in die Nacht. In Rekordgeschwindigkeit erreichte ich unser Haus, raste die Treppen hinauf und erreichte erschöpft die Haustür.

Als diese ein paar Sekunden später mit einem leisen Klicken hinter mir einrastete, fiel mir siedend heiß ein, wen ich den ganzen Tag über ignoriert hatte: Aquilina Akbaba! Der Ärger war nun vorprogrammiert. Eilig hastete ich zur Arbeitsstation und schaltete sie ein. Während sie hochfuhr, schälte ich mich aus meiner Jacke und begrüßte atemlos meine Mutter. Bevor sie antworten konnte, erschien auf dem Bildschirm Meisterin Akbabas regloses Gesicht.

Doch ihre erste Frage war nicht: «Weshalb haben Sie mich nicht zurückgerufen?», oder: «Wie ist Ihr Tag verlaufen?»

Ihre Stimme war schneidend, als sie mit unterdrückter Wut zischte: «Wo, zum Geier, waren Sie letzte Nacht?»

Erschrocken bemühte ich mich um ein unbeteiligtes Gesicht. Ich hatte fest geglaubt, dass niemand etwas von meinem nächtlichen Ausflug mitbekommen hatte!

«Ich ... ich war draußen», stotterte ich. Ein unheimliches Gefühl befiel mich. Wie konnte Aquilina etwas über letzte Nacht wissen?

«Wo draußen?», verlangte sie nach einer Antwort.

«Ich war spazieren, bis zum Bahnhof circa. Ich musste nachdenken.»

«Wissen Sie denn nicht, dass sich nachts zwielichtige Gestalten draußen herumtreiben, denen man besser aus dem Weg gehen sollte?», herrschte sie mich an und kniff die Lippen zu einem blassen Strich zusammen.

Sie hatte in all den Jahren noch nie die Stimme gegen mich erhoben. Sie schien mir eine völlig andere Person zu sein.

«Nein, das wusste ich nicht ... Ich ... ich ... wollte bloß nachdenken über ... über meine Forschungsarbeit», versuchte ich mich herauszureden. Sie konnte Fleiß kaum falsch finden.

Aquilina schien sich tatsächlich wieder etwas zu beruhigen. «Ist wenigstens etwas dabei herausgekommen?», fragte sie etwas interessierter und freundlicher nach.

«Nicht viel», log ich.

«Worum geht es denn in Ihrer Arbeit?» Ihre Stimme klang nun wieder nach meiner netten geistigen Führerin, wie ich sie bisher gekannt hatte. In Sachen Selbstbeherrschung konnte ihr wirklich niemand etwas vormachen.

«Sie handelt vom Kreuz und den Christen», gab ich offen zu.

Ihre Züge verhärteten sich schlagartig. «Weshalb wollen Sie etwas über die Christen wissen?», fragte sie streng. Der Begriff schien ihr wohlbekannt zu sein.

«Ach, ich habe etwas über sie gelesen», versuchte ich abzuwiegeln.

«Wo? Wo haben Sie etwas darüber gelesen?»

«In der Bibel», entgegnete ich mutig.

Aquilinas Kiefer arbeitete krampfhaft. «Hören Sie, Studentin Tanner», ihre Stimme klang sehr eindringlich, «nehmen Sie sich vor den Christen in Acht. Das Christentum ist eine gefährliche und schwärmerische Religion. Eine große Gefahr für unsere Gesellschaft.» Ihre

Stimme bebte vor unterdrückter Empörung, während ihre Augen komplett ausdruckslos waren. Wie schaffte sie es nur, sich trotz aller Wut so im Zaum zu halten?

Eine Religionsgemeinschaft also, dachte ich bei mir. «Aber ich dachte, wir hätten die Religionsfreiheit», murmelte ich rebellisch.

«Nicht die Christen und ihr verdammtes Kreuz», bellte Aquilina. «Das Christentum ist schon lange verboten. Nichts als Ärger hatte man mit ihnen.» Wow! Nun hatte sie ihre Beherrschung doch verloren. Was war denn plötzlich mit ihr los? Weshalb war sie dermaßen verärgert?

«Ich sehe, dass schon die Beschäftigung mit den Christen Sie schlampig und unzuverlässig werden lässt.» Das waren harte Worte. Sie versuchte ihre Stimme zu mäßigen, ich sah es ihr an.

Mir war klar, dass nun die Rüge über die heutige Verwarnung folgen würde, und ich zog instinktiv meine Schultern hoch, als müsste ich mich vor der nächsten Schelte schützen.

Aber anstatt das erwartete Donnerwetter auf mich niederprasseln zu lassen, fragte Aquilina mich mit freundlicher und gezügelter Stimme: «Was war denn heute los mit Ihnen, Studentin Tanner? Sonst sind Sie doch immer pünktlich.»

«Ich habe über der Recherche die Zeit vergessen», gestand ich kleinlaut.

«Sehen Sie, Studentin Tanner, die Christen tun Ihnen nicht gut. Ich gebe Ihnen einen Rat: Suchen Sie sich ein anderes Thema. Es wird Ihnen sonst nichts als Ärger einhandeln.»

«Aber ich habe es bereits mit dem Geschichtsdozenten abgesprochen», widersprach ich, obwohl das wieder nicht ganz der Wahrheit entsprach.

«Na, es wird seinem hübschen Kopf wohl keine Mühe bereiten, ein neues Thema mit Ihnen auszuhandeln», sagte sie bissig. Verachtung schwang in ihrer Stimme mit! Was war bloß los mit ihr, dass ein einfaches Forschungsthema sie so aus dem Lot bringen konnte?

«Ich werde sehen, was sich machen lässt», versprach ich ausweichend. Aquilina Akbaba kam nicht mehr auf meinen nächtlichen Ausflug zu sprechen. Ebenso wenig erwähnte sie die Suche nach mir. Wir tauschten einige Nichtigkeiten aus und verabschiedeten uns dann.

Bevor sie sich ausloggte, fügte sie mit kalter Stimme an: «Ach übrigens ... Lassen Sie mich nie mehr warten!»

Der Bildschirm wurde schwarz. Erst jetzt bemerkte ich, dass ich während des Gesprächs die Fäuste zu festen Knoten zusammengepresst hatte. Ich atmete tief durch und war heilfroh, dass ich Aquilina nichts von dem Treffen unter dem Bahnhof erzählt hatte. Wenn es schon untersagt war, nachts nach draußen zu gehen, dann war das unterirdische Treffen sicher auch verboten.

Aufgeregt klopfte mein Herz. Wenn Philemon und Simon wirklich Christen waren, dann war das Treffen, an dem ich teilgenommen hatte, verboten gewesen. Aber ich hatte nicht im geringsten Maße das Gefühl gehabt, sie seien gefährliche Menschen. Gut, es hatte dort unten alles recht geheimnisvoll auf mich gewirkt. Auch einige Aussagen der Christen waren reichlich seltsam gewesen. Aber niemals hatte ich das Gefühl gehabt, dass diese sanftmütigen, freundlichen Menschen, die mir nur Positives erzählt hatten, eine Gefahr für unsere Gesellschaft sein konnten. Ein kleines, hüpfendes Mädchen oder eine junge, vor Liebeskummer weinende Frau konnten wohl kaum Unheil stiften.

In meinem Herzen focht ich einen Kampf aus. Sollte ich auf Aquilina Akbaba hören und mir ein anderes Thema suchen? Bis jetzt hatte ich ihr immer vertrauen können. Ihr Gefühlsausbruch und die Strenge von eben hatten mich erschreckt. Doch mein egoistischer Wunsch, mit Adonis Magellan zusammenzuarbeiten und seine Aufmerksamkeit zu genießen, ließ mich zögern.

«Nun, ich lese zuerst mal im Buch der Christen, in der Bibel», sprach ich mir Mut zu, «und dann werde ich es etwas besser beurteilen können.»

Aber als ich früh am nächsten Morgen in der Bibliothek vor dem Bücherregal stand, war das schwarze dicke Buch nirgends zu finden.

«Adonis hat doch gesagt, dass er es wieder ins Regal stellt», murmelte ich verärgert vor mich hin. Ich konnte mir kaum vorstellen, dass er nicht auch noch andere Möglichkeiten hatte, an eine Bibel zu kommen.

Meine Augen schweiften über das ganze Büchergestell. Vielleicht hatte er es an einem anderen Ort hingelegt. Doch im ganzen Regal und in der ganzen Wand fand ich kein Buch mit dem Kreuz auf dem Rücken. Ich runzelte die Stirn, setzte meine Brille auf und suchte nochmals in der Bibliotheksdatenbank nach dem Buch, um es eventuell reservieren zu lassen, wenn es als ausgeliehen angezeigt wurde.

Zu meinem größten Erstaunen war die Bibel gar nicht mehr auf der Liste aufgeführt. Ich sprach die Systemnummer, die ich mir gestern notiert hatte, in die Goggles. Nichts. Das konnte doch nicht sein. Vielleicht wurden im Bibliothekssystem gerade Wartungsarbeiten durchgeführt? Ich konnte mir nicht vorstellen, dass Adonis sein Versprechen nicht eingehalten hatte. Das bedeutete: Irgendjemand anderes hatte die Bibel an sich genommen. Vielleicht, um im Lesesaal der Bibliothek darin zu forschen?

Leise schlenderte ich an den Tischen mit den eifrigen Studenten vorbei, doch ich sah es weder auf einem ihrer Stapel noch irgendwo aufgeschlagen liegen. Auch Adonis war in der Bibliothek nirgends zu sehen. Ich begab mich zu der Angestellten, die hinter einer Theke lustlos Bücher aneinanderreihte.

«Entschuldigen Sie», wisperte ich kaum hörbar.

Unwillig drehte sie sich zu mir und zwängte ein Lächeln auf ihr hübsches Gesicht.

«Sagt Ihnen der Name ‹Die Bibel› etwas?»

Sie zuckte mit den Schultern. Ich schilderte ihr mein Anliegen.

«Nein», antwortete sie stumpf. «Wenn das Buch weder im Regal zu finden noch im Verzeichnis aufgeführt ist, dann führen wir es nicht.»

«Könnten Sie nicht schnell in ihrem System nachschauen? Gestern war es noch da», drängte ich weiter.

«Sehr gerne!», antwortete sie, und ich merkte ihr an, dass sie über meine Hartnäckigkeit verärgert war.

«Wie, sagten Sie, war der Name des Buches?»

«Die Bibel! Die Heilige Schrift», ergänzte ich. Sie tippte kurz.

«Nein! Tut mir leid. Das haben wir nicht.»

«Aber …», holte ich aus.

«Haben Sie vielleicht einen Autoren?», unterbrach sie mich.

Verflixt und zugenäht! Wer hatte den dicken Schmöker verfasst?

«Ähm … Jesus Christus …», wagte ich mich aufs Glatteis.

Sie zog nur die Augenbrauen hoch und tippte wieder. Erneutes Kopfschütteln. Ich schielte in meine Goggles und las ihr nacheinander laut und deutlich jede Ziffer der Systemnummer des Buches vor. Wieder nichts.

«Tut mir leid.» Sie lächelte abwesend und wandte sich dann wieder ihren Bücherstapeln zu.

Es ging mir nicht in den Kopf, weshalb das Buch so plötzlich nicht nur aus dem Regal, sondern auch aus dem Verzeichnis verschwunden war.

Schnellen Schrittes eilte ich zurück zu dem betreffenden Regal und durchsuchte es nochmals gründlich. Ich zog sogar einige Bücher heraus, um dahinterzuspähen. Adonis hatte mir doch hoch und heilig versprochen, das Buch zurückzustellen!

Aber weder in dieser Bücherwand noch in den gegenüberliegenden Regalen war das dicke schwarze Buch zu finden. Ich überprüfte noch zweimal die Nummern des Regals und des Ganges und suchte dreimal in meinen Goggles nach den Begriffen.

Erst eine halbe Stunde später, als ich schon wieder ziemlich knapp für den Unterricht dran war, gab ich auf.

Kein Zweifel. Das Buch war spurlos verschwunden.

Kapitel 7

Sonntag, 5. Frimaire 331 A. I.
«Tag des Schweins» (27. November)

Schon seit Stunden tigerte ich ruhelos durch unsere kleine Stadtwohnung. Die Worte Aquilinas klangen in mir nach. Die gute Beziehung zu einer geistigen Führerin war nicht selbstverständlich. Ihre strengen Worte hatten mich stärker getroffen, als ich im ersten Moment dachte. Doch der Wunsch, mich auf Simons Einladung hin wieder mit der seltsamen Gruppe unter dem Bahnhof zu treffen, war ebenso stark wie meine Bedenken.

Mutters Augen folgten mir. Sie saß am Küchentisch und trank eine Tasse Tee. Ich mochte ihr meine Ängste jedoch nicht anvertrauen. Sie sollte sich keine Sorgen um mich machen müssen. Außerdem: Wenn sie mitten in meiner Erklärung gedanklich wieder abgeschweift wäre, hätte mich das verletzt. Ich musste die Sache mit mir selbst ausmachen.

Die Bedeutung einer *Humanita Perfecta* oder einer Lehrperson, die unmittelbar vor der Erleuchtung stand, war mir bewusst. Ihre Meinung zählte. Niemand wagte es, ihre Entscheidungen zu hinterfragen. Sich den Ratschlägen der zugeteilten geistigen Führer unterzuordnen wurde uns Schülern zu Beginn der Ausbildung eingebläut. Zuwiderhandlungen würden geahndet werden. Ich hatte zwar noch nie von einem solchen Fall gehört, aber ich war mir sicher, dass Übertretungen ernsthafte Konsequenzen nach sich zogen.

Andererseits musste ich an Felix denken. Ständig war er mit Kritik an unserer Lebensform zur Hand. Er kleidete und benahm sich, dass es sämtlichen Regeln spottete.

Aber ich war nicht wie Felix, der wie ein Wirbelsturm durch die Tage brauste, und ich besaß nicht seine Leichtigkeit, mit der er über jeden Fauxpas, den er beging, hinwegsah, als sei er nicht geschehen.

Mir sah man meine Gefühle schon von Weitem an. Ein schlechtes Gewissen würde ich niemals verbergen können. Nicht vor Aquilina. Als ich sie wegen des nächtlichen Ausflugs angelogen hatte, war ich unheimlich angespannt gewesen. Wenn sie nicht völlig außer sich gewesen wäre, hätte sie es sicher bemerkt.

Ich stieß einen Seufzer aus. Gut, ich würde zu Hause bleiben, beschloss ich dann widerwillig. Der kleine Zeiger der Uhr, die auf dem Pult stand, wanderte langsam gegen zehn Uhr abends. Normalerweise war ich sonntags um diese Zeit schon lange im Bett.

Ich setzte mich auf den Stuhl vor meiner Arbeitsstation, setzte die Ellenbogen auf dem Tisch auf und stützte meinen Kopf in meinen Händen ab. Ich musste wieder an mein Aufeinandertreffen mit Adonis denken, und mein Herz klopfte schon schneller, wenn ich nur an sein gut geschnittenes Gesicht dachte. «Anna, Sie gefallen mir. Sie haben einen guten Instinkt für die Recherche», hatte er gesagt ...

Wenn ich mir dieses Treffen entgehen ließe, dann würde ich mich der Möglichkeit berauben, mit meiner Recherche ein gutes Stück vorwärtszukommen. Immer unter der Voraussetzung, dass die Mitglieder dieser seltsamen Gruppe wirklich Christen waren.

Was war wichtiger? Adonis war verwandt mit Demokrit Magellan, der in unserem Part in hohem Ansehen stand. Es war besser, wenn mir diese Forschungsarbeit gelang. Wenn sie erst die Präsentation meiner gelungenen Arbeit gesehen haben würde, würde Aquilina ihren Ärger vergessen und einsehen, dass die Christen wohl doch nicht so gefährlich waren.

Kurz entschlossen erhob ich mich wieder. Mutter hatte sich mittlerweile trotz meiner Unruhe ins Bett gelegt. Wenn sie schlief, musste ich wenigstens keine Erklärung für mein Weggehen suchen. Ich zog meine Schuhe und die Jacke an und schlüpfte aus der Wohnung.

Bevor ich die Tür zuzog, hielt ich inne. Vielleicht hatte Aquilina durch das Schloss erfahren, dass ich nachts unterwegs gewesen war. Natürlich! Wenn ich vom Humanium nach Hause kam, sendete der Fingerabdruckscanner ihr ja ein Signal. So musste es gewesen sein. Es war nicht notwendig, sie frühzeitig darüber zu informieren, dass ich ihre Empfehlungen in den Wind schlug, mehr noch: ziemlich dreist ignorierte.

Ich huschte zurück ins Zimmer, holte ein Buch und steckte es so in die Lücke, dass das Schloss nicht einrastete. Zufrieden mit meiner kleinen List trat ich ins Freie.

Draußen war es wieder bissig kalt. Ich stellte den Kragen meiner Jacke hoch, damit mir der kalte Wind nicht in den Nacken fuhr. Der matschige Schneeregen war in den letzten zwei Tagen gefroren, und mein nächtlicher Spaziergang verkam zu einer Schlitterpartie. Ich setzte meine Schritte vorsichtig und strengte meine Augen in der Dunkelheit an, um die zwielichtigen Gestalten der Nacht zu erkennen, vor denen Aquilina mich gewarnt hatte. Aber auf dem kurzen Weg zum Bahnhof begegnete mir keine Menschenseele.

Am Bahnhof angekommen, eilte ich in freudiger Erwartung das Gleis fünf entlang, bis ich die weiße Tür im Quader erreichte. Ich wollte gerade die Klinke herunterdrücken, als mich eine spröde Stimme hinter meinem Rücken zurückzucken ließ.

«Na, bist du auch zu den Verrückten unterwegs?»

Ich fuhr herum und fand mich Sascha gegenüber. Sie war schwer bepackt. Ich sah, dass mehrere Laibe Brot aus Taschen herausschauten, die sie bei sich trug.

«Na, was ist?» Sie schaute mich auffordernd an. «Ich kann die Tür nicht alleine öffnen. Wärst du so gut …?»

Ich nickte verdattert und tat ihr den Gefallen.

«Schnell! Mach sie wieder zu!», forderte sie mich auf. Dann blickte sie mich im Dämmerlicht kopfschüttelnd an. «Du weißt überhaupt nicht, worauf du dich hier einlässt, hab ich recht?»

Ich zuckte die Achsel. Aber ihr eindringlicher Blick ließ mich nicht kalt. Vielleicht wusste ich es wirklich nicht. Dann fielen mir meine Manieren wieder ein.

«Kann ich dir was abnehmen?» Sie drückte mir eine schwere Tasche mit Lebensmitteln in die Arme. Diesmal hörte ich keinen Gesang, als wir die Treppe in die völlige Dunkelheit heruntereilten. Ich lief vorsichtig, um mit den Taschen nicht an die Wände zu stoßen, doch Sascha kannte solche Bedenken nicht. Sie bewegte sich mit der Zielgenauigkeit von jemandem, der sich blind auskennt, auf die nächste Tür zu. Kaum hatte sie die Klinke betätigt, floss auch schon warmes Licht in den dunklen Gang, und ich konnte den Weg besser erkennen.

«Komm!» Sie ging schnell durch die Tür und verschwand hinter der Biegung des Gangs dahinter. Ich hörte, wie freudige Stimmen sie willkommen hießen. Und dann stand auch ich in ihrer Mitte. Sie umarmten Sascha gerade und klopften ihr auf die Schulter.

Timothée und Eunice nahmen ihr die Taschen ab. «Mmh! Ich sterbe vor Hunger! Vielen Dank!», rief Timothée freudig aus und trug die Taschen dann zum Feuer.

«Wir warten mit dem Essen aber noch, bis wir mit dem Gottesdienst fertig sind», rief Philemon ihm hinterher. Timothée zog ein trotziges Gesicht.

«Auch wenn es dir schwerfällt, Timothée! Ich weiß, aber lasst uns doch Gott zuerst danken, dass wir Sascha haben.» Auf Saschas Gesicht war ein ehrliches Lachen zu sehen.

«Setz dich!», forderte er sie auf.

«Ich habe noch jemanden mitgebracht!» Sie wies auf mich. Lois sprang aufgeregt heran. «Anna! Du bist wieder da! Schön, dass du wieder da bist!» Sie schlang ihre Arme um meine Beine. «Kommst du und spielst du mit mir Hüpfen?», bettelte sie. Ich lächelte sie an.

Philemon wandte sich mir zu. «Anna!» Sein Gesicht erhellte sich. «Du bist gekommen.»

Mir fiel auf, wie abgerissen und ungepflegt er eigentlich aussah, aber die natürliche Autorität, die er ausstrahlte, verlieh ihm eine Würde, die seine äußerliche Schäbigkeit in den Hintergrund rücken ließ.

Auf seinen Ausruf hin schauten alle hoch. Simon erschien vor mir. Ich streckte die verbleibende Tasche vor mich hin zur Begrüßung, doch er umarmte mich stattdessen mitsamt der Tasche. Ich war völlig überrumpelt, hatte ich doch niemals mit einem solch herzlichen Willkommensgruß gerechnet.

«Vorsicht! Die Brote!», ächzte ich.

Nach ihm gab mir selbst die etwas zurückhaltende Eunice eine kurze Umarmung, und auch Timothée drückte mich kurz an sich. Philemon schüttelte mir kräftig die Hand. Sofort fühlte ich mich irgendwie wie ... zu Hause, ja, so musste es sich anfühlen, wenn man ein wirkliches Zuhause hatte. Sie begrüßten mich, als wäre ich eine alte Bekannte.

«Hallo, Anna! Schön, dich hier zu sehen!» Ich konnte Claudias schmale Gestalt dicht neben dem Feuer ausmachen. Auf ihrem Schoß hielt sie ein dick eingepacktes Kleinkind. Sie erhob sich umständlich.

«Bleib bloß sitzen!», winkte ich ab.

«Nein, nein! Von mir kriegst du auch eine anständige Begrüßung», widersprach sie, drückte das Kind in Philemons Arme, wankte auf mich zu und umschloss mich federleicht mit ihren dünnen Armen. Das Füllmaterial in ihrer Jacke raschelte. Sie lachte unbeschwert. Sie sah immer noch sehr blass und käsig aus, doch ihr freundliches Lächeln erwärmte mein Herz.

«Darf ich dir unsere Tochter vorstellen?», meinte sie und drehte sich dabei zu Philemon um. Er trug das kleine Bündel heran, und Claudia strich dem winzigen Mädchen über die dicke Wollmütze. Während Philemon die Kleine sanft hin und her wippte, sahen er und Claudia sich verliebt an und lächelten.

«Eure Tochter!», rief ich erstaunt aus. Weshalb brachten sie denn ein solch kleines Kind nach hier unten? Nach meiner Schätzung konnte sie nicht viel älter als ein Jahr sein.

«Sie heißt Melody!», ergänzte Philemon.

Das Kind schaute mich aus dunklen Kulleraugen an und musterte mich aufmerksam. Feine Wimpern umrandeten ihren offenen Blick. Das Gesichtchen war blass und schmal, aber die Haut der zarten Bäckchen luden mich geradezu dazu ein, darüberzustreichen. Ein dunkler Haarschopf lockte sich unter der Mütze hervor. Die kleinen Lippen waren aufgeworfen und sahen aus wie ein rosenfarbener Knopf. Das Mündchen öffnete sich, und Melody strahlte mich mit kleinen Mäusezähnchen an. Ich konnte nicht anders und musste einfach zurücklächeln.

Claudia streckte wieder ihre Arme nach ihr aus. «So, du süße Maus, komm wieder mit Mama ans Feuer!» Sie zog die Kleine an sich und setzte sich wieder. Melody zappelte mit Händchen und Füßen und gab zufriedene Laute von sich.

«Was hat dich überzeugt, heute wieder zu kommen?», interessierte sich Philemon. Es fiel mir schwer, mich von dem Kleinkind abzuwenden. Ich wandte dem Fragenden meine Aufmerksamkeit zu und warf ihm eine Gegenfrage hin: «Seid ihr Christen?»

Philemon tauschte mit Simon einen Blick aus.

«Ja!», war die schlichte Antwort. «Weshalb möchtest du das wissen?»

Etwas beschämt, dass ich sogleich mit der Tür ins Haus gefallen war, entschloss ich mich zu vollkommener Ehrlichkeit: «Ich möchte in meinem Geschichtskurs gerne eine Forschungsarbeit über das Kreuzsymbol schreiben. Aber im weltweiten Netzwerk habe ich keine Informationen darüber gefunden. Ich habe mich mit meinem *Humanitus Perfectus* unterhalten. Er meinte, ich solle mich auf die Suche nach Christen begeben.»

Philemon und Simon tauschten erneut einen vielsagenden Blick aus.

Schließlich hob Philemon vorsichtig an: «Anna! Ich will ehrlich sein: Wenn wir noch mehr von uns erzählen, dann musst du uns versprechen, dass du mit keinem Wort auch nur irgendwem etwas von diesen ... ähm ... Räumlichkeiten oder unseren Treffen erzählst. Wenigstens vorläufig nicht.»

Ich nickte bereitwillig. Wenn ich nur genügend Informationen bekommen konnte! Dass ich hier tatsächlich eine Gruppe von Christen vor mir hatte, ließ mich meinem Ziel schon näher kommen. Ich konnte mich glücklich schätzen. Eine Grundanspannung fiel von mir ab. Vielleicht würde ich Adonis später von meinem Trumpf erzählen. Doch nun galt es zuerst, Zahlen, Daten und Fakten zu sammeln. Ich musste wissen, mit wem ich es genau zu tun hatte. Ich bereute, dass ich meine Goggles nicht mitgenommen hatte. Ärgerlich schüttelte ich den Kopf. Ich hätte mir alles mit Leichtigkeit aufsagen können. Dank meines kurzfristigen Entschlusses hatte ich nun, außer meinem Kopf, nichts dabei. Ich würde zu Hause alles niederschreiben, aber meine Erinnerung war nicht so beweiskräftig wie eine Aufnahme mit den Goggles.

«Kannst du mir nochmals die Geschichte erzählen mit diesem Jesus und was es mit dem Kreuz auf sich hat?», bat ich Philemon.

«Philly!» Claudia erhob Einspruch. «Sollten wir nicht beginnen? Ich meine, wegen Melody.»

Philemon schaute sie ernst an. Ich schämte mich, weil ich mit meinem Anliegen so vorgeprescht war.

«Kein Problem», lenkte ich ein, «wir können es ein andermal besprechen. Vielleicht wollt ihr mich mal zu Hause besuchen», lud ich sie ein.

«Du hast natürlich recht, mein Schatz», wandte Philemon sich an seine Frau, «aber weshalb beziehen wir die Antworten auf Annas Fragen nicht gleich in unsere Zusammenkunft mit ein? Ich habe ein starkes Gefühl, dass es das Richtige ist.» Claudia nickte zustimmend.

Mit lauter, würdevoller Stimme rief Philemon seine Herde zusammen. Zweifelsohne wurden seine Führungsqualitäten von allen geschätzt und akzeptiert. Auch Andreas und Damaris Weber traten nun heran. Damaris umarmte mich herzlich.

«Du hast auf unsere Kleine ganz schön Eindruck gemacht. Sie plappert seit Freitagnacht von nichts anderem als von deinen Hüpf-Qualitäten.»

Ich ertappte mich dabei, wie ich der Kleinen ein verschwörerisches Lächeln zuwarf. Sie hopste schon wieder herum. «Eins – zwei – drei ...» Damaris legte ihr die Hand auf die Schulter. «Später, Lois! Wir wollen anfangen.»

Lois pflanzte sich auf den Felsbrocken an meiner Seite, als wäre es ihr Stammplatz.

Simon, Eunice und Timothée setzten sich zu uns. Sogar Sascha suchte die Nähe des Feuers.

Bevor Philemon beginnen konnte, fielen mir drei neue Gesichter auf, die ich zuvor noch nicht gesehen hatte. Eine alte Frau mit schlohweißem Haar schlurfte zu einem Felsbrocken, setzte sich und blickte mit zusammengekniffenen Augen und vorgestrecktem Kopf in die Runde, als versuchte sie zu erkennen, wer alles da war. Sie erinnerte mich ein bisschen an eine Schildkröte.

«Das ist Tabea, Anna!», stellte Claudia uns vor.

Ich erhob mich erneut und konnte es mir nicht verkneifen, sie anzustarren, während ich zu ihr hinüberlief. Ich hatte noch nie so eine alte Frau gesehen. Ein Netz von Runzeln überzog ihr Gesicht, und ihre Augen blickten schon etwas milchig.

«Schau mich nur an, Schätzchen! Ich bin ja auch wie ein Artefakt im Museum», lachte sie mich an.

«Entschuldigung», entfuhr es mir, «aber ... aber ...»

«Du hast noch nie eine über Hundertjährige gesehen ...», ergänzte sie wissend.

Ich schüttelte verdattert den Kopf. In unserer Gesellschaft hatte fast niemand graues und schon gar nicht weißes Haar. Derartige Anzeichen des Alters kannten wir eigentlich nur aus Büchern. Außer einigen geachteten *Humaniti Perfecti* und einer Handvoll ehrwürdiger Priester, die die fünfzig überschritten hatten, gab es eigentlich bei uns keine alten Menschen. Außer meiner Nachbarin, fiel mir da ein. Bei ihr hatten sich mit der Zeit erste Anzeichen von Runzeln und grauen Haaren eingeschlichen. Doch wann hatte ich sie das letzte Mal gesehen ...? Wann hatte ich überhaupt das letzte Mal einen alten Menschen gesehen?

«So, gib mir schnell die Hand, Anna! Dann können wir anfangen. Das junge Gemüse von heute hat keine Geduld mehr», lockte sie mich. Verlegen reichte ich ihr die Hand zum Gruß. Die Innenseite ihrer Hand war altersweich und schmiegte sich um meine Finger. Sie lachte nochmals.

Neben ihr saßen zwei Peacewomen. «Nenn uns einfach Petra und Patrizia!», meinte die Größere, Schlankere der beiden abrupt und ignorierte die Hand, die ich ihr zur Begrüßung hingestreckt hatte. Unter ihren Kappen lugten die typischen zerzausten Peacemen-Locken hervor – bei Petra blond, bei Patrizia dunkelbraun. Ich fragte mich, ob es überhaupt einen Peaceman oder eine Peacewoman gab, der oder die Manieren hatte. Ich setzte mich wieder neben Lois. Sie lehnte sich an mich, hob meinen Arm an und schlüpfte darunter. Ich ließ es geschehen.

Philemon wandte sich mir zu, sprach aber so laut, dass alle mithören konnten.

«Also, Anna! Ich erzähle es dir von Anfang an. Ich versuche, mich so kurz wie möglich zu fassen.» Seine dunklen Augen schauten mich unter seinen buschigen Augenbrauen so eindringlich an, dass ich irgendwie fürchtete, seine Geschichte würde gleich meine gesamte Welt auf den Kopf stellen.

«Am Anfang schuf Gott den Himmel und die Erde.»
«Aus dem Nichts?»
«Aus dem Nichts!», bestätigte er ernsthaft.

Ich schmunzelte humorvoll. Das klang ja mehr nach einem Märchen als nach einer Religion. Aber ich beschloss, von jetzt an keine Zwischenfragen mehr zu stellen.

«Gott wollte ein ihm gleichwertiges Wesen schaffen, nach seinem Ebenbild, das heißt jemanden, der ihm ähnlich war. Deshalb schuf er den Menschen als Mann und Frau und setzte sie in einen Garten, auch das ‹Paradies› genannt. Er wollte dort Gemeinschaft mit ihnen haben.»

«Wir sprechen hier von *dem* Paradies!» Timothée nickte eifrig.

«Der Mensch wurde aber versucht, das bedeutet, er wurde vom Teufel auf die Probe gestellt», fuhr Philemon fort.

«Der Teufel?», warf ich, entgegen meinem Vorsatz, nichts mehr einzuwenden, ein.

«Der Gegenspieler Gottes. Schon vor Beginn der Erde versuchte er, Gottes Arbeit zu sabotieren. Im alten Kampf zwischen den Mächten von Gut und Böse ist er das Böse schlechthin. Also dieser Teufel, auch Satan genannt, stellte die Frau auf die Probe. Es gelang ihm, ihr einzureden, sich Gott zu widersetzen. Weißt du, wir Menschen sind zur Gemeinschaft mit Gott geschaffen. Aber durch diese Sache stellte sich die Sünde wie ein Abgrund zwischen Gott und die ersten Menschen ...»

«Sünde ist eine Zielverfehlung», beantwortete Simon meine unausgesprochene Frage. «Es bedeutet, dass man sich gegen den Willen von Gott stellt und gegen alles Gute, das für ihn steht.»

«Die Trennung war also vollzogen. Der Mensch konnte nicht mehr länger bei Gott bleiben und wurde von ihm aus dem Garten vertrieben und sterblich gemacht.»

Ja, das ist eine spannende Geschichte. Aber was hat das mit dem Kreuz zu tun?, fragte ich mich.

«Gott versprach, diese Trennung wieder zu kitten, weil er seine Menschen liebte. Und dieses Versprechen zog sich durch die Jahrhunderte hindurch. Zuerst gab Gott seinem Volk Gesetze, damit sie eine Richtlinie hatten, nach der sie sich richten konnten, die ihnen zeigte, wie sie ein Leben führen konnten, das sie ihm näher brachte.»

Das konnte ich nachvollziehen. Es war etwa so wie die Tugenden, die wir zu erlangen versuchten. Ich nickte.

«Das waren Dinge wie: Man soll nicht stehlen und nicht die Dinge seiner Mitmenschen begehren und so. Aber wie der Mensch eben ist, er schaffte es aus eigener Kraft nicht, sich an diese Gesetze zu halten. Es musste also etwas anderes her. Nach sehr langem Warten schickte Gott schließlich seinen Sohn aus den Himmelshöhen auf die Erde, damit er den Menschen zeigen konnte, wie sie Gott näherkommen konnten. Jesus Christus lebte dreißig Jahre als Mensch unter seinesgleichen. Drei Jahre lang erzählte er ihnen vom Himmel und tat nur Gutes. Er machte die Menschen gesund, half ihnen, ihre Sünden hinter sich zu lassen, und erzählte ihnen, wie es möglich ist, Gott zu gefallen. Aber einigen Leuten gefiel dies nicht. Sie machten ihn vor den Machthabern schlecht, ließen ihn einsperren, folterten ihn und ließen ihn dann an einem römischen Kreuz sterben.»

«Wieso?», entwischte es mir.

«Was zuerst wie ein Komplott aussah, war nichts anderes als Gottes Plan. Der Sohn Gottes *musste* sterben, damit die Menschen nicht mehr länger aus eigener Kraft versuchen mussten, Gott zu gefallen. Den Tod von Jesus am Kreuz kannst du dir wie ein Opfer vorstellen. Er lud die Schuld aller Menschen auf sich und nahm die Strafe, die sie verdient hätten, auf sich. Aus Gottes Sicht stand ab dem Zeitpunkt nichts mehr zwischen ihm und den Menschen. Durch gute Taten schaffen wir es niemals, uns mit Gott zu versöhnen. Aber durch dieses Geschenk von Jesus Christus wird es möglich.

Die Fehlentscheidung im Paradies, Gott nicht zu gehorchen, hatte eine Lücke aufgerissen, die nun wieder geschlossen wurde. Aber das war noch lange nicht alles …» Philemon lachte.

«Jesus wurde wieder lebendig, er besiegte den Tod. Viele Menschen wurden Zeugen davon. Danach ging er zurück in den Himmel zu seinem Vater. Er ließ aber seinen Geist zurück auf der Erde, damit die Christen – so nennen sich die, die an ihn glauben – nicht alleine waren. Die Nachricht, dass Gott zu den Menschen gekommen war, breitete sich wie ein Lauffeuer über die Erde aus. Die Christen gingen bis in die entlegensten Ecken der Welt und erzählten den Menschen vom Geschenk Gottes und dass das Einzige, was sie zu tun brauchten, war, die Hände zu öffnen und das Geschenk anzunehmen. Ab diesem Zeitpunkt würde der Geist Gottes in ihnen wohnen.»

Philemon hatte sich während des Erzählens nach vorne gelehnt. Ohne Zweifel, er glaubte jedes Wort, das er da von sich gab. Fragen über Fragen purzelten durch meinen Kopf.

Schließlich platzte ich heraus: «Ist das nicht reichlich abstrakt? Ihr glaubt, dass Gott die Welt und die Menschen erschaffen hat. Aber niemand von euch war jemals da und hat zugesehen. Die Wissenschaft beweist, dass der Mensch aus einem evolutionären Vorgang heraus entstanden ist, und das über Jahrmillionen hinweg.»

Eunice schüttelte den Kopf. «Waren denn diese Forscher vor Jahrmillionen dabei, als sich alles entwickelt hat?» Ihre Stimme klang herausfordernd. Philemon legte beruhigend eine Hand auf ihren Arm, als wolle er sie bremsen.

Ich blickte Eunice an und lächelte. «Nein, niemand war da», entgegnete ich siegessicher. «Aber man sieht überall die Spuren der Evolution. Es lässt sich alles beweisen.»

«Siehst du», fing Philemon behutsam wieder an. «Genauso, wie du die Spuren dieser Entwicklung in der Erde liest, tragen wir die Spuren des Schöpfers und das Zeugnis, dass er lebt, in unserem Herzen.»

«Evolution ...», schnaubte Eunice.

Schnell schob Philemon ein: «Es ist nicht so wichtig, ob Gott für die Schöpfung der Welt sechs Tage mit 24 Stunden benötigte oder Jahrtausende. Für Gott ist ein Tag wie tausend Jahre und umgekehrt. Aber es gibt auch Dinge, die sich durch die Wissenschaft nicht beweisen oder erklären lassen.»

Philemon grinste schelmisch.

«Ach ja?» Skeptisch runzelte ich die Stirn.

«Vielleicht musst du dich mal mit einem Quantenphysiker über die Unendlichkeit des Weltalls unterhalten. Aber so weit musst du vielleicht nicht einmal suchen ...»

«Ja, was für ein unglaublicher ‹Zufall› ist es zum Beispiel, dass die Erde genau im richtigen Abstand zur Sonne steht, so dass Leben hier auf der Erde überhaupt möglich ist», meinte Timothée.

«Noch mehr?» Er wartete mein Ja gar nicht ab.

«Schauen wir uns den Menschen an. Das Herz ...» Er klopfte sich auf die Brust. «Man weiß, dass jeder Herzschlag ein elektrischer Impuls ist. Aber niemand kann erklären, *weshalb* das Herz anfängt zu schlagen. Es fängt einfach an.»

«Aber ...», fügte ich an.

Philemon schaltete sich wieder ein. Er blickte mich sanft an. «Gott hat auch den Wunsch nach der Gemeinschaft mit ihm in unser Herz hineingepflanzt. Dass wir mit ihm reden und auf ihn hören wollen. Es zeigt sich uns in der Sehnsucht nach ihm, die wir spüren, bis wir ihm begegnen und ihn kennen lernen.»

Unwillkürlich fasste ich an mein Herz. Es klopfte heftig, als wollte es auf die Aussage antworten.

Dann hatte ich meine Stimme wieder gefunden. «Deshalb glaubt ihr also? Auch wenn es vollkommen gegen den Verstand geht, mit einem Gott zu sprechen, den noch niemand zu Gesicht bekommen hat?»

Philemon entgegnete: «Einer eurer Philosophen hat mal gesagt: ‹Wo die Vernunft aufhört, fängt die Religion an›, richtig?»

Ich nickte. Von einem solchen Philosophen hatte ich schon gehört. Damit versuchte man, die Teenager vom apollinischen Weg zu überzeugen. Die Vernunft war stärker als jede Religion und somit als der dionysische Weg.

«Ich sage aber, wo der *Verstand* seine Grenzen erreicht, da fängt der *Glaube* an. Das hat nicht viel mit Religion zu tun. Es ist wie ein Sprung ins Ungewisse. Man muss einfach springen. Glaube ist die Hoffnung auf das, was man nicht sehen kann.»

Ich schüttelte den Kopf.

Da schaltete sich Simon ein: «Ich habe auch noch eine Frage für dich, Anna. Die Wissenschaft kennt das heliozentrische Weltbild, richtig?»

«Ja, dass die Erde um die Sonne kreist, ist schon seit Jahrhunderten klar.» Endlich befand ich mich wieder auf sicherem Terrain.

«Ich mache mir einfach so meine Gedanken», fuhr Simon fort. «Der Mensch hat ein heliozentrisches Weltbild, aber ein egozentrisches Gottesbild. Der Mensch ist sein eigener Gott geworden. Früher verbrannte man die Ketzer, die behaupteten, dass die Erde sich um die Sonne dreht und nicht andersherum. Heute verbrennt man Christen, die sagen, dass der Mensch zu Gott hin geschaffen ist und sich nicht alles um ihn selbst dreht. Es hat sich aber herausgestellt, dass das Weltall sich nicht um die Erde dreht, sondern dass wir die Sonne umkreisen. Ist es dann nicht vielleicht möglich, dass sich nicht alles um uns Menschen dreht ... sondern auch wir etwas Größeres umkreisen?»

Ich hatte den Faden verloren. Aber ein alarmierender Teilsatz war in meinem Hirn hängen geblieben.

«Man verbrennt die Christen?», fragte ich erschrocken. «Ist das wahr?»

Philemon tauschte mit Timothée und Eunice einen Blick.

«Aber ... aber ...», stotterte ich, «wir haben doch die Religionsfreiheit. Stimmt's?»

Die Christen schienen mehr zu wissen als ich, und plötzlich erinnerte ich mich an Aquilinas gebellte Worte: «... nicht die Christen und ihr verdammtes Kreuz!»

«Aber weshalb?», fragte ich hilflos.

«Von der Wissenschaft wird der christliche Glaube als lächerlich abgetan, aber offenbar bietet er noch genug Zündstoff, um eine ganze Welt in Brand zu setzen. Es ist immer noch der uralte Kampf zwischen Gott und seinem Gegenspieler. Der Glaube der Christen geht gegen das, was der Staat lehrt. Und dies wird von der Regierung nicht gutgeheißen, deshalb ...»

«Deshalb seid ihr ständig in Gefahr?», ergänzte ich. Eine plötzliche Panik erfüllte mich. Ich erhob mich. Lois blickte mich aus erschrockenen Augen an.

«Und deshalb sind diese Treffen streng verboten, nicht wahr?» Mein Herz klopfte heftig.

Simon und Eunice erhoben sich ebenfalls. Philemon bedeutete ihnen, sich wieder zu setzen.

Kephas!, durchfuhr es mich. Die Blutlache. Er war umgekommen, weil er mir den Zettel gegeben hatte. Ich schauderte.

Da ertönte Claudias raue Stimme: «Philly, lass Anna jetzt mal einen Moment lang in Ruhe! Solche Informationen muss man erst einmal verarbeiten. Wir wollen sie doch nicht mit allem erschlagen.» Ihre Aussage durchbrach meine plötzliche Panik. Ich ließ mich wieder auf den Felsbrocken sinken.

Philemon richtete sich auf, zupfte an seinem Vollbart und meinte: «Lasst uns doch etwas singen!»

Im nächsten Moment schmetterte Eunice ein Lied. Ich zuckte zusammen. Die anderen stimmten ein.

Wie versteinert saß ich auf meinem Felsbrocken und versuchte das Gehörte zu verarbeiten. Ich ließ die fröhliche Melodie und die Harmonien über mich hinwegschwappen. An der leichten Vibration von Lois' Wange auf meinem Arm merkte ich, dass das Mädchen auch mitsang. Ihre Brüder rempelten sich zwar gegenseitig an, trällerten aber ebenfalls mit.

Mein Gehirn arbeitete auf Hochtouren. Ich konnte mit meinem Verstand kaum erfassen, was ich soeben gehört hatte. Diese Christen glaubten an einen Gott, der die Welt erschaffen und Gott mit den Menschen versöhnt hatte. Sie hinterfragten alles, was uns das Humanium lehrte und was uns die *Humaniti Perfecti* beibrachten. Sie hinterfragten das ganze dualistische System von apollinischem und dionysischem Weg!

Ich dachte an Meisterin Akbabas Wutausbruch. Ich dachte daran, dass die Bibel aus der Bibliothek verschwunden war. Ich dachte an Kephas und die Blutlache in der Gasse. Langsam ging mir auf, dass ich dabei war, mich in eine Geschichte zu verstricken, die mehr umfasste als nur einen Zettel, die Suche nach der Wahrheit und eine

Geschichtsarbeit. Adonis. Ich musste ihm von dieser Begegnung erzählen! Nein, ich durfte nicht. Ich konnte niemandem etwas davon erzählen, was ich hier unten erlebt hatte. Mein Herz klopfte unruhig.

Die Musik rauschte an mir vorbei. Die Christen klatschten jetzt sogar in die Hände und stampften auf den Boden. Was sangen sie da? Sie dankten diesem Jesus, dass er am Kreuz gestorben war und ihre Sünden weggenommen hatte. Verrückt! Sie waren verrückt!

Nachdem das Singen geendet hatte, brachte Timothée wieder den Papierstapel zu Philemon. Dieser kramte darin herum und fing schließlich an zu lesen.

Das Einzige, was ich aufschnappte, war der Satz: «Liebt eure Feinde und betet für alle, die euch verfolgen.»

Philemon glättete das gewellte Papier. «Das wollen wir jetzt auch tun. Wir wollen für die beten, die uns das Leben so schwer machen. Diejenigen, die gegen uns sind.» Alle senkten den Kopf.

Mittlerweile war mir klar, dass das Kopfsenken und das Beten einen kausalen Zusammenhang hatten. Philemon sprach mit diesem Jesus oder vielleicht auch nur in die Luft hinaus. Je nachdem, ob man es mit dem Verstand oder mit dem Herzen betrachtete.

Nacheinander sprachen alle ein Gebet. Claudia betete für die Regierung. Eunice betete für Kraft in der schwierigen Zeit, in der sie steckten. Dabei biss sie sich mehrmals auf die Lippen. Ich konnte sehen, dass sie wieder mit den Tränen kämpfte.

Ich verstand nicht, weshalb Claudia für diejenigen betete, die ihnen offensichtlich eine schwere Zeit bereiteten. Ihre Schultern wurden gerade wieder von einem kränklichen Husten geschüttelt. Sie hielt ihre dünne Hand vor den Mund, wahrscheinlich um das Kind vor ihren Bazillen zu schützen. Melody schaukelte lebhaft auf und ab, während die alterszittrige Stimme Tabeas keuchte: «Deine Gnade ist jeden Morgen neu. Und dafür danke ich dir.» Was war «Gnade»?

Schließlich kniff ich die Augen fest zusammen und versuchte die Gebete auszuklammern und nur noch an meine Forschungsarbeit zu denken. Wie sollte ich alle diese Informationen in meinem Kopf speichern? Ich bereute wieder, dass ich meine Goggles nicht mitgebracht hatte.

Die Gebete waren abgeebbt, und Stille war eingekehrt. Ich hatte die Augen fest geschlossen und meine Knie mit beiden Händen an den Körper gezogen. Lois war an mich gekuschelt eingeschlafen, und ich traute mich kaum, mich zu bewegen, damit sie nicht aufwachte. Jemand setzte sich neben mich. Es war Eunice. Ich schlug die Augen auf und musterte sie skeptisch.

«Anna!», sprach sie mich an. «Ich muss unbedingt mit dir reden.» Sie wisperte nur.

Die anderen hatten in Grüppchen fröhliche Konversationen aufgenommen, und irgendwer hatte die Lebensmittel hervorgezaubert, die Sascha mitgebracht hatte.

«Ja?», antwortete ich abwartend. Was kam jetzt?

«Ich muss dich um Entschuldigung bitten!»

Ich hätte nicht erstaunter sein können.

«Weshalb denn?»

«Dass ich das letzte Mal so unfreundlich war zu dir.» Das Geständnis schien ihr schwerzufallen. Sie biss auf ihrer Unterlippe herum. Ihr sommersprossiges Gesicht zeigte ernsthafte Falten auf der Stirn.

«Es ... es ist nur so ... Simon ... er hat dich so angeflirtet, weil du ihm gefällst, und ... und ... ich meine, ich dachte, dass ... dass er dich vielleicht schön findet. Und da hatte ich Angst, weil ...»

Jetzt wurde mir einiges klar. Mein schlechtes Gewissen regte sich, als ich an das Gespräch zurückdachte, das Eunice unter Tränen mit Claudia geführt hatte. War ich die Ursache für ihre Betrübnis gewesen?

«Du empfindest etwas für ihn.» Es war keine Frage, es war eine Feststellung.

Sie nickte und errötete. Auf mein Gesicht schlich sich ein Lächeln.

«Keine Angst, ich will nichts von ihm, und ich habe weder jetzt noch in Zukunft vor, irgendetwas für ihn zu empfinden», beruhigte ich sie.

Sie lächelte zurück, und diesmal ging das Lächeln auch bis zu ihren dunklen Nussaugen.

«Es ist keine Entschuldigung für mein Verhalten. Ich weiß, aber ich ... ich möchte ihn eben festhalten. Er gefällt mir so gut», vertraute sie mir an. «Nur ... er sieht mich einfach nicht.» Ihre Augen trübten sich.

Ich klopfte ihr linkisch auf die Schulter. «Ihr habt einiges gemeinsam. Weshalb sollte er nicht früher oder später sehen, was er an dir hat?», versuchte ich ihr Mut zuzusprechen.

Ihre Sorgen waren mir fremd. Aber irgendwie beneidete ich sie um ihre tief empfundenen Gefühle. Niemals hatte ich darüber nachgedacht, mich mit einem Mann zu verbinden.

In unserer Gesellschaft lebte jeder für sich. Wenn sich zwei Menschen attraktiv fanden, dann vereinigten sie sich im Sexualakt. Wenn sie Nachkommen haben wollten, dann brachten sie ihr Erbgut zur Datenbank. Wenn die Genpoolbehörde das Okay gegeben hatte und keine genetischen Mängel vorhanden waren, durfte ein Kind daraus entstehen. So einfach war das.

Meistens gingen Mann und Frau dann wieder auseinander und suchten sich einen neuen Partner. Dieser kaltherzige Reproduktionsgedanke hatte mich immer abgestoßen. Ich hatte mir schon als Kind geschworen, mich niemals auf so etwas einzulassen. Es blieb mir auch keine Zeit dazu. Ich war viel zu intensiv mit meinen Studien beschäftigt. Dann dachte ich aber an Philemon und Claudia und an den liebevollen Blick, den sie ausgetauscht hatten. Und Melody schien die Frucht dieser bereitwilligen Übereinstimmung zu sein.

Adonis' schönes Gesicht schoss durch meine Gedanken. Ich spürte, wie meine Wangen heiß wurden.

«Danke! Das hat mir Mut gemacht!», holte mich Eunice wieder in die Gegenwart hinein. Ich lächelte freundlich zurück.

«Freunde?» Sie hielt mir die Hand hin. Ich schlug ein.

«Freunde!», bestätigte ich. Mir wurde unwillkürlich warm ums Herz. Außer Felix hatte ich bisher keine Freunde gekannt.

«Weißt du, ich war in letzter Zeit oft wirklich sehr wütend. Ich war wütend auf Gott, weil wir hier unten feststecken. Ich war wütend wegen Kephas, ich war wütend wegen Simon. Ich war wütend, weil ich Hunger hatte. Ich war wütend, weil wir ständig damit rechnen müssen, gefunden oder verraten zu werden. Ich möchte so gerne stark sein. Als ich hierherkam, war ich so Feuer und Flamme für Jesus. Und jetzt ... manchmal droht mir alles über den Kopf zu wachsen.» Sie zuckte hilflos die Schultern. «Ich glaube, ich muss mehr lernen, auf Gott zu vertrauen.»

Ich nickte nur. Ihre Aussagen lösten in mir eigentlich bloß Fragen aus: Wer war dieses Mädchen? Woher kam sie? Was war die Geschichte hinter dieser empfindsamen Persönlichkeit? Aber ich wollte heute keine Antworten mehr aufnehmen. Nur eins interessierte mich noch.

«Eunice», sprach ich sie an, «diese Papiere, aus denen Philemon liest – ist das aus der Bibel?»

Eunice nickte.

«Habt ihr denn kein Buch?», fragte ich verwundert.

«Wir hatten noch nie eins», antwortete sie schlicht. «Es gibt keine mehr!»

Bevor ich weiterfragen konnte, erhob sich Simons Stimme über das allgemeine Gemurmel: «Und ich sage, dass wir die Tinte nicht verändern. Unser Zeichen war schon immer so. Und wir hatten die Lesegeräte. Wieso sollten wir es plötzlich ändern?»

Ich horchte auf. Wieder verstand ich nichts vom Zusammenhang. Sprachen sie vom Kreuz?

«Timothée arbeitet aber schon kräftig an der neuen Tinte, ebenso an einem neuen Lesegerät. Als wir erfahren haben, dass ein Lesegerät in die Hände der Regierung gefallen ist, wussten wir, dass es notwendig sein würde, eine Änderung vorzunehmen. Wir wollen ja nicht riskieren, dass sie uns ausfindig machen können», entgegnete Philemon.

Simon murrte: «Wir sollten doch lieber weiter an dem falschen Daumenabdruck arbeiten, sonst wird das nie etwas.»

«Bis jetzt mussten wir noch nie wirklichen Hunger leiden. Ich vertraue unseren Kontakten, sie werden uns versorgen», beschwichtigte ihn Philemon und nickte Sascha zu.

«Der Herr wird für uns sorgen. Das weiß ich ganz genau», schaltete sich Claudia ein. «Es bringt nichts, wenn wir uns darüber streiten.» Ihre Worte richteten sich an Simon.

«Du weißt schon, dass ich einiges ändern möchte», beharrte dieser stur auf dem Thema. «Ich bin immer noch dafür, dass wir Kephas' Nachfolge besprechen.»

Philemon schüttelte müde den Kopf.

«Ewig können wir eine Entscheidung nicht vor uns herschieben, das weißt du ganz genau.» Simons Stimme klang hart.

«Simon, ich verstehe deine Bedenken. Aber alle guten Dinge brauchen Zeit. Lass uns hier nichts überstürzen.»

Etwas widerwillig fügte sich Simon schließlich mit einem «Also gut».

Sascha hatte sich während der Diskussion ihre Jacke übergeworfen und stand nun abmarschbereit im Licht des flackernden Feuers. «Bevor ihr anfangt, euch zu beißen», bemerkte sie sarkastisch, «gehe ich lieber heim. Ich hoffe, die Lebensmittel reichen für die nächsten paar Tage?»

«Ja, wenn wir sorgsam damit umgehen. Vielen Dank für deine Hilfe, Sascha! Du weißt, dass wir dir immer wieder sehr dankbar sind.» Philemons Gesicht hatte einen sanften Ausdruck angenommen. Er ging auf Sascha zu und klopfte ihr unbeholfen auf die Schulter.

Sascha lächelte. «Ich mach's gern, das weißt du doch. Weißt du was? Wegen dem nächsten Treffen muss ich dich noch was fragen.»

Die beiden setzten sich und schienen irgendwelche organisatorischen Dinge zu klären.

Es war sicher schon lange nach Mitternacht. Ich wollte mich erheben, aber die immer noch schlafende Lois dadurch nicht wecken. Zum Glück schien Damaris meine Gedanken gelesen zu haben, denn sie tauchte plötzlich an meiner Seite auf und rüttelte sanft an der Schulter ihrer Tochter. Zwei müde Augen blinzelten uns an.

«Anna!», meinte Lois verschlafen und rieb sich mit den Händen die Augen. «Spielst du noch mit mir mit dem Gummiband?»

Damaris meinte: «Es ist Schlafenszeit, Lois. Du bist müde.»

Die Kleine schob trotzig ihre Unterlippe vor. Doch bevor sie einen Ton von sich geben konnte, sprach ich sie an: «Das nächste Mal hüpfe ich wieder eine Runde mit dir.»

«Versprochen?»

«Versprochen!», bekräftigte ich.

Lois umarmte mich fest, dann bedeutete sie mir, mich zu ihr hinunterzubeugen. Laut und kitzlig flüsterte sie in mein Ohr: «Mami hat gesagt, dass Jesus uns lieb hat.»

«Aha!», kommentierte ich.

«Und er will unser Freund sein», ergänzte sie gewichtig.

Einer plötzlichen Eingebung folgend, antwortete ich: «Können du und ich auch Freunde sein?» Es schien, dass ich heute am laufenden Meter Freundschaften schloss.

Als Antwort schlang sie die Arme um meinen Hals und drückte mir einen Kuss auf die Wange. «Mami! Anna ist jetzt meine Freundin.»

«Ja, Kleine, das ist sie.» Damaris lächelte mich warm an.

Ich wandte mich etwas verlegen ab, und Damaris trug ihre müde Tochter in einen dunklen Gang, der weiter hinten vom Versammlungsraum abzweigte. Ich fragte mich, wo in dieser Kälte sie sie zur Ruhe betten wollte? Auch ich musste der Versammlung langsam den

Rücken zukehren. Ich raunte Eunice, die immer noch neben mir saß, zu: «Ich muss langsam gehen. Morgen muss ich früh raus.»

Eigentlich verspürte ich keine Müdigkeit. Das Treffen war viel zu interessant, die Leute viel zu herzlich. Aber ich musste nach Hause, um meine Beobachtungen aufzuschreiben. Je schneller ich in unserer Wohnung war, desto mehr würde ich im Kopf behalten können.

«Gut! Aber möchtest du nicht vielleicht noch etwas Brot mitnehmen?», offerierte Eunice.

«Nein danke», lehnte ich ab. Ich würde ihnen sicher nicht wieder die Lebensmittel wegessen.

Auch Sascha und Philemon schienen ihr Gespräch beendet zu haben. Sie hatten sich gerade erhoben, und Sascha schulterte ihren Rucksack. «Ich komme mit dir», rief ich ihr zu.

Erst jetzt sahen alle wieder auf und schienen zu bemerken, dass ich noch hier war. Simon sprang auf.

«Du kommst doch wieder, oder?», fragte er hoffnungsvoll.

Ich versuchte um Eunices willen, nicht zu eifrig zu nicken. Wenn Simon wirklich mit mir flirtete, dann wollte ich ihm keine Hoffnungen machen.

«Wir setzen uns diesmal mit dir in Verbindung», versprach Philemon. «Achte auf die Zeichen!» Ich nickte.

Am liebsten hätte ich nun Kephas angesprochen und etwas mehr über ihn erfahren und die anderen gefragt, wieso er mir wohl den Zettel ausgehändigt hatte, aber Sascha hüpfte schon ungeduldig von einem Bein aufs andere.

«Also tschüss», sagte ich und meinte damit alle.

«Halt, halt, Anna! Nicht so schnell», erhob Simon Einspruch und nahm mich dann zu meiner Verblüffung unaufgefordert in die Arme. So viel Nähe war ich nicht gewohnt. Ich wich unsicher zurück.

Aber einen Moment später schlang auch Eunice von der Seite ihre Arme um mich, und zwar etwas fester als notwendig. Ich wusste, dass sie an ihre Entschuldigung von vorhin dachte.

So viel Zuneigung auf einmal hatte ich schon lange nicht mehr erlebt. Ich hob meine Arme, um sie meinerseits zu umarmen.

Wie schön das war! Ich hoffte, ich würde noch viel Zeit mit den Christen verbringen können. Vielleicht würde Eunice sogar so etwas wie eine Freundin für mich werden, auch wenn wir in verschiedenen Welten lebten. Seitdem meine Mutter in ihrem dunklen Gefühlsloch verschwunden war, hatte ich nie mehr mit einer

Frau tiefgründige Gespräche geführt. Natürlich war da noch Aquilina. Aber sie war im Moment nicht so gut auf mich zu sprechen. Und mit ihr waren mir vertrauliche Gespräche erst recht nicht möglich.

Philemon schüttelte mir kräftig die Hand und lachte. «Anna! Ich hoffe, wir haben dich heute nicht zu sehr erschlagen! Zuerst die ganzen Informationen über unseren Glauben und dann noch die Umarmerei.»

Ich schüttelte den Kopf und schmunzelte. «Ach Quatsch! Ich freu mich doch! Und vielen Dank für die Erklärungen, Philemon! Ihr habt mir heute weitergeholfen.»

Als er skeptisch die Stirn runzelte, ergänzte ich: «Ja, ihr habt mich auch wahnsinnig verwirrt. Aber ich werde zu Hause einfach mal meine Gedanken sortieren.»

«Tu das!», ermutigte er mich.

Timothée umarmte mich mit der Leichtigkeit eines Teenagers.

«Anna!» Claudias raue Stimme kam vom Feuer. «Komm schnell her! Ich möchte Melody nicht wecken und aufstehen.»

Als ich vor ihr stand, meinte sie lächelnd: «Lass dich von den Obertheologen nicht ins Bockshorn jagen. Sie sind froh, wenn sie ihr Wissen jemand Außenstehendem verklickern können. Ab und zu ist ihnen langweilig. Und dann ...»

«Pah!», schaltete sich die alte Tabea ein. «Ihr Jungen versucht sowieso immer nur, mit dem Verstand zu argumentieren, und wollt *alles* erklären können. Wenn man so alt ist wie ich, dann weiß man, dass man es als Mensch niemals aus eigener Kraft zustande bringt, Gottes Existenz zu beweisen. Nur der Glaube lässt uns ihn erkennen.» Verblüfft schaute ich sie an. «Ja, da schaust du, Schätzchen, was?», fuhr sie unverblümt fort. «Ich habe schon viel gesehen. Meine Vorstellungen wurden immer wieder über den Haufen geworfen. Aber eines ist mir immer klar gewesen ...» Sie fixierte mich mit ihrem milchigen Blick und streckte ihren krummen Zeigefinger aus. «Was?», wagte ich zu fragen. «Mein Erlöser lebt», sagte sie fest.

Ich zuckte die Achsel und blickte unsicher zu Claudia. Diese lächelte nur. Tabea betrachtete mich und schnalzte mit der Zunge. Ich schüttelte ihr höflich die Hand, weil mir nichts Besseres einfiel, und wandte mich dann Claudia zu. Melody schlief selig auf ihrem Schoß. Claudia sah selbst so aus, als hätte sie ein warmes Bett dringend nötig. Sie streckte ihren freien Arm nach mir aus.

«Lass dich umarmen, Anna!» Ich bückte mich zu ihr hinunter. Ihre Umarmung war wie der Flügelschlag eines Schmetterlings.

«Es ist schön, dich zu kennen», meinte sie dann. «Wir beten für dich! Das nächste Mal müssen wir uns dann etwas länger unterhalten.»

Seltsam berührt von ihren Worten, schluckte ich schwer. Es würde ein nächstes Mal geben, da war ich mir sicher, und wenn ich Aquilina zehn Mal verärgern musste.

«Komm!», forderte mich Sascha auf. Ich folgte ihr widerwillig und hob meine Hand zum Abschiedsgruß. Sascha rief den Peacewomen zu: «Kommt ihr auch, oder was?» Petra und Patrizia schüttelten unisono ihre verfilzten Köpfe. «Nein, geht nur! Wir wollen noch etwas bleiben.» Bevor wir um die Ecke bogen, warf ich noch einmal einen Blick auf die bunt durchmischte Gesellschaft. Hier unten versammelten sich Singles, Jugendliche, Kranke, Gesunde, Alte, Eltern, Kleinkinder und Babys. Im Vergleich dazu kam mir die einförmige Gesellschaft des Humaniums hölzern und langweilig vor. In den Hallen der Bildung passten alle ins Schema und predigten, dass Gleichheit Gemeinschaft bedeutete. Während Sascha und ich die gemütliche Runde verließen und um die Ecke des Ausgangs verschwanden, fragte ich mich, ob die Durchmischung nicht viel gesünder war.

Sascha schien es wirklich eilig zu haben. Sie verschwand vor mir im Dunkeln, so dass ich mich an den Wänden entlangtasten musste, um die Treppe zu erreichen.

Selbst als ich der Oberfläche Stufe für Stufe näherkam, wärmte mich noch die Herzlichkeit der Begegnungen, die ich gerade gehabt hatte. Ich hatte keine Angst, an einem verbotenen Treffen teilgenommen zu haben. Wie konnte eine so kleine und dazu noch unterernährte Gruppe für eine so mächtige Regierung wie die unsrige gefährlich werden? Niemals würden sie es vermögen, unsere Welt ins Wanken zu bringen.

Wenn sich die Botschaft von Jesus, wie sie es gesagt hatten, über die ganze Welt verbreitet hatte, weshalb konnte ich dann im weltweiten Netz nichts darüber in Erfahrung bringen? Sie waren wohl kaum eine Bedrohung. Vielleicht eher verträumt und eine Kuriosität. Über Kuriositäten konnte man immer eine Arbeit schreiben. Die *Humaniti Perfecti* waren geradezu versessen auf Themen, die noch nicht ausgeweidet worden waren und über die sich noch nicht so viele Studenten den Kopf zerbrochen hatten. Selbst Aquilina musste einsehen, dass die Christen keine Gefahr darstellten. Ich seufzte beruhigt auf.

Die Gelassenheit hielt jedoch nicht lange an. Kaum hatte ich hinter Sascha das obere Ende der Treppe erreicht, als sie sich auch schon heftig umdrehte. Durch die Lamellen des Luftschachts, die Licht in die dunkle Kammer hineinließen, konnte ich sehen, wie grimmig ihr Gesichtsausdruck plötzlich war.

«Dir ist schon klar, dass du über alles, was du hier gesehen hast, die Klappe halten musst?», fuhr sie mich schroff an. Ich zuckte zurück. «Absolutes Stillschweigen», knurrte sie.

«Aber sie sind doch überhaupt nicht gefährlich», wandte ich etwas eingeschüchtert ein.

«Du kapierst echt gar nichts, du Schwachkopf», fauchte sie mich an. Ich straffte meine Schultern und wollte sie darüber aufklären, dass man sich so nicht mit Leuten unterhielt.

«Sie wohnen hier! Sie haben *nichts!* Hast du vielleicht nicht gemerkt, dass sie Hunger haben und wie sie sich ständig den Arsch abfrieren?!»

Am liebsten hätte ich die Hände auf die Ohren gepresst, um erstens ihre vulgären Ausdrücke nicht hören zu müssen und zweitens die Tatsache auszublenden, dass die Christen wirklich erschreckend hager und durchfroren aussahen und zudem in lumpige Kleider gehüllt waren. Waren die unterirdischen Gänge wirklich ihr einziges Zuhause? Ich konnte es kaum glauben.

Sascha öffnete die Tür und winkte mich ungeduldig hinaus. Ich kniff wegen des blendend grellen Lichts der Bahnsteige meine Augen zusammen und rempelte mit Sascha zusammen, die die Tür hinter uns zuzog. «Komm jetzt!», zischte sie mir zu, packte mich am Ärmel meiner Jacke und zog mich hinter sich her.

Wir hatten die Hälfte des Weges zwischen dem Quader und dem Treppenaufgang hinauf zur Bahnhofshalle erreicht, als sie sich wieder an mich wandte: «Glaubst du etwa, ich riskiere mein Leben unnötig, um ihnen diese Lebensmittel zu bringen?»

Ich wollte ihr gerade eine scharfe Antwort geben, da weiteten sich Saschas Augen. «Hau ab!», stieß sie abgehackt aus. «Und zwar so schnell du kannst!»

Dann drehte sie sich auf dem Absatz um und rannte wie ein gehetztes Reh die Treppe hinauf. Zwei große Schatten wetzten an mir vorbei.

Eine schwere Hand erwischte mich an der Schulter und hielt mich mit einem eisenharten Griff fest. Ich versuchte mich herauszuwinden, aber es war ein Ding der Unmöglichkeit. Sascha war keine fünf Schritte weit gekommen. Zwei statuenhafte Hünen packten sie und zerrten sie zurück zu mir. Auch derjenige, der mich gepackt hatte, war ein Riese mit einem durchtrainierten Körper und einem Stiernacken. Meine Schulter schmerzte, weil er mich mit seinen muskulösen Armen wie in einem Schraubstock hielt. Waren das die zwielichtigen Gestalten, von denen Aquilina gesprochen hatte? Ich war starr vor Schreck.

Einer der Hünen bellte: «Ihr seid bei den Christen gewesen.» Aber es klang nicht wie eine Frage.

Sascha schwieg, und ich war vor lauter Schreck zu keiner Antwort fähig. Sie schaute den Mann trotzig an. Dieser schlug sie ins Gesicht.

«Sprich, du verlaustes Luder!» Er schüttelte sie, als sei sie bloß eine Puppe.

Sascha biss auf ihre Unterlippe und blaffte ihn dann schroff an: «Aus mir kriegt ihr nichts raus.» Er schlug sie nochmals. Sie griff sich an die blutende Lippe.

«Wir können genau nachweisen, dass du diese dreckigen Christen mit Lebensmitteln versorgt hast. Ist die hier deine Komplizin?» Der Hüne, der mich umfasst hatte, packte mich noch fester. Mein Arm fing an taub zu werden.

Sascha blickte mich aus glasigen Augen an. «Nein, ich habe sie noch nie zuvor gesehen.»

Die Männer tauschten einen Blick aus. «Das werden wir noch aus ihr rauskriegen.»

Sie zerrten Sascha von mir fort.

Der Hüne, der mich festhielt, schnarrte: «Ich verhafte Sie im Namen des Gesetzes der Neuen Europäischen Regierung wegen Verdacht auf Unterstützung von regierungsfeindlichen Gruppierungen.»

Völlig verblüfft und gelähmt vor Entsetzen, dämmerte mir der Wahrheitsgehalt von Saschas Worten. Die Christen mochten mir zwar nicht gefährlich erscheinen. Die Regierung sah sie aber als eine ernsthafte Bedrohung an. Sie verhafteten Menschen, die mit ihnen zu tun hatten. Sie verhafteten *mich!* Meine Füße schienen auf dem Boden zu kleben. Würden sie jetzt die Treppe hinunterstürzen, um die Christen ebenfalls zu verhaften?

Der Mann drehte mich gewaltsam um, und dann hatte ich auch schon Handschellen an meinen Handgelenken. Ich wendete den Kopf und sah nur noch, wie die zwei Gesetzeshüter Sascha hinter einen Quader zerrten.

Wutentbrannte Wortfetzen drangen zu mir herüber, und dann ertönte ein lauter, markdurchdringender Schrei. Unmittelbar darauf hallte ein Schuss donnernd von den Wänden des Bahnhofs wider. Der Gesetzeshüter zerrte mich grob mehrere Schritte in Richtung des Treppenaufgangs. Ich schaute über meine Schulter zurück, doch im nächsten Augenblick wünschte ich mir, es nicht getan zu haben.

Wie ein Film liefen die Geschehnisse vor meinen Augen ab: Ich sah, wie die zwei Schwarzgekleideten eine leblose Puppe auf die Gleise warfen. Einer der beiden steckte eine Schusswaffe in seinen Gurt.

Mein Peiniger zerrte mich noch weiter vom Tatort weg. Ich stemmte meine Beine zum Trotz fest gegen den Boden. Meine Stimmbänder lösten sich, und ich schrie aus Leibeskräften: «Neeeeeeeeeeeeein!!!»

Doch mein Schrei ging im Herandröhnen des nahenden Zuges unter.

Kapitel 8

Der Mann stieß mich vorwärts, während das Donnern des Zugs die Bahnhofshalle erfüllte. Ich wollte weinen, aber es kamen keine Tränen. Ich wollte schreien, aber meine Stimmbänder waren wie gelähmt. Ich wollte davonlaufen, aber meine Beine versagten. Mein Gehirn schien die Geschehnisse nicht verarbeiten zu können. Ich fühlte mich wie in Watte verpackt, obwohl die dröhnenden Geräusche um mich herum schmerzhaft in meinen Ohren widerhallten. Ich wollte die Welt aussperren. Ich wollte nicht wahrhaben, was passiert war. Nein! Es konnte nicht wahr sein, dass kaum fünfzig Meter von mir entfernt eine Person ermordet worden war.

Ich weigerte mich, auch nur eine weitere Stufe der Treppe zu erklimmen. Als ich keine Anstalten machte, dem Mann Folge zu leisten, warf er mich einfach über die Schulter und erklomm die Treppe, als wäre er ein leichtfüßiges Wiesel. Er schleppte mich durch die Bahnhofshalle und hinaus in die Nacht. Vor dem Bahnhof blieben wir stehen. Die Kälte stach mir bissig ins Gesicht und brachte wieder ein bisschen Leben in meine Schockstarre.

Es war vorbei. Das Geräusch des Zuges unter uns verhallte. Plötzlich herrschte eine gespenstische Stille.

In meiner Position über der Schulter dieses Kraftmenschen kam ich mir unendlich hilflos vor. Und nun spuckte der schwarz gekleidete Hüne auch noch aus. «Immer diese Selbstmörder!», knurrte er.

Ich konnte nicht fassen, was hier vor sich ging. Ich hatte einen Schuss gehört. Sascha hatte sich nicht selbst getötet! Sie war ermordet worden ... Ermordet! Ich schüttelte den Kopf, als könnte ich dadurch diese Gedanken loswerden. Als könnte ich durch diese Geste der Verneinung alles rückgängig machen, was unten im Bahnhof verbrochen worden war. Doch ich erwachte nicht aus diesem Alptraum, ich konnte diesen Film nicht ausschalten. Das war die nackte und brutale Realität!

Und was geschah jetzt mit den Christen? Waren sie sicher? Hatten die Männer beobachten können, woher wir gekommen waren? Gewiss! Sie hatten uns, kurz nachdem wir den Quader verlassen hatten, erwischt. Was war mit Philemon? Mit Eunice und Simon? Was war mit Claudia und der kleinen Melody? Was mit Lois und ihren Brüdern? Würde sie ein ähnliches Schicksal ereilen wie die bedauernswerte Peacewoman? Ich war schuld. Hätte ich doch nur auf Aquilina gehört! Wenn ich nur die Finger von den Christen gelassen hätte, dann wäre Sascha noch am Leben.

Und was war mit mir? Würden sie mich vom Bahnhof wegbringen, um mich irgendwo im Wald zu verscharren, nachdem sie mir den Garaus gemacht hatten? Blanke Panik ergriff mich und schnürte mir die Kehle zu. Meine Hände in den Handschellen zitterten.

«So, läufst du jetzt, oder muss ich dich hinter mir herziehen?» Die Stimme des schwarzen Mannes durchbrach den Nebel, der mich zu umhüllen schien.

«Wo bringen Sie mich hin?»

«Dorthin, wo man Verbrecher hinbringt und solche, die gemeinsame Sache mit ihnen machen!» Unsanft ließ er mich auf den harten gefrorenen Boden fallen. Schmerz schoss durch meine Hüfte und meinen Rücken. Ich blieb wie gelähmt liegen. Mein stoßweiser Atem erzeugte weiße Dampfwolken.

Der Riese riss mich grob am Arm hoch. Ich würde unzählige blaue Flecken davontragen, aber so wie ich die Situation einschätzte, war das eines meiner geringsten Probleme. Taumelnd stand ich da.

Hinter uns joggten die zwei anderen Männer heran. Wenn sie jetzt schon wiederkamen, hatten sie ihr zerstörerisches Werk wohl auf Sascha beschränkt und den Eingang zu den Gängen unter dem Bahnhof nicht gefunden. In meiner Taubheit fühlte ich einen Funken Erleichterung. Doch niemand wusste, was die Nacht noch bringen sollte. Mein Magen fühlte sich an wie ein Stein.

«Wohin bringen Sie mich?», wimmerte ich noch einmal. Ich erinnerte mich nicht einmal mehr an die Grundlagen der Selbstbeherrschung. Am liebsten hätte ich mich in Luft aufgelöst. Doch der Mann und seine nicht minder gefährlich wirkenden Kompagnons schwiegen mit versteinerten Mienen, während wir einem unbestimmten Ziel entgegenmarschierten.

Es schien mir, als wären wir schon eine Ewigkeit in den nächtlichen Straßen der Stadt unterwegs. Die kristallklare Luft jagte Schauder durch meinen Körper. Meine Zähne klapperten. Nun stieg die Straße langsam an, und vor mir sah ich das Chemondrion.

Beim Anblick des großen, grau gestrichenen Gebäudes kamen in mir längst verdrängte Erinnerungen an den Tod meines Bruders hoch, und ich konnte kaum noch schlucken. Zusätzlich zu dem Schock der Erlebnisse von heute loderten nun die alten Verletzungen wieder in mir auf. Weshalb brachten mich die dunklen Zweimetermänner ins Chemondrion?! Ich war kaum verletzt. Wenigstens nicht äußerlich.

Hier war mein Bruder Michael gestorben. Würde mich nun an diesem Ort dasselbe Schicksal ereilen? Ich war noch nicht bereit … nicht bereit …

Ich keuchte. Die winterkalte Luft stach in meine Lungen, weil die Gesetzeshüter – mittlerweile glaubte ich, dass sie eine Art Polizeieinheit waren – einen dermaßen schnellen Schritt an den Tag legten. Der zügige Marsch hatte mich zutiefst erschöpft. Mittlerweile glaubte ich nicht mehr, dass sie mich ungesehen im Wald verscharren würden. Nichtsdestotrotz klopfte mein Herz wild. Ich hatte noch nie davon gehört, dass Menschen verhaftet worden waren. Wenigstens nicht in dieser Stadt, nicht in meiner Umgebung.

Was hatten die Kerle nur mit mir vor? Wir gingen nicht ins Chemondrion hinein, sondern in einer dunklen Gasse an ihm vorbei. Dahinter zeichnete sich schattenhaft ein einstöckiges, weitläufiges Gebäude ab, das von der Stadt aus nicht zu sehen war. Aus einigen Fenstern schien helles Licht. Auch der Eingang war erleuchtet. Ich konnte nirgends am Gebäude ein Schild entdecken, auf dem gestanden hätte, um was es sich bei dem Bau handelte. Ich sah nur, dass die Fenster mit dicken Stahlstangen vergittert waren.

Der Mann, der mich von Anfang an im Schlepptau geführt hatte, leitete mich durch hydraulische Türen ins Innere des dunklen Kastens. Stickige Luft schlug mir entgegen. Wir gingen durch mehrere Gänge, und er öffnete mit seinem Daumen diverse Tore, bevor er mich in einen Gang führte, von dem viele fremdartig aussehende Türen abzweigten. Die beiden anderen Kerle mussten sich verabschiedet haben. Ich sah sie nicht mehr. Aber ich hatte keine Zeit, mir darüber Gedanken zu machen. Was waren das für Türen? Ich sah an ihnen keine Fingerabdruckscanner. Stattdessen gab es an jeder einen Türspion und ein gewaltiges Vorhängeschloß! Ich hörte gedämpftes ... Weinen! Und was war das? Ein Knallen, wie von einer Peitsche, und ein Schrei! War ich hier im siebten Vorhof der Hölle gelandet? Erschrocken sah ich nach links und rechts. Was passierte hinter diesen Türen?

Am Ende des Korridors öffnete mein Wächter eine weitere Tür mit seinem Daumen und schob mich in einen Raum. Mit einem Daumendruck schloss er meine Handschellen auf und riss sie ungeduldig von meinen Handgelenken. Die Zelle war leer, kahl und unbeleuchtet. Durch das Licht, das vom Flur hineinfiel, sah ich, dass der Raum nicht einmal ein Fenster hatte.

«Warten Sie hier!», bellte der Hüne. Er drehte sich um und verschwand. Die Tür schloss sich mit einem lauten Zischen. Es wurde stockdunkel.

Eine unglaublich laute Stille senkte sich über mich. Ich wollte schreien, um mich treten, weinen. Doch mein Körper weigerte sich, den Impulsen nachzugeben. Verzweifelt rüttelte ich an der Tür. Ich drückte mich mit meinem gesamten Gewicht dagegen. Doch wie nicht anders zu erwarten, gab sie keinen Millimeter nach. Mit zitternden Fingern tastete ich den Türrahmen entlang. Es war kein Fingerabdruckscanner zu finden. Sie hatten mich tatsächlich eingesperrt. Ich war im Gefängnis!

Ich sank auf die Knie. Der Boden war eiskalt. Nach kurzer Zeit waren meine Beine taub vor Kälte. *Reiß dich zusammen,* dachte ich ängstlich. *Du kommst hier wieder raus. Bald kommt jemand und holt dich hier raus.*

Doch nichts passierte. Niemand kam!

Dann fing ich an, aus lauter Verzweiflung in der Zelle auf und ab zu gehen. Ich zitterte vor Anspannung und versuchte mit aller Kraft, mich zu beruhigen. Aber die aufsteigende Panik ließ sich einfach nicht unterdrücken. Ich atmete heftig und viel zu schnell ein und aus, bis sich ein Prickeln in meinen Lippen und Fingerspitzen bemerkbar machte. Ein Schwindel erfasste mich. Fest stampfte ich auf die Erde. Ich hyperventilierte und würde in Ohnmacht fallen, wenn ich dieses Panikgefühl nicht bald in den Griff bekam. Mit letzter Verzweiflung erinnerte ich mich an die Beruhigungsübungen aus der Selbstbeherrschung. Doch meine geistige Amphore war mittlerweile in tausend Stücke zerbrochen. Ich würde keine Gefühle mehr in sie hineinquetschen können.

Ich ging zur Tür und hämmerte mit den Fäusten dagegen. «Hallo! Lasst mich raus! Bitte, bitte! Lasst mich raus!» Ich klopfte und rief, bis meine Hände schmerzten und meine Stimme zu kippen drohte. Mit einem trockenen Schluchzer sank ich wieder auf den Boden und lehnte mich gegen die Tür. Es kamen keine Tränen.

Ich wollte zu meiner Mutter. Ich wollte zu Felix. Ich wollte raus hier!

«Bitte!», flüsterte ich leise in die Leere des Raumes hinein. «Hilf mir!» Entgegen jeder Vernunft stieß ich das Gebet hervor: «Jesus der Christen! Ich weiß, dass du nur eine Vorstellung von einer Gruppe Verrückter bist! Aber hilf mir trotzdem, bitte! Hol mich hier raus, wenn du wirklich ein Gott bist!»

Ich schüttelte den Kopf und ließ das Kinn auf meine Knie sinken. Meine Zähne klapperten. Vielleicht würde ich wirklich den Verstand verlieren.

Vor meinen Augen sah ich wieder die leblose Puppe, die dem Zug zum Fraß vorgeworfen worden war. Ich hatte sie kaum gekannt und auch nicht wirklich gemocht. Aber sie hatte ihr Leben für die Christen riskiert ... und es verloren.

In diesem Augenblick öffnete sich die Tür, und helles Licht blendete mich.

«Anna Tanner! Aufstehen!» Eine weibliche Stimme adressierte mich.

Ich kniff die Augen zusammen und hielt mir die Hand wie ein Schild vor die Augen, doch ich konnte gegen das grelle Licht nur eine große kräftige Silhouette erkennen.

Die Gestalt warf mir ein Bündel Stoff vor die Füße. «Ziehen Sie sich aus, und dann ziehen Sie das hier an!»

Ich schüttelte den Kopf. «Es ... ist ... zu kalt», wisperte ich. Das Klappern meiner Zähne schien von den Wänden des Raumes als Echo widerzuhallen.

«Ausziehen!», bellte der Schatten giftig.

«Aber ...»

«Sofort!»

Vorsichtig bückte ich mich und tastete nach dem grob gewebten Stoff. Ich hielt einen großen grauen Kittel und eine ebenso große graue Hose in meiner Hand.

«Los!», trieb mich die Frau mit kalter Stimme an. «Das muss schneller gehen! Du ziehst dich jetzt aus!»

Ich schaute mich verzweifelt um, wusste aber genau, dass es keine Wand gab, hinter die ich mich zurückziehen konnte.

«Na, mach schon! Oder soll ich dich da reinprügeln?» Ergeben streifte ich Jacke und Schuhe ab und ließ sie auf den Boden fallen. Alles in mir sträubte sich dagegen, aber ich knöpfte zitternd meine Bluse auf und schlüpfte auch aus meiner Hose. Schließlich stand ich schlotternd in meiner Unterwäsche im grellen Licht und schämte mich meiner Blöße.

Die Frau trat an mich heran und fuhr mit einem Scanner, der ein hellblaues Licht von sich gab, meinen Körper entlang.

«Umdrehen!» Ich drehte ihr den Rücken zu. Wieder die gleiche Prozedur.

«Anziehen!»

Schnell schlüpfte ich in die viel zu großen Sachen hinein. Das graue Hemd hing mir bis in die Kniekehlen hinein, und die Hose musste ich am Bund mit der Hand zusammenhalten, damit sie nicht nach unten rutschte. Sie schlackerte lose um meine Beine.

«Die Socken auch! Aber ein bisschen dalli!», knurrte die Silhouette.

Jemand muss ihr sagen, dass es nicht den Normen der Freundlichkeit entspricht, wenn sie mich so anbrüllt, dachte ich wie betäubt und zog meine Socken aus.

Der Betonboden war eisig kalt. Auch wenn die Gefängnissocken aussahen, als bestünden sie aus Jute, waren sie doch besser, als ungeschützt auf diesem erbarmungslos kalten Boden zu stehen. Ich knüllte meine Kleidungsstücke zusammen und presste sie an mich, um mir ein bisschen Wärme und Sicherheit zu verleihen. Doch die Frau bedeutete mir, die Kleider auf den Boden zu legen. Ich gehorchte mechanisch.

Sie erfasste meine Handgelenke und legte mir Handschellen an. Das klickende Geräusch ließ mich zusammenzucken.

«Und jetzt marsch! Wir haben nicht die ganze Nacht Zeit!»

Vor der Tür standen zwei weitere Frauen. Sie waren groß und muskulös. Als hätten sie erkannt, dass ich mich in einer Art Schockstarre befand und keinen Meter laufen konnte, packten sie mich an den Armen und führten mich durch den Korridor, den mich der Riese vorhin schon entlanggelotst hatte. Es herrschte Totenstille. Eine schwere Last schien in der Luft zu liegen. Die Düsternis dieser Zellen war mir unerträglich. Ich konnte kaum einen Fuß vor den anderen setzen.

Fünf Minuten wurde ich durch unterschiedliche Gänge geschleift, von denen jeweils so viele Flure abzweigten, dass ich mir wie in einem Labyrinth vorkam. Ich hätte sowieso nicht rekonstruieren können, wohin man mich brachte, denn ich war bemüht, mit meinen zusammengehefteten Händen den Bund meiner Hose festzuhalten und nicht auf die Hosenstöße zu treten.

Nach einer gefühlten Ewigkeit öffnete sich vor mir eine Tür. Ich wurde wieder in einen Raum gestoßen. Eine meiner Wächterinnen band mich an dem Stuhl fest, der in der Mitte dieser Zelle hinter einem einfachen Pult aus dunklem Holz stand.

Was würde mit mir geschehen? Würden sie mich hier erschießen? *Nein, sie erschießen dich nicht gleich,* sagte eine Stimme in mir. *Die wollen dich aushorchen.* Wozu gab es hier wohl sonst eine Wand, die komplett aus einer Glasscheibe bestand, durch die ich nicht hindurchsehen konnte? *Wie feige! Ich soll nicht mal sehen, wer mich hier ausquetscht!*

Die drei Frauen verließen den Raum, der kurz darauf mit gleißendem Licht geflutet wurde. Aus der Wand mir gegenüber strahlten mir mehrere Scheinwerfer mitten ins Gesicht. Ich schloss geblendet die Augen. Ich wollte die Arme hochheben, doch sie waren an den Stuhl gefesselt. Ich ließ den Kopf sinken. Mein Herz hämmerte, mein Kopf drohte zu platzen. Die Sekunden dehnten sich zu Minuten. Die

Minuten zu Stunden. Niemand sagte etwas. Wie lange wollten sie mich hier sitzen lassen? Ich wollte nach Hause. Ich wollte diesem Alptraum entfliehen.

«Hilfe!», wisperte ich und versuchte mit letzter Kraft das letzte bisschen meiner Selbstbeherrschung zusammenzukratzen. Meine Fäuste krampften sich zusammen. Ich biss mir die Unterlippe blutig. Taubheit kroch von den Füßen her meinen Körper hoch.

Schließlich erschlafften meine Hände. Ich sank in mich zusammen. Meine Gefühle erstarben, bis ich nicht einmal mehr das Klopfen meines Herzens zu spüren vermeinte.

Als die Tür mit einem lauten Zischen aufging, schreckte ich aus meiner Schockstarre hoch. Ein hochgewachsener, schlanker Schatten hatte den Raum betreten. Gegen das grelle Licht konnte ich nur seine Umrisse erkennen.

Ich konnte nicht sagen, wie viel Zeit verstrichen war. Vielleicht waren schon mehrere Stunden vergangen, vielleicht auch nur einige Minuten, seit ich in diesem Zimmer feststeckte.

Die Gestalt setzte sich hinter das Pult. Was würde geschehen? Meine Zähne klapperten wieder. Ein sicheres Zeichen dafür, dass ich noch lebte. Doch ich wusste nicht, ob ich mich über diesen Gedanken freuen sollte.

«Wie ist Ihr Name?» Die beißende Stimme durchschnitt die Stille. Sie verursachte mir Kopfschmerzen und kam mir irgendwie ... bekannt vor. Bestimmt war ich verrückt geworden. Der Alptraum wollte kein Ende nehmen.

«Wie ist Ihr Name?» Die männliche Stimme bellte die Frage noch einmal zornig.

«Anna!» Ich bewegte meine Lippen, viel zu betäubt und eingeschüchtert, um einen Ton herauszubringen.

«Lauter! Sprechen Sie lauter!», brüllte der Mann.

«Anna!» Meine Stimme brach. Ich tönte wie ein piepsendes Vögelchen.

«Anna und ...?»

«Anna Tanner!», krächzte ich.

«Wie alt sind Sie?»

«Zwanzig.» Meine Lippen waren kaum in der Lage, die Worte zu formen.

«Wo wohnen Sie?»

«In der ...» Ich musste mich räuspern. «In der Stadt.»

«Wohnen Sie alleine?» Automatisch nickte ich. Ich durfte niemandem von Mutter erzählen. Das hatte Michael mir eingeschärft.

«Beantworten Sie die Frage laut!», herrschte mich die Gestalt hinter dem Pult an. Er hatte sich erhoben. Ich sank noch tiefer in mich zusammen.

«Ja», hauchte ich.

«Welcher Beschäftigung gehen Sie nach?»

«Ich studiere!»

«Wo?»

«In der Stadt. Im Humanium.»

«Welche Selbstverwirklichungsstufe?»

«Die zweite.»

«Glauben Sie an Jesus Christus?»

Verwirrt hob ich meinen Kopf und kniff die Augen gegen das grelle Licht zusammen. Jesus Christus? Glauben? Ich? Was hatte das mit den anderen Fragen zu tun?

«Glauben – Sie – an – Jesus – Christus?» Die Frage kam scharf und abgehackt.

Ich schüttelte den Kopf. «Nein.»

«Was haben Sie mit den Christen zu schaffen?»

Philemons Gesicht stand mir vor Augen. «Anna ... du musst uns versprechen, dass du niemandem etwas von diesem Treffen erzählst.» Seine ernste Stimme klang in meinem Kopf nach.

«Nichts», war meine Antwort.

Hatte Philemon von der Gefahr gewusst, in die ich mich gebracht hatte? Hatte er gewusst, dass ich in eine solche Situation kommen würde? Hatte er gewusst, dass Menschen, die mit Christen zu tun hatten, eingesperrt wurden oder gar umgebracht?

«Kannten Sie die Frau vom Bahnhof?», horchte mich der Mann weiter fordernd aus.

«Welche ...?»

«Sascha Di Giacomo! Ihres Zeichens Peacewoman! Verräterin! Unterstützerin von regierungsfeindlichen Gruppierungen.»

«Nein!» Ich schüttelte erneut den Kopf.

«Wussten Sie, dass sie suizidgefährdet war?»

Meine Fäuste ballten sich zusammen. Wieder sah ich die leblose Puppe. Wieder hörte ich den Zug. *Sie war nicht suizidgefährdet*, wollte ich schreien. *Sie wurde umgebracht ... erschossen ... ermordet*

... von den Männern, die mich hierhergeschleppt haben! Ich brachte jedoch nur ein leises «Nein» über die Lippen.

«Haben Sie sie vor heute Nacht schon einmal gesehen?»

«Ja.»

«Wo?»

«Im Humanium.»

Eine bleierne Müdigkeit ergriff Besitz von mir. Weshalb ließ er mich nicht in Ruhe? Wieso hörte er nicht auf, mir Fragen zu stellen? Mein Kopf schmerzte heftig.

«Mit wem war sie zusammen?»

«Weiß nicht. Mit den Peacemen», setzte ich meine einsilbigen Antworten fort.

«Kennen Sie Christen?»

«Nein», log ich. Weshalb hatte ich Philemon nur gefragt, ob sie Christen waren? Besser wäre es gewesen, wenn ich in Unwissenheit belassen worden wäre. Vielleicht fanden sie heraus, dass ich log. Vielleicht sollte ich die Wahrheit sagen. Vielleicht fand dieser Spuk dann ein Ende, und ich könnte endlich in die Sicherheit meiner Wohnung zurückkehren.

«Was wissen Sie über das Christentum, Studentin Tanner?» Die Lautstärke der Stimme vor mir war stark gedrosselt.

«Es ist eine Religion.»

Eine Faust krachte aufs Pult. «Nein!»

Der Ausruf ließ mich vor Schreck zusammenzucken.

«Es ist keine Religion, Studentin Tanner. Es ist die Gefährdung unseres Parts, ja sogar von ganz Europa. Haben Sie mich verstanden?»

Ich nickte furchtsam.

«Die Christen tarnen sich als eine friedfertige Religion. Aber sie verstoßen mit allem, was sie sind und haben, gegen die vier Grundsäulen unserer Gesellschaft. Sie predigen die Freiheit, aber ketten ihre Anhänger an abstruse Regeln. Sie predigen die Gerechtigkeit, aber nur ihre Anhänger kommen in den Himmel. Sie reden von Toleranz, aber sie diskriminieren Andersgläubige. Sie sprechen von Frieden, aber diese Religion hat eine blutige Spur der Glaubenskriege durch alle Kontinente gezogen. Im Namen ihres Gottes sind sie ausgezogen und haben ganze Völker ausgerottet. Das Allerschlimmste ist aber, dass sie verleugnen, dass der Mensch über allem steht. Sie erheben ihren Gott über alles andere. Ihren ‹Jesus›. Dieser ... Christus», er spuckte den Namen aus wie faules Obst, «ist tot! Er ist tot!»

Die schwarze Gestalt hatte sich hinter dem Pult erhoben und schnaubte wütend. Wahrscheinlich hatte er die Prüfung zur Selbstbeherrschung nicht bestanden, wenn ihn dieser eine Name so in Rage brachte.

Ich erzitterte vor seinem Zorn. Ich wurde die Angst, heute ebenfalls erschossen zu werden, nicht los. Würde er gleich eine Schusswaffe ziehen und mich erschießen?

Vor meinen Augen erschien plötzlich Eunices sommersprossiges Gesicht.

«Freunde?», fragte sie und schaute mich aus ihren nussbraunen Augen auffordernd an. Sie hatte sehr friedfertig gewirkt. War das alles nur Show? Hatte dieser Mann recht? Ich konnte mir nicht vorstellen, dass Menschen wie Philemon und Claudia für eine Blutspur, die sich durch die Kontinente zog, verantwortlich sein sollten. Und hatten sie Sascha und mich nicht herzlich aufgenommen, obwohl wir nicht zu ihnen gehörten? Die Herzlichkeit hatte echt gewirkt. Sie hatten nicht böse reagiert, als ich ihre seltsamen Gebete und ihren Glauben in Frage gestellt hatte. Waren diese Menschen, die frierend und hungrig ihr Leben unter der Erdoberfläche fristeten, eine solche Bedrohung für den Part, dass sie gestandene Männer zu Wutausbrüchen trieben? Ich konnte es mir nicht vorstellen.

Das einzige Furchteinflößende an diesem Tag war von Regierungsbeamten ausgegangen ... der Mord ... die Einschüchterungsversuche der Wächter ... und von diesem Mann vor mir. Ich schauderte und zitterte noch mehr. Wurden nicht *so* der Frieden und die Harmonie in unserer Gesellschaft gestört?

Der Mann schien sich beruhigt zu haben. Er stand auf und presste seinen Daumen auf den Fingerabdruckscanner neben der Tür. Eiligen Schrittes verließ er den Raum, und ich war wieder alleine. Alleine mit dem Licht und der Angst, die immer und immer wieder Adrenalin durch meine Adern jagte. Adrenalin, das mit meiner Erschöpfung kämpfte und doch immer wieder die Oberhand gewann.

Bevor ich mich auf eine lange Wartezeit einstellen konnte, zischten die Türen erneut. Die Scheinwerfer erloschen. Ich fühlte mich, als wäre ich blind. Bunte Punkte tanzten vor meinen Augen.

Jemand betrat den Raum. Ich wurde losgebunden, und meine Handschellen klickten auf. Dann wurde ein Bündel Stoff in meine steifen Hände gedrückt.

«Los! Ziehen Sie sich an!» Es war die Frau, die mich bereits in diesen Raum geführt hatte. Ich ließ die graue Hose in der Dunkelheit fallen. Jedes Kleidungsstück musste ich mir ertasten. Die Kleider hatten keine Wärme mehr in sich. Trotzdem fühlte ich, wie eine Grundanspannung von mir abfiel, als ich den bekannten Stoff über meine taube Haut streifte. Es dauerte mehrere Minuten, bis ich schließlich wieder in meine Jacke schlüpfen konnte.

«Folgen Sie mir!», befahl mir die Frau, und ich tat, was mir gesagt wurde, obwohl meine Handgelenke nicht mehr zusammengebunden waren. Im Dämmerlicht des Ganges drehte sie sich zu mir um und packte mich heftig an meinem ohnehin schon schmerzenden Arm.

«Studentin Tanner! Sie dürfen gehen. Aber es wird ernsthafte Konsequenzen für Sie haben, wenn wir Sie jemals wieder in Begleitung von Christen oder einem ihrer Helfershelfer erwischen. Dann wird es hier nicht so glimpflich für Sie ausgehen.»

Ich fragte mich, ob sie mit glimpflich die beißende Kälte oder die erzwungene Blöße, die Fremdheit der grauen Kleidung oder etwa doch die stundenlange Bestrahlung mit grellen Scheinwerfern während einer groben Behandlung meinte. Wir hatten den Ausgang erreicht, und die Türen öffneten sich zischend.

«Gehen Sie nach Hause, Studentin Tanner. Der nächste Tag erwartet Sie schon.» Mit einem leichten Schubs wurde ich vor die Tür befördert, die sich hinter mir wieder schloss.

Ich hatte das Gefühl für Zeit verloren und nicht erwartet, dass die Dunkelheit der Nacht die Umgebung noch im Griff haben würde. Vielleicht war ich doch nicht so lange festgehalten worden, wie es sich angefühlt hatte.

Wie festgeschraubt stand ich auf dem Asphalt und sah mich ängstlich um. War niemand mehr da, der mich festhalten wollte? Was hatte die Frau mit «ernsthaften Konsequenzen» gemeint? Durfte ich wirklich nach Hause gehen? Die Wahrheit sickerte langsam in mein verstörtes Hirn und setzte sich.

Und dann gab es kein Halten mehr. Trotz meiner Erschöpfung und der Kältestarre rannte ich los, als wären tausend Höllenhunde hinter mir her.

Völlig außer Atem stand ich vor unserer Haustür. Der Dauerlauf hatte wenigstens wieder etwas Feuer in mein Blut gepumpt.

Unterwegs war mir mit Schrecken eingefallen, dass ich die Tür offen gelassen hatte. Ich machte mir Sorgen um meine Mutter. Was wäre, wenn wegen meiner Gedankenlosigkeit einer der übrigen Hausbewohner unsere Wohnung betreten und meine Mutter entdeckt hatte?

Seit den Ereignissen dieser Nacht hatte ich meine unschuldige Sorglosigkeit verloren. Mehrmals auf dem Weg hierher hatte ich über meine Schulter geblickt und ängstlich nachgeschaut, ob ich verfolgt wurde. Hinter jedem Busch und Baum sah ich nun eine jener zwielichtigen Gestalten, vor denen mich Aquilina so eindringlich gewarnt hatte.

Doch nun hatte ich meine sicheren vier Wände erreicht. Ich stieß die Tür an und wollte nach dem Buch greifen. Die Tür bewegte sich nicht. Sie war verschlossen! In meinen Adern breitete sich erneut Eiswasser aus. Waren die Gesetzeshüter hier gewesen? Hatten sie meine Mutter gefunden? Hatten sie sie mitgenommen? Panisch tastete ich den Türrahmen entlang, als hätte ich mich getäuscht. Erst dann drückte ich den Daumen auf die Fingerabdruckerkennung neben der Tür. Sie gab nach.

Ich seufzte auf und stürmte in die Wohnung. Ich knipste die Lampe an. Meine Mutter lag im Bett und schlief selig. Wegen des plötzlichen Lichtscheins bewegte sie sich unruhig. Am liebsten hätte ich meine Arme um sie geschlungen. Erleichterung durchflutete mich. Es war ihr nichts passiert.

Die Kälte unserer Wohnung kam mir jetzt warm vor. Ich war so durchgefroren, dass ich um die paar Plusgrade froh war.

Gerne hätte ich eine Dusche genommen. Doch ich war viel zu benommen, als dass ich jetzt noch mühsam Wasser erhitzen wollte. Ich konnte auch nicht ins Bett schlüpfen, denn dann hätte ich meine Kälte auf meine Mutter übertragen.

Kraftlos ließ ich mich auf den Stuhl vor meiner Arbeitsstation fallen, zog meine Beine an meinen Oberkörper und wippte hin und her, während ich die Ankunft des kommenden Tages erwartete.

Kapitel 9

Montag, 6. Frimaire 331 A. I.
«Tag des Feldsalats» (28. November)

Ich konnte nicht warten, bis die Dämmerung den neuen Tag ankündigen würde. Ich wollte auch nicht überprüfen, ob ich von Aquilina Akbaba Anrufe erhalten hatte. Ich wusste, dass sie von meinem nächtlichen Ausflug Kenntnis hatte, seit ich die Haustür verschlossen vorgefunden hatte. «Lassen Sie mich nie mehr warten!», hatte sie mich angeschnauzt. Ich wusste aber nicht, wie ich in meiner Betäubung die Kraft aufbringen sollte, mit Aquilina eine gepflegte Unterhaltung zu führen, und dann erst noch über ein Thema, bei dem unsere Ansichten meilenweit auseinandergingen.

Ich unterbrach das nervöse Hin- und Hergewippe auf dem Bürostuhl, als meine Uhr halb sieben anzeigte. Unsere Essensvorräte waren zur Neige gegangen. Wenn ich mich nicht zusammenriss und zur Essensausgabestelle marschierte, hätte meine Mutter heute nichts zu essen, wenn sie aufwachte. Ich konnte nicht untätig auf diesem Stuhl sitzen bleiben, beschwor ich mich.

«Das Leben geht weiter», sprach ich mir halblaut Mut zu.

Aber nicht für Sascha ... für sie geht das Leben nicht weiter, flüsterte mir eine leise innere Stimme zu.

«Aber für mich ... für *mich* ... Ich muss ... Ich muss einfach ...», antwortete ich mir selbst. «Für *mich* muss das Leben weitergehen. Ich muss mich einfach zusammenreißen.»

Ich erhob mich entschlossen, streckte die Knie durch und stampfte dann mit dem Fuß auf, als könnte ich mich so aus meiner kalten Betäubung wecken.

Ich schlüpfte in meine Jacke und verließ die Wohnung.

Die Essensausgabestelle lag dem Humanium entgegengesetzt am Rand der Innenstadt in Richtung Nordosten und bedeutete einen Fußweg von fünfzehn Minuten. Der Morgen war eisig kalt. Ein schneidender Wind blies mir entgegen, als ich über die gefrorenen Pfützen vom Vortag schlitterte. Immer wieder warf ich einen hastigen Blick über die Schulter. Beobachtete mich jemand? Verfolgte mich jemand? Stand ich nun unter konstanter Beobachtung? Würde ab jetzt jeder meiner Schritte aufmerksam verfolgt?

Ich ging schnell und war leicht außer Atem, als ich die Essensausgabestelle erreichte. Sie war in einem historischen Turm untergebracht – wahrscheinlich hatte dieser früher zu der Verteidigungsmauer der Stadt gehört. Vor einer alten zweiläufigen Steintreppe musste man Schlange stehen. Auf dem Zwischenpodest erhielt jeder seine Portion in einer abgepackten Schachtel und verließ den Turm dann wieder über die gegenüberliegende Treppe nach unten.

Vor mir stand ein Dutzend frierender Menschen. Sie hielten sich warm, indem sie auf der Stelle traten und sich die Arme um ihren Oberkörper schlangen. Ich reihte mich in den Tanz ein.

Als ich in der Reihe vorrückte, sah ich, dass heute zwei zusätzliche, weiß gekleidete Personen auf dem Zwischenpodest standen. Ich seufzte leise auf. Das auch noch! Einmal im Monat schickte das Chemondrion einen Arzt und zwei *Chemondrias,* so nannte man die Assistentinnen der Mediziner, zu der Essensausgabe, um die Gesundheit der Bürger zu inspizieren. Durch eine kurze Überprüfung der Vitalwerte stellten sie fest, ob eine Krankheit im Anmarsch war. Im schlimmsten Fall wurde die betroffene Person dann schleunigst für eine Behandlung ins Chemondrion gebracht, um eine Ausbreitung der Erkrankung mit allen Mitteln zu verhindern.

Ich war nur noch zwei Treppenstufen vom Zwischenpodest entfernt, als der Arzt eine Frau in den Vierzigern, deren Hände ein wenig zitterten, am Weitergehen hinderte. Er nickte einer seiner Assistentinnen zu, und diese winkte der Frau, sie solle ihr in den Turm folgen. Ich kannte sie nicht. Meiner Meinung nach sah sie auch nicht wirklich krank aus, aber Sorgenfalten zerfurchten ihre Stirn, als sie sich verunsichert umblickte und dann der Chemondria folgte. Ich sah, wie die Umstehenden ein wenig zurückwichen, als sie sich in Bewegung setzte.

Mein Herz beschleunigte sich, als ich an der Reihe war. Der Arzt trug einen sandbraunen Spitzbart, und eine schmale Brille lag vorne auf seiner Adlernase. Die verbliebene Assistentin war jung, hübsch und trug ihre schwarzen Haare in einer Kurzhaarfrisur. Der Arzt fixierte mich mit einem festen Blick. Automatisch streckte ich ihm meinen Arm hin. Er legte mir ein Band ums Handgelenk, das aussah wie ein Pulswärmer. Ich atmete konzentriert aus und ein und wünschte mir mehr als alles, dass mein Puls sich verlangsamen würde.

«Puls, Blutdruck, Körpertemperatur, alles im normalen Bereich!», gab er seiner Assistentin nach einem kurzen Moment bekannt, als auf dem Display des Geräts irgendwelche Zahlen auftauchten. Diese sprach die Werte in ihre Goggles. Dann ritzte sie mit einer kleinen Kanüle meine Fingerkuppe an, um mir Blut abzunehmen. Die Probe verstaute sie in einem Köfferchen zu ihren Füßen. «Bitte Ihren Daumenabdruck!», sprach sie monoton, und ich presste meinen Finger auf den Scanner, den man mir entgegenstreckte. Geschafft! Ich ging aufatmend weiter zur Essensausgabe.

Als ich meinen Daumen dort auf den dafür vorgesehenen Scanner drückte, runzelte die Angestellte jedoch die Stirn.

«Sie sind Anna Tanner, nicht wahr?» Ich nickte und wackelte unruhig mit den Zehen.

«Sie holten gestern Ihre Portion nicht ab, richtig? Und vorgestern auch nicht?» Ich nickte zweimal.

«Es tut mir leid! Die Regierung sieht vor, Essensrationen, die nicht regelmäßig abgeholt werden, zu streichen.» Entsetzt riss ich die Augen auf.

«Die Regierung kommt nicht für verschwendete Essensrationen auf.»

«Aber ... aber», stotterte ich, «sie hatten doch bestimmt andere Abnehmer?»

Wir hatten im Europäischen Reich nicht im Überfluss zu essen. Was übrigblieb, fand immer einen dankbaren Abnehmer.

«Darum geht es nicht.» Die mürrische Angestellte schaute mich mit ihren schwarzen Augen durchdringend an. «Es geht darum, dass man es nicht zu schätzen weiß, was man an den Essensvorräten hat. Diese fehlende Wertschätzung wird bestraft.»

«Aber ich weiß es doch zu schätzen», bat ich flehend.

«Offensichtlich nicht! Kommen Sie morgen wieder, dann gibt es vielleicht irgendwas. Der Nächste.» Sie winkte mich mit einer ungeduldigen Handbewegung fort. Der nächste Kunde hinter mir drängelte und drückte mich weiter.

Ich ärgerte mich, dass ich es mir nun auch noch mit der Essensausgabestelle verdorben hatte. Ich hatte einfach immer alles für selbstverständlich gehalten! Wer wusste schon, ob ich nun jemals wieder so viel zu essen erhalten würde wie zuvor? Dadurch, dass niemandem aufgefallen war, dass ich zusätzlich immer noch Michaels Portion erhalten hatte, hatte ich Mutter gut durchbringen können.

Wenn ich nun nur noch eine Portion mitnehmen durfte, dann würden meine Mutter und ich nur knapp durchkommen. Und falls es ab jetzt gar nichts mehr für mich gab? Ich wagte nicht, es mir auszumalen. Diese Absage kam mir vor wie der nächste Faustschlag, den ich von der Regierung einstecken musste.

Ich verspürte keinen Appetit, aber mein Magen knurrte trotzdem und erinnerte mich daran, dass meine letzte Mahlzeit länger als zwölf Stunden her war.

Ich hatte keine Energie mehr, um mit der Angestellten zu diskutieren. Ohne ein weiteres Wort zu verlieren, stolperte ich die abgetretene Treppe hinunter und machte mich auf den Rückweg.

Die Schule würde bald beginnen. Eigentlich hatte ich vorgehabt, die Essensvorräte nach Hause zu bringen. Ich konnte jedoch meiner Mutter so nicht unter die Augen treten. Was würde aus ihrer ohnehin schon schlechten Gesundheit werden, wenn sie nun nicht mehr die nötigsten Nahrungsmittel erhielt? Ich fühlte mich einfach nur furchtbar bei dem Gedanken.

Wenn ich an zu Hause dachte, fiel mir auch das Gespräch mit Aquilina ein, das heute Abend fällig war, und dass sie mich wahrscheinlich wieder rügen würde, wenn nicht sogar Schlimmeres. Vielleicht würde sie sich bei der Schulleitung über mich beklagen. Vielleicht würde ich eine weitere Verwarnung kassieren.

Mein nächtlicher Ausflug zu den Christen hatte unglaublich weite Kreise gezogen. Meine Sorge galt vor allem den Christen. Hatte ich die Gesetzeshüter zu ihnen gelockt? Wie ging es Philemon und Claudia und Eunice und Simon? Was machte meine kleine neue Freundin Lois? Wie konnte ich je in Erfahrung bringen, wie es ihnen ging, wenn man mir den Umgang mit ihnen aufs Ausdrücklichste verboten hatte? Alles in mir rief danach, beim Bahnhof nachzuschauen, ob die Christen wohlauf waren. Doch die Furcht vor den Konsequenzen brüllte mir ins Gesicht wie ein zorniger Löwe.

Ich seufzte. Es hatte keinen Zweck, den Gang zum Humanium hinauszuzögern. Wenn ich etwas früher dort wäre, würde ich eventuell auf Adonis Magellan treffen und ihn fragen können, wo die verschwundene Bibel abgeblieben war. Dann fiel mir wieder Aquilinas Abneigung gegen die Christen und ihr Kreuz ein. Vielleicht musste ich diese Forschungsarbeit ein wenig ruhen lassen.

Mit diesem Gedanken blieb ich vor dem Humanium stehen und fühlte mich durch die schiere Größe seines Turms klein und unbedeutend. Vor mir öffnete sich das Portal des Humaniums, und ich schaute mit Zögern in die Halle der Bildung.

Eine mir bekannte schlanke, großgewachsene Figur, in ein marinefarbenes zweiteiliges Kostüm gekleidet, stand vor dem Tresen der Empfangsdame und schaute suchend auf die Eingangstür. Als sie mich erblickte, kam sie eiligen Schrittes auf mich zu und warf ihre glatten dunklen Haare über die Schulter.

«Ich habe Sie erwartet», sagte sie kalt und streng. «Folgen Sie mir bitte!»

Ich blickte verdattert in die wütenden Augen von Aquilina Akbaba.

Sie führte mich in das fünfte Stockwerk. Ich hatte es noch nie betreten. Der Boden war nicht aus Stein, sondern mit weichem Teppich ausgelegt, der den Klang jeden Schrittes schluckte.

Hier oben residierte also die Schulleitung, das Rektorat. Furchtsam schaute ich mich um. Der Wohlstand, der mir hier präsentiert wurde, stand in krassem Gegensatz zu der Bescheidenheit, zu der wir zwei Stockwerke weiter unten angehalten wurden.

Aquilina hatte mich seit der kalten Begrüßung keines Blickes mehr gewürdigt, als sei ich es nicht wert, beachtet zu werden. Sie blieb vor einer großen Mahagonitür stehen, hob ihre Hand und klopfte an. Die Türen öffneten sich, und Aquilina wandte sich zu mir um.

«Kommen Sie!», forderte sie mich unwirsch auf und winkte mich mit einer ungeduldigen Handbewegung zu sich. Ich betrat den Raum.

Das Erste, was mir auffiel, war die helle Fensterfront und der Ausblick, den man daraus genoss. Die ganze Stadt lag einem zu Füßen, schien es mir. Vor den Fenstern war ein massiver Bürotisch aufgebaut. Dahinter trat eine langbeinige Blondine hervor. Sie warf ihre Mähne über die Schulter zurück.

«Sie wünschen?», fragte sie affektiert.

«Wir wünschen die Schulleitung zu sprechen!» Aquilinas Stimme war wieder unter Kontrolle. «Mein Name ist Akbaba. Wir haben einen Termin», ergänzte sie.

Die Blondine ging zu einer Tür, die mir beim Eintreten gar nicht aufgefallen war, weil sie auf der linken Seite des Raums in eine der Mahagoniwände eingelassen war. Die Sekretärin presste ihren Daumen auf den Fingerabdruckscanner daneben. Die Wand öffnete sich, und wir erhielten Einblick in ein geschmackvoll eingerichtetes Zimmer, in dem um einen großen Tisch mehrere Stühle standen.

Eine hohe Männergestalt saß aufrecht in einem der Lederstühle. Er war schlank und sehnig und hatte volles schwarzes Haar. Bevor ich erkennen konnte, wer er war, schob sich eine Frau zwischen mich und die Gestalt und verdeckte sie.

«Ja?» Eine große grauhaarige Matrone baute sich vor der Blonden auf. Ihre Stimmte klang rau und herrisch, ihr Blick war streng. Sie trug einen eleganten, perfekt sitzenden schwarzen Hosenanzug, stilvolle Pumps und dezenten, aber edel aussehenden Silberschmuck. Ihre Gesichtszüge wirkten jedoch maskenhaft. Es war deutlich zu sehen, dass ihre Haare grau gefärbt waren. Sie sollten ihr wohl Würde verleihen. Auf mich wirkte sie wie ein statischer Felsbrocken.

«Aquilina Akbaba mit einer Studentin!» Die Empfangsdame schien sich regelrecht unter der Gegenwart der deutlich ranghöheren Frau zu krümmen. Auch ich stand, seit ich sie erblickt hatte, automatisch strammer.

Als wir das Zimmer betraten, blickte die Männergestalt auf. Er schaute mich aus kohleglühenden schwarzen Augen an. Ich erkannte ihn sofort. Demokrit Magellan! Adonis' Vater. Was tat er hier? *Er ist der Präsident des Humaniums,* fiel mir wieder ein. Ich zog scharf die Luft ein.

Die Matrone schloss die Tür. Sie musste die neue Schulleiterin sein. Ich kannte sie noch nicht. Aber man hatte uns darüber informiert, dass es einen Wechsel in der Chefetage gegeben hatte. Bedingt durch ihre Körpergröße, schaute sie auf uns herab.

«Aquilina Akbaba und ihre Studentin Anna Tanner also!» Sie maß uns mit ihren stechenden Augen von oben bis unten. Mein Herz klopfte. Was würde jetzt geschehen? Weshalb wurde ich vorgeladen? Meine Knie zitterten, und ich wusste nicht, ob ich noch ein Kreuzverhör ertragen konnte.

«Folgen Sie mir!» Begleitet von einem Fingerschnippen, ging sie uns mit eleganten Schritten voran und öffnete an der gegenüberliegenden Seite des Raums eine Tür, die in ein Zimmer führte, das dem anderen sehr ähnlich sah.

«Setzen!», befahl sie. Ich sank in einen der Lederstühle, die um einen massiven Sitzungstisch standen.

«Sie ebenfalls!», nickte sie Aquilina zu. Meine Meisterin, die mir bisher immer so autoritär erschienen war, wirkte neben mir wie ein Häufchen Elend. Ich biss die Zähne zusammen, damit sie nicht klapperten, und senkte den Blick auf die braune Holzmusterung der Tischplatte. Die graue Matrone stellte sich uns gegenüber an den Tisch. Am liebsten wäre ich im Boden versunken.

«Studentin Tanner! Sehen Sie mich an!»

Zögerlich hob ich den Kopf und ließ meinen Blick zu dem strengen Gesicht der Schulleiterin wandern. Ihre Augen zwangen mich nieder, so dass ich meinen Blick auf den obersten Knopf ihrer hochgeschlossenen Bluse heftete.

«Waren Sie gestern Nacht – entgegen den Anweisungen ihrer geistigen Führerin – in der Stadt unterwegs?»

Leugnen war zwecklos. Ich war so unendlich müde.

«Ja!», flüsterte ich.

«Weshalb?»

«Ich ... ich konnte nicht schlafen.» Vielleicht war meine alte Ausrede jetzt noch zu etwas nütze. Außerdem hatte ich in der Nacht wirklich kein Auge zugetan ...

Als ich gestern das Gefängnis verlassen hatte, hatte ich geglaubt, das Schlimmste sei vorbei. Was würde nun auch noch diese graue Frau mit mir anstellen? Würde ich von ihr einen Schulverweis erhalten?

«Wir erhielten eine Meldung des Polizeidepartements, dass Sie mit Verdacht auf Kollaboration mit regierungsfeindlichen Gruppierungen verhaftet wurden. Ist das wahr?»

Ich nickte mechanisch. Wie in einer Art Rückblende fühlte ich plötzlich wieder die Kälte der Betonwände, die im Gefängnis bis in mein Innerstes eingedrungen war, und das Kratzen des groben Stoffes der grauen Gefängniskleidung auf meinem schlotternden Körper. Dutzende von Schweinwerfern waren wieder auf mich gerichtet, und meine Schutzlosigkeit war grenzenlos. Unbewusst hob ich die Hand vor die Augen.

Da wurde mir wieder klar, dass ich *nicht* im Gefängnis war, sondern im Büro der Schulleitung und dass die Schulleiterin mich etwas gefragt hatte.

«Ist das wahr?», donnerte die Frau. «Beantworten Sie die Frage!»

«Ja», brachte ich heraus. Wieder stiegen in mir die Bilder der letzten Nacht hoch. Saschas lebloseGestalt auf den Schienen ... Ich schauderte.

«Erheben Sie sich, Studentin Tanner!», forderte mich die graue Schulleiterin auf. Ich erhob mich mit vornübergebeugten Schultern.

«Wie Sie sicher verstehen können, dürfen nur Studenten mit einer *reinen* Weste hier studieren. Haben Sie mich verstanden?»

Ich nickte.

«Wie wir feststellen mussten, haben Sie sich nicht nur den Anweisungen Ihrer geistigen Führerin widersetzt, sondern sich zudem in eine kompromittierende Angelegenheit verwickeln lassen. Ihre Unschuld ist jedoch bewiesen. Das Polizeidepartement hat Entwarnung gegeben. Aber diese Aktion zeigt mir, dass Sie noch nicht die nötige Reife haben, um im Besitz einer Selbstverwirklichungsstufe zu sein. In der Vollmacht des mir verliehenen Amtes erkläre ich Ihnen hiermit, dass Ihnen die Selbstverwirklichungsstufe *Ordnung* mit sofortiger Wirkung aberkannt wird.»

Ich hörte den Puls in meinen Ohren pochen. Diese Aberkennung würde mich um Jahre zurückwerfen! Ich hatte noch nicht einmal die Stufe der *Selbstbeherrschung* erlangt! Jetzt würde ich auch noch alle Kurse für *Ordnung* wiederholen müssen. Somit war alles null und nichtig, was ich bisher geleistet hatte. Das konnte doch nicht wahr sein!

Auf der Tischplatte vor mir leuchtete ein Display auf. Auf dem Bildschirm konnte ich die Worte, die die Schulleiterin eben über mich gesagt hatte, schwarz auf weiß nachlesen. Die Spracherkennungssoftware hatte ganze Arbeit geleistet.

«Bitte pressen Sie Ihren Daumen zur Kenntnisnahme auf die vorgegebene Stelle. Ihre zuständigen Dozenten werden informiert.»

Ich zögerte.

«Hören Sie ganz genau hin, Studentin Tanner», die Stimme der Matrone hätte Stahl zerschneiden können, «wir geben Ihnen damit noch eine letzte Chance. Wenn Sie jemals wieder in einer solchen Situation angetroffen werden oder falls Sie sich jemals wieder als nicht würdig erweisen sollten, an diesem Humanium zu studieren, werden wir nicht zögern, Sie von der Schule zu verweisen.»

Meine Hände zitterten. Wenn sie mich der Schule verweisen würden, dann hätte ich keine Lebensgrundlage mehr! Ich würde mein Leben lang Kartoffeln und Karotten ernten müssen. Mein Ruf wäre zerstört. Ich hätte keine Perspektive mehr. Ich würde in einem Gewächshaus zwischen Tomaten und Gurken sterben.

Ich kannte die Schicksale der Menschen, die sich als nicht fähig erwiesen hatten, den apollinischen oder dionysischen Weg zu beschreiten. Vor meiner Entscheidungsfeier mit sechzehn hatte ich viele Stunden neben diesen in den Gewächshäusern gearbeitet und Gemüse geerntet. Ich wollte nicht so enden. Auf keinen Fall.

Schicksalsergeben hob ich meinen Daumen und drückte ihn auf das Display.

«Gut!» Die Schulleiterin klang zufrieden. Dann legte sie mir gönnerhaft die manikürte Hand auf die Schulter.

«Seien Sie nicht enttäuscht, Studentin Tanner. Es ist Ihre Chance, es besser zu machen. Ich weiß, Sie werden uns nicht enttäuschen, da bin ich mir ganz sicher.» Auf ihren perfekt geschminkten Lippen lag ein falsches Lächeln, obwohl in ihrer freundlichen Aufmunterung eine stille Drohung mitschwang.

Ich wollte aufstehen und den Raum verlassen. Mein Brustkorb wurde zu eng. Ich konnte kaum atmen. Ich musste nach draußen. Ich musste raus und blieb doch wie angewurzelt sitzen.

«Und nun kommen wir zu Ihnen, Meisterin Akbaba», wandte sich die Schulleiterin an meine geistige Führerin. «Ich weiß, Sie waren fleißig und haben sich in den letzten zwanzig Jahren sehr für das Humanium engagiert.»

Aquilina richtete sich stolz auf.

«Aber das war ich auch!», wollte ich protestieren. Ich war auch fleißig, ich war auch engagiert. Ich hatte mich Tag und Nacht auf die Arbeit konzentriert! Doch der Einspruch erstarb auf meinen Lippen.

«Trotzdem werden wir nicht tatenlos zusehen, wie aufmüpfige Studentinnen unseren geistigen Führern auf der Nase herumtanzen. Ihre Aufgabe, Meisterin Akbaba, ist es, Ihre Schützlinge im Griff zu haben. Offensichtlich ist Ihnen das bei Studentin Tanner nicht gelungen.»

Aquilina wollte den Mund öffnen, um zu widersprechen, doch die Schulleiterin hob die Hand und gebot ihr Schweigen. Aquilinas Gesichtsausdruck wurde steinern.

«Wir werden Sie weiterhin an unserer Schule beschäftigen», sprach die ältere Frau ihr zu. «Jedoch sind Sie für die nächsten zwei Monate von Ihren Pflichten entbunden. Sie werden sich nur noch um Studentin Tanner kümmern. Alle anderen Studenten, die Ihnen zugeteilt sind, gehen an Ihre Stellvertreterin über. Wenn Sie sich als würdig erweisen, an dieser Bildungsstätte Studenten im apollinischen Lebenswandel zu unterweisen, werden Sie Ihre Lehrtätigkeit wieder aufnehmen können.»

Auch vor Aquilina erschien ein leuchtendes Display. Ohne Gegenwehr drückte sie ihren Daumen darauf.

«Sie sind entlassen!» Mit einer verscheuchenden Handbewegung winkte sie uns weg, als wären wir Ungeziefer.

Ich stolperte beinahe über meinen Stuhl, so eilig hatte ich es, aus diesem Zimmer zu kommen. Die Tür öffnete sich. Ich torkelte zuerst ins Empfangszimmer und dann auf den Gang hinaus. Aquilina rauschte an mir vorbei.

Mit einem verächtlichen Blick musterte sie mich und zischte mir aus zusammengebissenen Zähnen zu: «Das werden Sie bitter bereuen. Nehmen Sie sich bloß in Acht!» Dann warf sie ihre dunklen Haare über die Schultern zurück und stakte mit steifen Schritten davon.

Benommen schaute ich ihr nach und konnte nicht fassen, was mir soeben widerfahren war. Es war, als wolle dieser Alptraum überhaupt kein Ende mehr nehmen. Sascha stand mir wieder vor Augen, der über sie hinwegdonnernde Zug, das Schließen der Gefängnistür hinter mir, das Verhör, die bohrenden Fragen, die Kälte, die Angst, der Hunger. Mein Herz pochte heftig. Die Abweisung an der Essensausgabe. Die Rüge im Büro der Schulleitung und die Aberkennung meiner Selbstverwirklichungsstufe. Ich atmete tief und heftig ein und aus. Ich musste hier raus, ich musste weg hier.

Ich rannte los.

Ich wusste nicht, wie lange ich durch die Gänge und Flure der Schule geirrt war. Ich war wie betäubt und nahm meine Umgebung kaum wahr. Schließlich fand ich mich in den Katakomben wieder. Wohin sollte ich mich in meiner Not bloß wenden?

Ich konnte mich meiner Mutter nicht anvertrauen. Seit Jahren schon sorgte ich für unseren Lebensunterhalt. Meine Mutter kam kaum mit dem normalen Tagesablauf zurecht. Wie sollte sie dann dabei helfen, meine Lasten zu tragen?

Die Christen kamen nicht in Frage. Ich durfte mich ihnen nicht mehr nähern, sonst wäre meine Existenz ruiniert. Außerdem hatten sie genug Sorgen. Ich wusste ja noch nicht einmal, ob sie noch lebten.

Auf Aquilina Akbaba musste ich auch verzichten. War sie mir früher so etwas wie eine mütterliche Freundin gewesen, hatte ich nun mit meinem Ungehorsam ihren Zorn auf mich gezogen. Vielleicht würde sie mir zu einem späteren Zeitpunkt verzeihen können. Vielleicht würde sie einsehen, weshalb ich mich ihr hatte widersetzen müssen.

Unbewusst steuerte ich auf den Geschichtsraum zu. Hier war ich Adonis zum ersten Mal begegnet. Vielleicht konnte er mir helfen. Er schien mir wohlwollend gesinnt zu sein.

Vor meinen Augen erstreckte sich der abgedunkelte Gang. Ich beschritt ihn. Bevor ich jedoch die Tür öffnen konnte, sprach mich eine Stimme von der Seite an.

«Anna Tanna! Was machst du denn hier?» Ich wirbelte herum.

Der Tür entgegengesetzt saß Felix lässig auf einer Bank im Gang und musterte mich gründlich.

«Was ist denn mit dir los, Anna Tanna?», meinte er lachend. «Du benimmst dich die ganze Zeit schon so merkwürdig. Zuerst tust du so, als wäre ich nicht da, und rauschst in die Pausen ab – ohne mich, versteht sich. Und jetzt kommt der Gipfel: Du siehst mich nicht einmal mehr, wenn ich der einzige Mensch weit und breit bin. Was, bitte schön, habe ich verbrochen?» Gespielt theatralisch legte er seine Hände an sein Herz.

Ich konnte ihn nur anstarren.

«Na, was ist? Wo ist dein Kampfgeist, Anna Tanna?», neckte er mich.

Ich brachte kein Wort über die Lippen. Am liebsten wäre ich weggerannt. Ich ertrug seine blendend gute Laune keinen Augenblick länger. Doch stattdessen tat ich etwas Unerwartetes: Von mir selbst überrascht, ließ ich mich neben ihm nieder.

Erst jetzt merkte ich, dass mein ganzer Körper zitterte und bebte. Der Schlafmangel und die fehlende Ernährung taten das Ihrige zu dem Trauma, das ich erlebt hatte, hinzu. Ich starrte ins Leere.

Felix stieß mich sanft mit der Schulter an. «Anna Tanna! Sei doch nicht beleidigt. Ich mache doch nur Spaß.»

«Nein! Hör auf!», flüsterte ich.

«Was ist denn?»

«Du hast ja keine Ahnung», begehrte ich auf, und meine Stimme wurde lauter. Ich fuhr hoch und baute mich vor ihm auf. «Du hast keine Ahnung, was mir passiert ist. Du ... du kommst hierher und alles ist ‹lalala› und ‹Ach, das Leben ist doch schön!›. Alles ist ‹Ach,

Anna Tanna, sei doch nicht beleidigt, ich mach doch nur Spaß!›. Du hast *keine* Ahnung, was draußen los ist. Du lebst in deiner heilen Welt, Felix. Du weißt nichts! Nichts!» Nun schrie ich ihn wütend an.

Felix legte seine dunkle Hand auf meinen Arm. «Setz dich!» Seine Stimme klang fest. Seine Miene war nicht zu deuten. Ich ließ mich auf die Bank sinken und schnaufte, als hätte ich einen Viertausender erklommen.

«Was ist passiert? Erzähl es mir ...» Seine blitzenden Augen blickten mich aufmerksam an.

Und dann sprudelte alles aus mir heraus. Ich erzählte ihm von Kephas, der mir den Zettel überbracht hatte, leitete dazu über, dass ich mich auf seinen Hinweis hin auf die Spuren des Kreuzes begeben hatte. Ich schilderte ihm das erste Zusammentreffen mit den Christen und Aquilinas Warnung. Ich legte ihm meine Recherche dar und veranschaulichte ihm das zweite Beisammensein mit den Christen. Ich führte ihren seltsamen Glauben und ihre komischen Riten aus und ihre Freundlichkeit. Ich berichtete ihm von Sascha. Und als ich den schrecklichen Mord erwähnte, überschlug sich meine Stimme, und ich konnte für einen Moment nicht einmal mehr sprechen. Mit belegter Stimme und mechanisch beschrieb ich ihm meine Verhaftung und das Verhör und endete mit der Abweisung an der Essensausgabe und schließlich mit der Aberkennung der Selbstverwirklichungsstufe.

Felix brachte keinen Ton über die Lippen, was für ihn, solange ich ihn kannte, ein Ding der Unmöglichkeit gewesen war. Im Halbdunkel konnte ich seinen Gesichtsausdruck nicht deuten. Seine schwarzen Augen waren ernst und unergründlich.

Er legte den Arm um meine Schulter und zog mich an sich.

Seine Wange ruhte auf meinem Haar, als er mir mit gedämpfter Stimme zuflüsterte: «Es tut mir leid, Anna Tanna! Ich wusste es nicht ... ich wusste es nicht ... es tut mir leid.»

In seiner Umarmung stiegen mir heiße Tränen in die Augen. Sie rollten über meine Wangen.

Und dann gab es kein Halten mehr. Die Schleusen öffneten sich, und ich umklammerte Felix mit aller Kraft. Heisere Schluchzer krochen aus meiner Kehle, und ich weinte mir den ganzen Druck von der Seele.

«Sie haben sie umgebracht ... Sie haben sie umgebracht ...»

Felix strich mir sanft über die Schulter, als ich in seine Halsbeuge schniefte.

«Ich weiß ... ich weiß ... Anna Tanna. Schsch!» Er wiegte mich sachte hin und her und strich mir mit seinen Händen behutsam über den Rücken.

Ich wusste nicht, wie lange ich an seinem Hals geweint und wie lange er mich hin und her geschaukelt und mir beruhigende Worte zugeflüstert hatte. Ich wusste nur, dass ich seit dem Tod meines Bruders nie mehr so geweint hatte. Trotz des Schmerzes machte sich Erleichterung in meinem Brustkorb breit. Felix' Arme brachten Wärme zurück in meine durchfrorenen Knochen. Ich hörte auf zu zittern.

Langsam ebbte der emotionale Sturm ab. Mein Hals schmerzte vom Schluchzen, und mein Gesicht fühlte sich feucht an, die Augen geschwollen. Ich fuhr mir mit meiner Hand übers Gesicht und richtete meinen Rücken wieder auf.

«Verzeih mir!», wisperte ich. «Das war keine Selbstbeherrschung.»

Was, wenn mir die Bemühungen zur Erreichung der Selbstbeherrschungsstufe auch noch zunichtegemacht würden? Eifrig trocknete ich mir mit meinem Ärmel die Tränen und mein feuchtes Gesicht ab.

«Anna Tanna ...» Felix schluckte. Sein Adamsapfel bewegte sich langsam auf und ab. Dann schwieg er wieder. Sein Arm war immer noch um meine Schulter geschlungen.

Bevor er weitersprechen konnte, wurden wir von einem Lichtstrahl erfasst. Die Tür zum Geschichtsraum hatte sich geöffnet. Im Türrahmen stand eine uns wohlbekannte Gestalt.

Adonis Magellan. Hatte ich mich vorhin auch nach seiner Gegenwart gesehnt, wollte ich doch nicht, dass er mich in diesem aufgelösten und desaströsen Zustand sah. Ich ließ den Kopf sinken und musterte den Steinboden.

«Guten Morgen», grüßte er uns freundlich. Ich hob den Kopf wieder. Seine honigfarbenen Augen hinter den Brillengläsern blickten uns aufmerksam an.

«Kann ich helfen?», bot er an. «Haben Sie eine Frage?» Er war charmant wie immer. Aber als er mich etwas genauer musterte, wich die Fröhlichkeit der Besorgnis. Er kam einen Schritt auf uns zu und ging vor mir in die Hocke.

«Alles klar bei Ihnen, Anna?»

Zum ersten Mal war mein Herz zu erschöpft, als dass es das Auftauchen von Adonis mit einem unkontrollierten Hüpfer quittieren konnte. Ich spürte, wie Felix' Griff fester wurde. Er zog mich etwas näher an sich. Ich lächelte gezwungen und nickte wortlos.

«Haben Sie die Bibel in der Bibliothek gefunden?», fragte Adonis mit einem Seitenblick auf Felix.

Ich schüttelte den Kopf.

«Ich habe sie aber am Freitagabend zurückgestellt, wie versprochen.» Sein voller Mund verzog sich zu einem umwerfenden Lächeln. Ich ertappte mich dabei, dass ich es erwidern wollte.

Dann räusperte ich mich, wischte mir noch einmal über die Augen und erklärte ihm etwas kurz angebunden: «Ich habe es weder in der Bibliothek noch im Verzeichnis gefunden.»

Seine feinen Augenbrauen zogen sich nachdenklich zusammen. «Schade», kommentierte er. «Die wenigen Stunden, die ich darin schmökerte, haben mir schon einiges an Aufschluss über die christliche Religion gegeben. Wenn Sie eine Arbeit über das Kreuz und über die Christen schreiben wollen, ist die Lektüre dieses Buches unabdingbar.» Er erhob sich wieder.

Ich traute mich nicht, ihm zu sagen, dass es wahrscheinlich keine Arbeit über die Christen geben würde und dass ich meine Suche nach der Wahrheit würde begraben müssen, bevor ich sie überhaupt richtig gestartet hatte.

«Vielleicht gibt es noch andere Bücher», wagte ich einen Vorstoß.

«Ich suche danach und gebe Ihnen Bescheid», konstatierte Adonis.

«Aber Sie müssen doch nicht ...», fiel ich ihm ins Wort. «Das wäre doch die Höhe, wenn mein ... wenn der *Humanitus Perfectus* meine Arbeit übernehmen würde», stotterte ich und spürte, wie mir das Blut ins Gesicht schoss.

Er schmunzelte leicht. «Ich werde danach suchen», versprach er nochmals. Dann wandte er sich ab und rief uns einen Abschiedsgruß zu, bevor er sich in Richtung des Treppenaufgangs begab.

Ich blickte ihm verstohlen nach, als er plötzlich mitten im Schritt innehielt und sich noch einmal umwandte.

«Mein Vater ...»

Mit Schrecken fiel mir die heutige Begegnung mit Demokrits kohleschwarzen Augen wieder ein. Wusste Adonis über meine Niederlage schon Bescheid?

«Mein Vater hat eine riesige Bibliothek bei sich zu Hause. Es ist gut möglich, dass sie auch eine Bibel beinhaltet. Sie dürfen gern morgen früh bei uns vorbeischauen.»

Ich wollte gerade den Kopf schütteln, als er fortfuhr: «Sagen wir etwa um zehn Uhr morgens? Morgen früh?»

«Nein. Ich darf im Unterricht nicht fehlen», bekannte ich mit leisem Bedauern in meiner Stimme.

Enttäuschung huschte über Adonis' Züge. «Wie wäre es dann mit morgen Abend, nach dem Unterricht?»

Ich zuckte die Achsel und versuchte, nicht zu begeistert zu klingen, als ich meine Zustimmung gab.

«Wissen Sie, wo das Haus meines Vaters sich befindet?» Ich schüttelte den Kopf.

«Sie fahren einfach eine Station mit dem Kurzstreckenzug und folgen vom Bahnhof aus noch circa fünfhundert Meter der Straße nach Osten. Von dort sehen Sie das ... äh ... Gebäude. Sie können es nicht verfehlen. Melden Sie sich an der Eingangstür. Ich erwarte Sie.»

Verblüfft nickte ich.

«Also dann, bis morgen!» Beschwingt entfernte sich Adonis von uns.

Am liebsten hätte ich ein breites Lächeln aufgesetzt, aber dann warf ich Felix einen Blick zu. Während der ganzen Zeit hatte er geschwiegen. Ich sah, wie er mit zornigem Blick hinter Adonis herstierte. Ich wollte mich erheben. Die Begegnung mit Adonis hatte mich wieder aufgemuntert. Felix hielt mich jedoch zurück.

«Anna! Ich weiß, es ist verlockend ...» Da wusste er mehr als ich. «Aber ich kann dir nur raten: Sei vorsichtig! Sei ganz, ganz vorsichtig!»

Fragend schaute ich in seine ernste Miene. Sollte ich ihm davon erzählen, dass Adonis Magellan mir in der Bibliothek gesagt hatte, dass ich ein gutes Gespür für die Recherche hatte? Nein! Wahrscheinlich würde er dann vollends versuchen, mich vom Besuch in dessen Heim abzubringen.

Für mich selbst hatte ich jedoch den Entschluss gefasst hinzugehen. Vielleicht würde die Arbeit mit Adonis meine Reputation wieder kitten. Ich musste retten, was noch zu retten war. Ich würde eventuell die Möglichkeit haben, die Arbeit in ein benachbartes Gebiet zu lenken, vielleicht gab es etwas zur Religionsfreiheit, das sich anbot.

«Komm!» Ich spürte, wie die Kraft in meinen Körper zurückkehrte. So konnte ich den Tag überstehen. «Lass uns den Tag in Angriff nehmen!» Ich zog an seiner Hand, als ich mich erhob.

Verwirrt blickte Felix mich an. «Bist du sicher? Möchtest du nicht nach Hause gehen?» Ich schüttelte entschieden den Kopf. Aufgeben würde ich nicht. Nicht heute.

Felix erhob sich widerwillig, drückte mich nochmals kurz an sich, und wir gingen den Gang entlang zu unserem Klassenraum.

Kapitel 10

Dienstag, 7. Frimaire 331 A. I.
«Tag des Blumenkohls» (29. November)

Ich stand vor den Toren des Humaniums und starrte in die Abenddämmerung hinaus. Adonis Magellan hatte mich für heute zu sich nach Hause eingeladen.

Weil die letzten zwei Lektionen Selbstbeherrschung ausgefallen waren, konnte ich mich sogar noch früher auf den Weg machen. Ich würde nicht zuerst nach Hause gehen. In letzter Zeit war ich so oft außer Haus, dass meine Mutter daran gewöhnt war und sie mich hoffentlich nicht vermissen würde.

Aquilina Akbaba hatte mir gestern noch mitgeteilt, sie wünsche sich ab sofort nur noch schriftliche Berichterstattungen von mir. Sie wolle mich fürs Erste nicht sehen. Wahrscheinlich erhoffte sie sich davon, dass ich eingeschüchtert war – doch ich war eher erleichtert. Die Hauptsache war, dass ich ihr bis heute um Mitternacht einen Bericht über das neue Forschungsthema schickte. Sie würde sich nicht wundern, dass ich heute später heimkam als sonst: Sie dachte, ich hätte mich nach dem Unterricht noch der freiwilligen Sportgruppe angeschlossen, die sich wöchentlich zur körperlichen Ertüchtigung traf. Es war ziemlich praktisch, dass der *Humanitus Perfectus,* der die Gruppe leitete – ein etwa fünfzigjähriger, drahtiger und etwas vergesslicher Lehrer –, dafür bekannt war, dass er regelmäßig die Anwesenheitskontrolle übersprang und dass es ihn nicht im Geringsten interessierte, wer sich seinem Training anschloss.

Man munkelte, die Schulleitung sei auf ihn aufmerksam geworden und er habe eine saftige Rüge kassiert, aber nichtsdestotrotz schien sich nichts daran zu ändern. Ich würde nach dem Besuch bei Adonis kurz zu der Sportgruppe hinzustoßen und so tun, als wäre ich den ganzen Abend über dort gewesen. Der Sportplatz war nur eine Querstraße vom Bahnhof entfernt. Wenn es so lief wie immer, dann würden sie kurz vor zehn Uhr abends alle von ihrer Joggingrunde zurückkehren und zum Abschluss ein Basketballspiel machen.

Ich war müde. Seit meiner Verhaftung litt ich unter permanenten Kopfschmerzen, und die grässliche Kälte ließ sich nicht aus meinen Knochen vertreiben, selbst dann nicht, wenn ich Unterschlupf in einem warmen Gebäude suchte. Nur mein Gesicht war zurzeit brennend heiß. Meine Nase lief ständig, und seit gestern Nachmittag wurde ich zudem von einem trockenen schmerzhaften Husten geschüttelt.

Noch nie in meinem Leben war ich krank gewesen. Furcht erfasste mich. Was würde bei der nächsten Gesundheitskontrolle mit mir geschehen? Würden sie mich ins Chemondrion mitnehmen? Mein Bruder war darin umgekommen. Vielleicht hatte ich auch diese zerstörerische Lungenkrankheit eingefangen. Ich hielt mir die Hand vor den Mund und hustete hinein. Ich erinnerte mich an Adonis Worte: Es gab immer noch viele «Zwischenfälle», was Krankheiten anging. Wurde ich durch meine Hustenanfälle nicht noch mehr zur Persona non grata?

Ich hatte nach der Schule erst einmal noch gewartet, bis Felix sich auf den Heimweg gemacht hatte. Nun wandte ich mich dem Bahnhof zu. Eigentlich wäre ich am liebsten nie wieder dort hingegangen. Ich tat es mit Zaudern und Zagen. Täglich standen mir die Bilder vor Augen, wie ich von den großen Hünen verschleppt worden war.

Heute musste ich auf Gleis acht, auf den Kurzstreckenzug. Mit einem mulmigen Gefühl in der Magengrube starrte ich auf die Gleise. Ich presste die Hände zu Fäusten und blinzelte zu dem Quader auf Gleis fünf. Die Tür starrte mich vorwurfsvoll an und forderte mich stumm auf, sie zu öffnen. Unentschlossen wippte ich auf den Zehenspitzen und blickte mich misstrauisch um. Würde mich jemand beobachten und den Behörden davon berichten, wenn ich im Quader verschwand? Ich stieß hörbar die Luft aus. Gerade wollte ich mich zu Gleis fünf aufmachen, da fuhr der Kurzstreckenzug schon ein. Ich rannte regelrecht in den Wagon und hielt mich dort an einer Stange fest. Mit fest zusammengepressten Augen versuchte ich, mir nicht vorzustellen, wie es wäre, in einem Zug zu sein, der einen Menschen überfuhr. Ich erschauderte.

Bevor die Panik in mir unkontrollierbar wurde, hielt der Zug glücklicherweise an der nächsten Station an. Ich verließ das Gefährt, so schnell ich konnte, und rannte aus dem Bahnhof heraus. Ich konnte erst aufatmen, als ich an der Hauptstraße des Vororts unserer Stadt stand.

Die Straße lag verlassen da. Direkt vor der Bahnstation gab es einen Kreisel, der früher von benzinbetriebenen Fahrzeugen befahren worden war. Doch seitdem CO_2-ausstoßende Vehikel verboten worden waren, blitzte hier nur noch ab und zu ein solarbetriebenes Auto an mir vorbei. Es war deutlich, dass ich hier in dem Vorort gelandet war, in dem die gut betuchten Einwohner unserer Stadt zu Hause waren.

Adonis hatte mir die Anweisung gegeben, der Straße nach Osten zu folgen, und dann würde ich das Haus sehen. Okay, dann mal los! Vom Bahnhof aus stieg die Hauptstraße leicht an. Am Ende der circa fünfhundert Meter, von denen Adonis gesprochen hatte, war hinter einem großen schmiedeeisernen Zaun, fast gänzlich verborgen durch dicht gepflanzte Büsche und Bäume, im Dämmerlicht das Dach eines Hauses zu erkennen. Das musste es sein.

Die Nacht brach herein, als ich mich dem Anwesen näherte. Es war so bitterkalt, dass meine Finger sich wie Eiszapfen anfühlten und zitterten. Ich hielt sie an meine glühenden Wangen. Was stimmte nicht mit mir?

Um meinen Körper zu erwärmen, lief ich mit ausgreifenden Schritten vorwärts, bis der Zaun vor mir aufragte. Ich sah, dass an dem Eingangstor ein Klingelknopf mit einer Sprechanlage angebracht war. Von links und rechts waren auf den Torflügeln zwei Überwachungskameras auf mich gerichtet. Unsicher schaute ich hoch und drückte dann doch auf den Klingelknopf.

«Ja?» Aus der Sprechanlage sprach eine weibliche Stimme zu mir.

«Mein Name ist Anna Tanner! Bin ich hier richtig bei Adonis Magellan?»

«Einen Moment», forderte mich die Stimme auf.

Wie von Geisterhand öffneten sich die schweren Gitterstäbe des Tores. Ich schritt auf knirschendem Kies auf das Haus zu. Nun sah ich deutlich, dass es sich bei Weitem nicht nur um ein «Haus» handelte, sondern um eine Villa, wenn nicht sogar um einen Palast. Links und rechts vom klassizistisch anmutenden Haupthaus knickten zwei Flügel ab. Der Kiesweg war von Platanen gesäumt, die mit Lichterketten geschmückt waren und so die Auffahrt erleuchteten. Ich kam mir vor, als wäre ich hier in einem verwunschenen Schloss. Mit offenem Mund blieb ich stehen. Eine solche Pracht sah man nicht alle Tage.

Felix hatte mir mal mit einem sarkastischen Unterton zugeraunt: «In unserer Gesellschaft werden alle gleich behandelt. Nur die einen eben etwas gleicher als die anderen.» Ich hatte ihm erklärt, dass die betuchteren Menschen ja auch eine viel größere Verantwortung trugen und viel für unsere Gesellschaft taten. Felix hatte nur geschnauft. In diesem Moment hätte ich einiges dafür gegeben, zu sehen, wie er auf Adonis' Heim reagiert hätte. Ich fühlte eigentlich nur bewunderndes Staunen. Wenn Ungerechtigkeit die Existenz einer solchen Pracht erlaubte, konnte sie ja nicht so schlecht sein.

Einige Sekunden lang stand ich einfach nur auf dem Kiesweg und ließ den schönen Luxus auf mich wirken, bis mein Magen mich plötzlich wieder an meine schlichten Verhältnisse erinnerte: Er knurrte vernehmlich.

Ein kurzer Treppenaufgang von etwa vier oder fünf Stufen führte zu einer weiß gestrichenen Eingangstür mit einer goldenen Klinke, die aber sicherlich nur zur Zierde diente. Das Dach über dem Eingangsbereich wurde von cremefarbenen Marmorsäulen gestützt. Die Türeinfassung war in einem dunklen Waldgrün gestrichen und hob sich elegant von den weißen Elementen der Tür ab. Eingeschüchtert trat ich näher und blieb stehen. Ich konnte das Haus nicht betreten. Nicht in meinem ärmlichen Aufzug. Was war, wenn ich Demokrit Magellan begegnen würde?

Doch bevor ich eine Kehrtwende machen konnte, schoben sich die weißen Türflügel seitwärts auseinander, und Adonis Magellan trat in Erscheinung. Er war leger gekleidet, trug einen beigen Sakko und eine dunkelblaue Stoffhose und wirkte mit seinem Anzug längst nicht so förmlich wie im Humanium. Ich erwiderte schüchtern sein strahlendes Lächeln.

«Kommen Sie doch herein, Anna! Ich habe Sie erwartet!» Mein Herz tanzte wilden Samba. «Aber nicht so früh!», ergänzte er.

Ich hielt mitten in der Bewegung inne. «Die ... die Schule war früher aus», stammelte ich entschuldigend. «Ich kann auch draußen warten!»

«Seien Sie nicht albern, Anna! Kommen Sie herein!» Es gefiel mir, wie weich seine Stimme wurde, wenn er meinen Namen aussprach. Zögerlich erkletterte ich die Treppenstufen.

«Sie haben sicher wieder eine Menge Fragen im Handgepäck», schmunzelte Adonis. Er streckte mir seine Hand entgegen und schüttelte sie zur Begrüßung.

«Meine Güte, Anna! Sie sind ja vollkommen durchgefroren!» Er ließ meine Hand nicht los und zog mich ins Foyer. Mir gegenüberliegend war ein großer Spiegel aufgehängt. Ich sah neben Adonis Magellan schmal und klein aus ... und blass, sehr blass. Die Wärme seiner Hand war wunderbar ... und aufregend. Die Hitze stieg mir in die Wangen und verstärkte meinen pochenden Kopfschmerz. Meine Lippen zitterten. Adonis sah mich prüfend an und ließ dann langsam meine Hand los.

Ich schaute mich staunend in der Eingangshalle um. Vom Foyer gingen links und rechts zwei Treppenaufgänge in den oberen Stock ab und mündeten oben in eine Galerie. Die Grundtöne der Inneneinrichtungsfarben waren Weiß und Creme, und ich sah auch hier sehr viel Marmor.

Gemälde von sicherlich äußerst namhaften Künstlern säumten die Wände. Kunst spielte in unserer apollinischen Ausbildung keine wichtige Rolle, deshalb konnte ich das nur erraten. Die waldgrüne Farbe vom Außenbereich fand ich in den Vorhängen und den dicht gewebten, kostbar wirkenden Teppichen wieder. Unter dem Spiegel, in dem ich mich eben betrachtet hatte, war eine kostbare, mit Goldbeschlägen verzierte Kommode aufgestellt. In einer kleinen Nische daneben gab es einen kleinen Tisch und einen bequemen Ohrensessel.

Alle Möbel zeigten die rotbraune Maserung von Kirschholz. Sie wirkten wuchtig und schwer. Goldene Kronleuchter mit funkelnden Kristallelementen hingen von der Decke und verbreiteten helles Licht. An den Wänden hingen Kristalllampen im gleichen Dekor wie die großen Lüster. Beschämt schaute ich auf meine abgestoßenen Stiefelspitzen und auf meine abgetragene Kleidung. Ich passte nicht hierhin.

«Wollen Sie in der Küche einen Kaffee trinken, um sich etwas aufzuwärmen?» Ich nickte zurückhaltend. Kaffee war zwar nichts zu essen, aber es klang trotzdem gut.

«Geben Sie mir Ihre Jacke, Anna! Ich hänge sie dann auf.»

«Nein danke! Ich möchte gerne das bisschen Wärme, das ich habe, bei mir behalten», erklärte ich schnell und schlang die Arme um meinen Oberkörper.

Adonis studierte mit seinen unergründlichen Augen mein Gesicht, als fragte er sich, ob ich das gerade ernst gemeint hatte. «Also gut! Kommen Sie!»

Ein Schwindelanfall brachte mich aus dem Gleichgewicht, als ich ihm in einen Gang folgte, der in den rechten Trakt des Gebäudes führte. Wohnte man so, wenn man in der Regierung tätig war und in unserer Gesellschaft für Recht und Ordnung sorgte?

Heute Morgen war an der Essensausgabe zu meiner Erleichterung wieder eine Schachtel für mich bereitgestanden, wenn auch in wesentlich kleinerem Umfang als bisher. Meine Bonusration hatte ich mir durch meine Sorglosigkeit also definitiv verspielt. Das karge Mahl mit meiner Mutter zu teilen war ein Kunststück. Doch meine gravierende Appetitlosigkeit und ihr Spatzenmagen konnten mit den mickrigen Ressourcen jonglieren.

Adonis war mir einige Schritte voraus und presste seinen Daumen gerade auf den Fingerabdruckscanner neben einer Metalltür. Essensgerüche drangen uns aus einer gekachelten weißen Küche entgegen. Mein Magen antwortete laut. Und das, obwohl ich gar keinen Appetit verspürte. Ich schlug die Hände über den Bauch. War das peinlich!

Adonis betrat den Raum. «Mariangela!», rief er laut.

Ich folgte ihm in die größte Küche, die ich je gesehen hatte. Moderne Apparaturen in Chromstahl waren auf Hochglanz poliert. Eine dicke, kleine Frau mit dunkelbraunen Haaren, die sich eine blendend weiße Kochschürze umgebunden hatte, wirbelte auf uns zu.

«Ciao, Bello!», begrüßte sie Adonis und tätschelte ihm die Schulter – wofür sie sich auf die Zehenspitzen stellen musste.

«Ist Kaffee für uns da, Mariangela?»

«Sì, sì! Natürlich!» Sie beäugte mich misstrauisch. Ausgerechnet in dem Moment schüttelte mich ein erneuter Hustenanfall, und ich hielt die hohle Hand vor meinen Mund.

«Nichts gut Bakterien hier!», bellte sie.

Adonis lächelte sie beschwichtigend an. Er drehte sich zu mir um. «Hier entlang, Anna!», forderte er mich auf und führte mich zu einer

Kücheninsel, auf deren hölzerner Oberfläche ein Obstkorb prangte und um die herum edle Barhocker standen. Mittlerweile war mir so schwindlig, dass sich alles um mich herum drehte. Ich klammerte mich an der Platte fest und hievte mich mit letzter Kraft auf den Hocker, den Adonis mir bereitstellte. Die warme Luft und der heimelige Geruch von Essen entspannten mich. Ich schloss die Augen. Das Karussell hörte auf, sich zu drehen. Ich seufzte auf und öffnete die Augen wieder.

Adonis hatte seinen Hocker nahe zu mir gezogen. Die dunklen Augen hinter seinen Brillengläsern zeigten sich besorgt.

«Ich hatte schon gestern das Gefühl, es gehe Ihnen nicht gut. Was ist mit Ihnen? Vielleicht müssen Sie einen Arzt aufsuchen. Ich könnte Sie ins Chemondrion bringen.»

«Nein, nein!», winkte ich ab und hoffte, dass Adonis meine Panik nicht bemerkte. Niemals würde ich einen Fuß in dieses Todeshaus setzen. Nicht, nachdem mein Bruder dort seinen letzten Atemzug ausgehaucht hatte, und nicht nach dem, was mir in dem Gebäude dahinter passiert war.

«Bringen Sie ihr lieber einen Tee, Mariangela!», forderte er die Köchin auf. Diese warf die Hände in die Luft, schnalzte ungeduldig mit der Zunge und watschelte in einer Geschwindigkeit davon, die ihren Körperumfang Lügen strafte.

«Schauen Sie nicht auf Mariangela!», beschwichtigte Adonis mich und umfasste meine Hand.

«Die Küche ist ihr Heiligtum ... Meine Güte, Anna, Sie sind ja halb erfroren.» Er begrub meine Hand zwischen seinen warmen Handflächen und blickte mich intensiv an. Mein Herz klopfte. Ich drohte in diesen Augen zu versinken. Vielleicht würde ich mich nicht mehr aus dem Honig darin befreien können. Er strich vorsichtig mit seinem Daumen über mein Handgelenk ...

Als Mariangela das Teetablett mit einem lauten Knall auf dem Tisch abstellte, zuckte ich heftig zusammen.

«Du selber, Bello!», meinte sie ungnädig. Adonis ließ meine Hand los, ohne mit der Wimper zu zucken, erhob sich und schenkte mir und sich eine Tasse des dampfenden Gebräus ein.

«Trinken Sie das! Und dann sagen Sie mir, was mit Ihnen los ist. Sie sind ja blass wie eine Leiche, wenn ich mir den Kommentar erlauben darf. Aber ... das bringt Ihre schönen blauen Augen noch mehr zur Geltung.»

Blut schoss in meine Wangen, und ich senkte verlegen den Blick. Ich umklammerte die Teetasse, um das Zittern meiner Hände zu verstecken, und nahm vorsichtig einen Schluck. Augenblicklich breitete sich angenehme Wärme in meinem Körper aus. Meine Zähne hörten auf zu klappern.

«Was ist geschehen, dass Sie so krank sind, meine ich?» Adonis zeigte aufrichtiges Interesse. Ich schüttelte den Kopf. Nie im Leben würde ich ihm von meiner Verhaftung erzählen.

«Die Winterkälte», sagte ich vage.

«Das glaube ich nicht», entgegnete Adonis sofort und musterte mich eindringlich. Ich wand mich unter seinem Blick. Ich log nicht gerne.

«Ich habe schon manchen Winter erlebt.» Jetzt klang er wieder wie der dozierende *Humanitus Perfectus*. «Aber ich habe noch nie einen Menschen gesehen, der davon krank wurde. Ergo kann Ihre Krankheit nicht nur auf die Winterkälte zurückzuführen sein.»

Ich verkniff mir zu sagen, dass meine Mutter jeden Winter hustete. Unsere Wohnung war nicht gerade eine Sauna. Aber das konnte er ja nicht wissen, er lebte in Saus und Braus, in einer Villa. In einer unglaublich warmen Villa.

Adonis legte unvermittelt seine Hand auf meine Stirn. «Sie glühen ja», rief er aus.

Peinlich berührt wich ich von seiner Handfläche zurück.

«Wahrscheinlich haben Sie Fieber! Es wäre wirklich besser, wenn Sie einen Arzt aufsuchen würden.»

«Nein, nein! Bitte nicht!», sagte ich hastiger, als ich wollte. «Bitte! Es ist nichts. Es geht mir gut. Mir ist nur etwas schwindlig.» Als wollte mein Körper mich verraten, musste ich sofort wieder husten. «Bitte! Lassen Sie uns zur Bibliothek gehen und das Buch Ihres Vaters suchen.» Je schneller ich hier rauskam, desto besser. «Ich habe meiner geistigen Führerin noch einen kompletten Bericht des heutigen Tages zu erstatten, und vielleicht wäre es besser, wenn ich früh schlafen ginge.»

Adonis ließ seine Hand wieder sinken. «Wenn Sie sicher sind.» Er zog seine Augenbrauen hoch.

«Ganz sicher!» Ich produzierte ein wackliges Lächeln und hustete erneut. Dann stellte ich die Teetasse auf den Tisch und erhob mich, wobei ich Adonis' stützender Hand erneut auswich. Er hob beide Hände hoch.

«Gut! Ich will nur helfen, Anna!» Seine Mundwinkel gingen hoch.
«Ciao, Mariangela!», rief er.
«Ciao, Bello!» Von irgendwo aus der Küche kam der Gruß zurück.
«Die Bibliothek meines Vaters ist im anderen Flügel, im zweiten Stock.»
«Ist Ihr Vater zu Hause?», fragte ich ängstlich. Immer noch stand mir die Begegnung mit Demokrit im Rektorat vor Augen. Der Präsident des Humaniums. Alles musste an ihm vorbei. Wenn er wusste, dass mir eine Selbstverwirklichungsstufe aberkannt worden war, wie konnte dies Adonis verborgen bleiben? Ich sollte mir die Informationen holen, die ich brauchte, und dann so schnell wie möglich verschwinden. Ich hoffte inständig, dass Demokrit Magellan abwesend war. Ich wollte ihm nicht begegnen. Vielleicht würde er mich vor seinem Sohn demütigen.

«Anna Tanner!», würde er sagen. «Haben Sie sich schon überlegt, wie Sie Ihre Selbstverwirklichungsstufe wieder zurückgewinnen wollen?»

Durch lange Flure, die mit dicken Teppichen ausgelegt waren, erreichten wir den gewünschten Raum. Adonis presste seinen Daumen auf den Scanner der mit dicken Holzpaneelen verkleideten Tür. Sie öffnete sich geräuschlos. Ich konnte nicht anders. Mir blieb vor lauter Staunen der Mund offen stehen, als ich die hohen Bücherschränke und Regale sah, die jedes Stück Wand dieser Bibliothek bis unter die Decke mit Büchern aller Art füllten.

«Na, habe ich zu viel versprochen?» Adonis Stimme klang belustigt. «Hier finden wir die Bibel garantiert.»

Er führte mich unter einem Türbogen hindurch in den nächsten Raum. Adonis schnippte mit den Fingern, und sofort intensivierte sich die Helligkeit. Der Raum, in den Adonis mich geführt hatte, war quadratisch angelegt.

«Ich glaube, die religiösen und wirklich alten Bücher sind hier hinten zu finden. Sie beginnen am besten hier. Für die oberen Regale benutzen Sie die Leiter. Aber seien Sie vorsichtig ...» Er warf mir einen kurzen Blick zu. «Nein, am besten rufen Sie mich, damit ich die Leiter hochkraxeln kann. Wenn Sie wieder einen Schwindelanfall bekommen, will ich nicht die Verantwortung übernehmen, wenn Sie sich den Hals brechen. Ich fange indes im Nebenraum mit der Suche an.»

Er verschwand durch die Arkade. Ich wollte fragen, ob es kein digitales Verzeichnis der Bücher gab, doch vielleicht hatte er gute Gründe für die manuelle Suche.

Systematisch ging ich an den Bücherregalen entlang, strich vorsichtig über jeden Buchrücken und überflog Titel und Autor. Ich sah Bücher großer Schriftsteller der Weltliteratur und wünschte mir, ich hätte die Zeit, in aller Gemütsruhe an diesem Ort zu verweilen und in jedem Buch wenigstens einen Satz zu lesen. Das Gewicht eines Buches in der Hand vermittelte mir immer wieder die intellektuelle Sicherheit, dass das Wissen Bestand hatte und immer haben würde. Aber wie stand es mit dem Wissen über die Christen?

Ab und zu hörte ich ein Rascheln aus dem vorderen Zimmer, das mir anzeigte, dass Adonis ebenfalls in die Suche vertieft war.

Adonis ... Ich war tatsächlich gerade bei meinem *Humanitus Perfectus* zu Hause. Wenn ich das Felix erzählen könnte! Doch dann fiel mir sein nachdenkliches Gesicht ein. Er wusste ja von meiner Einladung hierher, und er hatte es aus einem mir unbekannten Grund missbilligt.

Meiner Mutter könnte ich es vielleicht erzählen, überlegte ich, doch dann fiel mir wieder die dumpfe Geistesabwesenheit ein, die sie in letzter Zeit wieder so oft umgeben hatte, und ich verwarf die Idee sofort wieder.

Eunice! Ihr würde ich es erzählen können. Ich wusste plötzlich, dass Eunice meine Aufregung verstehen würde. Sie war eine Frau. Sie kannte die gleichen Emotionen wie ich. Ich sehnte mir Eunice herbei. «Freunde?», hatte sie gefragt, und in ihren Augen war Aufrichtigkeit gelegen. Ich fühlte mich plötzlich sehr einsam. Wer wusste schon, ob ich Eunice je wieder sehen würde. Und was war mit Lois? Vielleicht sollte ich mal nachsehen, ob es hier auch Kinderbücher gab? Konnte die Kleine überhaupt schon lesen?

Ich hielt in meiner Suche inne. Felix war mein Freund. Aber manchmal war er so anstrengend. Zu meiner Mutter drang ich nicht durch. Aquilina hasste mich mittlerweile.

Dann sah ich wieder Adonis' Gesicht vor mir. War er ein Freund? Nein, niemals würde er sich auf mein gesellschaftliches Niveau begeben und mir nahekommen. Er war mir in jeder Hinsicht überlegen. Wenn man nur schon mal überlegte, wie viel intelligenter er war als ich. Er war gutaussehend und gut gekleidet und bewohnte einen Palast. Ich dagegen ... Ich wusste zwar, dass ich nicht gerade hässlich war, aber wer war heutzutage noch hässlich? Jeder lief mit einem perfekten Zahnpastalächeln durch die Weltgeschichte, und jeder, der etwas auf sich gab, hielt seinen Körper fit und wohlgeformt.

Aber ich wohnte in einer kleinen Stadtwohnung, mit meiner psychisch kranken Mutter, von der niemand etwas wissen durfte. Niemals würde Adonis seinen Palast verlassen, um sich in *mein* Umfeld zu begeben.

Dann dachte ich an die Christen. Sie lebten noch einfacher als ich. Sie hatten keine Küche, die vor Sauberkeit nur so strotzte, nicht einmal eine kleine Kochnische wie ich zu Hause. Sie zündeten ein Feuer an, um sich selbst warm zu halten, und aßen Lebensmittel, die unter riskanten Umständen für sie beschafft worden waren. Andere Menschen riskierten ihr Leben für sie. Ich vermisste Philemons beruhigende Stimme. Wie ging es ihm und Claudia und der Kleinen? Ich sehnte mich nach einem Treffen mit ihnen. Das Zusammensein mit ihnen hatte mir Hoffnung geschenkt. Bevor ich sie kennen gelernt hatte, dachte ich, es gäbe für jeden Menschen nur sich und seine Ziele. Gefühlsduselei sei kein humaner Charakterzug, hatte man uns in der Schule eingetrichtert. Aber die Christen hatten mir gezeigt, dass ich in mir eine Sehnsucht nach Freundschaft, Liebe und Familie hatte. Auch wenn ich diesen Jesus nicht verstand, hatte ich doch gemerkt, dass sie alle ihn sehr liebten. Das schien sie zusammenzuschweißen. Und ich konnte nichts Schlechtes dabei finden.

Aber wo gehörte ich hin? Ich konnte nicht mehr zu den Christen gehen. Ich gehörte aber auch nicht in diesen Palast und zu seinen Bewohnern. Ich wusste nicht einmal mehr, ob ich noch ins Humanium gehörte. Wo war mein Platz? Ich seufzte. Mein Kopf schmerzte.

Langsam nahm ich die Suche wieder auf. Gedankenverloren strich ich mit den Fingerspitzen an den Buchrücken entlang.

Da ertönte plötzlich eine schneidend scharfe männliche Stimme aus dem Nebenraum. Ich blieb wie erstarrt stehen. Demokrit Magellan war hier!

Schnell eilte ich an die Wand, in die der Türbogen eingelassen war, und drückte mich an das dortige Regal. Vielleicht würde mich der bedeutende Politiker und Herr dieses Hauses hier nicht bemerken, wenn er den Raum betrat.

Mein Blick fiel auf die Bücherreihe vor mir. Ein dickes schwarzes

Buch sprang mir ins Auge. In goldenen Buchstaben stand auf dem Buchrücken: «Die Heilige Schrift». Ich hatte das Buch gefunden! Als ich es vorsichtig herauszog, segelte ein Briefumschlag, der zwischen den Seiten der Bibel gesteckt haben musste, neben mir zu Boden. Automatisch griff ich danach und blieb dann in der Hocke, das Buch auf meinem Schoß. Ein großes, goldfarbenes Kreuz prangte auf dem Einband.

Die Stimmen im Vorraum wurden lauter. «Mariangela hat gesagt, du hattest wieder Besuch?» Demokrits Stimme klang ärgerlich.

«Ja, es stimmt.» antwortete Adonis betont gelangweilt. «Ich helfe einer Studentin bei ihrer Forschungsarbeit.»

«Was? Schreibt sie etwa über die männliche Anatomie?» Demokrits Tonfall verursachte mir Gänsehaut. «Jetzt treibst du es also auch schon mit Studentinnen.»

Ich schüttelte den Kopf und wollte nach vorne stürmen, um die Sachlage aufzuklären. Doch meine Füße waren wie festgeklebt. Krampfhaft unterdrückte ich einen Hustenreiz, der meinen Hals zusammenschnürte.

«Vater! Jetzt wirst du unsachlich!» Adonis war immer noch die Ruhe selbst.

«*Ich* bin unsachlich!», spottete Demokrit. «Ich kann es einfach kaum noch ertragen, wie du dein Leben den Bach runtergehen lässt. Du führst ein unsägliches Lotterleben. Ich habe nichts gegen deine Priesterhuren gesagt. Schließlich muss ein junger Mann seine Energie irgendwo loswerden. Ich sage auch nichts, wenn du ab und zu rauschende Partys mit den Dionysiern schmeißt. Aber wenn du jetzt die Frauen wechselst wie die Hemden … und dazu exzessiv Partys feierst … und trinkst wie ein Fass ohne Boden … dann gehen mir langsam die Argumente aus, wie ich deine Lehrtätigkeit am Humanium noch rechtfertigen soll.»

Beißende Stille war die Antwort. Ich fühlte mich wie ein begossener Pudel.

«Vater!», presste Adonis zwischen seinen Lippen hervor. «Das war, was du immer für mich wolltest. Du bevormundest mich, seit ich laufen kann. Nein, seit ich geboren bin wahrscheinlich. Nur dass ich niemanden mehr fragen kann, weil ich keine Mutter habe.» Adonis wurde lauter. «Du forderst und forderst und setzt deinen Willen durch. Immer wolltest du aus mir einen *Humanitus Perfectus* machen, im wahrsten Sinne des Wortes. Du hast mich ausgenutzt und dir zu

Diensten gemacht. Ich muss die Drecksarbeit für dich tun. Ich bin dein Aushängeschild. Dein Sohn ... der perfekte Magellan Junior. Der Sohn, der deine Politkampagne für dich unterstützt. Seht euch Demokrit Magellan an! Der große schöne charismatische Politiker, der einen ebenso perfekten Sohn sein Eigen nennt. Du willst eine Dynastie, nicht wahr, Vater? Dann hättest du deine Machtgier bis ans Ende deiner Tage gesichert. Habe ich recht?»

Jemand holte tief Luft. Ich zitterte in meinem Versteck. In was war ich da hineingeraten?

«Du bist hitzköpfig und jähzornig!», stöhnte Demokrit. «Wenn die liebe Schulleitung das wüsste ... Mein Sohn, so theatralisch.» Er schnalzte mit der Zunge.

Dann fuhr er mit harter Stimme fort: «Du weißt ganz genau, dass du deinen Posten allein mir zu verdanken hast. Ohne ihn wärst du verloren. Du hättest *nichts* mehr. Du bist auf mein Wohlwollen angewiesen. Und als dein Wohltäter, wenn schon nicht als dein Vater, rate ich dir, dich zu mäßigen. Wir wollen schließlich jederzeit alle Tugenden unserer Gesellschaft repräsentieren – so, wie die Leute es sehen wollen.»

Schweigen.

«Ich rate dir ja bloß, dich etwas zurückzuhalten.» Demokrits Stimme wurde weicher. «Schlepp nicht jede Frau ins Bett. Feiere nicht jedes Wochenende eine Party. Genieß den Alkohol in Maßen. Kein Mensch wird etwas davon bemerken. Wichtig ist nur, dass ich dich nicht jedes Wochenende sternhagelblau irgendwo abholen lassen muss.» Adonis sagte nichts.

«Ach übrigens», hob Demokrit erneut an. «Noch ein guter Ratschlag.»

«Was denn noch, Vater?» Adonis klang erschöpft.

«Die Studentin, mit der du gerade anbandelst, heißt sie Anna Tanner?»

Ich zuckte zusammen und versuchte, mit der Bücherwand zu verschmelzen.

«Erstens bandle ich nicht mit ihr an. Und zweitens, wenn du eh schon alles weißt, warum fragst du überhaupt?»

«Wie dem auch sei», fuhr Demokrit gönnerhaft fort, «es ist mir egal, was du mit den Priesterhuren tust. Die haben sowieso alle nur Stroh im Kopf. Aber Anna Tanner ist der Schulleitung bekannt. Ihr wurde gestern eine Selbstverwirklichungsstufe aberkannt.» Ich klammerte mich an die Bibel und lehnte meine Stirn ans Büchergestell. Das war es also gewesen mit dem Versuch, meine Niederlage vor Adonis zu verstecken.

«Ist mir doch egal», gab Adonis trotzig von sich. Ich horchte auf.

«Es *sollte* dir nicht egal sein!», rief Demokrit aus. Seine Schritte entfernten sich von der Arkade. Adonis folgte ihm. Die Tür zur Bibliothek öffnete sich.

«Sie wurde nicht wegen eines Kavaliersdeliktes verwarnt. Sie widersetzte sich mehrfach ihrer geistigen Führerin. In der Nacht auf Montag wurde sie verhaftet! Wegen Verdacht auf Kollaboration mit regierungsfeindlichen Gruppierungen! Wenn du sie ins Bett schleppst, bist du deine Lizenz als *Humanitus Perfectus* schneller los, als du das Wort ‹Amtsenthebungsverfahren› sagen kannst. Das verspreche ich dir. Du kannst von Glück reden, dass sie keine Christin ist, sonst ...»

Die Stimmen entfernten sich von mir. Die Bibliothekstür wurde geschlossen. Die plötzliche Stille wirkte wie ein Schlag auf mich. Meine schlimmsten Befürchtungen waren eingetroffen. Adonis wusste von der Aberkennung. Tränen stiegen mir in die Augen und tropften auf den teuren Teppich.

Forschungsarbeit, ade! Bemühungen zur schnellen Wiedergewinnung einer Selbstverwirklichungsstufe, auf Nimmerwiedersehen! Adonis würde kommen und mich rausschmeißen. Es war ihm sicher wichtiger, seinen eigenen Hals zu retten, als mir weiterzuhelfen. Verzweiflung und Verbitterung drohten mich zu überwältigen.

Seit ich die Christen getroffen hatte, schien mein Pech kein Ende zu nehmen. War es das wirklich wert gewesen? Und Adonis? War er wirklich dieser Filou, als den sein Vater ihn darstellte? Ich spürte wieder, wie sich seine Hände um meine schlossen. Der kostbare Moment war nun verdorben. Ich war wohl so naiv gewesen, dass ich geglaubt hatte, ich sei das einzige weibliche Wesen, das sich von seinem Charme und seinen optischen Reizen aus dem Konzept bringen ließ. Demokrit dachte, ich würde Adonis' Bett wärmen. Zitternd holte ich Luft und hustete. Der Schleim rasselte tief unten in meinem Brustkorb. Ich war so naiv gewesen!

Felix' Warnung flackerte wieder in meinem Kopf auf. «Sei ganz, ganz vorsichtig, Anna!» Jetzt wusste ich auch, wovor er mich warnen wollte. Er wollte mich davor bewahren, Adonis' Bettnachbarin zu werden.

Bestimmt hat Demokrit gelogen. Das kann doch alles gar nicht wahr sein, versuchte ich mich zu überzeugen. Doch ich wusste, dass Felix recht hatte. Adonis hatte seinen Posten seinem Vater zu verdanken. Er war ein Playboy. Er trug seine Amtswürden zu Unrecht.

Am besten würde ich jetzt einfach nach Hause gehen. Aquilina hatte recht. Ich würde mir eine andere Arbeit suchen müssen. Eine, bei der ich für die Recherche nicht auf fremde Hilfe angewiesen war.

Ich wollte die Bibel wieder ins Regal stellen, da fiel mir der Umschlag wieder ein, der vorhin aus dem Regal gefallen war. Ich machte ihn auf und zog ein dickes Blatt Papier heraus. Es war ein amtlich aussehendes Dokument. «Adoptionsurkunde», stand darauf mit dicken Lettern geschrieben. Darunter stand ein Datum, das 25 Jahre zurücklag. Das Dokument bescheinigte Demokrit Magellan, einen «Amadeo Nero» von Amtes wegen als Sohn angenommen zu haben. Amadeo sei der Sohn eines Tomaso Nero und einer Maria Nero, die zu diesem Zeitpunkt bereits verstorben waren ... Adonis hatte einen Bruder! Wusste er davon?

Schnell faltete ich das Dokument zusammen und schob es zurück in den Umschlag. Was hatte diese Urkunde in der Bibel zu suchen?

Ich schlug das dicke schwarze Buch auf und blätterte, bis ich einen Fließtext fand. «1. Buch Mose», las ich im Dämmerlicht. «Am Anfang schuf Gott Himmel und Erde», stand da.

Wieder fiel mir das erste Treffen mit den Christen ein. Claudia hatte gesagt: «Der Gott der Liebe ist der Gott, der Himmel und Erde erschaffen hat ...»

«Noch war die Erde leer und ohne Leben, von Wassermassen bedeckt. Finsternis herrschte, aber über dem Wasser schwebte der Geist Gottes. Da sprach Gott: ‹Licht soll entstehen!›»

In diesem Moment flammte das Licht der Bibliothek hell auf. Ich schnappte nach Luft. Die Bibel und der Umschlag flogen aus meiner Hand, als ich einen kurzen Überraschungsschrei ausstieß und darauf von einem Hustenanfall geschüttelt wurde. Adonis war zurückgekehrt. Ich japste nach Luft und hustete.

«Verzeihen Sie.» Reumütig lächelte Adonis mich an. Ich konnte einfach nicht glauben, dass er sich exzessiven Ausschweifungen hingab. Sein Vater hatte ihm Dinge an den Kopf geworfen, die nicht stimmen konnten. Diese Worte waren im Streit ausgesprochen worden. In der Hitze des Gefechtes vergriff man sich schon mal im Ton – zumindest hatte ich das in einem Selbstbeherrschungsbuch gelesen.

«Ich ... habe ... das ... Buch ... gefunden», hustete ich und streckte ihm die Bibel entgegen.

«Gut!» Adonis nahm die Bibel aus meiner Hand entgegen. Ich hielt ihm auch den Umschlag hin.

«Das ist aus dem Buch gefallen. Die Lasche hat sich geöffnet.» Ich wollte den Eindruck vermeiden, ich hätte aus Neugier in den Umschlag geblickt.

Adonis nahm ihn aus meiner Hand. Unsere Fingerspitzen berührten sich, und es fühlte sich an wie Feuer. Unsere Blicke trafen sich. Ich wollte, der Moment hätte ewig angehalten. Doch Adonis räusperte sich, nahm die Dokumente aus dem Umschlag und studierte sie. Seine Augen wurden weit. Aber sofort hatte er seine Mimik wieder unter Kontrolle.

«Ich weiß nicht, wie das hierhergelangen konnte. Ich habe es gesucht. Vielen Dank.» Dann streckte er mir die Bibel entgegen. Ich schaute ihn fragend an. Er wich meinem Blick aus.

«Lesen Sie es, Studentin Tanner, und berichten Sie mir am Donnerstag nach dem Geschichtsunterricht, ob Sie etwas über die Christen oder das Kreuz herausgefunden haben.» Er klang sehr förmlich und sprach mich wieder mit meinem Nachnamen an.

Ich wollte ihm erklären, dass ich nicht mehr über die Christen schreiben wollte. Dass ich eingesehen hatte, dass es meinen Ruf gefährden würde. Dass es mir nur Schwierigkeiten eingebrockt hatte. Dass ich ihn nicht mehr sehen konnte, weil er mich nur durcheinanderbrachte. Doch stattdessen nahm ich die Bibel entgegen und presste sie stumm an meinen schmerzenden Brustkorb.

«So, Sie müssen nach Hause, haben Sie gesagt», wechselte er das Thema.

Ich nickte.

Adonis geleitete mich ohne ein weiteres Wort aus der Bibliothek, durch die luxuriös eingerichteten Flure des Hauses und bis zur Haustür.

«Soll ich Sie zum Bahnhof bringen?»

Ich schüttelte den Kopf. Ich war zwar in der Tat so erschöpft, dass ich mich kaum noch auf den Beinen halten konnte. Doch ich wollte nicht, dass er mit mir gesehen wurde. Ich wollte Abstand halten.

Er schien erleichtert zu sein, dass ich nicht auf seiner Begleitung bestand. Was hatte er noch alles mit seinem Vater besprochen, als die beiden außerhalb meiner Hörweite gewesen waren?

«Bis Donnerstag dann», verabschiedete er sich, und ohne ein weiteres Wort ließ er die Tür zwischen uns zuzischen. Der Kies knirschte unter meinen Füßen, als ich im Schein der Lichterketten meinen Weg zum Tor hinaus fand.

Ich trat auf die Straße und nahm den Heimweg schleppend in Angriff. Viele Gedanken wirbelten durch meinen Kopf. Ich hustete und marschierte und hustete wieder. Mein Leben war vollkommen aus den Fugen geraten. Weshalb hatte ich mich bloß auf die Christen eingelassen? Kephas war an allem schuld! Er hatte mir die Suppe eingebrockt. Und er war nicht mehr da, um sie wieder auszulöffeln. Dafür durfte nun ich sorgen.

Zum Glück musste ich am Bahnhof nicht lange warten, bis der Zug, der mich zurück in die Stadt bringen würde, einfuhr. Ich trottete in ein Abteil und starrte hinaus ins Dunkel.

«Gott sprach: Licht soll entstehen!», rezitierte ich murmelnd die Worte aus der Bibel, die ich vorhin gelesen hatte. *Wenn es dich wirklich gäbe ... dann würdest du ein Licht für mich anzünden, damit ich nicht im Dunkeln umherirren muss,* maulte ich still gegen den nicht existenten Gott der Christen. *Und du würdest deinen Anbetern bessere Umstände verschaffen ...*

In diesem Moment trafen wir im hell erleuchteten Hauptbahnhof ein. Mit Schrecken stellte ich fest, dass wir auf Gleis fünf hielten. Die Zugtür öffnete sich genau gegenüber der Tür im Quader. Das rote geschwungene Kreuz war verschwunden. Jemand musste es übermalt haben. Gefahr hin oder her. Ich blickte über meine Schulter.

Nein, du bist verrückt. Du darfst nicht ... Hast du schon vergessen, was mit Sascha passiert ist?, sagte eine Stimme in meinem Inneren. Ich griff fester nach der Bibel.

«Ich muss doch wissen, wie es ihnen geht ...», hielt ich meinen Gedanken entgegen. Ich drückte die Messingklinke nach unten. Die Tür gab nicht nach. Sie war verschlossen.

Meine Hand fuhr zurück, als hätte ich glühend heißes Eisen angefasst. War ich wirklich gerade im Begriff, den letzten Rest meiner Zukunft wegzuwerfen?! Aus Gründen, die ich nicht kannte, kniete ich mich tatsächlich neben den Lüftungslamellen auf den kalten Boden. «Hallo?», flüsterte ich. «Ist jemand da?» Ich schlug mit der Hand gegen die Jalousie. «Hallo!», rief ich etwas lauter. «Geht fort! Ihr seid in Gefahr!»

«Alles in Ordnung mit Ihnen?» Ich erschrak und drehte mich um.

Ein Mann stand vor mir und blickte mich nachsichtig und etwas belustigt an. Tiefe Furchen waren in sein Gesicht gegraben. Ruß schien in jeder Pore des Gesichtes abgelagert zu sein. War das etwa ein normaler Arbeiter? Sein Mantel war abgenutzt und mit schwarzen Flecken übersät, doch die grünen Augen blickten freundlich. «Haben Sie etwas verloren?»

Schnell schoss ich hoch. Ich schwankte und hustete. Der Passant musterte mich argwöhnisch. «Sind Sie etwa krank?» Er trat einen Schritt zurück und schaute mich an, als sei ich mit Pestbeulen übersät und hoch ansteckend.

«Nein! Nein!», versicherte ich hastig und unterdrückte den nächsten Hustenreiz, bis mein Kopf zu zerspringen drohte. Hektisch blickte ich mich um, ob noch jemand anderes meine Aktion bemerkt hatte. Waren in der Bahnhofshalle Überwachungskameras installiert?

«Unglaublich!», meinte mein Gegenüber ärgerlich. «Noch nie etwas von Selbstbeherrschung gehört?»

«Entschuldigung», röchelte ich. Entschlossen kehrte ich der verhängnisvollen Tür und dem Mann den Rücken zu, umfasste die Bibel mit festem Griff und schritt hastig aus dem Bahnhof. Den Kopf hielt ich tapfer aufrecht, krampfhaft bemüht, nicht auf die Gleise zu schauen.

Sobald ich die Bahnhofshalle erreicht hatte, rannte ich los. Ich musste ja noch bei der Sportgruppe vorbeischauen ... Als ich den Sportplatz erreichte, war das Basketballturnier schon in vollem Gange. Ich schlich mich unauffällig an das erleuchtete Spielfeld heran und reihte mich dann in die Gruppe derjenigen ein, die schon gespielt hatten und nun von außen den Wettkampf kommentierten ...

Als ich später zu Hause eintraf, krümmte ich mich unter einem neuerlichen Hustenanfall. Ich öffnete die Wohnungstür und begrüßte beim Eintreten meine Mutter, die zu meinem grenzenlosen Erstaunen am Küchentisch saß und aß.

«Mutter!» Ich schaute sie lange an.

«Hallo, Anna!» Sie klang beinahe munter.

«Was tust du?», entfuhr es mir. Ich legte die Bibel neben ihr auf den Tisch. Sie hielt während des Kauens inne. Ein dünnes Lächeln erschien auf ihrem ausgemergelten Gesicht.

«Ich esse! Vielen Dank für das gute Brot.»

Ich biss mir auf die Lippen. «Du weißt, dass die Regierung es zur Verfügung stellt», seufzte ich.

Forschend schaute sie mir ins Gesicht. «Wo bist du gewesen?»

«Im Humanium. So wie immer!»

«Schließe bitte immer die Tür, wenn du hinausgehst. Letztens musste ich die Tür mitten in der Nacht schließen, weil sie offen stand.»

Ich fuhr auf. Mutter hatte also die Tür selbst verschlossen, als ich bei meinem letzten Besuch bei den Christen war. Ich schaute sie skeptisch an. Wie viele Dinge bekam sie mit? Hatte sie gewusst, dass ich bei Nacht und Nebel die Wohnung verlassen hatte und die ganze Nacht weg gewesen war?

Ihr Blick glitt auf das Buch auf dem Tisch, und ihre Augen wurden weit. Sie streckte die Hand danach aus und berührte den schwarzen Schutzumschlag. Mit ihrem verkürzten rechten Daumen strich sie über das große goldfarbene Kreuz. Eine Sehnsucht, die ich noch nie an ihr gesehen hatte, flackerte in ihrem Blick auf.

«Ein schönes Buch!», wisperte sie. «Liest du mir daraus vor?»

Erstaunt musterte ich sie. Wann hatte sie das letzte Mal so viel Interesse an mir gezeigt? «Ich weiß nicht, Mutter, es ist ein wissenschaftliches Buch», winkte ich ab. Ich würde nicht so schnell vorwärtskommen, wenn ich laut las, und ich wollte das Buch so geschwind wie möglich durchackern, damit ich es Adonis wieder zurückgeben konnte. Dann würde ich ihm mitteilen, dass ich ein anderes Thema für die Geschichtsarbeit wählen wollte.

Widerwillig glitt Mutters Hand von dem Buchumschlag.

Schnell schnappte ich mir den Wälzer und setzte mich damit an die Arbeitsstation. Natürlich konnte ich nicht sofort anfangen zu lesen. Ich verfasste zuerst in Windeseile die Zusammenfassung für Aquilina, während ich nebenher mein kaltes Abendbrot in mich hineinschaufelte. Immer wieder musste ich die Arbeit unterbrechen, da mich hartnäckige Hustenanfälle schüttelten, die mir die Tränen in die Augen trieben.

Um zehn Uhr abends, als meine Mutter bereits im Bett lag, ergriff ich das schwarze Buch und schlug es an der Stelle auf, wo ich begonnen hatte zu lesen.

Ich las, wie Gott in der Schöpfung seine Kreativität auslebte. Vor meinen Augen entstanden das Wasser, die Pflanzen, die Tiere und schließlich, aus dem Staub gemacht, der Mensch. Mann und Frau. Sie lebten im Paradies.

«Das stimmt», murmelte ich vor mich hin. Philemon hatte es mir erzählt.

Gott ließ den Menschen die Freiheit, über die Natur zu bestimmen. Aber einen Baum pflanzte er an, von dem sollten die Menschen nichts essen. *Ein Prüfstein,* dachte ich.

Es wunderte mich nicht, dass sowohl Eva als auch Adam sich nicht daran hielten. «Ist doch typisch Mensch», murmelte ich. «Das, was verboten ist, ist immer am interessantesten.» Wieder tauchte die Tür am Bahnhof vor meinem inneren Auge auf. Der Umgang mit den Christen war mir verboten – vielleicht wollte ich gerade deshalb so gerne dorthin! Ich hätte die Bibel jetzt viel lieber zusammen mit den Christen gelesen. Sie hatten sicher Zusatzinformationen, die mich weiterbringen würden. Vielleicht wussten sie, was der Garten mit dem Kreuz zu tun hatte.

Egal, wer weiß, vielleicht kommt das Kreuz ja gleich, dachte ich mir.

Aber das tat es nicht. Es ging erst einmal darum, wie Gott die Menschen aus dem Paradies jagte. Danach war wohl nichts mehr wie zuvor. «Du wirst viel Mühe haben in der Schwangerschaft. Unter Schmerzen wirst du deine Kinder zur Welt bringen», las ich leise. «Der Ackerboden soll verflucht sein! Dein ganzes Leben lang wirst du dich abmühen … Du bist Staub von der Erde, und zu Staub musst du wieder werden!»

Ich verzog das Gesicht. Ganz schön heftig! Irgendwie war das überhaupt nicht das, was ich erwartet hatte. Aber ich las tapfer weiter. «Eva … schwanger … Sohn … nannte ihn Kain … zweiten Sohn … Abel.»

Ich gähnte. Wann kam das Kreuz? Aber davon war auch im nächsten Abschnitt noch nicht die Rede. Vielmehr las ich dort von … Mord! Kain erschlug seinen eigenen Bruder! Saschas glasige Augen flackerten vor meinem Gesicht auf.

Ich blätterte weiter und überflog die Sätze nur noch. Von da ab muss es mit den Menschen ziemlich bergab gegangen sein. Jeder tat, was er wollte. Ich las: «Der Herr war bekümmert und wünschte, er hätte die Menschen nie erschaffen». *Jetzt hat er die Nase voll,* dachte ich. *Und was nun?*

Gott schickte eine große Sturmflut, die die ganze Erde überschwemmte. Alle kamen um, bis auf einen Typen, der in einem dunklen Holzkasten seine Familie und einen Zoo auf dem Wasser herumschipperte und damit der Flut ein Schnippchen schlug.

Ich schüttelte den Kopf. Wie das gestunken haben musste ... Der Schreiber dieses Buches hatte wirklich Fantasie. Aber alle Menschen absaufen lassen?

«Ist das wirklich ein Gott der Liebe?», murmelte ich leise.

Weiter ... Als alle aus dem Kasten kamen, versprach Gott, es nie wieder so lange regnen zu lassen. «Der Regenbogen soll ein Zeichen für dieses Versprechen sein», versprach er. Ich hatte Regenbögen immer wunderschön gefunden. Der Gedanke, dass Gott damit ein Versprechen verband, gefiel mir gut.

Ich las weiter. Von bevorzugenden Vätern und wütenden Söhnen. Von Sklavinnen und Herrinnen. Von Eifersucht, Intrigen, Opfern, Verrat, Sklaverei, Gefängnis und Hass. Der Mensch zeigte sich auch nach der Sintflut von seiner schlimmsten Seite. *Bei dieser exzessiven Gewaltdarstellung ist es vielleicht doch gut, dass die Bibel verboten worden ist,* dachte ich.

Und immer wieder dieses Zusammentreffen von Natürlichem mit Übernatürlichem. Träume, Visionen, Kämpfe mit Engeln, Schwefelfeuer, die vom Himmel fielen ... Irgendwie hatte ich aber trotzdem den Eindruck, als wäre dieser Gott immer dicht am Menschen. Bereit einzugreifen, wenn die Sache aus dem Lot geriet. Er stürzte die Mächtigen immer wieder und baute die Unterdrückten auf. *Wahrscheinlich hat Gott was gegen die Machtgierigen,* überlegte ich. Demokrit Magellan stand mir vor Augen und seine Ambitionen und sein kalter Blick. Was würde der Gott der Bibel zu Demokrit Magellan sagen?

Bevor ich mich versah, war das erste Kapitel fertig. Und darin war nichts, nicht einmal eine Spur, von einem Kreuz zu finden gewesen! Ich musste weiterlesen.

Das Volk, das aus den Menschen von Kapitel eins entstanden war, hatte es in diesem Kapitel ziemlich schwer. Sie mussten in der Hitze des Tages für einen fiesen Herrscher in Ägypten Fronarbeit leisten. Sie seufzten und schrien zu Gott ... Und er hörte sie! Vor meinem inneren Auge zogen Gottes Strafen für die Ägypter vorbei: die Frösche, Stechfliegen, das Blut und die äußerste Finsternis. Und dann: der Befreiungsschlag! Das Volk zog in die Wüste, wo es sich aber trotz der Rettung echt schlecht aufführte. *Jetzt würdest du dein Regenbogen-Versprechen gerne ungeschehen machen, was, Gott?,* dachte ich grimmig.

Aber Gott entschied, dem Volk Gesetze zu geben, damit sie lernten, wie sie sich ihm und ihren Mitmenschen gegenüber am besten verhielten. «Richtlinien», hatte Philemon das genannt.

Ich konnte kaum noch die Augen offen halten. Aber solange ich noch nichts vom Kreuz gelesen hatte, *konnte* ich nicht einfach schlafen gehen. Beim 613. Gesetz, das Gott seinen Leuten gab, fielen mir schließlich langsam die Augen zu. Ich hatte keinen Jesus Christus gefunden und auch kein Kreuz. Enttäuschung machte sich in mir breit. Ich hatte solch einen Aufwand betrieben, die Bibel zu beschaffen, und nun?

Ich hörte noch, wie der Wälzer zu Boden fiel, doch dann versank ich im Land der Träume.

Kapitel 11

Donnerstag, 9. Frimaire 331 A. I.
«Tag des Wacholders» (1. Dezember)

Ich schlich durch die engen Gassen meiner Heimatstadt auf das Gebäude meines Studiums zu. Das Wetter war etwas wärmer geworden. Die eisige Kälte hatte einem Sprühregen Platz gemacht, der mir innerhalb von Minuten einen feuchten Schleier auf Haar und Schultern legte.

Ich hatte die Bibel unter meine Jacke gesteckt, damit sie durch die Feuchtigkeit nicht beschädigt wurde. Die Seite mit dem goldfarbenen Kreuz presste ich fest gegen meinen Brustkorb, damit niemand sah, was ich da mit mir herumtrug. Immer wieder schaute ich über meine Schulter zurück, die Augen gegen den durchnässenden Regen zusammengekniffen. Ein trockener Husten schüttelte mich. Mein Brustkorb schmerzte, das Atmen fiel mir mittlerweile hörbar schwer.

Ich hatte schlecht geschlafen. Alpträume plagten mich. Ich sah Kephas und Sascha. Ihre Leichen. Nacheinander fielen alle Christen vor meinen Augen um und verwesten. Dann rannte ich plötzlich voller Furcht auf Gleisen entlang. Ein ratternder, riesiger Zug verfolgte mich. Ich konnte der Bahn nicht entkommen – selbst wenn ich es schaffte, die Gleise zu verlassen, hörte das Donnern hinter mir nicht auf.

Ich verwünschte Kephas dafür, dass er in mein Leben getreten war, ohne dass ich ihn dazu eingeladen hatte. Ich schauderte und versuchte meine Gedanken auf den Tag, der vor mir lag, zu lenken. Heute war Donnerstag. Wir hatten wieder Geschichtsunterricht. Ich konnte kaum glauben, dass seit dem Ausflug letzte Woche so viel geschehen war. Mein Leben war nicht mehr das gleiche.

Ich versuchte meine Gedanken auf etwas Positives zu lenken. Weg von den Christen, weg von meiner schmerzenden Lunge. Ich hob mein Gesicht dem Regen entgegen und stellte mir vor, wie es wäre, wenn Gott wirklich alles erschaffen hätte. Der Gedanke, dass Gott mit einer überdimensionalen Sprühflasche in den Wolken saß und uns diesen Regen bescherte, war irgendwie erträglicher als die Vorstellung, der unberechenbaren Natur ausgeliefert zu sein. Ich ging ein wenig aufrechter durch die Straßen. Gott … Wie er wohl so war? Ich dachte an mein Gebet im Gefängnis. Es war mehr ein Hilfeschrei als ein ehrfürchtiges Gebet gewesen, wie ich es bei den Christen miterlebt hatte.

Aber du bist aus dem Schlamassel tatsächlich rausgekommen, nicht wahr?, erinnerte mich meine innere Stimme.

Ich habe einfach Glück gehabt, sie haben mich nicht bei den Christen gesehen und konnten mir nichts nachweisen. Außerdem: Ist der Verlust der Selbstverwirklichungsstufe für mich nicht auch eine ziemliche Katastrophe?

Mit diesen Gedanken im Kopf erreichte ich das Humanium. Mit kerzengeradem Rücken betrat ich den belebten Ort. In *Selbstbeherrschung* hatten wir gelernt, dass sich die Körperhaltung auf die Gefühlswelt auswirkte. Ich hoffte durch meinen stolzen Gang etwas Selbstkontrolle zurückzuerhalten. Die Geräusche, die mir entgegenschlugen, empfand ich als Lärm, aber ich war froh, dass ich unter Leuten war. Hier konnte mich kein schwarzer Mann aus einem Gebüsch anspringen.

Ich blickte mich um. Innerlich war ich ungeachtet der äußerlich gewahrten Haltung völlig verschüchtert. Ich war trotz der schlechten Nacht besonders früh aufgestanden, damit die Gefahr des Zuspätkommens ausgeschlossen werden konnte. Es galt: Nur nicht wieder negativ auffallen. Am liebsten wäre ich mit den Steinquadern der Schulwände verschmolzen.

Ich hielt Ausschau nach Felix. Aber er kam immer spät, und das würde sich am heutigen Tag auch nicht ändern. Ich setzte also meine Goggles auf und machte mich allein auf den Weg zum Geschichtsunterricht.

Der Gedanke an Adonis machte mich unruhig. Die letzte peinliche Begegnung von vorgestern steckte mir immer noch in den Knochen. Er wollte heute, was die Bibel anbelangte, eine Antwort von mir. Diese war eigentlich einfach. Ich hatte jede meiner kostbaren freien Minuten in der Bibel gelesen. Aber einen Jesus hatte ich nicht gefunden, geschweige denn ein Kreuz. Vielleicht würde es mir so einfacher fallen, das Buch zurückzugeben und Adonis zu unterbreiten, dass ich nicht mehr über die Christen schreiben konnte. Die Bibel hatte sich als Sackgasse entpuppt.

Die Tür zum Unterrichtsraum stand offen. Ich war so früh dran, dass sich noch keine Menschenseele eingefunden hatte. Schwerfällig stieg ich die Stufen zur hintersten Bank hoch und setzte mich mit dem Rücken nah an die schützende Wand. So war's besser. Ich atmete auf. Auf diese Weise konnte ich endlich damit aufhören, ständig einen Blick über meine Schulter zu werfen. Ich zog die Bibel unter meiner Jacke hervor, und legte sie mit dem Kreuz nach unten auf den Tisch.

Langsam füllte sich das Zimmer mit den übrigen Studenten, die ich wenn dann nur vom Sehen her kannte. Die langbeinigen Blondinen hatten wieder einmal einen schneidigen Auftritt. Sie staksten auf neu aussehenden, hochhackigen Schuhen ins Zimmer, schwangen ihre Hintern in burgunderroten Hosen und warfen ihre blonden Mähnen über die Schultern. Woher hatten sie die neuen Kleider? Ich senkte entnervt den Blick auf die Pultplatte und wünschte mir, ich wäre unsichtbar. Ich spürte förmlich die argwöhnischen Blicke der Studenten auf mir. Niemand setzte sich zu mir. Die Uhr tickte, und Felix war noch immer nicht da. Wo war er? Ich brauchte ihn.

Wenige Augenblicke bevor der Gong ertönte, schlüpfte er herein. Sein Blick irrte suchend über die Studenten hinweg. Schließlich hatte er mich in meiner Ecke erblickt. Mit wenigen ausladenden Schritten hatte er meine Reihe erreicht und quetschte sich zwischen der Wand und den Stühlen hindurch. Er ließ sich in den freien Stuhl neben mich fallen.

«Anna Tanna, wo warst du?» Ohne Gruß kam er zur Sache.

«Ich bin früher gekommen.» Meine Stimme klang ausdruckslos.

Seit ich vor ein paar Tagen in Felix' Armen zusammengebrochen war, hatte sich unser Verhältnis geändert. Er wusste nun, wie dünn die Schutzschicht meiner Selbstbeherrschung war. Er wusste mehr über mich als jeder andere Mensch auf diesem Planeten und vielleicht auch in der ganzen Galaxie.

«Warst du bei den Christen?»

Obwohl Felix geflüstert hatte, erschrak ich und schüttelte den Kopf. «Nicht hier», mahnte ich. «Und nein, ich war nicht dort. Die Tür ist verschlossen», fügte ich hinzu. Ich musste wieder husten.

Felix legte seine Hand auf meine, und ich verspürte nicht wie sonst den Drang, meine Hand sofort wieder zurückzuziehen. Seine Berührung gab mir einen gewissen Trost, den ich vor meinem Gefühlsausbruch nicht gekannt hatte.

«Was hast du hier?» Er streckte die Hand nach der Bibel aus.

«Ein Buch!», war meine Antwort.

«Ja, Anna Tanna, das sehe ich. Was für ein Buch?» Ich zog es schnell auf meinen Schoß hinunter.

In diesem Augenblick betrat Adonis das Zimmer und erfüllte den Raum mit seiner Präsenz. Ich hustete kräftig und schmerzhaft. Seine Schultern sahen aus, als wären sie wie Stahl in seinen eleganten Anzug gegossen. Seine Miene war ausdruckslos und maskenhaft. Ich senkte erneut den Blick auf die Pultplatte, damit ich nicht sehen musste, ob er mein Gesicht suchte. Wahrscheinlich wollte er nichts mehr mit mir zu tun haben. Er hatte sich wohl die Ratschläge seines Vaters zu Herzen genommen.

Erst als sein fesselnder Unterricht wenige Momente später in vollem Gange war, wagte ich es, den Blick zu heben. Vor einer gebannten Zuhörerschaft dozierte er über die industrielle Revolution. Es ging darum, wie die Maschinen und Fabriken die Welt erobert hatten. Autos und Flugzeuge waren erfunden worden und veränderten das Gesicht der Erde für immer.

«Was diese großartigen Erfinder der Neuzeit aber noch nicht ahnten …» Sein Blick schweifte über die Studenten und blieb an meinem Gesicht haften. Unsere Augen trafen sich. Er stockte. Felix drückte meine Hand. Ich zog sie zurück und senkte den Blick erneut auf meine Arbeitsstation.

«Was sie nicht ahnten, war …» Er räusperte sich. «Sie verursachten hundert Jahre später einen immensen CO_2-Ausstoß, was die globale Erwärmung mit sich brachte.»

Er schien den Faden wiedergefunden zu haben. Sein Vortrag nahm Fahrt auf. Von meinem Platz aus konnte ich sehen, dass die Studenten sehr aufmerksam lauschten. Trotz meiner zahlreichen Probleme ließ ich mich ebenfalls in den Strom der Worte hineinziehen. Meine Finger huschten eilig über die Tastatur, als ich mir Notizen machte. Vielleicht würde ich einfach eine Arbeit über die Automobilindustrie schreiben können. Genau! Ich würde es Adonis nach Schluss des Unterrichts mitteilen. Bestimmt ließ sich irgendwo der verrostete Kadaver eines damals noch mit Benzin betriebenen Autos auftreiben, über den ich etwas Geistreiches verfassen konnte. Mein Entschluss stand fest.

In den nächsten Minuten war ich erfolgreich darin, meine Konzentration auf die Auswirkungen der industriellen Revolution zu lenken. Ich spürte zwar immer wieder Felix' Blick auf mir, doch ich wandte den Kopf nicht ab, um festzustellen, ob er vielleicht grinste oder – noch schlimmer – ob ich Besorgnis in seinen schwarzen Augen sehen konnte.

Wenn ich hier im Unterricht saß, war das Leben in Ordnung. Ich konnte mir sogar zeitweise vorgaukeln, ich sei immer noch auf dem besten Weg, meine zweite Selbstverwirklichungsstufe zu gewinnen und in Kürze selbst *Humanita Perfecta* zu werden.

Ich bedauerte das Ertönen des Gongs, das uns anzeigte, dass der Unterricht beendet war. Nun würde ich mit Adonis sprechen müssen. Ich fragte mich, ob er überhaupt noch an sein Versprechen dachte, mich über die Christen auszufragen. Ich wollte die Bibel loswerden – je eher, desto besser.

Der Raum leerte sich. Zwei, drei Studentinnen standen bei Adonis Schlange, um ihm mit kokettem Augenaufschlag sinnlose Fragen über das eben Gehörte zu stellen. Dabei ging es ihnen wohl kaum darum, ihr Wissen zu erweitern, sondern eher sein Ego, dachte ich verächtlich. Schnell verdrängte ich den spöttischen Gedanken. Ich war Adonis ja schließlich auch auf den Leim gegangen.

«Anna Tanna, kommst du?», unterbrach Felix meine Überlegungen.

«Nein, ich muss das Buch zurückgeben.» Ich tippte auf den Einband. «Ich komme gleich nach!», versprach ich eilig, da ich sah, dass Adonis' letzte Verehrerin den Raum verlassen hatte.

Widerwillig drehte sich Felix um und ging zwischen den Pulten hindurch. Vor dem Katheder traf er auf Adonis. Die beiden Männer musterten sich mit unverhohlenem Argwohn. Dann drehte Felix sich um und verließ mit wippendem Gang den Raum, nicht ohne an der Tür nochmals einen undefinierbaren Blick auf mich zu werfen.

Ich erhob mich. Als ich Adonis entgegenkommen wollte, winkte er ab. «Bleiben Sie, wo Sie sind.» Er erklomm die Stufen zu mir hinauf.

Mein Herz klopfte wild, obwohl ich entschlossen war, ihm zu misstrauen und mich nicht länger zum Narren zu machen.

«Haben Sie in der Bibel gelesen?», leitete er das Gespräch ohne Umschweife ein. Vielleicht wollte er mich auch nur loswerden.

Ich drehte das Buch um und streckte es ihm entgegen. Als er keine Anstalten machte, es zu ergreifen, ließ ich es auf das Pult sinken. Ich wollte tief Luft holen, da spürte ich, wie sich – wie immer im besten Moment – ein Hustenanfall anbahnte. Ich versuchte, ihn mit aller Gewalt zu unterdrücken, doch er brach sich Bahn. Ich wurde richtiggehend durchgeschüttelt. Völlig entkräftet sank ich auf den Stuhl zurück und legte die Stirn auf die kühle Pultplatte.

Adonis machte keine Anstalten, mich anzufassen, so wie am Dienstag. Er sagte auch nicht, er wolle mich ins Chemondrion bringen. Er stand einfach still und steif da und wartete, bis ich den Kopf wieder hob. Ich wischte die Tränen der Anstrengung aus meinen Augenwinkeln.

Meine Stimme klang rau, als ich endlich meine Antwort gab: «Ja. Ich habe in der Bibel gelesen. Aber ich habe nichts über die Christen gefunden. Einen Haufen Namen, viele Geschichten, aber keinen Christus und kein Kreuz.»

Ich erzählte ihm kurz von den Geschichten, die ich gelesen hatte.

«Zeigen Sie her.» Er streckte die Hand aus. Ich gab ihm das Buch, und er blätterte die ersten Seiten auf, wo die Schöpfungsgeschichte zu lesen war.

«Ich habe bisher auch nur die ersten paar Kapitel gelesen. Aber ich bin mir sicher, dass die Bibel das Buch der Christen ist. In meiner Ausbildungszeit haben wir die früheren Weltreligionen besprochen, und diese Schöpfungsgeschichte deckt sich mit dem, was wir über die Vorstellungen der Christen zum Ursprung der Welt gelernt haben. Ich glaube nicht, dass wir uns mit diesem Buch auf einem Holzweg befinden. Ich mache Ihnen einen Vorschlag.» Er räusperte sich. «Weshalb wechseln wir uns mit der Suche nicht ab? Ich lese eine Woche lang. Sie lesen eine Woche lang. Dann tauschen wir wieder.

Vielleicht knacken wir das Geheimnis bald und haben eine Grundlage für Ihre Forschungsarbeit. Was meinen Sie?»

Zum ersten Mal an diesem Morgen lächelte er. Doch es erreichte seine schönen Augen nicht.

«Also gut!», stimmte ich zu. «Ich nehme das Buch nochmals eine Woche. Sie haben viel Arbeit!»

«Sie arbeiten auch viel», entgegnete Adonis. «Ich kann mich noch gut an mein eigenes Studium erinnern. Ich nehme das Buch. Als *Humanitus Perfectus* habe ich Zugang zu Büchern, die Studenten noch nicht lesen dürfen. Ich kann noch weitere Nachforschungen anstellen, darüber, wie es war, bevor das Christentum verboten wurde.»

Ich runzelte die Stirn. Aber ich konnte ihm wohl kaum sagen, dass ich mittlerweile sogar daran zweifelte, dass er überhaupt ein Studium absolviert hatte.

«Ist das Christentum in unserem Part also vollständig verboten?», krächzte ich, obwohl ich die Antwort eigentlich schon ahnte.

«Ja», antwortete Adonis ernst und mit fester Stimme. «Ich konnte nur nicht herausfinden, seit wann und weshalb.»

Ich hatte von den Christen erfahren, dass die Philosophie des Christentums nicht zur Philosophie unseres Parts passte. Doch ich schwieg. Mit keinem Ton wollte ich verraten, dass ich Christen getroffen hatte.

«Ich werde in meinen Büchern ebenfalls nachlesen, was es mit dem Verbot der christlichen Religion auf sich hat», versprach er.

Peinliches Schweigen folgte. Ich wusste nicht, was ich noch sagen sollte.

«Tut mir übrigens leid, dass Sie den Ausbruch meines Vaters neulich miterleben mussten», begann Adonis unverhofft.

Ich hob abrupt den Kopf.

«Immer wenn ein Wahljahr ansteht, ist er wahnsinnig angespannt. Zwischen uns herrscht ein ... sagen wir ... Generationenproblem.» Er seufzte auf. «Man darf nicht alles ernst nehmen, was er sagt.»

Forschend blickten seine Augen in mein Gesicht, dann wandte er den Blick wieder ab. Ich wusste nicht, ob er sich mit dieser Aussage auf Demokrits Bemerkungen über mich bezog oder auf die Anschuldigungen gegen ihn selbst. Was mich betraf, hatte Demokrit die bittere Wahrheit erzählt. Und ich bezweifelte, dass er im Zusammenhang mit seinem Sohn gelogen hatte. Bevor ich jedoch in Versuchung kam, zu fragen, weshalb er ausgerechnet jetzt auf den

Streit zu sprechen kam, nahm Adonis die Bibel und klemmte sie sich unter seinen Arm.

«Wir sehen uns nächste Woche!», beendete er das Schweigen. Er streckte nochmals seine Hand aus, zog sie aber auf halbem Weg zu mir wieder zurück, als hätte ich eine ansteckende Krankheit. Hatte er mir die Hand schütteln oder meine Schulter berühren wollen?

Er tat einen Schritt zurück, um mir den Weg frei zu machen. Ich erhob mich ergeben. Als ich an ihm vorbeiging, war ich mir seiner körperlichen Nähe plötzlich unglaublich bewusst. Angestrengt lenkte ich meinen Blick auf die Tür. Erst als ich sie erreicht hatte, warf ich einen Blick zurück. Wie festgeschraubt stand Adonis immer noch am selben Fleck und starrte mit leerem Blick vor sich hin. Er ließ seine Schultern resigniert hängen und wirkte plötzlich gar nicht mehr wie ein stolzer *Humanitus Perfectus,* sondern einfach wie ein verunsicherter junger Mann.

Ich wandte mich ab und verließ den Raum. Erst als ich vor dem Zimmer ankam, in dem unser Psychologieunterricht stattfand, fiel mir ein, dass ich vergessen hatte, Adonis zu sagen, dass ich meine Forschungsarbeit nicht mehr über die Christen schreiben konnte.

Zwei Wochen vergingen. Jeden Donnerstag tauschten Adonis und ich die Bibel und Informationen aus. Unsere Gespräche verliefen aber schleppend. Adonis' Gesicht verriet nie auch nur eine Gefühlsregung. Er erwähnte auch das Gespräch mit seinem Vater nicht mehr. Mein Herzklopfen verstummte meist, nachdem wir uns fünf Minuten lang über das Gelesene unterhalten hatten.

Eine unsichtbare Mauer stand zwischen uns, und ich verspürte keine Lust, sie einzureißen. Adonis lud mich nicht mehr zu sich nach Hause ein, um in den ominösen Büchern zu schmökern, die nur den Erleuchteten zur Verfügung standen.

Die Lage war klar: Er war wieder nur mein *Humanitus Perfectus,* ich eine degradierte Studentin, die sich durchs Leben kämpfte und froh sein konnte, dass er ihr ein wenig weiterhalf. Immer wieder sagte ich mir diese Wahrheit auf, damit meine Gedanken nicht abschweiften. Adonis war die meiste Zeit über geistesabwesend. Lange Pausen unterbrachen unsere Mutmaßungen über die Geschichten der Bibel und unsere Versuche, diese mit unserem Wissen über die Christen zusammenzubringen. Ich versuchte irgendwann gar nicht mehr, ihm davon zu erzählen, dass ich eine neue Forschungsarbeit schreiben wollte. Heimlich las ich mich zu Hause in das Thema der industriellen Revolution ein und machte mir einige Notizen.

Mein Kalender war vollkommen ausgebucht. Felix und ich schlossen die Psychologiearbeit ab. Wir erzielten Bestnoten. Am Ende unserer Präsentation der Arbeit gab es – für apollinische Verhältnisse – sogar tosenden Applaus. Aber das lag mehr an Felix' brillanter Art, die Leute in seinen Bann zu ziehen, als an meiner Darbietung. Die guten Noten impften mir jedoch wieder neue Hoffnung ein. Vielleicht war es doch kein Ding der Unmöglichkeit, die Selbstverwirklichungsstufe zurückzugewinnen.

Mit noch mehr Elan stürzte ich mich in meine Studien. Wäre ich nicht jede Nacht aus einem Alptraum aufgeschreckt, hätte ich die Christen vielleicht vergessen können. Aber so starrten sie mich Nacht für Nacht an:

Claudia bat mich immer wieder mit hagerem Gesicht um Essen für ihre Tochter Melody. Eunice zeigte mit anklagendem Finger auf mich und schrie: «Du hast mir meinen Freund gestohlen! Simon will nur dich!» Kephas rannte auf blutigen Beinstümpfen hinter mir her und rief: «Mach dich auf die Suche nach der Wahrheit!» Ganz zu schweigen von Sascha, deren Tod ich wieder und wieder durchlebte.

Schweißüberströmt schreckte ich jede Nacht auf und blieb vor Angst wie gelähmt liegen. Die Dunkelheit schien voll herumgeisternder Schatten zu sein. Oftmals fiel es mir schwer, wieder einzuschlafen. Immer wieder kroch ich aus dem Bett und kochte mir einen dünnen Tee und wartete darauf, dass mein Herzschlag sich beruhigte und meine Augen wieder zufielen.

Ab und zu ertappte ich mich dabei, wie ich vor unserer verschlossenen Wohnungstür stand und in die Nacht hinauswollte, um die Christen zu suchen. Einmal hatte ich schon die Stiefel angezogen und die Jacke übergeworfen, doch bevor ich die Wohnung endgültig verließ, legte sich Furcht wie eine Fessel um meine Knöchel. Ich wollte doch, aber ich konnte nicht. Ich wollte mutig sein, aber ich war feige. Ich ermunterte mich selber, ich fand Entschuldigungen. Ich war wie ein Hampelmann, der an unsichtbaren Fäden der Angst zappelte. Ich schaffte es nicht, den Bahnhof nochmals aufzusuchen.

Den Tag über war ich latent gereizt, was Felix zu spüren bekam. Doch meine richtigen Wutausbrüche sparte ich mir auf, bis ich zu

Hause war. Dann ging ich ins Badezimmer, schlug dort die Handtücher vom Regal und schimpfte auf die Christen, auf Demokrit Magellan und seinen vermaledeiten Hochstapler von Sohn. Bis ich wieder kraftlos auf die kalten Kacheln sank und entweder zu husten oder zu weinen begann.

Meine Stimme war vom Husten ganz rau geworden, doch ich konnte mich nicht dazu durchringen, ins Chemondrion zu gehen.

Felix war mir trotz allem ein treuer Freund. Obwohl ich ihn oft anschnauzte, versuchte er doch immer wieder, mich aufzuheitern. Manchmal war ich himmelhoch jauchzend über eine neue Erkenntnis im Unterricht. Dann kehrte ich aber genauso schnell wieder zum «zu Tode betrübt» zurück. Mein Brustkorb wurde zuweilen eng, und das lag nicht nur an meinem permanenten Husten. Das System schien mich erdrücken zu wollen.

Einmal musste ich sogar unter einem Vorwand den Raum verlassen, als wir mitten in einer Atemübung zur *Selbstbeherrschung* waren. Im Gang schluchzte ich unkontrolliert los. Felix folgte mir. Ohne ein Wort zu sagen, führte er mich zu einer Bank und ließ mich wieder in seinen Armen weinen. Ich wusste nicht, was ich ohne ihn getan hätte.

Ich heulte ihm die Ohren voll wegen meiner verlorenen Selbstverwirklichungsstufe, wenn mich wieder Selbstzweifel erfassten. Ich heulte wegen meiner Sorge um die Christen – wenn ich nicht gerade wütend auf sie war, weil sie mir solch üble Schwierigkeiten bereitet hatten. Ich heulte wegen meines Traumas nach Saschas Tod und weil ich mich schuldig fühlte. Ich heulte, weil mein Verhältnis mit Aquilina immer noch unterkühlt war.

Nur über zwei Dinge schwieg ich eisern: meine Mutter und Adonis.

Felix' Arme waren mein einziger Halt. Er hielt mich sanft fest und ließ seine Sprüche für einen Moment sein. Ich sog seinen erdigen Geruch in mich auf und rotzte in sein kunterbuntes Hemd aus rauer Wolle.

Als der Sturm abgeebbt war, kehrten wir zurück ins Zimmer, und Felix fing wieder an, zu scherzen und zu flachsen, als wäre nichts passiert.

Zu Hause drängte mich meine Mutter so lange, bis ich nachgab und ihr aus der Bibel vorlas, wenn ich sie bei mir hatte. Ich las ihr die Gesetze aus dem Mosebuch vor. Gott ließ die Leute, die sich

«Israeliten» nannten, vierzig Jahre in der Wüste rumirren, weil sie nicht getan hatten, was er gesagt hatte. Sie waren nicht bis zum verheißenen Land marschiert und hatten nicht darum gekämpft, wie sie es hätten tun sollen.

Ich las von Propheten und Königen, die über dieses Volk herrschten. Aber eine Sache blieb immer gleich: Es war ein dummes Volk, das nie das tat, was Gott von ihm wollte. Und es war ein weichherziger Gott, der immer wieder Mitleid mit ihnen hatte und ihnen noch eine Chance gab, wenn sie sich wieder trotzig gegen ihn aufgelehnt hatten. Er strafte sie zwar mit harter Hand, aber hatte schlussendlich doch immer wieder Mitleid mit ihnen. Das war die Erkenntnis, die mich, obwohl ich es nicht wollte, in ihren Bann zog

Wie hätte dieser Gott wohl auf *meine* Übertretungen reagiert? Wenn er im Rektorat des Humaniums sitzen würde, hätte er auch diese drakonische Strafe über mich verhängt, oder hätte er Mitleid gezeigt und nochmals Gnade vor Recht walten lassen? Ich versuchte mir vorzustellen, wie ich wieder von Aquilina Akbaba ins Rektorat geführt würde. Die graue Matrone war ersetzt durch eine helle Lichtgestalt.

«Anna Tanner! Sie erhalten hiermit durch die Macht des mir verliehenen Amtes ihre Selbstverwirklichungsstufe *Ordnung* zurück.»

Nun ja, die Hoffnung starb bekanntlich zuletzt. Aber sie starb. Mein Tagtraum verpuffte.

Jedes Mal, wenn ich die Bibel auf meinem Schoß zurechtrückte, um meiner Mutter daraus vorzulesen, dachte ich kurz an Philemons Blättern im gewellten Papier.

Erstaunlicherweise setzte sich meine Mutter beim Vorlesen immer aufrecht auf dem Küchenstuhl hin und lauschte mit größerer Aufmerksamkeit, als ich ihr jemals zugetraut hätte, meiner rauen Stimme, die die Geschichten lebendig werden ließ.

Mit der Zeit genoss ich die Zweisamkeit genauso wie meine Mutter. Ab und zu lehnte sie sich zurück, schloss die Augen, und Tränen quollen unter ihren dunklen Wimpern hervor. Sie sagte nicht viel. Doch ich spürte, dass sie zuhörte.

Seit wir zusammen in der Bibel lasen, war sie viel länger «normal» als sonst. Sie versuchte sogar, Konversation zu betreiben! Jeden Abend fragte sie mich, wie mein Tag gelaufen war, und ich fand sie, wenn ich heimkam, viel häufiger am Tisch sitzend vor als in ihrem Bett liegend. Ich war es aber nicht mehr gewohnt, mit ihr zu sprechen. Deshalb lag es nicht an ihrem mangelnden Interesse, dass die Gespräche recht karg ausfielen, sondern an meiner Unfähigkeit, sie an meinem Leben teilhaben zu lassen. Ich misstraute dem Frieden einfach. Wann würde sie wieder in ihr Bett sinken und mich aus ihrem Leben aussperren? Ich wollte mir nicht allzu große Hoffnungen machen.

Doch nach und nach gelang es mir tatsächlich wieder, einen Dialog mit meiner Mutter zu führen. So, wie das Leben jetzt war, konnte ich es ertragen. Ich durfte einfach nicht an die Christen denken und auch nicht an Adonis, und dann ging es mir gut. Vielleicht würde tatsächlich langsam alles wieder besser werden. Vielleicht ließ sich mein früheres Leben wiederherstellen.

Irgendwann ebbte endlich mein Husten ab, doch eine bleierne Müdigkeit blieb auf mir lasten. Wenigstens konnte ich der nächsten Gesundheitskontrolle nun gelassen entgegensehen.

Samstag, 25. Frimaire 331 A. I.
«Tag der Grille» (17. Dezember)

Ich war eben von der Schule heimgekehrt und hatte Aquilina, die mich nun doch wieder sehen wollte, einen kurzen Bericht über einen ziemlich ereignislosen Tag abgeliefert. Nun saß ich vor meiner Arbeitsstation und las mich durch einige Artikel über die industrielle Revolution – eine Hausaufgabe, die uns Adonis Magellan für die nächste Woche aufgegeben hatte. Ich versuchte, Teile davon für meine geplante Arbeit herauszufiltern und im Vorfeld schon schlaue Notizen zu verfassen.

Meine Mutter saß am Tisch. Ich wusste, sie vermisste die tägliche Lesestunde mit mir. Aber ich hatte Adonis erst vorgestern die Bibel wieder gegeben. Es war seine Woche.

Ich schaute auf den Bildschirm, als im Kommunikations-Programm plötzlich ein Kopfhörersymbol aufblinkte. Das war das Zeichen für einen eingehenden Anruf. Ich klickte schnell auf die Anwendung.

«Eingehender Anruf: Adonis Magellan», las ich. Weshalb rief mich Adonis um diese Zeit an? Schnell nahm ich den Anruf entgegen. Das Gesicht von Adonis erschien auf meinem Bildschirm. Ich setzte ein Lächeln auf.

«Guten Tag, Meister Magellan!», sagte ich förmlich.

«Guten Tag, Studentin Tanner», grüßte er freundlich zurück.

«Weshalb ...?», setzte ich an.

«Ich habe in der Bibel gelesen.»

Das war nichts Neues. *Er ruft bestimmt nicht an, weil er meinen Anblick vermisst,* dachte ich sarkastisch.

«Ich habe Jesus Christus gefunden», informierte er mich.

Ich versuchte meine Gefühle zu unterdrücken, doch ich konnte nicht verhindern, dass ich mich voller Aufregung vom Stuhl erhob.

«Wo?»

«Wir waren dumm, Studentin Tanner», erklärte er.

Ich war dankbar, dass er sich mit einschloss.

«Die Bibel besteht aus *zwei* Teilen. Aus einem Alten und einem Neuen Testament. Die beiden Teile spielen in verschiedenen Zeiträumen. Im Alten Testament können Sie nichts von Jesus lesen, weil es ihn da noch gar nicht gab! Er taucht erst im Neuen Testament auf.»

Ich wollte ihn fragen, weshalb er das nicht im Unterricht über die Weltreligionen gelernt hatte, doch die Aufregung hatte mich gepackt. Eigentlich wollte ich ihm sagen, dass ich mich nicht mehr so sehr mit den Christen befassen wollte, sondern vielmehr mit der Entwicklung der Autoindustrie von ihrem Anfang bis zu ihrem Ende, aber Adonis' Stimme verriet mir, dass das nicht das Einzige war, das er herausgefunden hatte.

Humorvoll fuhr er fort: «Ich hatte schon Angst, ich könnte Ihnen nicht weiterhelfen. Das wäre eine Blamage für meine Karriere geworden.» Er lachte unsicher.

Ich unterdrückte den Wunsch, ihm zu sagen, dass ich mich immer noch fragte, ob er überhaupt eine Ausbildung genossen hatte. Aber eigentlich war mir das nicht so wichtig. Viel bedeutender war, dass er mich gerade anrief.

Ich machte ein erfreutes Gesicht. «Schön, dass Sie es mir mitteilen.»

«Ich will Ihren Studien nicht im Weg stehen. Am besten lesen Sie die Geschichte selber. Von ihr geht eine ungewohnte Faszination aus, der ich mich nicht entziehen kann, obwohl es wie ein Märchen klingt.» Er lächelte wieder.

Ich sträubte mich mit allen Fasern meines Gehirns dagegen, wieder in seinen Bann gezogen zu werden. Aber wie konnte ich seinem Charisma entkommen? Ich grinste wie ein dummes Schaf.

«Ich bin sehr gespannt. Ich weiß nicht, ob ich bis Donnerstag warten kann.»

Ich konnte nicht anders. Vielleicht würde ich meine Arbeit trotzdem über die Christen schreiben können. Vielleicht würde etwas daraus werden, wenn wir nun eine heiße Spur gefunden hatten.

«Vielleicht sehen wir uns schon vor nächstem Donnerstag.» Sein umwerfendes Lächeln wirkte echt. Mein Herz schlug mir bis zum Hals. Eine ungekannte Sehnsucht packte mich.

«Haben Sie sich schon Gedanken darüber gemacht, wie Sie das Thema für die Arbeit eingrenzen wollen?»

«Ich wollte die Verbindung schaffen zwischen der Philosophie der Christen und dem Verbot des Christentums», fuhr es aus mir heraus. Ich hatte wirklich geglaubt, ich hätte die Christen abgeschrieben. Umso erstaunter war ich über die Idee, die mir, ehrlich gesagt, gerade eben erst gekommen war.

«Das könnte ein Problem darstellen, wenn wir es jetzt mal negativ ausdrücken wollen.» Adonis runzelte die Stirn. Besorgnis stieg in mir auf.

«Haben Sie keine Angst, Ann… Studentin Tanner! Es ist nicht verboten, sich Gedanken über das Christentum zu machen. Es ist nur verboten, das Christentum zu praktizieren. Wo wären wir denn in unserer Gesellschaft, wenn uns das Denken verboten wäre?»

«Was ist dann das Problem?», beharrte ich.

«Das Problem ist, dass ich selbst in meinen Büchern nichts finden konnte. Ich habe lediglich festgestellt, dass vor ungefähr achtzig Jahren strenge Regeln für die Christen aufgestellt wurden. Seither liest man aber nichts mehr von ihnen. Ich vermute stark, dass während der Großen Pestilenz und der darauffolgenden Anarchie Archive in Flammen aufgingen und die Unterlagen zerstört wurden. Ich habe immer noch nicht herausgefunden, weshalb das Christentum verboten wurde. Was ist zu jener Zeit passiert? Welche Konsequenzen hatte es für die Christen? Dass sind alles Fragen, die noch geklärt werden müssen. Helfen Sie mir weiter, Studentin Tanner?» Adonis blickte mich flehend an. Ich nickte wie eine Marionette.

Er wandte seinen Blick von meinem Gesicht ab und lächelte zufrieden. Ich lächelte ebenfalls. Aufgeregte Spannung machte sich in mir breit. Adonis bat *mich* um Hilfe!

Als er wieder aufblickte, fokussierte er nicht *mich,* sondern irgendetwas hinter mir. Jemand berührte meine Schulter.

«Guten Tag!», grüßte Adonis freundlich. «Studentin Tanner, ich dachte, Sie wohnen alleine?»

«Guten Tag!» Die Stimme meiner Mutter klang wie eine sanfte Brise.

Ich blickte entsetzt hoch. Pure Panik durchschoss meine Glieder. Meine Mutter war aufgestanden und hatte sich neben mich gestellt, während ich mit meinem *Humanitus Perfectus* sprach. Mit offenem Mund starrte ich sie an. War sie vollkommen verrückt geworden? Sie hatte sich noch *nie* eingemischt. Sie sollte unsichtbar bleiben. Sie wusste doch, dass sie sich nicht zeigen durfte. Ich wollte sie wegschieben. Ich wollte die Zeit zurückdrehen. Weshalb gab sie sich zu erkennen? Oh mein Gott! Wie festgeklebt blieb ich auf meinem Stuhl sitzen.

«Ich bin Annas Mutter», wandte sie sich an Adonis. «Sie haben Fragen darüber, wie es zum Verbot des Christentums gekommen ist?»

Adonis nickte. Seine Augen hinter den Brillengläsern funkelten interessiert.

Ich hatte mein Versprechen gegenüber Michael nicht halten können. Adonis wusste, dass meine Mutter bei mir wohnte. Ich war wie gelähmt vor Schreck.

Mit starker Stimme instruierte meine Mutter den *Humanitus Perfectus*: «Schauen Sie zu, dass Sie hierherkommen, junger Mann. Ich kann Ihnen weiterhelfen.»

Kapitel 12

Donnerstag, 30. Frimaire 331 A. I.
«Tag der Schaufel» (22. Dezember)

Fünf Tage später durchquerten Felix und ich die leere Eingangshalle des Humaniums. Wie immer am Donnerstag hatte unser Schultag unermesslich lange gedauert. Ich war ein müdes Wrack. Zu meinen Sorgen wegen der Christen und meiner eigenen Zukunft war noch die Ungewissheit hinzugekommen, was Adonis mit dem Wissen über die Existenz meiner Mutter anfangen würde.

Im Verlauf der heutigen Geschichtsstunde hatte er geflissentlich den Augenkontakt mit mir vermieden. Am Ende der Stunde hatte er mich auch nicht gebeten zurückzubleiben. Er hatte zum ersten Mal seit Beginn unserer Abmachung die Bibel nicht dabei.

«Anna Tanna!» Felix' Stimme durchdrang meine Gedankengänge. «Ich glaube, Adonis hat es wirklich auf dich abgesehen.»

Ich blickte auf in sein dunkles Gesicht. Er grinste.

«Ich glaube nicht», schnappte ich sofort zurück. Ich wollte nicht, dass mich Felix wieder aufzog.

«Heute war er dermaßen bemüht, nicht auf dich zu achten, dass der Schuss nach hinten losgegangen ist. Es war extrem auffällig.» Er schüttelte sich und verzog seine Miene zu einer Grimasse. Seine Augenbrauen hoben sich. Er erwartete meine Reaktion.

Ich war zu müde für eine schlagfertige Antwort, doch ich spürte, wie meine Wangen erröteten. Adonis hatte es gewiss *nicht* auf mich abgesehen. Er teilte nun ein Geheimnis mit mir, von dem außer uns niemand wusste. Nicht einmal Felix wusste, dass meine Mutter bei mir wohnte und nicht im System registriert war. Seit mein Bruder gestorben war, hatte ich dieses Geheimnis sorgsam bewahrt – und nun war die Deckung aufgeflogen.

Was würde nun geschehen? Hatte Adonis meine Mutter bereits seinem Vater gemeldet? Würden sie meine Mutter abholen und ins Chemondrion stecken? Würden sie sie dort behandeln, weil sie psychisch so labil war? Und ich würde gewiss im Gefängnis landen, weil ich den Behörden eine solch wichtige Information verschwiegen hatte.

Felix' Gesicht verfinsterte sich. «Anna Tanna! Du solltest etwas besser auf dich aufpassen. Ich kann dich nur warnen vor diesem *Humanitus Perfectus*. Hallo … Ich rede mit dir?» Er winkte mit seiner Hand vor meinem Gesicht herum.

«Ja, ich kann dich hören.»

Felix hatte ja keine Ahnung. Und wie konnte ich ihm daraus einen Vorwurf machen?

Seine Miene wurde ernst. «Pass auf, Anna Tanna! Ich habe nicht viel Gutes von Adonis Magellan gehört. Vor allem, was seine Frauengeschichten betrifft.»

Mir war auch nicht viel Gutes von ihm zu Ohren gekommen, wenn ich seinem Vater denn Glauben schenken wollte. Dennoch hatte ich für mich noch nicht entschieden, wie ich meinen *Humanitus Perfectus* einschätzen sollte.

Aber Felix' abschätzige Bemerkung beunruhigte mich doch mehr, als ich zugeben wollte. Wer war der junge Mann, der nun in mein Geheimnis eingeweiht war? Konnte ich ihm trauen?

Das Portal des Humaniums entließ uns in einen finsteren, kalten Abend. Wenn das überhaupt möglich war, so waren die Nächte noch kälter geworden. Ich fröstelte und rieb meine Hände gegeneinander.

Felix schaute mich lange an. «Also, Anna Tanna! Wir sehen uns!» Bevor ich seinen Gruß erwidern konnte, hatte er sich schon abgewandt. Plötzlich drehte er sich jedoch noch einmal um und zog mich zu meiner Überraschung an sich. Für einen Augenblick war ich zwischen seinen Armen wie gefangen. «Wir sehen uns gewiss wieder, Anna Tanna!», meinte er gefühlvoll.

Etwas überrumpelt und spöttisch erwiderte ich: «Ja, spätestens morgen früh, wenn du endlich eine Verwarnung bekommst, weil du immer so spät kommst, du Spinner!»

Felix' Zähne blitzten auf, dann verschwand er in die Nacht.

Ich drehte mich um und joggte los, weil ich schnell nach Hause wollte. Doch nach wenigen Schritten traf ich auf einen Widerstand. Ich war kopflos in eine große Gestalt hineingerannt! Mit einer Entschuldigung auf den Lippen wollte ich weiterrennen. Doch zwei starke Arme im dunklen Wintermantel hielten mich fest.

«Studentin Tanner! Kommen Sie schnell mit mir!»

Ich blickte in Adonis brillenumrahmte Honigaugen. «Meister ... Magellan ... Ich meine ... also ... ich ...»

Er hatte mich wieder sprachlos gemacht, aber das interessierte ihn nicht. Er zog mich mit sich. «Niemand darf uns sehen.»

Das Warum erstarb auf meinen Lippen. Wir hielten uns in sicherem Abstand vom Lichtkreis der Scheinwerfer, die das Schulgebäude beleuchteten. Hinter dem Humanium stand ein kristallisch glänzendes Hightech-Motorrad.

Eigentlich passte der Begriff «Motorrad» gar nicht mehr zu diesem Nachkommen der Krafträder von früher. Die heutigen liefen geräuschlos und mit Batterien, die sich im Tageslicht aufluden. Nur die reichsten Menschen in unserem Part konnten sich einen solch überflüssigen Luxus leisten. Offenbar war es eines der Privilegien, die man erhielt, wenn man der jüngste *Humanitus Perfectus* des Humaniums war.

Er warf mir einen ebenfalls mit kristallinen Mustern verzierten Helm zu. Ich fing ihn reflexartig auf.

«Steigen Sie auf, Studentin Tanner!», lud er mich ein. Er schwang sich auf den Sitz und klopfte auf den Sozius.

«Ich bin noch nie auf einem Motorrad gesessen», widersprach ich ablehnend. Adonis hatte mich vollkommen überrumpelt.

«Einmal ist immer das erste Mal!» Erneut klopfte er auf den Sitz hinter sich und schaute mich auffordernd an. «Wir müssen weg von hier. Ich muss dringend etwas mit Ihnen besprechen.»

Felix' Warnung schoss mir wieder durch den Kopf. «Ich habe nicht viel Gutes von ihm gehört ...»

«Na los!» Seine Geduld schien am Ende zu sein.

Eingeschüchtert versuchte ich, ein Bein über das Motorrad zu schwingen, wie ich es bei ihm gesehen hatte. Ich hatte aber peinlicherweise weitaus größere Mühe damit und hüpfte unelegant auf einem Bein herum, bis ich mich endlich auf das Vehikel gehievt hatte. Meine Füße hingen im Leeren.

«Halten Sie sich gut fest, Studentin Tanner, und setzen Sie den Helm auf.» Skeptisch blickte ich auf die breiten Schultern vor mir und streifte das komische Gebilde über meinen Kopf. Es wärmte sofort meine Ohren. Suchend schaute ich mich um.

«Wo soll ich mich festhalten?», murmelte ich durch das Visier. Ich suchte vergebens einen Griff.

Da streckte Adonis seine Hand nach hinten aus und ergriff meine eisige Hand. Er zog sie an seine Brust, und ich fühlte den rauen Stoff seines Mantels unter meiner Handfläche. «Hier!»

Ich hörte das Schmunzeln in seiner Stimme und war froh, dass er mein heißes Gesicht nicht sehen konnte. Nachdem ich auch den anderen Arm um seinen kräftigen Oberkörper geschlungen hatte, ruhte mein Kinn wegen des erhöhten Rücksitzes auf seiner Schulter.

Das Motorrad war zum Leben erwacht. Adonis zirkelte das Gefährt gekonnt aus dem Parkplatz.

Mit horrender Geschwindigkeit rasten wir los. Krampfhaft klammerte ich mich an Adonis fest und kniff die Augen fest zu. Zu Beginn legte er noch seine behandschuhte linke Hand schützend über meine zusammengefalteten Hände auf seiner Brust, doch als er das Gefährt dann um Kurven lenken musste, ließ er los. Ich durfte nicht daran denken, wie gefroren die Straßen waren. Wo fuhren wir hin? Was hatte er mit mir vor? Ich versuchte die aufkommende Panik zu verdrängen. Felix hatte sicher übertrieben. Von Adonis ging keine echte Gefahr für mich aus. Außerdem: Was hätte ich tun sollen? Vom fahrenden Motorrad springen? Ich war nicht lebensmüde.

Meine Sorge erwies sich als unbegründet. Gut eine Viertelstunde später rollten wir über die knirschenden Kieselsteine des großen Anwesens, in dem Adonis und Demokrit Magellan residierten. Trotz des Helms und des Körperkontakts mit Adonis war ich durchgefroren, da meine dünne Jacke und Hose den Fahrtwind nicht wirklich aufgehalten hatten. Ich lockerte meinen Griff um Adonis erst, als er Anstalten machte, vom Motorrad zu steigen. Beinahe wäre ich mitsamt dem Motorrad umgekippt, als ich krampfhaft versuchte, die Balance zu halten. Adonis stützte mich, und seine Hand auf meiner Taille durchfuhr mich wie ein feuriges Schwert. Erleichtert kam ich auf dem Kiesplatz zu stehen.

Das Anwesen war mit tausend Lichtern erhellt worden: Fackeln, Laternen, Lichterketten und Scheinwerfer erinnerten mich daran, dass die Dionysier ab heute das mehrtägige Lichterfest feierten. Ein Fest zu Ehren des *Gottes des Lichts*. Wir Apolliner bekamen von diesen Festen kaum etwas mit. Wir hätten auch überhaupt keine Zeit, an den fröhlichen Umzügen teilzunehmen. Doch wir lasen immer wieder von den farbenfrohen rauschhaften Festen. Weshalb feierten Adonis und sein Vater denn mit den Dionysiern? Doch das war nicht die einzige Frage, die meine Neugier weckte. Weshalb hatte Adonis mich hierhergebracht?

«Studentin Tanner!», klärte er mich sogleich auf. «Wir zwei wollen heute Ihre Mutter besuchen.»

Ich blieb mitten auf dem Platz stehen. «Bitte ...» Meine Stimme zitterte beim Versuch, ihn anzuflehen, niemandem etwas von meiner Mutter zu sagen, doch er hob seine Hand.

«Wir müssen Vorsichtsmaßnahmen treffen. Man weiß nie, wer seine Augen wo hat. Deshalb ...» Er packte mich am Ellbogen und führte mich über die knirschenden Kieselsteine hinter das Haus in die Dunkelheit. Hinter dem Haus gab es eine parkähnliche Anlage. Ein Treppenaufgang, dessen Dach genauso wie das der Vordertür von Marmorsäulen gestützt war, führte an eine kleinere gediegene Hintertür, die Adonis nun per Fingerabdruckscanner öffnete.

Weshalb wollte er meine Mutter besuchen? Seitdem sie sich ihm zu erkennen gegeben hatte, waren bereits fünf Tage vergangen. Erneut setzte ich zum Sprechen an, doch er hob einen Zeigefinger an die Lippen und bedeutete mir, ihm zu folgen.

Wir gingen in den gleichen Flügel, in dem ich von meinem letzten Besuch die Bibliothek wusste, doch sein Ziel war diesmal die Etage, die darüber lag. Eine Schiebetür glitt lautlos auf, und wir betraten einen großen Wohnraum. Schummriges Licht erfüllte auf ein Schnippen von Adonis hin das Zimmer. Weiche waldgrüne Läufer breiteten sich unter meinen Füßen aus. Cremefarbene, lederne Sofas waren zu einer Sitzecke arrangiert. Ein Flachbildschirm füllte eine ganze Wand aus. Auf einem schmucken Glastisch stand ein leerer Champagnerkübel. Zur Rechten führten die Läufer zu einer großangelegten glänzenden Küchenkombination. Zur Linken standen zwei Türen offen. Die eine führte in einen gekachelten Raum. Das Badezimmer, vermutete ich. Durch die andere Tür war die Kante eines Bettes sichtbar.

Ich schauderte beim Gedanken an Felix' Warnung. Was wollte Adonis wirklich von mir? Gerade hatte ich beschlossen, nach einem Fluchtweg Ausschau zu halten, als Adonis in der Küche eine Kaffeemaschine in Betrieb setzte.

«Studentin Tanner. Ich muss Sie um Geduld bitten. Geben Sie mir einen Augenblick Zeit. Trinken Sie einen Kaffee. Setzen Sie sich aufs Sofa, und schauen Sie fern. Ich werde Ihnen absolut alles erklären, sobald ich zurück bin.»

Er rief eine Zahlenkombination in die Sofaecke, und ein Bildschirm erwachte zum Leben. Ich ließ mich auf das weiche Veloursleder sinken. Das Material umspielte meinen Körper sanft. Aufmerksam blieben meine Augen an dem Programm hängen. Eigentlich war es uns erlaubt, im weltweiten Netz Nachrichtensendungen zu schauen, doch meistens blieb mir nicht genug Zeit dafür.

Adonis verschwand im Schlafzimmer. Die Tür schloss sich geräuschlos hinter ihm. Fünf Sekunden später ging auch die Tür des Badezimmers zu. Zwischen den beiden Zimmern gab es wohl eine Verbindungstür. Ich war allein. In der Küche gab die Kaffeemaschine bekannt, dass der Kaffee fertig zubereitet war. Ich wollte das Geräusch ignorieren, doch so oft kam ich nicht zu einer solchen Delikatesse. Ich sollte besser zuschlagen, solange ich in diesen bizarren Geschehnissen gefangen war. Ich umschloss die große, weiße Tasse mit meinen durchfrorenen Händen und ließ mich wieder in die

Weichheit des Sofas sinken. Das Programm zeigte eine Debatte des Parlaments im Regierungsgebäude, das wir im Geschichtsunterricht besucht hatten.

Ich starrte auf die verschlossenen Türen und konnte es nicht glauben: Adonis würde heute zu mir nach Hause kommen! Mein *Humanitus Perfectus* würde über die Schwelle meines Heims treten – *meines schäbigen und unterkühlten Heims,* dachte ich voller Scham. Doch er schien fest entschlossen zu sein. Ich würde seine Entscheidung nicht mehr rückgängig machen können.

Die Wartezeit wurde mir lang. Es lag sicher nicht nur an der ungewohnten Dosis Koffein, dass meine Nervosität immer mehr zunahm. Bestimmt war schon eine halbe Stunde vergangen! Nervös trommelte ich mit den Fingern gegen die Kaffeetasse. Sollte ich mir einfach noch eine Tasse machen? Ich traute mich nicht und blieb wie festgefroren auf dem Sofa sitzen.

Nach einer gefühlten Ewigkeit schob sich die Tür zum Badezimmer auf, und heraus trat eine große Frau in elegantem hellgrünem Hosenanzug mit dunklem langem Haar, das ihr über die Schultern fiel. Sie fixierte mich mit ihren strengen Augen. Aquilina Akbaba! Ich war so erstaunt, dass ich den Mund nicht mehr zubekam. Was hatte die Frau hier zu suchen? Und wo war Adonis?

Ich erhob mich mit zitternden Knien. Was hatte das zu bedeuten? Wie kam Aquilina in die Villa von Adonis Magellan?

«Studentin Tanner!», ertönte ihre … tiefe, samtene Stimme! Moment …!

«Was zum … Geier!» Entsetzt schlug ich die Hände vors Gesicht. Adonis hatte sich in einer halben Stunde in meine geistige Führerin verwandelt!

«Na, gefalle ich Ihnen?» Er ahmte den harten Tonfall Akbabas nach und drehte sich auf den hochhackigen, hellgrünen Stiefeln um seine eigene Achse. Jede Rundung saß am richtigen Fleck. Die Perücke fiel im richtigen Farbton und in der richtigen Länge über seine etwas zu breiten Schultern.

Ich schüttelte den Kopf und tastete nach dem Sofa. Was wurde hier für ein Spiel gespielt? Wollte er mich quälen?

«Oh! Da hab ich meine Verkleidung ja richtig gut hinbekommen! Haben Sie Angst gekriegt?»

Eiligen Schrittes stakte Adonis auf mich zu und setzte sich neben mich. «Ich habe versprochen, dass ich Ihnen alles erklären werde,

Studentin Tanner.» Er nahm meine Hand in seine beiden sehnigen, durch Nagellack entstellten Hände.

«Zuerst muss ich Ihnen sagen, dass ich über den Verlust Ihrer Selbstverwirklichungsstufe Bescheid weiß.»

Ich senkte den Blick.

«Und wahrscheinlich wissen Sie auch, dass ich es weiß.»

Ich nickte.

«Ich möchte Ihnen helfen, diese Selbstverwirklichungsstufe zurückzugewinnen. Ich will, dass Sie die Forschungsarbeit mit einer guten Note beenden.»

Fragend blickte ich in seine Augen. Sie waren tief und rätselhaft wie immer, und irgendetwas in seinen Augen bewahrte mich davor, voller Panik aus dem Zimmer zu stürzen.

«Ich weiß, wie schwierig es sein kann, sich in unserer Gesellschaft zu behaupten.» Ich zog wegen der angedeuteten Kritik die Augenbrauen hoch.

«Schauen Sie mich mit Ihren schönen Augen nicht so vorwurfsvoll und fragend an, Studentin Tanner.» Diesmal senkte er den Blick. «Ich kann mich so nicht konzentrieren.»

Mein Herz schlug wieder einen Trommelwirbel, obwohl der schöne *Humanitus Perfectus* in der Verkleidung einer Frau steckte und auf mich immer noch wie ein Fantasiewesen wirkte.

«Ich weiß per Zufall auch, dass Studenten, denen eine Selbstverwirklichungsstufe aberkannt wurde, schärfer beobachtet werden.» Eigentlich hatte ich das ja erwartet. Trotzdem jagte mir die Information einen Schauder über den Rücken.

«Dass ein *Humanitus Perfectus* Sie nach Hause begleitet, könnte Fragen aufwerfen. Aquilina Akbaba hingegen», er klimperte mit seinen Wimpern, «kann jederzeit zu einer Studentin nach Hause gehen. Ungewöhnlich ist es schon, aber nicht auffällig. Außerdem will ich nachher auf ein Kostümfest, und die olle Schachtel eignet sich gut für eine Parodie.»

Ich atmete aus. Der Schreck des ersten Moments haftete immer noch an mir.

«Ich habe das Gefühl, Ihre Mutter weiß etwas, das unserer Sache behilflich sein könnte», meinte Adonis ernst.

Dieses Gefühl trog ihn nicht. Ich hatte dasselbe Rumoren in meiner Magengegend, wenn ich an den überraschenden Auftritt meiner Mutter vor Adonis Magellan dachte. Aber sie war danach allen meinen Fragen zu dem Thema ausgewichen. Ich wusste auch nicht mehr als er.

«Bringe den jungen Mann mit, dann werde ich dir alles erzählen», war ihr einziger Kommentar gewesen.

«Weshalb tun Sie das? Weshalb betreiben Sie diesen Aufwand? Was haben Sie davon?», hörte ich mich eine nächste Frage stellen.

«Das habe ich Ihnen doch schon gesagt: Das könnte mein Beitrag zu der Wiedergewinnung Ihrer Selbstverwirklichungsstufe sein – wenn Sie eine gute Arbeit abliefern.» Sein Blick ruhte fest auf mir. «Ich habe es Ihnen schon einmal gesagt: Sie gefallen mir, Studentin Tanner ...» Seine Augen wanderten über meinen Hals und abwärts. Mein Herz pochte heftig. Ich senkte meinen Blick. Einen kurzen Augenblick lang dachte ich, er würde die Aktion abblasen und mich in sein Schlafzimmer führen.

War ich verrückt?! Ich schoss vom Sofa auf. Ich *wollte* nicht Adonis' nächster Betthase werden. Das könnte mich in Teufels Küche bringen. Und überhaupt ... Weshalb kam ich auf den Gedanken, er wolle etwas von mir? Dieser Schwarm aller Frauen, diese menschliche Inkarnation aus dem griechischen Götterhimmel? Zugegeben, im Moment sah er mit seiner Ausstaffierung ziemlich lächerlich aus.

Adonis erhob sich gleichfalls, musste aber auf den ungewohnten Absätzen etwas balancieren, um auf dem weichen Teppich das Gleichgewicht zu behalten.

«Andiamo!», gab er von sich. «Gehen wir!» Eine ausladende Handbewegung deutete mir an, voranzugehen.

Die Türen öffneten sich, und wir verließen die Suite auf einem dunklen Gang. Adonis stakte etwas ungeschickt hinter mir her. Ich konnte ein Lächeln nicht unterdrücken.

«Das müssen Sie aber noch ein bisschen üben», flüsterte ich und drehte mich zu ihm um. Sein Grinsen zeigte mir an, dass er mich verstanden hatte. Mir selbst wäre es in dem ungewohnten Schuhwerk auch nicht besser ergangen. Seine Absätze klapperten laut, als wir die Treppe hinuntergingen.

In der Eingangshalle trafen wir auf Mariangela. Sie runzelte böse die Stirn, als sie uns erblickte. Ich zögerte weiterzulaufen. Sie musterte meine Begleitung.

«Ciao, Mariangela!», posaunte Adonis heraus und grinste sie mit seinem dunkelrot bemalten Mund an. Die beleibte Dame griff sich an ihre mächtige Brust.

«Bello!»

«Du kannst ruhig ‹Bella› sagen», hauchte Adonis mit affektiert weiblicher Stimme und scharwenzelte an ihr vorbei – sein falscher Hintern wippte erstaunlich feminin unter dem feinen Stoff der hellgrünen Hose.

Sie schnalzte mit der Zunge und schüttelte ihr schweres Haupt. «Was soll das, Bello?»

«Heute ist Maskenball mit den Dionysiern! Eine Mottoparty! Ich stelle eine Geschäftsfrau aus dem letzten Jahrhundert dar. Was meinst du, sieht gut aus, oder?», fragte Adonis feixend.

Trotz der eigentlich ernsten Mission, auf der wir uns befanden, wäre ich beinahe vor unterdrücktem Lachen geplatzt. Das Bild war einfach zu herrlich! Ich lernte tatsächlich noch neue Seiten an dem strebsamen, ernsthaften, geheimnisumwitterten *Humanitus Perfectus* kennen.

«E la ragazza? Was ist mit ihr?» Sie nickte mit dem Kinn in meine Richtung.

«Sie muss noch nach Hause und sich umziehen. Wir sind schon spät dran.» Adonis zog aus der Garderobe einen schwarzen Wintermantel hervor.

«Pass bloß auf, dass dein Vater dich nicht in diesem Aufzug sieht!»

«Meinst du, sonst verwechselt er mich mit einer seiner Amazonen und will mich vernaschen? Ich glaube ja, er steht eher auf jüngere Kaliber!» Adonis' Stimme war um zwanzig Grad kälter geworden. Ich errötete angesichts der obszönen Bemerkung.

«Vernaschen? Verprügeln sollte er dich! Deinen Vater in ein solch schlechtes Licht zu rücken. Mamma mia!» Sie schnalzte erneut mit der Zunge und watschelte dann in Richtung Küche davon.

«Seien Sie etwas locker, Mariangela! Heute ist schließlich das Fest zur Ehren des *Gottes des Lichts*», rief er ihr nach.

«Donnaiolo! Immer Mädchen, immer Mädchen!», hörte ich sie noch murmeln. Adonis schien es plötzlich sehr eilig zu haben. Er beschleunigte seine Schritte und ging auf das große Eingangsportal zu, das sich sofort öffnete. Wir eilten die Treppe hinunter, und ich steuerte auf das Motorrad zu.

«Nein, wir gehen zu Fuß!», bestimmte Adonis. «Wir fahren mit dem Zug, wie alle normalen Bürger dieses Parts.»

«Normale Bürger», murmelte ich. Der war gut. Ich war eine normale Bürgerin. Aber er …?

Adonis spähte in die dunkle Nacht hinaus. Der Kies knirschte, als ein großer schwarzer Wagen in die Einfahrt einbog und auf uns zurollte.

«Muss das jetzt sein!», zischte Adonis durch zusammengebissene Zähne. Die Scheinwerfer blendeten auf. Gleich würde ihr Lichtkegel uns erreichen.

Adonis hechtete blitzschnell in Richtung der Baumschatten und zog mich mit sich. Er stolperte und fiel zusammen mit mir ins Gebüsch nahe dem Haus. Ich landete auf seinem weiblich gepolsterten Oberkörper. Eine Wagentür öffnete sich.

«Wer ist da?» Demokrit Magellans durchdringende Stimme schallte durch den Vorhof. Er hatte uns gesehen! Mein Herz drohte stehen zu bleiben. Was würde es für Konsequenzen nach sich ziehen, wenn er mich in den Armen seines Sohnes antreffen würde? Oh Gott! Und was würde er zu Adonis' Aufzug sagen?

«Ich suche etwas!», rief Adonis.

«Ach so! Gut, ich schalte dir das Hoflicht an», bot Demokrit mit lauter Stimme an.

«Nein! Schon okay! Ich hab's gleich!», schrie Adonis zurück, während er sich aufraffte. Er zog mich erneut mit sich. An der Hausmauer entlang zog sich ein Dickicht aus edlem Buschwerk, dessen Blätter vom Winter gebräunt waren und dessen pieksige Zweige uns das Vorankommen erschwerten. Die verdorrten Pflanzen klammerten sich um unsere Knöchel und Knie und erschwerten unseren Fluchtweg.

«Los! Renn!», raunte mir Adonis zu. Doch von Rennen konnte nicht die Rede sein.

Hinter mir hörte ich Adonis schimpfen: «Verfluchtes Schuhwerk!»

Ich konnte mir bildlich vorstellen, wie er versuchte, sein Outfit vor dem Geäst zu retten. Doch er schaffte es trotzdem, mit mir mitzuhalten. Binnen wenigen Augenblicken hatten wir das Tor erreicht. Adonis presste seinen Daumen auf die Sensorfläche der Sicherheitsanlage, lotste mich durch das schmiedeeiserne Gitter und zog mich um die Ecke in eine Nische im Zaun. Seine Arme umfassten mich wie eiserne Zangen und pressten mich an seinen Brustkorb. In diesem Moment wurde die Einfahrt mit hellem Licht erleuchtet.

«Stillhalten! Hier sieht uns die Überwachungskamera nicht», wisperte er. «Da ist ein toter Winkel. Jetzt läuft mein Vater erst mal in die Eingangshalle, betrachtet sich dreißig Sekunden im Spiegel, um zu schauen, ob auch jedes Haar so sitzt, wie es sollte, und dann schaut er die aktuellen Bilder der Überwachungskamera an. Wenn er eine Minute lang nichts findet, geht er hinauf in seine Gemächer, und wir sind auf der sicheren Seite.»

Ich blickte hinauf in Adonis' Gesicht. Offenbar hatte er Übung in Täuschungsmanövern dieser Art. Sein geschminktes Gesicht mit einer Schicht Make-up darauf sah albern aus. Doch seine Augen leuchteten, als wäre er ein Agent, unterwegs in geheimer Mission.

«Ich habe mir einen Absatz vom Schuh abgebrochen», flüsterte er. Plötzlich sah ich nicht mehr einen übermächtigen *Humanitus Perfectus,* der sich so sehr von mir unterschied, sondern einen jungen, abenteuerlustigen Mann. Ja, er hatte diese ernste, perfekte Seite, aber um mir zu helfen, nahm er es in Kauf, sich in einem bescheuerten Outfit total lächerlich zu machen. Mir gefiel dieser andere Adonis. Ich stieß mein lang unterdrücktes Lachen endlich aus.

«Pst», grinste Adonis und legte seine Hand auf meinen Hinterkopf, um mein Lachen zu ersticken. Ich lehnte meinen Kopf an seinen falschen Busen. Dürres Laub, das er sich mit dem Sturz ins Gebüsch eingefangen hatte, knisterte in seinen Kleidern. Ich gluckste.

Adonis hatte seine Umklammerung gelockert. Seine Arme lagen jetzt locker auf meiner Hüfte. Leise kicherte ich in das Jackett seines hellgrünen Hosenanzugs. Selbst sein Parfum hatte eine weibliche Note. Trotz seiner Verkleidung konnte ich mich seiner männlichen Ausstrahlung nicht entziehen. Seine perfekten Zähne schimmerten hinter verschmiertem Lippenstift hervor.

«Ich glaube», raunte er mit seiner tiefen Stimme in mein Ohr, «um meinen Vater müssen wir uns jetzt keine Sorgen mehr machen. Lassen Sie uns zum Bahnhof gehen.» Er warf einen zweifelnden Blick auf seine Ausstaffierung. «Oder humpeln!»

Leise lachte ich auf.

Wir traten ins Licht der Straßenbeleuchtung. Ich blickte auf Adonis' verfleckten Hosenanzug und wie er mit einem gebrochenen Absatz schief in der Gegend stand, und lachte erneut.

«Ach, seien Sie doch ruhig! Lassen Sie uns zum Bahnhof gehen.»

Ich ließ die Wohnungstür hinter uns ins Schloss fallen und blieb daran angelehnt stehen.

«Hallo, Mutter!», rief ich ins Zimmer hinein. Sie kam aus der Küchennische, wo sie im sanften Lampenschein gesessen hatte.

«Ich ... ich habe Besuch mitgebracht!», stammelte ich. «Es ist mein ... es ist Adonis Magellan. Der *Humanitus Perfectus*.»

Mutters Gesicht erhellte sich. «Ich habe Sie erwartet», rief sie dem hochgewachsenen Mann neben mir zu.

Ich schämte mich plötzlich. Ich schämte mich, weil der so hochwohlgeborene *Humanitus Perfectus* in einem solch lächerlichen Aufzug vor meiner Mutter stand. Und ich schämte mich, weil ebendieser in meine von Armut gezeichnete Wohnung gekommen war.

Mutter kam auf uns zu und streckte ihre Hand aus. Sie musterte Adonis' geschminkte Gesichtszüge und zog die Augenbrauen hoch.

Bitte, sag jetzt nichts Falsches, flehte ich meine Mutter innerlich an. Doch sie ließ ihre Augenbrauen wieder sinken und schien sogar belustigt zu sein.

«Willkommen in meiner bescheidenen Hütte, junger Mann – oder soll ich ‹junge Frau› sagen?»

Nein, zuckte ich zusammen, *wie peinlich!*

Adonis lächelte freundlich, wenn auch etwas verunsichert und verlagerte sein Gewicht auf den noch intakten Stiefel.

«‹Junger Mann› ist schon in Ordnung», gab er seine Zustimmung. Seine Augen schweiften über die Zimmereinrichtung, und ich war froh, dass die Lampen gedimmt waren, so dass alle Konturen zu einem Guss verschwammen.

«Kommen Sie herein in die gute Stube», lud ihn meine Mutter mit einer Handbewegung ein.

«Anna, würdest du ihm bitte seinen Mantel abnehmen?», wies sie mich an.

Adonis schlüpfte aus dem Mantel, und ich griff danach. Ich war verwirrt. Was war in meine Mutter gefahren? Schwungvoll schritt sie zum Herd.

«Bitte setzen Sie sich auf den Stuhl neben dem Tisch», dirigierte sie Adonis. «Möchten Sie einen Tee?»

«Ja gerne, Madame!», antwortete er höflich.

Meine Mutter betätigte den Gasherd. Ich hatte sie seit Monaten nicht Tee kochen sehen. Ich hatte überhaupt nicht gewusst, dass sie eine Gastgeberin sein konnte! Was war denn mit meiner Mutter los? Ich hängte den Mantel an den Haken neben der Tür und gesellte mich zu ihr an den Herd.

«Lass mich doch das machen, Mutter!» Ich wollte den Wasserkochtopf ihren Händen entwinden.

«Nein, Anna, du holst dir jetzt den Bürostuhl und setzt dich zu unserem Gast.»

Ich wunderte mich kolossal, dennoch leistete ich ihren Anweisungen Folge. Aus den Augenwinkeln betrachtete ich Adonis' Gesicht und fragte mich, wie er auf unsere offensichtliche Armut reagieren würde. Seine Augen tasteten jeden Winkel der Wohnung ab, doch sein Gesicht blieb reglos. Schüchtern setzte ich mich neben ihn.

«Bestimmt sind Sie gespannt darauf, was ich Ihnen zu erzählen habe», schlussfolgerte Mutter und musterte Adonis so gründlich, dass sich der selbstsichere Mann auf seinem Stuhl zu winden begann und verlegen seinen Blick senkte.

«Deswegen ist er ja hier», intervenierte ich etwas zu heftig.

Zwei Augenpaare waren auf mich gerichtet. Meine Mutter lehnte sich in ihrem Stuhl zurück und verschränkte die Arme.

«Ich werde das hier nicht in die Länge ziehen, offensichtlich wollen Sie noch ausgehen.» Ihre Augen fuhren über Adonis' Camouflage.

«Ich … äh …» Adonis stotterte tatsächlich.

«Machen Sie sich keinen Kopf! Ich habe schon komischere Käuze als Sie kennen gelernt», winkte meine Mutter ab.

Mein Kopf fuhr herum. Adonis' Adamsapfel bewegte sich langsam auf und ab.

Zum Glück unterbrach das Pfeifen des Wasserkochers die unangenehme Stille. Mutter nahm einige Teeblätter aus dem Vorratsschrank und streute sie in drei Tassen. Dann schüttete sie das Wasser hinzu und stellte Adonis, mir und sich selbst das dampfende Gebräu vor die Nase. Sie zog sich einen Stuhl heran. «Leider haben wir sonst nichts anzubieten, ich bitte Sie, das zu entschuldigen. Nuuuuun», sie räusperte sich, «wollen Sie die Wahrheit hören?»

Adonis nickte.

Ich wusste aber nicht, ob *ich* sie hören wollte! Ich spürte instinktiv, dass der Moment ernst war. Die Stunde der Wahrheit war gekommen. Mein Herz fing an zu klopfen.

«Sie haben sich dafür interessiert, weshalb und wann das Christentum verboten wurde?», fragte meine Mutter nochmals nach.

«Ja, das habe ich.» Adonis schien seine Stimme wiedergefunden zu haben. «Ich habe darüber nichts in meinen Geschichtsbüchern gefunden.»

«Wundern Sie sich nicht, junger Mann!», antwortete meine Mutter salopp. «Ich werde Ihnen die Geschichte meines Großvaters erzählen. Er lebte vor achtzig Jahren, als dies alles passierte.» Ja, ich hatte recht gehabt. Diese Geschichte hatte ich noch nie vernommen. Angespannt lehnte ich mich vor.

«Mein Großvater war künstlerisch sehr begabt. Er war Bildhauer und Maler. Zu dieser Zeit stand das Christentum in voller Blüte. Die Christenheit hatte einen Aufschwung erlebt. Viele hatten den Weg zu Gott gefunden und besuchten die Gottesdienste in den Kirchen.»

«Verzeihen Sie, Madame», unterbrach Adonis sie. «Ist es wirklich so, dass Kirchen Gotteshäuser waren?»

«Ja», sie nickte zustimmend.

«Was ist ein ‹Gottesdienst›?», rutschte es mir heraus.

«Die Menschen versammelten sich zum Gottesdienst», fuhr meine Mutter fort, indem sie meine Frage beantwortete. «Sie lasen dort gemeinsam in der Bibel und sangen. Viel mehr noch waren sie in der Gesellschaft dafür bekannt, dass sie sich um psychisch und körperlich schwache Menschen und solche am Rande der Gesellschaft kümmerten.»

«War dein Großvater Christ?», grub ich nach.

«Anna!» Meine Mutter klang streng. «Wenn ich nicht in einem Fluss erzählen kann, vergesse ich es wieder. Meine Konzentration lässt schon nach.»

Meine Mutter hatte mich seit Jahren nicht mehr gerügt. Dass dies vor dem *Humanitus Perfectus* geschah, machte meine Scham vollkommen. Ich hielt den Blick gesenkt, wohl wissend, dass Adonis mich anschaute.

«Mein Großvater war dafür zuständig, die großen Kirchengebäude in Schuss zu halten. Jahrhundertealt waren sie und zeugten von einer großartigen christlichen Kultur. Immer wieder war die Begeisterung für die Sache Gottes und für Jesus Christus abgeklungen, aber in diesen Tagen war sie stark wie selten zuvor.»

Adonis hatte sich gespannt nach vorne gelehnt. Vermutlich spürte er ebenfalls die Dringlichkeit, die in der Stimme meiner Mutter mitschwang.

«Zu diesem Zeitpunkt kam es zu einem Putsch einer intellektuellen ‹Gruppe der Vernunft› gegen die komplett in der Korruption versumpfte, marode Regierung. Die Arbeitslosigkeit war enorm hoch, die Währung schwächelte, die Preise stiegen ins Unendliche. Die Armut nahm zu. Die Bevölkerung glaubte jedem, der Wohlstand und Erholung der Wirtschaft predigte. Deshalb gelang der Coup.»

Adonis nickte. Wahrscheinlich war ihm dieses Ereignis bekannt.

«Die neu gebildete Regierung wollte von Anfang an den dualistischen Weg aufzeigen und bot der Gesellschaft eine Bildungsreform an. Der eine Weg sollte sich auf den Verstand stützen, der andere Weg auf die Sinne des Menschen.» Mutter hob die Schultern. Sogar ich wusste, dass sie erfolgreich damit gewesen waren.

«Haben Sie eine Frage, junger Mann?» Junger Mann! Ich begann mich plötzlich wieder für meine Mutter fremdzuschämen. Sie war wirklich noch nicht so alt, dass sie einen *Humanitus Perfectus* einen «jungen Mann» nennen konnte. Das machte ihn außerdem so menschlich, so verwundbar. Ich wollte keinen verwundbaren *Humanitus Perfectus*. Ich wollte einen Überflieger, einen, der alle Fragen beantworten konnte, einen, der gut aussah, und keinen, der Antworten bei meiner kranken und verwirrten Mutter suchte. Doch hier saß Adonis Magellan aus gutem Hause in unserer ärmlichen Küche und hörte meiner Mutter aufmerksam zu. Die Hände hatte er sorgfältig auf seinen Knien gefaltet, den Blick konzentriert auf sie gerichtet.

«Diese Fakten sind mir bekannt, Madame! Was hat dies aber nun alles mit den Christen zu tun?»

Meine Mutter seufzte und schloss die Augen. Ihre Falten kamen mir plötzlich noch tiefer vor als sonst. Ihre aufgekratzte Stimmung von vorhin war wie weggeblasen. Sie drohte wieder in ihre Welt abzutauchen, befürchtete ich.

Doch dann hob sie erneut den Kopf. «Sie wissen ja vermutlich auch, dass die heutige Gesellschaft der Apolliner auf den vier Grundpfeilern Freiheit, Gleichheit, Toleranz und Frieden ruht.»

Adonis und ich nickten synchron.

«Den Christen wurden, vom Zeitpunkt der neuen Regierungsbildung an, nach und nach sämtliche Rechte dieser Grundpfeiler entzogen.»

Ich zuckte zusammen. Das *konnte* doch nicht wahr sein! Nicht unsere Gesellschaft, die sich um alle bemühte ... Doch dann erschienen wieder Kephas und Sascha vor meinem inneren Auge, und ich erschauderte.

«Zuerst beraubte man sie der Freiheit. Sie durften nicht mehr von Jesus Christus und der Bibel erzählen. Sie wurden ausgelacht, wenn sie es taten. Viel schlimmer noch, sie wurden von ihren Arbeitgebern entlassen und aus allen öffentlichen Ämtern entfernt, wenn sie es trotzdem taten. Dies geschah, so begründete man, weil die Christen gegen die vier neuen Grundpfeiler verstießen.

Irgendwann durften sie sich nicht einmal mehr in den Kirchen versammeln. Die Gebäude wurden geschlossen und für Kulturzwecke umgestaltet – zu Museen, Bibliotheken, Veranstaltungssälen ... und Universitäten.»

Die Stimme meiner Mutter zitterte. Würde sie gleich zusammenbrechen? Es war wohl doch zu anstrengend für sie, sorgte ich mich.

«Als Nächstes wurde ihnen die Gleichheit genommen. Ihre Kinder wurden nicht mehr an staatlichen Schulen zugelassen. Auch Universitäten nahmen keine Christen mehr in ihren Reihen auf. Sie bekamen einen Sonderstatus. Der Zugang zu den Apollinern wurde ihnen versagt. Zu den Dionysiern konnten sie aber auch nicht gehen, da deren Götter und die Rauschhaftigkeit ihrer Feste gegen ihre Prinzipien verstießen. Sie passten nicht mehr ins System. Christen wurden nur noch toleriert – aber auch die Toleranz entzog man ihnen bald.

Dadurch, dass ihnen so viel verboten wurde, hoffte man natürlich, sie dazu zu zwingen, sich doch noch entweder den Apollinern oder den Dionysiern anzuschließen. Einige taten dies auch und kehrten Christus den Rücken. Die meisten jedoch standen durch die Prüfung noch viel fester in ihrem Entschluss, Christus nachzufolgen, und wollten ihrem Glauben nicht abschwören. Als die Regierung dies erfuhr, verschärfte sie ihre Gesetze. Per Großauftrag wurden sämtliche christliche Symbole aus den Kirchen und von öffentlichen Orten entfernt. Alle Malereien, alle Fenster, die biblische Geschichten erzählten, wurden übertüncht oder ersetzt. Alle Gipfelkreuze, die bis zu diesem Zeitpunkt Berghöhen geziert hatten, wurden abmontiert.

Mein Großvater, der Bildhauer und Maler, hat das hautnah miterlebt. Zwei Jahre lang tat er nichts anderes, als blutenden Herzens in den Kirchen über das ganze Land hinweg Gemälde zu übermalen. Nichts, was von der christlichen Kultur zeugte, durfte stehen bleiben.»

Mutter schüttelte den Kopf. «Die Ausübung des Christentums

wurde per Gesetz verboten. Somit hatte man den Christen die Religionsfreiheit abgesprochen. Sie trafen sich deshalb heimlich. Doch sie wurden immer wieder bespitzelt und an die Regierung verraten. Die Regierung engagierte vorzugsweise Spitzel aus anderen Kontinenten, die sich in die Christengemeinschaften hineinschlichen, um ihr Vertrauen zu gewinnen. Ihr müsst wissen: Die christliche Nächstenliebe appelliert daran, Fremde aufzunehmen, und so genossen diese Spitzel unter den Christen besondere Zuwendung.

Bis zu diesem Zeitpunkt hatte man den Christen schon die drei Grundpfeiler Freiheit, Gleichheit und Toleranz entzogen. Doch auf aktive Gewaltausübung ihnen gegenüber hatte man bisher verzichtet ... Das änderte sich alles, als die Große Pestilenz über uns hereinbrach ...»

Meine Mutter atmete krampfhaft ein, als wäre ihr der Gedanke an das, was folgen würde, zu viel. Sie ergriff meine Hand.

«Mutter», versuchte ich sie zu beruhigen. «Du musst uns das nicht erzählen, wenn du nicht mehr kannst.»

Ich war schockiert und wusste nicht, ob das Gefühl daher rührte, dass meine Mutter heute so viel erzählte wie seit Jahren nicht, oder ob mich der Inhalt ihrer Worte so mitnahm. Meine Augen schossen zu Adonis. Er hatte seinen Blick auf meine Mutter gerichtet. Sein Gesicht zeigte keine Gefühlsregung. Er sagte nichts.

Meine Mutter atmete immer heftiger, als würde sie einen Dauerlauf bestreiten.

«Mutter! Hör auf, bitte!», flehte ich sie an. Ich wollte nicht, dass sie einen Nervenzusammenbruch erlitt. Adonis würde sicher darauf bestehen, dass sie ins Chemondrion gebracht würde.

«Ich ... ich muss mich einfach ein bisschen aufs Bett legen. Mir ist so schwindelig ...», schnaufte sie.

Vorsichtig fasste ich nach ihrem Arm und half ihr aus dem Stuhl. Es schien, als wäre alle Kraft aus ihr gewichen. Im Nu stand Adonis an meiner Seite und stützte Mutter, indem er seinen Arm um ihre Schulter schlang. Er blickte mich an.

«Ganz ruhig», ertönte seine samtene Stimme.

Ich wusste nicht, ob er meine Mutter oder mich damit meinte. Wir begleiteten sie langsam zu ihrem Bett. Aufseufzend ließ sie sich in die Decken fallen. Adonis zog seinen Stuhl neben das Bett. Ich bemerkte, dass er zitterte. Das lag wohl an der Kälte in unserem Wohnzimmer. Er schien Mühe damit zu haben.

Ich fragte mich, ob es klug war, meine Mutter dazu zu zwingen, mit dieser haarsträubenden Geschichte fortzufahren.

«Ich weiß nicht, ob Sie besser gehen ...», murmelte ich halblaut.

Doch meine Mutter öffnete wieder ihre Augen. «Ich möchte die Geschichte noch fertig erzählen, Anna. Ich muss ...» Ihre Stimme, so schwach sie auch klang, duldete keine Widerrede.

«Soll ich Ihnen Ihren Mantel holen, Meister Magellan? Ihnen ist doch kalt?», versuchte ich meine Gastfreundschaft zu perfektionieren. Adonis hob abwehrend die Hand und brachte mich zum Schweigen. Er schüttelte den Kopf. Weshalb hatte ich plötzlich das Gefühl, ich bliebe hier außen vor?

Schicksalsergeben trug ich ebenfalls meinen Stuhl heran und baute ihn neben unserem Bett auf. Mutter griff wieder nach meiner Hand.

«Wo war ich stehen geblieben?» Sie versuchte angestrengt, sich zu konzentrieren.

«Bei der Großen Pestilenz», half Adonis ihr weiter.

«Ja, genau. Also, die Krankheit der Atemwege brach aus. Tausende Menschen starben wie die Fliegen weg. Gerüchte gingen um, dass es Christen gewesen waren, die diesen Virus auf den europäischen Boden gebracht hatten. Es erschien so in den Medien. In ihrer Verzweiflung nahmen die Menschen die Justiz selbst in die Hand. Sie lynchten einige Christen auf offener Straße. Der Regierung war das gerade recht, wie ihr euch denken könnt.

Viele Christen wurden verhaftet, öffentlich bloßgestellt, gefoltert, verstümmelt und sterilisiert. Es gab große Schauprozesse, die von der Regierung zur Abschreckung inszeniert wurden. Wenn christliche Eltern ins Gefängnis kamen, hat man ihnen ihre Kinder weggenommen und sie in apollinischen Anstalten umgezogen ...» Mutters Stimme zitterte und versagte.

«Mutter, das ist ja schrecklich!», sagte ich leise.

Sie nickte. «Anarchie tobte in den Städten und Dörfern ... bis die Regierung schlussendlich einschritt und die bis ins Detail durchgeplante neue Gesellschaftsordnung, wie sie heute noch besteht, einführte. Die Gesetze, die Tugenden, es war plötzliches alles ein Muss, um diesem Wahnsinn Einhalt zu gebieten.»

«Form, Verstand und Ordnung. Europa, das Land der Freiheit», murmelte Adonis.

Mutter schwieg.

«Was ... was ist mit Großvater passiert?», wagte ich mich einzumischen.

Mutters Augen waren wieder geschlossen. «Nicht mein Großvater hat mir die Geschichte erzählt. Er starb ... früh. Meine Großmutter hat mir das alles erzählt, als ich noch klein war. Aber ich weiß es noch, als wäre es gestern gewesen. Ich konnte es nie wieder vergessen. Nach der Großen Pestilenz, meinte sie, wurde allgemein so getan, als wären die Gräuel an den Christen nie geschehen. Das Thema Christentum war tabu. Alle wollten einfach in die Zukunft blicken. Man legte den Schleier des Vergessens darüber. Und heute kann man sich das ja auch gar nicht mehr vorstellen. Es ist der reinste Wahnsinn, wozu die Menschen im Kollektiv fähig sind, wenn sie einen Sündenbock gefunden haben.»

Wir schwiegen alle. Ich musste nicht fragen, was heute mit den Christen war. Ich wusste es. Adonis fragte jedoch: «Wissen Sie, ob es heute noch Christen gibt?»

Mutter beantwortete seine Frage nicht. Sie öffnete nochmals die Augen und richtete sich im Kissen auf. Mit der Hand, an der der halbe Daumen fehlte, ergriff sie Adonis' Rechte und legte sie über meine. Ich zuckte zurück, doch Adonis hatte seine starken Finger bereits um meine geschlossen.

«Der Vater meiner Tochter ist nicht mehr da, und einen Bruder hat sie auch nicht mehr. Passen Sie auf meine Tochter auf, junger Mann! Es ist schwer, mit diesem Wissen umzugehen.» Es klang nicht wie eine Bitte.

Ich bewegte mich unruhig auf meinem Stuhl hin und her. Wie konnte meine Mutter nur den *Humanitus Perfectus* mit in unsere persönlichen Belange einbeziehen? Ich wusste nicht einmal, ob alles wahr war, was sie uns so emotionsgeladen vorgetragen hatte. Ich hoffte, sie war nicht komplett verrückt geworden. Adonis verzog jedoch keine Miene.

«Ich verspreche es», sagte er feierlich zu ihr. Doch seine Augen ruhten auf mir. Bodenlos, unergründlich. Sie baten mich darum, ihm zu vertrauen. Einen Moment lang sehnte ich mich danach, in diesem Blick zu verweilen. Doch dann riss ich ruckartig die Hand zurück.

«Mutter!», flüsterte ich entsetzt und schoss vom Stuhl hoch. «Sie sollten besser gehen, Meister Magellan!», empfahl ich mit belegter Stimme. «Sie wollten doch noch feiern.»

Adonis wirkte verwirrt. Mutter fixierte ihn noch einmal mit ihrem flehenden Blick. «Junger Mann, Sie feiern heute den Gott des Lichts. Nach alter Zeitrechnung ist heute aber der 22. Dezember. In zwei Tagen beginnt ein Fest der Christen. Sie feiern, dass Jesus, der Sohn Gottes, als Licht in diese Welt gekommen ist. Jesus wurde als Mensch geboren. Gott wurde Mensch.»

Adonis presste seine dunkelrot angemalten Lippen aufeinander. Dann legte er seine manikürten Hände auf seine Knie und stemmte sich aus dem Stuhl empor.

«Ich muss gehen, Frau Tanner! Haben Sie vielen Dank für Ihre Informationen.» Er ergriff sanft die schlaffe Hand meiner Mutter, die auf der Decke lag.

«Anna, bist du so gut?», bat meine Mutter mich mit matter Stimme. Ich hatte verstanden und lief zur Tür, um Adonis' Mantel zu holen. Er folgte mir und legte den dunklen Wintermantel über den Ärmel seiner lächerlichen hellgrünen Verkleidung.

Dann beugte er seinen Kopf zu mir herunter. Als seine geschminkten Lippen auf gleicher Höhe wie meine waren, wurde mir ganz heiß. Unsere Augen trafen sich. Seine Wange streifte meine, als er in mein Ohr wisperte: «Anna ... Studentin Tanner, wir treffen uns morgen früh, eine halbe Stunde vor Unterrichtsbeginn, im Geschichtszimmer 056. Wir müssen etwas klären.»

Er beschenkte mich mit seinem blendenden Lächeln. Dann trat er durch die Tür, und ich starrte ihm verdattert nach, bis er vor meinen Augen im Treppenhaus verschwand.

Kapitel 13

Freitag, 1. Nivôse 331 A. I.
«Tag des Torfs» (23. Dezember)

Es war früher Morgen, und ich war unterwegs zum Humanium. Ausnahmsweise zeigte sich heute einmal die Sonne. Doch ich nahm ihre warmen Strahlen gar nicht wahr. In Gedanken war ich immer noch beim gestrigen Abend. Ich konnte es kaum glauben, dass Adonis bei mir zu Hause gewesen war und meine Mutter kennen gelernt hatte! Ungeheuerlich, dass sie Informationen gehortet hatte, die einen Gelehrten unseres Systems interessieren konnten. Er hatte sie nicht unterbrochen. Er schien ihre Geschichte aufgesogen zu haben, ohne daran zu zweifeln. Weshalb glaubte er ihr bedingungslos? Nicht einmal *ich* tat das.

Hitze stieg in meine Wangen, als ich daran zurückdachte, wie Mutter mich Adonis sozusagen anvertraut hatte. Ich brauchte niemanden, der auf mich aufpasste! Ich hatte auf mich aufgepasst, seit ich fünfzehn Jahre alt war, seit mein Bruder nicht mehr da war. Ich brauchte niemanden. Und schon gar nicht … Es war mir so peinlich. Weshalb hatte mich Mutter in eine solche Bredouille gebracht? Sie wusste ja gar nicht, wer Adonis war. Sie wusste nicht einmal, in welchem Schlamassel ich auch schon ohne ihr Zutun steckte. Weshalb wollte sie mich Adonis anvertrauen? Ich schüttelte den Kopf.

Das Foyer des Humaniums war beinahe leer. Nur einige besonders fleißige Studenten huschten bereits durch die Gänge. Die Empfangsdame telefonierte über ihre aufgesetzten Goggles.

Ich schlich an den Wänden entlang und versuchte so schnell wie möglich zum Geschichtszimmer zu huschen.

In Windeseile hatte ich den Raum erreicht. Er stand offen, und ein heller Lichtschein hieß mich willkommen. Mein Herz bummerte gegen meine Rippen, und ich war überzeugt, dass das nicht daran lag, dass ich mich gesputet hatte. Ich betrat das Zimmer, und dort stand er in seinem teuren Anzug. Wie ein strahlender Ritter in seiner Rüstung! Ich schluckte und blieb im Türrahmen stehen.

Adonis blickte auf und lächelte mich mit seinen blitzenden Zähnen an. Seine Verkleidung der letzten Nacht kam mir in den Sinn. Wenn ich meinen Klassenkameraden davon erzählen würde, würde mir das niemand glauben. Mir gefiel er besser im Anzug, so wie ich ihn kennen gelernt hatte. Er hatte mir den Boden unter den Füßen weggezogen und seitdem nicht damit aufgehört.

«Guten Morgen, Anna!» Mein Name klang auf seiner Zunge wie etwas, das meine Lieblingsmelodie werden könnte. *Er spricht dich in der Schule mit deinem Vornamen an,* registrierte ich.

«Hallo … Meister … Magellan!», nickte ich ihm zu. Da! Er hatte mich wieder zum Stottern gebracht! Ich senkte den Blick.

Adonis setzte sich locker auf das Pult, das neben dem Katheder stand, und bedeutete mir, mich ihm gegenüber ebenfalls auf ein Pult zu setzen. Ich tat es.

«Nun, Anna, wussten Sie Bescheid über die Geschichte, die Ihre Mutter uns gestern erzählt hat?»

Ich schüttelte wie ein stummer Fisch den Kopf und hasste mich dafür, dass ich keinen Ton herausbrachte. Sobald ich aus seiner Gegenwart verschwunden war, würden mir wieder hundert geistreiche Antworten einfallen! Doch ich versuchte mich auf die Gegenwart zu konzentrieren und mich nicht in seinen Gesichtszügen zu verlieren. Ich starrte auf einen Punkt auf dem Boden. Schweigen erfüllte das Klassenzimmer.

«Anna, sehen Sie mich an! Ich weiß so gar nicht, was Sie denken.»

Meine Augen wanderten über seine blau gestreifte Krawatte und über den gebräunten Hals zu seinem stark ausgeprägten Kinn und über die gerade Nase zu seinen unergründlichen Augen hinter den Brillengläsern. Er sah aus, als hätte er die letzte Nacht nicht viel geschlafen. Seine Augen wirkten glasig, die Augenlider waren geschwollen. Doch ihre unverminderte Strahlkraft machte mir die Knie weich.

Die Zeit schien stillzustehen. Er rutschte von der Pultkante und stand direkt vor mir. Ich hörte auf zu atmen. Er öffnete leicht seine Lippen. Ich war ganz sicher, dass er mir etwas sagen wollte. Welches Geheimnis steckte in diesem Mann? Tief in mir regte sich ein Gefühl, das ich nicht kannte. Eines, das mir Angst machte. Es hatte seinen Ursprung in meiner Magengrube und fühlte sich an wie eine warme Flamme. Ich wollte es nicht näher ergründen. Nicht jetzt.

«Ähm ... ich ...» Meine Stimme klang heiser. Ich rutschte auf dem Pult zurück, bis meine Kniekehlen an die Kante stießen. Adonis wirkte plötzlich amüsiert. Er ging um das Pult herum und starrte in seine Arbeitsstation.

«Bevor ich die Geschichte Ihrer Mutter vernahm, hatte ich schon von einigen der Erlebnisse gehört, die sie beschrieben hat. Vor etwa zehn Jahren war in den Medien eine große Diskussion über die Zusammenhänge des Christentums und der Großen Pestilenz. Aber eine Zeitzeugin wie Ihre Mutter – das wäre eine geniale Ergänzung in meiner Sammlung.» Seine Stimme klang wieder geschäftsmäßig.

«Aber meine Mutter ist keine Zeitzeugin im eigentlichen Sinne. Sie kennt ja diese Dinge auch nur vom Hörensagen. Bisher hat sie sich aus der Öffentlichkeit herausgehalten. Bitte verstehen Sie das. Ich kann sie nicht interviewen. Nicht offiziell. Es geht ihr nicht so gut. Manchmal ...»

«Anna, es wäre gut, wenn Sie sie interviewen könnten», unterbrach mich Adonis. «Sie kann auch anonym bleiben. Es gibt nicht mehr viele Menschen, die solche Geschichten erzählen können. Sie wäre eine wichtige Quelle für unsere Arbeit.» Er blickte mich an. Ich nickte widerstandslos.

«Schauen Sie doch, dass Sie sie bis nächste Woche interviewen, und tippen Sie es dann in ein Dossier. Wir können das Interview dann gemeinsam überarbeiten. Ich werde schauen, dass ich die Medienberichte auftreiben kann. Ich habe Ihrer Mutter versprochen, dass ich diese Informationen gemeinsam mit Ihnen verarbeite. Das war es doch, was sie von mir wollte, oder?»

Ich nickte. Meine Wangen brannten. Ich war überzeugt davon, dass sie mit ihren Worten mehr gemeint hatte. Aber vielleicht täuschte ich mich. Vielleicht hatte meine Mutter wirklich nur unsere fachliche Zusammenarbeit gemeint. Enttäuschung bemächtigte sich meiner. Ich hüpfte von der Pultkante.

«War's das?», fragte ich mit einer kleinen Spitze in meiner Stimme.

Adonis linste mich durch seine Brille hindurch an. «Wenn Sie so fragen», er neigte den Kopf zur Seite und musterte mich eindringlich, «da ist noch etwas, Anna, ja. Heute Abend finden weitere Festivitäten der Dionysier statt. Ich wollte Sie fragen, ob Sie mich begleiten wollen.»

«Aber ich ...» Verdammt! Weshalb konnte ich ihm nicht antworten, ohne zu stottern? Ich straffte meine Schultern. «Ich habe keine Verkleidung.»

«Heute ist auch kein Kostümfest. Die Priester haben eine Parade. Schaulustige sind willkommen. Das wird bestimmt lustig. Kommen Sie, Anna!» Er blickte mich flehend an.

Ich schüttelte den Kopf und hatte das Bedürfnis, aus dem Raum zu stürzen.

«Kommen Sie! Bitte ... Ich hole Sie auch ab, sagen wir heute nach dem Unterricht?» Ich schüttelte erneut den Kopf.

«Vielleicht kann ich Ihnen ein Interview mit einem Priester verschaffen, der sich im Christentum auskennt», wagte er einen weiteren Vorstoß. «Das wäre eine Horizonterweiterung für Sie. Dagegen kann ja die blöde Schnepfe ... Entschuldigung! Ich meine natürlich Ihre hochwürdige geistige Führerin ... nichts haben! Ich verbürge mich dafür ... ehrlich ... Ich lasse meine Beziehungen spielen. Dann haben Sie heute Abend mal Ruhe vor Aquilina.»

Zweifelnd blickte ich zu ihm auf. «Versprechen Sie es!», lenkte ich ein und streckte meine Hand aus.

«Versprochen!» Er schlug ein. Seine gebräunte Hand umschloss meine Finger.

«Also gut! Ich komme mit!»

«Super! Ich freu mich drauf!» Er lächelte erneut und behielt meine Hand in seiner.

«Was ist mit der Bibel?», fragte ich schüchtern. «Ich möchte gern die Geschichte von Jesus Christus lesen.»

«Ach ja, genau.» Adonis ließ meine Hand los und griff nach seiner Tasche. «Hier ist sie!» Er förderte das schwarze Buch mit dem goldenen Kreuz zu Tage und streckte sie mir entgegen. «Das hätte ich beinahe vergessen», entschuldigte er sich. Er klang etwas verwirrt.

«Ach du meine Güte! Es ist schon beinahe Zeit für den Unterricht. Ich will Sie nicht von Ihren Pflichten abhalten», meinte er.

«Ich will Sie auch nicht von Ihren abhalten ... Meister Magellan.» Ich bekam ein schiefes Lächeln zustande.

«Dafür tun Sie es aber ziemlich oft, Anna!» Er zwinkerte.

Mein Herz nahm seinen wilden Tanz wieder auf. Ehe ich mich versah, hob Adonis seine Hand und strich mir sanft mit den Fingerkuppen über die Wange. Ich fühlte mich gebannt wie durch einen Zauber und rührte mich nicht. Adonis lächelte. «Sie haben vermutlich noch fünf Minuten, bis der Unterricht anfängt. Wir sehen uns also heute Abend?» Es klang beinahe hoffnungsvoll.

«Wir sehen uns wieder! Bald!», versprach ich, drehte mich schwungvoll von ihm ab und machte mich auf den Weg. War ich froh, dieser Situation entkommen zu sein!

Ich hatte die Tür bereits erreicht, als Adonis mich zurückrief. «Anna! Die Bibel!»

Ich schloss die Augen. Beschämt ging ich zu ihm zurück. Er streckte mir das Buch abermals entgegen. Ich entnahm es so lässig wie möglich seiner Hand und vermied erneuten Blickkontakt. Schnell verließ ich das Zimmer.

Auf dem Gang konnte ich ein Lächeln nicht länger unterdrücken. Adonis hatte mich eingeladen, mit ihm zu einem Fest zu gehen!

Na ja, es ist ja aus praktischen Gründen. Es geht ihm bestimmt nur darum, dass ich ein Priester-Interview bekomme, versuchte ich mir einzureden. Aber er hatte mein Gesicht berührt ... Ich musste es jemandem erzählen! Mütter eigneten sich für diese Art von Geschichten nicht. Und Felix konnte ich es erst recht nicht erzählen. Mir fiel wieder sein ernstes Gesicht von gestern ein. Was hatte er gesagt?

«Anna Tanna! Du solltest etwas besser auf dich aufpassen. Ich kann dich vor diesem *Humanitus Perfectus* nur warnen. Ich habe nicht viel Gutes von Adonis Magellan gehört. Vor allem, was seine Frauengeschichten betrifft.»

Ich schüttelte den Kopf, und mit einem Mal waren alle Zweifel, die ich bezüglich Adonis gehegt hatte, wieder präsent. Sein Vater hatte ihn genau wegen derselben Dinge angeklagt. Und wenn ich Demokrit glauben sollte, war Adonis zudem ein Hochstapler. Einer, der durch Vetternwirtschaft und Mauscheleien seines Vaters zu seinem Posten gekommen war. Nannte man das nicht Korruption?

Wieder sah ich Adonis' tiefgründige, ehrliche Augen vor mir. «Sie gefallen mir, Anna ... Versprochen ... Wir sehen uns doch heute Abend.» Er mochte mich bestimmt! Sonst würde er mir doch nicht helfen! Er hatte sich fürsorglich verhalten, als es mir nicht gut ging. Die gemeinsame Flucht. Nein, Felix hatte wie immer übertrieben. Und Demokrit war wütend auf Adonis gewesen. Er hätte ihm alles an den Kopf werfen können. Ich traute Demokrit nicht im Geringsten. Viel mehr vertraute ich Adonis' Augen, die mir versprachen, mit mir diese Geschichtsarbeit fertigzustellen und alles mit der Selbstverwirklichungsstufe geradezubiegen. Außerdem war ich nicht in ihn verliebt oder etwas Ähnliches. Ich war keine Frauengeschichte für ihn ... Und er hatte mich gefragt, ob ich mit ihm auf ein Fest gehen würde!

Ich drehte eine Pirouette auf dem Gang und stieß beinahe mit unserer Psychologie-*Humanita-Perfecta* zusammen, die mich stirnrunzelnd musterte. Ob *die* wohl ein Ausbund an Selbstbeherrschung gewesen war, als sie zum ersten Mal von einem Mann eingeladen wurde?! Ich musterte sie etwas genauer. Ihre Gesichtsfarbe war aschgrau, und um ihre Augen bemerkte ich dunkle Ringe. Ihre Mundwinkel zeigten nach unten. Normalerweise sah sie aus wie aus dem Ei gepellt. Aber heute wirkte sie auf mich regelrecht heruntergekommen und zehn Jahre älter als sonst.

«Wahrscheinlich hat sie gar niemanden», murmelte ich vor mich hin.

«Wie bitte?»

Ich schlug mir auf den Mund. «Nichts», entgegnete ich rasch.

«Guten Morgen auf jeden Fall, Studentin Tanner. Haben wir das Grüßen verlernt?», mahnte sie mich.

«Auf keinen Fall», bekräftigte ich schnell. «Guten Morgen, Meisterin ...» Ihr Name war mir entfallen.

«Na, also.»

Für einen Moment hätte ich schwören können, in ihren Augen glitzerten Tränen. Eigentlich war sie doch so ein unerschütterlicher und statischer Mensch. Bestimmt täuschte ich mich!

«Dann kommen Sie herein in die gute Stube. Sie haben schon eine Verwarnung. Riskieren Sie keine zweite», wies sie mich schroff an, und meine Bedenken verschwanden augenblicklich.

Ich schlüpfte folgsam in den Raum und suchte die Reihen nach Felix ab. War er wie immer zu spät? Wahrscheinlich würde er in der nächsten Minute herbeigerauscht kommen, und ich würde ihm die Neuigkeit, die mir unter den Nägeln brannte, im Flüsterton beibringen müssen.

Der Gong erklang. Ich schmunzelte in mich hinein, während ich meine Arbeitsstation startete. Diesmal konnte auch Felix einem Verweis nicht entgehen. Mit einer Prise Schadenfreude erwartete ich das Erscheinen seines fröhlichen Gesichts im Türrahmen.

Die *Humanita Perfecta* baute sich vor uns auf und verkündete mit ernster Stimme: «In den nächsten Monaten werden wir uns mit Verrat beschäftigen. Das geht von Deserteuren in Kriegen bis zum Verrat an Freunden. Vor allem schauen wir uns die psychologischen Strukturen des Verrats an. Wie kommt es, dass Menschen andere verraten? Oder dass sie Verrat an einem Part oder einer Ideologie begehen?» Ihr Blick schien mich zu durchbohren. Ich lächelte sie an. Selbst eine missgelaunte *Humanita Perfecta* konnte mir den heutigen Tag nicht verderben.

Bei dem Stichwort «Verrat» kam mir wieder meine Mutter in den Sinn, wie sie erwähnt hatte, dass die Christen in früheren Zeiten verraten worden waren. «Die Regierung trainierte extra Spitzel von anderen Kontinenten, die sich in die Gemeinschaft hineinschlichen und das Vertrauen der Christen gewannen.» Eine unbegreifliche Gemeinheit. War die Gruppe um Philemon ebenfalls verraten worden? Vielleicht sollte ich das im Unterricht fragen. Ich schüttelte den Kopf. So etwas konnte ich vergessen.

Ich ließ den Blick über die Klasse schweifen. Hinter den maskenhaften Gesichtern schien die Langeweile zu lauern.

Mein Blick fiel wieder auf die Tür. Felix war noch immer nicht eingetreten. Der Unterricht nahm seinen Lauf, doch kein Felix tauchte auf. In den vier Jahren, in denen wir gemeinsam das Humanium besuchten, war er noch nie zu spät gekommen. Immer spät, aber noch nie zu spät.

War er krank? Ich machte mir Sorgen. Dann hätte er mir doch bestimmt eine Nachricht hinterlassen.

Während des Unterrichts durfte ich die Goggles nicht nach Nachrichten durchforsten. Er hatte bestimmt einen guten Grund für seine Absenz. Vielleicht hatte er den gleichen seltsamen Husten erwischt wie ich im Gefängnis. Unwillkürlich fröstelte mich. Saschas glasige Augen blitzten vor mir auf.

«Lass mich in Ruhe!», befahl ich dem Trugbild.

«Ich will sicher nichts von dir, Freak!», blaffte mich eine der langbeinigen Blondinen an, die am Tisch neben mir saßen. Unruhig rutschte ich auf meinem Stuhl herum und schnitt ihr ein undefinierbares Gesicht. Ich musste einfach aufhören, Selbstgespräche zu führen ... und damit beginnen, mich auf den Unterricht zu konzentrieren. Ich durfte mit meinen Gedanken nicht bei Felix oder gar bei Adonis sein. Und seiner Einladung an mich!

Die erste Schulstunde zog sich wie ein zäher Kaugummi hin. Was alles schlimmer machte, war, dass die *Humanita Perfecta* nach zehn Minuten aufhörte zu dozieren und uns anwies, einen Artikel zu lesen, kurz zusammenzufassen und zu interpretieren. Lustlos überflog ich die Zeilen. Aus den Augenwinkeln sah ich die Lehrerin wie eine Verrückte an ihrer Arbeitsstation hantieren und tippen. Sie hatte einen verkniffenen Zug um den Mund.

Sofort nach Erklingen des Gongs stülpte ich die Goggles auf. Keine Nachricht war für mich eingegangen. Wo war Felix?

Als die *Humanita Perfecta* wieder eintrat und sich hinter ihr Pult stellte, um die zweite Stunde in Angriff zu nehmen, schlich ich mich auf leisen Sohlen neben sie. Sie schien mich nicht zu bemerken. Wild tippten ihre Finger einen Text in die Tastatur. Ich sah, dass sie sich in einem Kurznachrichtendienst mit einem unsichtbaren Gegenüber schriftlich unterhielt. In Sekundenbruchteilen erfassten meine Augen die Nachricht. «Ich glaube, meine Zeit hier ist abgelaufen», hatte sie geschrieben. Ihr virtueller Gesprächspartner hatte geantwortet: «Weshalb meinst du?» – «Ich wurde vor die Schulleitung zitiert. Sie wollen mich vermutlich darauf vorbereiten, dass ich nicht mehr lange hier tätig sein darf.» –«Weshalb?» – «Ich bin zu alt, fürchte ich. Sie wollen mich loswerden.» – «Du musst keine Angst haben.» – «Doch. Ich habe nichts Gutes gehört. Sie holen mich bestimmt ab, ich weiß es. Und was dann passiert ... Niemand ist zurückgekommen, um es uns mitzuteilen.»

Seltsame Konversation, dachte ich noch, *kein Wunder, dass sie so durch den Wind ist. Vielleicht hat sie auch etwas Verbotenes getan und wird dafür bestraft.* Dann wurde mir schlagartig bewusst, dass es schrecklich unhöflich war, mich nicht bemerkbar zu machen und eine persönliche Nachricht zu lesen. Ich räusperte mich.

Die Humanita Perfecta fuhr erschreckt hoch. Einen Augenblick starrte sie mich fassungslos an. «Was?», bellte sie.

«Hat Felix Ihnen eine Nachricht über den Grund seiner heutigen Abwesenheit geschickt?», fragte ich.

«Meinen Sie Student Livingstone?», fragte sie nach einer kurzen Denkpause.

Ich nickte.

Sie wechselte hastig das Programm auf dem Bildschirm und scrollte durch die Anwesenheitskontrolle. «Nein, ich habe nichts. Er ist nicht da.» Sie zuckte mit den Schultern, als sei es ihr egal. «Er wird seine Gründe haben. Aber er wird eine Rüge für unentschuldigtes Fernbleiben erhalten.» Sie starrte wieder mit glasigen Augen auf den Bildschirm. Irgendwie war sie gar nicht bei der Sache.

«Setzen Sie sich jetzt bitte.» Sie warf mir einen Blick zu. «Alle.»

Verwirrt ging ich zurück zu meinem Pult.

«Wo bist du?», flüsterte ich meinen Goggles eine Nachricht für Felix zu. Dann hauchte ich den Befehl «Senden» hinterher. Er konnte mich doch nicht im Stich lassen.

Die Humanita Perfecta drang heute gar nicht mehr zu mir durch. Ich seufzte leise auf.

In den nächsten Pausen kontrollierte ich immer wieder meine Goggles, doch Felix hatte sich nicht gemeldet. Alles Bitten und Flehen durch die Brille fruchtete nichts. Das Kribbeln in meiner Magengrube verschwand langsam und machte einem großen Klumpen Besorgnis Platz. Wo steckte dieser Felix?

In der Mittagspause blieben mir die Bissen in der zugeschnürten Kehle stecken, als hätte sich darin eine schleimige Kröte versteckt. Das Gemisch aus nervenzerfetzender Aufregung, Adonis heute

Abend zu sehen, und der Sorge um Felix' Verschwinden raubte mir den Appetit.

Ich saß alleine in meiner Ecke, niemand beachtete mich. Mir war, als müsste ich schier platzen. Ich musste doch meine Neuigkeiten loswerden! Unbewusst begann ich, mit der Faust auf den Tisch zu trommeln. In mir reifte der Entschluss, Felix zu suchen. Sofort nach der Schule. Adonis würde warten müssen. Felix war wichtiger.

Vom Humanium aus gesehen, lag Felix' Studentenwohnheim diagonal entgegengesetzt zu meiner Wohnung. Das hatte er mir jedenfalls so erzählt. Ich hatte ihn in all den Jahren niemals zu Hause besucht. Und er war auch nie bei mir zu Hause gewesen. Er war derjenige, der mir außer meiner Mutter am nächsten stand, und trotzdem wusste ich nicht einmal, wie sein Zuhause aussah. Aber in der Richtung, in die Felix immer nach Hause trabte, gab es nur ein Studentenwohnheim. Ich würde es schon finden.

Das Heim war ein großes, altes Haus mit dunkelbrauner Fassade. Lotterige, alte Fensterrahmen, die einmal strahlend weiß gewesen sein mussten, stachen aus der Dunkelheit hervor. Aus dem Erdgeschoss drang Licht auf die Straße, und ich sah, wie sich einige Schattengestalten durch die Räume bewegten. In Wohnheimen wie diesen hausten Studenten, die einen zu langen Anfahrtsweg zum Humanium hatten oder aus dem Ausland kamen.

Ein großer Klingelzug war neben der Tür angebracht. Ich zog daran, und eine kleine melodische Glocke erklang. Schlurfende Schritte kratzten über den Boden der Eingangshalle. Ein Licht ging an und schien durch die Glasfenster der Eingangstür. Diese konnte noch von Hand bedient werden und öffnete sich einen Spalt. Eine kleine Frau mit streng zurückgebundenem, fettigem Haar streckte ihren Kopf heraus.

«Ja?», fragte sie unfreundlich.

«Guten Abend! Ich suche einen Studenten. Sein Name ist Felix Livingstone», gab ich ihr höflich bekannt.

«Wie?», wiederholte sie ohne Gruß.

War sie die Zimmerwirtin des Studentenwohnheims? Ich schluckte. «Ich suche Felix Livingstone.» Dabei betonte ich jede Silbe.

«Ja, ich bin nicht schwerhörig!», schnauzte sie mich an. «Ich kenne keinen Felix Livingstone!», stellte sie dann trocken fest.

«Aber er wohnt hier!», insistierte ich.

«Ich kenne keinen Felix Livingstone», wiederholte sie und wollte die Tür vor meiner Nase schließen. Ein ganz komisches Gefühl im Magen kroch meinen Hals hoch, und obwohl das untypisch für mich war, trat ich vor und drängte meinen Fuß zwischen die Tür und den Türrahmen.

Die unfreundliche Vermieterin sah mich abwägend an. Da hörte ich, wie im Hintergrund jemand heranschlappte. Ein Peaceman streckte seine verfilzte Mähne hinter der Zimmerwirtin hervor. Ich zuckte zusammen. War das Sascha? Doch natürlich war das ein unsinniger Gedanke. Die Gestalt vor mir hatte blondes verfilztes Haar, war viel größer als Sascha und eindeutig ein Mann, weil ein struppiger Bart in seinem Gesicht spross. Ein Hauch von Zwiebelsuppe umgab ihn.

«Ja, was willste?», fragte er. Er kaute gedehnt auf einem Kaugummi herum und ließ eine rosa Blase in seinen Bart platzen.

«Ich suche Felix Livingstone», wiederholte ich, selbst nun auch schon etwas ungeduldig.

«Ja, Puppe, meinste den großen Schwarzen mit dem Gummigang?» Mit der Zunge suchte er nach den rosa Resten des Kaugummis in seinem Bart. Als er das Kunststück nicht zustande brachte, nahm er seine nicht ganz sauberen Finger zur Hilfe und stopfte die eingesammelte Gummimasse zurück in seinen Mund. Entsetzt starrte ich ihn an. Ich wusste nicht, ob ich ihn wegen seiner politisch unkorrekten Aussage oder wegen seiner kulinarischen Schweinerei anpfeifen wollte. In seinem Bart hingen immer noch Kaugummireste!

Die mürrische Dame seufzte entnervt und schlurfte davon. Der Verfilzte arbeitete schon an einer erneuten Blase.

«Reg dich nicht auf, Puppe! Hat heute nicht gerade die beste Laune. Vor zehn Minuten hat sie festgestellt, dass die zwei Dionysier, die hier hausen, seit Wochen vom Dachfenster aus in die Dachrinne pinkeln. Das Zeug ist natürlich völlig durchgerostet und heute heruntergedonnert. Die Alte kann den Schotter für den Schaden kaum zusammenkratzen. Jetzt ist sie stinkig.» Er kicherte unkontrolliert.

Ich zog die Augenbrauen hoch. «Was ist mit Felix?», herrschte ich ihn entgegen meinen guten Selbstbeherrschungs-Vorsätzen an.

«Ganz ruhig, Puppe!»

«Ich – bin – keine – Puppe!», protestierte ich.

«Ja, weiß ich, Puppe!», gab er zurück. «Den Schwarzen mit dem Gummigang kenn ich! Netter Typ! Wohnt aber nicht hier! Sorry!» Er zog die Schultern hoch und ließ die nächste Blase geräuschvoll auf seinen Lippen zerplatzen. Wenigstens hatte er diesmal nicht sein halbes Gesicht mit der klebrigen Masse eingedeckt.

«Er hat mir aber gesagt, er wohnt hier.»

«War wohl ein bisschen verwirrt im Oberstübchen! An der blöden Schule kriegt man ja voll die Gehirnwäsche. Alles ungerecht. Kein Wunder, wenn da oben die Drähte durcheinandergeraten.» Er ließ seinen Zeigefinger neben der Schläfe kreisen.

Ich fragte mich, ob bei *ihm* die Drähte wohl durcheinandergeraten waren, aber es ging mich schließlich nichts an, und es brachte mich in meiner Suche kein Stück weiter. «Wo wohnt er dann?» Verzweiflung machte sich in mir breit.

«Keine Ahnung, Puppe! Ist nicht mein Busenfreund! Hat mich nur ab und zu gegrüßt. Netter Kerl, sag ich doch!»

«Was soll ich nur tun?», murmelte ich.

«Ruhig bleiben, Puppe! Bloß keinen Nervenzusammenbruch hier!», kaute er. «Frag doch die olle Tusse im Eingangs…dingsda!»

«Die Empfangsdame im Humanium?»

«Sag ich doch! Die hat doch alle Daten, die olle kontrollsüchtige Trulla! Alles ungerecht! Voll die Gehirnwäsche!»

Auf dem Absatz drehte ich mich um und rannte los. Wenn ich Glück hatte, war die Schule noch nicht geschlossen. Weshalb war ich nicht selbst darauf gekommen?!

«Schönen Abend, Puppe!», rief mir der Verfilzte nach. «Und alles easy nehmen! Freiheit dem Volk!»

Schweißgebadet traf ich wieder im Humanium ein. Das Eingangstor ließ sich noch öffnen. Die «olle, kontrollsüchtige Trulla», wie der Verfilzte sie genannt hatte, schwang gerade ihre Handtasche über die Schulter.

«Halt!», keuchte ich und stürmte durch die Eingangshalle zu ihrem Schalter.

Ungehalten über die Verzögerung, hielt sie inne. Ich drückte meine Hände flach auf den blank geputzten Marmortresen, hinter dem die Empfangsdame residierte.

«Ich brauche Ihre Hilfe», stieß ich hervor.

Sie legte ihre Handtasche ab. «Wo sind Ihre Manieren geblieben?», tadelte sie mich.

«Beim Verfilzten», murmelte ich.

«Wie bitte?» Ihre pikierte Stimme hallte durchs Foyer.

«Entschuldigen Sie», schnaufte ich. «Guten Abend! Würden Sie die außerordentliche Freundlichkeit und Huld besitzen und mir in einer Notsituation aushelfen, bitte?» Ich kramte mein liebenswürdigstes Lächeln hervor. Was war bloß in mich gefahren? Vielleicht hatte das ungehörige Benehmen des Verfilzten wirklich einen Einfluss auf mich, oder meine Hormone sprangen im Dreieck wegen Adonis ... Nein, ich musste mich konzentrieren. Felix war jetzt wichtiger.

«Also gut!», antwortete die Empfangsdame streng. «Was wollen Sie?»

«Ich suche den Studenten Felix Livingstone!»

Sie seufzte und aktivierte mit dem Daumen ihre Arbeitsstation.

«Aber nicht, dass sich das herumspricht», knurrte sie.

«Nein, nein», beruhigte ich sie. «Wissen Sie, Felix ist heute nicht zum Unterricht erschienen und ...»

Sie hob die Hand und unterbrach meinen Redestrom. «Felix Livingstone? Voilà! Hier haben wir ihn. Ausgetreten per 1. Nivôse. Ausreise ins *Land der Mittagssonne*. Datum der Rückkehr unbekannt.»

«Wie bitte?» Ich konnte die Neuigkeit nicht verarbeiten. «Felix ist ausgereist?! Aber weshalb?»

«Ich darf Ihnen eigentlich schon diese Informationen nicht geben», mahnte mich die Empfangsdame. «Aber ... Ja, er hat die entsprechenden Formalitäten erledigt und ist abgereist.»

Ich war wie vor den Kopf gestoßen. Gestern noch war Felix mit der gewohnten Leichtigkeit mit mir durch diese Gänge gerauscht. Er konnte doch nicht einfach abgereist sein.

«Wann kommt er zurück?», stammelte ich. Kraftlos ließ ich mich gegen den Schalter sinken.

«Das wissen wir nicht.» Die Empfangsdame wurde ungeduldig. «Vielleicht nie mehr. Es ist nicht unsere Aufgabe, den ausgetretenen Studenten nachzutrauern.»

«Aber ... aber ... er hat sich nicht einmal verabschiedet!» Stockend kamen die Worte über meine Lippen. «Haben Sie eine Kontaktadresse?»

«Datenschutz!», erinnerte mich die Dame knapp.

Felix war weg, und er hatte mir nicht einmal auf Wiedersehen gesagt. Doch, halt! Gestern vor dem Humanium hatte er mich an sich gedrückt. Er war extra noch einmal umgekehrt. Er hatte es gewusst. Natürlich hatte er es gewusst. Was hatte er gesagt? «Wir sehen uns gewiss wieder, Anna Tanna!» Tränen stiegen in meine Augen. Felix hatte sich in dem Moment von mir verabschiedet, und ich hatte es nicht gewusst.

Felix war weg. Mein bester Freund war nach Hause zurückgekehrt, und ich wusste nicht, ob ich ihn jemals wiedersehen würde.

Kapitel 14

«Anna! Studentin Tanner!» Von weit her erreichte eine Stimme mein Ohr. Ich schüttelte den Kopf, um den Nebel daraus zu vertreiben. Wo war ich? Ja, ich stand vor dem Schalter der Empfangsdame, und Felix war weg.

Vor mir stand Adonis. «Sind Sie bereit?» Hoch aufgeschossen und perfekt wie immer, schaute er auf mich herab. Eine Wolke frischen Parfums umgab ihn.

Das Herz klopfte mir bis zum Hals, doch ich blickte ihn verständnislos an. «Bereit? Wofür?»

«Anna! Ich habe auf Sie gewartet, wir haben uns doch zum Lichterfest verabredet.» Leise Ungeduld lag in seiner Stimme.

«Ah jaaaa!» Langsam drang die Wahrheit seiner Worte bis zu mir durch.

«Ich kann aber nicht!», entschlüpfte es mir. Ich konnte wirklich nicht dorthin, wenn ich nicht wusste, was mit Felix los war. Es war einfach nicht plausibel, dass er mich verlassen hatte! Er hätte mich doch sicher benachrichtigt, wenn es einen Notfall in seiner Familie gegeben hätte.

«Sie haben es mir versprochen!», erinnerte Adonis mich.

«Wie bitte?» Ich war verwirrt. «Ich habe Ihnen nichts versprochen!», entgegnete ich gedankenlos.

«Entschuldigung, wollen Sie jetzt noch etwas wissen?», schaltete sich die Empfangsdame ein und bedachte Adonis mit einem süßlichen Lächeln.

«Nein danke!» Ich hob abwehrend die Hand. Felix war weg! Er

war nach Hause gegangen. Ich hob meinen Blick zu Adonis. Seine Augen schauten mich fragend an. «Alles gut bei Ihnen, Anna?»

Hinter uns stöckelte die ignorierte Empfangsdame beleidigt davon.

«Ja!», antwortete ich schnell.

«Also, kommen Sie! Wir wollen nicht zu spät kommen. Sie haben mich ja warten lassen.»

«Entschuldigen Sie!», wisperte ich.

Adonis hörte gar nicht zu, sondern zog mich mit sich hinaus in die Abenddämmerung und führte mich zu seinem Motorrad hinter der Schule. Dort angekommen, drückte er mir nicht nur einen Helm in die Finger, sondern auch eine dicke schwarze Jacke. «Ziehen Sie die an, sonst frieren Sie mir noch auf dem Motorrad fest!»

Ich nahm die Jacke entgegen und streifte sie mir unkonzentriert über. Weshalb hatte Felix mir nichts von seiner Abreise gesagt? Weshalb hatte er sich nur kurz von mir verabschiedet? Ich hatte ihn schließlich vier Jahre lang an fast jedem Tag gesehen. War das nichts wert? Da war etwas gewaltig faul. Ich spürte es. Ich wusste es. Er hätte mich nicht einfach so verlassen.

«Hallo? Anna?» Adonis' Gesicht tauchte vor meinen Augen auf. «Sind Sie schon festgefroren?»

«Nein, natürlich nicht! Entschuldigen Sie!» Heftig setzte ich mir den Helm auf. Schon etwas geübter als beim letzten Mal schwang ich mein Bein über das Motorrad und hielt mich an Adonis fest.

Wie sollte ich mein Leben ohne Felix überstehen? Ohne ihn wären die letzten vier Jahre, geschweige denn die letzten Wochen nicht erträglich gewesen. Er war meine Stütze, mein Halt, die Person in meinem Leben, die einem Freund am nächsten kam. Was sollte ich ohne ihn tun?

Der Fahrtwind blies mir mit Heftigkeit durch das offene Visier in die Augen, und es dauerte nicht lange, bis sie anfingen zu tränen. Ich klammerte mich an Adonis fest, als könnte ich Felix dadurch vom Weglaufen abhalten.

Wir fuhren durch die Stadt in die Richtung des Chemondrion- und Gefängnishügels. Mein Herz fing ängstlich an zu klopfen. Was war das Ziel dieser Reise? Adonis ließ jedoch die beiden bedrohlichen Gebäude hinter sich und fuhr im Dunkeln eine schmale Waldstraße entlang, die uns auf einen noch höher gelegenen Hügel brachte.

Ich hatte in der Schule bereits gehört, dass auf dieser Anhöhe die religiösen Feste der Dionysier stattfanden. Normalerweise war es den Apollinern untersagt, diese Gefilde zu betreten. Man munkelte, die Dionysier würden hier wilde Opferfeste veranstalten, während deren massenhaft Tiere geschlachtet wurden – deshalb nannte man diesen Hügel auch den *Schlachthügel*.

Ein heller Feuerschein, der durch die Bäume hindurch in der Ferne zu sehen war, wies uns den Weg zu der heiligen Stätte, an der das *Lichterfest* stattfinden würde. Den steinigen Waldweg, auf dem wir mittlerweile fuhren, säumten schwarz gekleidete Fußgänger. Sie trugen Lampen, in denen eine Kerze brannte. Mit unverschämter Geschwindigkeit brausten wir an ihnen vorbei. Der eine oder andere schüttelte seine Faust. Doch die meisten kümmerten sich gar nicht um uns, sondern machten unter den schwarzen Kutten einen zufriedenen und fröhlichen Eindruck.

Wir brausten durch einen dunklen Waldtunnel und erreichten schließlich eine Lichtung. Ein riesenhaftes Feld breitete sich vor unseren Augen aus. Im Zentrum der Stätte gab es eine Senke, aus der heller Lichtschein zu uns heraufdrang. Mächtige Linden umgaben die Vertiefung.

Adonis parkierte sein Fahrzeug am Waldrand. Vorsichtig hüpfte ich vom Motorrad. Ich konnte meine Augen nicht von diesem Ort abwenden. Viele weiße Zeichnungen, zu geometrischen Mustern angeordnet, zierten die Senke. In der Mitte loderte ein großes Feuer. Am Rand standen unzählige Menschen. Sie hielten ihre kleinen Lichter fest und starrten gebannt auf die Lichtquelle in der Mitte. Das Krachen von mächtigen Ästen, die im Feuer zerbarsten, schallte zu uns herüber. Dumpfes Gemurmel erklang aus der Menschenmenge. Wie festgewachsen starrte ich auf das Schauspiel. Wir Apolliner sahen eigentlich immer ein wenig verächtlich auf die Dionysier herab, weil wir sie für ungebildet hielten, aber in diesem Moment war es mir unmöglich, gering von ihnen zu denken. Ich konnte dieser Umgebung ihre Faszination nicht absprechen. Noch nie hatte ich solch ein Szenario miterlebt.

Adonis berührte mich am Arm. «Da staunen Sie, was?», flüsterte er in mein Ohr.

Ich nickte.

«Kommen Sie schnell, wir wollen doch nicht das große Spektakel verpassen.» Er zerrte mich mit sich.

«Ihr Helm, Anna?» Adonis schmunzelte amüsiert. Ich tastete schnell danach. «Heute muss ich Ihnen aber auch *alles* sagen!», tadelte er belustigt.

Ich streifte den Helm ab. «Wo soll der hin?»

«Zum Motorrad!»

«Wird der nicht gestohlen?»

«Na, na, Anna! Die Dionysier sind längst nicht so wild, wie man uns oft weismachen will. Außerdem hat der Helm einen Chip. Wir könnten den räudigen Dieb bis ans Ende der Welt verfolgen.»

Ich zuckte mit den Schultern und hängte den Helm einfach an das Lenkrad.

Adonis wirkte etwas unruhig, als er mich wieder mahnte: «Beeilen wir uns, bevor die große Show losgeht!» Ich musste wegen seiner ausladenden Schritte beinahe rennen.

Er führte mich auf eine leicht erhöhte Plattform, die ein wenig abseits der Senke aufgebaut worden war. Von dort hatte man einen guten Ausblick auf die Menschenmenge und vor allem auf das Feuer. Ich stellte fest, dass sich um uns herum nur reich gekleidete Personen befanden. Ich war dankbar für Adonis' Jacke, die nicht nur die Kälte erträglich machte, sondern auch meine schäbige Kleidung verbarg.

Adonis drängelte sich durch die Menschen. Ich folgte ihm eiligen Schrittes, um den Anschluss nicht zu verlieren. Am metallenen Geländer kam er zu stehen. Einige schauten ihn unfreundlich an, doch diese Missbilligung schien an ihm abzuprallen. Er zog mich neben sich. Wir hatten Logenplätze ergattert! Niemand stand in unserem Blickfeld. Wir hatten freie Sicht auf das Feuer.

In diesem Moment ertönte ein schauriger, markerschütternder Schrei, der mir die Haare zu Berge stehen ließ. Unwillkürlich rückte ich näher an Adonis heran. Was war das? Eine schwarze Gestalt mit einer riesigen fratzenhaften Maske tanzte in grotesken Verrenkungen auf dem Platz. Sie blieb vor dem Feuer stehen und stieß nochmals einen Schrei aus. Gänsehaut kroch über meine Arme. Wer war diese furchteinflößende Person? Doch bevor ich Adonis fragen konnte, ertönten schwere Paukenschläge, die den Boden erzittern ließen. Eine Armada schwarz gekleideter Trommler trat aus dem Wald und eroberte das Feld. Die dumpfen, dröhnenden Schläge erfüllten die Luft und ließen sie erzittern.

Ich erinnerte mich plötzlich daran, dass ich diese Paukenschläge sogar bis in unsere Wohnung gehört hatte. Schon als Kind hatte ich mich davor gefürchtet, war ins Bett gekrochen und hatte mich an meine Mutter gekuschelt. Hier vor Ort war der Lärm noch viel beängstigender, und ich schaute mich unauffällig nach einem Versteck um, in dem ich mich eventuell verkriechen könnte.

Die Trommler marschierten um die dunkle Gestalt herum und verteilten sich symmetrisch um das Feuer. Wie auf ein geheimes Zeichen hin füllte sich der Platz mit Dutzenden von leichtfüßigen schwarzen Gestalten. Und dann begann der dunkle Reigen. Im Takt zu dem ohrenbetäubenden Trommeln wiegten sich die Gestalten wie Ähren im Wind hin und her. Sie machten Ausfallschritte, rückten vor und zurück und huschten wie Alptraumgespenster um das Feuer. Immer wieder legten sie die Köpfe in den Nacken und gaben ein ohrenbetäubendes Geschrei von sich.

«Das ist mal was anderes als die Schule!», brüllte Adonis über den Lärm hinweg in mein Ohr. Ich nickte und versuchte, nicht allzu verstört zu wirken. Meine Eingeweide begannen im Rhythmus der Trommelschläge zu pochen, bis ich das Gefühl hatte, mein Herzschlag sei im dumpfen Gedröhne der einzelnen Schläge für alle hörbar.

«Niemand kann solch ausschweifende Feste feiern wie die Dionysier», schwärmte Adonis. Ich nickte erneut und bemerkte kaum, dass ich mich mit beiden Händen an das Geländer klammerte und mich immer näher an Adonis drängte.

«So etwas pustet einem das Gehirn durch», behauptete er johlend.

Bei dem elenden Krach, dachte ich sarkastisch, *ist das kein Wunder.*

«Das ist ein Tanz zu Ehren des Gottes des Lichts. Er soll uns erleuchten. Das wäre eigentlich auch wichtig für uns Apolliner. Die Erleuchtung», hörte ich Adonis sagen.

Ich nickte mechanisch. Eigentlich wollte ich nur, dass der Trubel aufhörte.

«Jedes Mal, wenn ein großes Fest ist, geht hier so richtig die Post ab. Dann fange ich an zu leben», schwärmte er.

Ich wollte lieber sterben als mir diesen furchterregenden Reigen noch länger anzuschauen. Ich bezwang das Bedürfnis, meine Hände über die Ohren zu schlagen und die Augen fest zusammenzukneifen. Wo war ich hier gelandet? Wenn nur Felix hier wäre ...

Die Tänzer drehten sich immer noch wild im Reigen um das immense Feuer, dessen lodernde Flammen langsam niedriger wurden.

Ich stellte mich auf die Zehenspitzen und schrie Adonis zu: «Ist das Feuer denn nicht zu heiß, um so nahe daran zu stehen?» Selbst an unserem Platz konnte ich die Hitze des Feuers spüren.

Adonis zuckte die Achseln und lächelte. «Die sind so in Ekstase, dass sie es nicht bemerken», antwortete er ungerührt.

Ich nickte, als verstünde ich. In Wirklichkeit hatte ich noch nie zuvor einen Menschen in Ekstase gesehen.

«Sind das alles Priester?», wollte ich wissen.

«Ja, alles Männer!», schrie Adonis.

«Wo sind die Frauen?»

Belustigung blitzte in Adonis' Augen auf. «Die Priesterinnen tanzen nicht am Lichterfest. Nur am Fruchtbarkeitsfest.»

«Was tun Sie denn das ganze Jahr hindurch?», wollte ich wissen.

«Sie stehen den Priestern zur Verfügung.»

«Wozu?»

«Ach, kommen Sie, Anna. Wozu wohl? Die Dionysier sind ein rauschhaftes Volk. Da werden alle Genüsse ausgekostet, die das Leben bietet.»

Ich fühlte, wie ich rot wurde. Ein herablassendes Grinsen breitete sich auf Adonis' Gesicht aus. Meine Wangen glühten. Ich schluckte schwer. Ich würde nichts mehr fragen, ich wollte ihm keine Gelegenheit geben, sich über mich lustig zu machen.

«Jetzt kommt das Beste am Ganzen, Anna. Passen Sie auf! Das Opfer!»

Ein Opfer? Ich griff an meine Kehle. Waren die Gerüchte wirklich wahr, dass hier Tiere geschlachtet wurden?

Wie auf Kommando erstarben die Trommelschläge und hinterließen meine Innereien in Rebellion und meine Ohren taub. Wie festgefroren blieb ich stehen, obwohl ich am liebsten geflüchtet wäre.

Einige Priester schleppten Holzelemente herbei und begannen damit, einen quadratischen Altar zu bauen. Die Trommeln nahmen ihren Rhythmus wieder auf, diesmal schneller und heftiger. Im Takt dazu entstand vor meinen Augen ein Opferaltar. Ich konnte mich nicht mehr bewegen. Ich wollte kein Blut sehen. Ich wollte kein totes Tier sehen. Nun sah ich, wie die Tänzer eine in schwarze Tücher geschnürte Person zum Altar schleppten, wo sie sie festbanden.

«Was?», stieß ich hervor. «Was geschieht hier?» Mein Fluchtdrang wurde stärker.

Während im Hintergrund das große Feuer langsam in sich zusammensank, traten jetzt weitere Priester mit großen Fackeln zu dem Altar. Sie würden doch nicht ... «Man verbrennt die Christen ...» Simons Stimme hallte in meinem Kopf wider.

Da steckten sie den Altar an. Ich schlug die Hände vor den Mund. Die Feuerzungen leckten am Holz. Rauch stieg auf. Die Flammen erreichten die verschnürte Gestalt, und sie fing Feuer. Mit einem ohrenbetäubenden Schrei quittierten die Priester das Ereignis, und die Trommeln erstarben erneut.

«Nein!!! Sascha!», schrie ich in die plötzliche Stille hinein. Dann drehte ich mich um und hetzte los. Ich hatte geglaubt, dass sie, wenn, dann Tiere schlachten würden. Aber die brachten hier Menschen um?! Kopflos bahnte ich mir meinen Weg durch die Menge. Ich musste aus diesem Alptraum verschwinden.

Da fasste mich eine harte Hand an der Schulter und stoppte meine hastige Flucht. Ich kämpfte gegen die Fessel der Hände, trat um mich, versuchte mich aus dem Griff zu winden. «Lass mich los!», brüllte ich in höchster Verzweiflung.

«Anna! Hör auf! Das war kein Mensch! Das war nur symbolisch! Da war kein Mensch auf diesem Altar, Anna!» Die Hände schüttelten mich aus dem schmierigen Film, der sich über meine Augen gelegt hatte. Vor mir stand ein erschrockener Adonis.

«Anna! Bist du in Ordnung?»

«Nein, nein! Das sind Mörder!»

«Reiß dich zusammen, Anna!», befahl Adonis mir mit fester Stimme. Entschuldigend nickte er den umstehenden Leuten zu, die mich pikiert musterten, als hätte ich ihnen die große Show verdorben.

«Das Mädchen hat einen schwachen Magen!», hörte ich ihn sagen. Er legte den Arm um meine Hüften, um mich zu stützen. Mein Kopf hörte auf, sich zu drehen. Ich atmete langsam aus.

«Das war doch nicht echt! Es war nur ein Symbol! Es war ein *symbolisches* Menschenopfer! Du hast doch nicht ernsthaft geglaubt, sie verbrennen echte Menschen? Anna! Anna?» Adonis' Redestrom holte mich wieder auf den Boden der Tatsachen zurück. Er versuchte, mich zu beruhigen.

«Das war nicht echt?» Meine Stimme klang ganz klein, und meine Hände zitterten.

«Nein, natürlich nicht!» Adonis schüttelte den Kopf und führte mich wieder zurück an unseren Platz.

«Anna, das ist alles nur ein Spiel! Das ist Theater!» Er nickte den

Umstehenden zu. Ich vermied es, die Puppe, die nun völlig verkohlt auf dem Altar brannte, anzusehen.

«Die sind verrückt!», stieß ich hervor.

«Anna! Selbstbeherrschung!», versuchte Adonis es noch einmal.

Plötzlich ertönte hinter uns ein Räuspern. «So, mein Sohn! Genießt du den großen Auftritt und die Hysterie deiner neuen Flamme?» Ich drehte mich um. Eine pantherartige Gestalt ragte zu meiner rechten Seite auf.

Ich blickte in Demokrits kohleschwarzen Augen und zuckte zurück. Sein Blick streifte mich mit unverhohlener Verachtung. Adonis bedachte er mit einem zynischen Grinsen.

«Hallo, Vater!», meinte Adonis kühl. «Wir genießen die kalte Winterluft und das Spektakel. Und du? Ganz ohne Begleitung?»

Demokrits Augen verengten sich. «Ich kümmere mich um die Geschäfte.» Er schoss mir einen weiteren herablassenden Blick zu. Ich wich so weit zurück, dass ich an Adonis' Schulter stieß.

«Und *wenn* ich mit einer Frau hierherkomme, wähle *ich* mir meine Begleitung mit Bedacht aus», schoss er eine weitere Spitze ab.

Adonis machte ein Geräusch, das sich wie ein Fauchen anhörte, doch bevor er seinem Vater eine passende Antwort entgegenschleudern konnte, tippte dieser grüßend an seine Stirn und verließ uns. Ich blickte seinen elegant fließenden Bewegungen hinterher und sah, wie er sich einer Gruppe von illustren Gästen anschloss. Sie waren üppig gekleidet und bekränzt. Unter ihnen befand sich eine in weiße Gewänder gehüllte Gestalt. Ein weißer wallender Bart quoll unter der Kapuze des Mannes hervor. An jedem seiner Arme hing eine weiß gewandete wunderschöne Frau.

«Das ist der Hohepriester», flüsterte Adonis mir ins Ohr. Er musste meinem Blick gefolgt sein.

Demokrit unterhielt sich mit den wichtig aussehenden Männern. Er lachte laut auf. Seine Augen wanderten wieder zu mir, und das Glühen darin flößte mir mehr Furcht ein als das vermeintliche Menschenopfer von vorhin. Demokrit war eine der mächtigsten Figuren auf diesem Platz. Er war im Vorstand des Humaniums, er war in die Regierung unseres Parts eingebunden. Demokrit Magellan war ein mächtiger Mann! Und dieser Mann war gegen mich. Furcht packte mich.

Unten auf dem Feld ging der düstere Tanz weiter. Ich riss mich von dem Anblick der Gruppe los, und mein Blick schweifte auf den Reigen hinab. Der Klang der Trommeln bäumte sich noch einmal auf und erstarb dann langsam mit dem Verschwinden der Priester vom Feld und der Dämmerung der Flammen.

«Jetzt wird etwas kommen, das Ihnen ganz sicher gefällt, Anna!», versprach Adonis.

«Ich wäre mir da nicht so sicher», murmelte ich. Meine Stimme und Knie zitterten immer noch.

«Doch! Ich verspreche es Ihnen», beharrte Adonis. «Jeder darf eine Kerze nehmen, sie an den Fackeln entzünden und dann in die Mitte des Feldes legen. Das symbolisiert die Gebete zum Gott des Lichts!» Zweifelnd schaute ich ihn an.

«Meine Güte, Anna! Ich hätte doch niemals zugelassen, dass Ihnen etwas geschieht. Ich habe schließlich Ihrer Mutter versprochen, auf Sie aufzupassen. Ich werde auch nicht von Ihrer Seite weichen.» Wie zum Beweis umfasste er meine Taille und drückte mich fest an sich. Ein Hauch seines Duftes streifte meine Nase, und mein Herz schlug schneller.

«Kommen Sie mit, Anna?» Ich nickte sprachlos. Er drängte sich mit mir im Arm rücksichtslos durch die Menge und stieß mit dem Ellbogen Leute zur Seite, die sich uns in den Weg stellten. Beim großen Feuer im Feld sammelten sich nun die Menschen. Jeder wollte seine Gebete in Richtung Himmel schicken. Als wir uns in die Reihen neben den Fackeln stellten, biss die Kälte selbst durch die warme Jacke, die Adonis mir gegeben hatte. Vor uns verwandelten die Menschen mit ihren Gebetskerzen das Feld in ein Lichtermeer.

Die Worte meiner Mutter kamen mir wieder in den Sinn: «In zwei Tagen ist ein Fest der Christen. Sie feiern, dass Jesus, der Sohn Gottes, als Licht in diese Welt gekommen ist. Jesus wurde als Mensch geboren. Gott wurde Mensch.»

«Jesus», flüsterte ich.

«Was sagen Sie?», sprach Adonis mich an.

«Nichts», erwiderte ich schnell. Eine Kerze wurde in meine Hand gedrückt. «Jesus, du Gott des Lichts!», wisperte ich dem Lichtermeer entgegen. «Wenn es dich gibt, dann bringe mir Felix zurück. Und meine Mutter ... Und beschütze die Christen ...» Wir kamen an den Fackeln vorbei. Ich entzündete meine Kerze. «Ach ja, und wenn es dir nichts ausmacht, dann hilf mir bitte, meine Selbstverwirklichungsstufe zurückzugewinnen. Wenn du willst», fügte ich an.

Weshalb sprach ich überhaupt mit dem Gott der Christen? Ich konnte mir nicht vorstellen, dass er sich an diesem ruchlosen Ort aufhielt.

Langsam schoben wir uns an den Rand des Lichtkreises. Adonis stellte seine Kerze ab. Ich tat es ihm gleich.

«Licht soll entstehen ...», zitierte ich leise aus der Bibel, und mein Herz fühlte sich plötzlich so erleichtert an, dass sich sogar ein Lächeln auf mein Gesicht wagte.

«Na also! Habe ich Ihnen zu viel versprochen?», meldete sich Adonis. «Ich wusste, Ihnen gefällt es.» Ich nickte schüchtern. Die Belastung von vorhin hatte mich verlassen, und ich ließ mich von Adonis zu einem Tisch mit Getränken führen.

«Ich werde den Priester für Sie auftreiben! Warten Sie einen Augenblick hier!» Er schlängelte sich durch die Leute. Immer wieder wurde er aufgehalten von Leuten, die ihn kannten und ihn mit Enthusiasmus begrüßten. Nicht wenige davon waren weiblich, wie ich zu meinem Unmut feststellen musste. Sie klammerten sich etwas zu fest an ihn, kniffen ihn zu vertraut in die Wange, flüsterten ihm Dinge ins Ohr. Adonis schäkerte, küsste und lachte munter zurück. Ohne Zweifel war er unter den Dionysiern bekannt wie ein bunter Hund. Aber was taten er und sein Vater als Apolliner eigentlich hier? Weshalb hatte Demokrit seine Finger nach allen Gesellschaftsschichten ausgestreckt? Ich schauderte. Der Mann war so unheimlich. Auch jetzt fühlte ich mich von ihm beobachtet.

Ich war erleichtert, als Adonis mit einem schwarz bemäntelten Mann auftauchte, der ihm knapp bis zur Schulter reichte. In seinen Händen balancierte er zwei Gläser mit dampfender dunkelbrauner Flüssigkeit. «Hier habe ich Ihren Interviewpartner, Anna!», rief er schon von Weitem. Als die beiden vor mir zum Stehen kamen, drückte er mir ein Glas in die Finger. «Trinken Sie diesen Grog. Der wärmt Ihre Knochen bestimmt auf!» Dankbar umschloss ich das Glas. Ich nahm einen vorsichtigen Schluck. Das Gebräu ließ mich husten, doch es wärmte mich tatsächlich.

Ich nickte dem Priester befangen zu. Er sah jung aus – er war ungefähr in Adonis' Alter. Über seine gesamte linke Gesichtshälfte zog sich ein Tattoo, das die Klaue eines Greifvogels darstellte. Er musterte mich mit unverhohlenem Interesse. Mit einem unwohlen Gefühl senkte ich mein Gesicht.

«Sie will etwas über die Christen wissen!», erklärte ihm Adonis.

«Die Christen? Pah!», spuckte der Priester aus. «Die Christen verspeisen wir zum Frühstück!» Er nippte an seinem Grog. «Ich weiß nicht, wer sich heutzutage noch für das dreckige Pack interessieren sollte. Ich wünschte, wir hätten sie schon vor Jahren mit Stumpf und Stiel ausgerottet.»

Adonis lachte gekünstelt und haute ihm seine Hand auf die Schulter. «Hast du schon zu viel getrunken, mein Guter?», spöttelte er und nahm seinerseits einen Schluck von seinem Getränk.

Der Priester lachte mit ihm. «Haha! Jaaaaa, kann sein. Aber wer will schon über die Christen sprechen, wenn es so viele atemberaubende Priesterinnen gibt, die hier überall rumlaufen, Alter!» Er haute Adonis ebenfalls auf die Schulter. «Wie wäre es mit der hier?» Er nickte mir anzüglich grinsend zu. Mein Herz setzte aus. «Ist sie deine ... persönliche Priesterin? Ich muss schon sagen, sie hat alle Rundungen am richtigen Platz, wenn du weißt, was ich meine ... Es fehlt nur noch die passende Kleidung ... et voilà ... Du würdest mindestens ein Dutzend Herzen brechen!» Er lachte, als hätte er den Witz des Jahrhunderts erzählt. Ich spürte, wie meine Wangen sich röteten.

Anstatt zu antworten, nahm Adonis einen letzten tiefen Schluck von seinem Gebräu und tauschte das Glas gegen einen Becher von dem Tisch vor uns aus. Er stieß mit dem Priester an.

Ich war ärgerlich. Adonis hatte mir ein Interview über die Christen versprochen. Und nun stand hier dieser unsympathische Mensch und betrachtete mich, als sei ich ein seltenes Tier und er der Jäger. Adonis benahm sich komisch, wenn er mit diesem Lüstling zusammen war. Ich hasste diesen «vulgären Adonis». Er war so anders als der junge ambitionierte *Humanitus Perfectus,* als den ich ihn kennen gelernt hatte. Ich nahm noch einen Schluck von dem starken Getränk. Mir wurde ganz schwindelig.

Adonis und der Priester hatten ihr zweites Glas im Nu geleert und sich weiteren Nachschub verschafft. Ich dagegen fühlte mich schon durch die wenigen Schlucke, die ich genommen hatte, ganz duselig. Ich hatte Mühe, die beiden Männer vor mir scharf zu sehen. Sie prosteten sich wieder zu und leerten auch ihr drittes Glas in einem Zug. Mein Kopf fühlte sich schwer und heiß an. Ich war plötzlich unendlich müde. Konnte ich Adonis dazu überreden, das Interview abzublasen und mich nach Hause zu fahren?

Adonis schien jedoch mit jedem Glas heiterer zu werden. Ich gab mir mittlerweile gar keine Mühe mehr, den obszönen Sprüchen und dem fiesen Gelächter der beiden zu lauschen. Ich wollte weg von diesem Platz. Und nun spielte auch noch Musik auf.

«Anna!», rief Adonis fröhlich und streckte seine Hand aus: «Komm mit mir tanzen!»

Ich schüttelte meinen schweren Kopf.

«Los, komm! Du bist jung und hübsch, und du wirst jetzt mit mir tanzen!» Er klang, als hätte er Kieselsteine im Mund. Seine Hand packte mich, und er zog mich mit sich. Ich fühlte mich wie in Watte gepackt und ließ mich widerstandslos abschleppen.

Auf dem Feld neben dem Lichtermeer tanzten verschiedene Pärchen. Ich sah auch Priesterinnen in weißen Gewändern, die mit Priestern tanzten. Adonis legte eine Hand an meine Taille, und obwohl ich mich benebelt fühlte und eine dicke Jacke trug, elektrisierte mich seine Berührung.

«Tanz mit mir, Anna!», meinte Adonis lachend.

«Ich kann das nicht», stotterte ich.

«Doch! Kannst du! Folge einfach meinen Schritten!» Er legte seine andere Hand auf meinen Rücken und zog mich an sich. Ich blickte zu ihm auf. Mein Kopf wollte nicht aufhören, Karussell zu fahren. Doch mein Blick war in seinen Augen gefangen wie die Biene auf einer Nektarblüte. Mein Herz donnerte in meinen Ohren.

«Anna … Süß bist du …», flüsterte Adonis, beugte sich zu mir hinunter und versiegelte meinen Mund mit seinen Lippen.

Ich fühlte, wie meine Sinne schwanden.

Kapitel 15

Samstag, 2. Nivôse 331 A. I.
«Tag der Kohle» (24. Dezember)

In meinem Universum gab es nur Adonis. Seine Stimme, seinen Geruch, seine Lippen auf meinen, seine Arme, die mich umfingen. Die Musik, die fröhlichen Paare um uns herum, das nächtliche Feld, erhellt vom Feuer – alles verschwamm in meinem Herzen zu einem wunderschönen Strudel, von dem ich mich einfach mitreißen ließ. *Lass das bitte niemals enden,* flehte ich innerlich. Es war, als könnte ich mich zum ersten Mal seit Monaten fallenlassen und alles vergessen. Unsere Körper schwebten eng umschlungen inmitten der anderen Paare, und der Himmel über uns war endlos. Ich schloss meine Augen.

Eine schneidende Stimme weckte mich unsanft aus meinem Traum. Ich versuchte sie aus meinem Universum auszublenden. Über den Klang der Musik hinweg wirkte sie wie ein Störsender: «A-do-nis!» Die Kälte dieser Stimme kam mir bekannt vor ...

Adonis hob den Kopf. Ich öffnete die Augen.

«Deine Anwesenheit wird erwünscht!» Demokrit stand wie eine Granitstatue etwa drei Meter von uns entfernt. Seine kohleschwarzen Augen ruhten auf mir. Mein Herzschlag fiel in den Keller. Meine Wangen brannten. Mein Kopf drehte sich.

Adonis ließ mich los. Ich taumelte nach hinten, und wäre ich nicht in das nächste Tanzpaar hineingerasselt, wäre ich wohl der Länge nach auf den Boden aufgeschlagen. Entschuldigend hob ich meine Hände, während mich die beiden Tänzer ungehalten musterten und sich etwas Unfreundliches zuraunten.

Adonis war mit seinem Vater zum Ende des Feldes gelaufen, und ich ließ die Musik an mir abperlen, während ich versuchte mein inneres und äußeres Gleichgewicht wiederzufinden. Wie ein vom Blitz getroffenes Schaf blieb ich mitten in der Menge stehen und sah durch einen Schleier, dass Adonis mit seinem Vater in eine heftige Diskussion verwickelt war. Weil ich den Tänzern nicht auswich, steckte ich einige Ellbogenstöße ein, die ich jedoch kaum spürte, da ich immer noch in anderen Sphären schwebte. Adonis' Gesicht verfinsterte sich, und er brüllte seinen Vater mit zu Fäusten geballten Händen an.

«Das werde ich nicht tun!», glaubte ich zu verstehen.

Demokrit erhob seine Hände beschwichtigend. Ein schmieriges Grinsen erschien auf seinem Gesicht. Adonis ballte seine Fäuste. Ich fürchtete, er würde seinen Vater schlagen.

Das zehnte Tanzpaar rempelte mich an. «Hey, pass doch auf!», fauchte mich eine perfekt geschminkte Priesterin an. Ohne meine Augen von Adonis und seinem Vater zu wenden, manövrierte ich mich an das Ende des Feldes, um aus der potenziellen Gefahrenzone zu verschwinden.

Adonis' Gesichtszüge schienen jetzt mit dunklen Gewitterwolken verhangen zu sein. Sein Ausdruck war wie aus Stein gemeißelt, als er nach einem letzten hervorgestoßenen Satz seinem Vater den Rücken zukehrte und in meine Richtung davonstürmte. Er hätte mich beinahe umgerannt, so wütend war er.

«Wir gehen nach Hause, Studentin Tanner», schnauzte er mich kurz angebunden an. Erschrocken starrte ich ihn an. Von dem Moment der Zärtlichkeit, den wir eben noch geteilt hatten, war nichts mehr zu merken. Er fasste mich unsanft am Arm und zog mich mit sich. Verwirrt stolperte ich hinter ihm her und rätselte, weshalb ihn die Konversation mit seinem Vater so aus dem Gleichgewicht gebracht hatte. Ich stolperte über Baumwurzeln und größere Steine, als er mich in horrendem Tempo durch die Menschenmenge zum Motorrad zog.

«Aufsetzen!», blaffte er mich an. Ich spürte, wie mir wegen der groben Behandlung die Tränen in die Augen schossen. Was hatte ich ihm denn getan? Ich schluckte meine Gefühle herunter und schwang mich schweigend hinter ihm auf das Gefährt, während der Motor leise zum Leben erwachte. Die plötzliche Beschleunigung beim Anfahren warf mich beinahe vom Sitz – ich schaffte es gerade noch, meine Arme nach Adonis' Jacke auszustrecken. Mein Herz flatterte. Adonis verminderte das Tempo nicht, und ich erstarrte im frostigen Fahrtwind zum Eiszapfen. Adonis fuhr schwankend und holperte mehrmals über größere Hindernisse. Ich wünschte mir, die rasante und halsbrecherische Fahrt hätte ein Ende.

Mit einem rutschigen Stopp ging mein Wunsch einige eiskalte Minuten später in Erfüllung. Adonis setzte seine Stiefel auf den Boden auf und meinte unwirsch: «Guten Abend, Studentin Tanner!» Ich wusste, ich war entlassen.

Ich wollte die Jacke ausziehen, doch er winkte ab. «Behalten Sie sie!» Ich entfernte mich rückwärtslaufend vom Motorrad und wollte noch etwas sagen, irgendetwas, um das Unwohlsein zu überwinden, das sich wie eine Mauer zwischen uns errichtet hatte.

Ich öffnete den Mund, doch da nickte er mir auch schon zu und brauste davon. Mit offenem Mund starrte ich ihm hinterher. Mir wurde übel. Er hatte mich heute doch geküsst! Weshalb musste uns sein Vater alles verderben? Hatte er diesen besonderen Moment vielleicht absichtlich zerstört? In meinem Inneren wallte eine Abneigung gegen den mächtigen Mann auf.

Adonis war verschwunden. Ich würde am besten hineingehen und einen Bericht für Aquilina Akbaba verfassen, der ein erfundenes Interview mit dem Priester beinhaltete. Doch mein Kopf brummte derart, dass ich nicht wusste, wie ich das fertigbringen sollte.

Ich schleppte mich rauf zu unserer Wohnung und öffnete die Tür mit einem Fingerdruck. Ich brauchte Trost, sehnte mich nach Armen, die mich umschlossen.

«Gott sei Dank!» Meine Mutter kam wie eine Furie um die Ecke geschossen und packte mich mit beiden Händen an den Schultern. «Meine Güte, Anna! Wo hast du denn gesteckt? Ich habe mir solche Sorgen gemacht!» In ihren Augen stand die Panik.

Mein Blick fiel auf die Uhr. Es war ein Uhr morgens. Während meines Gefängnisaufenthaltes war ich die ganze Nacht weg gewesen, und meine Mutter hatte es nicht einmal realisiert. Weshalb war sie denn jetzt so aufgeregt? Woher nahm sie die Energie, mich in diesem Ton anzusprechen?

«Ich war mit Adonis unterwegs», sagte ich schroffer, als ich wollte.

«Wo denn?»

«Mutter, muss das wirklich sein? Ich bin todmüde, und ich bin ja jetzt zu Hause. Du musst dir keine Sorgen machen.» Meine Stimme klang gereizt.

«Ich will nicht, dass du dich nachts herumtreibst! Wenigstens nicht, ohne mir vorher Bescheid zu geben. Es könnte ja sonst was passieren. Die Straßen sind nicht sicher nachts.»

«Ich war ja nicht alleine, Mutter», entgegnete ich scharf. «Adonis war bei mir. Er hat mich beschützt, so wie du das wolltest. Wo liegt das Problem?»

«Wo seid ihr gewesen?»

Die schwarzen Tänzer, das unechte Menschenopfer und Demokrits finstere Augen flammten vor meinen Augen auf.

«Das geht dich überhaupt nichts an», hörte ich mich schnippisch sagen und bereute die Worte sofort. «Das ist meine Sache. Du kümmerst dich sonst auch nicht um mich», fügte ich jedoch trotzdem noch an. Was war in mich gefahren, dass ich so mit meiner Mutter sprach? Ich hatte ihr seit fünf Jahren keine Rechenschaft mehr ablegen müssen. Weshalb denn ausgerechnet jetzt, wo mein Leben total aus den Fugen geriet? Ich wandte mich von ihr ab und dachte, die Sache sei erledigt.

«Jage mir nie mehr einen solchen Schrecken ein», flüsterte meine Mutter mit Nachdruck.

«Ich bin erwachsen», schleuderte ich ihr entgegen. «Du kannst es mir nicht verbieten.»

«Ich mache mir doch bloß Sorgen um dich», startete sie einen erneuten Versuch.

«Dazu ist es wohl zu spät!», resignierte ich.

«Hat er dir was angetan?» Die Panik kehrte zurück in Mutters Stimme.

Adonis? Was hatte er mir angetan? Er hatte die Mauer meiner Selbstbeherrschung eingerissen und mein Herz offengelegt, und jetzt war er verschwunden, und ich war schutzlos meinen Gefühlen ausgeliefert. Das hatte er mir angetan.

«Nein! Er hat nichts getan», wehrte ich müde ab.

Mutter atmete auf. «Pass auf!»

«Aber du hast mich ihm anvertraut …»

«Ich weiß nicht, ob das ein Fehler gewesen ist. Ich weiß nicht, ob sein Herz aufrichtig ist.»

«Das ist es», verteidigte ich ihn, obwohl ich mir dessen nicht sicher war. Ich zog mir die Schuhe und die Jacke aus und ließ beides auf den Boden fallen – Ordnungsprinzipien waren mir momentan einfach nur gleichgültig!

In der Wohnung hing der trostlose Geruch von muffiger Wäsche, die nicht trocknen wollte. Ich entdeckte in der Küchenzeile den kleinen Wäscheständer. Mutter musste gewaschen haben. Irgendwas war in letzter Zeit los mit ihr.

Ich wandte mich ihr zu. Sie stand noch immer mitten im Raum. Wir schauten uns an wie zwei Fremde, die der Strom des Lebens auseinandergerissen hatte und die voneinander wegdrifteten, sich die rettende Hand reichen wollten, aber nicht wussten, wie. Das kleine Mädchen in mir sehnte sich danach, sich in den Armen seiner Mutter zu verstecken. Doch stattdessen straffte ich meine Schultern.

«Ich will jetzt schlafen», informierte ich sie. Mein Blick fiel auf die Bibel neben meiner Arbeitsstation. Ich musste Adonis morgen unbedingt sehen. Vielleicht fiel mir eine banale Frage zur Bibel ein, damit ich ihm in die Augen sehen und erkennen konnte, ob er den Kuss ernst gemeint hatte. Ich musste ihn sehen.

Um meiner Mutter zu signalisieren, dass ich nicht mehr mit ihr reden wollte, warf ich mich aufs Bett und drehte ihr den Rücken zu. Doch es dauerte trotz der fortgeschrittenen Stunde lange, bis ich endlich einschlafen konnte. Reue durchfuhr mich, und mir war speiübel.

Montag, 4. Nivôse 331 A. I.
«Tag des Schwefels» (26. Dezember)

Den ganzen Sonntag über hatte ich in der Bibel gestöbert. Ich hatte im «Neuen Testament» gelesen und auch etwas gefunden, das Jesus Christus betraf, aber ich war aus der Geschichte nicht schlau geworden. Es hatte anscheinend geheimnisvolle Prophezeiungen gegeben, die seine Geburt vorhersagten. Und seine Mutter hatte das Kind vom «Heiligen Geist» empfangen und nicht von ihrem Mann.

Ich versteckte die Bibel hinter anderen Schulbüchern aus der Bibliothek, damit meine Mutter nicht sah, welcher Lektüre ich mich bediente. Ich hatte einfach keine Lust, ihr etwas vorzulesen.

Sie sprach mich nicht mehr auf die vergangene Nacht an, doch ich spürte ihre prüfenden Augen permanent auf mir.

Vermutlich hatte es momentan sowieso keinen Sinn, aus der Bibel schlau werden zu wollen. Die Buchstaben und Wörter verblassten hinter der Erinnerung jedes einzelnen Moments, den ich gestern gemeinsam mit Adonis erlebt hatte. Ich genoss das kribbelige Gefühl, das der Gedanke an den gestohlenen Kuss in mir auslöste, und schwelgte im Klang der Musik des Lichterfests. Ich wusste momentan nur noch eins mit Bestimmtheit: Ich wollte Adonis wiedersehen. Alles in mir sehnte sich nach seinem Anblick und seinen Armen, die mich umschlossen. Auf der anderen Seite enthielt jeder Gedanke an unseren kalten Abschied und die ruppige Heimfahrt einen schalen Beigeschmack.

Trotz meiner Müdigkeit war ich am Montag beizeiten unterwegs, um ins Humanium zu kommen. Mein Herz klopfte in der Erwartung, Adonis' schönes Gesicht wiederzusehen. Heute würde mich nichts aus der Fassung bringen können. Sogar die Sonne drückte sich durch den dünnen Nebelschleier, und es war gar nicht so kalt wie sonst. Oder bildete ich mir das nur ein? Ich nahm während des Schulwegs fast nichts wahr, sondern schwebte wie im Traum vorwärts.

Irgendwie – es entzog sich meinem Verstand – stand ich jedenfalls plötzlich im Humanium in den Katakomben vor dem Geschichtsraum, in dem Adonis unterrichtete. Ich stellte mir vor, wie ich lässig in den Raum schlendern würde, ein verführerisches Lächeln auf den Lippen.

«Hallo, Adonis!», würde ich sagen. «Wie wäre es, wenn wir uns verabreden würden? Von mir aus jeden Tag, für den Rest unseres Lebens!» Ich drückte beglückt die Bibel gegen meinen Brustkorb. Plötzlich erfasste mich aber Panik, weil ich die ausgeklügelten Worte, die ich mir eben noch so sorgfältig zurechtgelegt hatte, schon wieder vergessen hatte. Doch vielleicht würde es die Frage gar nicht brauchen, beruhigte ich mich. Vielleicht würde er mich einfach wieder an sich ziehen. «Anna ... Du bist so süß ...», hatte er am Freitag gesagt.

Beherzt trat ich durch die Tür in den hell erleuchteten Raum. Adonis stand am Pult und starrte auf seine Arbeitsstation. Er blickte auf, als er mich an der Tür hörte. Ein fröhlicher Gruß erstickte in meiner Kehle, als sich seine Augenbrauen zu einem dunklen Blick zusammenzogen.

«Was?», fragte er unfreundlich.

«Ich bin's nur!», versuchte ich die Situation zu entschärfen. Vielleicht hatte er jemand anderen erwartet.

«Ja, das sehe ich! Also: Was?» Wie vor den Kopf gestoßen schaute ich ihn mit großen Augen an.

«Ich ... ich hätte noch eine Frage ... Wenn ich darf ...», stotterte ich verunsichert. «Zur Bibel!»

Adonis verdrehte doch tatsächlich die Augen und warf seine Hände in die Höhe.

«Ich habe keine Zeit für solche Spielereien, Studentin Tanner!», antwortete er entnervt. Seine sonst so lebendigen Augen starrten mich kalt an. Verletzt zog ich mich einige Schritte zurück.

«Aber Sie wollten doch ... also ich meine ... Sie sagten doch, ich kann mich mit allem an Sie wenden.»

Adonis schnaubte. Was war nur los mit ihm?

«Hören Sie, Studentin Tanner! Sie müssen lernen, dass Sie hier nicht die wichtigste Person auf dem Campus sind. Ich kann nicht für Sie den Babysitter mimen.»

Mein Herz sank. Was spielte sich hier ab?

«Aber ... meine Arbeit», versuchte ich es noch mal. «Sie haben doch gesagt, dass ... Sie haben es versprochen!» Ich zog alle Register. Das konnte doch alles nicht wahr sein! Ich befand mich wohl noch immer in dem Traumland von vorhin – nur dass sich nun alles in meinen persönlichen Alptraum verwandelt hatte. Die feuerhelle Erinnerung an Adonis' einmaligen Kuss verbrannte vor meinem inneren Auge zu Asche.

«Sie haben es versprochen», flüsterte ich nochmals und kämpfte mit dem letzten kümmerlichen Rest meiner Selbstbeherrschung die Tränen nieder, die sich Bahn brechen wollten.

Adonis' Stimme klang etwas sanfter, aber er bekräftigte erneut: «Ich kann nicht! Verstehen Sie? Ich muss mich selbst meinen Studien widmen. Es ist wichtig, dass Sie lernen, Ihre Arbeiten eigenständig zu recherchieren und zu schreiben. Belästigen Sie mich nicht mehr weiter damit.» Er presste den schwachen Abglanz eines Lächelns auf seine Lippen.

Was war mit Adonis geschehen? Er erschien mir wie ausgewechselt. Ich hatte die Botschaft verstanden. Er hatte mich in meine Schranken gewiesen. Er war der *Humanitus Perfectus,* ich war die geächtete Studentin. Er lebte in einer Villa in Saus und Braus, und ich lebte in einer Stadtwohnung und versuchte mich und meine Mutter durchzubringen. Ihm standen alle Möglichkeiten offen, ich wurde wieder einer Chance beraubt. Er hatte mir meine Befürchtungen noch einmal neu bestätigt. Ich wusste, wann ich verloren hatte. In letzter Zeit hatte ich oft genug Gelegenheit gehabt, es zu üben.

Adonis' sonst so stahlharte Schultern wirkten in seinem Anzug gebeugt. Seine sauberen Fingernägel gruben sich in die Tischkante. Doch sein Blick verbot mir, nochmals zu einer Widerrede anzusetzen.

Mit dem letzten Rest von Würde, den ich aufbringen konnte, wandte ich ihm den Rücken zu und schlich wie ein geprügelter Hund aus dem Raum. Ich gönnte mir den Luxus von Tränen nicht. Ich blickte auch nicht zurück. Ich straffte meine Schultern und ging durch den Gang hinauf zu meinem Schulzimmer, die Bibel presste ich wieder an meine Brust – doch diesmal nicht vor Freude.

Ich würde noch rechtzeitig zum Schulstart im Klassenraum eintreffen. War Felix schon da? Ich betrat zögerlich das Zimmer und ließ meinen Blick suchend über die Menge der Studenten schweifen. Felix' dunkles Gesicht konnte ich nirgends sehen. Der Schlag der Erkenntnis traf mich hart: Felix war abgereist, ohne mir ein Wort davon zu sagen. Er hatte mich verlassen. Ich konnte keinen Trost mehr bei ihm suchen.

Ich ging einsam auf meinen Platz zu. Panik bemächtigte sich meiner. Sie drückte sich an mein Herz und umschloss es. Ich war alleine. Alleine in dieser Flut von fremden Menschen und in diesem erdrückenden Gebäude. Ich würgte. Ich musste raus hier, raus aus diesem Grab, raus aus dieser Gefangenschaft! Mein Herz hämmerte. Die Bibel hing zentnerschwer in meinen Armen.

Es war furchtbar mühsam, mich auf den Unterricht zu konzentrieren. Sätze, Thesen, Theorien und meine eigenen Gedankengänge verbanden sich zu Nebelfetzen, die an mir vorbeizogen. Wie betäubt verließ ich in der Pause das Zimmer und trat auf den Gang.

Und da kam Adonis Magellan auf mich zu. Er war mit einer Gruppe *Humaniti Perfecti* unterwegs. Hoffnungsvoll richtete ich meinen Blick auf sein markantes Gesicht. Er zog wie in Zeitlupe an mir vorbei. Seine Augen auf den Boden gerichtet, hörte er einem Kollegen aufmerksam zu und würdigte mich keines Blickes.

Ich lehnte mich mit dem Rücken gegen die kalte Betonwand und sah zu, wie er sich immer weiter von mir entfernte. Er verließ mich. Wie mein Vater, wie mein Bruder, wie meine Mutter, wie Felix. Mein ganzes Herz warf sich seinem breiten Rücken hinterher.

«Adonis!», wollte ich ihm hinterherrufen. «Komm zurück! Ich brauche dich! Lass mich nicht allein!» Meine Stimmbänder weigerten sich, der Sehnsucht Raum zu geben. Meine Füße gehorchten den Befehlen des Herzens nicht.

Mein Verstand flüsterte mir zu: «Du kannst dich auf niemanden verlassen.»

«Aber er war doch gut zu mir! Er wollte mir helfen», wagte mein Herz den Vorstoß.

«Ach was! Du bist nicht gut genug!», parierte mein Verstand. Gefühle brodelten und wallten in meinem Brustkorb auf. Ich legte meine Hand auf mein Herz, in dem es schmerzhaft zog. Ich ballte die Fäuste und fürchtete, jeden Augenblick zu zerspringen. Ich konnte hier nicht sein. Wohin aber dann?

«Wo gehöre ich hin?», murmelte ich verzweifelt.

«In den Unterricht, würde ich sagen», meinte eine amüsierte Schulkollegin, die mein Selbstgespräch mitbekommen hatte. «Die Pause ist vorbei!»

Meine Füße waren schwer, als sie mich am Abend nach Hause trugen. Ich hielt die Bibel fest umklammert. Die Haustür klickte, als ich sie öffnete. Ich stand abgestumpft im Eingangsbereich unserer Wohnung.

«Hallo, Mutter», flüsterte ich. Ihre dunklen Augen begegneten meinem Blick. Adonis weg, Felix weg, Michael weg ... Die Christen waren weg, und ich hatte nicht den Mut, sie zu suchen. Alle waren weg. Ich fühlte eine große dumpfe Leere in mir aufsteigen.

In einer plötzlichen Gefühlsaufwallung hob ich die Arme über meinen Kopf, und mit einem wütenden Aufschrei schmetterte ich die Bibel zu Boden. Mutter schrak zusammen und schaute mich mit großen dunklen Augen an. Die Bibel blieb aufgeschlagen in der Ecke liegen, und das goldene Kreuz auf dem Einband schimmerte mich anklagend an.

Samstag, 5. Ventôse 332 A. I.
«Tag des Ziegenbocks» (24. Februar)

«Anna», lockte mich die Stimme meiner Mutter.

Ich öffnete die Augen. Es musste mitten in der Nacht sein. Der Morgen hatte sein Licht noch nicht über die Stadt ausgegossen. Sanfter Lampenschimmer erfüllte die Wohnung.

Mutter saß am Bettrand. In ihrem schäbigen Nachthemd sah sie aus wie ein kleiner, schmaler Geist, und tiefe Empfindungen durchfluteten mich. Sie sah so verletzlich aus. Ich rieb meine Augen.

«Was ist denn?», flüsterte ich.

Sie deutete auf die Bibel in der Ecke, die schon seit zwei Monaten dort lag und bereits Staub angesetzt hatte. «Ich kann nicht schlafen! Liest du mir aus dem Buch vor?»

Ich runzelte verwirrt die Stirn. Der Schlaf verhängte wie Spinnweben mein Gehirn. «Wieso denn?»

«Ich möchte, dass du mir aus dem Buch vorliest.» Mutters Stimme klang immer noch ganz klein. «Vielleicht kann ich dann wieder schlafen. Es ist manchmal schwierig, den Traum von der Wirklichkeit zu unterscheiden.»

Ich richtete mich auf. Mein Blick fiel auf die Uhr. Eine Stunde wäre mir noch vergönnt gewesen, bis der Wecker mich aus dem Schlaf gerissen hätte. Doch nun war die Nachtruhe vertrieben. Ich konnte ebenso gut aufstehen.

Ich streckte die nackten Füße unter der Bettdecke hervor in die kalte Luft. Ein Schaudern durchfuhr mich, und ich zog sie schnell wieder zurück unter die warme Decke. Aber es blieb mir ja doch nichts anderes übrig: Seufzend stand ich auf und ging gedankenverloren ans Fenster.

Schneeflocken tanzten durch die Dunkelheit dagegen. Ein weiterer Tag ohne Sonne. Mein Herz sehnte sich danach, durch den Schnee zu hüpfen, wieder mal nach Herzenslust zu lachen, mich zu freuen. Doch in mir war das Lachen erstickt worden. Ich trieb durch die dunklen Tage dieses garstigen Winters, und obwohl die Tage langsam länger wurden, herrschte Dunkelheit in meinem Herzen. Außerdem: Mit wem außer Felix hatte ich je so viel gelacht? Keiner hatte meinen Humor so gut verstanden. Sein Lachen war meine Sonne gewesen in dieser dunklen Zeit der Anstrengung und in der apollinischen Welt, in der es so schwer war, immer gut genug zu sein.

Felix war weg, die Christen waren weg. Waren sie mehr gewesen als ein blasser Traum, der in der Wintersonne verschwindet? Kephas ... nur eine Gestalt aus einem Märchen? Eunice und Philemon ... Lois ... Waren sie jemals da gewesen? Hatte ich sie in ihrer unterirdischen feuchten Unterkunft besucht, und hatte ich jemals mit ihnen über abstruse Philosophien gestritten? Wahrscheinlich nicht. Sie waren ein Produkt meiner ausufernden Fantasie.

«Anna! Bitte!»

Ich wandte mich wieder meiner Mutter zu.

«Was?», fragte ich wieder leise, als würde ich meiner Stimme selbst nicht trauen.

«Das Buch!» Sie wies auf die schwarze Bibel, die in der Zimmerecke lag. Seiten waren umgeknickt, der Einband war eingerissen von meinem Wutausbruch zwei Monate zuvor. Seither hatte ich sie nicht mehr angefasst.

Zögernd kniete ich mich hin und berührte den festen Einband. Die Spitze meines Zeigefingers grub eine Bahn durch den angesammelten Staub, als sie das goldene Kreuz entlangfuhr.

Das Herz war mir schwer, voll mit wehmütigen Gedanken. Adonis' perfektes Gesicht erschien vor meinem inneren Auge. Ich ergriff das Buch mit beiden Händen und hob es auf. Die geschundene Bibel schien unter meiner Berührung zu ächzen, als wäre sie schwer verletzt worden. Ich versuchte die eingeknickten Seiten so gut wie möglich glattzustreichen, doch sie wehrten sich dagegen. Ich klappte das Buch zu und presste es fest zusammen, dann wischte ich über den Einband und befreite das schwarze Leder von den grauen Staubflocken. Ich legte die Bibel auf den Küchentisch.

Mutters Blick schien zu sagen: «Na, das war doch gar nicht so schwer, oder?» Doch, es war schwer. Mein Herz rumorte. Adonis und die Bibel. Ich konnte die beiden nicht voneinander trennen. Ich fuhr mir mit der Hand ans Herz. Der Gedanke an Adonis versetzte mir einen Stich. Auch die Christen schossen mir durch den Kopf. Weshalb hatte ich nie mehr etwas unternommen, um sie zu finden?

Mutter schien überhaupt nicht zu bemerken, dass mir das alles zu schaffen machte. Bestens gelaunt lächelte sie mich an. «Willst du einen Tee? Er wird dich aufwärmen!»

Ich zog die Augenbrauen hoch. Ich hatte mich immer noch nicht an Mutters neu entdeckte Fürsorglichkeit gewöhnt. Es schien, als hätte die Geschichte, die sie mir und Adonis vor dem Lichterfest erzählt hatte, ihre Zunge gelöst. Hatte meine Mutter bis zu jenem Tag meist in dumpfer Gleichgültigkeit im Bett gelegen, war sie nun viel länger wach. Sie hatte sogar angefangen, sich in der Wohnung nützlich zu machen und unsere dürftigen Lebensmittel in genießbare Menüs zu verwandeln. Ich fand jetzt öfter nach einem langen Schultag ein aufgewärmtes Bad oder einen heißen Tee vor.

«Ja gern», antwortete ich zögerlich.

Leichtfüßig ging sie zum Herd. Ihre momentane aufgeweckte Lebhaftigkeit mutete mich seltsam an. Ich traute der Phase nicht. Ihre Lebensgeister schienen zurückgekehrt zu sein. Aber es war ungewohnt, versorgt zu werden. Seit ich fünfzehn war, hatte *ich* für meine Mutter gesorgt. Nun schienen sich unsere Rollen wieder zu verdrehen. Sie war die Besorgte, die Mütterliche. Sie erkundigte sich nach meinem Tag. Ich kannte es nicht mehr, jemandem außer Aquilina Akbaba von meinem Tag zu berichten – deshalb fielen meine Antworten immer noch kurz und karg aus. Wenn ich nach meinen knappen Informationen dann wieder schwieg, beobachteten ihre Augen mich aufmerksam, als würde sie mich neu kennen lernen. Diese Blicke wühlten mich auf. Aber wenn ich sie fragte: «Was ist denn?», schüttelte sie nur den Kopf.

Ich zog mich eilig an, und Mutter brachte die dampfende Teekanne an den Tisch und goss die heiße Flüssigkeit in unsere abgestoßenen Tassen. Ich blies über den Dampf, der daraus emporstieg. Dann blätterte ich in den zerstörten Seiten und schlug das Neue Testament auf. Mutter setzte sich neben mich.

Im dämmerigen Lampenschein las ich: «Dieses Buch berichtet die Geschichte von Jesus Christus. Er ist ...» Ich musste mich räuspern. «... Davids und Abrahams Nachkomme.»

Meine Worte erfüllten unsere kleine Wohnung. Meine Augen glitten über die schwarzen Buchstaben, und meine müden Stimmbänder füllten die Worte mit Leben. Sie schienen im Raum zu schweben, und meine Ohren erfassten den mir so fremden Klang des Gelesenen. Meine Mutter entspannte sich neben mir. Sie zog auf dem Stuhl ihre Knie an den Körper und legte ihren Kopf darauf. Ihre dunklen Haare flossen über ihr Nachthemd. Ein kleiner Seitenblick auf sie bestätigte mir: Sie sah trotz ihrer Falten aus wie ein junges Mädchen. Schnell schob ich den aufsteigenden Schmerz darüber beiseite, sie so verletzlich zu sehen, und konzentrierte mich auf den Text.

Ich las nochmals die Geschichte von der Geburt dieses Jesus und die dubiosen Umstände, die dazu geführt hatten. Ein wilder Typ erschien auf der Bildfläche namens «Johannes der Täufer». Er erinnerte mich mit seinem Gammel-Outfit aus Kamelhaar stark an den Peaceman aus dem Studentenwohnheim. Von dort aus war auch der Gedanke an Felix nicht weit. Egal! Weiter ... Einfach nur weiterlesen.

Jesus wurde dann «getauft», was immer das auch hieß, und ging danach in die Wüste, wo er einen Streit mit einem Typen namens «Teufel» hatte. Meine Stimme las, aber meine Gedanken schweiften ab. Ein kurzer Blick auf die Uhr zeigte mir, dass ich nur noch wenig Zeit hatte. Aber mir gefiel der Rhythmus der Worte, die ich hier vorlas. Meine Mutter hatte die Augen geschlossen und wiegte sich leicht hin und her. Ich wusste nicht, ob sie mir überhaupt noch zuhörte.

Um zu sehen, ob sie reagieren würde, begann ich den nächsten Abschnitt mit lauten Worten: «Glücklich sind, die erkennen, wie arm sie vor Gott sind, denn ihnen gehört die neue Welt Gottes.» Glücklich?

Wie ein Blitz zuckte Philemons Stimme in mir auf. Wieder hörte ich seine Stimme von den Höhlenwänden widerhallen. «Glücklich sind die Trauernden, denn sie werden Trost finden.» Ja genau, so stand es hier.

Ein Schaudern durchfuhr mich. Philemon hatte aus dem gleichen Buch vorgelesen! Die gleichen Worte aus einem zerknitterten Haufen Papier waren hier in diesem schönen beschädigten Buch zu lesen!

Glücklich ... Oh, ich wollte so gerne glücklich sein. «Glücklich sind die Friedfertigen, denn sie werden die ganze Erde besitzen», las ich weiter. Mutter hob den Kopf. Sie war also doch noch voll dabei.

«Glücklich sind, die nach Gerechtigkeit hungern und dürsten ...» Ich griff nach der Tasse und nahm einen tiefen Schluck. Ich war so durstig. Aber nach was? War es Gerechtigkeit? War es Liebe? Mein Herz pochte dumpf in mir.

«... denn sie sollen satt werden.» Etwas schnürte meine Kehle zu. Satt? Was war das? Als die nächsten «Glücklich sind ...»-Sätze über meine Lippen kamen, war es, als befände ich mich wieder inmitten der Höhle bei den Christen, wo ich mich so wohl gefühlt hatte, während Philemons Stimme die wundervollen Worte las.

«Glücklich könnt ihr sein, wenn ihr verachtet, verfolgt und verleumdet werdet, weil ihr mir nachfolgt. Ja, freut euch und jubelt, denn im Himmel werdet ihr dafür reich belohnt werden! Genauso haben sie die Propheten früher auch verfolgt.» Meine Stimme versagte. Ich blickte auf. Meine Mutter schaute mich offen an. In ihren Augen schimmerten ungeweinte Tränen.

«Ist das nicht schön?», fragte sie mit bebender Stimme. Ich senkte den Blick, spürte, wie mir auch die Tränen kommen wollten.

«Schön? Hunger zu haben? Wenn einem die schlimmsten Dinge gesagt werden? Wenn man sogar sterben muss? Wenn man hungrig ist?» Meine Stimme überschlug sich beinahe.

«Aber das ist doch schön, sie werden satt werden ... Satt! Keinen Hunger mehr!» Meine Mutter stand auf und breitete ihre Arme aus. Sie lachte. Fassungslos blickte ich sie an. «Er hat es versprochen!», jubelte sie. Sie lachte wie ein Mädchen. Ich erhob mich und schlug die Bibel zu. Meine Mutter fasste mich an den Oberarmen und umarmte mich. Ich wurde steif wie ein Brett.

«Mutter? Was ist denn?» Ich begriff sie nicht, weshalb reagierte sie so übertrieben fröhlich auf den Text?

«Wir werden satt werden. Keinen Hunger mehr ... Verstehst du?» Sie ließ mich los und drehte sich einmal um die eigene Achse und ließ sich dann übermütig aufs Bett plumpsen.

«Das ist doch höchstens im übertragenen Sinn gemeint», versuchte ich sie zu erden.

Sie lachte auf, und dann konnte sie nicht mehr aufhören zu lachen. Sie schnappte nach Luft vor Lachen!

Ich stand einfach neben dem Tisch und konnte und wollte das seltsame Verhalten meiner Mutter nicht analysieren. Ihr Lachen ebbte schließlich ab und verkam zu einem Kichern und Glucksen. Wie vor den Kopf gestoßen blickte ich auf das Buch in meiner Hand, und dann stürzten alle Gedanken wieder auf mich ein.

Glücklich? Das war ich vielleicht mal. Mit den Christen, mit Felix – wie ich ihn vermisste! – und Adonis ... Ich konnte nicht mehr. Raus! Ich wollte raus! Wie von der Tarantel gestochen fuhr ich hoch.

«Ich muss los, Mutter!», verabschiedete ich mich hastig, nicht ohne die leise Angst, sie in diesem Zustand alleine zurückzulassen. Aber musste ich das nicht jeden Tag?

«Anna! Es ist so schön!», war ihre einzige Antwort.

«Ich wünsche dir einen schönen Tag, Mutter!» Ich packte meine Jacke und schlüpfte in meine Stiefel, und dann rannte ich los.

Meine Vision von Adonis' Gesicht verschleierte meine Wahrnehmung, und ich fühlte den physischen Schmerz seiner Ablehnung. Ich wusste nicht, weshalb meine Füße automatisch den Weg zum Humanium fanden. An der Schule war die Gefahr besonders groß, ihm über den Weg zu stolpern. Er war zwar aus meinem Leben verschwunden, aber nicht aus der Schule. Er war immer noch mein *Humanitus Perfectus*. Adonis Magellan war noch da, aber er war nicht mehr dieselbe hoffnungsfrohe, lebenshungrige Person.

Er erzählte uns im Unterricht jetzt öfter düstere Geschichten aus vergangenen Zeiten, als ein Volk Europas eine Religionsminderheit zusammengetrieben hatte und in einem grausamen Krieg Millionen von ihnen niedergeschlachtet hatte. Es war maschinell-industrialisierter Mord gewesen, ja Genozid. Das alles fand hundert Jahre vor der Zeit statt, in der man die Christen malträtiert und zu Tode gefoltert hatte. *Die Menschheit hat sich wohl nie gebessert,* konstatierte ich bitter.

In grimmiger Entschlossenheit erzählte uns Adonis diese grauenhaften Geschichten, er überhäufte uns mit Bildmaterial und Filmen, bis mir die Grausamkeit des Anblicks von zu Skeletten abgemagerten Menschen zu viel wurde.

Adonis war zu einer steinernen Statue erstarrt. Immer noch wunderschön, perfekt, gottgleich – und unerreichbar für mich und den Rest der Menschheit. Düsternis umwölkte seine Stirn, er hatte für niemanden ein Lächeln übrig. Er wirkte abgehetzt und fahrig, ja nervös und war grimmig entschlossen, unser Wissen zu vermehren.

Er sprach mich seit dem Zwischenfall vor zwei Monaten nicht mehr an, er vermied den Blickkontakt und wich mir auch bei zufälligen Begegnungen gekonnt aus.

Von mir aus drangen keine Fragen mehr an sein Ohr. Ich hatte mich zutiefst verletzt zurückgezogen. Mein Herzweh war schlimm. Hatte ich früher nur die unausgesprochene Hoffnung in meinem Herzen getragen, seine Aufmerksamkeit zu genießen, war nun die Flamme, die er durch seinen Kuss in mir entzündet hatte, ein schmerzliches, verzehrendes Feuer, das immer mehr zu Asche verglühte. Vielleicht wäre es nicht so schlimm gewesen, wenn ich niemals seine Lippen auf meinen geschmeckt hätte, niemals seine festen Arme um mich gefühlt hätte, niemals seinen Duft gerochen hätte, niemals ...

«He Puppe!», rief plötzlich jemand dicht neben meinem Ohr. Ich fuhr zusammen. Ein Hauch von Zwiebelsuppe lag in der Luft. Vor meinen Augen erschien ein bärtiges Gesicht, das breit lächelte. Braune Augen blinzelten mich unter verfilzten Locken hervor an. Es war der Gammlige aus dem Studentenwohnheim!

«Was soll das, du Kasper?», fuhr ich ihn an. Wie konnte er es wagen, mich so zu erschrecken? Ich hatte ihn seit unserer ersten Begegnung mehrmals im Humanium gesichtet, wo er sich mit den anderen Peacemen herumtrieb. Von Weitem hatte er mir manchmal zugewinkt – was ich demonstrativ ignoriert hatte. «Lass mich in Ruhe, Kasper!», schnauzte ich ihn noch mal an.

«Würde ich ja gerne, Puppe! Aber du stehst mitten in meinem Frühstück.»

Erst jetzt merkte ich, dass sich neben meinem Fuß eine Schüssel mit Suppe befand. Beinahe wäre ich hineingetreten. Was tat ich überhaupt neben der Treppe im Humanium, ich konnte mich nicht erinnern, hierhergekommen zu sein. War ich so in Gedanken gewesen?

«'tschuldigung», murmelte ich reflexartig und zog meine Füße zurück.

«Schon gut! Ich mach deswegen keinen Aufstand. Obwohl's lustig wär ... Aber wenn wir schon dabei sind ...» Er betrachtete seine rechte Handfläche, rieb sie dann über den Stoff seiner Hose und streckte sie mir keck entgegen. «Mein Name ist Norbert Parzival Bonifaz Fritzius der Vierte. Aber du kannst mich gern Norbert nennen.» Er packte eifrig meine Hand und schüttelte mich richtiggehend durch.

Ich entzog ihm meine Hand so schnell wie möglich und wischte sie nun meinerseits an meiner Hose ab.

«Endlich lernen wir uns kennen. Wie heißt du, Puppe?»

«Auf jeden Fall nicht ‹Puppe›», wehrte ich ihn ab.

«Bist aber 'ne Puppe! Eine süße Zuckerschnute!»

«Hör mal zu, ich lass mir das nicht bieten, Kasper!» Zorn stieg in mir hoch.

«Der Name ist Norbert ... Norbert Parzival Bonifaz ...»

«Ja, ja, schon gut!», winkte ich ab.

«Was führt dich eigentlich in mein Revier, Puppe?»

Ich ballte meine Fäuste.

Er kratzte sich derweil geräuschvoll unter der Achsel, roch an seinen Fingerspitzen und fixierte mich dann wieder mit seinen Augen. Ich rümpfte die Nase.

«Ich gehe hier zufällig zur Schule!» Unwillkürlich warf ich meine Haare über die Schulter.

«Aha! Sie hat *doch* Feuer in ihrem süßen Hintern!», freute sich Norbert.

Sprachlos glotzte ich ihn an.

«Also, was verschafft mir die Ehre deines hohen Besuchs hier in diesem Revier?» Er beschrieb mit seinen Händen ein Quadrat. «Bist du vielleicht auf der Suche nach dem Schwarzen oder vielleicht sogar nach einem ... Kreuz?»

Ich zuckte zusammen.

«Was? Wie meinst du das? Ich meine, wie kannst du wissen, dass ...» Ich schlug schnell meine Hand vor den Mund. Ich hatte mich schon verraten. Wie konnte ich so leichtsinnig sein?

Ein siegessicheres Schmunzeln erschien auf seinem ungepflegten Gesicht. «Wusste ich doch, dass dich das interessiert.» Er kramte aus seiner speckigen Hose ein Blatt Papier hervor. «Hier.» Er streckte mir den Zettel entgegen. Ein furchtbares Déjà-vu durchzuckte mich. Die Suche nach der Wahrheit und eine schmutzige Hand, die mir einen Zettel entgegenstreckte. Ohne zu überlegen, griff ich nach dem Stück Papier und rollte den Zettel auseinander.

«Treffpunkt heute Abend um sieben Uhr beim Essensausgabeturm. Komm! Gezeichnet, Die Kreuzträger.» Ich spürte, wie mir alles Blut aus dem Gesicht wich.

«Was soll das?», flüsterte ich. Wie konnte er etwas davon wissen? Das Kreuzsymbol leuchtete mir aus dem Zettel entgegen. Es war zwar nicht verschnörkelt, sondern mit einfachen Strichen gezeichnet, doch es war eindeutig das Zeichen der Christen! Mein Herz klopfte mir bis zum Hals. Die Christen lebten noch! Weshalb nahmen sie gerade jetzt wieder Kontakt auf?

«Gut, was?», dröhnte Norbert los. «Das haut doch prompt die Glotzer aus deinem hübschen Köpfchen, was, Puppe?» Und dann lachte er dermaßen schallend los, dass sich die Umstehenden zu uns umdrehten. Ich schoss ihm einen bitterbösen Blick zu, der ihn aber nur zu erheitern schien. Wie konnte er es wagen, auf meine Kosten Scherze zu machen? Und woher wusste er von meinen früheren Kontakten zu den Christen? Niemand konnte das wissen! Mein Instinkt witterte Gefahr. Tappte ich geradewegs in eine Falle hinein? Hatte die Schulleitung ihn auf mich angesetzt? Hatte ich mich mit meiner unkontrollierten Reaktion bereits verraten?

Verängstigt warf ich einen Blick über meine Schulter und ließ ihn über das Foyer gleiten. Doch es waren keine Sicherheitsleute zu sehen, die mich ergreifen wollten. Möglichst cool schmiss ich Norbert den Zettel vor die Füße.

«Was willst du überhaupt?», blaffte ich ihn an.

«Mit dir flirten, Puppe. Was sonst? Das ist die Wahrheit!» Er lachte wieder laut auf, fixierte mich aber mit festem Blick.

«Das kannst du dir sparen, Idiot! Auf die ‹Wahrheit› kann ich verzichten.» Meine Selbstbeherrschung! Wo war meine Selbstbeherrschung?

«Schade! Denn nur die Wahrheit kann dich frei machen, Anna!», antwortete er, ohne mit der Wimper zu zucken. Wie um seine Aussage zu bekräftigen, rülpste er so laut, dass die Wände zu erzittern drohten. Der Gestank von Zwiebelsuppe und ungeputzten Zähnen quälte meinen Geruchssinn. Meine Knie schienen unter mir nachzugeben. Woher kannte er meinen Namen?

«Was?», flüsterte ich tonlos.

«Ich sag ja nur!» Er zuckte lässig mit den Achseln, schlurfte zu seinen Artgenossen davon und ließ mich neben seiner Suppentasse stehen.

Ich hatte mich in den hintersten Winkel der Katakomben zurückgezogen und tigerte vor dem Bibliothekseingang herum.

«Bist du blöd, Anna?», warf ich mir selbst vor. «Wie kannst du glauben, dass dieser zottelige Gammler es ernst meint? Das ist eine Lüge. Das hat alles nichts mit der Wahrheit zu tun.»

«Aber wenn doch?», argumentierte ich. «Wenn die Christen doch irgendwo sind und meine Hilfe brauchen?»

«Das ist eine Falle!», schrien meine Eingeweide.

«Und wenn nicht? Wenn du sie wirklich wiedersehen könntest, würdest du gehen?», fragte mein Gewissen.

«Ja! Nein! Ja! Nein, wie kann ich …» Bei jeder Antwort drehte ich mich auf dem Absatz um. Bis ich das Gefühl hatte, zu schwanken und über meine eigenen Füße zu stolpern.

Ich war im Gefängnis gewesen, weil sie mich bei den Christen erwischt hatten. Die traumatische Erfahrung steckte mir auch nach Wochen immer noch in den Gliedern. Aber vielleicht hatten sie Antworten auf meine Fragen. Ich war so alleine, so einsam.

«Was habe ich schon zu verlieren?»

«Sehr viel! Deine Zukunft. Du könntest aus dem Humanium geschmissen werden.»

«Aber was bringt mir das Humanium?»

«Es ist dein Leben, deine Existenzgrundlage!»

«Was ist ‹Leben›?»

«Bist du lebensmüde? Denk doch an Sascha!»

«Aber sie werden mich nicht erwischen.»

«Das haben sie schon mal. Du kannst das einfach nicht machen.»

Aber ich verspürte diesen Hunger in mir, eine unbändige Sehnsucht nach … erfülltem Leben! Nach Sinn, nach Liebe, nach Freunden, nach Annahme, nach Antworten, nach der Wahrheit. «Ich bin so hungrig», flüsterte ich verzweifelt. «Satt werden! Satt werden! Ich will zu denjenigen gehen, die wissen, wo man satt wird.»

«Aber du kannst da nicht hin», gebot mir meine Angst.

«Sie kannten dieselben Worte, wie ich sie aus meiner… aus Adonis' Bibel kenne. Ich will sie doch nur noch einmal sehen und sie fragen, wie ich meinen Hunger gestillt bekomme.»

Wieder dachte ich an das hysterische Lachen meiner Mutter. Ich konnte in ihr keine Hilfe finden. Ich war mutterseelenallein auf dieser Welt.

«Und Norbert kannte meinen Namen und den Spruch von Kephas», trotzte ich meiner Angst.

«Aber das ist ja das Schlimme. Er ist ein Spion! Es kann nur eine Falle sein. Sie wollen dich prüfen, ob du dein Versprechen hältst. Sie werden dich sofort verhaften, wenn du dich mit dem Kerl in Verbindung setzt.»

«Werden sie nicht!», behauptete ich fest.

«Leben oder Tod?», kicherte meine Angst erneut. «Wenn du wegbleibst, dann lebst du! Wenn du gehst, stirbst du ... vielleicht.»

«Was ist das schon für ein ‹Leben›? In dieser Gruft, in der Angst, vielleicht mein ganzes Leben auf der Suche nach der ‹Erleuchtung› zu sein. Ist das Leben?»

«Es ist das einzige Leben, das du hast!», erinnerte mich die Angst.

«Aber vielleicht gibt es da mehr.»

«Wohl kaum! Europa ist das Land *aller* Freiheiten!»

«Der Freiheit?», spottete ich. «Das Land der Folterungen, der Auslöschung, der Gefangenschaft! Ich will hier nicht mehr leben.»

«Dann stirbst du eben», schlussfolgerte die Angst.

Die Bibliothekstür öffnete sich zischend. Schnell verschwand ich im Halbdunkel um die Ecke. Zwei großgewachsene Gestalten verließen den Raum. Sie bogen ins Dämmerlicht meiner Ecke. Ich zog mich geräuschlos weiter in den Schattenbereich zurück, damit kein Lichtstrahl mich erfassen konnte. Ein Mann und eine Frau umarmten und küssten sich innig.

«Süße! Du gefällst mir!», ertönte die verführerische Stimme des Mannes. Es war Adonis! Schock durchzuckte mich. Hier stand er mit einer schönen, schlanken Frau in der Dunkelheit und küsste sie vor meinen Augen!

«Meinst du, wir finden einen Ort, wo wir unsere Kleider loswerden können, mein Schöner?», säuselte die Frauenstimme.

Erschrocken hielt ich die Luft an. Das Paar fuhr auseinander.

«Wer ist da?» Adonis spähte in meine Ecke.

Schmerz pulsierte durch meine Adern. Schmerz und Wut. Ich hatte die Hände vor meinen Mund geschlagen, unfähig zu einer Antwort.

«Zeig dich!», befahl Adonis, die Frau hatte er zur Seite geschoben. Langsam trat ich in das Dämmerlicht des Ganges, meine Augen auf Adonis' Gesicht gerichtet.

Ungläubiges Erkennen huschte über seine Züge. Seine Maske verrutschte für einen Augenblick, und in seinen Augen loderte Schuldbewusstsein. Doch schnell versteckte er sich wieder hinter seinem aufgesetzten Gesicht.

«Sie sollten sich nicht in der Finsternis herumtreiben, Studentin Tanner! Sie könnten hier unten noch verlorengehen, und das wollen wir doch nicht», spöttelte er.

Wut brandete erneut in einer feurigen Welle über mich hinweg. Und während mein Herz sich von Adonis verabschiedete, fasste ich einen festen, potenziell tödlichen Entschluss: Ich würde auf Norberts Einladung eingehen! Er würde mich zu den Christen führen. Ich konnte etwas Sinnvolles mit meinem Leben anfangen. Ich konnte hilflosen Menschen beistehen. Wenigstens versuchen wollte ich es! Was hatte ich noch zu verlieren?

Kapitel 16

Samstag, 5. Ventôse 332 A. I.
«Tag des Ziegenbocks» (24. Februar)

Wie eine Statue stand ich abends um sieben neben den aufragenden Mauern des historischen Essensausgabeturms. Die Schneewolken hatten sich im Verlauf des Tages verzogen und einer klirrenden Kälte Platz gemacht. Ein letzter zartrosa Farbhauch von Dämmerung überspannte das Firmament über mir. Der Mond war gerade aufgegangen und goss sein silbernes Licht auf den frisch gefallenen Schnee vom Morgen. Ich fror und zitterte unter meiner dünnen Jacke.

Adonis hatte mir zwar seine Jacke geschenkt, aber ich wollte sie nicht tragen. Von mir aus konnte mein *Humanitus Perfectus* dorthin verschwinden, wo der Pfeffer wächst, und seine Jacke und seine Bibel und sein freundliches Getue und seine Ignoranz konnte er gleich mitnehmen! Ich ballte meine Fäuste.

Die Wut hielt mich davon ab, pausenlos zu weinen, und half mir dabei, die emotionale Starre aufrechtzuerhalten, die mich ergriffen hatte, seit ich ihn in den Armen dieser anderen Frau gesehen hatte.

Was, wenn ich hier jetzt wirklich in eine Falle tappte? Das wäre mein Todesurteil! Egal ... Ich lebte sowieso ständig unter Folter – der Folter, alleine zu sein. Alleine in dieser Welt. Ein feuchter Schleier legte sich über meine Augen.

Ich stampfte in den festgefrorenen Schnee. Vielleicht half das gegen die Kälte. Sieben Uhr war bestimmt längst vorbei. Schon eine gefühlte halbe Stunde schlotterte ich hier herum!

Als die Nacht dem Tag den letzten Rest Helligkeit gestohlen hatte, tastete ich nach dem Kanten Brot, den ich mir als Proviant eingepackt hatte. Aus dem naheliegenden Wald, der am Stadtrand begann, ertönten seltsame Tiergeräusche. Sie jagten mir Angst ein. Immer wieder blickte ich über meine Schulter. Sah mich jemand? Wurde ich beobachtet?

«Verdammt!», murmelte ich zähneknirschend. «Was soll das mit diesem Treffpunkt! Ist ja doch alles für die Katz!» Furcht schüttelte mich, und meine Vernunft schaltete sich wieder ein. «Was tust du hier draußen?», bekniete sie mich. «Du hast wohl den Verstand verloren! Du bist doch völlig von der Rolle.»

Entschlossen drehte ich mich um und wollte gerade in die relative Sicherheit unserer Wohnung zurückkehren, als blitzartig eine dunkle Gestalt aus dem Schatten des Turms auf mich zusprang und mich am Arm packte. Erschrocken stieß ich einen kleinen Schrei aus und drohte in die Knie zu sinken.

«Still!», zischte mir eine Stimme zu. Unwillkürlich klammerte ich mich an die große, schlanke Figur. Ich roch Zwiebelsuppe und Schweiß. Eine feuchte Hand legte sich über meinen Mund.

«Versprichst du mir, dass du still bist? Dann lass ich dich los!» Eine heisere Stimme wisperte neben meinem Ohr. Ich nickte gegen die Hand. Er ließ mich los. Ich schwankte.

«Sorry! Ich muss dir die Augen verbinden, sonst kann ich dich nicht mitnehmen.»

«Wohin bringst du mich?», fragte ich atemlos.

«Was stand denn auf dem Zettel? Was denkst du?» Er fasste mich etwas sanfter an den Schultern, drehte mich von sich weg. Ich spürte, wie sich ein raues Stück Tuch über meine Augen legte. Panik kroch mir in die Glieder.

«Wieso muss das sein?», protestierte ich.

«Es ist zu deinem eigenen Schutz!», raunte die Stimme zurück.

«Zu meinem eigenen Schutz?»

«Du weißt, was auf dem Spiel steht, und bist trotzdem gekommen», knurrte er, als wäre das fürs Erste Erklärung genug.

Er zurrte das Tuch über meinen Augen fest. Ich zuckte zusammen. In was hatte ich mich in meiner Gefühlsaufwallung da hineingeritten? Sterne blitzten vor meinen Augen. Das Tuch drückte.

«Gut so! Jetzt müssen wir uns beeilen.»

Die totale Dunkelheit vor den Augen, tastete ich mich ein paar Schritte vor. Da erfassten raue Handflächen meine Finger, und ein Arm legte sich von links um meine Schulter, eine andere Hand umfasste meinen linken Oberarm. Ich nahm die Körperwärme meines Kidnappers wahr, konnte mich aber nicht lange darauf konzentrieren.

«Schnell! Schnell!» Und schon ging es los. Ich stolperte über meine eigenen Füße und über die unregelmäßig vereisten Stellen auf dem Boden. Die langen Beine meines Führers schossen mit ihm voran. Schnell fing ich an zu keuchen. Zur totalen Orientierungslosigkeit kam die Furcht hinzu. Das letzte Mal, als ich bei den Christen war, hatte ich eigentlich gar nicht gewusst, auf was ich mich eingelassen hatte. Diesmal jedoch wusste ich, dass ich meine ganze Zukunft – wenn nicht sogar mein Leben – aufs Spiel setzte.

«Müssen wir so schnell sein?», keuchte ich meinem Blindenführer zu.

«Nein. Noch schneller!», war die knappe Antwort. Er beschleunigte seine Schritte. Ich fing an zu rennen. Lange würde ich diesen Dauerlauf an der eisigen Winterluft nicht mehr durchhalten.

Wir eilten schon länger als zehn Minuten durch die Gegend, und ich hatte keine Ahnung, wo ich mich befand. Ab und zu hörte ich, wie der Wind in den Bäumen rauschte. Auch das Knacken von Ästen unter unseren Füßen und ein erdiger, harziger Geruch verrieten mir, dass wir wahrscheinlich in den nahegelegenen Wald gerannt waren.

«Stopp!», befahl ich. Meine Lungen schmerzten.

«Du hast es bald geschafft!», war die leise, aber eindringliche Antwort. Unter meinen Schuhen knirschte es. Und wirklich: Bald hielten wir inne. Ich hustete und versuchte erst einmal wieder zu Atem zu kommen.

«Einen Moment! Warte hier!», gab mir die tonlose Stimme zu verstehen. Ich beugte mich vornüber und rang nach Luft. Dann begann ich, um mich herumzutasten, um zu erfahren, wo ich war. Aber ich griff ins Leere.

«Hey! Wo bist du?»

«Pst», kam die Antwort, und schon war der Kidnapper wieder bei mir und zerrte mich weiter.

Ich stieß mit der Schulter gegen einen feuchten Widerstand. Ich hörte, wie es irgendwo tropfte, und sah durch das Tuch einen Lichtschein schimmern. Neben meinem Ohr knisterte es wie von einem Feuer. Ich stieß mit der Schulter an eine harte Struktur. Wände bedrängten mich. Die Person zog mich weiter. Ich stieß mit dem Kopf schmerzhaft gegen einen Vorsprung.

«Autsch!», schimpfte ich und betastete meinen Kopf. Ich blutete! Ein unterdrückter Fluch löste sich von meinen Lippen, als ich meine Faust gegen die Stirn presste. Mein Führer blieb so abrupt stehen, dass ich beinahe das Gleichgewicht verlor.

«So.» Die Stimme meines Entführers hallte von den Wänden wider. Seine Finger nestelten an meinem Verband herum, und mit einem heftigen Ruck befreite er mich von dem Tuch. Ich blinzelte geblendet in den Feuerschein einer Fackel. Ein verschwommenes bärtiges Gesicht tauchte vor mir auf.

«Du bist's ...», rief ich überrascht. Meine Stimme echote durch die feuchten Wänden einer Höhle. «Norbert!»

«Derselbige!» Er grinste und warf sich in die Brust. «Norbert Parzival Bonifaz Fritzius der Vierte, der Leibhaftige, der Einzige.» Der Leibhaftige? Ja, wie ein Teufel kam er mir vor.

«Na, Puppe! War das nicht ein Spaß?» Er lachte leise.

Ich griff mir an den Kopf. Wie hatte ich nur glauben können, er würde mich zu den Christen führen? Die Wunde an meiner Stirn brannte. Ich trat mehrere Schritte zurück.

«Wie kommst du darauf, dass ich mit dir mitkomme?»

«Na ja, zum einen, weil du es eben getan hast, Puppe!», meinte er schelmisch.

Angst packte mich mit einer neuen Woge und zog mich in ein Meer von Panik hinab. Wie hatte ich nur so naiv sein können? Hatte mir der Schmerz über Adonis' Techtelmechtel die Sinne vernebelt? Würde ich jemals aus meinen Fehlern lernen?

«Was soll das? Bring mich hier raus! Ich lass so was nicht mit mir machen!» Meine Augen suchten einen Ausweg ... einen Rückweg ...

«Halt! Halt! Nicht so hastig!» Norbert fasste mich am Arm. Ich riss mich los. Hatten seine Augen eben noch amüsiert geblitzt, wurden sie nun ernst.

«Hör mal!» Er flüsterte nun wieder. «Du bist zwar eine süße Zuckerpuppe, und es ist mir immer eine Freude, Zeit mit dir zu verbringen, aber ich habe dich weder zu meinem persönlichen Vergnügen hierhergeführt noch um dich zu verarschen. Ich wollte dir wirklich etwas zeigen.»

Misstrauisch beäugte ich sein bärtiges Antlitz. Er hielt die Fackel hoch, damit sie einen Raum erhellte, von dessen felsigen Wänden die Feuchtigkeit herabtropfte. Tosende Gewässer mussten vor Jahrhunderten diese Sandsteinhöhlen gegraben haben. Der lehmige Farbton der Wände wurde an einigen Stellen durch kleine Wasserbäche verdunkelt. Eine regelmäßige Holzverkleidung aus festgenagelten Planken, die an den Wänden entlangführte und an einigen Stellen bis zur Decke reichte, zeugte davon, dass jemand schon vor längerer Zeit versucht hatte, sich die natürliche Umgebung zu Nutze zu machen. War es ein Vorratsraum gewesen? Oder hatte gar ein Einsiedler hier gewohnt? Doch wer auch immer hier gehaust hatte, er hatte die Umgebung schon lange verlassen. Das Holz war am Verrotten. Planken waren herausgerissen und morsch. Rostige Nägel blitzten verkrümmt hervor. An der Decke eroberten sich Wurzeln ihren Lebensraum zurück. Ein modriger Geruch stieg in meine Nase. Ich spürte eine bedrückende Enge. Hielt diese Höhle dem Druck von außen stand, oder würde sie bald zusammenbrechen?

Norbert folgte meinen Blicken. «Vermutlich suchten schon in den vergangenen großen Weltkriegen die Leute hier Schutz vor dem Krieg», mutmaßte er.

In einer Ecke waren drei große Stoffbündel zusammengeknüllt. Zwei große und ein kleineres. Das kleine bewegte sich. Ich schreckte zurück.

«Wer ist das?», hauchte ich. Ein Kopf mit dunklem Haarschopf hob sich, und zwei verschlafene Augen blinzelten uns entgegen. Sie gehörten in das Gesicht eines kleinen Mädchens.

«Anna! Es ist Anna!», rief sie krächzend und rüttelte an dem Bündel neben ihr.

Eine Ahnung bewegte sich in meinem Herzen, und ich trat näher. «Lois! Bist du das?»

Das kleine Mädchen lief auf mich zu, ich beugte mich hinunter, und dann lag es in meinen Armen. «Sie haben meine Mami und meinen Papi und meine Brüder mitgenommen. Alle sind weg. Nur Eunice und Philemon ...»

Eine schreckliche Ahnung durchfuhr mich. Lois blickte mich aus traurigen Augen an. Ich ging in die Knie und nahm ihre kalte kleine Hand in meine. Da begann eines der größeren Stoffbündel, sich zu rühren. Ich beugte mich vor, um zu erkennen, wer sich hinter dem zweiten Stoffberg versteckte.

«Was? Was ist?» Die raue Stimme klang kraftlos. Als sich die Frau aufrichtete und schwankend vor uns stehen blieb, erkannte ich im Dämmerlicht ihr blasses, mit Sommersprossen bedecktes Gesicht.

Norbert senkte die Fackel. «Eunice! Eunice! Anna ist gekommen! Siehst du, Anna ist gekommen! Jesus hat unsere Gebete gehört!»

Lois klammerte sich an meinem Bein fest, als ich mich ungläubig erhob. Vor mir sah ich die Gestalt einer erschreckend abgemagerten rothaarigen jungen Frau. «Eunice?», stieß ich entsetzt hervor. «Eunice!» Ich schlug mir die Hand vor den Mund.

«Anna?», kratzte ihre Stimme. «Anna? Bist du das?»

Ich nickte völlig verdattert.

«Du bist gekommen?» Ihre Stimme klang ungläubig. Dann warf sie ihre Arme um mich und vergrub ihr Gesicht in meiner Halsbeuge. Ihre bebenden Schultern verrieten mir, dass sie weinte. «Anna! Du bist gekommen! Du bist tatsächlich gekommen! Wir haben nicht mehr damit gerechnet! Simon und ich haben versucht, Kontakt mit dir aufzunehmen. Eigentlich wollten wir dich nicht in Gefahr bringen, glaub mir, aber wir waren so verzweifelt. Und nun bist du tatsächlich gekommen!»

Erschrocken schlang ich den freien Arm um Eunice. Sie fühlte sich ganz kalt, klamm und dünn an. So schrecklich dünn. «Was ist denn mit dir passiert? Wie geht es euch?», fragte ich vorsichtig und zutiefst erschüttert.

«Wir konnten nirgends mehr sein! Sie haben plötzlich gewusst, wo wir uns aufhalten. Sie haben uns verfolgt. Aber sie haben uns nicht erwischt ...» Die Worte sprudelten wie ein Wasserfall aus ihr heraus. «Wir haben echt gedacht, wir müssten alle sterben. Aber wir sind nicht ... sind nicht ... alle gestorben.»

Ich schob Eunice aus meiner Umarmung. «Was meinst du mit ‹Wir sind nicht *alle* gestorben›?», stieß ich hervor. Eine kalte Hand griff nach meinem Herzen.

«Wir haben überlebt. Wir sind aber so hungrig. Wir haben solchen Hunger ...»

«Wir haben so viel Hunger», echote Lois.

Schlagartig fiel mir der Kanten Brot ein, den ich für den späten Hunger eingepackt hatte. Ich förderte ihn schnell aus meiner Jackentasche zu Tage.

Lois' Augen leuchteten. «Für uns?», fragte sie, als hätte ich ihr den Mond geschenkt.

«Ja, bitte, esst es!» Ich überreichte Lois den Schatz. Sie reichte ihn jedoch an Eunice weiter. Diese zerrte das Stück Brot auseinander und reichte Lois den größeren Teil.

«Weißt du, Eunice kümmert sich jetzt um uns!», erklärte Lois mir und grub ihre Zähne in das Brot.

«Wo sind die ganzen anderen?», wollte ich wissen.

«Weg!», meinte Eunice dumpf. Sie zitterte am ganzen Körper und biss ebenfalls von dem Brot ab. Dann blickte sie in die Ecke auf das letzte Bündel. «Und Tabea ist so schrecklich schwach!», flüsterte sie mir zu. «Ich weiß nicht, ob sie es schafft. Ich gebe ihr besser etwas von dem Brot.

«Das letzte Mal, als ich hier war, waren sie noch alle da», schaltete sich jetzt Norbert ein. Von seinem üblichen albernen Getue war nichts mehr zu bemerken. Die Ernsthaftigkeit in seinen Augen überraschte mich.

Kummervoll schaute ich Lois und Eunice an. Es schmerzte, die sonst so lebhaften Mädchen ausgehungert und erschöpft zu sehen. «Wo sind sie denn, die anderen?», bohrte ich nach. Ich musste wissen, ob mich hier eine humanitäre Katastrophe erwartete.

«Sie sind weg! Ich weiß nicht, wo sie sind. Vielleicht auf der Suche nach Hilfe.» Sie zuckte die Achsel und schüttelte verwirrt den Kopf. «Ich weiß es nicht! Sie sind weg!» Sie schwankte zu Tabea und rüttelte die alte Frau sanft an der Schulter. «Tabea! Tabea! Es gibt Brot.» Die alte Frau bewegte sich stöhnend unter ihrer Decke aus Stofffetzen.

Meine Augen schossen zu Norbert. Dieser schüttelte ebenfalls den Kopf. «Das letzte Mal waren alle noch hier! Ich schwör's, Puppe!» Trotz der ernsten Situation verdrehte ich die Augen, doch ich unterließ es, ihn zu korrigieren.

Von fern erklangen Schritte wie von mehreren Personen. Eunice horchte auf. Hilflos warf ich Norbert einen Blick zu. Dieser zuckte die Achsel. «Es ist uns niemand gefolgt.» Das Trappen von mehreren Füßen kam immer näher. Wenige Momente später erschienen im Fackelschein zwei kleine, schmächtige Gestalten und eine große Person, die schwer beladen zu sein schien.

«Eunice?», fragte eine der schmächtigen Gestalten mit überraschend tiefer sonorer Stimme. Er trug ein rundes Bündel.

Eunice blickte auf, und ihr Körper entspannte sich fühlbar. «Philemon!» Sie ging auf die kleine Gruppe zu.

Norbert hob die Fackel. Nun konnte ich die Gesichtszüge von Simon und Timothée erkennen. Philemons Bündel entpuppte sich als seine Tochter Melody. Aber wo war Claudia? Wo waren die Webers?

«Wer seid ihr, Fremde?» Misstrauisch schaute Philemon uns an. Als er mein Gesicht erfasste, weiteten sich seine Augen. «Anna?», fragte er ungläubig. «Was tust du denn hier? Weshalb bist du gekommen?»

«Ha! Du bist *tatsächlich* gekommen!» Mit diesem erstaunten Ausruf löste sich Simon aus seiner Starre. Unter seinem Arm trug er ein großes Bündel Äste. Sie waren schneebedeckt und nass und tropften ihr Schmelzwasser auf den ohnehin schon feuchten Höhlenboden. «Du hast das Feuer ausgehen lassen, Eunice!», bemerkte er vorwurfsvoll.

Eunice warf ihm einen undefinierbaren Blick zu. Dann lief sie mit ausgestreckten Armen auf Philemon zu. Ihr Gang schwankte, sie wirkte völlig entkräftet. «Melody, Mäuschen! Komm zu mir!»

Das Kleinkind auf Philemons Arm streckte seine Händchen nach Eunice aus, und die junge Frau schloss es leicht wankend in ihre Arme.

Philemon strich ihr über den Arm. «Entschuldige bitte, Eunice, dass wir so lange ausgeblieben sind, aber es hat sich gelohnt: Wir konnten Suppe auftreiben.» Er wies auf Timothée, der Eunice einen verbeulten eisernen Topf entgegenstreckte.

«Noch warm?», flüsterte sie. Philemon schüttelte den Kopf. «Aber wir haben Feuerholz.» Er schob sich vorsichtig an ihr vorbei und steuerte auf uns zu.

«Anna! Was führt dich hierher?» Sein Händedruck war lasch.

Ich runzelte die Stirn. «Ich habe den Zettel von ihm hier erhalten.» Ich deutete auf Norbert. Philemon warf einen Blick auf Simon. Dann wandte er sich mit müdem Ausdruck an Norbert. «Und wer sind Sie?»

«Norbert Parzival Bonifaz Fritzius der Vierte», meinte dieser in neuem Eifer. «Ich habe vor ein paar Wochen Simon und Eunice kennen gelernt.»

Philemon seufzte auf. Ein schwerer Schatten schien über ihm zu liegen.

Simon schichtete derweil die mitgebrachten Äste zu einer Pyramide auf. Mit einem Ohr hatte er dem Gespräch zwischen Norbert und Philemon zugehört. «Norbert ist Saschas Nachfolger. Er will uns helfen!» Seine Stimme klang etwas gereizt.

Ich schaute Norbert entsetzt an. «Sascha? Du kennst Sascha?»

«Ich *kannte* sie, ja», antwortete er matt, und das furchtbare Rattern des Zuges rauschte wieder durch meine Erinnerung.

Das Wiedersehen mit den Christen war nicht so, wie ich es mir vorgestellt hatte. Verunsicherung zerrte an mir. Offenbar hatten nicht alle mit meinem Erscheinen gerechnet und waren auch nicht unbedingt begeistert davon.

Als hätte er meine Gedanken gelesen, richtete sich Simon auf und wischte den Schmutz von seiner Jacke. «So, Anna! Jetzt lass dich erst einmal ansehen. Herzlich willkommen! Schön, dich zu sehen!» Er schloss mich in die Arme und machte meine Verwirrung komplett. Philemons Gesichtsausdruck war noch immer steinern. Er beobachtete uns misstrauisch und verschränkte die Arme vor dem Brustkorb.

«Wir brauchen jetzt Hilfe von außen, Philemon! Du weißt das genauso gut wie ich. Wir werden sonst alle draufgehen.» Simon warf Philemon einen herausfordernden Blick zu.

«Was ist eigentlich in den letzten Wochen passiert?», platzte es nun aus mir heraus.

«Wir wurden entdeckt – das ist passiert.» Philemons Stimme klang unterkühlt.

Entsetzt, dass der so starke Mann ein Schatten seiner selbst war und schier unter einer unsichtbaren Last zu zerbrechen drohte, musterte ich ihn genauer.

«Irgendjemand hat uns verraten!» Verbitterung schwang in seinen Worten mit.

«Wer?», wollte ich wissen.

«Wir wissen es nicht», antwortete Simon, fing meinen Blick auf und erwiderte ihn in einer Intensität, die mich verunsicherte.

«Es gibt viele Möglichkeiten», ertönte Timothées weicher Akzent.

Doch bevor der Jugendliche seine Ausführungen beenden konnte, winkte Philemon müde ab. «Gib mir einen Grund, Anna, bloß einen, weshalb wir dir vertrauen sollen?» Ich zuckte zusammen. Glaubte er etwa, ich hätte die Christen verraten? Die Köpfe aller fuhren hoch. Melodys Finger griffen gerade in Eunices Haar.

«Ich war im Gefängnis», entgegnete ich fest.

«Was?» Entsetzt stieß Simon diese Worte hervor. «Wann?»

«Nachdem ich das letzte Mal bei euch war, mit Sascha. Da haben sie Sascha ... umgebracht ... und ich wurde verhaftet und die ganze Nacht festgehalten. Sie haben mich verhört.»

Norberts traurige Augen, die in seinem sonst so fröhlichen Gesicht irgendwie deplatziert wirkten, verrieten mir, dass er die Wahrheit kannte.

«Wir haben von Saschas Tod gehört», bestätigte Timothée. «Wir wussten nicht, dass du dabei warst.»

«Hast du etwas verraten?», fragte Simon.

«Nein ... nein, natürlich nicht! Ich hab es doch versprochen», stotterte ich leicht beleidigt.

«Sie haben mir im Humanium sogar die Selbstverwirklichungsstufe aberkannt», beklagte ich mich. Doch die Resonanz auf dieses Bekenntnis blieb zu meiner Enttäuschung aus.

«Und weshalb bist du heute gekommen?», fragte Philemon stattdessen wieder.

«Ich habe einen Zettel erhalten, auf dem ihr mich darum gebeten habt», antwortete ich irritiert.

«Ich weiß von keinem Zettel.» Philemon blieb hart, die Arme noch immer krampfhaft vor dem Brustkorb verschränkt.

«Ich habe den Zettel geschrieben», bekannte Simon freimütig.

Philemons Augen weiteten sich. «Wir haben doch gesagt, dass es zu gefährlich ist, Außenstehende einzubeziehen! Erinnere dich! Das letzte Mal hat es auch böse geendet!» Ein Stück von Philemons früherer Autorität drückte wieder durch.

«Wir schaffen es aber nicht alleine», gab Simon bissig zurück. «Willst du etwa, dass wir alle verhungern wie deine Frau? Wir werden hier noch alle sterben, wenn das so weitergeht.»

«Aber sollte man uns noch mal verraten ... willst du etwa gefoltert und dann bei lebendigem Leibe verbrannt werden?», gab Philemon in höchstem Schmerz und Ärger zurück. Seine Stimme brach.

Claudia war tot!

«Hört auf zu streiten», rief Eunice fest. «Hört bitte auf zu streiten!» Sie drückte Melody an sich.

Timothée bat Norbert mit erstaunlich ruhiger Stimme: «Könntest du bitte das Feuer anzünden? Mit etwas Essen im Bauch werden wir alle etwas ruhiger!»

Norbert brachte ihm die Fackel. Das feuchte Holz zischte, als es mit der Hitze in Berührung kam.

Schmerz pochte durch meinen Kopf «Claudia ist tot!», flüsterte ich entsetzt.

«Ja. Es ist furchtbar.» Eunice schluckte.

Philemon presste seine Lippen zusammen. Sein bärtiges ausgehungertes Gesicht war so eingefallen, es wirkte wie ein Skelett. Es war totenblass und tief zerfurcht durch den Schmerz des Verlustes.

Tränen stiegen mir in die Augen, und ich wusste, dass sie nicht von dem Rauch des Feuers kamen, das Norbert soeben entflammt hatte. Der charismatische, freundliche, so starke Philemon hatte seine Frau verloren und die kleine Melody ihre Mutter.

«Wann? Wieso?», stammelte ich. In meinem Innern stieg die Erinnerung an unsere letzte Begegnung auf. Die federleichte Umarmung, ihr freundliches, wenn auch ausgemergeltes Gesicht. Ihre letzten Worte an mich: «Das nächste Mal müssen wir uns dann etwas länger unterhalten.» Es würde kein nächstes Mal geben.

Eunice rückte mit der dick eingepackten Melody in die Nähe des entfachten Feuers, das gegen die Feuchtigkeit des Holzes stritt und schließlich den Kampf gewann. Das Feuer tanzte und und züngelte lustig der Decke des Unterschlupfes entgegen. Timothée errichtete in Windeseile ein Konstrukt aus stabilen Ästen und befestigte den Topf mit der Suppe darüber. Ich ging näher heran und blinzelte gegen den Rauch, während ich versuchte ihn mit der Hand von meinem Gesicht wegzufächern.

Eunice wischte sich mit dem Jackenärmel über die triefende Nase und trat mit dem Kleinkind im Arm auch näher zum Feuer. «Claudia war schon lange krank. Monatelang. Sie hatte einfach keine Reserven. Als wir ... als wir flüchten mussten ... Da hat sie es einfach nicht gut überstanden. Wir hatten in unserem neuen Versteck kaum etwas zu essen. Wir mussten so schnell wie möglich weg. Wir konnten nichts mitnehmen.»

Eine weitere Träne wurde über den Lidrand meines Auges gespült. Ich versuchte mich ein wenig zu wärmen, schlang die Arme um mich selbst und rückte näher an Eunice heran. Melodys dunkle

Knopfaugen blickten mich neugierig an. Wieder überkam mich der Wunsch, mit dem Finger über die Wange des Kindes zu streichen. Sie schien seit unserer letzten Begegnung kaum gewachsen zu sein. Schüchtern wandte sie ihren Kopf ab.

«Wir rannten durch den Wald», fuhr Eunice fort. «Am Schluss musste Philemon sie tragen. Sie wurde danach immer schwächer, bekam Fieber, und schließlich hat sie einfach ihre Augen geschlossen. Eine Woche später war sie tot. Einfach so.»

Ich sah aus den Augenwinkeln, wie Tränen aus Philemons Augen in seinen dunklen Bart fielen. Auf seinen schmutzigen Wangen hinterließen sie silbrig glänzende Streifen. Auch er war mittlerweile näher ans Feuer herangetreten. «Wir haben sie im Wald begraben», schluchzte er.

«Wann war das?», hakte ich nach, obwohl ich die bittere Wahrheit fast nicht ertragen konnte.

«Wir wurden etwa vor zwei Monaten verraten», gab Timothée bekannt und hob den Deckel des Suppentopfs, um hineinzuschauen. Stille herrschte und lastete schwer auf uns. «Familie Weber ist seit der Flucht spurlos verschwunden. Wir wissen nicht, ob sie es geschafft haben oder ob man alle getötet hat. Wir haben sie alle, außer Lois, unterwegs verloren.»

Lois hatte sich wieder dicht an mich geschmiegt, und ich spürte, wie etwas in mir zerbrach. Dies alles war ein Kampf um Leben und Tod, und ich steckte mittendrin!

«Wir haben hier meistens nichts zu essen», brach Eunice das Schweigen.

«Weshalb?», fragte ich.

«Wir dürfen niemandem trauen», meinte Philemon düster.

Ich fragte mich, wo diese Gruppe morgen sein würde. Wo würde sie in zwei Wochen sein? Konnten sie weiterleben, wenn Philemon, ihr starker Anführer, so zerbrochen war? Würden sie alle sterben?

Simon räusperte sich und fragte: «Würdest du uns helfen, Anna?»

Ich zuckte zusammen. «Ich kann nicht!», flüsterte ich reflexartig. Erschrocken über meine vorschnelle Reaktion, schüttelte ich den Kopf. Was sagte ich denn da? Ich war doch sowieso schon tief in all das hier verwickelt. Außerdem, was hatte ich schon zu verlieren? Ich zauderte und zögerte. Ich wollte mich nicht in Lebensgefahr bringen. Aber würde ich es wirklich fertigbringen, von hier wegzugehen und den Christen den Rücken zuzuwenden?

«Bitte, Anna!» Eunices Nussaugen schauten mich flehentlich an. «Wir brauchen dich!» Ich spürte, wie alle im Raum mich ansahen.

Ich hasste Ungerechtigkeit. Ich hasste es, diese freundlichen Menschen leiden zu sehen. Wurden wir Apolliner nicht immerzu zu Toleranz und Frieden aufgerufen? Mein Gewissen verpflichtete mich dazu, diesen verzweifelten Menschen zu helfen!

«Was kann ich tun?», hörte ich mich sagen.

Simon blickte vom Feuer auf. Erleichterung stand in seinem Gesicht geschrieben. Eunice seufzte auf. Norbert lächelte. Mein Herz klopfte. Die Suppe fing munter an zu blubbern.

«Die Suppe ist heiß», rief Timothée. Plötzlich war es ganz egal, was ich gerade gesagt hatte, der Hunger der Gruppe war stärker.

«Setzt euch!», lud Timothée uns alle ein. Wir ließen uns in einer Nische neben dem Feuer auf dem kalten Felsboden nieder. Eunice holte eine zerbrochene Tasse und einen Löffel hervor. Melody hatte angefangen zu wimmern. Der Geruch der Suppe brachte ihr wohl wieder in Erinnerung, dass sie hungrig war.

«Mach schnell!», drängte Eunice Timothée, dem nun die schwierige Aufgabe zustand, mit einem Löffel die Suppe aus dem heißen Topf zu schöpfen, ohne sich die Finger an den Flammen darunter zu versengen.

«Autsch!», entschlüpfte es ihm. In der Flüssigkeit schienen Kartoffelstücke zu schwimmen.

«Schon gut! Das ist schon genug!» Eunice nahm Timothée die Tasse und den Löffel ab. Sie musste selbst sehr hungrig sein, aber sie nahm sich trotzdem die Zeit, mehrmals über die Suppe zu blasen, damit sich das Kind nicht den Mund verbrannte, wenn sie es gleich fütterte.

«Das ist gut, Melody, was?», sagte sie liebevoll zu dem Kind. Als Antwort knurrte der Magen der Kleinen laut. Niemand lachte. Die Situation war zu ernst. Todernst.

«Woher habt ihr die Suppe?», fragte Norbert.

Philemon antwortete tonlos: «Eine Frau hat sie uns gegeben. Wir kennen sie von früher. Sie meinte, sie wolle nicht wissen, in welchen Problemen wir steckten, aber sie sehe, dass es uns nicht gut gehe.»

«Gott soll sie segnen», seufzte Eunice dankbar, während Melody hungrig ihr Mäulchen aufsperrte und die Kartoffeln nach und nach darin verschwanden.

«Könnt ihr denn nicht alle essen?», fragte ich nach einer langen Pause.

«Wir haben nur diesen einen Behälter!», entgegnete Timothée, und es war mir peinlich, dass ich überhaupt gefragt hatte. «Alles andere ging bei der Flucht verloren!», bekannte er und schob sich die fettigen langen Haarsträhnen aus dem Gesicht.

«So, genug, Mäuschen», meinte Eunice sorgenvoll. «Wir wollen das Bäuchlein nicht überfordern.» Melody protestierte kaum gegen die mit sofortiger Wirkung beendete Mahlzeit.

Ich wunderte mich über Eunice. Obwohl sie bei der Begrüßung geweint hatte, schien sie mir viel gefestigter zu sein als bei unserer letzten Begegnung. Ihre magere Gestalt bewegte sich zwischen den Christen mit Gelassenheit und einer Stärke, die nichts mit ihrem äußeren desolaten Zustand gemein hatte. Sie streckte Lois in einer mütterlichen Geste die Suppentasse entgegen. Das Mädchen löste sich schweren Herzens von mir und genoss ihre Mahlzeit. Eunice versorgte auch Tabea, die sich in der Ecke kaum noch rührte. Sie löste Brotbrocken in der Brühe auf und flößte sie der Greisin ein. Ich fragte mich, woher sie die Kraft nahm, sich aufrecht zu halten.

Als Lois gegessen hatte, streckte Eunice Simon die Suppentasse entgegen. «Willst du?»

«Ladies first!», entgegnete dieser galant, und Timothée schöpfte ihr die Tasse voll. Ich sah deutlich, wie Eunice ihren Heißhunger bezwang und sich Mühe gab, die Kartoffeln langsam und sorgfältig zu kauen. Es bereitete mir Kopfschmerzen, wenn ich daran dachte, was die Christen zu erleiden hatten. Nacheinander schlürften sie ihre Suppe, und man sah, wie sich Stirnrunzeln glätteten und Mienen entspannten. Nobert und ich lehnten dankend ab, als sie uns ebenfalls von der Suppe anboten.

«Du hast gefragt, was du tun kannst, Anna!» Es erstaunte mich, dass Philemon mich ansprach, obwohl er mir nicht ganz zu trauen schien.

Ich nickte eifrig.

«Wie du siehst, ist unsere größte Not, dass wir kaum Zugang zu Lebensmitteln haben. Seitdem Sascha gestorben ist und wir flüchten mussten, wissen wir nicht, wem wir trauen können.»

«Mir!», antwortete Norbert eifrig. «Sascha hat mir alles erzählt. Ich habe die größte Lust, diesem korrupten Staatsgebilde in den Hintern zu treten. Alles nur Gehirnwäsche!»

«Über dich wissen wir noch nichts, Norbert», entgegnete Philemon ruhig.

«Aber der Kerl hier mit dem blonden Stroh auf dem Kopf», Norbert zeigte auf Simon, «er hat mir genug vertraut, um mich anzuquatschen. Glaub mir, ich bin hundertprozentig vertrauenswürdig. Darauf kannste einen lassen.» Norbert klang beinahe flehentlich.

«Die Zeit wird es zeigen», antwortete Philemon ungerührt.

Simon räusperte sich: «Norbert sagt, auch schon Kephas stand mit ihm in Kontakt.»

«Ich sage, die Zeit wird es zeigen», wiederholte Philemon etwas schärfer und warf Simon einen durchdringenden Blick zu.

«Ehrenwort! Ich schwör's!», bekräftigte Norbert nochmals.

«Die Frage ist», unterbrach ich die drei, «wie kann ich Lebensmittel besorgen? Wir haben ja kaum selbst genug.» Ich verfluchte mich innerlich dafür, dass ich meine zweite Essensration durch meine Unachtsamkeit so sinnlos verspielt hatte.

«Ich werde dir schon helfen, Puppe!», schaltete sich Norbert begeistert ein. «Wir werden die elenden Typen vom Staat Mores lehren, das sage ich dir. Wir werden ...»

«Schon gut! Schon gut!», bremste Philemon ihn ab. «Wir sind dankbar für jede Hilfe.» Eunice nickte kräftig.

«Haben wir Verbündete da draußen?», fragte ich nach.

«Wir haben Verbündete unter den Peacemen», gab Simon preis. «Seit Saschas Ableben wissen wir aber von niemandem außer Norbert, dem wir hundertprozentig vertrauen können.»

«Was ist mit diesen zwei Peacewomen, die vor der Flucht oft bei euch waren?», wollte ich wissen.

«Patrizia und Petra?», fragte Eunice. Sie schüttelte den Kopf. Die sind nicht mehr aufgetaucht.»

«Kennst du sie?», fragte ich Norbert.

Er zuckte die Achsel. «Die Namen sagen mir nichts. Aber wir haben einen festen Kern der Gruppe, der jederzeit bereit für einen Aufstand gegen den Staat ist», prahlte Norbert.

«Nein, nein! Kein Aufstand!», stoppte Philemon ihn erneut.

«Ich mein ja nur», verteidigte sich Norbert. «Wär ja lustig! Nein, echt, ich kenne ein oder zwei Peacemen, mit denen kannst du Pferde stehlen. Die sind sofort dabei, wenn's Action gibt.» Er schlug die rechte Faust in seine Handfläche.

«Anna? Bist du wirklich dabei?», fragte Philemon und schaute mich mit seinen dunklen, ernsten Augen an. «Es könnte dich das Leben kosten.»

Ich schauderte. Doch ich weigerte mich, vor meiner Angst einzuknicken.

«Wenn ihr mir vertraut. Ich könnte euch ja schließlich auch verraten.» Eunice schüttelte den Kopf.

«Ich weiß, dass du das niemals tun würdest.» Sie kam zu mir und legte den Arm um meine Taille. Dann schaute sie Philemon herausfordernd an. Dieser senkte den Blick.

«Was bleibt uns anderes übrig?», meinte er schließlich.

«Ich weiß nun, wer meine Verbündeten sind», meinte ich geschäftsmäßig. «Aber wer sind meine Feinde? Wer hat euch verraten?»

«Wir wissen es nicht», meldete sich Simon. «Ich habe Gerüchte gehört, dass die Regierung extra von anderen Kontinenten Spezialkräfte einfliegt, die die Gesellschaft infiltrieren und sich dann auf die Suche nach Abtrünnigen machen. In letzter Zeit wurden wohl vor allem Spitzel aus dem Land der Mittagssonne eingeflogen.»

Felix' dunkles Gesicht tauchte vor meinen Augen auf. Felix war jetzt in seiner Heimat, im Land der Mittagssonne. Doch außer ihm hatte ich nicht viele Menschen dunkler Hautfarbe in unserer Schule gesehen. Ich schüttelte den Gedanken an Felix schnell ab, weil mich der Verlust meines besten Freundes immer noch schmerzte. Er wäre der perfekte Partner für diese Mission gewesen.

«Mir ist nichts aufgefallen», beteuerte ich.

«Eigentlich musst du *immer* davon ausgehen, dass du niemandem trauen kannst. Sei vorsichtig, wem du welche Informationen weitergibst», meinte Philemon düster.

Ich nickte verstehend. «Das kann ich versprechen.»

«Philemon? Darf ich ihr ...?», schaltete sich Timothée ein.

«Ja, wenn es sein muss!», willigte Philemon ein.

Timothée huschte in den Gang hinein. Wenige Momente später kehrte er wieder zurück. In seiner rechten Hand hielt er etwas verborgen.

«Anna!», meinte er feierlich. «Du hast eingewilligt, uns zu helfen. Zum Dank für deine Hilfsbereitschaft wollen wir dir etwas anvertrauen.» Er reichte mir einen silbrigen Stab aus Metall, etwa so groß und dick wie mein Zeigefinger. Ich nahm ihn zögernd in Empfang. Seine glatte Oberfläche fühlte sich gut an.

«Was ist das?», fragte ich verwundert und drehte das Ding in meinen Fingern. Auf einer abgeflachten Stelle des Stabs sah ich einen Knopf. Ich drückte ihn. Ein hellblaues quadratisches Licht erschien an der gegenüberliegenden Höhlenwand. Das Stäbchen musste so eine Art Taschenlampe sein. Ich ließ den Knopf los, und das Licht erlosch.

«Was ist das?», wiederholte ich meine Frage.

Auf Timothées jugendlichen Gesichtszügen zeigte sich ein Hauch von Stolz. «Sozusagen ein Loyalitätsprüfer», erklärte er.

Ich runzelte die Stirn.

«Wie soll ich denn das verstehen?» Skeptisch blinzelte ich den Jugendlichen an. Dieser schob den Ärmel seiner zerschlissenen Jacke hoch und zeigte mir seinen Unterarm.

Ich musterte ihn und schüttelte den Kopf. «Und …?»

«Benutze das Gerät», forderte er mich auf.

Ich drückte den Knopf und richtete den unsichtbaren Strahl auf Timothée. Auf seinem Unterarm zeichnete sich sofort ein kunstvolles, in hellblauem Licht glitzerndes Kreuz ab. Das Kreuz. Überrascht blickte ich ihn an und schnappte nach Luft.

«So kannst du im Zweifelsfall prüfen, ob jemand lügt, wenn er sagt, er sei unser Freund», klärte er mich auf.

«Also Kreuz heißt Christ …», begriff ich.

«Genau!», lobte Timothée mich.

«Also die anderen haben auch eins?» Jetzt wollte ich es genau wissen.

Eunice nickte. Sie lagerte Melody auf den anderen Arm, um sich den Ärmel ihrer Jacke hochzuschieben. Ich leuchtete mit dem Stab auf ihren Unterarm. Auch bei ihr war das wie mit Tinte gemalte kunstvolle Kreuz gut und hellblau leuchtend sichtbar. Philemons Gesicht wirkte entspannt, als er ebenfalls seinen Unterarm entblößte und mir entgegenstreckte.

«Das ist großartig!», lachte ich.

«Vor längerer Zeit haben sich die Christen in diesen Breitengraden entschieden, das Bibelwort, worin Jesus sagt: ‹Wenn jemand mir nachfolgen will, dann soll er sein Kreuz auf sich nehmen und mir folgen›, wörtlich zu nehmen.»

Ich zuckte die Achsel. «Das Ding kann mir also helfen, die Christen zu erkennen. Aber nicht alle, die uns helfen, sind Christen. Du meintest, das Teil würde mir auch zeigen, wer eure Freunde sind», wandte ich mich an Timothée.

«Das ist richtig», sagte Norbert und streckte mir sein Handgelenk entgegen. Mit gerunzelter Stirn richtete ich den Stab darauf. Sofort leuchteten zwei Bögen auf seiner Haut auf, die wie zu einem Auge geformt waren.

«Was ist das?»

«Ein Fisch, Puppe! Kannste das nicht sehen …?» Ich schaute ihn überrascht an.

«Das Zeichen, dass du wirklich sauber bist», atmete Philemon auf. Er schien erleichtert zu sein, die Bestätigung nun mit eigenen Augen zu sehen.

«Was sonst, Alter?», lachte Norbert.

«Was ist das für ein Zeichen? Bist du so eine Art Zwischending, oder was?», fragte ich Norbert.

«He Puppe! Immer locker bleiben! Das Symbol bedeutet, dass ich mich noch nicht entschieden habe …»

«Wofür?»

«Na, ein Christ zu sein!»

«Aha, dafür entscheidet man sich also.» Verwirrt schüttelte ich den Kopf.

«Na, denkst du, du wirst so geboren? Alle kleinen Christen kommen mit 'nem Kreuz rausgeschlüpft, oder was?»

Ich zuckte die Achsel.

«Das ist *die* Entscheidung deines Lebens, Puppe!»

«Warum denn das?» Wieso verstand ich wieder nur Bahnhof?

«Die Entscheidung, aufs Ganze zu gehen mit dem Typen Jesus. Dein Leben ausliefern und das ganze Brimborium. Nur noch für ihn da zu sein … Das Gelübde ablegen, sozusagen.»

Ich musste ganz schon doof aus der Wäsche geschaut haben.

«Wenn das so wichtig ist, weshalb hast du das Kreuz dann noch nicht?», wollte ich nach ein paar Sekunden des Nachdenkens von Norbert wissen.

Er blickte etwas verlegen drein. «Nun ja, es jagt mir 'ne Scheißangst ein, mein Leben einem unsichtbaren Gott anzuvertrauen. Kann das nicht … Hänge noch zu sehr an meinem Leben … Ich weiß nicht, ob ich bereit wär, durchs Feuer zu gehen.» Er zuckte die Achsel und blickte zu Boden. «Bin jetzt erst mal Helfer. Das mit diesem Jesus überlege ich mir noch.»

«Helfer zu sein ist auch ganz schön gefährlich», entgegnete ich bedeutungsvoll.

«Tja! Eigentlich bin ich eine feige Sau, wenn du's genau wissen willst. Die hier», er zeigte auf Philemon, Eunice und die anderen, «die sind die wahren Helden. Sie sterben für ihren Glauben, weißte!»

«Willst du auch eins, Anna?», schaltete sich Timothée ein.

«Was?»

«Ein Fischtattoo für Helfer», präsizierte er. «Du bist ja jetzt auch mit dabei, oder?»

Ich nickte mit einem mulmigen Gefühl in der Magengrube. Eine «Scheißangst», hatte Norbert gesagt. Das traf es ziemlich genau.

«Ich bin dabei!», gab ich schließlich nach.

«Wo willst du's hin?», war die nächste Frage von Timothée. Er hatte aus einem Rucksack, der hinter ihm an der Höhlenwand lehnte, einen seltsam anmutenden Stift hervorgezaubert.

«Handgelenk ist gut», haspelte ich. «Äääähm, tut das weh?»

«Nicht wirklich! Nur ein leichtes Kratzen!»

Ich biss die Zähne zusammen und streckte ihm mein linkes Handgelenk entgegen. Mit dem Stift zeichnete Timothée die zwei dunklen Bögen auf meine Haut, wie ich es bei Norbert gesehen hatte. «Keine Sorge, der Stift geht mit Wasser wieder weg. Er ist nur fürs Vorzeichnen. Und jetzt steche ich dir mit der Nadel die unsichtbare Tinte unter die Haut.» Er drehte sich nach hinten und kramte wieder im Rucksack.

«Mit einer Nadel?», entsetzte ich mich.

«Stell dich nicht so an, Puppe!», kritisierte mich Norbert. «Bist doch hart im Nehmen.»

Timothée hielt jetzt einen zweiten Stift in der Hand, der etwas dicker als der erste war und aussah wie ein Kugelschreiber, aus dem statt einer Mine eine Nadel hervorblitzte. An seinem oberen Ende drückte er auf einen Knopf. Ein fieses, hohes Geräusch ertönte. Ich kniff die Augen zu.

«Autsch!», entfuhr es mir, als Timothée begann, mit dem Stift die seltsamen Bögen, wie ich sie bei Simon gesehen hatte, in die Haut meines Handgelenks einzustechen.

«Im Vergleich zu früheren Methoden ist das Tätowieren heute nur noch halb so schlimm», meinte er, während er konzentriert arbeitete. «Du müsstest mal sehen, wie die das vor hundert Jahren gemacht haben! Das ging ewig!»

«Ja, und ohne Strom wär das mit den damaligen Maschinen sowieso nicht gegangen», fachsimpelte Simon, der nun auch näher herangekommen war. «Wir haben Glück, dass die Dionysier so viel

Wirbel um ihre Priester machen. Ohne Tattoos geht bei denen gar nichts. Den Tattoostift, den wir benutzen, haben sie entwickelt. Wir haben ihn von einem abtrünnigen Priester, den Kephas mal angeschleppt hat. Ist zwar schon ein Weilchen her, aber funktionieren tut das Ding einwandfrei.»

Ich lächelte, weil es offensichtlich war, dass die Jungs mich durch ihr oberflächliches Geschwätz ablenken wollten.

Nach fünfzehn Minuten hatte Timothée sein Werk beendet. Misstrauisch beäugte ich die zwei schwarzen gebogenen Striche. Ich leckte meinen Zeigefinger an und verschmierte damit die schwarze Tinte des ersten Stifts. Darunter war nichts zu sehen. Ich richtete meine spezielle Lampe darauf. Und da waren sie, zwei Bögen, die mich wie ein böses Auge unheilvoll anblinzelten.

Timothée packte die beiden Stifte wieder zurück in seinen Rucksack und reichte mir anschließend ein Pflaster. «Falls du daheim was zur Wundheilung hast, würde ich dir raten, es draufzutun. Ich hoffe, es entzündet sich nichts.»

«Und jetzt? Was nützt mir das alles? Glaubt ihr wirklich, es gibt noch andere Christen da draußen?» Ich nickte Richtung Höhleneingang.

«Das wissen wir nicht! Vielleicht findest du ja jemanden! Wir geben die Hoffnung jedenfalls nicht auf», meinte Timothée fest.

Ich seufzte. Die Probleme schienen sich bis weit über meinen Kopf zu häufen. Plötzlich fiel mir ein, dass mich die Wächterin im Gefängnis ebenfalls mit einem blauen Licht abgeleuchtet hatte. Hatte sie etwa das Kreuz gesucht? Mich fröstelte.

«Ich hätte jetzt Lust, in der Bibel zu lesen», meldete sich Simon.

Philemon blickte ihn ernst an. «Hätte ich auch!»

Keiner rührte sich.

«Weshalb tut ihr es denn nicht?» Irgendwie war mir feierlich zumute, obwohl die Angst in meiner Magengrube nagte.

«Wir haben die Blätter in dem Feuer, das unsere Verfolger gelegt haben, verloren.»

«Nicht wirklich?», platzte es aus mir heraus. Ich dachte an die Bibel, die nach meinem Wutausbruch zwei Monate auf dem Boden unserer Wohnung im Staub gelegen hatte, und diese Menschen hier hätten sie dringend gebraucht.

«Philemon, dir kommt doch sicher etwas aus der Bibel in den Sinn. Du hast so viel auswendig gelernt», stieß Eunice ihn an.

Philemon schloss müde die Augen. Er schien nachzudenken. Dann begann er leise: «Denn ich bin ganz sicher: Weder Tod noch Leben ...» Seine Stimme versagte.

«... weder Engel noch Dämonen, weder Gegenwärtiges noch Zukünftiges, noch irgendwelche Gewalten ...», fuhr Eunice mit fester Stimme fort.

«... weder Hohes noch Tiefes oder sonst irgendetwas ...», ergänzte Timothée.

«... können uns von der Liebe Gottes trennen, die er uns in Jesus Christus, unserem Herrn, schenkt.» Philemon hatte seine Stimme wieder erhoben. Eine angenehme Stille erfüllte die Höhle.

«Amen!», flüsterte Eunice und hauchte der schlafenden Melody einen Kuss auf die Stirn. Ich fühlte einen seltsamen Frieden, als ich mich erhob.

«Gehen wir?», fragte ich Norbert. Er nickte heftig. Dann wandte er sich an Philemon: «Also, ihr seid fürs Erste hier zu finden, oder?»

Philemon nickte nur. Dann nahm er sein schlafendes Kind aus Eunices Armen und schlurfte in eine Ecke, weg vom Feuerschein. Eunice umarmte mich und Norbert. Auch Lois kam in meine Arme und wollte mich nicht mehr loslassen. Simon drückte mich auch an sich. «Anna! Danke, dass du gekommen bist.» Sein Blick ruhte auf mir, als wollte er anfügen: «Ich wusste es!»

Ich schmunzelte und drückte auch Timothée kurz zum Abschied. Er hätte dringend eine Dusche vertragen können, aber ich versuchte, es zu ignorieren.

«Also», wiederholte ich den Schlachtplan. «Das Ziel ist, möglichst schnell möglichst viele Lebensmittel aufzutreiben.»

«Und möglichst, sagen wir mal, diskret», ergänzte Simon.

«Und möglichst viele Helfer auftreiben oder Leute finden, die den Christen wohlgesinnt sind», fügte Timothée an.

Simons Hände fielen schwer auf meine Schulter. «Wir vertrauen dir unsere Leben an, Anna!» Ich wand mich unter dieser Verantwortung.

«Ja. Ich versuche mein Bestes», versprach ich. Dann drehten Norbert und ich uns um. In schweigendem Einverständnis traten wir den Rückweg durch den Gang, den ich nur von meinem Tastsinn her kannte, an.

«Weshalb verbindest du mir jetzt nicht mehr die Augen?», spöttelte ich.

«Ich wusste nicht, wie übel das heute wird, Puppe! Und wenn sie uns erwischt hätten, hättest du wenigstens behaupten können, dass du nicht weißt, wo sich das Versteck befindet.»

Mein Herz klopfte einen ängstlichen Tango. «Wenn sie mich *jetzt* erwischen, dann weiß ich es aber.»

«Tut mir leid, Puppe!» Norbert balancierte die Fackel, mit der er uns den Weg ausleuchtete. «Aber jetzt steckst du sowieso bis zum Hals in dieser Sache mit drin.»

«Hör auf!», befahl ich. «Hör auf! Ich mache einen Rückzieher, wenn du hier Panik verbreitest.»

In diesem Moment erreichten wir den Ausgang des engen Höhlengangs. Er war mit Tannenzweigen und Laub zugedeckt, die Norbert vorsichtig anhob. Wir befanden uns in einem versteckten Winkel des Waldes. Während sich meine Augen an die mondhelle Nacht gewöhnten, deckte Norbert den Eingang wieder zu. Er war gut getarnt, und selbst bei Tageslicht hätte ihn niemand gefunden, der nicht Bescheid wusste.

«Wo sind wir denn jetzt genau?»

«Im Wald, wo sonst?», entgegnete Norbert. Er hatte seine alte Schnoddrigkeit wiedergefunden.

Immer wieder warf ich einen Blick über die Schulter zurück. Nicht nur, weil ich mir den Weg einprägen wollte, sondern auch, um mich zu vergewissern, dass niemand uns folgte. Vielleicht würden sie am Waldrand auf uns lauern. Diesmal würde es mir an den Kragen gehen. Ich war überzeugt davon. Furcht umklammerte mein Herz und drohte es zu ersticken. Doch weder am Waldrand noch auf dem Rest des Weges begegnete uns eine Menschenseele.

Am Essensausgabeturm hielt der eilende Norbert inne und flüsterte mir zu: «Untersteh dich, mich jemals auf meinen Goggles zu kontaktieren. Die ganze Tarnung würde auffliegen. Wir dürfen uns auch nicht auf dem Schulgelände treffen. Wir kommunizieren mit Papier, so wie damals, als unsere Vorfahren auf den Bäumen saßen und sich mit Rauchzeichen verständigten oder so. Ich werde mich mit dir in Verbindung setzen.»

Und mit diesen Worten verschwand er im Dunkeln. Ich konnte kaum noch einen Schritt vor den anderen setzen. Ich würde meine Quittung für mein unvorsichtiges Verhalten kassieren. Ich wusste es genau. Ich wollte nur noch nach Hause. Dann rannte ich los. Ich hatte daheim wieder den Trick mit der offenen Tür verwendet.

Diesmal war meine Mutter aber im Bilde. Sie würde die Tür für mich offen halten.

Schneller! Lauf schneller, Anna! Lauf um dein Leben!, schrie ich in Gedanken, während meine Füße über die vereiste Straße trommelten. Ich durfte nicht daran denken, dass es möglich war, auszugleiten. Dann würde es auch nicht passieren. Einfach nur nach Hause. Todesangst schoss durch meine Adern. Auf was hatte ich mich da eingelassen? Keuchend erreichte ich unser Haus und schlich die Treppe hinauf. Wer wusste schon, wo die Regierung ihre Spitzel hatte? Es war besser, wenn niemand im Haus mich bemerkte. Die Tür war noch offen. Ich schlüpfte hinein und ließ das Buch stecken.

«Mutter? Ich bin da!», flüsterte ich in die Dunkelheit. Ich sah einen dunklen Schatten im Bett liegen und atmete auf.

«Gott sei Dank! Endlich zu Haus!», flüsterte ich mir selbst zu. Im Dunkel tastete ich mich zu dem Stuhl neben meiner Arbeitsstation. Ich konnte die Geschehnisse der Nacht kaum fassen, doch das Einzige, was mir in den Sinn kam, war: Wie hatte ich nur ein verhungerndes Volk danach fragen wollen, wie man wirklich satt wird? Ich hatte Hilfe bei den Christen gesucht und stattdessen eine große Verantwortung aufgeladen bekommen. Eine viel zu große Verantwortung!

Ich klickte auf den Knopf des Loyalitätsprüfers, den ich immer noch umklammert hielt. Ein helles blaues Viereck bildete sich an der Wand. Der Lichtstrahl erfasste meine Mutter, die sich unruhig im Schlaf hin und her bewegte. Sie hatte ihre Hände über die Stirn geworfen.

Plötzlich glitzerte da etwas. Meine Mutter glitzerte! Trug sie einen Ring? Ich fuhr mit dem hellblauen Licht an ihrer Gestalt entlang. Tatsächlich! Dort! Von ihrem Unterarm leuchtete mir etwas entgegen. Ich kniff die Augen zu schmalen Schlitzen zusammen und bündelte den Lichtstrahl auf dieser Stelle. Das Kreuz auf dem Unterarm meiner Mutter schien sich von ihr abzulösen und mir entgegenzuschweben. Ich erstarrte zur Statue. Meine Mutter! Eine Christin! Ich warf das Gerät von mir. Es landete mit einem dumpfen Aufprall auf dem Teppichboden neben dem Schreibtisch.

Allein in der Dunkelheit, mit der entsetzlichen Gewissheit ringend, die schon länger als unterschwellige Vermutung in mir geschlummert hatte, wippte ich auf meinem Stuhl vor und zurück: Meine Mutter war eine Christin.

Kapitel 17

Sonntag, 6. Ventôse 332 A. I.
«Tag des Haselwurzes» (25. Februar)

Ungelogen: Ich tat die ganze Nacht kein Auge zu. Es war fünf Uhr morgens, ehe ich endlich zu meiner Mutter ins Bett schlüpfte. Aber ich sorgte dafür, dass ich nicht in die Nähe ihres Armes kam. Ich wollte nicht in Berührung mit diesem politischen Zündstoff kommen, sonst, fürchtete ich, würde ich explodieren. Ich lebte mit einem Feind des Staates unter einem Dach, und das schon seit Jahren, und ich hatte es nicht gewusst! Sie hatte es mir verheimlicht!

Viel mehr als die politische Frage, wie es nun weitergehen würde, plagte mich der Vertrauensbruch, den meine Mutter mir gegenüber begangen hatte. Weshalb hatte sie mir nichts erzählt? War ich es nicht wert, die Wahrheit zu wissen? War ich nicht würdig, ein Geheimnis zu wahren?

Ich ballte die Fäuste, löste sie wieder, starrte an die Decke und zählte die schimmligen Wasserflecken, die sich dort gebildet hatten. Ich wälzte mich hin und her und wollte wieder aufstehen. Es hatte keinen Zweck, hier herumzuliegen, der Schlaf floh sowieso vor mir.

Schließlich hielt ich es nicht mehr aus. Ich stupste meine Mutter an der Schulter an. Sie reagierte nicht. Da rüttelte ich fest an ihrem Arm. Sie stöhnte auf und öffnete ganz kurz ihre Augen. Ich wälzte mich entnervt aus dem Bett und zündete die Lampe an, die unsere Wohnung in Licht hüllte.

«Mutter!», rief ich halblaut. «Wach jetzt auf!»

Sie wand sich unruhig hin und her. Dann öffnete sie ihre Augen und fixierte mich verwirrt. Ich konnte mich nicht länger beherrschen.

«Mutter! Du bist Christin! Weshalb hast du mir nie etwas gesagt?», platzte ich unkontrolliert heraus.

«Was? Was?», schnaufte sie verwirrt und fuhr aus dem Bett hoch. Ich bereute meinen hastigen Auftritt sofort. Das Haar meiner Mutter stand in alle Richtungen ab, und sie sah mich entgeistert an.

«Mutter! Mutter! Alles ist gut!», versuchte ich zu ihr durchzudringen.

«Alles gut? Aha, du bist es, Anna!» Sie schien sich sichtlich zu entspannen.

«Was hast du gefragt?», forschte sie.

«Du bist Christin?», beharrte ich.

«Was ist das? Christin? Weshalb sollte ich eine Christin sein?», wiegelte sie ab, doch sie schaute mir nicht in die Augen, sondern heftete ihren Blick auf die Bettdecke.

«Mutter! Ich habe das Kreuz auf deinem Arm gesehen!»

Sie hob ihren Unterarm hoch und strich sich verschämt darüber, als wäre das Zeichen sichtbar. Schnell nahm ich den Stab zur Hand.

«Hier.» Ich löschte das Licht, hielt ihr das Gerät entgegen und drückte den Knopf. Das Kreuz an Mutters Unterarm leuchtete hell auf. Sie schob schützend ihre Hand darauf.

«Woher hast du das Gerät?», fragte sie mit bebender Stimme.

«Von den Christen», antwortete ich mutig.

Verwirrt blickte sie mich an. «Es gibt keine Christen mehr», behauptete sie mit fester Stimme.

«Doch, Mutter», hielt ich entgegen. «Es gibt noch Christen. Ich habe sie getroffen, und ich werde ihnen helfen.» Meine Worte hingen im Raum. Ich hatte mich zu den Christen bekannt. Ich wusste nicht, weshalb ich es ihr erzählte. Doch waren wir jetzt nicht so etwas wie Komplizen? Eine unerwartete Erleichterung durchflutete mich. Mutter schaute mich immer noch zweifelnd an.

«Ich schwöre es, Mutter! Ich bin jetzt eine Verbündete der Christen.»

Sie schien aufzuatmen und ließ ihre Hand sinken. «Ich mache uns einen Tee, und dann erzählst du mir alles!» Sie schwankte, als sie sich erhob. Schnell eilte ich ihr zur Seite.

«Oder du mir!», flüsterte ich entschlossen. Mutter schlurfte in die Küche, und ich schaltete die Lampe wieder ein.

«Wie kommt es, dass du Christin bist und ich nichts davon weiß?», stellte ich sie zur Rede.

«Sicherheitsgründe!», antwortete mir Mutter knapp. «Je weniger es wussten, desto besser.»

«Hat Michael es gewusst? Und mein Vater?»

Mutter nickte.

«Aber wieso ich nicht?», rebellierte ich. «Ich hätte doch ein Geheimnis für mich behalten können! Traust du mir denn nicht?!»

«Ich wollte dich nicht belasten. Du warst noch so jung, Anna, als dein Bruder starb. Gerade kurz bevor du ins Humanium eingetreten bist. Ich wollte uns nicht gefährden.»

«Wie kommt es denn überhaupt, dass du Christin bist?», hakte ich nach.

Mutter setzte sich an den Tisch und faltete die Hände auf der Platte. «Ich bin in einer christlichen Familie aufgewachsen.»

Erstaunt blickte ich sie an.

«Ich habe dir doch von meinem Großvater, dem Bildhauer, erzählt.»

Ich nickte stumm.

«Nun, er war auch Christ.»

«Aber er hat doch ...», erhob ich Einspruch. Doch meine Mutter hob die Hand. Ich verstummte.

«Er war Bildhauer, und er sollte alle christlichen Gemälde verschwinden lassen. Er tat seinen Job widerwillig. Aber er tat ihn. Zwei Jahre lang hielt er durch, aber dann konnte er nicht mehr. Er sah, wohin es mit der vormals christlichen Kultur ging. Schließlich verweigerte er den Dienst. Er war einer der ersten Christen, die durch die öffentliche Hand starben.»

Entsetzt riss ich meinen Mund auf.

«Meine Großmutter hatte damals zwei kleine Kinder zu versorgen. Sie ist untergetaucht. Wir haben immer im Untergrund gelebt», fuhr Mutter hastig fort. «Meine Mutter ist im Untergrund aufgewachsen. Sie hat meinen Vater im Untergrund geheiratet. Und ich bin im Untergrund geboren und aufgewachsen.»

Die Enthüllungen waren ungeheuerlich.

«Ich war niemals beim Staat registriert, deshalb habe ich auch keine Ausbildung genossen. Eine befreundete Familie, die uns wohlgesinnt war, versorgte uns mit Büchern. Deshalb kam ich zu etwas Bildung.» Sie schluckte schwer.

«Wann hast du deine Entscheidung getroffen?», bohrte ich nach.

«Welche Entscheidung?»

«Na, selbst eine Christin zu sein. Die Entscheidung für dieses Kreuz da! Oder haben sie dich zu dem Tattoo gezwungen?» Ich deutete auf ihren Arm. Sie fasste danach und tastete vorsichtig darüber.

«Nein, auf keinen Fall! Ich war fünfzehn. Ich habe die Geschichten von Jesus und der Bibel immer wieder gehört. Ich hatte aber keine einfache Kindheit. Ich war schon als Teenager immer ... krank. In unserer Untergrundgruppe gab es ... jemanden, den ich sehr ... mochte. Er hat mir Jesus nahegebracht. Es war ein langsames Reinwachsen in meine Beziehung zu Gott. Aber schließlich habe ich mich für ein Leben mit Jesus entschieden. Es war Weihnachtsabend, eine Freundin meiner Mutter hat einen Jungen zur Welt gebracht. Für uns alle ein wichtiges Ereignis, aber mir hat es Gottes Liebe gezeigt, wie er uns liebt, dass er seinen einzigen Sohn für uns hergab. Und glaub mir, diese Entscheidung hat mir so viel Freude und Annahme gebracht.»

Ich runzelte die Stirn. «Aber wieso geht es dir dann heute so schlecht?», stieß ich hervor. «Wenn du doch so ein schönes Erlebnis hattest? Dein Glaube müsste dich doch glücklich machen und dir Kraft geben!»

Das Gesicht meiner Mutter wurde traurig. «Ich bin krank, Anna», erinnerte sie mich. «Der Glaube hilft mir, das zu ertragen. Du kennst es ja: Manchmal liegt für mich alles im Nebel. Dann bin ich wieder klar, wie dieses Jahr seit Weihnachten. Die Krankheit gehört zu meinem Leben auf dieser Welt dazu. Ich lebe in der Hoffnung auf die zukünftige Welt, wo es kein Leid und keine Tränen mehr geben wird.»

Es war das erste Mal, dass ich meine Mutter über ihre Krankheit sprechen hörte. «Weshalb bist du denn niemals ins Chemondrion gegangen?», vertiefte ich die Frage. Auch ich hasste dieses Todeshaus, aber vielleicht konnte ihr dort ja wirklich geholfen werden. Vielleicht starben dort nicht alle.

Mutter biss auf ihre Unterlippe und schwieg. Ich befürchtete schon, sie verärgert zu haben. Sie sah wieder furchtbar müde aus. Doch dann platzte sie heraus: «Nie werde ich zu einem Arzt gehen! Glaub mir, mit denen habe ich meine Erfahrungen! Meine Schwester wurde irgendwann furchtbar krank. Es sah so aus, als müsste sie sterben. Meine Eltern entschlossen sich, aus dem Untergrund aufzutauchen. Die damalige Regierung war den Christen gegenüber etwas milder gestimmt. Wer dabei erwischt wurde, sein Christsein öffentlich auszuüben, wurde nicht umgebracht, sondern ‹nur› noch in Arbeitslager abgeschoben. Privat, jeder für sich, durfte man Christ sein. Natürlich stand man unter Beobachtung. Aber viele Christen gingen sogar einer geregelten Arbeit nach, auch wenn man ihnen nichts anderes erlaubte als Hilfsarbeiten. Und natürlich arbeiteten sie für einen Hungerlohn.»

«Das ist unglaublich!», entfuhr es mir.

«Na ja, die Christen hofften, dass sie irgendwann eine soziale Rehabilitation bekommen würden. Wem das nicht reichte und wer seinen Glauben auch aktiv ausleben wollte, dem blieb nichts anderes übrig, als im Untergrund zu leben, so wie wir. Aber das Leben dort ist schwer. Meine Schwester war, wie gesagt, sehr krank geworden. Heute weiß ich, wie schwer es meinen Eltern gefallen sein muss, ihre Gesundheit gegen die Sicherheit unserer Gruppe abzuwägen. Sie trafen damals leider die falsche Entscheidung: Sie gingen in ein Chemondrion. Dort merkte man natürlich sofort, dass sie nicht im System erfasst waren. Sie wurden verhaftet und verhört. Ich glaube, damals wurde unsere gesamte Gruppe aufgespürt. Sie kamen und sperrten uns ein. Du kannst dir nicht vorstellen, welche Qualen wir durchlitten.»

Da war ich mir nicht so sicher ... Mein Blick fiel auf die Hand meiner Mutter. Ich fragte mich ...

Als hätte sie meine Gedanken erraten, wisperte meine Mutter: «Sie hackten uns damals den rechten Daumen ab, ja.»

Ich blickte entsetzt auf ihren verstümmelten Finger.

«So sollte es niemandem von uns mehr möglich sein, auf legalem Weg Lebensmittel zu beziehen – gesetzt den Fall, dass wir das Gefangenenlager überlebten.»

Ich streckte die Hand aus und strich über Mutters rechten Daumen. Sie zuckte zurück, als würde er ihr heute noch Schmerzen bereiten. Hatte ich nicht noch bei jemand anderem so einen deformierten Finger gesehen? Mein Gehirn ratterte. *Na klar! Bei Philemon!*, schoss es mir heiß durch den Kopf. Er hatte ebenfalls den rechten Daumen verloren. Zufall?

Mutter nahm einen Schluck von dem dünnen Tee. Ihre Hände zitterten. Tränen glitzerten auf ihren Wangen.

«Wir wurden in alle vier Winde zerstreut. Meine Schwester starb noch vor Ort. Sie hat die Verhaftung nicht überstanden.»

«Und deine Eltern?»

«Ich habe sie nie wiedergesehen. Sie haben vermutlich in einem Straflager den Tod gefunden. Die Arbeit dort war hart.» Mutter verbarg ihr Gesicht in ihren Händen. «Immer wieder frage ich mich, warum ich damals verschont wurde und sie nicht. Ich war zu dem Zeitpunkt schwanger mit Michael. Einer der Wächter hatte Mitleid mit mir. Er hat mich beim Abtransport zum Lager ohne Erklärung einfach laufen lassen. Ich weiß nicht, wie er das seinen Vorgesetzten gegenüber erklärt hat. Wer weiß, was für einen Preis er für seine Güte bezahlt hat? Ich habe ihn nie wiedergesehen. Im Untergrund waren nur noch vier Überlebende unserer Gruppe anzutreffen. Unter ihnen war Gott sei Dank auch dein Vater. Wir haben uns durchgeschlagen. Jeder von uns hatte sein Kreuz zu tragen. Doch wir haben überlebt. Eine andere Christengruppe hat uns schlussendlich aufgenommen und dein Bruder kam wenig später unversehrt zur Welt.»

«Weshalb eigentlich das Kreuz?», lenkte ich von dem schwermütigen Thema ab. «Seit wann habt ihr euch eigentlich ein Kreuz tätowieren lassen?»

«Es begann in der zweiten Generation der verfolgten Christen», berichtete Mutter. «Als unter uns die Nachricht herumging, dass man eine sichere Methode entwickelt habe, um einander zu erkennen, die von außen nicht bemerkt werden könne.»

Wir saßen beide grübelnd und schweigend am Tisch, und ich ließ die Neuigkeiten auf mich wirken. Es kam mir alles so fremd vor. Mutter war eine fremde Person für mich.

«Bereust du es?»

Sie blickte auf. «Niemals!» Ihre Stimme zitterte nicht.

«Weshalb nicht? Du hättest ein solch gutes Leben haben können.» *Und ich auch,* dachte ich wehmütig bei mir.

«Ein Leben ohne Gott ist viel schlimmer als ein Leben in Armut oder in Verfolgung.»

Ich konnte es mir kaum vorstellen. «Wieso bedeuten euch dieser Gott und dieser Jesus so viel?» Es war mir unbegreiflich.

«Er ist *alles!* Er hat alles für uns gegeben. Weshalb sollte ich nicht alles für ihn aufgeben?»

«Aber du kannst ihn ja nicht einmal sehen», betonte ich.

«Aber fühlen», entgegnete Mutter.

«Aber gerade hast du doch gesagt, du fühlst dich oft wie im Nebel und schlecht», protestierte ich.

«Es ist mehr als ein Gefühl! Es ist ein innerliches Überzeugtsein davon, dass er hier bei mir ist.» Sie griff an ihr Herz. «Hier, ganz tief drin.»

«Auch jetzt in diesem Augenblick?»

«Jetzt ganz besonders.» Sie ergriff meine Hand und schaute mich mit leuchtenden Augen an.

Ich erschauderte.

Kapitel 18

Montag, 7. Ventôse 332 A. I.
«Tag des Kreuzdorns» (26. Februar)

Ich stand an der Balustrade der Galerie im Humanium und blickte auf den blitzblank geputzten, schwarz-weiß karierten Boden der Eingangshalle hinunter. Von der Höhe versprach ich mir einen besseren Überblick. Ich war nämlich auf der Suche nach Norbert. Wie lange die Christen noch mit dem einen Topf Suppe klarkamen, wusste ich nicht. Wir mussten möglichst schnell neue Lebensmittel organisieren. Ohne Norbert waren meine Hände gebunden. Es machte mich nervös, dass er mir verboten hatte, ihn auf den Goggles zu erreichen und dass ich ihn auch nicht auf dem Schulgelände ansprechen konnte. Was sollte ich also tun? Ich wollte das Versprechen, das ich den Christen gegeben hatte, um jeden Preis halten. Umso mehr, als ich mich jetzt mit ihnen durch meine Mutter noch mehr verbunden fühlte.

Ich stellte mich nicht gerne an einem solch öffentlichen Platz aus, doch nur so lagen die Peacemen, die sich mit bunten Bannern unter der Treppe versammelt hatten, genau in meinem Blickfeld. Ich konnte aber Norbert bisher noch nirgends entdecken.

Ich wollte mich gerade über die Brüstung beugen, als jemand meinen Ellbogen berührte. Ich fuhr auf. In der Erwartung, Norbert zu sehen, drehte ich mich um.

Vor mir stand groß und schön Adonis. Der Schmerz, den seine Gleichgültigkeit und sein Spott in mir ausgelöst hatten, pochte mit einem grausamen Stich durch mein Herz, und ich rang nach Luft.

«Anna ... Ich darf Sie doch noch Anna nennen, oder?» Der Blick aus seinen dunklen Augen war ernst. Mein Herz klopfte mir bis zum Hals, und ich nickte wie eine Marionette. Weshalb konnte ich nicht ebenso gleichgültig sein wie er? Meine Hände krampften sich um das Geländer.

Geh weg, lass mich in Ruhe, dachte ich und wandte meinen Kopf ab. Ich versuchte krampfhaft, die Tränen daran zu hindern, über meine Wangen zu tropfen. Ich wollte mir keine Blöße geben. Nicht vor einem *Humanitus Perfectus*. Nicht vor Adonis.

Du bist die Ruhe selbst, rief ich mir innerlich Selbstbeherrschung zu. *Du wirst hier nicht in Tränen ausbrechen. Nein. Das wirst du nicht.* Ich schloss die Augen und zwang mich, ruhig zu atmen. Ich musste kurz schniefen. Dann hatte ich mich wieder im Griff. Ich blickte zu Adonis auf. In seinem Blick lagen weder Verachtung noch Spott.

«Anna! Ich habe etwas für Sie. Würden Sie mich heute Abend zu mir nach Hause begleiten?»

«Nein!», entfuhr es mir. Ich wollte heute Abend frei bleiben, damit Norbert mich erreichen konnte. Es ging um Leben und Tod. Ich schüttelte bekräftigend den Kopf. Ich wollte mich nicht mehr auf Adonis einlassen. Sollte mir doch die Arbeit über die Christen gestohlen bleiben.

«Es ist aber wichtig», betonte Adonis.

Wichtig oder nicht. Es war ihm zwei Monate nicht einmal wichtig gewesen, mich zu beachten, geschweige denn mich zu grüßen oder sonst ein Wort mit mir zu wechseln. Ich nestelte nervös in meinen Haaren herum. Hatte ich heute überhaupt in den Spiegel geschaut, bevor ich aus dem Haus gegangen war? Ich wich seinem Blick aus und verschränkte die Arme vor der Brust.

«Es geht um Ihre Arbeit.»

Dachte er etwa, er könnte mich jetzt noch damit ködern?

«Welche Arbeit?», gab ich trotzig zurück.

«Kommen Sie schon, Anna.» Er senkte seine Stimme, lehnte sich zu mir und flüsterte vertraulich: «Über die Christen.» Sein Atem kitzelte an meinem Ohr. Er roch nach frischer Minze. Ich trat einen Schritt von der Balustrade weg und musterte ihn mit zusammengekniffenen Augen. Mir war übel.

«Ich kann heute nicht», sprach ich abweisend. «Ich habe etwas anderes vor …» Ich biss mir auf die Lippen. Was genau ich vorhatte, ging ihn nichts an.

«Aber, Anna, die Studien gehen immer vor», versuchte Adonis es mit meinem schlechten Gewissen. Doch so schnell würde er mich nicht herumkriegen.

«Woher wissen Sie, dass mein Termin nichts mit dem Studium zu tun hat?»

«Am Montagabend haben Sie keine Studientermine», wusste Adonis.

Verunsichert blickte ich ihn an.

«Ich habe mich erkundigt», gab er zu. Endlich schlich sich ein Lächeln auf sein makelloses Gesicht, das Gesicht einer Statue, und erhellte es.

Ich senkte den Blick und spürte, wie meine Wangen erröteten. Sein Lächeln spürte ich bis in die Zehenspitzen.

«Es geht trotzdem nicht», lehnte ich ab. Doch meine Stimme schwankte. Das Bild von Adonis mit der schönen, jungen Frau im Arm erschien vor meinem inneren Auge, und Wut breitete sich in mir aus.

«Ich habe eine andere Thematik gefunden, über die ich schreiben kann. Meine geistige Führerin begleitet mich, was die organisatorischen Fragen angeht. Ich muss Sie also nicht mehr belästigen, Meister Magellan.» Es war mir unangenehm, wie dünn meine Stimme kiekste. Ich räusperte mich und musterte eingehend den Kronleuchter, der über der Eingangshalle hing.

«Deshalb bin ich auch heute zeitlich eher unflexibel. Ich muss einige Einzelheiten mit meiner geistigen Führerin besprechen», log ich.

«Machen Sie mir nichts vor, Anna! Sie haben heute keinen Termin mit Ihrer geistigen Führerin.»

«Haben Sie sich danach auch erkundigt?» In meiner Stimme klang Bissigkeit mit. Dennoch konnte ich nicht verhindern, dass sich meine Mundwinkel ganz minimal nach oben bogen

Jetzt erreichte Adonis' Lächeln auch seine Augen. «Nein! Aber Sie können mir nichts vormachen. Diese Ausrede ist Ihnen doch soeben erst eingefallen.»

Ich versuchte möglichst gleichgültig mit den Schultern zu zucken. Im Schauspielern musste ich eindeutig besser werden. Ich konnte keine Untergrundmitarbeiterin für die Christen werden, wenn man mir die Wahrheit selbst bei solchen Kleinigkeiten von der Nasenspitze ablesen konnte.

«Was soll ich denn bei Ihnen zu Hause?», ging ich in den Angriff über. «Ihre neuesten Verkleidungsspezialitäten bewundern?»

Wie kannst du nur so frech zu deinem Humanitus Perfectus sein?, schimpfte ich mit mir.

«Wie gefällt Ihnen meine heutige Verkleidung?», gab er schlagfertig zurück und drehte sich ins Profil.

Unglaublich gut, wollte ich ausrufen. Der schöne Göttersohn, der umwerfende *Humanitus Perfectus*. Ich biss erneut auf meine Lippe.

Ich durfte nicht so an ihn denken. Beinahe hätte ich mit dem Fuß aufgestampft.

«Vielleicht ein andermal!», ergriff ich den nächsten Strohhalm.

«Es muss heute sein», beharrte Adonis. Seine Anweisung duldete keine Widerrede. Autorität schwang mit. Ich sträubte mich dagegen. Furcht machte sich in mir breit. Hatte er tatsächlich vor, mich gegen meinen Willen zu sich nach Hause zu schleppen? Wie weit würde er gehen? Was hatte er mit mir vor?

«Dann bleibt mir ja nichts anderes übrig», trotzte ich und wendete mich von ihm ab.

«Sie müssen nicht! Aber ich bitte Sie darum.» Ich zögerte. Seine Stimme klang beschwörend. «Anna, Sie sind die Einzige, die mir helfen kann», fügte er leise an.

Ich schaute langsam zu seinen flehenden Augen auf. Mein Herz schmolz dahin.

«Ich … ich kann wirklich nicht», hörte ich mich sagen. «Es tut mir leid.»

Eine lärmende Gruppe Peacemen kam uns entgegen. Ich konnte Norbert in ihrer Mitte entdecken. Ich musste mich auf die Lebensmittelversorgung der Christen konzentrieren. Mit meiner Arbeit war ich über Aquilina Akbaba versichert. Ich musste mich von Adonis fernhalten. Aber: Durfte ich ihn so verärgern? Egal! Ich musste mein Herz schützen. Das war wichtiger.

Adonis setzte in gedämpftem Tonfall hinzu: «Anna, es tut mir leid, dass ich Sie so behandelt habe … Ich weiß … Ich wusste nicht, ich hatte persönliche … Gründe für mein Verhalten. Ich weiß, ich war nicht fair.» Sein Gesicht wirkte ernst und aufrichtig.

Die Gruppe der Peacemen war jetzt auf unserer Höhe. Norbert rempelte mich im Vorbeigehen an, suchte jedoch den Augenkontakt nicht.

«Hey», riefen Adonis und ich unisono. Ein Stück Papier segelte zu Boden. Adonis hatte es nicht bemerkt. Er packte Norbert unsanft am Ärmel.

«Hey, pass auf, wo du hintrittst! So benimmt man sich nicht einer Dame gegenüber.»

Norbert verneigte sich kurz vor uns. «Entschuldigen Sie, Königliche Hoheit!» Dann riss er sich los und streckte die geballte Faust in die Luft. «Freiheit und Gerechtigkeit dem Volk!», krakeelte er und eilte davon, damit er nicht hinter seiner Gruppe zurückfiel. Ich bückte mich, um den Zettel aufzulesen, und schimpfte: «Wenigstens seinen Abfall hätte er nicht zu verstreuen brauchen», und zerknüllte das Papier in meiner Hand.

«Ein ungehobelter Kerl!» Adonis' Gesichtsausdruck war nahezu feindselig. Sein Kiefer mahlte ungeduldig. «Solche Protestaktionen sollten eigentlich bestraft werden.»

Erschrocken blickte ich auf, das Stückchen Papier immer noch in meiner Handfläche.

«Also», verabschiedete ich mich hastig. «Ich muss gehen!» Ich drehte mich um und wickelte dabei das Papierknäuel auseinander: «Mittwoch, fünf vor Mitternacht. Essensturm», stand da mit gestochen scharf geschriebenen Buchstaben. Schnell ließ ich den Zettel in meine Jackentasche gleiten. Mittwoch also. Würden es die Christen bis Mittwoch schaffen? Eunices dünne Gestalt kam mir in den Sinn. Würde sie bis Mittwoch nicht zerbrechen? Würde die geschwächte Tabea bis dann überleben? Aber das hieß, dass ich heute keine Ausrede hatte, um nicht mit Adonis mitzugehen. *Vergiss es,* sprach ich mir selbst Mut zu.

«Anna! Bitte!», ertönte Adonis' Stimme hinter meinem Rücken. Er war mir nachgelaufen. Ich zuckte zusammen. Langsam drehte ich mich ihm wieder zu. Er stand nur einen Schritt von mir entfernt. Ich schluckte.

«Anna! Ich mache es wieder gut! Ich schwöre es! Es ist mir sehr wichtig. Ich werde auch Aquilina Bescheid geben. Sie können die Zeit bei mir als Unterrichtszeit verbuchen.»

«Wann?» Meine Frage stand im Raum, bevor ich sie zurückhalten konnte. Sein Gesichtsausdruck formte sich zu einem siegessicheren Lächeln.

«Heute Abend nach Ihren Studien? Warten Sie draußen auf der Treppe.»

Ich nickte.

«Sie tragen heute einen schönen Pullover, Anna! Er betont ihre …» Sein Blick glitt über meinen Körper. «… Augen.»

«D… danke!», stotterte ich mit brennenden Wangen.

Er drehte sich auf dem Absatz um und ging strammen Schrittes davon. Ich blieb völlig verwirrt und mit einem mulmigen Gefühl in der Magengrube zurück.

Meine Augen fuhren über die üppigen Bücherwände der Bibliothek von Adonis' Palast. Er hatte mich wieder vor dem Humanium abgeholt und durch die Hintertür in seine prächtige Residenz geschleust. Die alten, ehrwürdigen Buchrücken türmten sich bedrohlich vor mir auf. Das warme Dämmerlicht konnte mich nicht daran hindern, ein tiefes Schaudern zu empfinden. Eine böse Präsenz schien von den Bücherwänden auszugehen und sich wie ein dunkler Schatten um meine Schultern zu legen.

Demokrit! Ich hoffte, er würde nicht auftauchen wie letztes Mal, als ich in diesem Raum Zuflucht gefunden hatte. Wie um meine unausgesprochene Frage zu beantworten, meinte Adonis: «Demokrit ist heute nicht da.»

Ich atmete auf.

«Deshalb möchte ich Ihnen etwas zeigen», fuhr er fort. Er lief zielstrebig auf ein Regal zu. Ich setzte hinter seinem Rücken meine Goggles auf, um möglichst viele Buchrücken zu scannen. Vielleicht entdeckte ich einen wichtigen Titel, den ich mir von der Bibliothek im Humanium ausleihen konnte. Außerdem verschaffte mir die Brille einen gewissen Schutz. Adonis würde mich mit seinen betörenden Augen nicht mehr herumkriegen können. Jedes seiner Worte konnte ich nun mit den Goggles aufnehmen. Ich bezweifelte in meinem innersten Kern immer noch die Ernsthaftigkeit seines plötzlichen Sinneswandels.

«Ich habe Berichte gefunden über die Vernichtung der Christen nach der Großen Pestilenz. Massenweise», unterrichtete er mich, während er die Leiter anstellte und zum obersten Regal kraxelte. Das Bild meines unbekannten Urgroßvaters schoss in meine Gedanken. Er war damals umgekommen. Meine Mutter war Christin. Auch sie hatte unter den Folgen der Repressionen gegen die Christen gelitten. Das, wovon Adonis hier sprach, betraf mich mehr, als er ahnen konnte.

Ich trat neben die Leiter. Er blickte zu mir herunter und verzog sein Gesicht. «Legen Sie bitte Ihre Goggles ab!», bat er mich. Ich zuckte mit den Schultern. Ein Teil von mir wollte trotzig widersprechen, doch meine Neugier war geweckt. Ich nahm die Informationsbrille von meiner Nase und faltete sie zusammen. Dann ließ ich sie in meiner Hosentasche verschwinden.

«Vielen Dank!», quittierte Adonis meinen Gehorsam und stieg dann langsam mit einem schweren Wälzer die Leiter hinunter.

«Meine Erinnerung an die Große Pestilenz», stand mit großen Lettern auf dem Einband. Oscar Meyer war der Autor, und ein großes Bild mit in Rauchschwaden verschwindenden grauen Gestalten zierte den Umschlag. Ich griff mit der Hand nach den Goggles in meiner Hosentasche. Ob der Band auch in dem schier unerschöpflichen Fundus der Bibliothek des Humaniums zu finden war?

«Ich habe das Buch sonst nirgends gefunden», beantwortete Adonis meine Frage, bevor ich sie überhaupt stellen konnte. Ich ließ die Brille stecken. Adonis schlug den großen Bildband auf. Auf dem Foto, das die erste Doppelseite überzog, sah man in rauchenden Trümmern eine Gruppe dünn gekleideter Menschen mit abgehärmten schmutzigen Gesichtern stehen. Sie blickten hoffnungslos in die Kamera, ihre Gesichter von Hunger und Pein gezeichnet. Mir wurde schwindelig. Eunices vom Hunger ganz spitz gewordenes Gesicht erschien vor meinem inneren Auge.

«Diejenigen Christen, die die Große Pestilenz überlebten, wurden zusammengetrieben und gefangen genommen», besagte die Bildunterschrift.

Jetzt erst bemerkte ich die dunklen Gestalten, die den kleinen Haufen Menschen umgaben. *Wächter!,* durchfuhr es mich. Ich kniff die Augen fest zusammen und konnte trotzdem nicht verhindern, dass kurz das Bild der schwarzen Hünen in mir aufflammte, die Sascha auf dem Gewissen hatten. Der Schrei, der Schuss und das Rattern der Zugräder, dieses zerstörerische, zermalmende Rattern, das mich bis in meine Alpträume verfolgte. Ich suchte zitternd irgendwo nach Halt und klammerte mich an das Erstbeste, was zur Verfügung stand: Adonis' Arm.

«Anna?» Seine Stimme weckte mich aus meinem Alptraum. Ich ließ ihn augenblicklich los. Verlegen strich ich mir durchs Haar.

«Vielleicht ist es zu viel für Sie?», fragte er ernsthaft. Ich schüttelte den Kopf. Er hatte ja keine Ahnung! Vor meinen Augen war ein Mensch ermordet worden. Ich hatte erst zwei Tage zuvor eine Gruppe halb verhungerter Menschen gesehen, die gerade um Angehörige und Freunde trauerten. Und die auf mich zählten. Ihre Augen hatten mich genauso angeblickt wie die Augen der Menschen von diesem erschütternden Bild. Und an etwas anderes erinnerte mich diese Fotografie auch noch: an Adonis' verbissene Miene, während er uns über eine andere Volksgruppe berichtet hatte, die ein europäischer Irrer vor über 180 Jahren beinahe auszurotten verstanden hatte.

«Es ist ähnlich wie damals bei den Juden!», murmelte ich.

Adonis blickte mich an. «Sie sagen es!», bestätigte er mit einem grimmigen Zug um den Mund. «Schauen Sie sich das Buch an!» Er händigte es mir aus. Es war schwer. Mein Arm sackte unter dem Gewicht des Buches ab. In der Mitte des Raumes stand ein kleines Tischchen, worauf ich meine Last abstellte. Ich wollte das Buch weiter durchblättern, doch ich konnte nicht. Meine Finger waren wie gelähmt. Das Bild der ersten Seite fesselte mich, zog mich in seinen grausamen Bann.

«Wie die Juden», flüsterte ich erneut. Doch diese Bilder waren schärfer, kontrastreicher, farbiger. Sie wirkten sogar auf eine grausame Art künstlerisch interpretiert, voyeuristisch.

Ich brachte schließlich doch die Kraft auf, die Seite umzublättern. Doch ich hätte es besser nicht getan. Das Opfer eines Lynchmordes prangte mir entgegen. Kein blutiges Detail wurde meinen gefolterten Augen erspart. Ich wünschte mir noch im selben Augenblick, dass meine Augen niemals diese Gräuel erfasst hätten. Ab jetzt waren sie unauslöschlich in meine Erinnerung gebrannt. Ich schlug das Buch wütend zu. Mein Herz raste.

Adonis blickte über meine Schulter und meinte: «Bevor Sie das Buch zuschlagen, sollten Sie sich die letzte Seite ansehen. Das ist ein bisschen hoffnungsvoller.»

Ich tat, worum er mich gebeten hatte. Das Buch knarzte, als ich es wieder aufschlug. Auf der letzten Seite prangte das Bild eines blassen Sonnenaufgangs. «Das Schlusswort?» Ich schaute ihn fragend an.

Er nickte. Ich ging die wenigen Zeilen unterhalb der Fotografie durch: «Obwohl mir nicht bekannt ist, was das Schicksal in Zukunft für die Christen bereithält, verdichten sich Gerüchte, dass trotz der Vehemenz der Verfolgung die Jesus-Religion nicht ausgelöscht werden konnte. Überlebende Christen gehen anscheinend in den Untergrund und gründen dort christliche Gemeinschaften. Ihre Zahl wächst trotz der üblen Umstände rasant. Dies weckt in mir die Vermutung, dass dieser Vernichtungskrieg das genaue Gegenteil des eigentlichen Zwecks erreichte: ‹Schlage der Schlange den Kopf ab, und es wachsen viele nach.› Mit diesen Worten verabschiede ich mich. Mögen die Schrecken der letzten Jahre uns eine Lehre sein, dass sich solche Gräuel niemals mehr wiederholen. Oscar Meyer.»

«Gut, das war zwar ein frommer Wunsch», bemerkte Adonis, «aber ein hoffnungsvoller. Vielleicht hat es das Christentum *wirklich* geschafft, sich der vollkommenen Vernichtung zu entziehen. Das würde auch heißen, dass es heute noch Christen gibt.»

Und wie es die gibt, dachte ich bei mir. Meine Mutter hatte gesagt, sie waren über hundert Menschen gewesen, bevor die Gruppe zerschlagen wurde. Dann dachte ich an die kleine Gruppe der heutigen Christen. Waren sie dazu verdammt, zu sterben, oder würde sich die Gruppe auch wieder vergrößern?

«Eigentlich ist es ein erstaunliches Phänomen», führte Adonis seinen Gedanken weiter. «Je übler es den Christen ergeht, desto mehr wachsen ihre Gemeinden. Etwas, das sich meinem Verstand entzieht.»

Du hast noch nie einen Christen getroffen, gab ich ihm im Stillen Antwort. *Wenn du einmal ihre Wärme gespürt, dem Klang ihrer Melodien gelauscht und ihre Stärke in widrigsten Umständen miterlebt hättest, dann wäre dir klar, dass niemand das Feuer auslöschen kann, das in diesen Christen brennt.*

Adonis war auf die andere Seite des Raumes gehuscht, hatte die Leiter wieder an das Regal gestellt und suchte sich mit seinen Fingern durch die Bücher der obersten Reihe. Er zog eine Art Kartonschachtel hervor. Damit kletterte er wieder auf den Boden zurück und brachte die Schachtel zu mir.

«Ich wäre niemals auf das Buch aufmerksam geworden, hätte ich nicht diesen Stapel Papiere zuerst gesehen», erklärte er mir und schob das Buch zur Seite. Er hob den Deckel der Kartonschachtel und enthüllte einen Stapel blütenweißer, sorgfältig abgehefteter bedruckter Blätter. Was für ein rarer Anblick! Heute druckte fast niemand mehr auf Papier. Papier war ein teures Produkt. Nur noch wenigen Betrieben war es erlaubt, für die Papierproduktion Bäume zu roden. Schon früh hatte man uns deshalb am Humanium eingebläut, mit Papier sparsam umzugehen und besser alle Informationen auf den Arbeitsstationen abzuspeichern, statt sie aufzuschreiben.

«Sehen Sie sich diesen Brief an», forderte Adonis mich auf und zeigte auf das erste Blatt. Den Brief zierte über dem Adressfeld das gestochen scharfe Bild des Absenders: Er besaß die dunklen Gesichtszüge eines Bewohners des Landes der Mittagssonne, ich schätzte ihn auf vierzig. *Ein Spitzel?,* durchzuckte es mich.

Dann las ich:

12. Februar 2121

«*Anfrage von Prof. Douglas Tempes Kileteny PhD an Demokrit Magellan PhD*»

Sir, im Zusammenhang mit meiner Vorlesung «Neuere Geschichte des Europäischen Reiches» bin ich auf der Suche nach geeigneter Literatur für meine Studenten. Ich habe mir von Freunden Ihre Adresse empfehlen lassen. Ihr Name steht für eine wichtige Informationsquelle außerhalb der staatlich-kontinentalen Zensur. Deshalb frage ich Sie höflich, ob Sie mir geeignete Literatur empfehlen können, die neutral in die Geschehnisse des 21. Jahrhunderts Einblick verschafft. Besonders empfohlen wurden mir die Werke eines gewissen Oscar Meyer. Jedoch konnte ich über den Internetdienst keine Bestellung auslösen. Ich vermute, diese Exemplare sind vergriffen. Könnten Sie mir einen Hinweis vermitteln? Der Preis spielt keine Rolle.

Freundliche Grüße
Prof. Douglas Tempes Kileteny PhD
University of Africa
Historische Fakultät Nairobi / Kenia

«Was fällt Ihnen auf?», durchbrach Adonis' Stimme die Stille. Ich überflog die Zeilen nochmals.
«Der Mann ist dunkelhäutig?», gab ich dann schließlich hilflos von mir und zuckte mit den Achseln. Das war das Einzige, das mir besonders aufgefallen war.
«Nein, lesen Sie es nochmals durch», forderte mein *Humanitus Perfectus* im Tonfall eines Lehrers. Wieder suchte ich die kleinen schwarzen Buchstaben nach Informationen ab, die ich beim ersten Lesen übersehen hatte.
«Das Datum», unterbrach Adonis meine Gedankengänge ungeduldig.
Ich kam mir klein und unwissend vor. «12. Februar 2121», las ich und runzelte die Stirn. Die Art, wie das Datum geschrieben war, kam mir fremd vor. Das Wort «Februar» kannte ich aus einem Kinderlied, das meine Mutter mir früher immer vorgesungen hatte.
«Und?», fragte ich etwas dümmlich. Adonis setzte seine Goggles

auf. Am liebsten hätte ich es ihm gleichgetan, doch ich traute mich nicht, mich seinen Anordnungen von vorhin zu widersetzen. Weshalb konnte ich meine Goggles nicht aufsetzen? Schließlich sahen vier Augen mehr als zwei.

«Ich habe hier eine Umrechnungstafel gefunden», informierte mich Adonis.

«Also, welches Datum schreiben wir heute, Studentin Tanner?», fragte er schulmeisterlich, und ich hörte ein leises Schmunzeln in seinen Worten, obwohl er seine Miene kaum verzog.

«Heute schreiben wir den 7. Ventôse im Jahr 332 Anno Illumini. Tag des ... des Kreuzdorns, glaube ich», erwiderte ich, nicht ganz formvollendet.

«Sehen Sie», schlussfolgerte er. Ich schüttelte den Kopf. Worauf wollte er hinaus? Er zog die Goggles von seiner geraden, aristokratischen Nase und streckte sie mir entgegen. Seine kräftigen und doch so schlanken Finger berührten meine Schläfen sanft, als er mir seine Goggles überstülpte. Zuerst nahm ich die Tabelle auf der Brille nicht wahr, da mir seine Berührung einen Schauer über meinen Rücken jagte. Dann aber sah ich eine für mich wirre Anordnung von Zahlen und Buchstaben.

«Beachten Sie bitte die Datumsumrechnung», instruierte er mich. Vor meinen Augen entfaltete sich plötzlich die Zeile: «Das Jahr 332 Anno Illumini europäischer Zeitrechnung entspricht dem Jahr 2121 Anno Domini Welt-Zeitrechnung. 7. Ventôse entspricht dem 26. Februar.» Ich runzelte die Stirn. Dann streifte ich die Brille ab.

«Verstehen Sie es jetzt?», bohrte Adonis ungeduldig nach.

«Es gibt eine andere Zeitrechnung», wagte ich einen schüchternen Vorstoß.

«Genau», lobte Adonis erfreut. «Und was sagt uns das?» Er wollte mir auf die Sprünge helfen. Ich zog die Brille ab, streckte sie ihm entgegen und blickte ihn zweifelnd an. Ich schien auf der Leitung zu stehen, doch ich wusste nicht, worauf er hinauswollte. «Das sagt uns», beantwortete er die Frage selbst, «dass diese Konversation», er deutete auf das Papier, «vor zwei Wochen stattgefunden hat.» Dann erst nahm er die Brille entgegen.

«Diese Konversation? Aber ... weshalb ist sie denn in Papierform? Heute schreibt doch kaum noch jemand seine Korrespondenz auf Papier, rein zum Schutz der Wälder.»

«Das fragte ich mich auch», gab Adonis zu. «Dann dachte ich mir, heute sind die Daten aller Menschen irgendwie nachvollziehbar auf den großen Rechnern. Das heißt, alle Studien, die Sie betreiben, Anna, alles, was Sie jemals über Ihre Goggles oder über Ihre Arbeitsstation gelesen haben, ist irgendwo in einem zentralen System aufgezeichnet.»

«Das ist uns ja allen bewusst und kein Problem, wenn wir nichts zu verbergen haben.» Ich versuchte jegliche Emotionen aus meiner Stimme zu verbannen. Mein rasendes Herz erinnerte mich jedoch an meine ständige unterschwellige Angst, hinter jeder Ecke einer erneuten Verhaftung entgegenzugehen.

«Eben», bekräftigte Adonis. «Außer man versucht, etwas zu verheimlichen.» Er klopfte bedeutungsvoll auf die Kartonschachtel.

«Diese Dinge sind nicht für die Augen aller bestimmt. Man will sie verbergen ... Also schmeißt man sie hier in diesen Ordner und stellt sie in die hinterste Ecke der Bibliothek, damit niemand sie findet.»

«Aber weshalb?», flüsterte ich und wusste nicht, weshalb ich meine Stimme senkte.

«Fallen Ihnen noch weitere Ungereimtheiten in diesem Brief auf?», spielte Adonis mir den Ball zu, und ich beugte mich gequält über das Blatt Papier.

«Sagen Sie mir einfach, was Ihnen auffällt», ermunterte er mich.

«University of Africa», gab ich ihm zur Antwort. «Wo liegt Afrika?»

«Genau, das ist die richtige Frage», meinte Adonis anerkennend. Ich freute mich über sein Lob, doch es beantwortete meine Frage nicht.

«Afrika ist das Land der Mittagssonne», eröffnete Adonis mir.

«Also Sie meinen, im Land der Mittagssonne nennen sie ihr Land Afrika?»

«Exakt!»

«Weshalb habe ich noch nie etwas davon gehört?», begehrte ich auf.

«Hier, sehen Sie diesen Satz, Anna: ‹Ihr Name steht für eine wichtige Informationsquelle außerhalb der staatlich-kontinentalen Zensur.› Sagen Sie mir, was eine Zensur ist.»

«Das Unterdrücken von Informationsaustausch durch den Staat», gab ich schulbuchmäßig zum Besten. Ich blickte in Adonis' funkelnde Augen, und die entsetzliche Wahrheit dämmerte mir: «Also denken

Sie, dass die Menschen im Land der Mittagssonne unter einer staatlichen Zensur stehen? Sie werden unterdrückt? Meinen Sie das damit?» Meine Hand fuhr an meinen Mund, weil ich an Felix dachte. War er wieder zurückgekehrt in das Land, in dem Unterdrückung herrschte? Hatte er zurückkehren müssen? Wie ging es ihm? Sorge machte sich in mir breit.

Erst Adonis' kräftige Hand, die an meiner Schulter rüttelte, brachte mich wieder zurück in die Wirklichkeit.

«Nein, Anna! Nein!» Seine Stimme bebte. «Ich will damit sagen, dass unsere Gesellschaft unterdrückt wird. Unser ‹freies› Europäisches Reich steht unter Zensur. Wir dürfen nicht an alle Informationen heran. Wir haben eine eigene Zeitrechnung, nicht der Rest der Welt.»

«Nein», schüttelte ich den Kopf. «Wir sind ein freies Land, ein freier Kontinent. Wir haben die Grundpfeiler der Freiheit, der Gleichheit, der Toleranz und des Friedens», repetierte ich die bekannte Formel.

«Überlegen Sie, ob Sie nicht einer Lüge geglaubt haben.» Adonis blickte mich mit eindringlichen Augen an. «Anna! Überlegen Sie es sich!»

«Nein, nein!», weigerte ich mich, diese Worte zu glauben – obwohl mir gleichzeitig hundert Gründe einfielen, weshalb Adonis die Wahrheit sagte: Die Christen wurden in unserem Land der Freiheit unterdrückt. Meine eigene Mutter war Christin und vegetierte in einer eigentlich längst als ausgelöscht bezeichneten Krankheit vor sich hin. Mein eigener Urgroßvater war um seines Glaubens willen gelyncht worden. Die Bibel, die nirgends aufgefunden werden konnte, außer in dieser Bibliothek. Der Bildband über die Gräueltaten während der Großen Pestilenz, die man im ganzen Netzwerk nicht finden konnte. Demokrit Magellans nicht zu leugnende Macht ... Er war «eine gute Informationsquelle in Zeiten der staatlich-kontinentalen Zensur». Demokrit Magellan war höchster Politiker unseres Parts und Vorsitzender des Humaniums. Ich hatte gesehen, dass er trotzdem mit den Dionysiern feierte und mit ihnen Allianzen zu bilden schien. Ich wusste, dass er Vetternwirtschaft betrieb. Konnten mächtige Männer wie er ein ganzes Volk glauben lassen, was ihnen diente?

«Unmöglich, unmöglich!» Ich bemerkte kaum, dass ich die Worte hinausschrie.

«Pst, Anna! Pscht!» Adonis' samtene Stimme drang kaum durch den roten Schleier vor meinen Augen. Ich versuchte ihn von mir wegzustoßen. Doch seine Hände hielten mich wie eiserne Zangen fest. Ich wäre zu Boden gesunken, hätte er mich nicht festgehalten. Das war der schlimmste Alptraum. Es war ein Alptraum. Irgendwie hatte ich die Erfahrungen der letzten Wochen zwar registriert, aber ihre Konsequenzen nie zu Ende gedacht. Angefangen beim Verschwinden von Kephas bis zum Bekenntnis meiner Mutter, sie sei Christin, und der Erkenntnis, dass ich dadurch eine Schwerverbrecherin versteckte. Ich lebte in einer Welt, die eine einzige Lüge war. Welchen Konstanten in meinem Leben konnte ich überhaupt noch glauben? Und wieder: Was war die «Wahrheit»?

«Ich bin Anna Tanner», sagte ich mir auf.

«Ich weiß!», antwortete Adonis.

«Anna Tanner! Ich träume nicht!»

«Nein, Anna, Sie träumen nicht.»

«Wieso erzählen Sie mir das?», wisperte ich. «Glauben Sie das alles? Könnten Sie nicht Ihren Vater zur Rede stellen? Vielleicht kann er Ihnen das alles irgendwie erklären?» Obwohl mir Demokrit zutiefst zuwider war, konnte er vielleicht Adonis' wilde Fantasien beruhigen. Meine Gedanken hefteten sich an einen letzten Strohhalm.

«Mein! Vater!» Zornig spuckte Adonis die Worte aus. Seine Miene war entschlossen, und seine Augen glühten furchteinflößend.

Ich richtete mich auf und löste mich von ihm. Was sollte jetzt noch kommen? «Ich glaube das, weil ich die Lügen dieses Staates an meinem eigenen Leib erfahren musste ...» Adonis' Stimme schwankte. Er nahm die Kartonschachtel zwischen seine Hände und presste sie so fest zusammen, dass das Material unter der rauen Behandlung ächzte.

Unvermittelt streckte Adonis mir seine rechte Hand entgegen. «Darf ich mich vorstellen, Anna? Mein Name ist Amadeo Nero.» Er lachte hilflos.

Unverständig blickte ich ihn an. Drehte er nun vollkommen durch? War das das nächste Märchen?

«Ich bin ...» Seine Stimme versagte. «Ich bin gebürtiger Südländer. Ich hatte mal einen Vater und eine Mutter. Sie gaben mir den Namen Amadeo, was ‹Liebe Gott!› bedeutet. Ich sollte einen Gott lieben. Ich vermute, sie meinten damit den Gott der Christen.» Er ließ die Kartonschachtel fallen und griff sich mit der Hand an die Stirn. Seine Augen schimmerten feucht. Weinte er? Ich konnte es nicht glauben. *Humaniti Perfecti* weinten nicht. Oder?

Eine Erinnerung durchzuckte mich. Ein dicker Umschlag war aus der Bibel vor meine Füße gefallen, als ich mich hier vor einigen Wochen vor Demokrit versteckt hatte. «Amadeo Nero» hatte auf der Urkunde darin gestanden. Adonis' vermeintlicher Bruder war er selbst! Amadeo Nero. Ein Südländer. Ja, seine dunklen Haare und seine Hautfarbe schienen zu dieser Herkunft zu passen.

«Demokrit Magellan hat mich adoptiert, als ich noch klein war, verstehen Sie? Er hat mich nach einer heidnischen Gottheit der Schönheit benannt. Mir diese Identität aufgedrückt. Verstehen Sie? Er versuchte aus mir einen perfekten Sohn zu erschaffen.»

Ich konnte aus seinem Blick die pure Verzweiflung herauslesen. Alles in mir wünschte sich, ihn zu berühren, irgendetwas zu tun, um seine Pein zu lindern, doch meine Glieder waren wie gelähmt. «Weshalb ... weshalb erzählen Sie mir das?», brachte ich schließlich hervor. Die Frage klang so schrecklich nüchtern und unpersönlich in dieser Situation – und ich hasste mich dafür.

Adonis schien sich zu fangen. «Ich weiß nicht!» Er zuckte die Schultern. «Ich dachte, ich kenne das Geheimnis Ihrer Mutter, Sie kennen das Geheimnis meines Vaters. Ausgleichende Gerechtigkeit nennt man das wohl.» Er räusperte sich. «Vielleicht wollte ich auch nur mit jemandem reden, der ... die mich versteht.»

Ich streckte meine Hand nach ihm aus, doch da hatte er sich schon von mir abgewandt und den Bildband gepackt. Seine Schultern waren gesenkt. Er sah aus wie ein Schuljunge. Gebeugt, gedemütigt, und ich hatte ihm nicht einmal Anteilnahme entgegengebracht.

«Amadeo ... äh ... Adonis ... äh ... Verzeihen Sie ... Meister Magellan», stotterte ich los. «Ich weiß gar nicht, was ich sagen soll. Ich meine ...» War es wirklich möglich, dass seine Welt gerade genauso auf dem Kopf stand wie meine?

Adonis winkte ab. «Sie müssen nichts sagen. Dafür gibt es keine Worte.» Er richtete seine Schultern auf und verstaute den Bildband in der passenden Lücke des Regals. Ich schaute seiner breitschultrigen und athletischen Figur nach, wie sie mit Leichtigkeit den grauenerregenden Beweis für die Folter vieler Menschen zwischen die anderen Bücher gleiten ließ, und in meinem Herzen beschloss ich, ihm ab jetzt Vertrauen zu schenken. Ich hob die Kartonschachtel mit dem brisanten Inhalt vom Boden auf und brachte sie auf dem kleinen Tisch etwas in Form. Adonis stand wieder neben mir und hatte seine Fassung offenbar wiedergewonnen.

«Das war noch nicht alles», verkündete er mit ernster Miene.

«Oh, bitte nicht!», entfuhr es mir. «Es ist genug für heute.» *Eigentlich genug für ein ganzes Leben,* dachte ich bitter.

«Leider war das noch nicht alles», bestätigte Adonis meine Befürchtungen. «Heute findet ein Ritual statt, das ich Ihnen unbedingt zeigen muss. Bitte begleiten Sie mich. Ein echter Historiker, vielmehr ein *Humanitus Perfectus* stellt keine Thesen auf, ohne sie nicht mit einer Tatsache oder mit Fakten und Zahlen zu stützen. Glauben Sie mir: Was Sie sehen werden, wird meine Aussagen nur untermauern.» Ein spöttisches Lächeln erschien auf seinem Gesicht.

Verlegen wand ich mich unter seinem Blick. «Ich glaube Ihnen ja», verteidigte ich mich.

«Lassen Sie uns gehen, Anna! Und zwar bevor Demokrit Magellan nach Hause kommt und neue Informationen in seinem geheimen Aktenordner ablegen will.»

Er ließ mich vorgehen, und ich spürte den sanften Druck seiner Hand auf meinem Schulterblatt, als er mich langsam, aber bestimmt aus der Bibliothek schob.

Wir saßen am Waldrand auf einem hölzernen, überdachten Hochsitz aus bearbeiteten Baumstämmen, von dem aus normalerweise Biologen die vom Aussterben bedrohte Fauna des Waldes beobachteten, und blickten in die Dunkelheit der Stadt hinunter. Das Humanium war hell erleuchtet, doch viel wichtiger war Adonis die gute Sicht, die man von hier aus auf den Hügel des Chemondrions hatte.

Ich saß wie betäubt im Dunkeln und versuchte, die unglaublichen Verdächtigungen und Behauptungen von Adonis Magellan alias Amadeo Nero zu verdauen. Ich war so in Gedanken versunken, dass ich die Winterkälte nicht wahrnahm. Die Kante der rauen Holzplanke, auf der wir saßen, schnitt mir jedoch in die Kniekehlen.

Adonis blickte durch ein Nachtsichtgerät. Trotz der Dunkelheit sah man damit auf mehrere Hundert Meter alle Umrisse von Gebäuden und Menschen gestochen scharf. Dies war wohl der Zweck dieser Übung. Er wolle mir etwas zeigen, hatte er gesagt. Ich betrachtete Adonis' Silhouette von der Seite. Er nahm das Nachtsichtgerät von den Augen. Das schwache Licht daraus hüllte seine ebenen Gesichtszüge in ein gespenstig grünes Licht.

Er ist ein Mann mit sieben Siegeln, dachte ich. Wer war der Mensch, der hier oben neben mir saß? Er war eigentlich mein *Humanitus Perfectus.* Doch weshalb fühlte ich mich ihm so nah? Weil er sein tiefstes Geheimnis mit mir geteilt hatte?

«Es geht los», verkündete er. Ich kniff die Augen zusammen. Auf dem Hügel des Chemondrions tanzten gedämpfte Lichter.

«Was geht los?», flüsterte ich.

«Sehen Sie nur!» Er streckte seine Hand aus und reichte mir das Sichtgerät. Ich hob es an meine Augen und stützte mich mit den Ellbogen auf die niedrige Fensterbank des Hochsitzes, damit das Bild nicht wackelte.

«Sie können hier die Sicht noch vergrößern», flüsterte er und streckte seine Hand aus, um an dem Rädchen oberhalb des Gerätes zu drehen. Sofort rückte das Geschehen näher, so dass ich das Gefühl hatte, ich würde mich vor Ort befinden.

«Sehen Sie die Fahrzeuge?», versicherte sich Adonis.

Ich nickte. Vierrädrige Vehikel kämpften sich durch die vereiste Fahrbahn dem Chemondrion entgegen und hielten vor dem Gebäude an. Dunkle Gestalten, die mich an die Wächter des Gefängnisses erinnerten, verließen den Wagen und verschwanden im Bau, nur um kurze Zeit später wieder mit anderen Personen im Schlepptau herauszukommen.

Einige der Personen humpelten, andere husteten sichtbar beim Gehen. Ich sah auch Personen mit schlohweißen Haaren! Einige Personen wurden von Ärzten in weißen Kitteln auf Bahren herausgetragen und in die Fahrzeuge geladen. Mit heftigen Gesten trieben die schwarzen Gestalten die anderen an. Eine Person stürzte und wurde von einer schwarzen Gestalt heftig in die Höhe gerissen und zur Hintertür des Fahrzeuges geschleppt. Die Person schien sich zu wehren, doch ein heftiger Schlag der kräftigen schwarzen Gestalt setzte sie außer Gefecht.

Ich sog scharf die Luft ein. Atemlos verfolgte ich das Geschehen. Das Verladen der Personen nahm nur ein paar Minuten in Anspruch. Dann stiegen auch die schwarzen Gestalten ein. Die Fahrzeuge setzten sich wieder in Bewegung und krochen den Hügel hinunter, um sich meinem Blickfeld zu entziehen. Ich setzte fassungslos das Nachtsichtgerät ab.

«Was war das?», hauchte ich. Namenloses Entsetzen hatte mich gepackt. Ich reichte Adonis das Nachtsichtgerät wieder zurück.

Er nahm es entgegen und warf noch einen Blick hindurch, wie um sich zu vergewissern, dass alle Fahrzeuge das Gelände verlassen hatten. Dann setzte er es wieder ab. «Schon seit sechs oder sieben Wochen komme ich hierher und beobachte immer das gleiche Ritual. Die schwarzen Gestalten kommen, sie holen die Alten, die Kranken und die Behinderten ab. Niemals bringen sie Leute her. Sie nehmen immer nur mit. Keiner weiß, wohin sie sie bringen.»

Ich presste mir meine Faust auf die Magengrube.

«Sie verschwinden von der Bildfläche. Und werden nie mehr gesehen ...», endete Adonis unheilvoll.

«Glauben Sie wirklich?» Ich schrie es fast. Adonis legte den Finger auf seine Lippen.

«Wir haben keine Kranken in unserer Gesellschaft, nicht wahr?», provozierte er. «Und wer ist die älteste Person, die Sie kennen?», hakte er nach, als ich stumm blieb.

Tabea fiel mir ein. Die einzige kranke Person, die ich kannte, war meine Mutter. Kephas der Einzige mit einer Behinderung. Meine Hand fuhr an meine Kehle. Was wäre mit meiner Mutter passiert, wenn ich sie ins Chemondrion gebracht hätte? Was wäre mit mir passiert, wenn ich wegen meines Hustens dorthin gemusst hätte? Wären wir auch abtransportiert worden? Wofür waren die monatlichen Gesundheitskontrollen bei der Essensausgabestelle wirklich? Von wegen Vorsorgeuntersuchung, die unserer eigenen Sicherheit dient! Die dunkle Ahnung, dass es hierbei lediglich darum ging, kranke Menschen aus der Gesellschaft herauszufiltern, drängte sich förmlich auf, und ich schauderte. War ich nur knapp diesem Kommando entkommen?

«Also, wenn Sie mich fragen, Anna», verkündete Adonis düster, «dann werden diese Menschen ihrer systematischen Ermordung entgegengefahren.»

Ich schaute ihn entsetzt an.

«Womit meine These belegt wäre, dass heute noch dieselben Gräueltaten verübt werden, derer auch unsere Vorväter sich schuldig gemacht haben», dozierte er.

Ich wünschte mir in diesem Moment, seiner geschwollenen Ausdrucksweise entkommen zu können.

Doch er fuhr fort: «Und was glauben Sie, weshalb sie die Alten entsorgen?» Er wartete meine Antwort nicht ab. «Wissen ist Macht. Diese alten Menschen haben viel gesehen, viel erlebt. Sie entdecken Fehler im System. Wenn ein älterer Mensch stirbt, geht ein wahnsinniger Fundus an Wissen flöten. Der Regierung fällt nichts Besseres ein, als sie verschwinden zu lassen, damit sie ihr Gedankengut nicht an die jüngere Generation weitergeben können. Somit fängt man immer wieder bei null an.»

«Aber diese Menschen gehen doch nicht freiwillig in den Tod.»

«Natürlich nicht!», bestätigte Adonis mir. «Ich habe in einem dieser geheim gehaltenen Dokumente gelesen, dass es in diesem Part unerlässlich ist, viel Geld zu haben. Um Kopf und Kragen zu retten, werfen die Mächtigen bei uns mit so viel Geld um sich, da ist Krösus ein Klacks dagegen. Und das Geschäft mit Verjüngungskuren und Schönheitsoperationen boomt. Das alles sind Notmaßnahmen, um dem Alter für eine Zeitlang zu entkommen. Zur Not kann man sich natürlich auch ins Ausland absetzen. Die Regierung versinkt im Korruptionssumpf.»

Ich konnte das Gerede nicht länger ertragen und erhob mich. Meine Beine waren von dem langen Sitzen auf der harten Holzplanke eingeschlafen und kribbelten nun unangenehm. Ich schüttelte sie und versuchte gleichzeitig, das Entsetzen loszuwerden, das mein Innerstes gerade gepackt und sich in jede Faser meines Seins eingeschlichen hatte.

«Ich möchte weg von hier», brachte ich schließlich heraus. Meine Stimmte klang spröde. Wohin weg? Wohin konnte ich vor diesen Abscheulichkeiten entfliehen?

Adonis erhob sich ebenfalls, schwang sich auf die unregelmäßige Holzleiter und begann Tritt für Tritt den Abstieg zum Waldboden. Vorsichtig schaute ich über den Rand, drehte mich langsam und ertastete mit dem Fuß die erste Sprosse. Es waren nur etwa fünf Meter, dennoch war ich froh, als ich von der letzten Sprosse in das Dickicht sprang, das den Boden überwucherte. Adonis begleitete mich zurück zu seinem Motorrad, das uns durch die Kälte hierhergebracht hatte. Er setzte sich auf den Sattel. Mittlerweile schon etwas geübter im Umgang mit diesem Transportmittel, schwang ich mich auf den Sozius.

Ich wollte gerade meinen Helm aufsetzen, als Adonis mir seinen Kopf zuwandte. «Anna», ertönte seine Stimme sanft. «Ich entschuldige mich für mein unsensibles Verhalten in den letzten Monaten. Es war nur … ich hatte gerade alles über meine Adoption herausgefunden und … ich war so unsicher. Ich hätte mich einfach auf nichts anderes konzentrieren können. Verzeihst du mir, Anna?»

Mein Herz stockte. Er duzte mich!

Adonis streckte seine Hand nach hinten zu mir aus. Ich legte meine Hand in seine, und er zog mich an seinen Rücken. Ich ließ meinen Kopf auf seine Schulter sinken. Meine Wange berührte fast sein Ohr.

«Ich verstehe es!», wisperte ich.

Er drehte mir sein Gesicht zu. «Vielen Dank, dass du heute mitgekommen bist, Anna!», flüsterte er zurück.

Die Nähe seiner Lippen ließ mich schlucken. «Gern geschehen», nickte ich erneut.

«Tust du mir noch einen Gefallen, Anna?», fuhr er leise fort.

Ich nickte einfach nur wieder, sprachlos, wie ich war.

«Nennst du mich Amadeo?»

«Das tue ich, A… Amadeo!» Meine Stimme war wie zugeschnürt.

«Du bist die Einzige, die weiß, wer ich *wirklich* bin», erwiderte er und bewegte sich noch näher auf mich zu. Mein Herz huschte unruhig von einem Schlag zum nächsten.

«Du musst mich natürlich auch duzen. Wir haben uns schließlich schon einmal geküsst.» Seine Stimme nahm einen verführerischen Tonfall an. Ich verkrampfte ungewollt meine Faust in seiner Hand. Sein Atem strich über meine Wange. Er presste meine Faust an seinen Brustkorb. Die Zeit schien für einen Moment stillzustehen. Ich schloss die Augen in Erwartung eines Kusses.

In diesem Moment raschelte es im Gebüsch. Ich zuckte zusammen. Amadeo fuhr hoch. «Lass uns gehen, Anna!», meinte er und startete den geräuschlosen Motor. Ich stülpte den Helm über meine brennenden Wangen, legte die Arme um Adonis' Taille und verspürte einen Stich der Enttäuschung über die verpasste Gelegenheit. Ich schmiegte mich furchtlos an die breiten Schultern vor mir.

Auf der windigen Heimfahrt versuchte ich meine Gefühle für den Mann, mit dem ich hier durch die Nacht brauste, zu analysieren. Ich fühlte Mitleid mit ihm, weil er so viel zu tragen hatte, ich fühlte Bewunderung, weil er es mit Würde ertrug, und vor allem fühlte ich, dass ich ihm total verfallen war. Viel zu schnell war die eisige Fahrt zu Ende. In einer kleinen Seitengasse meines Wohnbezirks stoppte er sanft, drückte noch einmal meine Hände. Widerwillig löste ich mich von ihm und stieg ab.

«Wir sehen uns, Anna!», verabschiedete er sich. Ich entledigte mich meines Helms und ließ den Magneten ans Motorrad schnappen. Ich nickte ihm zu, er tippte grüßend an seinen Helm und verschwand vor meinen Augen.

Ich blieb mitten auf dem dunklen Kopfsteinpflaster stehen und dachte daran, welche Gefühlsachterbahn ich wegen dieses Mannes durchmachte. *Das letzte Mal, als er dich heimgebracht hat, hat er dich auf eine ganz andere Art abgeladen als heute,* erinnerte ich mich selbst. Gedankenversunken schlenderte ich auf unsere Straße zu.

Zu meinem Glück bemerkte ich, gerade als ich um eine Ecke bog, zwei große Gestalten in der Nacht. Sie hatten mir den Rücken zugewandt und flüsterten wild gestikulierend miteinander.

Schnell drehte ich um und lugte dann vorsichtig wieder um die Ecke. Eine der Gestalten war groß und bullig und sah von Weitem schon furchterregend aus. Die Figur daneben war etwas größer und schlanker und ständig in Bewegung. Das rhythmische Auf und Ab seiner unruhigen Füße erinnerte mich an Felix. Die Haare der Person standen in stacheligen Zöpfen vom Kopf ab.

In der gegenüberliegenden Häuserwand erhellte sich plötzlich ein Fenster und warf sein Licht auf die Straße. Ich zuckte zusammen. Das Gesicht des großen, bulligen Typen war mir so bekannt, weil er der Sicherheitsbeamte war, der mich ins Gefängnis gebracht hatte! Meine Befürchtungen schienen sich bewahrheitet zu haben. Die Sicherheitsbeamten lauerten vor meinem Haus und wollten mich meiner nächtlichen Aktivitäten überführen. Wie sollte ich jetzt in meine Wohnung zurückkehren? Das Gesicht der anderen Person lag noch immer im Schatten. Nun verabschiedeten sich die beiden mit einem kräftigen Händedruck, und der Bullige kam auf mich zu. Ich drückte mich tief in den Schatten der Gasse und flehte zu dem Gott der Christen, dass mich der Mann nicht sehen konnte.

Er ging an mir vorbei, ohne mich zu bemerken. Ich atmete auf und wartete noch zwei Minuten.

Dann streckte ich wieder den Kopf hervor. Die große, schlanke, wippende Gestalt stand nun ebenfalls im Lichtschein. Ich sah, dass er dunkelhäutig war.

Ein Spitzel, durchfuhr es mich heiß. Aus dem Land der Mittagssonne oder aus Afrika oder wie das Land auch immer hieß in unserer Welt oder in der Welt, die nun nicht mehr existieren sollte. Ich beobachtete den Mann, der immer noch in vertrauten Bewegungen auf und ab wippte. Die Erkenntnis traf mich wie eine Keule aus der Dunkelheit.

«Felix», zischte ich zwischen meinen Zähnen hervor. Die Person schreckte auf und schien wie ein wachsames Tier zu lauschen. Weshalb sprach Felix mit einem Sicherheitsbeamten? Ich trat aus dem Hauseingang hervor, hundertprozentig davon überzeugt, dass es sich bei der nächtlichen Erscheinung um meinen Freund handelte.

«Felix!», rief ich wieder, nun etwas lauter. Die Person drehte sich um, den Lichtschein voll im Gesicht. Kein Zweifel, Felix war wieder zurück! In freudiger Erwartung wollte ich auf ihn zurennen. Doch er wandte sich ab und begann wie ein verfolgter Hase in die entgegengesetzte Richtung davonzulaufen.

Ich warf einen Blick über meine Schulter zurück, nur um mich zu vergewissern, dass der Sicherheitsbeamte nicht zurückgekehrt war. Felix hatte einen uneinholbaren Vorsprung herausgeholt, und ich wollte nicht spät in der Nacht wild in der Gegend herumschreien.

Ich hielt inne und keuchte, dann kehrte ich zu meinem Wohnhaus zurück und schleppte mich zu unserer Wohnungstür hoch.

Ich starrte die Maserung der dunklen Tür an, und dann brach ich in Tränen aus und betrauerte den Zusammenbruch meiner kleinen Welt, die noch bis vor einigen Wochen wenigstens so etwas wie heil gewesen war.

Kapitel 19

Mittwoch, 9. Ventôse 332 A. I.
«Tag der Weide» (28. Februar)

Ich stand spät abends im Badezimmer vor dem Spiegel und musterte die Schramme, die ich mir am Wochenende in der Höhle zugezogen hatte. Ich hob meinen Zeigefinger und fuhr vorsichtig über die Kruste. Heute wurde es ernst. Es war im wahrsten Sinne des Wortes fünf vor zwölf. Und ich wartete nervös, bis ich hinausgehen konnte, um gemeinsam mit Norbert in einer Nacht- und Nebelaktion Lebensmittel für die Christen aufzutreiben.

«Kein Grund zur Sorge», beruhigte ich mich und schnitt mir eine Grimasse. Ich rieb über mein Handgelenk und fragte mich, ob ich den Verstand verloren hatte, dass ich mich überhaupt auf ein so riskantes Geschäft eingelassen hatte. Hinzu kam natürlich, dass ich seit meiner denkwürdigen Begegnung mit Adonis am Montag kaum noch Schlaf zu brauchen schien. Ich stand wie unter Strom. Ich verspürte den starken Drang, irgendetwas zu tun, um diesem System, diesem Staatengebilde zu schaden, es zu torpedieren. Eigentlich hätte ich mich angesichts der Übermacht, die draußen auf mich wartete, auch unter dem Bett verkriechen können. Doch mein Tatendrang war nicht zu bremsen. Wenn ich den Feinden dieses mächtigen Demokrit Magellan helfen konnte, dann war mir alles recht. Der Schulalltag, selbst meine aberkannte Selbstverwirklichungsstufe verkamen zur Nebensache. Wie konnte ich einem System dienen, das mir und den Menschen, die mir viel bedeuteten, solchen Kummer bereitete?

Die Täuschung von Aquilina Akbaba war ein Kinderspiel geworden. Ich übte mich jeden Tag erneut darin, sie zu belügen. Weshalb sollte ich mit meiner neu gewonnenen Einsicht nicht etwas Gutes tun? Hatte man mir nicht beigebracht, dass man sich immer auf die Seite der Schwächeren stellen sollte? Ich blinzelte meinem Spiegelbild zu.

«Kannst du das, Anna? Ja, du kannst das!», sprach ich mir selbst Mut zu. Dann wandte ich mich ab. Ich musste mich beeilen.

Meine Mutter und ich hatten ein System ausgeklügelt, um Aquilina Akbaba ein Schnippchen zu schlagen. Sie stand bereits im Gang bereit, als ich aus dem Bad trat, und umarmte mich fest. Die Nähe war mir immer noch nicht ganz geheuer, doch ich ließ es zu, dass sie mich herzte. Ich klammerte mich sogar einen Augenblick an sie. Dann zog ich mir meine eigene und zur Sicherheit auch noch die Jacke von Adonis über. Heute würde ich jeden Funken Wärme gebrauchen können. Einen Augenblick noch verharrte ich vor dem Ausgang der Wohnung. Ich warf meiner Mutter einen letzten Blick zu. Sie hob beide Daumen nach oben. Ich schloss die Öffnung hinter mir.

In fünf Minuten würde Mutter die Tür nochmals öffnen und sie dann wieder schließen. Somit wüsste das System, dass ich nur einen kurzen Spaziergang draußen gemacht hatte, um mein Hirn von den Spinnweben des fleißigen Lernens zu befreien. Kurz darauf würde meine Mutter außerdem eine Nachricht an Aquilina Akbaba versenden, die ich zuvor vorbereitet hatte und die ihr bewies, dass ich nicht untätig gewesen war. Natürlich wurde die Tür nicht durch meinen Fingerabdruck geöffnet, aber wir hatten beschlossen, das Risiko einzugehen. Wenn es funktionierte, wussten wir immerhin, dass das System seine Lücken hatte.

Ich flitzte die Treppe hinunter und lächelte beim Gedanken daran, dass meine Mutter nun meine Verbündete war. Eine Verbündete, die mit mir gegen ein korruptes System kämpfte. Ich ballte die Faust in Adonis' Jackentasche und fühlte mich ihm dadurch sehr nahe. Mein Herz klopfte heftig beim Gedanken an ihn, und ich konnte die nächste Begegnung kaum noch erwarten. Doch nun lag eine große Aufgabe vor mir.

«Amadeo», flüsterte ich. Immer im Schatten der Häuser bleibend, bewegte ich mich behutsam in Richtung Treffpunkt. «Mittwoch, fünf vor Mitternacht. Essensturm», hatte auf Norberts Zettel gestanden. Immer wieder warf ich verunsichert einen Blick über meine Schulter zurück, in tiefer Angst, dass plötzlich dunkle Schatten hervorspringen würden, um mich zu packen.

Eine Welle der Aufgeregtheit überflutete mich, als ich unbehelligt den Essensausgabeturm erreichte. Gerade brach das Mondlicht durch die Wolken. Eine große Gestalt hampelte unruhig in den Schneeresten herum. Vor sich hatte sie zwei große Gegenstände deponiert. Langsam näherte ich mich ihr. Ich atmete auf, als ich Norberts verfilzte Locken erkannte.

«Du bist zu spät, Puppe», lautete seine Begrüßung.

Ich verdrehte die Augen. «Sicherheitsgründe», gab ich knapp zur Antwort. Ich wollte mich nicht ins Bockshorn jagen lassen, vor allem da ich nicht einmal wusste, was Norbert hier mit mir vorhatte. «Meinst du, es ist geschickt, sich hier zu treffen?», fügte ich noch hinzu, nur um mich nicht so hoffnungslos hilflos zu fühlen.

«Das ist nicht nur unser Treffpunkt, sondern auch schon unser Ziel, Puppe!» Er wies mit dem Daumen auf den Turm in seinem Rücken, dessen jahrhundertealte Mauern bedrohlich über uns aufragten.

«Was ist unser Ziel?», zischte ich.

«Hier hinaufklettern, Lebensmittel organisieren, sie in diese Körbe stecken, abhauen, die Lebensmittel zu den Christen bringen, heimgehen und dann den Schlaf der Gerechten schlafen», ratterte

Norbert herunter. Er zog seine Nase geräuschvoll hoch und wischte sich mit dem Handrücken darüber.

Ich tastete nach einem der großen Körbe. Sie waren mit Laschen versehen, damit man sie wie einen Rucksack tragen konnte. Er reichte mir ein Paar Handschuhe und ein Tuch.

«Willst du mir wieder die Augen verbinden?», fragte ich verständnislos.

«Meine Güte, Puppe, du musst wirklich noch besser werden», seufzte Norbert entnervt.

Der Ton, in dem er es sagte, brachte mich zur Weißglut. Ich ballte die Fäuste.

«Das Tuch kannst du dir über die untere Gesichtshälfte ziehen, so dass du nicht erkannt wirst.»

Ich runzelte die Stirn.

«Puppe! Langsam verliere ich die Geduld mit dir. Ich habe mir pausenlos die Rübe zerbrochen, wie ich diesen korrupten elenden Staatsdienern in den Hintern treten kann, und ich habe einen ‹Freund›, der hier im Essensausgabeturm arbeitet. Er hat ‹per Zufall› vergessen, das Fenster zu schließen. Verstehst du?»

Langsam, aber sicher dämmerte mir der Zusammenhang. Ich verschränkte die Arme vor der Brust.

«Das heißt, du willst stehlen?», fauchte ich ihn an. Das schlechte Gewissen packte mich. Stehlen? Niemals!

Norbert bewegte seine Hände auf und ab, wie um mich zu bremsen. «Alles easy! Ich würde eher ‹organisieren› dazu sagen.» Er knallte die Handschuhe und das Tuch gegen meine verschränkten Arme. «Nimm!»

Ich versuchte, ihn durch die Dunkelheit hindurch trotzig anzulinsen.

«Hör mir mal zu», versuchte er es nochmals. «Wenn sie dich dabei erwischen, dass du den Christen hilfst, dann kommst du auf den Schlachthügel, auf gut Deutsch gesagt, dann bist du mausetot. Was kann dir dann dieses Stehlen noch anhaben? Du bist sowieso auf der Abschussliste.»

Ich seufzte und schauderte, als mir der Wahrheitsgehalt seiner Worte bewusst wurde.

«Außerdem tun wir es für einen guten Zweck. Ich jedenfalls schlage damit zwei Fliegen mit einer Klappe. Erstens darf ich einen Nadelstich in die korrupte Bande setzen, diese Gehirnwäscher, diese elenden, und zweitens geschieht es für einen guten Zweck. Et voilà!» Er schlug mich abermals mit den Utensilien. Ich reagierte nicht.

«Los, mach schon! Du stures Weib! Was ist denn verwerflicher? Den Feind zu bestehlen oder den Freund verhungern zu lassen? Denk mal über diese Ethik nach, du Moralapostel!»

Ich hasste es, wie seine Argumentation mich überzeugte. Widerwillig griff ich nach dem Tuch und den Handschuhen.

«Na bravo, Puppe! Geht doch.»

Ich streifte mir die Handschuhe über, obwohl ich im innersten Kern meiner selbst überzeugt war, dass die Aktion schieflaufen würde. Doch was sollte ich sonst tun? Es gab kein Zurück mehr.

Norbert band sich das Tuch geschickt um die untere Gesichtshälfte und zog es dann hoch bis über die Nase. Dann schnallte er sich den einen Korb auf den Rücken. Er ragte über seinen Kopf hinweg.

«Und jetzt?», murmelte ich.

«Am besten machen wir vorwärts, Puppe! Bevor wir hier die Gesetzeshüter anlocken!» Norbert winkte mir, ihm zu folgen, und ging schwungvollen Schrittes auf den Turm zu. Schon war er die zweiläufige Treppe emporgegangen.

Mein Herz klopfte unruhig. Doch ich beeilte mich, es ihm nachzutun. Ich band mir das Tuch über das Gesicht, schnallte den Tragekorb um und eilte ihm die Treppe hoch nach.

Jeden Tag kam ich hierher, um eine Essensration abzuholen, doch niemals hatten mich dabei solch dunkle Vorahnungen geplagt wie jetzt. Ich war zur Einbrecherin geworden. *Eine Apollinerin lässt sich nicht auf derart dubiose Einfälle ein,* dachte ich. Es gehörte sich nicht. Aber gehörte es sich denn, Christen zu verfolgen und töten zu lassen? Gehörte es sich, Alte und Kranke zu entsorgen? Ich beschleunigte meine Schritte. Es war wohl mehr die Aufregung, die mich keuchen ließ, als die Anstrengung. Ich riss das Tuch herunter.

«Du erinnerst mich an einen Typen namens Robin Hood, von dem wir mal gelesen haben», plapperte ich nervös los.

«Robin Hood? Was ist denn das für ein Loser?», meldete sich Norbert unwirsch unter seinem Tuch hervor. Er blieb oberhalb der Treppe stehen und blickte sich suchend um. Dann schien er gefunden zu haben, was er suchte. Er winkte mich heran und zeigte mir eine Holzverstrebung, die auf einen hölzernen Balkon etwa zwei

Meter oberhalb unseres Standortes führte. «Hier entlang», flüsterte er. Ich lugte vorsichtig über den Rand der Treppe, das war ganz schön hoch. Der Weg über die Holzverstrebung stellte ein Risiko dar, besonders mit der ungewohnten Last am Rücken. Behände schwang sich Norbert auf die Holzverstrebung und zog sich dann auf den kleinen überdachten Balkon hinauf.

«Robin Hood stahl von den Reichen und gab es den Armen», schwätzte ich weiter, um ein Herzklopfen zu übertönen, als ich meinen Fuß auf die Verstrebung setzte. Ich stützte mich an der kalten Steinmauer ab. Norbert streckte mir von oben seine Hand entgegen. Ich kletterte langsam aufwärts und landete schließlich mit einem lauten Poltern sicher auf dem Balkon. Die Balkontüren waren mit Fensterläden verschlossen.

«Pst!», zischte Norbert. «Willst du die ganze Stadt wecken, du Poltergeist?»

«Selber Poltergeist!», motzte ich leise. «Du, ich weiß einfach nicht, ob die Geschichte glimpflich für Robin Hood herausgekommen ist.»

«Bestimmt wurde er geviertelt und bei lebendigem Leibe verbrannt», deklamierte Norbert düster. Ich sah im blassen Mondlicht, dass seine Augen suchend über die Fassade glitten.

«Wo ist nun dieser vermaledeite Aufgang?», brummte er.

«Nein, gewiss nicht», widersprach ich leise. «Normalerweise wird der Held in einer solchen Geschichte belohnt.» Ich war mir ganz sicher. Aufgeregt schlich ich ans andere Ende des Balkons.

«Wo ist hier ein Eingang?», bibberte ich.

«Auf dem Dach vom Balkon gibt es eine Luke, da kommen wir rein.» Norbert lehnte sich über das Geländer und blickte angestrengt hinauf. Sein Gesicht erhellte sich. Er stemmte sich auf das Geländer und hielt sich am Dach fest.

«Ich bin mir sicher, er ist mit dem Leben davongekommen», bestätigte ich mir ermutigend.

«Das weiß man nie!», flüsterte Norbert. «Ob man mit dem Leben davonkommt.»

«Doch, ich bin mir sicher, er kam mit dem Leben davon.» Mein Kiefer zitterte. «Ich kann mich einfach nicht mehr erinnern. Ich weiß nicht, ob ...»

«Verdammt, Anna», fluchte Norbert. «Hör auf zu philosophieren und hilf mir lieber.» Erschrocken biss ich mir auf die Lippen und folgte ihm an den Rand des Balkons. «Nimm meinen Korb und reich ihn mir nach!», befahl er. Er ließ ihn in meine ausgestreckten Hände fallen und kletterte vom schmalen hölzernen Geländer weiter nach oben. In die Mauer schienen kleine Holzbalken eingelassen zu sein. Einige Zeit später schwang er sich auf das Schieferdach.

«Reich mir das Ding!», flüsterte er mir zu. Ich hob den Korb über meinen Kopf und stellte mich auf die Zehenspitzen. Norbert ächzte, als er hinuntergriff, aber schlussendlich hatte er seinen Korb auf dem Dach. «Jetzt deiner!», forderte er mich auf. Ich leistete seinem Befehl Folge.

«Komm jetzt rauf!» Schaudernd blickte ich in die Finsternis unter mir. Ich konnte mir den Hals brechen, wenn ich den Halt verlor.

So sieht es jetzt aus in deinem Leben, dachte ich zynisch. Dann erklomm ich das Geländer. Ich schwankte. Weshalb hatte es bei Norbert so einfach ausgesehen?

«Dieses Dach ist ein schlüpfriger Schweinehund», wetterte Norbert, als er mir seine Hand entgegenstreckte. Ich setzte vorsichtig einen Fuß auf den Holzbalken des Geländers und begann nach oben zu klettern. Als ich zitternd und bebend auf dem schrägen Dach neben Norbert kniete, fühlte ich mich, als hätte ich eine Mutprobe bestanden.

Norbert schlüpfte derweil wieder in die Träger seines Korbes und erklomm die kleine Dachleiter, die zu einem nahen Dachfenster führte.

Ich stützte mich an der kalten Steinmauer ab und schloss die Augen. «Wie kommen wir wieder zurück?», rief ich ihm hinterher.

«Denselben Weg!», brummte er hinter seinem Tuch hervor und legte den restlichen Weg zurück. Das Fenster ließ sich leicht quietschend öffnen. Ich kraxelte ihm eiligst hinterher. Norbert ließ sich in das Innere des Gebäudes fallen. Er streckte seinen Kopf heraus. «Beeil dich!», trieb er mich an.

Ich nahm meinen Korb auf die Schulter und setzte gehorsam einen Fuß vor den anderen. Dabei gab ich mir Mühe, nicht nach unten zu schauen. Endlich hatte ich das Ziel auch erreicht und schlüpfte durch das Fenster in den dunklen Innenraum. Norbert machte gerade eine kleine Lampe an. Ihr Lichtkegel huschte über riesige Gestelle.

«Wow!», rief Norbert aus.

Mit offenem Mund starrte ich auf die Lebensmittel, die sich hier vor unseren Augen auftürmten. Noch nie in meinem ganzen Leben hatte ich so viele Nahrungsmittel auf einem Haufen gesehen. Staunend schlichen wir zwischen den Regalen hindurch.

«Mehl», flüsterte Norbert und griff sich gerade einige Tüten. «Lebenswichtig!», kommentierte er. «Diese Heuchler!», rief er halblaut aus. «Wie ist das nun mit der Lebensmittelknappheit, hä?!» Dann richtete er seine Augen auf mich. «Los, Anna! Einpacken!», forderte er. Ich griff mir einige Tüten und schichtete sie in meinen Korb.

Im Licht der Lampe eröffnete sich uns ein Schlaraffenland: Kartoffeln, Karotten, Kartons mit Reis und schließlich …

«Äpfel», frohlockte Norbert und streckte seine Hand nach den runden roten Früchten aus. Er riss sich das Tuch herunter und biss herzhaft in die knackige Frucht. Der Saft lief in seinen ungepflegten Bart. «Nimm dir auch einen», forderte er mich schmatzend auf.

Ich zögerte. «Schneewittchen ist an einem vergifteten Apfel gestorben», war das Erste, was mir in den Sinn kam.

«Hör auf mit deinen Märchen, Puppe», grinste Norbert.

In diesem Moment ertönte ein lautes Schnaufen. Wir zuckten zusammen. Norberts angebissener Apfel polterte zu Boden und kullerte ins Nirgendwo. Die Taschenlampe donnerte hinterher und zauberte einen irren Lichtertanz an die Wände, bevor sie zum Stillstand kam. Im Lichtschein sahen wir eine Figur mit langem Haar, die in einem Stuhl saß … und sanft schnarchte. Norbert zog mich hinter ein Gestell.

Er flüsterte mir ins Ohr: «Dieser elende Idiot hat mir nichts davon gesagt, dass das Futter bewacht wird!»

Ich hielt mir die Nase zu. Wäre die Situation nicht so ernst gewesen, hätte ich ihm geraten, sich wieder mal die Zähne zu putzen. Wenigstens an den ungeraden Tagen. Meine Knie zitterten. Was jetzt?

«Wenn sie bei all dem Klamauk nicht aufgewacht ist, dann wird sie auch nicht merken, wenn wir ihr unter ihrer Nase das Lager ausräumen. Jetzt einfach blitzartig und mucksmäuschenstill», meinte Norbert. Er stieß mich von sich.

Mit bebenden Fingern deutete ich auf die Wächterin. «Was ist mit ihr?»

«Wenn sie aufwacht, zieh ich ihr einen Sack Kartoffeln über die Rübe, das schwör ich dir. Die schläft wie eine Tote.» Ich meinte, ihn kichern zu hören.

Meine Finger flogen wahllos über die Lebensmittel – ich war in ständiger Fluchtbereitschaft. Trotz der Hast musste ich über die Vielfalt staunen. Suppenpulver, Milchtüten, Gestelle voll mit Gewürzen. Thymian, Majoran, Kümmel, Basilikum. Alles kam mir unbekannt vor, verströmte jedoch einen herrlichen Duft. Ich fuhr über kleine Säcke voll Kandis-, Rohr- und weiß raffinierten Zuckers. Wer aß all diese Köstlichkeiten? Sie waren nie in den Essenspaketen zu finden gewesen. Das Wasser lief mir im Mund zusammen. Ich schmiss von allem etwas in die Körbe. Das Adrenalin ließ mich schneller arbeiten, als ich es mir zugetraut hätte. Norbert war an meiner Seite. Er schaute mich böse an, als ich eine Tüte Mehl fallen ließ, im nächsten Augenblick rutschte ihm jedoch auch ein Sack Kartoffeln aus den Fingern. Wir hielten inne, doch die müde Wächterin hatte sich nicht gerührt.

«Siehst du», schienen mir Norberts hochgezogene Augenbrauen zuzuraunen. Norbert war zum nächsten Gestell getreten. «Hygieneartikel», formte er verächtlich mit dem Mund. «Hier hat es sogar noch Windeln für den kleinen Hosenscheißer», hörte ich ihn tonlos sagen. Er packte einige Stück Seife, Zahnbürsten und auch Waschtücher ein. Wenn schon, denn schon, war wohl seine Devise. Der Mann dachte an alles! Einen Moment lang war ich versucht, ihm zu raten, auch ein Stück Seife für sich selbst zur Seite zu legen, aber ich beherrschte mich.

«Müssen wir jetzt wirklich mit diesen Ungetümen zurückklettern?», wisperte ich fassungslos, während ich den letzten Apfel im Korb verstaute. Norbert legte seinen Zeigefinger auf die Lippen. Dann führte er mich zum Fenster zurück.

«Hast du den Flaschenzug nicht gesehen?», hauchte er mir seinen übelriechenden Atem ins Gesicht.

Ich schüttelte den Kopf und wich vor ihm zurück. Dann streckte ich den Kopf aus dem Fenster. Vor mir baumelte ein Konstrukt von Seilen und Rollen. Ich war viel zu sehr auf den Aufstieg konzentriert gewesen, um es zu bemerken.

Norbert zog an dem einen Ende des Seils. Die Rollen quietschten. Er verzog das Gesicht, und wir warfen einen Blick über unsere Schultern. Die Wächterin schlief mit offenem Mund. Das Licht der Lampe gab ihren Gesichtszügen etwas Geisterhaftes. Das Ende des Seils erschien, daran hing ein Haken. Norbert arretierte erst einmal das eine Ende des Seils an einer Vorrichtung weiter hinten im Raum.

Ich hörte, wie etwas einrastete, und fragte mich, woher mein verfilzter Freund wusste, wie das alles funktionierte. Nun zog er den Haken zu uns herein.

«Puppe! Wir müssen jetzt den Korb daran hängen! Los!» Norbert befestigte zuerst den Haken am Korb. Dann fassten wir beide an und murksten den Korb hoch auf den Fensterrahmen und ließen ihn aufs Dach gleiten. Er wog bestimmt dreißig Kilo. Das Seil spannte, und das Korbmaterial ächzte. Norbert löste nun die Arretierung und ließ den Korb leise quietschend nach unten schweben.

«Hilf mir!», flüsterte Norbert. Zu meinem Erstaunen verteilten die Rollen das Gewicht, so dass wir den Korb mit Leichtigkeit abseilen konnten.

«Los, Puppe! Klettere schon mal runter! Du kannst dann unten den Haken lösen, und ich hieve den zweiten Korb runter. Kein Zweck, dass wir beide so lange in der Mausefalle hocken.»

Ich zauderte, als ich an den glitschigen und dunklen Weg nach unten dachte. Ich fürchtete mich vor großen Höhen.

«Los, Puppe! Wenn wir das gemeinsam durchziehen, werde ich allen erzählen, dass du nicht nur scharf aussiehst, sondern dass du auch ein taffes Weib bist.»

Der Ärger über seinen dummen Spruch vertrieb meine bodenlose Furcht. Ich schwang mich vorsichtig über den Fenstersims und tastete mit meinen Füßen nach der kleinen Dachleiter. Ohne mir lange Gedanken zu machen, eilte ich nach unten. «Taffes Weib!», schimpfte ich leise vor mich hin.

Und da geschah das Unfassbare. Meine Füße gerieten ins Rutschen. Ich glitt von der Leiter ab und klatschte mit vollem Gewicht auf das Dach. Dann ging alles ganz schnell. In Sekundenbruchteilen rollte ich abwärts und wäre sicherlich mausetot gewesen, wenn ich mich nicht noch an der Regenrinne hätte festhalten können, die mit einer gezackten hölzernen Stuckatur eingefasst worden war. Ich segnete den Erbauer dieses mittelalterlichen Gebäudes und seinen Sinn für Kunst. Ich hing mit halbem Oberkörper über dem Abgrund. Meine Hand schmerzte, als Holzsplitter aus der Stuckatur in sie eindrangen. Ich keuchte. Angsttränen liefen über meine Wangen. Dann drehte ich mich langsam und zitternd, so dass meine Füße über dem Abgrund hingen, tastete mit den Beinen nach den kleinen Balken, die hier aus der Wand ragten, kletterte hinunter zum Balkon, huschte über die Verstrebung, eilte die Treppe hinunter und sank schließlich kraftlos neben dem Korb zu Boden, unfähig, mich zu bewegen. Ich bebte am ganzen Körper.

Norbert bewegte unruhig das Seil. Endlich konnte ich mich aufraffen, doch meine Hände bebten immer noch so stark, dass ich den Haken beinahe nicht aufbrachte. Ich beeilte mich, und der Haken schwebte nach oben. Ich war erschöpft, hoffte aber immer noch, dass die Wächterin nicht erwachen würde, bis wir unsere Lebensmittel in Sicherheit gebracht hatten. Der zweite Korb schwebte eine Minute später dem Erdboden entgegen.

Auf der Höhe des Balkons blieb er plötzlich stecken. Ich konnte einen gedämpften Ausruf aus dem Turmzimmer hören. Ich erstarrte vor Schreck.

«Norbert!», rief ich flüsternd aus. Das Seil fing an zu schwanken, und schließlich donnerte der Korb herunter. Ich konnte gerade noch zur Seite springen, sonst hätte er mich womöglich erschlagen. Der Inhalt ergoss sich auf die Straße. Eine gewaltige Mehlstaubwolke schoss daraus hoch. Äpfel kullerten in alle Richtungen. In stummem Entsetzen lauschte ich den Geräuschen aus dem Turmzimmer. Es schien gekämpft zu werden. Ich hörte Ausrufe einer weiblichen sowie einer männlichen Stimme. Dann ertönte ein lautes Krachen und Poltern, und eine dunkle Gestalt kletterte über den Rand des Daches.

«Norbert!»

«Rückzug, Puppe! Und zwar avanti!» Er gab sich keine Mühe, leise zu sprechen, als er im Tempo des gehetzten Waldaffen die Fassade herunterkraxelte. Endlich erwachte ich aus meiner Schreckstarre, sammelte eiligst alle Äpfel ein, die ich in der Schnelle zu fassen kriegte, und schulterte dann den schweren Korb. Ich konnte mich kaum aus den Knien in eine aufrechte Position zwingen. Wie sollte ich mit einem solchen Ungetüm rennen? Ich konnte – wenn mich auch die ersten Schritte in die Knie zu zwingen drohten. Ich steuerte in Richtung Wald, als Norbert mich einholte.

«Schnell!» Er zog an mir vorbei und griff meine Hand. Der Tragekorb schwankte hin und her und stach mir unangenehm in die Rippen.

Der Weg zu den Höhlen schien kein Ende zu nehmen. Ich keuchte, meine Lungen schmerzten. Mehrmals drohte ich zurückzufallen. Ich stolperte mehr, als ich lief.

Als Norbert schließlich langsamer wurde, ließ ich mich flach in den Schnee fallen. Die Äpfel flogen mir um die Ohren. Mein Oberkörper krampfte sich zusammen, als ich nach Luft schnappte. Ich schloss die Augen und griff mit den Fäusten in den Schnee.

«Puppe! Aufstehen! Schlafen kannst du, wenn du tot bist!» Norberts Stimme drang von weit her an meine Ohren. Ich hob müde den Kopf.

«Was ist da drin passiert?», keuchte ich und raffte mich auf die Knie hoch. Ich stützte meine Hände in die Seiten. Das Seitenstechen war brutal.

«Ich hab ihr das Gestell über den Kopf gezogen! Jetzt schläft sie bestimmt wie eine Tote!»

«Oh nein!», rief ich entsetzt aus.

«Beruhig dich mal! Hab ihr schon keinen Totalschaden verpasst, obwohl im Krieg und in der Liebe alles erlaubt ist.» Er zwinkerte mir zu. Dann reichte er mir die Hand und half mir auf. Er haute mir so stark auf die Schulter, dass ich beinahe wieder in die Knie gesunken wäre. «Respekt, Soldat!», dröhnte er. «Bist eine wackere Kriegerin, ein braves Frauenzimmer, Puppe!»

Ich hustete.

«Na, dann sammle mal deine Äpfel ein, und folge mir! Wir haben eine hungrige Bande Christen zu füttern.» Er spuckte auf den Boden und kratzte sich in seinen verfilzten Locken. Schwungvoll riss er seinen Korb herum. Die Freude über unseren gelungenen Raubzug schien ihn zu beflügeln.

Ich strauchelte hinter ihm her in die unterirdische Höhle und schwankte dabei, als würde ich durch einen fahrenden Zug laufen. Dort, wo die Christen beisammensaßen, beleuchtete ein schwacher Feuerschein die Höhlenwand.

«Eine Lieferung zum Abladen!», dröhnte Norbert, und bevor wir uns versahen, waren wir von den Christen umgeben. Ihre Augen waren groß und strahlten, als wir unsere schweren Körbe abluden und sie die Früchte sahen, die zuoberst lagen. Eunice lachte glücklich und umarmte mich.

«Ihr seid vom Himmel geschickt!», bekräftigte Simon und begrüßte Norbert mit heftigem Schulterklopfen. Dieser strahlte über das ganze Gesicht und ließ sich wie ein Held feiern. Für ihn schien das alles ein großer Spaß gewesen zu sein. Ich selbst war den Tränen nahe. Aber ob es der Schock war, der mir noch in den Knochen steckte, oder die Erleichterung, endlich mein Versprechen eingelöst zu haben, konnte ich nicht sagen. Lois begnügte sich diesmal nicht damit, mich nur zu umarmen. Mit Schwung hüpfte sie auf meine Arme. Unvorbereitet und noch geschwächt von der Anstrengung, ging ich zu Boden. Ich rollte mich über den Ellbogen ab. Hoffentlich war dem Kind nichts geschehen.

«Hoppla!», meinte Lois jedoch nur und raffte sich blitzartig wieder auf.

«Lois!», mahnte Eunice sanft. «Du hast Anna wehgetan!»

«Schon gut!», winkte ich ab. «Ent...schuldigung!», meinte das Mädchen zerknirscht. «Aber ich habe mich doch so gefreut.»

«Wir freuen uns alle!», mischte sich Simon ein und zog mich mit einem kräftigen Ruck auf die Füße. Er packte Lois mit der anderen Hand, und bevor ich mich fassen konnte, befand ich mich in einem wilden Indianertanz um die Körbe herum. Lois kicherte, und ich ertappte mich dabei, wie ich auflachte. Timothée trug ein gedehntes Grinsen auf dem Gesicht, als wir nach sieben ungestümen Umdrehungen stolpernd zum Stillstand kamen. Er grub sich durch die Äpfel und fand eine Packung Haferflocken.

«Morgen gibt's Brei zum Frühstück», verkündete er.

«Das ist ja wie Weihnachten, Ostern und Geburtstag zusammen», äußerte sich Simon anerkennend. Philemon nickte bloß bestätigend.

«Wo habt ihr denn so viele Lebensmittel herbekommen?», flüsterte Eunice erstaunt und fassungslos.

«Wir haben den Essensausgabeturm ...», begann ich, doch Norbert versetzte mir einen schmerzhaften Tritt vors Schienbein.

«Wir hatten liebenswürdige Spender», übertönte er mich. Ich schaute ihn verwirrt an. «Ich habe zwei Kumpels, die konnten eine reiche Frau erweichen. Das ist das Resultat!», präsentierte er stolz.

Eunice ergriff eine Tüte Suppenpulver. «Ich mache eine Suppe! Unsere Reste sind heute Morgen zu Ende gegangen. Gott kommt nie zu spät», jubilierte sie.

Tränen stiegen in meine Augen. Die Freude der Christen berührte mich zutiefst. Vielleicht hatte Norbert ja recht. Vielleicht waren wir ja wirklich im Krieg, vielleicht war es legitim, die Lebensmittel des Feindes zu entwenden. Ich ließ mich entkräftet auf den kalten Boden sinken.

Alle Christen hatten sich einen Apfel genommen und kauten nun vorsichtig auf den Früchten herum. Eunice fütterte Tabea zuerst mit einer zerdrückten Banane, bevor sie selbst zugriff.

«Äpfel sind meine Lieblingsfrüchte», verkündete Lois.

«Das hast du schon von den Birnen gesagt», erinnerte Simon sie und zog sie auf seine Knie.

«Birnen sind auch meine Lieblingsfrüchte», entgegnete sie.

«Aber eine Lieblingsfrucht ist etwas Besonderes, davon gibt es nur eine», erklärte Simon.

«Nein, beide», beharrte Lois.

«Eine.»

«Beide.»

«Eine.»

«Beide.» Lois quietschte, als Simon sie kitzelte, und biss geräuschvoll in die Frucht.

«Hm! Himmlisch!», seufzte Timothée und verdrehte genüsslich die Augen. «Ihr seid echte Engel!»

«Mit diesen Vorräten können wir sicher mehrere Wochen gut durchkommen, wenn wir alles rationieren.» Philemon strich liebevoll, aber mit wehmütigem Gesicht über eine Tüte Mehl. Bestimmt hätte er seine Freude gerne mit seiner Frau geteilt. Sein Blick fiel auf die kleine Nische, wo seine kleine Tochter auf einem Bündel Zeitungen und einer Decke schlief. Er ließ sich neben mir nieder.

Eunice stand schon wieder bei den Körben. «Am besten stellen wir alles, was zusammengehört, dorthin», sie zeigte in eine Ecke der Höhle, «und das Mehl an den trockensten Ort.» Ich bewunderte sie für ihre praktische Veranlagung. Ihr Gesicht war Gold wert, als sie weiter unten im Korb die Windeln fand. «Liebe Melody, endlich!», flüsterte sie mit der Erleichterung einer Mutter und warf mir einen dankbaren Blick zu.

«Norbert hat daran gedacht», leitete ich das Lob weiter.

Dieser zuckte verlegen die Achsel. «Nun ja, ich dachte, es sei doch nicht gut, wenn der kleine Hosen...matz untenrum wund ist und so.» Es schien, als wolle er sich verteidigen.

«Gut gedacht!», meinte Eunice und blickte ihn anerkennend an.

Norbert zupfte an seinem Bart und errötete darunter tatsächlich ein bisschen.

«Ihr habt also Verbündete gefunden!», stellte Philemon fest und blickte mich an. Ich nickte. Ich wusste zwar nicht, wer Norberts erfundene Verbündete waren, aber einen Trumpf hatte ich ja noch im Ärmel.

«Ich habe sogar eine Christin gefunden», brachte ich heraus.

«Wirklich? Wen?» Eunice reckte den Hals, und Simon musterte mich interessiert.

Ich stockte. «Meine ... meine Mutter!» Jetzt waren die Augen aller auf mich gerichtet.

«Nein!», stieß Eunice hervor, und sie klang so ungläubig, als hätte ich ihr gesagt, dass mein Vater der Präsident unseres Parts sei.

«Ja, meine Mutter!», bekräftigte ich und brachte sogar ein Lächeln zustande.

Philemon musterte mich intensiv. «Wie heißt deine Mutter?», fragte er nach, seine Stirn in tiefe Runzeln gelegt.

«Tanner! Wie ich. Priscilla Tanner!»

Philemon erhob sich überrascht. «Priscilla! Ich fasse es nicht! Du bist Priscillas Tochter?»

Ich nickte. «Kennst du sie?» Jetzt war es an mir, überrascht zu sein.

«Das gibt es nicht! Das ist ein Wunder!», rief Philemon, und zum ersten Mal, seit ich wusste, dass er verwitwet war, sah ich seine Augen leuchten. «Anna! Du bist Priscillas Tochter, und Priscilla lebt! Gott hat uns nicht vergessen!»

«Na klar», schaltete sich Simon ein. «Kephas hat uns ja Annas ersten Besuch angekündigt und gesagt, sie sei die Tochter von Freunden.»

«Ihr kennt meine Mutter!», flüsterte ich überwältigt.

«Ich kenne sie», meinte Philemon. «Wir haben jahrelang zusammen im Untergrund gewohnt. Sie war wie eine große Schwester für mich. Sie hat dabei geholfen, mich aufzuziehen. Ich hab gedacht, sie sei gestorben wie alle anderen.» Er strich sich über den Bart und räusperte sich.

Ich spürte, wie mir eine Träne über die Wange rollte. Jedes Mal, wenn ich bei den Christen war, wurde ich zur Heulsuse. Ich schniefte.

«Was ist mit Howdy?», war seine nächste Frage.

«Howdy? Wer ist Howdy?» Verwirrt schüttelte ich den Kopf.

«Priscillas Mann!» Philemon klang verunsichert. «Dein Vater?»

Mein Herz fing an zu klopfen. Meine Mutter hatte mir schon vor langer Zeit gesagt, dass mein Vater verstorben sei, aber niemals hatte sie mir diesen Namen genannt. Ich schüttelte den Kopf. «Ich habe meinen Vater verloren, als ich noch ganz klein war», verkündete ich. «Mein Bruder Michael starb vor fünf Jahren.»

«War er auch Christ?», fragte Philemon vorsichtig.

Ich zuckte die Achsel. Ein Schauern ergriff mich. Er war im Chemondrion gewesen, als er starb. Hatte die Regierung ihn verschwinden lassen? Hatte er noch gelebt nach dem Unfall? Hatte es überhaupt einen Unfall gegeben? Ich konnte jetzt nicht darüber nachdenken. «Ich weiß es nicht!», gab ich mit zitternden Lippen zu. Furcht packte mich. Was würde ich alles noch entdecken müssen?

«Hat denn deine Mutter wirklich das gleiche Kreuz wie wir?», forschte Simon nach.

«Ich kann es nicht genau sagen», wich ich aus. «Kann ich mal deines sehen?», fragte ich ihn.

Simon zuckte kaum merklich zurück. «Schau dir lieber Eunices an.»

Diese rollte ihren Ärmel hoch. Ich holte das Lesegerät hervor. Seit der Übergabe trug ich es stets nah bei mir. Ich zielte auf Eunices Arm und musterte ihre kunstvolle Zeichnung.

«Ich kann es nicht genau sagen», gab ich zu.

«Priscilla lebt also noch, aber Howdy ist nicht mehr. Wir werden uns sicher in der zukünftigen Welt wiedersehen», murmelte Philemon immer noch überrascht. Panik wallte in mir auf.

«Was kommt eigentlich nach dem Tod?», platzte es aus mir heraus. «Was meint ihr mit dieser Welt in der Zukunft? Was glaubt ihr denn?»

«Wir glauben, dass die Seelen der Menschen, die Jesus angenommen haben, in den Himmel gehen und dort mit ihm zusammen sind.»

«Das Leben ist mit dem Tod beendet», widersprach ich müde. Wieder tauchte das Schreckensbild von meinem Beinahe-Unfall vor meinem inneren Auge auf. Was wäre mit mir geschehen, wenn ich kopfüber auf die Pflastersteine gestürzt wäre?

«Wir glauben, dass die Seele des Menschen unsterblich ist», antwortete Eunice. «Gott wohnt in der Unsichtbarkeit, im Himmel, und jeder, der sein Leben mit ihm hier auf der Erde lebt, wird dort für immer bei ihm sein.»

«Dort wird kein Tod mehr sein, keine Tränen, keine Krankheit und keine Trauer», meinte Philemon feierlich, und seine Augen glänzten.

Ein seltsames Gefühl befiel mich und ergriff mein Herz. Ich verschränkte die Arme vor meiner Brust. «Und alle, die gestorben sind, sind jetzt dort?», zweifelte ich. «Kephas? Claudia? Sascha?»

Eunice nickte überzeugt. «Das glauben wir!»

«Aber es war ja noch niemand dort», konterte ich. So schnell ließ ich mich nicht mit irgendwelchen Geschichten abfertigen. «Ich denke einfach, wenn man es nicht sehen kann, dann weiß man auch nicht wirklich, was einen erwartet.» Ich schaute Philemon herausfordernd an.

«Kannst du den Wind sehen?», erwiderte er.

Ich schüttelte den Kopf. «Natürlich nicht!» Was hatte das denn jetzt damit zu tun?

«Aber fühlen kannst du ihn, oder? Und seine Auswirkungen sehen, wenn er zum Beispiel Herbstblätter herumwirbelt.» Ich nickte.

«So ähnlich ist es mit Gott», bestätigte er. «Du kannst ihn nicht sehen, aber seine Auswirkungen fühlen.»

«Welche Auswirkungen?»

«Zum Beispiel, dass wir beinahe verhungert wären – aber dann bist du aufgetaucht», antwortete er schlicht.

«Das war Gott?», zweifelte ich.

«Weshalb denn nicht?» Er schmunzelte.

In diesem Moment rief Timothée uns zum Essen. Norbert hatte sogar noch drei weitere Blechtassen aus seiner Wundertüte gezaubert. Ich hatte keine Ahnung, wie es ihm möglich gewesen war, innerhalb dieser Zeit nicht nur die Wächterin k.o. zu schlagen, sondern sich auch noch Geschirr unter den Nagel zu reißen. Aber ich wollte nicht fragen. Norbert saß mit selbstzufriedenem Gesicht inmitten der Christen und machte den Eindruck, als sei er mit sich und der Welt im Reinen. Diesmal ließen selbst er und ich uns zu einer winzigen Blechtasse Suppe einladen. Simons kurzes Gebet war schwungvoll und fröhlich. In meinem Herzen fing sich die Freude der anderen und breitete sich immer mehr aus. Heute hatte ich hundert Regeln gebrochen, und doch hatte ich den Eindruck, dass ich etwas Sinnvolles und Gutes getan hatte.

Im Laufe der Nacht plauderte ich mit Eunice, spielte ein wenig mit Lois und konnte sogar mit Timothée ein wenig reden. Je mehr die Anspannung des Raubzugs von mir abfiel, desto mächtiger wurde die Müdigkeit.

Neben mir gähnte Norbert laut.

«Hey, Puppe! Ab in die Heia! Ich habe morgen wieder eine Demonstration. Ich kann denen nicht unter dem Banner wegschnarchen. Ist schlecht fürs Image!»

Ich blickte auf. Am liebsten wäre ich noch lange bei den Christen geblieben. So viele Fragen brannten unter meinen Nägeln.

«Bring deine Mutter beim nächsten Mal mit!», hoffte Philemon, als er mich umarmte. «Es wäre so schön, eine alte Mitstreiterin wiederzusehen. Grüße sie von mir!»

Ich nickte. Es hatte keinen Sinn, ihm von Mutters Krankheit zu erzählen und dass sie schon viele Jahre nicht mehr aus der Wohnung gekommen war.

Als ich Eunices kälteklamme Gestalt umarmte, kam mir eine Idee. Ich schlüpfte aus Adonis' Jacke und streckte sie dem Mädchen entgegen. «Für dich!»

«Für mich? Nein, das kann ich nicht annehmen! Anna? Wirklich? Das kann ich doch nicht annehmen.»

«Ich habe sie auch geschenkt bekommen», winkte ich ab. «Bald kommt der Frühling, dann brauche ich sie nicht mehr, aber hier drin wird es immer kühl bleiben.»

Eunice schloss die Augen. «Gott segne dich, Anna! Er soll dich segnen!» Sie drückte mich an sich.

Ich fühlte mich seltsam, als hätte ich selbst das größere Geschenk erhalten. Nachdem ich alle herzlich an mich gedrückt und versprochen hatte, dass wir weiterhin Lebensmittel «sammeln» würden, machten Norbert und ich uns auf den Heimweg.

«Wir müssen das nächste Mal unbedingt Decken ‹organisieren›», erinnerte ich Norbert. Dieser nickte nur. Plötzlich durchzuckte mich ein anderer Gedanke. «Etwas wollte ich dich noch fragen, Norbert.»

«Nur zu, Puppe! Heute darf meine tapfere Kriegerin alles fragen.» Er grinste mich an.

Ich senkte verlegen den Blick. «Ich … ich denke, du kennst doch Felix Livingstone.»

«Ja», antwortete Norbert zögerlich und musterte mich aufmerksam.

«Hast du eine Ahnung, ob er wieder zurück ist?»

«War er denn weg?»

Ich nickte.

«Was fragst du mich? Du bist doch seine Freundin», warf er mir den Ball zurück.

Weshalb hatte ich das Gefühl, dass er mir auswich und mehr wusste, als er zugab? Ich war wohl paranoid geworden und vermutete hinter jeder Ecke eine Verschwörung. «Nur so», zuckte ich mit den Achseln.

«Ach übrigens, Puppe! Da ist noch etwas. Du solltest den Christen nicht erzählen, dass wir klauen. Die haben noch einen höheren Moralkodex als du. Wir wollen doch nicht riskieren, dass sie vor lauter schlechtem Gewissen nichts davon anfassen. Dann wäre der schöne Raubzug umsonst gewesen.»

Ich nickte, wenn ich mich auch über seinen belehrenden Tonfall ärgerte.

Wir traten ins Freie. Regen prasselte uns entgegen. Ich hob das Gesicht und sog die frische Luft tief in meine gebeutelten Lungen. Ein Hauch von Frühling lag in der Luft.

Kapitel 20

Donnerstag, 10. Ventôse 332 A. I.
«Tag des Spatens» (1. März)

Im ersten Moment dachte ich, ich müsse ein Trugbild sehen, als er mir im Gang des Humaniums gegenüberstand. Doch das Glitzern seiner Ohrringe und der überdimensionalen Kette und das Blitzen seiner weißen Zähne waren unverwechselbar.

«Anna Tanna!» Er wippte auf seinen Fußballen auf und ab. Felix Livingstone war zurück! Ich kam mir vor wie im falschen Film. Noch vor wenigen Wochen waren wir jeden Tag durch diese Gänge flaniert, doch seit seiner Abwesenheit war so vieles geschehen. Hätte ich ihn am Montag nicht mit diesem Sicherheitswächter gesehen, wäre ich ihm entgegen meiner Selbstbeherrschung wohl voller Enthusiasmus um den Hals gefallen und hätte vielleicht auch hysterisch geschluchzt, weil mein bester Freund wieder da war. Doch nun ging ich einfach nur ruhigen Schrittes auf ihn zu.

Er ist es wirklich, dachte mein überfordertes und übermüdetes Gehirn. Ich stand vor Felix, schaute in seine lustig tanzenden Augen und hob automatisch meine Arme, um sie um ihn zu legen. Doch Felix kannte wie immer keine falsche Scheu. Er drückte mich mit aller Kraft an seinen Brustkorb und schwang mich übermütig im Kreis herum.

«Anna Tanna! Was habe ich dich vermisst, Kleines!» Seine übermütigen Worte erwärmten mein Herz, und ein Kloß bildete sich in meinem Hals. Trotzdem blieb da ein schaler Nachgeschmack. Ich entschloss mich, ihn sofort nach seiner überhasteten Flucht zu fragen. Dafür müsste er mich nur langsam mal runterlassen. Aber Felix wirbelte mich noch einmal herum. Vor lauter Überschwang rasselten wir in eine große Gestalt, die sich uns in den Weg stellte.

«Hoppla!», meinte Felix und ließ mich herunter.

Adonis schaute uns herablassend an. «So? Ein exotischer Tanz vor meinem Schulzimmer?», spöttelte er.

Felix' Körperhaltung spannte sich an.

«Student Livingstone. Anna.» Adonis nickte uns mokant zu. Ich spürte, wie ich bis an die Haarwurzeln errötete. Ich strich meinen blauen Pullover glatt und trat einen Schritt von Felix weg.

«Meister Magellan!», antwortete dieser gelassen, jedoch kniff er die Augen zu Schlitzen zusammen.

«Sie sind wieder zurück aus dem Land der Sommerfrische, wie ich sehe», bohrte Adonis nach. Bevor Felix etwas erwidern konnte, fügte er trocken an: «Wie ich feststellen kann, haben Sie etwas Farbe bekommen.» Felix grinste trotz der platten Beleidigung frech.

Bevor ich eine passende Bemerkung gefunden hatte, wandte sich Adonis mir zu, musterte mich gründlich und meinte dann: «Du siehst heute wieder fabelhaft aus, Anna! Habe ich dir das schon gesagt?» Meine Röte vertiefte sich. Felix sah mich verwundert an. Ohne eine Antwort abzuwarten, drehte Adonis sich auf dem Absatz um und betrat das Zimmer.

«Hat der einen Knall?», wisperte Felix mir zu.

«Pst!», zischte ich zurück. Wir betraten gemeinsam den Raum. Wie selbstverständlich setzten wir uns wie eh und je nebeneinander, und es kam mir plötzlich komisch vor, dass ich jemals auch nur eine Minute an ihm und seiner Rückkehr gezweifelt hatte. Ich wollte gerade aufblicken und Felix die absurde Episode mit seinem Doppelgänger erzählen, als Adonis an unserem Pult erschien.

«Bleibst du nach dem Unterricht noch schnell hier, Anna? Ich habe etwas für dich.» Ich nickte stumm und blickte zu ihm auf. Er lächelte mich strahlend an. Das Herz hüpfte mir in den Hals, und ich war überzeugt, dass man meinen schnellen Puls an der Halsschlagader sehen konnte. Adonis zwinkerte mir zu und stellte sich dann hinter den Katheder.

Beim Ertönen der Glocke wandte er sich an die Klasse: «Darf ich Sie ganz herzlich zum heutigen Geschichtsunterricht begrüßen?» Sein Blick schweifte über die Klasse und verweilte dann wieder auf mir. Jeder musste merken, dass er mich im Besonderen ansprach. Ich bewegte mich unruhig auf meinem Stuhl hin und her und wusste nicht wohin mit meinen Augen.

«Was ist denn in den gefahren?», flüsterte Felix mir zu. Ich zuckte möglichst gleichgültig mit den Schultern.

«Was soll denn in ihn gefahren sein?», antwortete ich nonchalant.

«Nun ja, wie er dich anlächelt! Ekelhaft!»

«Wo warst du so lange, Felix?», drehte ich den Spieß um und schaute meinen Freund an. Er schaukelte nervös auf seinem Stuhl.

«Ich war zu Hause!»

«Wo zu Hause?», wisperte ich zurück.

«Im Land der Mittagssonne!», antwortete er und wich meinem Blick aus.

«Wieso?»

«Ein Notfall in der ... in der Familie. Meine Schwester war schwer krank. Sie ist beinahe gestorben.»

Ich zog meine Augenbrauen hoch.

«Und du?», fragte er wieder. In meinem Magen stieg ein ungutes Gefühl auf. Wusste Felix denn nicht, dass das Land der Mittagssonne Afrika hieß? Ich warf einen Blick auf unseren Dozenten. Diesen gutaussehenden, jetzt so nahen *Humanitus Perfectus*. Er sprach über eine brisante Tagesaktualität. Ich zweifelte an keinem seiner Worte. Aber Felix? Er blickte mich mit seinen unergründlichen Augen an. Auf seinen vollen Lippen war das so charakteristische Lächeln zu sehen, doch es schien seine Augen nicht zu erreichen.

«Was hast du so gemacht, Anna?» Sein Flüstern war kaum eins. «Hast du die Christen wiedergefunden?» Ich schaute nach vorne. Mein Herz pochte wild. Wie konnte er mich an diesem öffentlichen Ort darauf ansprechen?

Der Student, der vor uns saß, drehte sich um und zischte: «Pst!» Ich fixierte die Pultplatte und schüttelte den Kopf. Felix wollte zur nächsten laut geflüsterten Frage ansetzen, doch ich winkte ab.

«Wir sprechen heute über ein spannendes Kapitel der Geschichte des zwanzigsten Jahrhunderts.» Adonis' Stimme schallte kraftvoll durch den Raum. Wieder nahm mich sein Charisma gefangen, und ich erwischte mich dabei, dass ich ihn hingerissen anstarrte. «Den Kalten Krieg. Eine Historie voller Spannung, Geheimdienste, Verrat und ...» Er senkte seine Stimme. «... Verschwörungen.» Der Unterricht schien ihm Spaß zu machen. Sein Blick schweifte über die Klasse und fand wieder zu mir. Ich lächelte.

«Die Welt war zweigeteilt in das *Land des Schmelztiegels* und das *Land des Bären*. Man konnte damals niemandem trauen.» Wieder warf mir Adonis einen Blick zu.

Felix stupste mich in die Seite. «Anna Tanna!» Unwillig blickte ich zu ihm. Ich wollte kein Wort von Adonis' Vortrag verpassen. Nicht einen Augenblick wollte ich meinen Blick von ihm wenden.

«Ich habe etwas für dich!» Etwas klimperte gegen die Pultplatte. Es war ein kunstvoll gewebtes Tuch in orangeroten Farbtönen. In akkuraten Pinselstrichen waren Blumen- und Beerenmuster darauf gezeichnet. Eine schwarze Bordüre umfasste den gesamten Stoff, und am Ende der Bordüre klapperten schwarze Perlen.

«Für dich!», beharrte Felix. Ich schaute ihn ungläubig an.

«Willst du es mir nicht nachher geben?», wisperte ich zurück. Doch meine Hände erfassten das wundervolle Tuch unter der Pultplatte.

«Ich muss gleich weg!» Felix' Stimme war beinahe tonlos. Ich blickte ihn überrascht an. Die schwarzen Perlen klingelten nochmals gegen das Pult, als ich das Geschenk auf meinen Schoß zog. Ein erdiger Geruch stieg daraus auf. Mit meinen Fingern fuhr ich über das Gewebe.

«Wow! Danke, Felix! Womit habe ich ...» Ich hatte noch nie ein Geschenk erhalten. Tränen brannten unter meinen Lidern. Ich schaute das Tuch genau an. Dann hob ich meinen Blick. Felix' Augen hatten den Ausdruck von unbeschreiblicher Zärtlichkeit, wie ich es noch niemals an ihm gesehen hatte. Er fuhr mit seinem dunklen Finger die Zeichnungen auf dem Tuch entlang.

«Siehst du, hier ist noch etwas geschrieben.» Schwarze Buchstaben sprangen mir entgegen. Doch ich konnte den Sinn nicht entziffern. «Yeye anaona kila kitu lakini sisi ni kipofu», las ich und runzelte die Stirn.

«Was heißt das?»

«Das ist die Sprache meines Landes! Es heißt: ‹ER sieht alles, wir aber sind blind.› Die Frauen in unserem Stamm schicken sich mit diesen Sätzen gegenseitig Botschaften.»

Ich hob zur nächsten Frage an. Da donnerten fünf Fingerknöchel auf unsere Pultplatte. Ich zuckte zusammen. Das Tuch fiel klappernd zu Boden. Vor uns stand Adonis und schaute Felix streng an.

«Silentium! Wenn ich bitten darf.» Ungerührt zog Felix seine Augenbrauen hoch.

«Verzeihen Sie! Aber ich habe meine *Freundin* schon lange nicht mehr gesehen.» Sein Akzent war stark wie nie zuvor. Und dann beugte er sich blitzschnell zu mir und knallte mir ein Küsschen auf die Wange. Erstarrt blieb ich sitzen. Ein Raunen und unterdrücktes Kichern gingen durch den Raum. Ich hätte am liebsten mein Gesicht in den Händen verborgen, aber ich war wie erstarrt. Felix schaute Adonis provozierend an. Dessen Kiefer mahlte zornig.

«Student Livingstone, stehen Sie auf!» Felix erhob sich bewusst langsam und richtete sich zu seiner vollen Größe auf. Sein Blick wich nicht von Adonis' gerötetem Gesicht, als er sich mit ihm auf Augenhöhe befand.

«Wenn Sie meinen Unterricht stören, dann werde ich Sie jetzt bitten, den Raum zu verlassen. Sie erhalten eine Verwarnung. Raus!» Langsam schob Felix den Stuhl zurück, packte seine Tasche und verneigte sich dann vor Adonis.

«Du kannst mich rauswerfen, wenn du willst, Magellan! Ich gehe! Aber ich behalte dich im Auge!» Der Raum war totenstill. Felix zwinkerte mir zu, und dann drehte er sich herum und bewegte sich mit einer solch unbekümmerten Leichtigkeit aus dem Raum, dass sein ganzer Körper bis in die Haarspitzen tanzte. Die Tür schloss sich zischend hinter ihm.

Ich wäre am liebsten im Boden versunken. Adonis warf mir einen unergründlichen Blick zu, bevor er sich wieder hinter seinen Katheder begab. Er räusperte sich kurz, und dann fuhr er mit dem Unterricht fort, als hätte es keinen Zwischenfall gegeben. Mit klopfendem Herzen angelte ich nach dem Tuch am Boden und presste es an meinen Brustkorb. Vom Unterricht bekam ich nicht mehr viel mit.

Als die Glocke erklang, wollte ich sofort das Zimmer verlassen, um mich auf die Suche nach Felix zu begeben, doch Adonis' Stimme hielt mich zurück. «Anna! Bleib bitte!»

Ich hielt mitten in meinem Abgang inne. Die Studenten strömten aus dem Raum. Schließlich waren nur noch wir zwei übrig. Adonis lächelte mich an.

«M...meister Magellan», stotterte ich. Er ergriff meinen Arm.

«Ich habe dir doch gesagt, dass du mich Amadeo nennen kannst. Wenn niemand da ist.»

Mein Herz schmolz dahin. «Ja, ich weiß, Amadeo!» Ich zog das Tuch von Felix näher an mich heran.

«Ich habe noch eine Ergänzung gefunden zu unserem ... ähm ... Gespräch, das wir hatten ... am Montag!» Er wirkte jetzt wieder sehr ernst. Ich musste mich konzentrieren, damit ich seine Worte aufnahm. Eine Strähne seines länger gewordenen Haares hing ihm in die Stirn, und ich hätte sie so gern zur Seite gestrichen, ich hätte zu gern dieses perfekte Gesicht berührt.

«Ich habe mir Gedanken gemacht über die Zeitrechnung», begann er zögerlich.

«Also du meinst die *andere* Zeitrechnung?» Ich wusste nicht, weshalb ich meine Stimme senkte. Er nickte.

«Du kannst dich erinnern, dass diese andere Zeitrechnung statt *Anno Illumini* den Begriff *Anno Domini* benutzt?»

Ich nickte.

«Dann zeige ich dir jetzt, woher dieses Anno Domini kommt. Es dürfte für deine Arbeit wichtig sein.» Er fasste erneut meinen Arm und führte mich zu seiner Arbeitsstation. «Ich habe stundenlang recherchiert, bis ich auf diesen Link gekommen bin.» Er deutete auf den Bildschirm. «Schau mal! Hier steht: Anno Domini heißt ‹Jahr des Herrn›, in anderer Schreibweise nennt man erst das Jahr und hängt dann noch ein ‹nach Christus› an. Zum Beispiel ‹2121 nach Christus›. Nach Christus, verstehst du das?» Er schien die Entdeckung ungeheuerlich zu finden. Langsam dämmerte mir die Wahrheit.

«Also du meinst, dass das Land der Mittagssonne sogar seine Zeitrechnung nach Jesus Christus benennt?»

«Ja, das meine ich», antwortete Adonis schlicht, und ich konnte auf dem Bildschirm lesen, was seine These unterstützte.

«Vielleicht könnten wir das auch in deine Arbeit einflechten, was meinst du?» Ich schaute auf in seine Augen. Er war mir so nah.

«Hast du etwas herausgefunden über die Christen?», bohrte er nach.

«Ich habe ...» Ich biss mir auf die Lippen. Beinahe wäre ich mit den Neuigkeiten herausgeplatzt. Meine Mutter, eine Christin; ich, eine Helferin der Christen. Ich fuhr mit meinem Finger über mein linkes Handgelenk, wo sich das unsichtbare Fischtattoo befand. Ich schüttelte den Kopf und schaute mit zusammengekniffenen Augen auf den Bildschirm. «Ich habe nichts herausgefunden», log ich. «Ich muss gehen!», fügte ich an.

«Anna! Noch etwas ...» Adonis zögerte. «Gib Acht, mit wem du dich abgibst! Nicht alle Menschen sind das, was sie vorgeben.»

Seine Augen blickten mich ernst und voller Wärme an. Trotzdem verschafften mir seine Worte eine Gänsehaut. Ich nickte zurückhaltend.

«Ich werde die nächsten zwei Wochen sehr beschäftigt sein. Wir werden uns also nicht außerhalb des Unterrichts sehen können», verkündete Adonis. Leise Wehmut schien in seiner Stimme mitzuschwingen. Fühlte er dieselbe Enttäuschung wie ich? Seine Augen brachten mich um den Verstand! Er lehnte sich nach vorne und hauchte mir einen Kuss auf die Wange. Meine Knie waren ganz weich. Ich drehte mich schweren Herzens um und verließ den Raum. Ob mir Adonis «Du bist mir wichtig!» hinterherflüsterte oder ob mir mein übermüdeter Verstand einen Streich spielte, konnte ich nicht sagen.

Ich suchte die Damentoilette auf. Leisen Schrittes tapste ich in die sauberen Räumlichkeiten. Die Toiletten waren in einzelne Kabinen aufgeteilt.

Als ich die Kabine gerade mit meinem Daumenabdruck verriegeln wollte, hörte ich in der Nebenkabine geflüsterte Worte:

«Wann können wir zuschlagen?», raunte eine Frauenstimme.

Ich streckte den Kopf wieder hinaus. Die Nebenkabine war nicht verschlossen. Zwei Leute schienen sich darin zu befinden. Ich hielt automatisch den Atem an.

«Bis zum 21. Germinal. Spätestens.» Die Antwort war eindeutig einem lauten männlichen Flüstern zuzuordnen. Was tat ein Mann auf der Damentoilette?

«Meinst du, es klappt diesmal?» Das war wieder die weibliche Stimme. Ich wusste, es war nicht freundlich, an der Wand zu lauschen, doch die Dringlichkeit der Unterhaltung fesselte meine Aufmerksamkeit.

«Ich weiß es nicht.» Die männliche Stimme klang ärgerlich. «Bevor ich gegangen bin, hat es nicht geklappt. Ich musste mir erneut Instruktionen holen. Ich war ihr dicht auf den Fersen. Ich weiß einfach nicht, wie viel sie weiß, deshalb kann ich nicht riskieren, dass meine Tarnung auffliegt. Ich weiß nicht, wie sie reagieren wird.»

Dies klingt nach einer Verschwörung, dachte ich bei mir. Neugier klebte mein Ohr an die Wand.

«Wer ist deine Informantin?»

«Weißt du, meine Freundin.»

«Ach so, die, auf die du aufpassen musst.»

«Ja, ich bin ihr Aufpasser, sozusagen. Ich war zuerst unsicher, ob sie mich am Montag gemeinsam mit Robert gesehen hat. Aber ich denke, sie hat mich nicht wirklich erkannt. Sie hat heute kein Wort gesagt.»

«Hat sie die Christen gefunden?»

Ich erstarrte.

«Ich denke ja, aber sie lügt mich an.»

«Wieso weißt du das?»

«Nun ja, du kennst mich als Meister der Täuschung. Ich kenne mich mit Rollen aus. Sie kann nicht lügen.»

«Was willst du jetzt tun?», fragte die weibliche Stimme.

«Ich muss unbedingt die Christen finden … Ich war nah dran, meine Freundin war sogar dabei, als ich ihr Versteck anhand vom Kreuzsymbol gefunden hatte, aber als ich dort war, war die verflixte Tür geschlossen, und als ich eine Woche später die Tür aufbrach, war keiner mehr zu finden. Sie waren verschwunden. Wenn ich sie nicht finden kann, dann ist mein Auftrag im Eimer. Ich glaub nicht, dass ich noch mal eine Chance bekomm. Ich hab viel zu lange dafür gearbeitet, als dass ich jetzt aufgeben kann. Es ist höchste Zeit, dass sie mir vertraut.»

«Zeit für eine Charmeoffensive, würde ich sagen», entgegnete die andere Stimme.

«Was denkst du denn, was ich die ganze Zeit tue? Sie muss mich zu den Christen führen. Sonst ist die ganze Aktion dahin. Und dieser elende Schönling macht mir noch einen Strich durch die Rechnung.»

Weshalb kam mir diese Stimme so bekannt vor? Hatte ich hier etwa einen Spion vor mir? Mein Herz fing an gegen meine Rippen zu bummern.

Schnell huschte ich aus der Kabine und aus der Toilette heraus. Ich schaute mich suchend auf dem dunklen Gang um. Ich musste den Verräter von Angesicht zu Angesicht sehen. Ich lief schnell zu einer Vitrine mit Auszeichnungen und kniete mich dahinter. Es war ein Leichtes, so zu tun, als würde ich mir die Schuhe zubinden. Meinen Blick heftete ich auf die Toilettentür, die sich jetzt öffnete.

Eine blonde Frau betrat den Gang. Aha, es war eine blonde Nixe aus dem Geschichtsunterricht. Ich hatte immer gewusst, dass ihr nicht zu trauen war. Wenig später öffnete sich die Tür erneut. Eine große, schlanke, männliche Gestalt mit Rastalocken lief wippend auf den Gang. Ich sog die Luft ein. Was machte Felix auf der Damentoilette? Er sah sich aufmerksam um und lief dann der blonden Schönheit hinterher.

«Danke!», rief er leise. Sie blieb stehen. Er schloss sie in die Arme. «Ich weiß, dass ich mich auf dich verlassen kann.»

«Gern geschehen, mein Lieber! Alles für einen guten Zweck!»

Ein Stich fuhr durch mein Herz. Unwillkürlich schaute ich auf die Tür, in der verzweifelten Hoffnung, dass nochmals zwei Gestalten auftauchen würden. Doch ich wusste zutiefst in meinem Herzen, dass niemand mehr erscheinen würde. Wir drei waren die einzigen Personen auf der Toilette gewesen.

Felix! Felix! Ich schaute ihm fassungslos hinterher. Felix hatte diese Worte soeben nicht gesagt, oder? Spielte mein Verstand mir einen Streich? Doch dann fielen mir andere Einzelheiten ein. Weshalb konnte Felix so auffällig gekleidet durch die strenge Schule spazieren, ohne behelligt zu werden? Er stand gewiss unter dem Schutz der Regierung. Weshalb umgab er sich mit dubiosen Gestalten? Er war es doch gewesen auf der Straße mit diesem Sicherheitswächter. Na klar. Er kam aus dem Land der Mittagssonne, wo diese Spitzel schon immer herkamen. Er war plötzlich abgereist. Meinen Fragen war er immer ausgewichen.

Adonis' Warnung schoss mir durch den Kopf: «Nicht alle Menschen sind das, was sie vorgeben.»

Felix hatte soeben etwas von einer Tarnung gesagt. Eine Tarnung? Etwa, sich an mich heranzuspielen? Die ganzen vier Jahre nur eine Tarnung? Er war ein Spitzel und horchte mich aus. Aber weshalb ausgerechnet mich?

Die Wahrheit dämmerte mir und somit auch die bittere Erkenntnis. Felix, von dem ich immer geglaubt hatte, er sei mein bester Freund, war ein Betrug, eine Fata Morgana, und er benutzte mich, um an die Christen heranzukommen. Bestimmt war auch er es gewesen, der die Christen das letzte Mal verraten hatte. Und ich hatte ihm die entscheidenden Informationen geliefert. Ich war keine Freundin, ich war ein Mittel zum Zweck. Er war nicht mein Freund, er war ein Spion! Er war nicht ausgereist, um seine Familie zu besuchen, sondern um sich für den tödlichen Schlag weitere Instruktionen zu holen. Wusste Adonis etwas davon und wollte mich darauf aufmerksam machen?

Ich sank kraftlos in die Knie und vergrub mein Gesicht in dem orangeroten Tuch, das mein ehemaliger bester Freund mir geschenkt hatte.

Kapitel 21

Mittwoch, 23. Ventôse 332 A. I.
«Tag des Löffelkrauts» (14. März)

Ich lag auf dem ausgefransten Teppichboden unserer Wohnung und streckte meine Nase in die Bibel. Heute war wieder Essensorganisationstag für die Christen, und ich versuchte die Zeit bis zu meinem Aufbruch zu überbrücken. Staubflusen wirbelten um mich herum und kitzelten mich in der Nase.

Meine Mutter tigerte seit zwei Wochen jeden Tag durch die Wohnung. Ich versuchte ihre Unruhe etwas zu lindern, indem ich nicht wie üblich an meiner Arbeitsstation saß und las, sondern mich quer auf den Boden gelegt hatte. Meine Mutter schien die ganze Wohnung mit Schritten ausmessen zu wollen. Sie lief zum Herd, dann drehte sie wieder um und lief zur Wohnungstür, dann um meine Arbeitsstation herum und wieder zum Bett, zum Esstisch, und das Ganze wieder von vorne. Zwischendurch setzte sie sich kurz, nur um ihre Wanderung danach aufs Neue aufzunehmen. Ich musterte ihr Gesicht. Sie war zutiefst in Gedanken versunken, dennoch schien es mir nicht das übliche Brüten zu sein. Ihre Augen waren hellwach, und doch schien sie in anderen Sphären oder Zeiten zu schweben.

Ich versuchte, mir keine Sorgen zu machen, senkte die Augen wieder auf meine Lektüre und las weiter. Ich verarbeitete die Geschichte von Jesus Christus, die sich nun schon über viele Seiten hinzog. Jesus war wirklich gut gewesen, sagte schöne Worte, machte die Kranken gesund, gab den Leuten zu essen. Ich bezweifelte, dass er wirklich all diese Dinge getan hatte, aber ich begriff langsam, weshalb die Christen ihn verehrten. Er war sicher ein außergewöhnlicher Mensch gewesen. Unbegreiflich hingegen blieb mir, wie man sein Leben hingeben konnte nur wegen dieses Jesus. Was war sein Geheimnis?

Mutter hatte ihre Runde in der Küche beendet und fing nun an, auf der Stelle zu joggen. Auch das war nichts Neues. Sie tat es schon seit ein paar Tagen. Hatte sie jedoch zu Beginn immer geschnauft wie ein alter Zug, waren ihre Atemzüge nun auch bei größerer Anstrengung gleichmäßig, und es dauerte länger, bis sich Schweißtropfen auf ihrer Stirn bildeten.

Im Vergleich zu der lebensverändernden Phase, die ich hinter mir hatte, waren die letzten zwei Wochen quälend ereignislos gewesen. Adonis hatte nicht viel Zeit. Ein kurzer Blick im Unterricht oder ein verstohlenes Lächeln im Gang erinnerten mich jedoch regelmäßig daran, dass ich näher mit ihm verbunden war, als man von außen annehmen würde. Und mein Herz klopfte jedes Mal Beethovens Fünfte Symphonie.

Felix? Ich verzog mein Gesicht. Ich versuchte ihn zu vergessen, ihm aus dem Weg zu gehen, was nicht einfach war. Felix gab die besorgte Glucke und scharwenzelte ständig um mich herum. Vor mir stand ein Spion. Derjenige, der dafür verantwortlich war, dass mehrere Menschen ihr Leben verloren hatten! Wie Schuppen war es mir von den Augen gefallen. Ich war vor allem zornig auf mich selbst, dass ich seiner hinterlistigen Masche auf den Leim gegangen war und ihn als meinen Freund bezeichnet hatte. Und das vier Jahre lang!

Ich ballte meine Fäuste. Solche Menschen wie dieser verachtenswerte Afrikaner waren schuld daran, dass mein Leben so verkorkst war. Wegen Leuten wie ihm hatte meine Mutter eine schwere Kindheit gehabt. Wegen Leuten wie ihm mussten Leute hungern und leiden und wussten nicht, ob sie den nächsten Morgen noch erleben sollten. Und indirekt war es Leuten wie ihm zu verdanken, dass ich meine Selbstverwirklichungsstufe nicht mehr hatte und eine Nacht im Gefängnis hatte ausharren müssen.

Ich hatte ihm vertraut. Er hatte seine Rolle so überzeugend gespielt. Doch jetzt konnte ich kein Lachen von ihm mehr ertragen. Wie hatte ich so dumm sein können? Jedes Mal, wenn ich das heuchlerische Grinsen dieses Verräters sah, hätte ich laut weinen können. Doch diesen Luxus gönnte ich mir nicht. Als ich das letzte Mal so geweint hatte, hatte mich dieser Halunke in den Armen gehalten und mir, in seiner Tarnung als mein bester Freund, zärtlichen Trost gespendet. Seine Anteilnahme konnte er sich in seine Filzlocken schmieren! Ich würde niemals mehr in seiner Gegenwart zusammenbrechen.

Hass hatte seine Zähne tief in mein Herz gebohrt und verbreitete dort sein Gift. Ab und zu genoss ich die Wärme dieser hasserfüllten Gedanken, die mich folterten, aber mir auch eine gewisse Genugtuung gaben.

«Irgendwann wirst du dafür büßen, wenn es noch Gerechtigkeit auf dieser Welt gibt», knurrte ich zwischen meinen Zähnen hervor. Ich hatte die Augen fest geschlossen.

«Anna!» Meine Mutter stand neben mir und unterbrach meine Gedankengänge. Sie keuchte. Sie hatte für heute ihre Runde abgeschlossen. Ich bemerkte ihre löchrigen Socken und überlegte mir, ob ich beim Essensturm wieder mal, zusätzlich zu der allgemeinen Essensration, um Nadel und Faden bitten sollte. Ich blickte schräg zu ihr hoch.

«Dein Bruder Michael war übrigens auch Christ!» Die Phrase hing in der Luft, und mein Mund blieb offen stehen.

Ich setzte mich auf. «Was?», stieß ich hervor. Wie konnte sie mir eine solch wichtige Information einfach so aus heiterem Himmel an den Kopf knallen?

«Ja, Anna, ich dachte, du solltest das wissen.»

Das fällt dir ja reichlich früh ein!, wollte ich ihr entgegenschleudern, doch ich konnte mich gerade noch beherrschen. Ich erhob mich und setzte mich aufs Bett. «Wieso sagst du mir das jetzt?»

«Ich finde es so erstaunlich, dass du nun dasselbe tust wie dein Bruder früher.»

«Was meinst du damit?»

«Auch Michael hat den Christen geholfen. Es war ziemlich beängstigend.» Meine Mutter ließ sich neben mir auf das Bett sinken.

«Du meinst, *mein Bruder* hat den Christen geholfen?»

«Ja, wenn ich jetzt so überlege, dann war er auch ständig nachts unterwegs. Es ging mir nicht gut, deshalb hat er mir selten davon erzählt. Aber das wenige, das ich mitbekommen habe, war eindeutig. Er hat sich damals für die Christen eingesetzt.»

«Davon wusste ich ja gar nichts!», protestierte ich. Ich wollte nicht schon wieder, dass eine grundlegende Vorstellung meines Lebens über den Haufen geworfen wurde. Ich hatte meinem Bruder vertraut. Ich hatte gemeint zu wissen, dass er nichts vor mir verstecken konnte. Aber was war in dieser Familie schon normal? Was war in meinem Leben schon normal? Ich schüttelte den Kopf.

«Und du musst noch etwas wissen», fügte meine Mutter an. «Ich befürchte, sein Tod war kein Unfall.»

«Natürlich!» Ich schauderte. Es ergab alles einen Sinn. «Dein Bruder ist vom Zug erfasst worden», hatte man mir damals erzählt. «Mein Gott! Sie haben ihn erwischt und vor den Zug geschmissen. Das heißt, er musste sterben, weil er den Christen geholfen hat.» Sascha erschien wieder vor meinen Augen, und die Tage nach dem Tod meines Bruders waren wieder greifbar: meine namenlose Trauer. Meine Mutter, die vollends in ihr dunkles Tal abglitt. Und das alles, weil er Christ war? Michael hatte sterben müssen, weil er ein Christ war? Angst ergriff mein Herz. Wollte meine Mutter etwa andeuten, dass mir das gleiche Schicksal drohte? Ich fixierte sie mit meinen Augen.

«Du musst mir versprechen, dass du jetzt ehrlich zu mir bist ...», begann ich und legte meine Hand auf ihre.

«Ich versuche gerade, ehrlich zu sein, Anna! Ich glaube, ich habe viele Fehler gemacht ...»

«Nein, ich meine nicht wegen Michael!» Trauer erfüllte mein Herz, als wäre es erst gestern gewesen, als sie mir im Chemondrion gesagt hatten, mein Bruder sei von uns gegangen. Tränen stiegen mir in die Augen.

«Nein, ich will jetzt *alles* wissen!», beharrte ich. «Mein Vater ...», begann ich.

Mutter schaute mich aus dunklen gequälten Augen an. Meine Gedanken gingen zurück zu dem Tag, als ich noch ein kleines Mädchen war und meine Mutter mit heller Stimme gefragt hatte: «Wer ist mein Vater?»

Darauf hatte sie mir mit schwerer Stimme erklärt: «Dein Vater ist von uns gegangen, als du noch ein kleines Mädchen warst.» Er sei gestorben, hatte sie mir später erklärt, aber war dabei immer sehr vage geblieben.

Michael hatte mir dann immer die spannenden Geschichten von unserem Vater erzählt, an die er sich noch erinnern konnte. Aber auch er wusste nicht, woran er gestorben war. Er sei einfach eines Tages weg gewesen. Was, wenn mein Vater auch ein Christ gewesen war? Was, wenn das Christentum wie ein Fluch über unserer Familie hing und alle verschlingen würde und ich die Nächste sein würde? Ich musste es wissen.

«Mein Vater ...» Ich holte tief Luft. «Er war auch Christ.» Mutter nickte und griff abwesend nach der dünnen Decke auf dem Bett, als wolle sie sich darunter verstecken.

«Ist er auch deswegen gestorben?»

Sie zuckte mit den Achseln.

«Mutter! Bitte!», drängte ich ungeduldig. «Ich muss das wissen! Ich muss wissen, was uns heimsucht! Hat es jemand auf uns abgesehen? Was ist mit diesem Jesus Christus? Hat er es auf uns abgesehen? Wenn es ihn denn gibt ...» Ich schrie die Worte beinahe heraus.

Mutter wich von mir zurück und krallte ihre Hände in die Decke. Ich bereute meinen heftigen Ausbruch sofort und sprang nun meinerseits vom Bett hoch und patrouillierte durch die Wohnung. Immer wieder richtete ich meinen Blick auf meine Mutter. Sie knetete den Stoff zwischen ihren Fingern und starrte mit abwesendem Blick ins Leere. Würde sie wieder in dieses emotionslose Loch abrutschen? Ich kniete mich vor sie hin, ergriff ihre Hände.

«Es tut mir leid, Mutter», beschwichtigte ich sie. «Es ist nur so ... ich kann nichts mehr ertragen ... ich bin ...» Ich kannte keine Worte für den Aufruhr in meiner Seele. Aber wenn ich diese gefühlsgeladene Ebene verlassen wollte, dann brauchte ich Fakten, die mir dabei halfen, diese furchteinflößenden Gedanken zu bändigen.

«Mutter, bitte, was ist mit meinem Vater passiert?»

Sie blickte mich mit ihren braunen Augen an. «Ich weiß es nicht, Anna! Wir haben uns aus den Augen verloren. Ich habe nie wieder etwas von ihm gehört.» Ihre Augen füllten sich mit Tränen. Sie tropften auf unsere Hände. «Bitte, Anna», flehte sie. «Frag nicht weiter! Wenn ich darüber nachdenken muss, dann ... verliere ich mich selber ... Ich bin noch nicht stark genug dafür. Bitte!»

Wie konnte sie mir das antun? Ich bebte vor Zorn, weil alles so ungerecht war. Weshalb musste meine Mutter so krank sein? Weshalb war mein Bruder tot? Weshalb war mein Vater tot oder fort?

«Ich muss es wissen, Mutter!»

Sie schüttelte den Kopf, und wie zum Beweis kniff sie ihre Lippen fest zusammen. Ich war hin- und hergerissen. Einerseits wollte ich meine Mutter nicht quälen, aber wie konnte sie mir so viele Dinge vorenthalten? Mein Leben drohte aus allen Fugen zu geraten, und sie konnte mir nicht einmal einfache Informationen geben.

Einfach?, hinterfragte ich mich selbst. Wahrscheinlich war meine Mutter an der ganzen Geschichte mit meinem Vater irre geworden. Ich erhob mich erneut, nahm die Bibel vom Boden auf und ging zum Esstisch.

«Tut mir leid, Mutter! Ich bin nur so verwirrt!»

«Schon gut, Anna!», flüsterte sie. «Das bin ich auch!» Sie wandte sich ab.

Ich schlug die Bibel wieder an der Stelle auf, wo ich aufgehört hatte. Jesus verkündete seinen Jüngern gerade, dass er würde sterben müssen. Wie konnte er das eigentlich wissen? Na ja, wie sollte einem Gott etwas unmöglich sein? Oder vielleicht war auch alles nur ein Märchen. Aber wer war bereit, für ein Märchen zu sterben? Sicherlich nicht mein Bruder. War ich es? Ich legte den Kopf auf die Bibel. Die Gedanken prasselten auf mich ein, als würde ich unter einem Hagelschauer sitzen. Trotzdem musste ich irgendwann eingenickt sein.

«Anna! Wach auf!» Meine Mutter rüttelte an meiner Schulter. Ich hob den Kopf und blinzelte sie verwirrt an. «Du hast noch eine Aufgabe!»

«Was denn?»

«Du hast dich doch für heute verpflichtet, den Christen Essen zu bringen.»

Ich fuhr auf. Mein Blick hastete zur Uhr. In zehn Minuten musste ich an meinem Treffpunkt mit Norbert stehen.

Er hatte geschrieben: «Essen bereits organisiert. Brauche deine Fähigkeiten als Lastesel. Wir treffen uns um 23 Uhr in der Rabengasse.» Diesmal gab es wohl keine halsbrecherischen Aktionen. Ich war nicht wirklich enttäuscht.

Mein Blick fuhr über die Bibel, und ich hatte einen Geistesblitz. Ich konnte den Christen ja die Bibel ausleihen! Natürlich! Ich fragte mich, weshalb es mir nicht schon viel früher eingefallen war. Freude erfüllte mich. «Die werden Augen machen!», murmelte ich.

Ich schlüpfte soeben in meine Jacke, als meine Mutter mit fester Stimme verkündete: «Ich komme mit!»

Ich fuhr herum.

«Ich komme mit!», wiederholte sie mit einer festen Autorität, die keinen Widerspruch duldete. Fassungslos schüttelte ich den Kopf. Sie lächelte mich entwaffnend an. «Meinst du etwa, ich hätte umsonst die ganze Zeit trainiert?»

«Trainiert?»

Sie blickte mich nahezu schelmisch an. «Ich werde kein Hindernis sein. Ich habe meine Kondition trainiert.»

«Aber, Mutter, niemand darf dich draußen sehen», protestierte ich.

«Keine Widerrede! Schließlich bin ich immer noch deine Mutter! Ich will die Christen sehen!»

Ich schüttelte immer noch den Kopf. Meine Gedanken überschlugen sich. Um diese Zeit war kaum jemand unterwegs, das war gut. Aber wie sollte ich ihre Anwesenheit Norbert gegenüber rechtfertigen? Gut, er wusste sowieso alles über mich. Er hing mit mir in dieser Geschichte drin. Tausend Gründe, weshalb meine Mutter nicht außerhalb dieser vier Wände gesehen werden sollte, schossen mir durch den Kopf.

«Also gut!», hörte ich mich dennoch sagen. Ich reichte ihr die Jacke. Besorgt musterte ich den dünnen Stoff. «Es ist viel zu kalt für dich da draußen!», motzte ich.

«Ach, es ist nicht mehr so kalt wie im Winter», entgegnete meine Mutter. Dann lachte sie kurz auf. «Anna! Schau mich nicht an, als würde ich auf der Stelle kollabieren. Das werde ich nicht. *Er hat es mir versprochen.*»

«Wer?», fragte ich.

«Gott!»

Skeptisch beäugte ich sie. «Bist du sicher?»

Sie nickte. «Er wird mir die Kraft geben.»

Wer bin ich, dass ich etwas gegen Gott sagen kann?, dachte ich entnervt. Außerdem wurde die Zeit knapp. Ich musste es riskieren. Meine Mutter war fest entschlossen, und meine Aufgabe war wichtig.

«Also, dann komm mit!»

Als wir aus dem Haus traten, schloss Mutter die Augen, hielt sich an meinem Arm fest und sog die frische Frühlingsluft tief in ihre Lungen. Mir wurde erst jetzt richtig bewusst, dass sie diese Höhle schon seit Jahren nicht mehr verlassen hatte. Besorgnis durchfuhr mich. Würde sie es durchhalten? Wenn ich eine gute Tochter war, dann würde ich sie jetzt zurück nach oben begleiten.

«Mutter, überleg dir das noch mal!», forderte ich sie auf.

Sie öffnete die Augen und lächelte mich an. «Es ist so schön, Anna!», sagte sie.

Irgendwie konnte ich sie verstehen. Sie hakte sich bei mir ein und fragte: «Wohin geht's jetzt?»

Ich lenkte sie in die Richtung der besagten Gasse. Die wärmere Frühlingsluft aus dem Süden hatte die schmutzig-grauen Schneereste des Winters weggeschmolzen, und sie liefen nun in strömenden Bächen über die Straßen und durchnässten unsere Schuhe.

Wir hatten die Hälfte des Weges zurückgelegt, als mir einfiel, dass ich in der Aufregung vergessen hatte, Aquilina darüber zu informieren, dass ich die Wohnung verließ! Sollte ich noch einmal umkehren? Doch dann dachte ich daran, wie sie – nachdem die zwei Monate vorbei waren, in denen sie sich, laut Beschluss der Schulleiterin, allein um mich hatte kümmern müssen – alle meine Berichte mit ausdruckslosem Gesicht entgegengenommen und kaum etwas darauf erwidert hatte. Sie hatte mich nicht gelobt und nichts beanstandet. Sie nahm einfach alles entgegen, sagte höchstens: «Ja», und: «Gut.» Wahrscheinlich hatte sie den Eindruck, dass ich durch den Verlust meiner Selbstverwirklichungsstufe gebrochen und keine Gefahr mehr für sie war. Sie unterschätzte mich ... Aber das sollte mir recht sein. Blieb nur zu hoffen, dass sie keinen Alarm schlagen würde, wenn das System ihr meldete, dass ich die Wohnung verlassen hatte. Ich hatte ein ungutes Gefühl in der Magengrube. Weshalb war ich so nachlässig geworden? Doch ich konnte mich nicht dazu entschließen, umzukehren.

Wir kamen fünf Minuten zu spät in der dunklen Gasse an. Mutter keuchte ein bisschen. War es zu viel für sie? Norbert lag gelangweilt quer über einem hölzernen Wagen, der mit Lebensmitteln vollgepackt war. Als er mich sah, fuhr er auf.

«Na, beehrst du mich auch mal mit deiner Anwesenheit, Puppe!», raunzte er. Dann sah er meine Mutter. «Wer ist denn die?» Entsetzt fuhren seine Augen über die zusätzliche Person.

«Darf ich vorstellen?», erklärte ich ergeben. «Meine Mutter!»

Norbert riss seine Augen weit auf, dann rieb er sich über den struppigen Bart. «Frau Tanner! Ich freue mich, Sie kennen zu lernen!» Er beugte sich über ihre ausgestreckte Hand und deutete einen Kuss an.

Ich verdrehte die Augen.

«Junger Mann! Es ist mir ein Vergnügen», erwiderte sie charmant.

«Sie hilft uns!» Ich hatte das Gefühl, ihre Anwesenheit brauche eine Erklärung. «Sie ist Christin!»

«Ja, ich weiß, Puppe! Echt abgefahren!» Er nickte meiner Mutter anerkennend zu. Wohin sollte das noch führen?

Norbert hob die Schultern. «Pack mal an!» Er wies auf den Karren. «Deine Mutter kann ja auf der Kutsche Platz nehmen», erklärte er, als er meinem zweifelnden Blick begegnete.

«Also gut! Ist das okay für dich, Mutter? Der Weg ist weit!» Mutter nickte widerspruchslos, wahrscheinlich war sie sich ihrer Schwäche doch mehr bewusst, als sie zugeben wollte.

«Vorsicht, Lady! Zerquetschen Sie nicht die Tomaten!», wies Norbert sie an. Mutter schaute sich verwirrt um. Norbert lachte leise. «War nur ein Witz! Sie sitzen auf dem Milchpulver und den Decken! Praktisch unzerstörbar!»

Ich warf ihm einen bösen Blick zu.

«So, hü, mein Pferdchen!», frotzelte er. «Lass uns die Königliche Majestät in ihr Schloss ziehen.»

Meine Mutter lächelte amüsiert. Ich verbiss mir einen Kommentar, und gemeinsam klemmten wir uns hinter die Deichsel des Karrens. Das Ziel war, möglichst lange in dem dunklen Schatten der Stadt zu fahren und dann in den Wald einzutauchen.

«Woher hast du diesmal die Lebensmittel?», wagte ich schnaufend zu fragen, als wir einige Zeit später im Wald über Baumwurzeln holperten.

«Organisiert! Du weißt ja, wie das geht!», zwinkerte er mir zu.

Ich brummte empört.

«Zwei von uns haben 'nen Keller ausgeräumt», gestand er. «Die werden das nicht mal merken! Alle korrupt! Freiheit dem Volk!»

Und so zottelten wir, ein ungleiches Trio, dem Ziel unserer Mission entgegen.

Der Ausdruck auf dem Gesicht meiner Mutter war bezaubernd kindlich, als wir in der Höhle der Christen um die letzte Ecke bogen und dort im Feuerschein die versammelten Christen erblickten.

Vor der Höhle war Mutter entschlossen vom Karren geklettert und hatte darauf bestanden, ihren Anteil an Nahrungsmitteln in die Höhle hineinzutragen. Nun, da wir den Wohnbereich betreten hatten, blieb sie zögernd zurück.

«Wir sind hier!», dröhnte Norberts Stimme durch die Gänge. Im allgemeinen Tumult der Wiedersehensfreude, in den Umarmungen und Küssen und Jauchzern über die Kostbarkeiten, die wir mit uns trugen, sah ich Philemon plötzlich zögern. Er blickte auf die fremde Person in unserem Schlepptau. Seine Augen wurden größer, als er Mutters schlanke Gestalt aufmerksam musterte.

«Darf ich vorstellen?» Ich musste mich räuspern, es kam mir so seltsam vor, gegen außen plötzlich gemeinsam mit meiner Mutter aufzutreten. «Meine Mutter!»

Philemon näherte sich ihr. «Priscilla?», fragte er vorsichtig.

«Wer ist das?», flüsterte meine Mutter und strengte ihre Augen gegen den Feuerschein an. «Philemon, bist du das?» Ihre Augen weiteten sich, und sie ließ die Packungen Mehl fallen, die sie immer noch bei sich trug. «Philemon? Philemon Goldberg?»

«Ja, ich bin es!» Philemon trat näher. Die beiden betrachteten sich gegenseitig. «Du siehst immer noch so aus wie früher!», bemerkte er einfach – und dann lagen sich die beiden in den Armen. «Du hast überlebt! Du hast wirklich überlebt!», flüsterte Mutter nach einer Weile. Sie ließen sich los, schauten sich an und umarmten sich wieder.

Nun sah ich, dass meine Mutter gegen die Tränen kämpfte. Ich spürte ein Würgen in meinem Hals. Eunice blickte mich verständnisvoll an. In ihren Augen schimmerten Tränen. Ich konnte mich der Intensität des Moments nicht entziehen.

«Wie du siehst ...» Philemon löste sich aus der Umarmung meiner Mutter und hielt sie auf armlangem Abstand. «Wie viele Jahre ist es her?», fragte er.

«Es müssen um die 25 sein. Es kommt mir so unreal vor», lachte meine Mutter.

«Du warst schwanger!», meinte Philemon fragend.

«Ja, mit Michael, meinem Sohn. Er ... lebt leider nicht mehr.»

«Michael ... Tanner?», fragte er ungläubig.

Mutter nickte.

«Wo ist Howdy?», drängte Philemon. «Was ist mit ihm? Ihr wart so ein glückliches, blutjunges Paar!»

Schatten ergriffen die Gesichtszüge meiner Mutter. «Er hat uns verlassen!», war ihre schlichte Antwort, die mich zutiefst aufwühlte.

Ein dringendes Gefühl sagte mir, dass ich nicht die ganze Wahrheit kannte. Sollte ich nachfragen? Ich konnte nicht. Ich bemerkte, dass ich meine Finger in Eunices dünnen Arm gekrallt hatte. Sie wand sich.

«Tut mir leid», hauchte ich.

«Schon gut», antwortete sie leise.

Ich löste den Blick von meiner Mutter und blickte Eunice voll an. Sie war immer noch erschreckend mager, aber ihre Standfestigkeit schien sich gebessert zu haben. Die dunklen Ringe unter ihren Augen waren verschwunden.

«Es gibt Hoffnung, Freunde!», verkündete Philemon. Er hatte den Arm um meine sehr erschöpfte Mutter gelegt.

Schnell huschte ich zu ihr und umfasste sie. «Mutter! Geht es dir gut?»

Sie nickte. «Ich bin einfach nur so erschlagen. Ich habe das Gefühl, ich träume! Sag mir, dass das die Wirklichkeit ist.»

«Ja, Mutter, das ist die Wirklichkeit, so wie wir sie kennen», wisperte ich ihr zu. *Ja, diese verdammte unwirkliche Wirklichkeit,* dachte ich bitter.

«Ein Wunder ist geschehen!», fuhr Philemon fort. «Ich habe an Gott gezweifelt. Ich habe ihn angeklagt, dass er uns verlassen hat. Ich habe ihm vorgeworfen, dass er uns hier sterben lässt. Und nun schickt er uns den Beweis, dass er sich immer noch um uns kümmert. Ich kenne Priscilla schon, seit ich ein kleines Kind war. Wir sind zusammen in Höhlen wie diesen aufgewachsen.»

Mutter nickte bestätigend.

«Vor mehr als 25 Jahren wurden wir entdeckt und gefangen genommen. Danach haben wir uns aus den Augen verloren. Ich habe geglaubt, alle seien umgekommen. Hier ist der Beweis, dass es nicht so war. Gott hat mir, durch Anna hier, eine Schwester zurückgegeben. Das ist Priscilla Tanner! Annas Mutter!»

Nun traten auch die anderen näher heran, umarmten meine Mutter und küssten sie auf beide Wangen, als wäre sie eine lange verlorene Tochter.

«Gott ist gut!», bekräftigte Eunice.

Tabea, die sich trotz ihres hohen Alters gut erholt zu haben schien, schlurfte auf uns zu. «Meine Güte», rief meine Mutter aus. «Bist du das, Tabea? Du lebst!»

«Ja, Schätzchen. Quicklebendig, wie du siehst. Unkraut verdirbt nicht. Ich hadere schon lange mit dem Herrn, er soll mich doch endlich nach Hause holen. Diese Augen haben genug gesehen. Aber er scheint kein Gehör dafür zu haben. Wer bin ich schon, dass ich mit dem Allmächtigen streite? Alles zu seiner Zeit. Aber jetzt freut sich diese alte Frau, dass ein verlorenes Schäfchen zur Herde zurückkehrt.»

Die beiden Frauen umarmten sich.

Timothée schleppte sich schüchtern heran, und Simon meinte enthusiastisch: «Jetzt wissen wir wenigstens, woher Anna ihre Schönheit hat.»

Ich errötete und winkte ab. Ich wusste von meinem Spiegelbild, dass ich äußerlich nicht die geringste Ähnlichkeit mit meiner Mutter hatte. Sie hatte viel dunkleres Haar und dunklere Augen als ich.

«Erzählt! Erzählt!», forderte Simon schließlich. «Wie war das Christenleben vor 25 Jahren?»

Norbert räusperte sich. «Darf ich um eure Aufmerksamkeit bitten?», rief er. «Wir haben draußen noch eine Karre voll mit Lebensmitteln, für die wir unseren guten Ruf riskiert haben. Wie wär's, wenn wir den ausladen, bevor ihr euch der Vergangenheit hingebt?»

Ich warf ihm einen bösen Blick zu.

«Klar, wir sind dabei!», antwortete Timothée eifrig und verschwand mit Simon und dem lumpig gekleideten Peaceman in Richtung Ausgang.

«Setz dich, Priscilla!», forderte Philemon meine Mutter auf.

Sie nahm neben dem Feuer Platz und klammerte sich an meinen Arm, so dass ich mich auch setzen musste. Besorgt blickte ich sie an. War das alles nicht doch zu viel für sie? Ein Abstecher in ihre schlimme Vergangenheit, als sie vor dem Gesetz auf der Flucht war?

Sie blickte Philemon liebevoll an. «Anna hat mir ein bisschen von euch erzählt!», begann sie. «Du hast eine Tochter, Philemon?»

«Ja, sie heißt Melody!» Vaterstolz glänzte in seinen Augen. Er nickte zu den Decken in der Ecke. «Sie schläft!»

«Milchpulver!», rief Eunice erfreut plötzlich aus. Sie hatte die zurückkehrenden Lebensmittelschlepper entdeckt. «Ihr habt Milchpulver gebracht, für Melody!» Sie stand auf und eilte den Jungs und ihren Schätzen entgegen. «Schau, Philemon! Milchpulver!» Sie wedelte aufgeregt vor seinen Augen damit herum. Philemon blickte sie lächelnd an.

Dann wandte er sich an mich: «Ihr seid wirklich unsere Engel, Anna!»

Ich zuckte verlegen die Schultern. «Ich habe doch gar nicht so viel getan», winkte ich ab. «Norbert hat die Vorräte organisiert!»

«Aber auch du hast uns Segen gebracht, Anna! Du hast deine Mutter mitgenommen!», beharrte er im Brustton der Überzeugung.

Mit schlechtem Gewissen dachte ich daran, dass mir eigentlich bloß die Argumente ausgegangen waren, um meine Mutter zu Hause zu behalten.

«Ja, und sie versorgt mich mit der Geduld eines Engels!», bestätigte meine Mutter.

Ich wand mich auf meinem Sitzplatz auf dem Felsboden und suchte verzweifelt nach einem unverfänglichen Thema. Die kleine Lois hatte den Geschehnissen mit großen Augen gelauscht. Ihre Blicke gingen von einem zum anderen, als könne sie sich nicht entscheiden, wessen Knie sie gleich erobern wollte. Schließlich entschied sie sich für mich. Ihre Zuneigung war genau das, was ich gerade brauchte. Ich schlang meine Arme um sie und vergrub mein Gesicht in ihrem Haar. Sie roch nach Seife.

«Was ist mit Kephas passiert?», fragte meine Mutter schließlich.

Philemons Augen überzogen sich mit Schatten. «Ich glaube, er ist umgekommen!», gab er schließlich zu.

Eunice, Timothée, Simon und Norbert hatten den Karren ausgeladen und gesellten sich gerade zu uns.

«Du hast Kephas gekannt?», fragte Timothée neugierig.

«Ja, ich war bei seiner Geburt dabei», gab meine Mutter bekannt und bündelte somit die Aufmerksamkeit aller auf sich.

«Es war vor circa dreißig Jahren», begann sie. «Seine Mutter war eine gute Freundin von mir! Ich war damals fünfzehn und hatte ein ... sagen wir mal ... eher schwieriges Leben.» Sie blickte in die Runde. «Am Tag von Kephas' Geburt habe ich begriffen, dass Gott mich so sehr liebt, dass er seinen eigenen Sohn für mich auf die Welt geschickt hat. Deshalb habe ich mich mit Kephas immer verbunden gefühlt. Ich war sozusagen seine selbsternannte Tante. Er war ein sehr aufgewecktes Kind, hatte aber einen sturen Kopf.»

Die versammelte Menge nickte. «Genauso war er!», bestätigte Simon und grinste breit. Er zwinkerte mir zu. Ich richtete meinen Blick wieder auf meine Mutter.

«Als Kephas noch ganz klein war, sind wir aufgeflogen und wurden in alle Winde zerstreut. Seither habe ich nie wieder etwas von ihm oder seiner Familie gehört.»

«Zu diesem Zeitpunkt war ich erst dreizehn», fuhr Philemon fort. «Wie ihr alle wisst, wurden wir damals alle verhört, und manche von uns verloren auch ihren rechten Daumen.» Er streckte ihn empor. Ich war nicht die Einzige, die schauderte. «Sie nahmen uns die Berechtigung, jemals wieder ein Teil dieser Gesellschaft zu sein.»

Mutter nickte.

«Kephas, ich und meine Familie kamen mit dem Leben davon. Wir wuchsen wie Brüder auf. Kephas' Mutter Rhoda ist allerdings gestorben.» Philemon fuhr sich mit den Händen durchs Haar.

Mutter schaute ihn betroffen an. «Was ist denn passiert?», bohrte sie nach.

«Sie ist an einer simplen Lungenentzündung gestorben, während eines besonders harten Winters. Kephas war damals zehn. Er war ein rechter Wildfang. Wir konnten ihn kaum bändigen.» Philemon schmunzelte. «Er hat geklaut, gestritten und konnte fluchen wie ein Rohrspatz. Als wäre er zehn Jahre älter.»

Eunice blickte Philemon überrascht an. «Davon wusste ich ja gar nichts! Kaum zu glauben!», murmelte sie.

«Ja, kaum zu glauben!», bestätigte Philemon. «Wir hatten unsere liebe Mühe mit ihm. Jahrelang. Er war etwa fünfzehn, als die ganze Geschichte dann schließlich ausartete. Er wollte uns verlassen. Wir haben ihm gut zugeredet, aber alles hat nichts genützt. Er hatte Sack und Pack schon zusammen. Da er seinen Daumen noch hatte, hätte er sich locker zurechtgefunden.» Philemon lächelte kopfschüttelnd. «In jener Nacht bin ich aufgewacht, weil ich ihn weinen hörte.»

«Quatsch», lachte Simon ungläubig. «Er hat doch niemals geheult. War immer ein harter Knochen.»

«In dieser Nacht schon. Du kannst mir glauben, er hat geheult wie ein Schlosshund. Ich ging zu ihm hin und fragte, was denn um alles in der Welt los sei. Da hat er mir erzählt, dass er sich eigentlich so verloren fühle unter seiner Maske. Er fühlte sich von Gott betrogen, deshalb war er so wütend auf ihn. Er hat sich gewehrt mit seinem Lebensstil. In dieser Nacht haben wir jedoch gebetet, und Kephas hat feste Sache mit Gott gemacht. Gottes Vergebung hat Kephas damals komplett verändert. Er hat Jesus gesagt, dass er für immer für ihn leben will ... und sterben.» Philemons Stimme verstummte.

Furcht erfüllte mein Herz. Gab es denn eigentlich gar keine Möglichkeit am Tod vorbei, wenn man diesen Jesus kannte?

«Das war der Wendepunkt», fuhr Philemon schließlich fort. «Von da an hat er nichts gescheut für Jesus. Er hat uns Christen unterstützt, wo es nur ging. Er ging sogar nach draußen und hat mit Menschen über Jesus gesprochen, obwohl es völlig unwahrscheinlich war, dass sich überhaupt jemand dafür interessieren würde.»

«War es aber nicht!», ergänzte Simon. «Wegen ihm bin ich hier.»
«Ich auch!», ergänzte Timothée.
Überrascht blickte ich die beiden jungen Männer an. Waren sie den Christen aus freien Stücken gefolgt, ohne in dieses Elend hineingeboren worden zu sein? Ich wunderte mich.

«Kephas hat sich dann in Claudias Schwester Lois verliebt. Die zwei waren verrückt nacheinander.» Er schüttelte den Kopf. «Sie haben ganz jung geheiratet, aber Kephas benahm sich ja schon immer mindestens fünf Jahre reifer, als es seinem wahren Alter entsprach. Manchmal kam er mir sogar älter vor als ich selbst.» Philemon lachte selbstvergessen.

«Sie hieß wie ich!», krähte die kleine Lois laut.

Philemon beachtete sie nicht, sondern fuhr fort: «Als Lois dann einige Monate später mit dem ersten Kind schwanger war, gingen sie immer noch hinaus auf die Straße, um den Menschen von Jesus zu erzählen. Bisher waren sie nicht groß aufgefallen. Aber dann hat sie irgendwer verpfiffen.»

Ich zitterte. Felix. Menschen wie Felix. Ich ballte die Fäuste.

«Sie wurden gefangen genommen. Ich weiß nicht genau, wie sie Lois umgebracht haben.»

Meine Mutter sog scharf die Luft ein.

«Kephas haben sie unter den Zug geworfen. Das war schon immer eine beliebte Methode, um sogenannte ‹Staatsfeinde› loszuwerden. Selbstmord. So einfach ist das.»

Wie Michael, dachte ich schmerzvoll.

«Aber Kephas hat überlebt. Nur seine Beine hat er verloren.»

Ich dachte an meine erste Begegnung mit ihm, dem Mann, der auf seinen Kniestümpfen saß.

«Passanten brachten ihn ins Chemondrion. Dort hat man ihm beide Beine amputiert. Sie dachten, er hätte sich selbst umbringen wollen. Dabei war es ein Mordversuch gewesen! Wir konnten nicht fassen, dass er überhaupt überlebt hat. Gottes Schutz war wirklich über ihm.» Philemons Stimme zitterte. «In einer Rettungsaktion bei Nacht und Nebel haben wir ihn aus dem Chemondrion geholt. Simon hier war ganz frisch dabei, außerdem ich und Claudia und … ein gewisser Michael Tanner, dein Sohn, Priscilla, dein Bruder, Anna!»

Ich fuhr hoch. Mein Bruder hatte dabei geholfen, Kephas das Leben zu retten. Wann war das gewesen? Hatte er selbst dafür sein Leben hingegeben?

«Glaub mir, Anna, erst vorhin, als deine Mutter mir den Namen ihres ersten Kindes nannte, habe ich es begriffen», meinte Philemon. «Wir konnte ich nur so dumm sein? Michael war eben ... Michael. Klar hat er uns seinen Nachnamen beim ersten Kennenlernen genannt. Aber ich dachte mir nicht viel dabei. Außerdem war ich mir ja sicher, dass die Tanners, die ich einmal gekannt hatte, tot waren ... Dein Bruder war ein toller Kerl, Anna! Er war damals etwa fünfzehn, aber er hat vollen Einsatz für uns gezeigt. Er hat sein Leben eingesetzt.»

Meine Augen füllten sich mit Tränen. Aber ich schluckte sie herunter.

«Kephas hat sich lange nicht erholt. Die Wunden waren ernsthaft, und sein Herz war gebrochen, da er seine Frau und sein ungeborenes Kind verloren hatte. Er war ziemlich schlimm dran, steckte in einer schweren Depression. Aber mit der Zeit erholte er sich wieder.»

«Und als seine Kraft wiederhergestellt war», ergänzte Simon, «da ging er erst recht hinaus auf die Straßen. Michael war immer mit dabei. Die beiden brannten einfach für Jesus. Als Michael ums Leben kam, hat Kephas das fast ein zweites Mal zerstört. Die beiden waren unzertrennlich zum Schluss. Es war für ihn schwer zu ertragen, dass er Michael nicht hatte retten können.»

Der altbekannte Schmerz würgte mich wieder. Diese Menschen hatten Michael gekannt. Ich wollte sie ausfragen, jedes einzelne Detail kennen, und doch blieb ich still neben meiner Mutter sitzen. Für Details gab es später noch Zeit genug. Die Neuigkeiten über Michael mussten sich bei meiner Mutter erst einmal setzen. Schweigen erfüllte den Höhlenraum. Ich kämpfte gegen die Tränen. Meine Mutter hatte schon lange aufgegeben. Tränen tropften auf ihre gefalteten Hände.

Ich umfasste sie mit meinem freien Arm. «Mutter! Ist alles klar bei dir?»

Sie nickte, wischte sich über die Nase.

«Ich kann mich auch an den Tag erinnern, als Kephas nach Hause kam, nachdem er dich getroffen hat, Anna!» Philemon blinzelte mir zu. «Er tanzte regelrecht auf seinen Beinstümpfen herein und erklärte mir: ‹Ich glaube, heute konnte ich etwas wiedergutmachen: Ich habe Michaels Schwester getroffen. Ich habe sie auf die Suche nach der Wahrheit geschickt.› Kurz darauf ist er wieder aufgebrochen, und wir haben ihn nie mehr gesehen.»

Fröstelnd dachte ich an diesen Tag. Kephas' Blutlache in der dunklen Gasse.

«Es war eine Blutlache da, wo ich ihn getroffen hab», flüsterte ich.

«Das wissen wir! Ich habe ihn gesucht», erklärte Simon mutlos. «Wir haben uns gedacht, dass sie ihn wahrscheinlich den Flammen zum Fraß vorgeworfen haben. Das tun sie mit den Christen», erklärte er.

Das Opfer auf dem Schlachthügel, erinnerte ich mich. War es wirklich nur eine Attrappe gewesen? Weshalb hatte Kephas sein Leben für mich riskiert? Er hatte mir die Wahrheit gebracht. Diese zerstörerische, aufrüttelnde Wahrheit. Es stimmte, mein Leben war seither nicht mehr dasselbe. Doch war die Wahrheit das alles wert gewesen? Wäre ich nicht besser dran, wenn ich für immer blind geblieben wäre? Ich zitterte und versuchte, mich zusammenzureißen.

Da fiel mir die Bibel wieder ein. Ich zog sie unter meiner Jacke hervor. «Leute, ich habe etwas für euch!», unterbrach ich die dumpfe Stille. Die Christen blickten mich aufmerksam an. «Mein *Humanitus Perfectus* hat mir eine Bibel ausgeliehen. Ich ... ich glaube, ich brauche sie nicht so sehr, wie ihr sie braucht.» Ich streckte Philemon das Buch entgegen. Seine Augen wurden andächtig groß.

«Anna, ist das wirklich eine Bibel?»

Ich nickte feierlich.

Er nahm das Buch vorsichtig aus meiner Hand entgegen. «Woher stammt das?»

«Aus der Bibliothek eines Apolliners.» *Aus der Bibliothek eines Feindes,* hätte ich am liebsten gesagt. «Wollt ihr sie ausleihen?»

«Dürfen wir das?», fragte Eunice sehnsüchtig. Ich war mir sicher, ich konnte dies vor Adonis verantworten. Ich nickte.

Timothées Augen glänzten. «Lies uns die Passionsgeschichte vor», bat er Philemon, der das Buch ergriffen streichelte.

«Ja, bitte», stimmte meine Mutter mit ein. Sie musste schrecklich erschöpft sein, dennoch hielt sie sich tapfer aufrecht.

Philemon schlug die Bibel langsam auf und strich sanft über die Seiten. Er kramte in den hauchdünnen Blättern. Sie raschelten. Endlich schien er das Gewünschte gefunden zu haben. Er blinzelte und hob das Buch, damit der Feuerschein die Buchstaben erhellte.

In diesem Moment begann Melody erschrocken in ihrer Ecke zu weinen.

«Warte!», rief Eunice und eilte zu dem Kleinkind. Schon umfassten die kleinen Ärmchen die junge Frau vertrauensvoll. Ich bewunderte Eunice, dass sie sich seit dem Tod von Claudia so liebevoll um die Kinder kümmerte. Eunice steuerte auf mich zu. «Willst du sie halten?», fragte sie mich.

Lois wehrte sich: «Aber *ich* bin doch schon hier.»

«Weißt du was?», schlug ich diplomatisch vor. «Du kannst ein Knie haben, und Melody bekommt das andere.»

«Also gut.» Lois turnte bereitwillig auf meine linke Seite. Melody beäugte mich aus dunklen Augen. Ich schluckte. Ich hatte keine Erfahrung mit kleinen Kindern. Ich hob meine Arme und nahm das Kind an mich. Melody schien ihre Skepsis aufgegeben zu haben, denn sie musterte mich zwar gründlich, aber hampelte daraufhin fröhlich auf meinem Bein hin und her. Ich strich ihr unbeholfen über den kleinen Haarschopf. Meine Mutter kitzelte das Kleinkind und sprach ihm einige liebevolle Worte zu. Melody kicherte.

Eunice setzte sich neben mich und nickte Philemon zu. «Bitte, mach weiter!»

Philemon lenkte seine Augen von seiner Tochter wieder auf das Buch in seinen Händen. Dann begann er mit feierlicher Stimme zu lesen: «Es waren nur noch wenige Tage bis zum Fest der ungesäuerten Brote, das auch Passahfest genannt wird. Nach wie vor suchten die Hohenpriester und Schriftgelehrten nach einer Gelegenheit, Jesus umzubringen; sie fürchteten aber, damit im Volk einen Aufruhr auszulösen.» Philemons Stimme hallte durch die Höhle, nur unterbrochen durch das Knacken der Äste im Feuer.

Gebannt lauschte ich den Worten. Und dann fingen völlig unerwartet meine Tränen an zu fließen. Es war, als wären Schleusen in meinem Herzen aufgebrochen, die ich unter keinen Umständen mehr halten konnte. Ich versuchte, meine Gedanken zu bündeln und sie in diese verflixte geistige Amphore zu packen, wie wir es gelernt hatten. Doch ich konnte die Flut der Gefühle nicht stoppen, die mich übermannten. Ich verstand mich selbst nicht mehr. Was war denn los mit mir?

Philemon las weiter, er las davon, dass Jesus von einem seiner besten Freunde verraten worden war. Mehr Tränen flossen. Ich konnte es nicht erklären. Weinte ich wegen Felix? Ich versuchte, keine Miene zu verziehen. Die Tränen liefen lautlos über meine Wangen, tropften auf meine Jacke, auf Melodys Jacke und auf meine

Hose. Ich hob wiederholt die Hand, um sie aufzuhalten, doch sie ließen sich nicht stoppen.

Philemon las von dem Abendessen, als Jesus den Verräter entlarvte und ihn dennoch gehen ließ. Er erzählte von Jesus' Todesangst im Garten Gethsemane, und ich konnte mich sofort mit diesen Ängsten identifizieren. Wie viele Male hatte ich dem Tod nun schon ins Auge gesehen? Ich hörte zu, wie sie Jesus in Arrest nahmen, wie alle seine Freunde davonrannten. Er war so verlassen gewesen. Er kam vor ein Gericht, wo er wegen Dingen angeklagt wurde, die er nicht begangen hatte. Schließlich wurde er zum Tode verurteilt. Er musste an einem römischen Kreuz sterben. Womit hatte er das verdient?

Bis zum heutigen Abend hatte ich nur gehört, dass Jesus an diesem Kreuz, diesem Symbol, gestorben war. War Jesus nicht Gottes Sohn? War es ihm nicht möglich, dies alles zu verhindern? Wenn ich Gottes Sohn gewesen wäre, hätte ich denen allen mal gezeigt, wozu ich fähig war. Aber was machte Jesus? Er vergab seinen Feinden. Ich traute meinen Ohren nicht.

Philemon las mit lauter Stimme: «Auch einer der Verbrecher, die mit ihm gekreuzigt worden waren, lästerte: ‹Bist du nun der Christus? Dann hilf dir selbst und uns!› Aber der am anderen Kreuz wies ihn zurecht: ‹Fürchtest du Gott nicht einmal jetzt, kurz vor dem Tod? Wir werden hier zu Recht bestraft. Wir haben den Tod verdient. Der hier aber ist unschuldig; er hat nichts Böses getan.› Zu Jesus sagte er: ‹Denk an mich, wenn du in dein Königreich kommst!› Da antwortete ihm Jesus: ‹Ich versichere dir: Noch heute wirst du mit mir im Paradies sein.›»

Fassungslos hörte ich, wie die Geschichte ihren tödlichen Verlauf nahm. Jesus starb. Ich wäre am liebsten aufgesprungen und hätte «Nein, Nein!» gerufen, doch ich konnte nur weinen. Ich presste meinen Handrücken an meine Nase. So konnte doch das Ganze nicht enden. Nicht an diesem Kreuz. Nicht so. Dieser Wundertäter konnte nicht einfach so erbärmlich sterben. Aber so war es. Sie legten ihn anschließend in ein Grab.

Das ist das Ende, dachte ich entmutigt. *Alle werden sterben, alle werden sterben. Auch wir. Auch ich.* Die schiere Panik ließ mich beinahe aus der Höhle stürmen. Ich wollte Philemon bitten, mit dieser Geschichte aufzuhören. Ich konnte nicht noch mehr Tod ertragen.

In meiner Aufregung hätte ich fast die Fortsetzung der Geschichte verpasst. Philemon las, dass ein paar Frauen sich drei Tage später an das Grab herantrauten, doch die Leiche von Jesus war verschwunden. Sprachlos hörte ich mit an, wie Jesus seinen Jüngern erschien – ganz real, mit einem Körper aus Fleisch und Blut. Er war also nicht tot geblieben. Ich atmete auf, die Geschichte hatte ein Happy End. Sie endete damit, dass Jesus in den Himmel auffuhr.

Philemon wartete einen Augenblick, bevor er die Bibel vorsichtig zuschlug. Er schien tief bewegt zu sein und hatte die Augen geschlossen.

«Jesus! Was für ein Vorrecht, von dir zu lesen, aus diesem wunderbaren Buch, das Anna uns mitgebracht hat. Ich danke dir, dass du Priscilla zu uns zurückgeführt hast. Es ist ein Zeichen deiner großen Güte.» Philemon hielt inne. Ich merkte, wie ich zugleich fasziniert und peinlich berührt von seinen Worten war. Ich wusste, dass er betete, aber es kam mir immer noch seltsam vor, so zu tun, als sei Jesus wirklich da.

Plötzlich regte sich meine Mutter neben mir. «Jesus!», flüsterte sie zutiefst ergriffen. «Wie schön ist es, dass ich wieder mit meinen Brüdern und Schwestern zusammen dich anbeten kann. Wie gut bist du doch! Wenn ich dich auch nicht immer verstehe, jetzt weiß ich wieder, dass du Gebete erhören kannst.»

Eunice fuhr fort: «Ich danke dir, dass du uns mit so vielen guten Gaben überschüttest. Ohne dich würden wir hier sterben.»

«Du lebst!», konstatierte Simon. «Weil du lebst, können wir auch das Morgen überstehen.»

«Du bist gut», betete Timothée. «Wir danken dir, dass du hier bist.»

Meine Bauchgegend fing an zu kribbeln. Die Christen beteten alle, als würden sie wissen, was der andere im Sinn hatte. Es war ein Gebet der Dankbarkeit, wie aus einem Mund, aber von verschiedenen Menschen gesprochen.

Ich blickte auf Norbert, er starrte brütend in die Stille. Die Flammen warfen einen Tanz von Licht und Schatten auf seine steinernen Gesichtszüge. Ich war überzeugt, auch er fühlte etwas. Wie konnten diese Christen ihrem Gott danken, wenn wir doch alle an der Schwelle des Todes standen, zum Untergang verdammt? Dieser Jesus war selbst ein Pechvogel gewesen, und nun folgten sie ihm in seinen Fußstapfen. Und doch konnte ich mich nicht diesem Gefühl der einladenden Geborgenheit entziehen, die an meinem Herzen zog und sich wie ein warmer Mantel um meine Schulter legen wollte. Ich schloss die Augen.

«Anna! Was ist denn los mit dir?», fragte die kleine Lois neugierig. Ich riss die Augen auf. Acht besorgte Augenpaare blickten mich an. Ich senkte den Blick.

«Was ist denn, Anna?», beharrte Lois.

Ich schüttelte den Kopf.

«Ich weiß es nicht!», schniefte ich und wischte mit dem Jackenärmel erneut über mein Gesicht. Melody streckte ihr Patschhändchen aus und berührte meine feuchte Wange. Ich versuchte das kleine Mädchen anzulächeln.

«Können wir dir irgendwie helfen?», schaltete sich Simon ein.

Eunice erhob sich, legte wie zufällig eine Hand auf Simons Schulter und schüttelte beinahe unmerklich den Kopf. «Lois, du findest bestimmt etwas, das du unseren Gästen auftischen kannst. Wie wäre es mit dem Apfelkuchen, den wir gebacken haben?» Das Mädchen trollte sich widerspruchslos.

«Wie ist das Leben für dich an der Oberfläche?», verwickelte Philemon meine Mutter in ein Gespräch, und ehe ich mich versah, war ich mit Eunice unter vier Augen.

«Sag mal, Anna», fragte sie behutsam. «Ich hab irgendwie das Gefühl, du möchtest auch zu Jesus gehören.» Ich blickte in ihre nussbraunen Augen. Ernsthaftigkeit zeichnete sich darin ab.

Ich zuckte die Schultern. Ich fühlte mich plötzlich überfordert. «Ich weiß nicht!», flüsterte ich. «Ich habe ja überhaupt keinen Bezug zu ihm. Ich möchte einfach Gerechtigkeit!» Ja, Gerechtigkeit für die Christen. Und Vergeltung für diejenigen, die ihnen an den Kragen wollten. In erster Linie musste ich jetzt meine Mutter und die Christen schützen und versorgen. «Ich will, dass die Gerechtigkeit siegt.» Ich lächelte Eunice schief und auch etwas entschuldigend durch meine Tränen hindurch an. Dann zog ich meine Nase hoch und straffte meine Schultern. Ich musste Prioritäten setzen. Ich hatte jetzt keine Zeit, darüber nachzudenken, ob dieser Jesus eine Wirklichkeit war, solange ich nicht einmal wusste, ob die Sonne morgen noch im Osten aufgehen würde.

«Ich kann jetzt keine solche Entscheidung treffen. Ich muss mir zuerst noch Gedanken über diesen Jesus machen.»

Ein Stich der Enttäuschung schoss durch Eunices Blick. Doch sie nickte verständnisvoll.

«Das verstehe ich!», räumte sie ein.

Ich seufzte. Weshalb hatte ich das dumpfe Gefühl, dass ich hiermit eine falsche Entscheidung traf? War es denn so wichtig, dass ich mich für Jesus entschied? War es nicht genug, dass ich gerecht und ehrenhaft sein wollte? Ich übte Gerechtigkeit aus, indem ich den Christen half. Brauchte ich diese persönliche Beziehung zu Gott überhaupt? Ich schüttelte das Gefühl ab. Ich musterte Eunice aufmerksam. «Darf ich dich trotzdem etwas fragen?», setzte ich an.

«Ja natürlich!», antwortete Eunice schnell. Sie nahm Melody an sich. Das Mädchen schmiegte sich in ihre Halsbeuge.

«Wir haben ja erfahren, dass Simon und Timothée durch Kephas zu den Christen gefunden haben. Aber wie bist du eigentlich dazugestoßen? Warst du schon immer Christin?»

Eunice zauste sanft durch Melodys Haar. Ihre Augen schweiften in die Ferne.

«Ich war sechzehn», begann sie, «und stand kurz vor der Entscheidungsfeier. Dionysier oder Apolliner? Ich konnte mir nichts von beidem vorstellen. Aber ich war eine brave Tochter. Meine Eltern sind sehr wohlhabend. Ich wollte ihnen zuliebe Apollinerin werden. Richtig glücklich war ich aber nie mit meiner Wahl. Und dann kam Simon. Er sprach mich auf der Straße an und lud mich ein zu einem Treffen. Mehr aus Neugier als aus wirklichem Interesse habe ich zugesagt. Ich fand ihn damals schon unglaublich attraktiv.» Sie lachte kurz. «Es ging nicht lange, da hatte ich die Christen ins Herz geschlossen. Philemon und Claudia haben mich so angenommen, wie ich bin. Und langsam wurde mir klar, dass es die Liebe Gottes war, die durch die beiden zu mir sprach. Jesus hat mich überzeugt. Ich hab mich für ihn entschieden und ließ mir das Kreuz tätowieren.»

«Und dann bist du in den Untergrund gezogen?»

«Es blieb mir nichts anderes übrig», entgegnete Eunice ernst. «Als ich meinen Eltern freudestrahlend von meiner Entscheidung erzählt habe, setzten sie mich vor die Tür und brachen jeglichen Kontakt mit mir ab. Auch zu meinem Bruder habe ich keine Verbindung mehr. Du kannst dir vorstellen, dass alle Verwandten wahnsinnig sauer waren, als die Feier abgesagt wurde. Die Feste bei uns zu Hause sind legendär.»

Ich musterte sie mitleidig.

«Zuerst war ich am Boden zerstört», fuhr sie fort. «Aber Philemon, Claudia und die anderen halfen mir. Sie sind jetzt meine Familie, ersetzen mir Eltern und Geschwister. Sonst würde ich es nicht durchstehen.»

«Hast du deine Entscheidung jemals bereut?», hakte ich nach.

«Nein», antwortete sie fest. «Und trotzdem vermisse ich meine Eltern immer noch. Es sind einige sehr böse Worte gefallen am Schluss. Auch von meiner Seite. Ich fürchte, ich habe mich nicht sehr christlich verhalten. Manchmal wünsche ich mir, ich könnte wieder zu ihnen gehen, mit ihnen reden, ihnen von Jesus erzählen, ihnen erklären, dass ich zwar nichts besitze, aber trotzdem alles habe. Ich möchte ihnen sagen, dass ich sie immer noch liebe ...» Ihre Stimme wurde leiser. Sie kämpfte offensichtlich mit ihren Gefühlen.

Ich bedauerte es, unschöne Erinnerungen in ihr wachgerufen zu haben, und senkte meine Stimme: «Was ist mit dir und Simon? Empfindest du immer noch das Gleiche für ihn? Erwidert er deine Gefühle?»

«Ach das.» Eunice hob die Hände. Sie schien sich wieder gefangen zu haben. «Ja, ich liebe ihn», gab sie dann freimütig zu. «Aber im Moment sind andere Dinge wichtiger. Seit der letzten Flucht muss ich alle meine Kräfte mobilisieren. Melody und Lois haben beide ihre Mutter verloren. Meine beste Freundin ist gestorben. Philemon ging es bis vor Kurzem miserabel. Tabea wird auch nicht jünger. Sie brauchen mich jetzt. Was Simon anbelangt ... Ja, es wäre schön zu wissen, dass er mich auch liebt. Aber auch wenn es so wäre ... Heiraten und Kinder kriegen in diesen Zeiten? Ich weiß nicht. Mir bricht schon das Herz für diese Kleinen. Ich wüsste nicht, wie ich es überstehen würde, mein eigen Fleisch und Blut unter diesen Umständen großzuziehen.»

«Du bist stark!», sagte ich voll Bewunderung.

«Ist es nicht seltsam», sinnierte sie, als hätte sie mich gar nicht gehört, «Gott gibt uns die Kraft, die wir brauchen, wenn wir sie auch wirklich nötig haben.» Sie streckte die Arme nach mir aus. «Anna! Es ist schön, dich zur Freundin zu haben. Es kommt mir vor, als wärst du eine Schwester. Jedes Mal, wenn du kommst, bin ich ermutigt.»

Ich drückte sie fest an mich. «Danke», sagte ich heiser. Ich zog mich zurück und blickte zu meiner Mutter.

Sie sah erschreckend bleich aus.

«Ist alles gut mit dir, Mutter?», flüsterte ich. Sie nickte. Ich musste sie schleunigst nach Hause bringen. «Wir müssen nach Hause», meinte ich bestimmt. Ich drückte Melody einen kleinen Kuss auf die Stirn. Sie belohnte mich mit einem strahlenden Lächeln und bewegte ihre Hand hin und her.

«Tschüss, Anna!», ahmte Eunice sie nach. «Bis bald!»

«Gehen wir?», fragte ich erneut.

Mutter zögerte.

«Bitte! Du siehst so erschöpft aus! Ich nehme dich ein andermal wieder mit!», versprach ich.

Sie erhob sich und schwankte. Ich fasste sie um die Schulter. Dann nickte ich Norbert zu. «Wir müssen!»

Er nickte, kratzte sich am Kopf und rülpste vernehmlich. Eunice kicherte und schloss ihn trotzdem in die Arme. Melody streckte ihre Hand aus und berührte vorsichtig Norberts bärtige Wange. Er sah etwas verlegen aus, als er mit seinen rauen Lippen die kleine Hand berührte. Melody gluckste erfreut.

«Das Mädchen freut sich über die neuen Freunde!», meinte Eunice.

«Fragt sich nur, welches Mädchen», neckte Norbert. Eunice lächelte ihn fröhlich an.

«Beide!», bestätigte sie. Müde blickte ich zum Ausgang der Höhle. Ich spürte einen stechenden Schmerz in den Schläfen. «Wir gehen jetzt!», bekräftigte ich nochmals.

Die Gruppe wollte meine Mutter beinahe nicht mehr loslassen. Ein Stich des Neides zuckte durch mein Herz, und ich fühlte mich etwas außen vor gelassen. *Ich* war schließlich diejenige, die ihnen half! Aber ich schob die verstimmten Gedanken schnell wieder beiseite und freute mich, dass meine Mutter neue Freunde gefunden hatte. Sie hakte sich bei mir ein, und unter lauten Adieu-Rufen wurden wir entlassen.

Kapitel 22

Donnerstag, 24. Ventôse 332 A. I.
«Tag des Gänseblümchens» (15. März)

Norbert ging uns voran. Schweigend legten wir den Weg zum Eingang der Höhle zurück. Mutter kletterte bereitwillig auf den Karren, und Norbert und ich zogen sie über die holprigen Baumwurzeln.

Ich hob den Blick zum klaren Sternenhimmel, der zwischen den Zweigen der Bäume zu sehen war. War Jesus dort oben? Konnte es sich lohnen, sich für ihn zu entscheiden? Ginge es mir dann besser? Ich dachte an meine Mutter und ihre Krankheit und die gelegentlichen Unstimmigkeiten unter den Christen. Die Rivalität zwischen Philemon und Simon. Die Machtlosigkeit im Angesicht des Todes. Ihre Probleme hatten sich auch nicht gelöst. Er herrschte nicht eitel Sonnenschein. Waren sie gute Menschen? Ja, das glaubte ich. Aber was für sie galt, galt nicht automatisch auch für mich. Es sollte genügen, dass ich ihnen half. Ich musste nicht unbedingt zu Jesus gehören, um zu ihnen zu gehören. Oder?

«Na gut, Jesus!», murmelte ich. «Eigentlich wäre es schon gut, dich kennen zu lernen. Aber ich weiß nicht ... Ich kann einfach nicht so recht glauben, dass du existierst und etwas mit meinem Leben zu tun haben könntest ...»

«Was ist los?», stellte mich Norbert unerwartet zur Rede. Er war bis jetzt außergewöhnlich schweigsam gewesen.

«Ich spreche gerade mit Jesus!», knurrte ich ihn an.

«Aha, du also auch?»

«Nein, ich meine ...» Jetzt war es schon zu spät. «Vergiss es!» Ich zog etwas zu ruckartig am Karren. «Mutter! Geht es dir gut?»

Ihre sanfte Stimme erreichte mein Ohr. «So gut wie schon lange nicht mehr! Obwohl ... ich bin ziemlich müde.»

Der Weg zurück in die Rabengasse war lang.

«Es ist besser, wenn wir mit dem auffälligen Karren nicht bis zu unserem Haus fahren», teilte ich Norbert mit. Ich half Mutter aus dem Karren und stützte sie auf dem Heimweg.

Meine Kopfschmerzen hatten sich zu einem schier unerträglichen Pochen gesteigert. Ich sehnte mich nach meinem Bett. Die langen

Nächte machten sich immer mehr bemerkbar. Schlaftrunken wankte ich mit meiner Mutter in den Eingang unseres Hauses.

Plötzlich griff eine Hand aus dem Dunkeln nach mir und fasste mich an der Schulter. Ich schrie erschrocken auf. Meine Mutter zuckte zusammen. Felix stand vor mir.

«Anna!»

«Was tust du hier?», fuhr ich ihn unfreundlich an. Oh nein! Hatte Aquilina Akbaba mein Rausgehen bemerkt und ihn hierhergeschickt, um zu schauen, wo ich abgeblieben war?

Er zuckte zurück. In der Dunkelheit des Eingangs konnte ich seine Gesichtszüge kaum ausmachen. Ich hoffte, dass er meine Mutter nicht als solche erkennen würde.

«Frau Meier», tarnte ich sie als eine mögliche Nachbarin. «Ich hoffe, Sie finden den Weg von hier an. Am besten gehen Sie nachts nicht mehr nach draußen.»

Ich spürte die Spannung im Körper meiner Mutter mehr, als dass ich sie sah, doch sie gehorchte mir, ohne weitere Fragen zu stellen. Wahrscheinlich war ihr der Ernst der Lage vollkommen bewusst. Sie löste sich von mir und wandte sich ab.

«Anna!» Felix' Stimme klang sehr eindringlich. «Ich muss dringend mit dir reden.»

Unwille erfasste mich. Wollte er mich wieder mit einem Täuschungsmanöver ködern? Ein heller Lichtstrahl erfasste uns drei.

«Nein!», entfuhr es mir. «Das kann nicht das Ende sein!»

Hatte Felix den Sicherheitswächter aufgeboten? Wurde ich hier auf der Stelle enttarnt und gemeinsam mit meiner Mutter gefangen genommen? Ich stellte mich schützend vor meine Mutter. Doch hinter dem Licht ertönte eine bekannte Stimme.

«Anna! Frau Tanner?» Höflich nickte Adonis meiner Mutter zu. Erleichterung machte sich in mir breit.

«Deine Schwester?», fragte Felix überaus erstaunt. Im gleichen Moment richtete Adonis seinen Lichtstrahl auf Felix.

«Was tun Sie denn hier, Student Livingstone?»

«Das Gleiche könnte ich Sie auch fragen, Magellan.» Felix hob seine Hand gegen das grelle Licht. Mutter schaute mich fragend an. Ich nickte ihr zu.

«Gehe besser rein! Es darf dich niemand sehen!», flüsterte ich mit Nachdruck. Sie drehte sich um und verschwand durch die Eingangstür. Adonis und Felix standen sich angespannt gegenüber.

«Das geht Sie nichts an!», blaffte Adonis. Ich schaute ihn erschrocken an. Ich hatte selten so feindselige Töne von ihm gehört.

«Ebenso wenig geht Sie es an, was ich hier tue!», knurrte Felix zurück.

«Anna!», wandte sich Adonis an mich. «Du solltest um diese Zeit nicht draußen sein.» Ich blickte verwirrt von einem Mann zum anderen.

«Ich war zuerst da!», wehrte sich Felix.

«Du vergreifst dich besser nicht im Ton, Livingstone», wies ihn Adonis zurecht.

«Das ist eben das, was ich an Schleimern wie dir nicht ausstehen kann», gab Felix von sich, «ihr glaubt, ihr seid allmächtig.»

«Das muss ich mir nicht anhören!» Adonis hob wieder die Lampe. Geblendet schlug Felix Adonis das Licht aus der Hand. Im nächsten Augenblick hatte dieser ihn am Kragen seiner Jacke gepackt und drängte ihn gegen die Hauswand. Vor meinen Augen entfaltete sich ein Schattenspiel der grotesken Art. Entsetzt schlug ich die Hand vor den Mund. Felix wand sich aus Adonis' Griff.

«Ich werde mich nicht mit dir prügeln, du Milchbubi!», lachte er und wippte auf den Fersen auf und ab.

Adonis' Faust kam aus dem Nichts und traf Felix mitten ins Gesicht. Dieser stöhnte auf und stolperte. Dann stürzte er sich mit lautem Wutgeheul auf den *Humanitus Perfectus* und nahm ihn in den Schwitzkasten.

«Hört auf!», rief ich völlig entgeistert. Die beiden prallten gegen die andere Seite des Ganges, was wiederum Adonis ein dumpfes Knurren entlockte.

Erschrocken zog ich mich in eine Ecke zurück, unfähig, mich von dem Schauplatz des Kampfes zu entfernen oder mich einzumischen. Adonis konnte sich aus Felix' Umklammerung befreien und haute ihm die Faust aufs Ohr. Felix ging zu Boden, riss aber Adonis mit sich. Ein verkeiltes Knäuel wirbelte zu meinen Füßen herum. Mal gewann einer die Oberhand, dann musste der andere wieder einstecken. Wütende Rufe und Flüche begleiteten die Kampfhandlung. Ein Stück Stoff riss. Felix hielt Adonis mit seinem Unterarm im Würgegriff und donnerte ihm einen Faustschlag ins Gesicht. Adonis' Kopf schlug mit einem dumpfen Knall gegen die Steinmauer. Mit der Stirn voran schürfte er an der Wand entlang. Er fiel wie ein nasser Sack zu Boden. Ein Stöhnen entrang sich seinen Lippen. Sein Körper erschlaffte. Felix erhob sich schnell. Ich wich vor ihm zurück.

«Anna!» Felix fasste mich bei den Schultern. Er keuchte. «Ich muss mit dir reden! Dieser Adonis Magellan ist gefährlich! Halte dich besser von ihm fern!» Ich versuchte mich noch mehr in die Ecke zu drängen.

«Geh weg!», spuckte ich ihm mit tödlicher Verachtung entgegen. Felix hob die Hände. «*Du* bist gefährlich!», wimmerte ich und hob meine Hände über den Kopf.

«Es ist mir ernst, Anna!»

«Geh!», flüsterte ich zitternd. «Geh einfach! Ich will dich nicht mehr sehen!»

«Du verdammter Idiot!» Adonis' schwache Stimme ertönte vom Boden. Er spuckte aus. Ich eilte zu ihm hin und kniete mich neben ihn.

«Nimm meine Goggles, Anna, und rufe die Sicherheitswächter! Autsch! Sie werden sich seiner annehmen.» Er streckte mir seine Informationsbrille entgegen.

«Anna! Bitte!», flehte Felix. «Halte dich von ihm fern!»

Ich schüttelte den Kopf. «Geh!», zischte ich ihm zu und griff nach den Goggles.

Felix hob die Hände. «Wir sprechen uns noch!», versprach er, und ich zitterte. Hatte er mich ausliefern wollen? Das hieß, dass Adonis mein Retter war! Felix entfernte sich rückwärts. «Anna! Es ist mir ernst!», versuchte er es noch mal.

«Mir auch!» Wut wallte in mir auf. «Scher dich zum Teufel», kreischte ich ihn in äußerstem Zorn an. «Du ruinierst mein Leben!»

Ich fasste in meinem Herzen den Entschluss, Felix für das büßen zu lassen, was er den Christen, Adonis und mir angetan hatte. Er würde dafür büßen müssen. Ich kniff die Augen zusammen.

Felix warf mir einen langen Blick zu. «Wir sprechen uns!», versicherte er nochmals. Dann verschwand er in der Nacht.

Adonis stöhnte auf. Ich hob die Lampe auf und versuchte ihn nicht zu blenden. Ich berührte sein Gesicht. Es war ganz klebrig.

«Anna! Mit diesem Livingstone ist nicht zu spaßen.» Er klang benommen. Ich nickte.

«Ich weiß!», flüsterte ich. Der Schreck saß mir immer noch in den Gliedern.

Er richtete sich auf. Ich wollte ihn stützen, er wehrte mich ab. «Es geht schon», behauptete er, tastete nach der Mauer und arbeitete sich langsam an ihr empor.

«Amadeo! Du blutest!» Hellrotes Blut rann über seine Schläfe.

«Das ist nichts», lallte er. Ich fasste ihn an den Schultern. Er sackte vor mir in die Knie und verlor das Bewusstsein.

Es war nicht einfach, einen schwankenden Mann durch die Straßen zu schleppen. Adonis war schwer, als er sich auf mich stützte. Immer wieder ächzte er dumpf. «Wo sind wir?», fragte er dann.

«Auf dem Weg zum Bahnhof!», antwortete ich.

«Ich hab mein Motorrad ...» Er deutete in eine unbestimmte Richtung.

«Ich kann aber nicht Motorrad fahren», erklärte ich bestimmt.

«Ich aber!», behauptete er.

Energisch schüttelte ich den Kopf. «Nicht in diesem Zustand.»

Ich fragte mich, ob es nicht besser gewesen wäre, Adonis in unsere Wohnung zu verfrachten. Doch nun war es zu spät, um umzudrehen. Selbst noch etwas verwirrt durch die Geschehnisse, hatte ich mir gedacht, dass es besser wäre, wenn Adonis bei sich zu Hause gepflegt werden konnte. Wir besaßen ja nicht einmal einen Erste-Hilfe-Kasten. Und meine Mutter musste sich dringend ausruhen. Sie hatte so erschöpft ausgesehen, als ich ihr vorhin noch schnell die Wohnungstür geöffnet hatte. Ich wagte mir nicht auszumalen, was geschehen würde, wenn sie kollabierte. Zum Chemondrion würde ich Adonis auf keinen Fall bringen. Also blieb nur noch die Villa der Magellans.

Als Adonis auf der Treppe in die unterirdischen Bahnhofshallen wieder ins Trudeln geriet, blickte ich ihn besorgt an. Die Blutung an seiner Schläfe war versiegt, hatte aber sein gesamtes Gesicht überströmt. Er sah aus wie ein Zombie aus einem Horrorfilm. Ich hoffte, dass uns zu so später Stunde niemand mehr begegnen würde.

Mit knapper Not erwischten wir den letzten Nachtzug. Adonis sank auf die Sitzpolster, und der Zug ruckelte los.

«Du hast wahrscheinlich eine Gehirnerschütterung!», sagte ich vorsichtig.

Unwillig schüttelte er den Kopf und stöhnte erneut auf. «Ich werde es dem Typen zeigen», knirschte er. Ich fragte mich, ob es nicht sein Stolz war, der am meisten litt. Doch er belehrte mich eines Besseren, als er sich vornüberbeugte und auf das gegenüberliegende Polster erbrach. Ich zog meine Schuhe zurück, damit sie nicht ihren Anteil abbekamen. Adonis ließ sich erschöpft in den Sitz zurücksinken. Schweißperlen bildeten sich auf seiner blassen Stirn.

Fürsorglich strich ich ihm über die Schultern. «Geht's?», fragte ich leise.

Er nickte kaum merklich. Ich hatte keine Mittel, um die Sauerei auf dem Sitz aufzuputzen. Der Zug kam in diesem Moment zu stehen. Ich zog Adonis auf die Füße und schimpfte halblaut über Felix, der ihn so zugerichtet hatte. Ich schickte eine leise Entschuldigung an die arme Person, die das Erbrochene würde aufwischen müssen, und hievte Adonis aus dem Zug.

Kaum standen wir auf dem Bahngleis, als Adonis sich wieder an mich klammerte. Ich versuchte ihn zu stützen.

«Es geht schon!», behauptete er erneut.

«Ich bin mir da nicht so sicher. Schaffst du es?»

Er nickte. «Mann, ist mir übel», klagte er.

«Wir gehen jetzt schleunigst nach Hause, dann kannst du dich hinlegen!»

«Okay. Gehen wir!», stimmte er zu. Er stand wackelig auf seinen Beinen und versuchte, sich selbständig fortzubewegen. Wenige Schritte später erfasste ihn ein erneuter Schwindel. Ich griff ihn um die Schulter.

«Bald haben wir es geschafft!»

Dies stellte sich als Wunschdenken heraus, denn es dauerte eine geschlagene halbe Stunde, bis wir den Weg zur Magellan'schen Villa geschafft hatten. Es war die reine Tortur. Immer wieder blieben wir stehen, weil Adonis verschnaufen musste. Unterwegs hatte er sich nochmals erbrochen, und diesmal kriegte meine Jacke mehr als nur einen Spritzer ab. Ich verzog die Miene.

Adonis öffnete das Tor mit seinem Fingerabdruck. Ich hoffte sehr, dass Demokrit nicht zu Hause war. Adonis sah aus, als hätte er sich die ganze Nacht hindurch sonst wo herumgetrieben. Doch als er die Eingangstür öffnete, war das große Haus dunkel und still. Wir ertasteten uns den Weg zu Adonis' Suite. Er schnippte mit den Fingern, und die Beleuchtung erhellte den Raum. Er kniff gequält die Augen zusammen und steuerte geradewegs auf das Sofa zu, doch ich lenkte ihn bestimmt zu seinem Schlafzimmer. Ich wollte nicht, dass er sich auf das schöne Sofa legte, schmutzig und blutüberströmt, wie er war.

Es war das erste Mal, dass ich sein Schlafzimmer betrat. Ein breites Bett erfüllte auf der linken Seite ein gutes Viertel des riesigen Raumes; außerdem gab es noch zwei Türen, die jeweils in weitere Zimmer führten. Eine musste die Tür zum Badezimmer sein. Eine riesige Leinwand dehnte sich über der Wand gegenüber dem Bett aus. Eine kleine Polstergruppe umschloss darunter einen gläsernen Salontisch. Daneben stand eine elegante Akustikgitarre mit dunkelrot eingelegten Intarsien auf hellem Holz. Vor dem Bett standen zwei Trainingsgeräte. Die Wand der Tür gegenüber war eine einzige Fensterfront. Doch die Dunkelheit verwehrte mir einen Ausblick. Kostbare Teppiche belegten den Boden, und ich schämte mich meiner schmutzigen Schuhe.

Adonis ließ sich bäuchlings mitten auf das Bett fallen. «Ich bleibe hier!», murmelte er gedämpft in die Decken.

«Ich glaube nicht!» Entschlossen rüttelte ich an seinen Schuhen und zog einen nach dem anderen aus. «Ich glaube, ich sollte mir diese Wunde ansehen!» Ich tippte sie vorsichtig an.

«Au!» Adonis richtete sich wieder auf, nur um erneut nach Halt zu suchen.

«Hast du einen Verbandskasten?»

«Ja, habe ich, im Badezimmer, unter den Waschbecken!»

Ich huschte durch die Verbindungstür und konnte nicht umhin, einen Moment innezuhalten und das große Badezimmer zu bestaunen. Die weißen großen Kacheln waren in helles Licht getaucht. Eine große Dusche prangte in der einen Ecke. Zwei Waschbecken waren unter einem großen Spiegel angebracht. Ich blickte kurz hinein. Zwei müde blaue Augen schauten mich aus einem mit wirren Haaren verhangenen Gesicht an. Ich sah blass und übernächtigt aus in dem grellen Licht. Ich bückte mich seufzend, um den Schrank zu öffnen. Ein ganzer Stapel blütenweißer, flauschiger Handtücher war darin aufgetürmt. Ich wagte es nicht, sie mit meinen schmutzigen Fingern zu berühren. Daneben war ein roter Kasten zu sehen. Ich öffnete ihn. Verbandszeug! Das war der richtige.

Ich brauche auch einen Behälter mit Wasser und ein Tuch, überlegte ich geistesgegenwärtig. *Um das ganze Blut abzuwaschen.*

Als ich mit den Utensilien wieder ins Schlafzimmer zurückkehrte, saß Adonis zusammengesunken auf der Bettkante. Voller Mitleid betrachtete ich ihn.

«Mir ist so übel», beschwerte er sich. Ich kniete mich mit dem

Behälter mit Wasser neben ihn und nahm die Kopfwunde in Augenschein. Adonis blickte mich durch zusammengekniffene Augen an. Ich würde erst mehr sehen, wenn ich das zerdrückte Brillengestell entfernte. Ich streifte ihm die Brille ab, faltete das Accessoire zusammen und legte es auf den Nachttisch. Die Platzwunde an der Stirn hatte eine schöne Kruste gebildet. Ich hoffte, dass kein Dreck eingedrungen war. Ich tauchte das Tuch in die Schüssel mit Wasser, wrang es aus und hob es an Adonis' Gesicht. Sanft tupfte ich ihm über die Wange und entfernte das angetrocknete Blut.

«Es sieht nicht so schlimm aus», beruhigte ich ihn, obwohl ich es nicht wirklich beurteilen konnte. «Ich sollte die Kruste nicht mit dem Wasser aufweichen. Sonst fängt sie wieder an zu bluten. Vielleicht sollte man einen Arzt rufen?», wägte ich ab.

Adonis schüttelte den Kopf. «Ich habe doch schon eine Krankenschwester.» Er lächelte mich schief an.

Ich packte Verbandsmaterial aus dem Kasten und fabrizierte einen ungeschickten Verband um seine verschwitzte Stirn. Er stöhnte mehrmals wegen meiner ungelenken Behandlung auf. Ich entschuldigte mich unsicher. Das ganze Blut war ihm in den Kragen gelaufen. Adonis' Mantel roch übel, wahrscheinlich hatte er vom Erbrochenen auch etwas abgekriegt.

«Ich helfe dir aus dem Mantel», teilte ich ihm mit, und er ließ es geschehen, dass ich ihm das Kleidungsstück abstreifte und es über den Stuhl neben dem Bett legte.

«Ich werde es später auswaschen», erklärte ich.

«Das brauchst du nicht. Wir haben eine Waschmaschine.» Er artikulierte sich immer noch undeutlich. Sein hellblaues Kragenhemd war ebenfalls voll mit dunkelroten Blutflecken.

«Das muss auch weg!», entschied ich aus einem Impuls heraus. Da Adonis keine Anstalten machte, sich auszuziehen, fuhr ich mit den Händen an die Knopfleiste des Hemdes und begann es zu öffnen. Adonis' Augen wurden ganz dunkel, als er jeder meiner Bewegungen folgte. Unter dem Hemd erschien seine gebräunte muskulöse Brust. Mein Herzschlag verdoppelte sich. Ich schob das Hemd über seine Schultern zurück. Sein Brustkorb war breit, glatt und athletisch gebaut. Bestimmt trainierte er jeden Tag. Ich wandte meinen Blick ab und zog ihm die Hemdsärmel über die Hände, nur um mit den Augen wieder den Konturen seines Brustkorbs zu folgen. Ich erhob mich, um das Hemd ebenfalls über den Stuhl zu werfen, und drehte mich wieder zu ihm hin.

Bevor ich mich zurückhalten konnte, huschten meine Finger an seinen Brustkorb und fuhren langsam an seinem Brustbein entlang.

Adonis' Augen weiteten sich. Meine Fingerspitzen verharrten reglos auf seiner Haut. Seine aufgeschürfte Hand fasste meine. Sein Blick vergrub sich in meinem. «Anna!», flüsterte er. Ich wollte meine Hand erschrocken zurückziehen, doch Adonis hielt sie mit erstaunlicher Kraft fest. Meine Wangen brannten vor Verlegenheit. Was hatte ich getan? Meine andere Hand krampfte sich um das Tuch. Das Wasser daraus plätscherte ins Becken. Ich hob das Tuch an und strich über die roten eingetrockneten Flecken an seinem Hals.

«Danke», seufzte er. Adonis ließ sich nach hinten sinken. Ich wollte mich von ihm lösen. Was sollte ich nun tun? Mariangela wecken? Nach Hause gehen? Der letzte Zug war schon abgefahren, doch mit einer Stunde Fußmarsch würde ich den Weg nach Hause finden. Adonis drückte meine Hand erneut.

«Bleib bei mir!», flüsterte er.

«Ich muss morgen früh raus!», widersprach ich – nicht wirklich überzeugt. Ich wollte eigentlich bei ihm bleiben.

«Morgen fällt der Unterricht sowieso aus. Wegen Krankheit und Übelkeit», entkräftete er mein Argument. Er stöhnte auf. «Bleib hier! Du kannst hier schlafen!» Er klopfte auf die Decke neben sich. Ich setzte zu einer ablehnenden Aussage an, da mich Panik erfasste.

«Bitte!» Er sah zu mir auf. Wie konnte ich zu diesen Augen Nein sagen?

«Na gut! Ich muss nur schnell meine Jacke waschen.»

Ein müdes Lächeln huschte über Adonis' zerschlagene Gesichtszüge. Ich sah aus wie eine Bettlerin. Wie konnte ich mich in seine sauberen Bettlaken legen? Adonis schob die Decken zur Seite und hievte seine Beine aufs Bett. Er hielt die Augen geschlossen. Sein Brustkorb hob sich regelmäßig. Ich ließ meine Hand aus seiner schlüpfen. Dann versuchte ich mich mit dem Wasserbecken ins Badezimmer zu schleichen.

«Bleib! Anna!» Ich fuhr erschrocken zurück. «Komm zu mir!» Er streckte einen langen sehnigen Arm nach mir aus und blickte mich auffordernd an. «Alles andere kann bis morgen warten.» Ich stellte das Wasserbecken neben den Stuhl. Schnell zog ich die überriechende Jacke aus und warf sie auf den Kleiderhaufen. Vorsichtig trat ich auf die andere Seite des Bettes.

«Ich kann nicht schlafen, wenn du nicht bei mir bleibst», behauptete Adonis mit schwerer Zunge.

«Also gut!», knickte ich ein, streifte meine Schuhe ab und versuchte, nicht zu überlegen, wie meine Socken rochen. Ich ließ es zu, dass Müdigkeit mich erfasste, obwohl mein Herz heftig pochte und das Adrenalin durch meine Adern strömte. Adonis fasste meine Hand und zog sie wieder an seine Brust. Ich ließ den Kopf auf das Kissen sinken und streckte meine Beine unter die kühlen Bettlaken. Ich musterte seine matten Gesichtszüge intensiv und lange. Seine Augen waren wieder geschlossen und ein zufriedener Seufzer entrang sich ihm, als er mit dem Finger schnippte und sich die plötzliche Dunkelheit über uns senkte.

«Schön!», seufzte er. Mein Herz wand sich aufgeregt in meiner Brust, als ich seinen unregelmäßigen Atemzügen lauschte, die langsamer wurden. Obwohl ich einen langen anstrengenden Tag gehabt hatte, konnte ich mich der Unwirklichkeit dieses Augenblicks nicht entziehen, und es dauerte lange, bis ich eindöste.

Ich schlug die Augen auf und wusste zuerst nicht, wo ich mich befand. Die Dämmerung erfüllte den Raum mit hellem Licht, und ich starrte auf weiß gestrichene Holzbalken an der Decke. Meine Mutter regte sich neben mir im Schlaf. Ich wollte mich an sie kuscheln, doch traf mein Kinn auf eine harte Männerbrust. Ich riss meine Augen weit auf und verschaffte mir einen gebührlichen Abstand zu dem Mann, der in meinem Bett lag. Langsam dämmerte mir die Wahrheit über meinen Aufenthaltsort. Mein *Humanitus Perfectus* war verletzt, und ich hatte die Nacht in seinem Bett verbracht.

Schnell setzte ich mich auf und schwang meine Beine über den Bettrand, um etwas Abstand zwischen ihm und mir zu schaffen. Ich blickte auf Adonis. Er atmete unregelmäßig und bewegte sich unruhig im Schlaf.

Morgenlicht floss durch die Fensterfront. Ich sah erst jetzt, dass sich dahinter eine große Terrasse erstreckte. Ich stellte mich an die Scheiben und starrte in den erwachenden Morgen hinaus. Die Luft im Zimmer war stickig, und ich bediente die Türöffnung. Die Glastür schob sich zur Seite. Eine sanfte Brise streichelte meine Wangen. Ich sog die frische Luft ein, trat auf die Terrasse hinaus und schlich bis zu einem Geländer. Die Sonne hatte den Horizont schon wachgeküsst und schickte ihre warmen Strahlen über die Landschaft. Das Vogelgezwitscher intensivierte sich. Vor meinen Augen breitete sich der Park aus, den ich bisher immer nur im Dunkeln hatte erahnen können. Ein Springbrunnen in der Mitte sprudelte munter Wasserfontänen in die Luft. Zwischen Beeten wanden sich mosaikbesetzte Spazierwege. Nett zurechtgestutzte Hecken und hohe Bäume zitterten im Morgenwind. Die Zweige, an denen junge Blätter sprossen, tanzten auf und ab. Es roch nach frisch aufgebrochener Erde. Einige vorwitzige Pflanzen hatten ihr Köpfchen schon aus dem Erdreich gestreckt. Ich stützte mich auf das Geländer, atmete tief ein und nahm den wunderschönen Frühlingsmorgen in mich auf. Einen Augenblick lang waren meine Sorgen vergessen. Ich wollte mich gerade wieder umdrehen, als eine Stimme hinter mir mich zusammenzucken ließ.

«Sie dürfen gerne eine Dusche nehmen.»

Ich fuhr herum. Im Türrahmen stand die runde Gestalt der Haushälterin Mariangela. In ihren ausgestreckten Armen lagen ein flauschiges rotes Tuch und ein Stapel frischer Kleidung. Sie musterte naserümpfend meine schäbige, zerzauste Erscheinung. Nervös nestelte ich in meinen Haaren herum und ging ihr entgegen. Zögernd nahm ich die Stoffe an mich.

«Wissen Sie überhaupt, wie eine Dusche funktioniert, Ragazza?», fragte sie mich etwas ungeduldig, als ich zögernd stehen blieb und an ihr vorbei vorsichtig auf Adonis schielte, der immer noch wie ein Toter zu schlafen schien. Beschämt schüttelte ich den Kopf.

Sie murmelte etwas auf Italienisch, und ich meinte noch zu verstehen: «Jetzt gibt er sich schon mit Gesindel ab.» Sie wandte sich von mir ab und ging mir ins Badezimmer voran. Ich fuhr mit den Fingern zwischen die Kleider und genoss das Gefühl des Stoffes unter meinen klammen Fingerspitzen. Das helle Licht des Badezimmers blendete mich, als Mariangela die durchsichtigen Duschtüren per Knopfdruck auffahren ließ.

«Hier Knopf rosso! Heiß! Knopf azzurro! Kalt! Hier Seife! Hier Hebel, eh? Für zwischen kalt und warm. Und da wieder Knopf für Aufmachen, alles klar?»

Ich nickte eingeschüchtert und wartete, bis sie den Raum verlassen hatte, bevor ich meine Kleider auf die Fliesen fallen ließ. Ich inspizierte meine dünnen, bleichen Arme und Beine. Wann hatte ich so viel Gewicht verloren? Vorsichtig stellte ich meine Füße auf die Noppen auf dem Duschboden. Zischend schlossen sich die Türen um mich. Noch nie hatte ich eine Dusche genossen. Zu Hause wuschen wir uns in der Badewanne mit einem Kübel aufgewärmten Wassers. Ich hatte zuerst noch Mühe, die richtigen Knöpfe zu drücken und eine angenehme Temperatur zustande zu bringen. Doch dann tauchte ich in die Frische eines warmen Sommerregens ein und ließ den ganzen Schmutz der letzten Stunden an mir herunterplätschern und im Abfluss verschwinden.

Ich blieb so lange unter der Dusche, bis meine Finger und Zehen ganz schrumpelig waren, dann drückte ich auf den Knopf, der mich entließ, und schlang das große flauschige Tuch um mich. Ich genoss das Gefühl von Sanftheit auf meiner aufgeweichten Haut. Ich stellte mich vor den dampfbeschlagenen Spiegel und wischte mir ein Guckloch. Meine Gesichtszüge sahen entspannter, wenn auch übermüdet aus. Ich zog die Augenbrauen hoch und untersuchte meine Schramme an der Stirn, die gut zu verheilen schien. Besorgt dachte ich an Adonis' Stirnwunde, und mit dem Gedanken an ihn kehrte mein unregelmäßiges Herzklopfen zurück. Adonis, der wunderschöne Göttersohn, lag in dem Zimmer neben mir und schlief seine Prügelei aus, während ich den Luxus seiner Suite genießen konnte. Wie absurd war das denn! Ich lachte ungläubig. Gedankenverloren starrte ich mein Spiegelbild an, bis die Wärme beinahe verschwunden war.

Ein Luftzug erreichte meine Schultern und verursachte mir Gänsehaut.

«Was für eine Erscheinung am frühen Morgen!», ertönte eine tiefe Stimme hinter meinem Rücken. Vor Schreck hätte ich beinahe mein Tuch fallen lassen. Die nassen Haarsträhnen schwangen über meine Schultern, als ich mich abrupt umdrehte. Trotz des zerschlagenen Gesichts mit dem verrutschten Verband darüber und den verquollenen Augen sah er wunderschön aus, wie er mit nacktem Oberkörper und verschränkten Armen im Türrahmen lehnte. Seine Augen musterten mich von Kopf bis Fuß. Hitze schoss durch meinen Körper. Ich wich zurück und prallte schmerzhaft mit der Hüfte gegen das Waschbecken. Ein etwas müdes Lächeln erschien auf seinen Lippen.

«Hast du gut geschlafen?», fragte er.

Ich nickte stumm.

«Wie ich sehe, hat Mariangela dir Kleider zurechtgelegt», stellte er fest.

Ich bejahte wieder tonlos.

«Wir haben eine Waschmaschine!», erklärte Adonis erneut. «Nimm diese Kleider, und dann gebe ich dir deine bei deinem nächsten Besuch zurück.»

Ein nächster Besuch? Ich nickte. Vielleicht konnte ich die neuen Kleider an Eunice weitergeben.

«Wie geht es dir?», versuchte ich abzulenken.

«Alles tut mir weh, vor allem der Kopf», winkte er ab, als sei das nur ein kleiner Kratzer. Er sah jedoch immer noch blass und unsicher auf den Beinen aus.

«Ich ... ich schaue mir deine Wunde gern noch mal an», offerierte ich.

«Schon gut! Mariangela kann sich darum kümmern. Wie wär's?» Ein erneutes Lächeln erhellte sein Gesicht. «Ich bestelle uns ein Frühstück aufs Zimmer.»

«Ich habe noch Psychologieunterricht», wehrte ich ab und ignorierte den Trommelwirbel, den mein Herz veranstaltete. Mein Magen knurrte.

«Schwänz doch!», schlug Adonis vor.

«Das aus dem Mund eines *Humanitus Perfectus?*», neckte ich ihn mit einem Anflug von Mut.

«Der heute außer Dienst ist», entgegnete er und hob eine Hand an seinen Verband. Er verzog das Gesicht.

«Bitte, Anna, bleib doch noch! Wir machen uns einen schönen, faulen Tag!» Ich schüttelte vehement den Kopf.

«Ich kann es mir nicht leisten.» Und plötzlich wusste ich nicht, ob ich damit das Schuleschwänzen meinte oder die Aussicht auf einen Tag mit diesem schönen Mann. Adonis hob die Hände.

«Ich habe alles versucht! Dann wirst du niemals erfahren, was ich dir noch mitteilen wollte.»

Die Aussage wurmte mich. «Was?», forschte ich ungeduldig.

«Tja ...» Vielsagend blickte er mich an.

«Ich könnte nach der Schule wiederkommen», bot ich schnell an. Siegessicher grinste Adonis. Ich fing in der kalten Luft an zu zittern.

«Würdest du ...?» Ich deutete mit den Augen zur Tür. Verlegenheit erhitzte meine Wangen.

«Natürlich!» Er warf mir einen langen undefinierbaren Blick zu und zog Leine. Die Tür schloss sich hinter ihm.

Schnell ließ ich mein Tuch fallen und schlüpfte in die geliehenen

Kleider. Die Hose war dunkelviolett, etwas zu lang und schlackerte um die Hüften. Die Ärmel des schwarzen Pullovers reichten mir bis zum Ellbogen. Er war aus einem feinen und bestimmt sündhaft teuren Stoff geschneidert. Eilig flogen meine Hände durch die feuchten Haare und arrangierten sie flüchtig.

Dann tappte ich auf leisen Füßen zurück in Adonis' Zimmer. Die Morgensonne erfüllte das Zimmer nun ganz. Adonis hatte sich ein weißes T-Shirt übergezogen, wie ich mit leisem Bedauern feststellte. Im Schneidersitz saß er auf der zerwühlten Decke. Mit einem kurzen «Danke» raffte er sich auf und sauste, so schnell es sein angeschlagener Zustand zuließ, ins Badezimmer. Bald darauf hörte ich die Dusche wieder rauschen.

Ich blickte auf meine Uhr und bemerkte, dass mir noch ein bisschen Zeit blieb, bis ich im Psychologieunterricht eintreffen musste. Ich dachte an meine Mutter und hoffte, dass es ihr gut ging. Ich würde vor dem Unterricht noch kurz bei ihr vorbeischauen und das Essenspaket für sie abholen. Hoffentlich war es noch nicht zu spät. Würde es weitere Konsequenzen haben? Wie konnte ich nur so unachtsam sein? Das schlechte Gewissen plagte mich. Ich konnte doch auch nicht überall zugleich sein. Ich seufzte. Unschlüssig blickte ich die Tür an, hinter der Adonis sich befand. Ich musste gehen. Ich würde gleich nach der Schule wieder hier sein, das stand fest.

Ich griff nach meiner stinkenden Jacke und verließ den Raum.

«Bitte, Anna Tanna! Sprich einfach mit mir!» Felix rannte schon den ganzen Tag hinter mir her und versuchte, zu mir durchzudringen. Ich hatte ihn hauptsächlich ignoriert, hatte darauf geachtet, mich immer zwischen zwei Studenten zu setzen, damit Felix sich nicht dazwischenquetschen konnte. Unermüdlich sprach er mich an, doch ich setzte ein abweisendes Gesicht auf, nur um dahinter meine Angst und meine Wut zu verstecken. Ich wusste nicht, welches Gefühl stärker war.

Mein Ausflug zum Essensausgabeturm heute Morgen war erfolgreich verlaufen. Ich hatte ein Paket ergattert. Erleichtert stellte ich fest, dass mein turbulentes Leben aufzugehen schien. Das Lügengeflecht, das ich täglich an Aquilina Akbaba schickte, machte mir trotzdem Bauchschmerzen. Wann würde ich mich verraten? Ein falsches Wort, und sie konnte misstrauisch werden.

Meiner Mutter ging es gut. Sie hatte noch geschlafen, als ich am

Morgen eingetroffen war. Ich hatte sie nicht wecken wollen. Mit eilig hingeworfenen Schriftzügen hatte ich mich für die Unachtsamkeit entschuldigt, zu spät zu kommen. Ich hatte ihr das Essenspaket auf den Tisch gelegt.

Kaum war ich im Humanium angekommen, hatte ich Felix wieder mit der blonden Nixe sprechen sehen. Sie waren gerade auseinandergelaufen, als ich den Gang betreten hatte. Dies hatte meine Wut geschürt und mich in der Überzeugung bestärkt, dass Felix gemeingefährlich war. Ich hatte alle Schulstunden hinter mich gebracht. Jetzt war es Zeit, zurück zu Adonis zu gehen.

«Anna Tanna! Jetzt reicht es mir!» Felix baute sich vor mir auf und unterbrach meinen eiligen Abgang. Er hielt mich am Arm fest. Angst packte mich. Ich duckte mich unwillkürlich. Seine sonst so lustigen Augen schauten mich treuherzig an.

«Es tut mir leid!», versuchte er es. «Ich ... wollte diese Prügelei nicht. Also nicht wirklich ... Das musst du mir glauben.»

«So, muss ich?», ätzte ich. Felix zwirbelte an einer tanzenden Rastalocke.

«Was ist denn bloß los mit dir, Anna?»

«Mit mir?», stieß ich pikiert hervor. *Du bist ein verlogener, mieser Kerl, der den Christen an den Kragen will, das ist los,* wollte ich ihm entgegenspucken, doch ich konnte mich gerade noch beherrschen. Ich straffte meine Schultern.

«Lass mich einfach in Ruhe!», giftete ich ihn lauter an, als ich beabsichtigt hatte. Wir standen mitten auf der großen geschwungenen Treppe. Erschrocken schlug ich mir auf den Mund. Felix' Mundwinkel zeigten nach oben. Er wippte auf den Zehenspitzen.

«Alles klar, Pu... äh ... junge Frau?», ertönte eine Stimme neben mir. «Belästigt der Typ Sie etwa?» Norbert stand neben mir.

«Nein», antwortete ich knapp und versuchte, so zu tun, als würde ich ihn nicht kennen.

Norbert musterte Felix genau. «Alter, dann lass die Kleine doch sein! Kannst woanders deinen Charme versprühen», meinte er gedehnt.

Felix hüpfte von den Fußballen bis zu den Zehenspitzen. «Anna Tanna! So kann es nicht weitergehen! Du kannst mich nicht so behandeln – wegen des einen Fehlers.»

Oh doch, kann ich, dachte ich grimmig. *Am liebsten würde ich dich fertigmachen. Keiner behandelt meine Freunde so ...*

«Ich muss gehen!», meinte ich kühl. Dann wandte ich mich ab und stolzierte hoch erhobenen Hauptes auf den Ausgang zu. Doch der Schmerz einer verlorenen Freundschaft zerrte an meinem Herzen.

Außer Atem stand ich vor dem Haupteingang der Magellan'schen Villa und zupfte an meinen Haaren herum. Saß meine Frisur noch? Meine schäbige, aber nun saubere Jacke hatte ich über die neuen Kleider gezogen, da das Wetter immer noch kühl war. Ich wollte hübsch aussehen. Weshalb eigentlich?

«Na ja», flüsterte ich. «Er ist ein *Humanitus Perfectus*. Und ich möchte vor seinen Augen nicht meine Armut präsentieren», murmelte ich vor mich hin und errötete kurz darauf. Seit wann führte ich Selbstgespräche?

Bist du sicher?, fragte meine innere Stimme.

«Vielleicht bin ich auch verliebt!», platzte ich heraus und erschrak. Verliebt? Wirklich? War ich verliebt in Adonis Magellan? Mein Herzschlag beschleunigte sich.

Ich hatte keine Zeit mehr, diesem Geständnis nachzuhängen, denn die massive Tür fuhr auf, und dort stand er. Wie jedes Mal, wenn ich ihn sah, verschlug es mir den Atem. Er war in ein lockeres schwarzes Hemd und eine Leinenhose gekleidet und barfuß. Der weiße Verband an seiner Stirn hob sich von seinem gebräunten Teint ab. Die dunklen Haare hingen über dem Verband. Er trug keine Brille, seine Augen waren tief und unergründlich. Ich konnte meinen Kiefer knapp davon abhalten aufzuklappen.

«Anna! Willkommen!» Das typische Lächeln erhellte sein Gesicht.

«Adonis ... äh ... Amadeo ... Wie geht es ... dir?», stotterte ich mit einem künstlichen Lachen.

«Fast wie neu!» Er verzog sein Gesicht. «Unkraut verdirbt nicht!»

Seine Finger fuhren flüchtig an den Verband. Er streckte seine Hand nach mir aus und zog mich in die Eingangshalle.

«So, wie hast du den Tag ohne mich überstanden?», neckte er.

«Schlecht!», gab ich zu. Adonis schmunzelte irritiert. War die Frage etwa rhetorisch gemeint gewesen? Dann erreichte der Ernst wieder seine Augen.

«Ich wollte dir etwas zeigen», begann er. Er nahm mir meine Jacke ab und hängte sie in die Garderobe. Dann griff er wieder nach meiner Hand.

«Was? Dass wir eigentlich Marsmenschen sind und die Sonne sich geirrt hat und eigentlich im Westen aufgehen sollte?», versuchte ich zu scherzen, um die Stimmung oberflächlich zu halten. Doch meine Stimme klang dünn und besorgt. Jedes Mal, wenn Adonis mir etwas zeigen wollte, wurde meine Welt erneut auf den Kopf gestellt, und ich wusste nicht, ob ich das heute ertragen konnte.

«Ich wünschte, es wäre etwas so Erfreuliches», gab Adonis sarkastisch zurück. Ich blieb mitten im Gang stehen.

«Ich glaube, dass du das sehen musst», ermutigte er mich. Ich presste seine Hand.

«Ich weiß nicht, ob ich noch etwas ertragen kann», flüsterte ich. Panik durchzuckte mich. Nervös blickte ich mich um. Gab es keinen Ausweg? Adonis hob seine Fingerspitzen an meine Wange und streichelte sie. Ich blickte auf in seine Augen.

«Ich bin ja dabei», flüsterte er.

Ich setzte mich mechanisch in Bewegung und ließ mich in den hinteren Raum der Bibliothek führen. An diesem Ort schien mein Schicksal zu haften. Ich starrte dumpf zu den Bücherwänden hoch, und eine düstere Vorahnung erfüllte mich. Adonis kniete sich neben eines der unteren Regale und kramte in einer Dokumentenbox. Währenddessen teilte er mir mit:

«Eigentlich hat es nichts mit dem zu tun, was ich dir gleich zeigen möchte, aber ich habe etwas rausgefunden, das mich so aufregt. Ich muss es dir erzählen.»

Ich fühlte mich geschmeichelt.

«Es geht um die Gründe, weshalb das Essen rationiert an die Bevölkerung ausgeteilt wird.»

Ich schaute ihn aufmerksam an.

«Andere Staaten außerhalb Europas verhängen Sanktionen über unseren Part. Sie begründen es damit, dass die Menschenrechtslage in Europa prekär sei. Europa kann sich selbst nicht mit genügend Lebensmitteln versorgen. Es gibt Missernten. Die Essenspakete werden nicht verteilt, um *Brüderlichkeit* und *Solidarität* mit unseren Mitmenschen im Ausland zu leben!»

«Du willst also damit sagen ...?»

«... dass die Regierung einen Lebensmittelnotstand vertuscht, ja. Wir hungern nicht, weil wir das *freiwillig* tun. Die sogenannte Solidarität ist uns aufgezwungen und nützt keinem Menschen etwas. Schon gar nicht den Menschen in anderen Ländern.»

Wut wollte sich in mir Bahn brechen. Dass ich hungerte und wohl auch, dass ich mich in unserer Dusche nur mit einem Kübel lauwarmem Wasser waschen konnte, half also nur der Regierung, damit sie weiter ihre Lügen aufrechterhalten konnte?

«Aber deshalb habe ich dich nicht hierhergebeten.» Mittlerweile schien Adonis fündig geworden zu sein und förderte eine Ledermappe zu Tage. Er klappte sie auf und blätterte in den mit Plastik geschützten Seiten.

Als er die richtige Stelle aufgeschlagen hatte, streckte er mir die Mappe entgegen. Seine Lippen zuckten. Mein Herz hämmerte. Vorsichtig schloss ich meine Hände um das Dokument. Vor mir erstreckten sich in einer langen Liste Namen in kleingedruckten Buchstaben mit einigen Notizen dazu.

«Rose Evergreen ...», las ich. «Aufgegriffen bei illegalem Waffenhandel, exekutiert durch den elektrischen Stuhl. Hans Estermann ... illegaler Informationsaustausch, an den Pranger gestellt, zum Opfer den Priestern übergeben ... Othmar Villiger ... Erkrankung beider Lungenflügel ... Gefährdung der öffentlichen Gesundheit ... Injektion ... Michael Tanner ... Beihilfe zur Flucht ... Kollaboration mit regierungsfeindlichen Gruppierungen ... Verhetzung des Volkes ... verhaftet, verletzt durch Zug, zum Opfer den Priestern übergeben ...»

Die Zeile verschwamm vor meinen Augen. Meine Mutter hatte mir gesagt, dass Michael um seines Glaubens willen gestorben war. Doch die Tatsachen schwarz auf weiß zu lesen verlieh der Wirklichkeit eine neue grässliche Dimension. Ein Wassertropfen fiel auf die Seiten. Ich wischte ihn zur Seite.

Was heißt «zum Opfer den Priestern übergeben»?, wollte ich fragen, doch meine Stimmbänder waren wie gelähmt. Die Mappe rutschte aus meinen steifen Fingern und krachte zu Boden. Ich starrte auf meine Hände, die sich zu Klauen verformt hatten, als würden sie noch versuchen, diesen schrecklichen Fakt zu begreifen.

«Ist er mit dir verwandt?» Adonis' Stimme drang von weit her an mein Ohr.

Ich zog meine Hände an meine Kehle. Mein Körper wollte diese Information ablehnen. Ich wünschte mir, dass ich erbrechen könnte. Aber es ging nicht. Ich schlug die Hände vors Gesicht und sank gegen die Bücherwand.

Und dann flossen die Tränen. Ich konnte Adonis' Hände auf meinen Schultern spüren. Er zog mich an sich, und ich weinte in sein schwarzes Hemd hinein. Schluchzer drangen aus meiner Kehle und schüttelten mich, während ich das Elend der letzten Monate aus mir herausweinte. Meine Tränen hinterließen einen großen dunklen Fleck auf Adonis' Hemd. Er sagte kein Wort, hielt mich nur fest in seinen kräftigen Armen, mein Gesicht gegen seinen harten Brustkorb gepresst. Ich bekam kaum noch Luft.

«Mein Bruder ...», brachte ich schließlich zwischen zwei Schluchzern heraus.

«Dein Bruder? Du hattest einen Bruder?», drang Adonis' Stimme durch den Nebel meiner Verzweiflung. Er ließ mich los. Ich stieß wieder gegen die Bücherwand und ließ mich zu Boden sinken.

«Was heißt ‹zum Opfer den Priestern übergeben›?», fragte ich erstickt.

«Ich weiß es nicht, Anna!», gab Adonis zu. «Ich weiß es wirklich nicht.»

«Es ist nicht nur das», brach es schließlich aus mir hervor. Und dann erzählte ich Adonis alles. Ich gestand ihm meine erste Begegnung mit Kephas und dass ich ihn gewiss auch in diesen Unterlagen finden würde, meine Begegnung mit den Christen, der Hunger, der sie quälte. Ich erzählte ihm, wie ich herausgefunden hatte, dass meine Familie eine christliche Vergangenheit hatte. Ich beichtete ihm meinen Raubzug mit Norbert. Und schließlich, wieder unter erstickten Tränen, wie ich Felix ertappt hatte.

«Er ist ein Verräter! Ich weiß es ganz genau!», weinte ich. Der Schmerz zerrte an meinem Herzen. Ich ballte meine Fäuste. «Ich will Gerechtigkeit. Ich will, dass er büßen muss dafür, dass er so vielen Menschen das Leben schwer macht.» Ich schaute zu Adonis auf.

Sein Gesicht schien blasser zu sein. Er hatte die Lippen fest aufeinandergepresst. Seine Augen blickten starr geradeaus ins Leere. Er drückte seine Finger zu so festen Fäusten zusammen, dass die Sehnen an seinen bloßen Unterarmen hervorstanden. Ich schwieg.

«Ich glaube, das ist möglich», antwortete er plötzlich mit ruhiger Stimme.

«Was?», fragte ich mit kleiner Stimme.

«Dass er dafür büßen muss! Ich glaube, das ist möglich.» Seine Fäuste lösten sich. Er blickte mich so intensiv an, dass mein Herz trotz der emotionalen Anstrengung mit einem Hüpfer reagierte.

Ängstlich fragte ich: «Wie?»

«Uns wird schon etwas einfallen. Echt!» Er streckte mir die Hand entgegen, um mir aufzuhelfen.

«Was meinst du? Wollen wir aus der Bibliothek verschwinden?»

Ich nickte wie benommen. Er legte die Stirn in tiefe Runzeln und bückte sich nach der Ledermappe, um sie ins Regal zurückzustellen.

«Komm, wir gehen in mein Zimmer! Du willst bestimmt etwas trinken. Ich meinerseits habe genug von den stickigen Räumen hier.»

Er ging mir auf dem Gang hinaus voran. Ich fühlte mich wirklich sehr durstig.

Adonis führte mich in seine Suite und dort zur Polstergruppe in seinem Schlafzimmer. Die untergehende Sonne fiel durch die Fensterfront und tauchte den Raum in rötliches Licht. Ich fühlte mich ausgelaugt von meinem Gefühlsausbruch. Er deutete auf das Sofa. Ich setzte mich neben die Gitarre.

«Ich werde uns etwas zu trinken holen», teilte er mir mit. Ich hörte, wie er zur Bar neben der Küche ging. Gläser klirrten. Ich schaute zu, wie die Sonne über der Landschaft verglühte und sich für eine weitere Nacht verabschiedete. Ich seufzte.

Adonis balancierte ein Tablett ins Zimmer. Darauf standen zwei Kelchgläser mit rubinroter Flüssigkeit und eine Schale Kräcker. Mein Magen knurrte laut. Ich schlug die Hände darüber und fühlte mich verlegen. Adonis zauberte unter dem Sofa zwei Kerzen hervor. Er zündete sie an und stellte sie auf das Glastischchen. Dann nahm er ein kleines elektronisches Gerät zur Hand, und plötzlich ertönten aus allen Richtungen sanfte Klavierklänge. Er dimmte das große Licht auf ein Minimum. Der Raum war in warmes Kerzenlicht gehüllt, während sich draußen die Dämmerung über das Land senkte. Mir wurde ganz feierlich zumute, und ich spürte, wie sich meine Muskeln entspannten. Adonis setzte sich zu mir aufs Sofa. Er reichte mir eines der Gläser.

«Prosit!», meinte er, und das Glas klirrte hell gegen meines. Ich nippte an meinem Wein. Er kniff mich ein bisschen in die Nase und brannte den Weg meine Speiseröhre hinunter, doch er entfachte ein wohliges Gefühl in meinem Magen. Müdigkeit machte sich in mir breit, und ich hätte den Kopf am liebsten auf die Lehne des Sofas gelegt und geschlafen. Das Licht der flackernden Kerzen begann mich einzulullen. Die Musik hallte in meinen Ohren. Adonis legte seinen Arm auf die Rücklehne des Sofas. Seine Fingerspitzen konnten meine Schultern beinahe berühren, aber nur beinahe. Er streckte seine Beine weit von sich und trank von seinem Wein. Er schaute mich belustigt über den Rand seines Weinglases an.

«Was?» Ich wandte den Blick ab und zuckte die Schultern.

«Du hast gesagt, es ist möglich, dass Felix büßen muss. Wie hast du das gemeint?»

Adonis schüttelte leicht den Kopf. «Lass uns später darüber reden!» Er lehnte sich in die Sofakissen. «Erzähl mir lieber ein bisschen von deinem Bruder.» Aufmerksam studierte er meine Züge. Ich fühlte wieder diesen Würgegriff am Hals.

«Ich weiß nicht, ob ich es kann», gab ich mit zitternder Stimme zu.

«Ich habe Zeit!» Adonis lehnte sich vor.

«Mein Bruder ... Michael ... Er war drei Jahre älter als ich. Solange ich denken kann, wohnten wir in unserer Wohnung zusammen mit meiner Mutter», begann ich langsam. Das waren eigentlich schöne Erinnerungen. Ich entspannte mich. «Wir haben uns immer sehr gut verstanden. Er war mein Beschützer.» Ich lachte leicht und warf einen kurzen Blick auf Adonis. Interesse stand in seinem Blick und etwas anderes, das ich nicht benennen konnte, mir aber ein flaues Gefühl in der Magengegend verursachte. Schnell nahm ich noch einen Schluck vom Wein. Ich war so aufgeregt, dass ich das Glas gleich austrank. Dann stellte ich es zurück auf den Tisch. Ich fühlte mich schwindlig.

«Nimm nur einen Kräcker!», forderte Adonis mich auf. Ich pickte einen Keks heraus und steckte ihn in den Mund. Er schmeckte salzig.

«Weißt du», begann ich gedankenverloren. «Es ist so seltsam, wenn man das ganze Leben lang glaubt, man kenne eine Person, und im nächsten Moment hat sie eine völlig andere Identität.»

Adonis nickte. «Und wie ich weiß, wovon du sprichst.»

Ich lächelte. «Ich wollte schon immer so sein wie mein Bruder! Tapfer und stark. Aber erst nach seinem Tod erfuhr ich, wie tapfer er wirklich war. Und jetzt laufe ich, ohne dass ich es jemals wollte, in seinen Fußstapfen», plapperte ich weiter.

Und dann erzählte ich Adonis die ganze Geschichte mit Kephas' Befreiung und dem Tod meines Bruders. Trauer bemächtigte sich meiner Stimme. Ich schloss die Augen.

«Weißt du», schloss ich mit bebender Stimme. «Mein Bruder war tapfer genug, um für eine edle Sache sein Leben zu lassen. Aber ich weiß nicht, ob ich das kann.» Ich spürte, wie eine Träne über meine Wange lief.

Plötzlich fühlte ich, wie sanfte Finger eine meiner Haarsträhnen hinter mein Ohr schoben. Die Fingerspitzen verharrten hinter meinem Ohr in meinen Haaren. Adonis' Daumen fuhr über meine Wange und wischte die Träne weg. Ich öffnete die Augen. Sein Gesicht war unmittelbar vor mir, und seine Augen hatten einen intensiven Ausdruck angenommen.

«Gestorben wird hier nicht!», flüsterte er und hauchte mir einen zarten Kuss auf die Wange. Ich konnte meinen Blick nicht von ihm abwenden. Am Rande nahm ich wahr, dass sich zu den Klaviertönen der Hintergrundmusik ein Saxophon gesellt hatte.

Als sein Mund meine zitternden Lippen berührte, wurde mir schwindlig. Er ließ mich einen Augenblick los, nur um seine Augen in meinen zu verankern. Sie waren ganz dunkel, ein stummes Verlangen stand darin. Er schlang seinen freien Arm um meine Taille und zog mich zu sich. Erneut küsste er meinen Mund, und ich vergaß zu atmen. Die Umgebung verschwamm vor meinen Augen. Ich sog seinen Duft in mich auf. Dem zweiten Kuss folgte ein dritter. Seine weichen, sinnlichen Lippen erforschten meine Wange und fanden dann ihren Weg wieder zu meinem Mund. Mein Herz donnerte und blendete alle anderen Geräusche aus. Meine Arme fuhren automatisch um seinen Hals, und ich zog ihn zu mir. Meine Lippen verlangten nach mehr. Seine Küsse wurden fordernder. Sein Griff um mich fester. Das Begehren der letzten Monate brach sich Bahn, und ich gab mich ganz seinen Lippen hin. Seine Zungenspitze fuhr langsam an meiner Unterlippe entlang. Mein Körper brannte unter seiner Berührung. Er presste mich in die Sofakissen, küsste mich unter dem Ohrläppchen und suchte sich seinen Weg zu meinem Hals.

«Anna», flüsterte er heiser. «Wie lange habe ich mich danach gesehnt.» Seine Hände fuhren vorsichtig unter meinen Pullover, wo seine Finger einen sinnlichen Tanz auf meinem Rücken vollführten. Meine Sinne drohten zu schwinden.

Wildes Verlangen durchschoss mich, und alles, was ich noch denken konnte, war: *Hör nicht auf! Ich will mehr von dir.* Meine Finger krallten sich in seine Haare. Er zuckte zurück, als ich seinen Verband berührte. Meine Hände glitten zu seinen Schulterblättern und ertasteten sich dann ihren Weg zu seinem Brustkorb. Ich seufzte glücklich und schmiegte mich an ihn.

Zu spät nahm ich wahr, dass eine dunkle, große Gestalt den Raum betreten hatte. Erst als sie fluchte: «Was zum Teufel geht denn hier vor?», schnellte ich hoch.

Adonis ließ ruckartig von mir ab. Der Schreck klumpte sich in meinem Magen zu einem Stein zusammen. Ich atmete heftig, fasste mit der Hand an meinen Hals und rückte meinen Pullover mit hektischen Bewegungen zurecht. Dann richtete ich mich auf.

Adonis hatte sich mit einem heftigen Ruck erhoben. Krachend polterte sein Weinglas auf den Glastisch und zersprang. Der Wein spritzte über den teuren Teppich. Die beiden Magellans standen einander in kämpferischer Pose gegenüber.

«Was zur Hölle treibst du hier?», fragte Demokrit mit schneidender Stimme.

Hinter ihm tauchte die korpulente Gestalt von Mariangela auf. Ich wünschte mir, ich könnte in den Sofakissen verschwinden und unsichtbar werden.

«Ich habe von der Schulleitung vernommen, dass du heute die Schule geschwänzt hast. Ein Dutzend aufgebrachte Studenten haben sich vor dem Sekretariat versammelt.»

Adonis biss die Zähne zusammen.

«Ich war verletzt!» Er deutete auf seinen Verband. «Der Arzt hat gesagt, es sei eine Gehirnerschütterung.»

Ich blickte zu Mariangela. Sie schaute mich auffordernd an und nickte dann mit dem Kopf zum Ausgang. Ich erhob mich trotz völlig vernebelter Sinne und schlich langsam aus dem Gesichtskreis von Demokrit Magellan, zitternd vor seinem dunklen Zorn.

Mariangela streckte eine fleischige Hand nach mir aus und packte mich am Arm. «Andiamo! Gehen wir!»

Wir verließen den Raum, nicht ohne noch zu hören, dass Demokrit Adonis anbellte: «Was soll das mit dieser Studentin? Ich habe dir doch gesagt, du sollst deine Finger von ihr lassen.»

Mariangela zog mich auf den Gang hinaus und zur Galerie. Ich krallte meine Finger um das Holzgeländer und strich mir über die Haare. Ich starrte in die Eingangshalle hinunter und nahm doch nichts wahr.

«Fermati! Bleib stehen! Warte!», wies sie mich an. Dann ging sie keuchend die Treppe hinunter und in Richtung Küche davon.

Die Stimmen aus Adonis' Zimmer waren mittlerweile so laut, dass ich einzelne Wortfetzen verstehen konnte. Irgendwie hatte ich immer noch nicht begriffen, dass mein emotionaler Höhenflug gerade ein abruptes Ende gefunden hatte. Noch immer fühlte ich Adonis' Hände auf mir.

Wie von unsichtbaren Fäden gezogen, ging ich zurück zu Adonis' Suite, zu den zwei streitenden Männern. Adonis' volle Stimme klang angespannt, als er Demokrit anschrie: «Ich werde es nicht tun.»

«Das Maß ist voll.» Auch Demokrit schien nur mit äußerster Mühe seine Selbstbeherrschung zu wahren. «Wenn du das nicht durchziehst, bist du alle deine Aufgaben und Sondereinsätze los, und ich werde dir das Leben zur Hölle machen, das verspreche ich dir.»

«Du bist auf mich angewiesen», entgegnete Adonis mit trotzigem Unterton.

«Das denkst du», konterte Demokrit. «Du weißt nicht, dass viele junge Männer bei mir Schlange stehen und mit Handkuss deinen Job annehmen würden. Qualifizierte, gutaussehende Männer.» Demokrit spuckte den letzten Satz förmlich aus.

«Das würdest du nicht tun.» Adonis lachte abfällig.

«So wahr ich dein Vater bin.»

«Bist du nicht.» Adonis' Stimme wurde tödlich ruhig.

«Wie bitte?», hakte Demokrit nach.

«Du bist nicht mein Vater. Ich bin der Sohn von Tomaso und Maria Nero.»

Selbst ich konnte die Stille, die auf diesen Ausspruch folgte, beinahe mit den Händen greifen.

«Ja, du hast richtig gehört, *Vater*», setzte Adonis in aller Seelenruhe den nächsten Stich. Ich krallte meine Finger in den Türrahmen. Jetzt war ich vollständig aus meinem Rausch erwacht. «Ich weiß alles über deine Machenschaften.» Ich hielt den Atem an. Er würde doch nicht ...

«Du hast nichts gegen mich in der Hand.» Demokrits Stimme klang gefährlich ruhig. Wenn er überrascht über die Enthüllungen war, konnte man seiner Stimme nichts anmerken. «Also, was nützt es dir?» Der Ältere schien zum nächsten Schlag auszuholen. «Ein Wort von mir, und deine sämtlichen Jugendsünden werden aufgerollt, von deinen ersten Gehversuchen bis zum Zeitpunkt, da du die Scheune des Hohepriesters abgefackelt hast, weil er seiner Tochter verboten hat, mit dir ein Verhältnis anzufangen.»

Ich schnappte nach Luft. Eifersucht zerrte an meinem Herzen. War das wirklich wahr? Ich verzog verletzt das Gesicht.

«Und du hast mehr als nur einer Priesterin das Herz gebrochen. Du wirst nirgends Asyl finden.»

Adonis schwieg immer noch. Er dementierte die Vorwürfe nicht. Ich lehnte meine Stirn gegen den Rahmen der Tür.

«Sei vernünftig, Adonis!» Demokrit schlug einen väterlichen Ton an. Ich stellte mir vor, wie er seinem Sohn die Hand auf die Schulter legte. «Ich habe doch nicht umsonst so viel Zeit und Geld in deine Ausbildungen gesteckt. Du wirst dieses eine Mal noch tun müssen, was ich von dir verlange. Mach dir klar, dass ich dich sonst für sämtliche Eskapaden belange, die du dir in den vergangenen Jahren geleistet hast, das schwöre ich dir. Du bist ein ... Sohn Demokrit Magellans, und du wirst nicht versagen.» Die Aussage hatte etwas Endgültiges an sich. Ich hätte zu gerne Adonis' Gesichtsausdruck studiert. Sein Widerstand schien gebrochen zu sein.

«Na also. Sag ich's doch!» Demokrits triumphierendes Lachen erschallte und ließ mich frösteln. Es hatte etwas Diabolisches an sich. «Du wirst sehen, mein Sohn, das wird eine deiner leichtesten Übungen. Danach sprechen wir über eine Beförderung.»

Erst als ich Schritte hörte, wurde mir bewusst, dass das Gespräch wohl beendet war und ich immer noch als Lauscherin an der Tür hing. Schnell wich ich zurück und ging wieder zur Galerie. Ich klammerte mich an das Geländer und versuchte, unbeteiligt und unwissend auszusehen.

Schritte erklangen auf dem Gang. Ich blickte auf. Adonis kam auf mich zu. Sein Gesicht war totenblass, der Kiefer fest zusammengepresst, so dass die Wangenknochen hervortraten. Er schien mich gar nicht wahrzunehmen.

«Soll ich nach Hause gehen?», fragte ich mit dünner Stimme.

Er zuckte zusammen. «Anna!» Unerwarteter Schmerz leuchtete in seinen Augen auf, als unsere Blicke sich trafen.

«Es tut mir leid ... ich ... ja, wahrscheinlich ist es besser ... wenn du gehst.» Er schien völlig aus dem Lot geraten zu sein. Seine Hände zitterten und waren schweißnass, als er meine erfasste und mich über die Treppe zum Haupteingang führte. Ich war verwirrt, wollte ihn fragen, was genau er da drin nicht hatte tun wollen und wozu er trotzdem Ja gesagt hatte. Doch die Worte blieben mir im Hals stecken. Am liebsten hätte ich ihm die Haarsträhne aus der Stirn geschnipst, doch meine Glieder waren wie gelähmt. Selbst mein Herzmuskel schien zu ermüden. Die aufgeregten Gefühle, die noch vor zehn Minuten durch sämtliche meiner Adern gepocht hatten, hatten sich gelegt und machten einer gähnenden Leere Platz.

Adonis ließ die Tür zur Seite zischen. Hilflos blickte ich zu ihm auf.

«Wir sehen uns bald, Anna! Wir haben noch einen Plan auszuknobeln.» Seine Stimme klang belegt. Er zwang sich ein Lächeln aufs Gesicht, doch seine Augen wichen mir aus. Ich wollte meine Hand aus seiner lösen. Doch plötzlich zog er mich nochmals an sich, und seine rauen Lippen streiften meine Stirn.

«Gib auf dich Acht!» Seine Stimme klang, als wäre sie in seinen Hals eingesperrt. Widerwillig ließ er mich los. Dann blickte er mir doch in die Augen. Er sah aus wie jemand, der aufgegeben hatte. Zögernd wandte ich mich ab und wollte das Haus verlassen. Ich drehte mich um. Adonis hob die Hand und wandte sich dann mit gebeugten Schultern ab.

Ich blickte zur Galerie hinauf. Dort stand eine schwarze, große Gestalt, die mit glühenden Augen auf mich herunterblickte.

Kapitel 23

Freitag, 25. Ventôse 332 A. I.
«Tag des Thunfischs» (16. März)

Ich saß gerade zu Hause an meiner Arbeitsstation und verfasste einen falschen Bericht an Aquilina Akbaba, als plötzlich ein unerwarteter Anruf angezeigt wurde. Ich zuckte zusammen und klickte auf den Namen, der auf dem Bildschirm aufgetaucht war. Adonis Magellan! Mein Herz setzte aus. Sekundenbruchteile später erschien er vor mir. Seine Augen strahlten nicht mehr wie am Abend zuvor abgrundtiefe Verzweiflung aus, doch sein Lächeln erhellte trotzdem nicht das ganze Gesicht. Der Verband prangte immer noch weiß auf seiner Stirn.

«Hallo, Amadeo», brachte ich hervor. «Wie geht es dir?»

Meine Mutter blickte von ihrer Lektüre auf. Sie lag auf dem Bett und schmökerte in meinen Schulbüchern.

«Anna! Danke, gut! Ich habe über deine Worte nachgedacht», begann er schnörkellos. «Das, was du mir erzählt hast.» Ich hatte ihm viele Dinge erzählt. Was genau meinte er?

«Ich glaube, es ist wichtig, dass wir diesen Livingstone dingfest machen.»

Ich runzelte die Stirn. «Wie denn?»

«Mir ist etwas eingefallen», gab Adonis zum Besten. «Was wichtig ist, Anna, und darum bitte ich dich nicht gerne», setzte er an, «du musst dich mit ihm aussöhnen.»

Ich blickte ihn zweifelnd an. «Niemals!»

«Nur zum Schein!», besänftigte er meine Empörung. «Kannst du das? Er muss sich in Sicherheit wiegen.»

Tapfer nickte ich, obwohl ich mich fragte, wann das komplizierte Lügenkonstrukt, das ich mir mittlerweile aufgebaut hatte, zusammenstürzen würde wie ein Kartenhaus. Ich belog schon Aquilina und somit das System, und jetzt sollte ich auch noch Felix belügen? Der bloße Gedanke, ihm eine Freundschaft vorzuspielen, war mir zuwider.

«Er schöpft dann keinen Verdacht. Vielleicht kommst du so näher an ihn heran. Es ist gut, wenn man sich seinen Feind zum Freund macht. Nur so kann man ihn besiegen», überlegte Adonis laut. «Und sobald er dir vertraut, überlegen wir, wie wir ihn drankriegen. So wie ich dich kenne, hast du ihm wahrscheinlich das Leben bisher recht schwer gemacht.»

Ich lächelte verlegen.

«Anna, das werden wir schaffen», bekräftigte er, und seine Überzeugung nahm mir sämtliche Angst.

«Also gut, ich versuch's!», erklärte ich mich einverstanden.

«Alles wird gut, Anna!», tröstete Adonis mich. «Ich bin ja auch noch da!»

Am liebsten hätte ich jetzt dort weitergemacht, wo Demokrit uns gestern unterbrochen hatte.

«Ich muss jetzt leider weiter, Anna!», hörte ich da voller Bedauern. «Ich habe gedacht, ich sag dir das einfach mal. Es war so eine Idee, die einfach rausmusste.»

Ich nickte, beendete die Konversation und starrte gedankenverloren auf meinen erfundenen Bericht.

Samstag, 26. Ventôse 332 A. I.
«Tag des Löwenzahns» (17. März)

«Gott sei Dank! Anna Tanna! Ich habe schon gedacht, du willst mir bis zum Jüngsten Gericht böse sein.» Felix' Zähne blitzten, als er mich breit angrinste. Im nächsten Augenblick hatte er die Arme um mich geschlungen. Ich verzog mein Gesicht.

«Anna Tanna! Anna Tanna!», lachte er glücklich. «Ich habe gedacht, du lässt mich schmoren, bis ich vollständig gekocht bin. Es tut mir so leid, so leid, dass ich deinen Schönling verkloppt habe. Ich wollte es echt nicht, du weißt ja, dass ich sonst ein wirklich friedliebender Mensch bin. Nicht wahr, Anna Tanna, das weißt du! Ich wollte den Kerl nicht prügeln. Aber ich kann dir nur sagen, dass ich, wenn ich du wäre, wirklich vorsichtig wäre, wenn es um diesen Magellan geht. Er treibt sich mit dubiosen Gestalten herum.»

«Stopp!», unterbrach ich brüsk seinen Redestrom. «Über Adonis wird nicht diskutiert, sonst ist der Waffenstillstand vorbei.»

Felix zog die Augenbrauen hoch. «Es kann dir doch nicht egal sein, was ich gesehen habe!», protestierte er.

Doch ich behielt meine Hand oben. «Ich habe dir gesagt», zischte ich beinahe, «wenn wir befreundet sein wollen, dann lässt du Adonis aus dem Spiel.»

Felix zuckte mit den Achseln.

«Ja, also dann. Neues Thema, okay? Weißt du was, Anna? Ich hätte nicht gedacht, dass ich nach diesen zwei Monaten verpassten Stoffs trotzdem so gut mitkomme. Und wer hätte gedacht, dass die alte *Humanita Perfecta* in Psychologie sich die Haare rot färbt? Da sind ja meine Rastas unscheinbar dagegen. Weißt du, was mit der los ist? Hat sie eine Midlife-Crisis? Seit ich zurück bin, ist sie noch komischer geworden. Hast du die Falten um ihre Augen gesehen? Sie sieht regelrecht ausgemergelt aus.»

Meine Beobachtungen mit Adonis fielen mir wieder ein. War ihre Zeit etwa gekommen? Hatte sie Angst, von der Regierung «entsorgt» zu werden? Wie ging man mit diesen Gedanken wohl um? Kein Wunder, dass sie komplett neben sich stand und alles unternahm, um jugendlicher zu wirken. Bekam man eine Vorladung von der Regierung, wenn die Zeit abgelaufen war? In meiner Fantasie leuchtete eine Mitteilung auf den Goggles der *Humanita Perfecta* auf:

Bitte halten Sie sich am Montagmorgen um neun Uhr für Ihren Entsorgungstermin bereit.

Ich fröstelte, schob die Gedanken weit von mir und ließ Felix' andauernden Monolog über mich hinwegbranden. Meine Wut wurde durch seine Unbeschwertheit noch befeuert. Wie sollte ich das falsche Getue ertragen? Ich biss mir auf die Lippen. «Es ist für einen guten Zweck», sprach ich mir Mut zu. «Für einen guten Zweck!»

«Was ist für einen guten Zweck? Die Zeichnungen im Gang? Das habe ich gar nicht gewusst», schnatterte Felix weiter und hüpfte auf seinen Zehenspitzen herum.

«Du bist ein guter Zweck!», lächelte er und drückte mich nochmals an sich.

«Darauf kannst du wetten», murmelte ich zornig und verdrehte die Augen.

Sonntag, 27. Ventôse 332 A. I.
«Tag der Waldanemone» (18. März)

Schon den ganzen schul-, wenn auch nicht arbeitsfreien Tag saß ich wie auf Nadeln und konnte mich kaum auf die Arbeit konzentrieren. Meine Wut auf Felix war kaum noch zu zügeln. Ich wollte wissen, was Adonis über meinen gelungenen Versöhnungsversuch mit Felix dachte. Ich vermisste ihn bereits und wollte ihn sehen.

«Ich halte das nicht mehr aus. Aber ich kann ihn auch nicht einfach anrufen», murmelte ich vor mich hin und drehte genauso nervöse Runden in unserer Wohnung, wie meine Mutter es sonst zu tun pflegte. Sie blickte auf.

«Was ist denn los, Anna?», fragte sie besorgt.

«Ich weiß nicht, ob ich ihn anrufen soll», gab ich zerknirscht zu.

«Nur Mut, wer es auch immer ist, Anna!», lächelte sie. «Das ist es doch sicher nicht wert, dass du dir den ganzen Sonntag deswegen verdirbst. Bring es einfach hinter dich.»

«Nun gut.» Ich setzte mich an die Arbeitsstation und wählte Adonis' Namen an. Unmittelbar darauf erschien das schöne Gesicht auf meinem Bildschirm, und ich lächelte nervös.

«Wie weit sind deine Projekte?», fragte Adonis forsch, bevor ich auch nur einen Ton herausbrachte.

«Er hat es geschluckt!»

«Gut!», antwortete er knapp.

«Du hast keinen Verband mehr», stellte ich erfreut fest. Er drehte mir brav seine verwundete Stirnseite entgegen. Zu sehen war eine verschorfte, hässliche Wunde.

Ich verzog mitleidig das Gesicht. «Gibt das nicht eine Narbe?», fragte ich überflüssigerweise.

Adonis grinste überlegen. «Wozu haben wir denn Schönheitsoperationen?», antwortete er lakonisch.

Ich lächelte. Doch dann brach die Wut über Felix wieder in mir hervor. Es war, als würde dieses Gefühl in letzter Zeit alles andere überschatten. «Meinst du ... wir können ... ihn bald ans Messer liefern?» Ich zuckte unter meiner makabren Wortwahl zusammen. «Ich will nicht, dass er stirbt», beeilte ich mich zu sagen. Ich wollte mich niemals auf ein solches Niveau herablassen, egal welch schlimme Vergehen Felix auch begangen hatte.

«Keine Angst», beruhigte Adonis mich. «So weit lassen wir es natürlich nicht kommen.»

Ein Gedanke reifte in mir heran und bahnte sich seinen Weg über meine Lippen: «Könnten wir ihm vielleicht ein Vergehen anhängen, wofür sie ihn einsperren könnten?», fragte ich. Verzweiflung nagte an mir. Sank ich wirklich so tief, dass ich einen Freund ins Gefängnis bringen würde?

Kein Freund, einen Verräter, versuchte ich mich zu beruhigen.

«Brillant, Anna!», lobte mich Adonis. «Ich habe durch meine gesellschaftliche Stellung Verbindungen zu einigen Sicherheitswächtern.»

Ich blickte ihn mit großen Augen an.

«Keine Angst. Ich werde ihnen nichts von dir erzählen. Sagen wir einfach, sie sind mir noch einige Gefallen schuldig.»

Wieder wurde mir bewusst, in welchen Kreisen sich Adonis bewegte. Sein Blick wurde weich, als ich ihn zweifelnd musterte.

«Vertraust du mir, Anna?», fragte er mit samtener Stimme. Ich schluckte mit trockener Kehle.

«Ja, das tue ich!», antwortete ich fest. Wenn ich jemandem vertraute, dann war es Adonis. Hatte ich nicht mein ganzes Leben vertrauensvoll in seine Hände gelegt? Vertraute er mir nicht auch, indem er mir Dinge aus seinem Leben erzählte, von denen sonst niemand wusste?

«Wir führen Felix also in eine Situation, in der er straffällig wird», stellte ich mit mulmigem Gefühl im Bauch fest.

«Genau!», bestätigte Adonis. «Nur, welche Straftat hängen wir ihm an?»

Ich sah, wie meine Mutter aufhorchte. «Lass uns das später bereden!», bat ich. Ich wollte meine Mutter nicht in eine solch heikle Mission miteinbeziehen.

«Treffen wir uns!», meinte Adonis bereitwillig.

«Morgen?»

«In der Bibliothek?»

Wir lächelten uns an. Wir saßen im selben Boot, das war klar. Er zwinkerte mir zu, mein Herz setzte kurz aus. Dann klickte ich das Programm weg.

Meine Mutter stand neben mir. «Anna, was ist los?», wollte sie wissen.

Ich schluckte. «Ich glaube, ich kenne den Typen, der für die Regierung spioniert und Christen verrät», gab ich ihr bekannt. «Adonis hilft mir, ihn büßen zu lassen.»

Als ich Mutters zweifelnden Blick bemerkte, verteidigte ich mich: «Michael war auch tapfer! Er hat sogar sein Leben für die Christen eingesetzt. Ich bin vom selben Schlag! Ich möchte den Christen helfen.»

Mutter legte ihre Hände an meine Wangen. Sie fühlten sich kühl und weich an. Sie fuhr mir mit ihrem Daumenstumpf über meine linke Wange. «Ich bin so stolz auf dich, Anna!», verkündete sie zu meiner Überraschung. «Aber ich möchte dich nicht verlieren. Sei vorsichtig! Versprichst du mir das?» In ihren Augen schwammen Tränen. Weshalb zerrten plötzlich auch die Tränen an meiner Kehle?

Ich erhob mich und nickte. «Ich bin vorsichtig!»

«Es ist nicht gut, wenn wir etwas aus Hass oder Rache tun», betonte meine Mutter.

Darauf wollte ich keine Antwort geben und ließ es zu, dass sie mich in die Arme schloss. Ich presste die Augen fest zusammen, um die Tränen zu vertreiben, und legte mein Kinn auf ihre knochige Schulter.

Montag, 28. Ventôse 332 A. I.
«Tag des Frauenhaars» (19. März)

«Hab ich dich!»

Wie aus dem Nichts kam Adonis hervorgewirbelt und zog mich hinter das letzte Bücherregal der Bibliothek in den Katakomben. Ich erstickte einen kleinen Aufschrei. Adonis drückte mich gegen das Bücherregal und küsste mich verlangend, bis ich außer Atem war.

«Es könnte uns jemand sehen», gab ich zwischen zwei hastigen Atemzügen zu bedenken.

«Was habe ich das vermisst», übertönte Adonis mich und drückte mir einen weiteren Kuss auf die Lippen. Er lachte übermütig.

«Pst», flüsterte ich entsetzt. Ich befürchtete, im nächsten Augenblick würde die Bibliothekarin um die Ecke biegen und uns erwischen.

«Also, welche Straftat hängen wir ihm an?», griff er die Konversation vom gestrigen Tag wieder auf. Er küsste meinen Nacken. «Ich kann so nicht denken», flüsterte ich hektisch, musste aber dennoch kichern. Meine Hände fuhren an seine Seiten, und ich stieß ihn ein wenig zurück. Adonis ließ mich los. Er vermied es, mir in die Augen zu sehen.

«Welche Strafe steht zum Beispiel auf Lebensmitteldiebstahl?», fragte ich kess. Adonis zuckte die Achseln.

«Dafür wird keiner hingerichtet, aber so zwei, drei Jahre hinter Gittern oder im Fall von Livingstone Ausweisung. Also ... perfekt.» Er schnippte mit den Fingern.

«Weiter?», forderte er mich auf.

«Nun ja, ich habe mich dieses Vergehens schuldig gemacht», bemerkte ich schuldbewusst.

«Der Zweck heiligt die Mittel», entschuldigte Adonis mich. «Du tust alles aus edlen Motiven. Dabei sehe ich nur deinen Gerechtigkeitssinn. Es ist gut, wenn man sich für Minderheiten einsetzt.» Ich errötete unter dem Lob. Gedankenverloren ließ Adonis eine meiner Haarsträhnen durch seine Finger gleiten.

Wie konnte er nur so entspannt sein? Nervös blickte ich wieder über meine Schulter zurück. «Können wir nicht woanders reden?», bat ich Adonis inständig.

«Nein, hier ist perfekt, bis hierher kommt doch selten jemand.»

Ich atmete auf und versuchte mich zu entspannen. «Man müsste Felix in die Falle locken», behauptete ich mit neuem Mut. «Wenn er erwischt wird, gerade dann, wenn er Lebensmittel klaut ...»

«Na klar», griff Adonis den Gedanken auf. «Wie wäre es, wenn wir Felix dein Vergehen anhängen?»

Ich spürte, dass ich errötete. Einen Augenblick bereute ich es, dass ich Adonis alles erzählt hatte. Aber wenn er mir nicht helfen konnte, wer dann? Er fuhr fort: «Wenn dieser Typ von den Peacemen ... wie heißt er noch gleich?»

«Norbert!», half ich ihm aus.

«Wenn dieser Norbert das nächste Mal Lebensmittel organisiert, dann sollte Felix anwesend sein. Du musst ihm verraten, wo der Treffpunkt ist.» Ich schüttelte vehement den Kopf.

«Niemals», wehrte ich ab. «Ich werde die Christen nicht in Gefahr bringen.»

«Stimmt auch wieder. Aber wenn du das ansprichst: Darüber habe ich mir auch Gedanken gemacht. Wenn man im Untergrund lebt, sollte man seinen Aufenthaltsort eigentlich mehrfach wechseln.»

Ich nickte zustimmend. «Es ist aber nicht einfach, etwas zu finden.»

«Hör zu: Man könnte diese zwei Dinge eigentlich miteinander verbinden. Zwei Fliegen mit einer Klappe», überlegte Adonis weiter.

Ich schaute ihn fragend an.

«Nun ja», verteidigte er sich. «Nehmen wir an, du verrätst Felix das Versteck. Er kommt hin, aber du warnst die Christen vor, und sie können vorher das Versteck wechseln. Felix wartet also dort mit den Lebensmitteln, und ich hetze ihm die Sicherheitsbeamten auf den Hals. Ich verrate ihnen, dass dort die Christen leben. Mit gestohlenem Essen in dem Versteck von Christen. Da soll er sich mal aus der Affäre herausreden.» Adonis' Augen blitzten bei seinen Ausführungen.

«Zu riskant!», wehrte ich ab.

«Also, hast du eine bessere Idee?», forderte er mich auf und lächelte sein berauschendes Lächeln. Ich zuckte mit den Achseln.

«Ich habe Felix mal mit einem Sicherheitswächter gesehen», klärte ich Adonis auf. «Wahrscheinlich macht er mit ihnen gemeinsame Sache. Sie werden ihn wohl kaum verhaften und wegsperren.»

Adonis hob die Augenbrauen. «Die Zusammenarbeit mit dem Sicherheitswächter kann zufällig sein. Wenn wir Glück haben, wird Livingstone wegen Lebensmittelschmuggels weggesperrt, und die Christen sind für einen Augenblick von Gefahr befreit. Somit gewinnen wir wenigstens ein bisschen Zeit. Bis Livingstone denen bewiesen hat, dass er ein Spion ist, gehen sicher einige Tage ins Land. Normalerweise sind die Spione ja so gut getarnt, dass nur wenige Eingeweihte innerhalb der Regierung überhaupt von ihnen wissen.»

Der Plan fing an mir zu gefallen. Das Ganze würde Felix lehren, sich von den Christen fernzuhalten, aber es war auch nicht zu verheerend. Wenn er seine Mission erklärt hatte, würde man ihn sicher freilassen.

«Ich schaue mich nach einem Versteck für die Christen um», versprach Adonis verheißungsvoll und berührte meinen Mund mit seinem Zeigefinger.

«Bleib fünf Minuten hier und gehe erst dann raus!» Seine Hand verharrte auf meiner Schulter, als er um die Ecke schaute, ob die Luft rein war.

Ich konnte mich länger als fünf Minuten nicht rühren. Träumerisch starrte ich an das gegenüberliegende Regal. Es war kein Märchen. Adonis Magellan hatte Gefühle für mich, und er half mir heldenhaft, mich an meinem Widersacher Felix zu rächen. Ich griff an mein Herz und lächelte glücklich vor mich hin.

Dienstag, 29. Ventôse 332 A. I.
«Tag der Esche» (20. März)

Bei meinem nächsten Besuch bei den Christen mit Norbert stellte ich überrascht fest, dass außer meinen Freunden noch mehr Menschen vorzufinden waren.

«Simon ist in letzter Zeit viel draußen gewesen», gestand Eunice mir. «Er meinte, wenn wir Gott um Hilfe und Gründe für Hoffnung bitten, dürften wir auch erwarten, dass er unsere Gebete erhört. Und es hat sich tatsächlich etwas getan! Er konnte einen ersten Kontakt zu weiteren Verbündeten herstellen. Und stell dir vor: Dieser hat sogar Verbindung zu anderen Christen in unserer Stadt! Wir haben doch immer geglaubt, wir wären die Einzigen, die übriggeblieben sind. Leider waren sie in recht schlechter gesundheitlicher Verfassung. Wir haben sie natürlich eingeladen, sich uns anzuschließen.» Sie senkte ihre Stimme. «Es sind auch ein paar Suchende dabei. Wir haben Simon gesagt, dass es zu riskant ist, sie alle anzuschleppen. Aber unsere Verbündeten haben uns hoch und heilig versprochen, dass es nur Menschen sind, die wegen ihres Widerstands gegen die Regierung auf der Straße leben und ohne Hilfe sterben würden.»

Ich ließ meinen Blick über die fremden Gesichter gleiten. Es waren hauptsächlich alte Menschen, und eine ganze Familie konnte ich ausmachen. Ich entdeckte sogar eine Frau in einem Priesterinnengewand. Sie sahen größtenteils mager und schwach aus. Eunice hingegen schien gerade aufzublühen. Sie wetzte zwischen den inzwischen etwa zwanzig Personen hin und her, teilte hier Essen aus und tröstete da ein Kind. Sie hatte etwas an Gewicht gewonnen, und ihre Haare und ihr Gesicht waren sauber und gepflegt. Ich konnte nur staunen. Es war paradox: Die Christen steckten selbst in einer Notlage, aber dennoch halfen sie Menschen, denen es noch schlechter ging.

«Das Problem ist, die Menschen, die hierherkommen, sind oft krank und schwer unterernährt», vertraute Eunice mir und Norbert an.

«Medizinschrank», notierte sich Norbert laut. «Puppe, hilf mir, daran zu denken, dass wir eine Medikamentenbank überfallen», raunte er mir zu.

Die Christen wussten immer noch nicht, dass Norbert die Lebens- und Hilfsmittel vor allem zusammenklaute. Sie hielten an der Hoffnung fest, dass es immer noch gute Menschen gab, und weder Norbert noch ich wollten ihnen diese naive Ansicht zerstören.

Der heutige Raubzug hatte uns in einen kellerartigen Vorratsraum geführt. Mit jedem Mal ging es mir leichter von der Hand, das Gesetz außer Acht zu lassen. Doch die vielen zusätzlichen Menschen hier unten würden unsere Aktionen nicht vereinfachen. Irgendwann würde es sicher unmöglich werden, zu zweit genügend Lebensmittel anzuschleppen, um eine solch große Gruppe für ein paar Tage zu ernähren. Und jeder Überfall barg ein unnötiges Risiko in sich.

«Hier unten ist es einfach zu feucht», bemerkte Philemon. «Unsere Atemwege sind deswegen angegriffen.»

Ich sah meine Chance. «Würde denn ein anderes Versteck helfen?», fragte ich plötzlich.

Die Christen schauten auf. Eunice seufzte. «Und wie! Weißt du etwas?»

«Vielleicht besteht eine Möglichkeit», meinte ich vage. Ich wollte keine Hoffnungen wecken, die ich dann nicht einlösen konnte. Ich wollte ihnen auch nicht erzählen, dass Adonis und ich ihrem Erzfeind auf die Schliche gekommen und zurzeit dabei waren, ihm ein Grab zu schaufeln.

Norbert starrte mich aus zusammengekniffenen Augen an. Doch

erst als wir den Rückweg durch den Höhlengang antraten, sprach er mich an: «Wie kannst du ein neues Versteck für die Christen organisieren?», bohrte er.

«Ähm ... ich habe einen Freund in dieser Sache ...», wich ich aus.

«Anna!» Ernsthaft blickte er mich an und hatte scheinbar sogar die leidige Puppe vergessen, mit der er mich sonst immer betitelte.

«Es ist wichtig, dass du nur wenigen Leuten vertraust und genau überprüfst, ob du das kannst. Steht die Person dir nahe?»

Ich nickte eifrig.

«Gut! Ich glaube, ich weiß, von wem du redest», meinte er schließlich. «Das ist okay!»

«Du hast ja auch deine Freunde!»

«Darauf kannst du Gift nehmen», gab er zurück.

«Und ich weiß ja auch nichts von denen!»

«Na ja. Die sind auch nicht bedeutend.»

«Du musst mir halt auch vertrauen», forderte ich.

«Na gut, Puppe! Aber nur, weil ich weiß, dass du schwer in Ordnung bist.»

Überrascht blickte ich ihn an. Ich hatte soeben ein Kompliment erhalten. «Ich verspreche dir, Norbert! Ich kann ihm zu hundert Prozent vertrauen.»

«Gut! Ich glaube dir!» Schweigsam setzten wir unseren Weg fort.

«Du, Norbert», setzte ich nochmals vorsichtig an. Er blickte mich von der Seite her an, als wir in die regnerische Frühlingsnacht hinaustraten.

«Was würdest du tun, wenn du den Verräter kennen würdest, ich meine den Spion, der die Christen ans Messer liefern will?», warf ich ihm die Frage hin.

«Ich würde ihm den Kopf abreißen und den Schädel als Trophäe ans Stadttor hängen», platzte er ohne Zögern heraus. Ich schauderte.

Doch ich musste ihm die zweite Frage auch noch stellen: «Was würdest du tun, wenn ich dir sage, dass ich den Verräter kenne?» Norbert musterte mich aufmerksam, soweit ich das in der Dunkelheit beurteilen konnte.

«Nicht wirklich, oder, Puppe?» Seine Stimme klang ungläubig durch den Wald.

«Nein», log ich und unterdrückte ein Seufzen. Die nächste Lüge ... «Aber es könnte doch sein, dass ich mal in die Situation komme.»

«Nun ja, dann würde ich rein hypothetisch sagen: Schau mal zu, Puppe, dass dein hübscher Kopf dann zwischen deinen Schultern sitzen bleibt und nicht plötzlich du diejenige bist, die vorm Himmelstor das *Gloria Halleluja* singt.»

Ich schauderte und zog meine Schultern hoch, damit der kalte Regen nicht in meinen Jackenkragen lief. «Rein hypothetisch!», murmelte ich.

Mittwoch, 30. Ventôse 332 A. I.
«Tag des Grabstocks» (21. März)

Eine Sache wollte ich jetzt von meiner Mutter wissen. Wir saßen abends noch gemeinsam am Tisch, tranken eine seltene Tasse Kaffee und erfreuten uns an dem Aroma, das in unsere Nasen stieg.

«Sag mal, Mutter», begann ich zögernd und spürte, wie mir die Hitze ins Gesicht stieg. «Hast du meinen Vater eigentlich ... na ja ... geliebt?»

Mutter blickte mich mit großen Augen an und setzte dann die Tasse mit einem Klappern auf die Untertasse. Sie verschüttete dabei einiges von der kostbaren Flüssigkeit. Ich bereute meine Frage bereits, als sie sie mit einem kurzen «Ja» bestätigte.

«Wie hast du das denn gemerkt? Ich meine, dass du ihn liebst?», stieß ich weiter vor.

«Na ja, ich habe es vor allem daran gemerkt, dass ich beinahe selbst gestorben bin, als er gegangen war. Wir waren einfach eins. Mit der Zeit konnten wir nahezu gegenseitig unsere Gedanken lesen. Lange war uns nicht vergönnt zusammen. Aber, ja, ich habe ihn geliebt.» Sie erhob sich, holte ein Tuch und wischte den Kaffee weg. «Und ich liebe ihn immer noch.»

«Also ... wart ihr ... wart ihr ein richtiges Paar?», hakte ich nach.

«Ja, Anna, wir haben sogar geheiratet.»

«Konnte man das denn damals noch?», fragte ich überrascht.

«Ja.» Mutter schmunzelte. «Ich habe zwar kein weißes Kleid getragen, aber eine der Untergrundchristinnen hat mir ein blütenweißes Taschentuch geliehen, das ich in meine Kleidung stecken konnte.» Mutters Augen wanderten in weite Ferne. «Wir waren noch sehr jung damals. Ich war siebzehn. Wir sind vor unserem ‹Pfarrer› erschienen. Das heißt, es war der Bruder, der uns damals immer aus der Bibel vorgelesen hat. Er hat eine kleine Trauzeremonie vollzogen, und wir haben uns vor Gott geschworen, dass wir uns treu bleiben bis in den ... bis in den Tod.» Ihre Stimme verlor sich.

«Bis in den Tod», wiederholte ich feierlich.

«Und euch – dich und Michael – haben wir auch aus Liebe empfangen», fuhr sie fort.

«Ja, weshalb habt ihr eigentlich Kinder in die Welt gesetzt? Es ist doch schwer im Untergrund mit Kindern», wollte ich wissen.

«Wir haben immer gehofft und gebetet, dass die Zeiten wieder besser werden. Dass wir eines Tages unseren Glauben frei ausleben können. Dein Vater konnte dann, nach meiner Gefangennahme und Befreiung, trotz widriger Umstände diese Wohnung hier mieten. Es gab neue Hoffnung. Wir haben euch immer gewollt. Immer!», betonte sie.

«Hattest du denn auch Schmetterlinge im Bauch, als du mit meinem Vater zusammen warst?» Langsam schämte ich mich meiner Fragen, aber ich musste es wissen.

Mutter lächelte mich vielsagend an. «Ja, das gab es auch. Aber darauf kommt es nicht an.»

«Wie weiß man denn, dass man jemanden liebt?», fragte ich.

Mutter hob ihre Hand und legte sie auf meine. «In dem Augenblick, in dem du weißt, dass du die andere Person nie mehr missen willst, da wird es dir klar», flüsterte sie.

Donnerstag, 1. Germinal 332 A. I.
«Tag der Schlüsselblume» (22. März)

«Ich habe ein Versteck für die Christen gefunden», frohlockte Adonis, als ich durch die Tür in den Raum des Geschichtsunterrichts trat. Ich ließ die Tür zischend hinter mir ins Schloss klicken.

«Hallo!», lächelte ich ihn an.

Sein Gesicht trug einen geistesabwesenden Ausdruck. Er küsste mich zwar auf die Wange, ließ mich jedoch gleich wieder los. Dann starrte er wie gebannt auf seinen Bildschirm. Ich beugte mich vor, um zu sehen, was er las. Aber er tippte schnell auf den Schirm und ließ einen Brief verschwinden.

Etwas verwirrt fragte ich: «Wo hast du denn so schnell etwas gefunden?»

Er blickte mich etwas gehetzt an. «Es ist eine alte, verlassene Fabrikhalle zwischen dem Stadtkern und dem Stadtteil, in dem ich wohne. Ich habe die Gebäudedaten überprüft. Das Haus ist seit zwanzig Jahren verlassen und zerfällt langsam. Es hat bestimmt ein undichtes Dach, aber ein trockener Fleck wird sich dort sicher finden lassen.» Er tippte erneut auf den Bildschirm und zeigte mir Bilder von dem zerfallenen Bau.

Ich nickte positiv überrascht. «Wieso nicht?»

«Außerdem führt der Weg dorthin größtenteils durch den Wald, das würde die ganze Sache erleichtern.» Seine Augen blickten hastig auf dem Bildschirm hin und her.

Ich musterte ihn misstrauisch. «Was ist denn mit dir los?», fragte ich vorsichtig. «Du bist so nervös.»

Er strich sich über die Stirn. «Nein, nein.» Er lachte. Es klang definitiv nervös, fand ich. Irgendetwas war ungewöhnlich.

«Alles in Ordnung. Ich habe einfach nur wahnsinnig viel zu tun.»

«Soll ich wieder gehen?», bot ich an.

«Nein, nein», winkte er ab. «Aber wann wollen wir jetzt eigentlich genau zuschlagen?», wechselte er abrupt das Thema.

«Ich habe nur gehört, dass Felix gesagt hat, bis zum 21. Germinal muss er seinen Auftrag erledigt haben. Wir müssen bald handeln.» Mein Herz fing aufgeregt zu flattern an. Ich war Teil einer Verschwörung!

«Wenn wir uns reinhängen, schaffen wir es vielleicht ... Wir werden sehen», murmelte Adonis mehr zu sich selbst. Sein Blick bohrte sich in den Bildschirm, als würde er eine wichtige Nachricht erwarten.

Dann wandte er sich plötzlich von der Arbeitsstation ab und legte seine Arme um mich. Zum ersten Mal an diesem Morgen sah er mich wirklich an. «Hallo, meine Süße!», flüsterte er und küsste mich sanft auf den Mund. Ich konnte mein Herz wieder in der Halsgegend suchen. Eine Frage regte sich in mir. Schüchtern fragte ich: «Amadeo, sind wir eigentlich ein Paar?»

Ruckartig schob er sich etwas von mir weg. Er sah überrumpelt aus. Einen kurzen Moment später schien er sich aber wieder gefangen zu haben. «Ich weiß nicht. Was meinst *du* denn?», drehte er den Spieß um.

«Ich ...», stotterte ich, nun plötzlich selbst um Worte verlegen. «Also, ich denke, ich meine, dass ... also, ich glaube ...» Ich musste schlucken und spürte, wie mir das Blut in den Kopf stieg und meine Wangen färbte. Ich senkte den Kopf, es war mir plötzlich so peinlich, dass ich überhaupt gefragt hatte.

Adonis schob zwei Finger unter mein Kinn und hob es an. «Deswegen brauchst du dich doch nicht zu schämen.» Er zog mich wieder etwas näher an sich. «Also! Wie wär's, wenn du Felix in unsere Pläne einweihst?», wechselte er das Thema.

Schon etwas mutiger, klimperte ich mit meinen Wimpern. «Zuerst möchte ich aber noch einen Kuss», bat ich lachend.

Und Adonis schenkte mir einen, zwei, drei ... mein Atem ging schneller ... vier ... mein Herz raste ... fünf ... ich spürte es bis in die Zehenspitzen ... sechs ... ich war im siebten Himmel.

Freitag, 2. Germinal 332 A. I.
«Tag der Platane» (23. März)

«Felix! Ich habe die Christen wiedergefunden!», platzte ich ohne Schnörkel heraus. Ich atmete heftig. Wir waren mit unserer Entspannungs-Klasse gerade eine Runde joggen gegangen und hinter den anderen zurückgeblieben.

«Was hast du?», schnaufte Felix, während er seine Muskeln zu dehnen begann. Ich knickte mein linkes Bein nach hinten und fasste mit beiden Händen nach meinem Fuß. Die Dehnübung tat gut.

«Ich habe die Christen gefunden!», wiederholte ich und hüpfte balancierend herum.

«Die Christen?», fragte er viel zu laut.

«Schschsch!», mahnte ich. «Du weißt doch, das Pack!», sagte ich etwas lauter, damit allfällige Mithörer nicht auf die Idee kamen, ich würde mit ihnen sympathisieren.

Das Interesse glomm förmlich in Felix' Augen auf. Ich gab mich in Plauderstimmung, obwohl sich mein Herz aufführte, als wäre ein Hamster darin gefangen und würde seinen Weg hinaussuchen.

«Ich helfe ihnen. Deshalb war ich in letzter Zeit so angespannt.» Das war eigentlich nicht mal eine Lüge. Felix konnte seine Stimme tatsächlich so weit senken, dass ich nicht schon jetzt bitter bereute, das Wort «Christen» überhaupt in den Mund genommen zu haben.

«Wirklich? Anna? Du konntest sie ausfindig machen?» Er klang, als könne er es kaum glauben. Er hob seinen Arm über den Kopf und begann eine weitere Dehnübung. Ich lockerte die Schultern und tat so, als würden wir uns über komplett unverfängliche Dinge unterhalten.

«Anna, darf ich auch helfen? Ich kann dichthalten, das schwör ich dir ...»

Na, dann schwör du ruhig mal, dachte ich zornentbrannt und bemühte mich um einen so gleichgültigen Gesichtsausdruck, dass mir die Schulleitung mit Freuden die Selbstverwirklichungsstufe *Selbstbeherrschung* verliehen hätte, hätte sie es gesehen.

«Hm», tat ich, als würde ich seinen Vorschlag sorgfältig abwägen. «Ich würde dich mal mitnehmen. Wir haben bald wieder eine Lebensmittellieferung», informierte ich ihn.

Felix' Augen leuchteten auf, und ich hasste ihn für den wahren Grund, der hinter seiner Begeisterung steckte.

«Das würde ich wirklich gerne», bestätigte er wieder etwas lauter. «Ist das kein Risiko, wenn du mich, einen Fremden, mitbringst?»

«Ich vertraue dir eben», log ich, ohne mit der Wimper zu zucken.

Je näher der Tag des Verrats kam – ich zuckte unter dem Ausdruck zusammen –, desto weniger Skrupel hatte ich. Mein Herz aber überschlug sich beim Gedanken an die Unfassbarkeit unseres Vorhabens. Felix hatte den Köder, ohne zu zögern, geschluckt.

Dienstag, 6. Germinal 332 A. I.
«Tag der Roten Beete» (27. März)

«Wir haben wahrscheinlich ein neues Versteck für euch gefunden», verkündete ich bei unserem außerplanmäßigen Besuch bei den Christen.

Norbert, meine Mutter und ich hatten den Christen heute medizinische Notrationen mitgebracht, die sie gerade mit dankbarem Herzen aufnahmen. Ich blickte mich besorgt um: Noch mehr Menschen hatten sich seit dem letzten Mal bei den Christen eingefunden. Bald würden wir einen Lastwagen brauchen, um genügend Lebensmittel heranzuschaffen! Vermutlich war Adonis' These richtig gewesen; je schlimmer die Umstände waren, desto mehr nahm die Zahl der Christen zu.

Philemon und Simon blickten mich erstaunt an.

Norbert fragte misstrauisch: «Wer ist ‹wir›?»

«Mein Freund», wehrte ich ab. «Du weißt schon, von dem ich dir erzählt habe.»

Norbert zuckte mit den Schultern und zeigte sich zufrieden. Er erteilte uns die Auskunft, dass in etwa anderthalb Wochen eine weitere große Lebensmittellieferung eintreffen würde. Ich war unruhig. Der materielle Verlust, den wir unweigerlich bei Felix' Überführung hinnehmen mussten, schmerzte mich. Eine ganze Lieferung! Doch ich beruhigte mich, dass es viel wichtiger war, dass wir den Verräter der Christen dingfest machen konnten. Unser Plan brannte mir auf den Lippen, und am liebsten hätte ich ihn vor Norbert und den Christen ausgebreitet. Doch Adonis hatte mir ans Herz gelegt, niemanden sonst einzuweihen.

«Nicht, dass uns jemand noch durch eine Unachtsamkeit den Plan zunichtemacht», hatte er gesagt, und so klappte ich den geöffneten Mund wieder zu und schwieg.

Mittwoch, 7. Germinal 332 A. I.
«Tag der Birke» (28. März)

«Hallo, Anna!» Adonis' düstere Miene begrüßte mich auf dem Bildschirm meiner Arbeitsstation.

«Was ...?», setzte ich an.

Doch Adonis unterbrach mich: «Es tut mir leid, meine Süße. Ich habe keine Zeit. Ich wollte dir nur den gesamten Fluchtplan schicken. Lerne die Anweisungen auswendig, bis du sie im Schlaf aufsagen kannst, und dann lösche das Ding umgehend aus deinen Dateien. Wenn der Peaceman dir das genaue Datum bekannt gibt, können wir loslegen.»

Ich nickte und wollte ihn fragen, wie er diese Anweisungen und Informationen so schnell zusammengestellt hatte, er war doch immer so beschäftigt. Nun ja, er war schließlich ein *Humanitus Perfectus*. Vielleicht brauchte man, wenn man erst mal den Status der Erleuchtung innehatte, weniger Schlaf. Jetzt musste diese Lieferung nur noch vor dem 21. Germinal geplant werden, und dann waren wir auf der sicheren Seite. Der Plan entwickelte sich immer mehr zu einem Wettlauf.

«Es sind jetzt noch viel mehr Christen dazugekommen», teilte ich ihm mit.

«Gut», antwortete er.

«Gut?», meinte ich zweifelnd. «Das macht es doch noch komplizierter.»

«Na ja, je mehr Menschen wir helfen, desto besser», entgegnete er.

«Ich vermisse dich!», hörte ich mich sehnsüchtig sagen.

«Ich dich auch, Süße! Wir sehen uns bald!» Er deutete mit seinen

Lippen einen Kuss an. Ich presste meine Lippen auf meine Fingerspitzen und berührte damit den Bildschirm.

Doch da hatte er den Bildschirm schon ausgeschaltet. Sofort begann ich, den Fluchtplan zu studieren und in meinem Kopf in einen Reim zu verpacken, damit ich mir die wichtigsten Eckpunkte merken und sie später weitergeben konnte.

Donnerstag, 8. Germinal 332 A. I.
«Tag der Jonquille» (29. März)

Es war nur eine kurze Stippvisite bei den Christen, und ich überlegte schmunzelnd, dass ich das erste Mal seit langer Zeit wieder mal allein bei ihnen war. Sie sahen alle wieder gesünder aus, und bei Melody zeigte sich sogar ein Ansatz von Pausbäckchen. Täuschte ich mich, oder war die Gruppe wieder gewachsen? Es war höchste Zeit für einen Platzwechsel. Die Höhle wurde zu klein, und sie war und blieb ein unfreundlicher Aufenthaltsort.

Feierlich sagte ich Philemon meinen auswendig gelernten Spruch mit den Anweisungen zum Fluchtweg und Fluchtort auf. Gemeinsam mit ihm und Simon wiederholte ich die Informationen so lange, bis ich mir sicher sein konnte, dass sie ihnen in Fleisch und Blut übergegangen waren. «Die Übersiedlung wird circa in einer Woche stattfinden. Haltet euch bereit – und dass ihr mir die Bibel nicht vergesst.»

Timothée quittierte die Anspielung mit einem Lächeln. «Keine Angst, dieses kostbare Buch kommt uns nie mehr abhanden», beruhigte er mich.

«Anna.» Philemon streckte mir seine Hand entgegen. Ich gab sie ihm. Er umschloss meine Hand mit seinen Fingern. «Wir können dir gar nicht sagen, wie sehr wir dir dankbar sind. Du bist eine Heldin, und wir beten jeden Tag dafür, dass Gott dich segnet.»

«Weshalb beten wir nicht gerade jetzt für sie?», schlug Simon vor und blinzelte mich unter seinen blonden Haarsträhnen hervor an.

«Hast du etwas dagegen, Anna?», fragte Eunice vorsichtig.

«Nein, weshalb denn?», gab ich locker zur Antwort, obwohl sich mein Magen sehr seltsam anfühlte. Ich lächelte sie an. Unsere Freundschaft hatte sich in den letzten Wochen nur noch vertieft.

«Komm mal in die Mitte hier», winkte mich Philemon heran. Er legte mir die Hand auf die Schulter. Timothée, Eunice und Simon stellten sich in einem Kreis um mich herum und taten es ihm gleich.

«Wir bitten dich für Anna, Jesus!», begann Philemon, und in diesem Augenblick fingen meine unvermeidlichen Tränen wieder an zu fließen. *Wie peinlich! Was ist nur mit mir los!,* dachte ich.

«Stärke sie!», fügte Eunice an.

«Segne sie!», ergänzte Simon.

«Wir bitten dich, dass du ihr diese Lebensmittellieferungen, die sie für uns organisiert hat, reichlich vergütest», schmunzelte Timothée, und ich errötete, weil ich sie gestohlen hatte wie eine gemeine Diebin. «Wir danken dir auch für den neuen Ort, an den wir gehen können.»

«Vor allen Dingen, lass sie dich in alldem hier sehen!», fügte Philemon an. Er hatte seine Augen gegen die Höhlendecke gewandt, als würde Jesus dort oben kleben. Ich hob ebenfalls den Blick und fragte mich, ob Jesus uns durch den Hügel hindurch sehen konnte, wenn er von oben auf uns herabschaute. Ich wollte ihn eigentlich wirklich gerne sehen, wenn ich ehrlich war.

«Beschütze sie! Behüte sie auf ihrem Weg, und lass es ihr gut gehen», betete Eunice weiter, und mein aufgeregter Magen kam zur Ruhe.

«Amen!», sagten dann alle zusammen, und ich spürte, wie mich eine Welle des Glücks überflutete.

«Amen!», flüsterte ich leise und wischte mir mit der Hand über die Wangen.

Eunice drückte sich an mich. «Also, Anna! Komm gut nach Hause! Bis zum nächsten Mal!»

Auch die Männer bedankten sich herzlich.

Heute blickte ich lange zu ihnen zurück, wie sie mir nachwinkten, und mein Herz brannte wegen der Anerkennung und der ... ja, wegen der Liebe, die sie mir entgegenbrachten. Sie sangen ein Lied, als ich die Höhle verließ, und der Klang von vielen schönen Stimmen folgte mir. Es schmerzte mich heute besonders, sie zu verlassen. Das hier, die Menschen in dieser Höhle ... näher war ich einem Zuhause noch nie gewesen.

Freitag, 9. Germinal 332 A. I.
«Tag der Erle» (30. März)

Ich fand den Zettel schwimmend in einer Zwiebelsuppe, die mir eine übelriechende Peacewoman, oder besser gesagt ein *Peacegirl,* überreichte.

«Heute ist Suppentag!», schnauzte sie mich an.

Hatten diese Freaks eigentlich überhaupt kein Gefühl für Anstand?! Viel zu nah für meinen Geschmack hatte sich die selbsternannte Pazifistin zu mir heruntergebeugt. Ihre blonden Haare hingen fettig und strähnig vor meinem Gesicht. Schockiert starrte ich sie an.

«Wir verschenken heute ein Mittagessen, das nicht von dieser korrupten Schulküche produziert wurde. Guten Appetit!» Dann drehte sie auf dem Absatz um und schlurfte davon. Unter ihrem Rock blitzten bei jedem Schritt bunte, selbst gestrickte Wollsocken hervor.

Ich saß in der Kantine und schaute ihr verständnislos nach. Dann rümpfte ich die Nase. Ich mochte keine Zwiebelsuppe.

Einem geschenkten Gaul schaut man nicht ins Maul, dachte ich und tauchte den Löffel in die Suppe ein. Zusätzlich zum rationierten Schulessen konnte es nicht schaden, sich zu stärken. Dann sah ich es. Mit spitzen Fingern klaubte ich das durchweichte Papier aus der Flüssigkeit.

Mit verlaufenden Strichen stand darauf: «15. Germinal.» Meine zitternden Finger stießen gegen den Teller, und eine gute Portion schwappte auf den Tisch.

«Was sollte die Aktion?», lachte Felix. «Hast du einen geheimen Verehrer?»

Aus Reflex versteckte ich meine Hand unter dem Tisch, bis mir in den Sinn kam, dass Felix jetzt ja «eingeweiht» war und dass ich soeben das letzte Puzzleteil zu unserem ausgeklügelten Plan in den Händen hielt. Ich hielt ihm unauffällig den Zettel hin und suchte mit den Augen den großen Saal ab, bis ich Norbert sah. Er strich sich über den ungepflegten Bart und nickte mir leicht zu.

«Hier», sagte ich und wandte mich wieder Felix zu. «Das ist der Termin der nächsten Lebensmittellieferung. Kommst du nun mit?», hakte ich nach und räusperte an einem Kloß in meinem Hals herum. Ich trommelte ungeduldig mit den Füßen auf den Boden.

«Ja klar, ich bin dabei! Das wird ein Abenteuer», freute sich Felix. *Ja, vor allem für dich. Gute Reise ins Gefängnis,* dachte ich grimmig. Ich war froh, dass der Termin nun feststand und das Warten ein Ende hatte. Jetzt musste ich die Nachricht nur noch Adonis übermitteln. Selbstzufrieden steckte ich den Löffel in die Suppe und schlürfte die warme Flüssigkeit hinunter. Sie schmeckte bitter und süß.

Samstag, 10. Germinal 332 A. I.
«Tag der Brutstätte» (31. März)

Ich traf Adonis am Abend des nächsten Tages hinter der Schule bei seinem Motorrad, das er unter einer ausladenden Eiche geparkt hatte. Er lehnte, die Hände in den Seitentaschen seiner Lederjacke vergraben, an einem Baum. Seine Augen leuchteten auf, als ich ihm die gute Nachricht verkündete.

«Gut», kommentierte er. Ich sah ihm die Erleichterung förmlich an.

«Bist du auch froh, dass die Sache zu einem Ende kommt?», fragte ich ihn.

Er nickte und fuhr sich nachdenklich mit der Hand durchs Haar.

«Ich habe Angst», gab ich zu. «Ich fürchte, dass es nicht klappen könnte oder dass etwas schiefläuft.»

«Komm mal her», forderte er mich auf und zog mich an sich. Der herbe Geruch seiner Lederjacke war beruhigend. «Keine Angst! Ich habe ein Auge auf dich. Du bist doch mein kostbarster Schatz. Wir sind ein gutes Team, Anna! Das wird ein Coup.»

Ich nickte, war aber noch immer verunsichert.

«Und wenn das alles hier vorbei ist, dann habe ich eine schöne Überraschung für dich, das verspreche ich dir. Und natürlich musst du mich dann endlich deinen Christen vorstellen.»

Ich nickte.

Adonis beugte sich vor und küsste mich das erste Mal seit Tagen wieder voller Leidenschaft. Ich schmiegte mich an ihn. Erst jetzt wurde mir so richtig bewusst, dass der Countdown unerbittlich tickte und dass es nun keinen Weg mehr zurück gab.

Kapitel 24

Mittwoch, 15. Germinal 332 A. I.
«Tag der Biene» (5. April)

Der Tag X dämmerte mit strahlend hellem Sonnenschein heran. Ich hatte in der Nacht kein Auge zugetan. Alles hing davon ab, dass jetzt jedes Detail unseres Planes funktionierte. Ich zupfte meine Haare vor dem Spiegel zurecht. Eigentlich hätte ich sie heute Morgen noch ein bisschen schneiden wollen, doch die Zeit fehlte mir, und meine Hände zitterten sowieso dermaßen, dass ich keine Schere ruhig halten konnte. In einem Anflug von Zynismus band ich mir das Tuch um die Hüfte, das Felix mir nach seiner Rückkehr geschenkt hatte. Die warmen Farben passten zu dem sonnigen Tag.

Ich las mir das Sprichwort vor, das darauf in der fremden Sprache gedruckt war: «ER sieht alles, wir aber sind blind.» Ich schmunzelte. «Heute ist es ein bisschen anders, Felix, heute sehen *wir* alles, und *du* bist blind.» Heute würde es ein böses Erwachen für ihn geben. Ein Gefühl der Genugtuung durchflutete mich.

Ich drehte mich um und verließ das Badezimmer. In der Tür stieß ich mit meiner Mutter zusammen.

«Großer Tag heute?», fragte sie. Ich hatte versucht, das Pläneschmieden mit Adonis vor ihr zu verbergen, doch offensichtlich war ich nicht erfolgreich gewesen. Vielleicht hatte sie auch mein unruhiges Herumwälzen letzte Nacht gestört.

Sie fasste meine Hand. «Schön siehst du aus!», gab sie von sich. Ich lächelte verlegen. «Du bist tapfer! Ich bin sehr stolz auf dich, vergiss das niemals!»

Die elenden Tränen wollten mich wieder überwältigen. Schleunig schluckte ich die Gefühlsaufwallung hinunter.

Mutter küsste mich auf die Wange. «Komm nicht zu spät heim, mein Schatz!»

Ich öffnete die Tür und winkte ihr noch nach. *Sie sieht so viel besser aus als noch vor einigen Wochen,* dachte ich dankbar und erleichtert.

Beschwingt, aber auch grenzenlos kribbelig schlug ich durch die Stadt den Weg zum Humanium ein. Die Natur brach sich überall Bahn: Die Sonne hatte unzählige Pflanzen aus dem Schlaf gelockt, und auch ich genoss ihre Strahlen. Am liebsten hätte ich mich irgendwo für eine Weile auf eine Bank gesetzt, die Augen geschlossen und einfach nur dem Zwitschern der Vögel zugehört. Aber ich musste weiter. Das Humanium wartete.

Dort angekommen, fiel mir auf, dass das schöne Wetter auch einen positiven Einfluss auf die Stimmung der Studenten hatte. Selbst die Peacemen sahen heute nicht so streitsüchtig aus wie sonst. Sie flanierten bequem auf der Außentreppe herum. Auf ihrer letzten Stufe empfing mich Felix, über das ganze Gesicht lächelnd. Seine Locken tanzten lustig auf und ab.

«Anna Tanna, du trägst ja das Tuch!», stellte er erfreut fest und hielt die Daumen nach oben. Ich wusste, dass er mit der Geste auch unsere Verabredung am Abend meinte. Ich hob die Daumen ebenfalls, wich seinem Blick jedoch aus.

Norbert hatte mir mitgeteilt, dass er um circa halb sieben Uhr abends bei den Christen eintreffen wollte. Er hatte mich eine halbe Stunde früher als Packesel bestellt. Für die Plackerei hatte ich mir eine Ausrede einfallen lassen müssen. Wenn ich die Flucht der Christen begleiten wollte, musste ich vor Norbert bei den Christen sein. Ich hoffte schwer, dass Norbert mir nicht den Kopf abreißen würde, weil seine kostbaren Lebensmittel heute beschlagnahmt wurden.

Felix hatte ich den Zeitpunkt halb acht Uhr angegeben und eine genaue Wegbeschreibung für ihn aufgezeichnet. Bis er seine Schergen zusammengetrommelt hatte, würde ich mit den Christen über alle Berge sein.

Adonis hatte mir versprochen, uns den Weg durch den Wald zu weisen. Im Schutz der anbrechenden Dunkelheit würden wir die Christen zu ihrer neuen Behausung führen.

Felix und ich schritten durch die Eingangshalle des Humaniums, als Adonis uns in einem Pulk von *Humaniti Perfecti* entgegenkam. Er formte unauffällig vor seiner Brust das «Daumen hoch»-Zeichen. Ich schmunzelte und erwiderte das Zeichen mit einem Zwinkern. Felix musterte mich argwöhnisch.

«Was grinst du denn wie ein Mondkalb?», lachte er.

Ich zuckte nur mit den Schultern. «Es ist der Frühling. Irgendwie macht er einen doch glücklich, oder?», log ich.

Der Unterricht dauerte heute bis um halb sechs. Gleich danach musste ich verschwinden, damit mir auf jeden Fall genug Zeit blieb, zu den Christen in den Wald zu eilen. Felix hatte ich erklärt, ich müsse nach der Schule erst noch dringend etwas an meiner Arbeit für Geschichte erledigen. Er hatte die Erklärung geschluckt, dass es besser wäre, wenn wir uns erst im Wald treffen würden.

Der Schultag zog sich so zäh in die Länge wie ein ausgeleiertes Gummiband. Alle fünf Minuten griff ich zu den Goggles, um darauf die Zeit abzulesen. Ich war mir dessen kaum bewusst, aber anscheinend hämmerte ich während des Unterrichts mit den Fingern auf die Pultplatte. Eine dunkelhäutige Hand legte sich über meine.

«Anna Tanna, bist du ein Specht geworden?», fragte Felix mit einem amüsierten Unterton in der Stimme. «Überlasse das Herumhampeln doch mir», schlug er scherzhaft vor.

Ein Stich fuhr mir ins Herz. «Ich freu mich einfach, dass du die Christen jetzt ebenfalls kennen lernen wirst», meinte ich einfallslos.

In der vergangenen Woche hatte Felix mich ausgequetscht, und ich hatte mein Lügennetz um einen gefühlten Quadratkilometer erweitert, indem ich eine Geschichte zusammenspann, die, wie ich hoffte, einigermaßen plausibel klang.

Ich versuchte gerade mitzubekommen, was unsere Psychologie-*Humanita Perfecta* von sich gab, aber sie hätte genauso gut eine Unterrichtslektion über ägyptische Hieroglyphen oder Quantenphysik geben können, ich hätte genauso viel verstanden.

«Dann freu dich etwas gemäßigter», spaßte Felix. «Neben dir wird ja der Kaffee nervös.» Er schien sich heute noch besserer Laune als gewöhnlich zu erfreuen.

Na klar, dachte ich empört, *du glaubst, du kannst deinem Auftraggeber endlich einen positiven Bescheid geben. Du wirst dich noch wundern, Bürschchen.* Ich presste die Lippen zu einem Strich zusammen. Gerechtigkeit würde Einzug halten. Doch nun hielt ich meine Finger still, indem ich mich in das orangerote Tuch auf meinem Schoß verkrallte.

Erleichtert atmete ich auf, als die Glocke endlich erklang. Doch die *Humanita Perfecta* dachte heute scheinbar noch lange nicht ans Aufhören. Ein kaum hörbares Murren ging durch die Klasse, als sie meinte, an dieser Stelle müsse sie etwas überziehen, da sie uns zwei Punkte unbedingt noch erläutern wolle. Es kam äußerst selten vor, dass *Humaniti Perfecti* die Studenten verzögert in den Feierabend gehen ließen. Ausgerechnet heute hatte die Lehrerin das dringende Verlangen, uns über irgendein psychologisches Steckenpferd aufzuklären! Oh Mann! Meine Finger verselbständigten sich wieder und trommelten gemeinsam mit den Füßen den aufgeregten Rhythmus der Ungeduld.

«Anna Tanna, ganz ruhig! Die Christen laufen uns schon nicht davon.»

Dir schon, konnte ich mir gerade noch verkneifen zu sagen.

Kaum hatte die *Humanita Perfecta* sich bedankt und den Unterricht offiziell für beendet erklärt, säuselte ich Felix einen kurzen Abschiedsgruß zu und war zur Tür hinaus. Eine kostbare Viertelstunde hatte sie mir geklaut! Ich wollte in einer Dreiviertelstunde im Wald bereitstehen, damit unser sorgsam ausgeklügelter Plan nicht die geringste Minute Verzögerung haben würde. Mit langen Schritten strebte ich dem Ausgang entgegen. In der Eingangshalle hielt ich einen Augenblick inne, und meine Augen streiften hinüber zum Tresen der Empfangsdame. Dort stand eine schlanke, großgewachsene Frau mit dunklen, langen Haaren in einem khakifarbenen Hosenanzug und blickte auf die Eingangstür. Ich blieb mitten im Laufen stehen. Kein Zweifel, es war Aquilina Akbaba.

Als sie sich das letzte Mal im Humanium gezeigt hatte, hatte dies nur Unheil für mich bedeutet. Ein Déjà-vu ereilte meine Gedanken. Vielleicht konnte ich mich unbeobachtet an ihr vorbei hinausschleichen. Oh nein, ihre suchenden Augen hatten mich bereits erfasst! Ich versuchte sie zu ignorieren und setzte meinen Weg unverdrossen fort. Dabei gab ich mich der irrigen Hoffnung hin, dass mir die Gabe der Unauffälligkeit zufliegen würde. Doch da klapperten Aquilinas hochhackige Schuhe auch schon direkt auf mich zu.

«Anna Tanner! Kommen Sie bitte zu mir!» Sehnsüchtig blickte ich zu dem großen Portal. Ich würde ihr nicht entkommen. *Jetzt ist alles verloren,* hämmerte es in meinem schuldbewussten Kopf. *Sie haben alles über dich herausgefunden.* Konnte ich mich eventuell noch herausreden? Mit einem aufgesetzten Lächeln ging ich auf Aquilina zu.

Erstaunlicherweise erkannte ich auf ihrem strengen Gesicht ebenfalls ein Lächeln. «Guten Abend, Studentin Tanner!», begrüßte sie mich.

«Guten Abend, Meisterin Akbaba!», antwortete ich so wenig zerknirscht wie möglich. «Was verschafft mir die Ehre?» Ich schaffte es, den Satz ohne einen Hauch von Sarkasmus vorzubringen. Meine Selbstbeherrschung war wohl in dem Maß gewachsen, wie ich gelernt hatte, erfolgreich zu lügen ...

«Stellen Sie sich vor, Studentin Tanner, wir sind vom Rektorat vorgeladen worden», sagte Aquilina strahlend.

Weshalb war sie so vergnügt? War das alles eine Falle? War es möglich, dass sie gar nicht wusste, dass ich so viele verbotene Dinge getan hatte, dass man mich wohl des Hochverrats an der Regierung für schuldig erachten könnte? Meine Angst lähmte meine Sinne. Die Empfangsdame setzte ihre Goggles auf und sprach schnell hinein.

«Meisterin Akbaba und Studentin Tanner sind bereit ... Jawohl, das mache ich ...» Sie lächelte uns freundlich an. «Sie dürfen jetzt hinauf.»

«Wissen Sie vielleicht, worum es geht», zwängte ich eine leise Frage durch meine Kehle. Wir erklommen gerade gemeinsam die Treppe.

«Nein», strahlte Aquilina, «aber ich habe so eine leise Ahnung.»

Aquilinas offensichtlich gute Laune versetzte mich in einen unverhofften Zustand der Beruhigung. *Abwarten. Wer weiß? Könnte sein, dass sie mich wegen meiner Noten oder sonst etwas Belanglosem sprechen wollen. Die Hoffnung stirbt zuletzt*, sprach ich mir Mut zu.

Das einzige Problem war nun mein Zeitmanagement. Die Zeiger der großen Uhr im Gang krochen auf sechs Uhr zu. Die dicken Teppiche im fünften Stockwerk schluckten unsere eiligen Schritte. Wie von Geisterhand bewegt, öffnete sich wie beim letzten Mal die mächtige Mahagonitür und ließ uns ein in das beängstigende Zentrum der Macht des Humaniums.

Die Abendsonne flutete das Vorzimmer mit hellem Licht. Ich kniff die Augen zusammen und blickte über die Stadt hinweg. Die langbeinige Blondine im Vorzimmer tippelte auf uns zu.

«Darf ich Sie bitten, Platz zu nehmen?», flötete sie affektiert. «Ich werde der Meisterin Ihre Ankunft melden.» Sie wies auf zwei mit schwarzem Leder bezogene Stühle. Steif wie ein Brett ließ ich mich auf meinen plumpsen. Aquilina ließ sich nieder wie ein stolzer Schwan, der auf den Wellen reitet, den Kopf hoch erhoben.

Mein Blick fiel auf eine große Standuhr zu unserer Rechten. Das große goldene Pendel schwang hin und her und erfüllte den Raum mit seinem unheimlichen Ticken. Warum war sie mir das letzte Mal nicht aufgefallen? Sie erinnerte mich daran, dass die Zeit wie Sand zwischen meinen Fingern verrann.

Die Blondine verschwand in einem der Nebenzimmer, vermutlich um die große graue Eminenz, die strenge Gebieterin des Humaniums, zu rufen, deren Namen ich noch immer nicht kannte.

Hatte ich erwartet, sie würde sofort wieder mit der Schulleiterin im Schlepptau erscheinen, so hatte ich mich getäuscht. Das Pendel der Uhr tickte hin und her, und es tat sich nichts an der Tür. Meine Hände krampften sich um die Stuhllehnen. Meine Fußsohlen schabten über den Teppich. Ich wollte eine Konversation mit Aquilina Akbaba beginnen, doch ich konnte keinen Satzanfang bilden. Meine Augen fixierten einfach nur die Tür, hinter der die Blondine verschwunden war. Nichts rührte sich. Der große Zeiger verlor das Gleichgewicht und kippte langsam nach rechts. Wie eine Statue fror ich fest. Ich müsste eigentlich schon lange unterwegs sein!

Als der Zeiger die Vier überschritten hatte, öffnete sich die Tür, und ich schnellte auf wie ein Springteufelchen aus der Kartonkiste. Vermutlich war es nicht sehr elegant, aber was auch immer mich erwartete, ich wollte es hinter mich bringen und dann die Christen retten. Die große, streng wirkende Dame schritt auf uns zu und streckte zuerst Aquilina Akbaba ihre rotlackierten Nägel entgegen.

«Seien Sie herzlichst gegrüßt, Meisterin Akbaba!», tönte sie mit fester Stimme. Aquilina Akbaba zerschmolz beinahe vor der Autorität der Schulleiterin. Es war ein Wunder, dass sie nicht noch deren mächtigen Klunker am Ringfinger küsste. Auch mir streckte die Schulleiterin ihre Hand entgegen. Ich bemerkte, dass sie es tat, wie um mir eine Huld zu gewähren. Sie fühlte sich kalt an wie ein toter Fisch. Trotzig erwiderte ich ihren Blick. Dennoch verschluckte ich mich beinahe, als ein Lächeln ihre maskenhaften Gesichtszüge spaltete.

«Studentin Tanner, was für eine Freude, Sie heute hier zu begrüßen.»

Ich glaubte ihr kein Wort. Was sollte ich tun, wenn sie mich jetzt rausschmiss? *Dann nehme ich meine Mutter mit und lebe mit den Christen im Untergrund.* Der Gedanke verschaffte mir Trost. Ich richtete meine Schultern auf.

«Folgen Sie mir!», forderte die Schulleiterin uns auf. Wir folgten ihr ins Zimmer. Wie beim letzten Mal bedeutete sie uns, uns zu setzen. Ich warf einen verzweifelten Blick auf die Pendeluhr im Vorzimmer, bevor sich die Tür schloss. Beinahe halb sieben. Ich würde mich sehr beeilen müssen. Hätte ich doch bloß Norbert in meine Pläne eingeweiht! Meine Unrast ließ mich die ersten ernsten Worte der Schulleiterin verpassen.

«... Jedenfalls, Demokrit Magellan will nicht, dass unser System ungerecht ist.» Ich horchte auf. «Wir waren unberechtigterweise zu streng zu Ihnen, Studentin Tanner.» Die graue Matrone fixierte mich mit ihrem stechenden Blick. «Sie erhalten Ihre Selbstverwirklichungsstufe der *Ordnung* zurück. Von Adonis Magellan haben wir von Ihrem außergewöhnlichen Engagement gehört. Sie setzen wirklich alles daran, sich in die Gesellschaft einzufügen, und scheuen keine Mühe, hart zu arbeiten. Wir sind bereit, über Ihre Vergangenheit hinwegzusehen und Sie wieder vollständig in die Reihen der Apolliner aufzunehmen. Was sagen Sie dazu?» Zwei Augenpaare starrten mich erwartungsvoll an.

«Wie bitte?», fragte ich.

Aquilina rümpfte schon die Nase.

«Habe ich richtig gehört?», wiederholte ich ungeschliffen. «Ich bekomme meine Selbstverwirklichungsstufe zurück?»

«Sie könnten schon etwas dankbarer sein, Studentin Tanner», meinte Aquilina mit einem entschuldigenden Seitenblick auf die Schulleiterin. «Ich habe mich auch für Sie eingesetzt.»

«Danke», antwortete ich mechanisch, konnte jedoch nur an die Pendeluhr denken.

«Jetzt müssen Sie nur noch Ihren Fingerabdruck unter Ihre Annahme-Erklärung setzen, und Sie haben alle Ihre Rechte wieder, ist das nicht großartig?», zwitscherte Aquilina. Ihrem fast hündischen Blick war zu entnehmen, dass sie ihre Seele für ein bisschen Anerkennung vonseiten der Schulleitung hergegeben hätte.

«Ja, gut», hörte ich mich sagen. Wie viel Uhr war jetzt? Auf der Tischplatte vor mir leuchtete wie auch schon beim letzten Mal ein Display auf. Ich presste eilig den rechten Daumen darauf. Ich hätte freudig mein eigenes Todesurteil unterschrieben, nur um endlich gehen zu können. Norbert war sicher schon lange dabei, die Lebensmittel aufzuladen, und schimpfte währenddessen wie ein böser Rohrspatz. Doch nun musste ich die Lobhudeleien auf meine vor Verlegenheit glühende geistige Führerin über mich ergehen lassen.

Als auch sie ihren Finger auf das Display presste, fragte ich mich flüchtig, was wohl Aquilinas Ziele im Leben waren. Mittlerweile traute ich in diesem System jedem alles zu.

«Darf ich mich entschuldigen?», haspelte ich unkontrolliert.

Ungnädig blickte die graue Matrone mich an.

«Ich bin in Eile, entschuldigen Sie! Ich muss einen Termin wahrnehmen und bin bereits spät dran. Das Gebot der Pünktlichkeit will ich keinesfalls verletzen ... nachdem Sie mich so großzügig ... wieder angenommen haben. Ich bin Ihnen *ewig* dankbar.» Ich hoffte, dass die Beteuerung glaubhaft wirkte, und setzte einen unschuldigen Blick auf.

Die Matrone musterte mich einen quälend langen Moment. Dann nickte sie.

Ich schoss aus dem Stuhl hoch und zerquetschte dabei unabsichtlich Aquilinas Zehen unter meinen Sohlen. Hastig verneigte ich mich vor den beiden Damen und ließ dann die Tür aufrauschen. Die Pendeluhr setzte gerade zum Schlag der vollen Stunde an. Sieben Uhr! Meine Gedanken rasten. Bis zum Wald würde ich ungefähr zwanzig Minuten brauchen – wenn ich im Vollgalopp rannte, vielleicht eine Viertelstunde. Dann mussten wir es schaffen, alle zusammen innerhalb von zehn Minuten aufzubrechen. Ich sah meine Felle davonschwimmen. Weshalb hatte ich bloß geglaubt, ich könne den Plan ohne Hilfe durchziehen?

Die Tür zum Büro der Schulleiterin stand offen. Im Licht der Sonne sah ich zwei große schemenhafte Gestalten. War die eine etwa Demokrit Magellan? Ich wollte kurz innehalten, doch dafür blieb mir jetzt wirklich keine Zeit. Ich hörte noch, wie eine schneidende Stimme sagte: «Alles läuft nach Plan.»

«Schön wär's!», dachte ich, und dann rannte ich los, als wäre ein Rudel Höllenhunde hinter mir her.

Keuchend betrat ich den Höhlengang. Ich hatte es tatsächlich noch rechtzeitig geschafft! Es grenzte an ein kleines Wunder. Ich hatte noch fünfzehn Minuten Zeit, bis Felix erschien. Ich erwartete eigentlich, das fröhliche Stimmengewirr der Christen zu vernehmen. Doch stattdessen hörte ich das Scharren von Füßen, laute zornige Männerstimmen und dann einen schrecklichen Knall, der mehrfach von den Wänden widerhallte und meine Trommelfelle zum Schwingen brachte. Erschrocken hielt ich inne. Ein schreckliches Stöhnen ließ mir die Haare zu Berge stehen. Davoneilende Schritte waren zu vernehmen, ein weiteres Klagen aus einer Männerkehle und dann Totenstille.

Ich beschleunigte meine Schritte. Eine düstere Vorahnung packte mich. Irgendetwas war schrecklich schiefgelaufen! War ich zu spät? War Felix bereits mit seinen Schergen eingetroffen? Ich setzte meinen Fuß in die große Höhle. Ein munteres Feuer flackerte und warf seine tanzenden Schatten auf die Wände und auf Stapel von Kisten mit Lebensmitteln. Norbert war wohl schon angekommen. Aber weshalb war niemand sonst da?

Ein dumpfes Aufstöhnen erregte meine Aufmerksamkeit, und erst jetzt sah ich, dass eine große Gestalt flach ausgestreckt auf dem Rücken in der Mitte der Höhle lag. Ich stolperte auf die Person zu. Von Nahem erkannte ich Simons blasse Gesichtszüge. Er atmete schwer.

«Simon? Was ist passiert?»

Ich sah, dass er seine Fäuste an seinen Brustkorb presste.

«Was ist passiert? Tut dir etwas weh?», fragte ich atemlos. Ich sank auf den Felsboden, so dass Schmerzen durch meine Knie schossen. Meine Hände griffen nach Simons Händen. Sie waren seltsam feucht und eiskalt.

«Wir wurden schon wieder verraten, Anna! Verraten!» Er keuchte, und sein Gesicht verzog sich schmerzhaft.

Ich war zu spät, ich war tatsächlich zu spät.

Ich versuchte mich krampfhaft an den Plan zu erinnern. Es hätte doch alles klappen müssen! Irgendetwas war furchtbar schiefgelaufen. Adonis musste aufgehalten worden sein. Felix war mit seinen Schergen schon früher eingetroffen und hatte die Christen erwischt und verhaftet. Unser Plan war zu riskant gewesen. Er hatte versagt. Ich hatte versagt. Ich war zu spät. Ich stand auf und taumelte in Richtung Hinterausgang. «Sind alle verhaftet worden?»

«Nein, Anna.» Simons Stimme war schwach. «Die anderen konnten alle entkommen! Gott sei Dank. Es ist ein Wunder.»

«Was?!» Ich eilte wieder zu ihm zurück und wollte ihm aufhelfen.

«Lass nur!», schnaufte er. «Norbert hat die Lebensmittel wie abgemacht vorbeigebracht. Wir haben uns noch gewundert, wo du bleibst. Dann kam ein junger Mann hierher. Wir kannten ihn nicht. Er ist ein Christ. Er konnte uns warnen und die anderen in Sicherheit bringen. Er sagte, er sei eigentlich hier, um eine junge Frau namens Anna zu beschützen und hier herauszuholen. Wir konnten sein Kreuz sehen, Anna! Er war ein Christ.»

Adonis war hier gewesen?

«Moment mal», rief ich entsetzt aus. Adonis war also schon hier gewesen. Und er war Christ? Mein Gott! Das konnte doch nicht wahr sein. Adonis war Christ und hatte das vor mir verborgen? Meine Gedanken überschlugen sich. Das hieß aber, dass Felix jetzt immer noch jederzeit hier eintreffen konnte und Simon und ich ihm schutzlos ausgeliefert waren.

«Wir müssen weg hier!» Langsam geriet ich in Panik.

«Nein, die Verräter waren schon hier!»

Felix war schon hier gewesen? Gerade eben? Hatte er den Schuss abgegeben? Ängstlich blickte ich mich um. «Weshalb bist du denn noch hier?»

Simon schloss die Augen. Seine Gesichtsfarbe war grau. Ich fuhr mit der Hand an seinen Brustkorb. Wo um Himmels willen war sein Herzschlag? Ich konnte nichts fühlen!

«Wir liefen durch den Wald davon. Aber du kennst mich ja, ich wollte noch ein paar der Lebensmittel retten ... Ich bin noch mal zurück zur Höhle. Die Sicherheitswächter waren zu viert, und sie ...»

«Oh nein!», stieß ich ahnungsvoll hervor.

«... haben mich angeschossen!»

Oh mein Gott! Ich drehte meine Hände um. Die Handflächen waren blutverschmiert.

«Oh mein Gott! Oh, mein Gott», stieß ich entsetzt hervor. «Es hat hier doch sicher irgendwo Verbandsmaterial!» Ich schoss auf und riss die erstbeste Kiste auf. «So sag doch was! Ich quatsche hier rum, während du ...»

«Nein, nein! Anna, ich glaube, es hat mich ziemlich wüst erwischt. Und ... Norbert hat gesagt, es sind nur Lebensmittel dabei.»

Hastig riss ich die zweite Schachtel auf und leerte den Inhalt auf den Boden.

«Es muss doch irgendwas geben», schluchzte ich angsterfüllt.

Mir wurde schwindelig. Das konnte doch alles nicht wahr sein! Wieder beugte ich mich zu ihm hinab und versuchte ihn aufzurichten. Vielleicht konnte ich ihn zu uns nach Hause bringen? Daheim konnte ich ihn verbinden. Irgendwas würde mir schon einfallen.

«Nein, Anna! Das Blut fließt aus mir raus, wenn ich mich bewege.»

Entsetzt erkannte ich, dass sich unter ihm tatsächlich eine dunkle Lache ausbreitete. «Mein Gott! Mein Gott! Jesus!», rief ich aus. «Hilf uns!»

Fassungslos sank ich neben Simon auf den Boden. Seine grünen Augen blickten mich ruhig an. Ein Zittern ging durch seinen Körper.

«Wo sind die Wächter denn hin?», fragte ich.

«Keine Ahnung. Vermutlich haben sie die Verfolgung aufgenommen.»

Ich setzte mich neben ihn und zog seinen Kopf auf meinen Schoß, um ihm wenigstens etwas Wärme abzugeben. Ich presste meine Hände fest auf seine Brust, die immer von neuen stoßartigen Krämpfen erschüttert wurde. Ich strich ihm die blonden Haarsträhnen aus der Stirn.

Meine Verzweiflung war groß. Was konnte ich nun noch tun, um den Christen zu helfen? «Was soll ich tun? Was soll ich tun? Was soll ich tun?», murmelte ich.

«Anna! Ich weiß, dass ich die Erde bald verlassen werde.»

«Nein, nein», wehrte ich mich. «Sprich es nicht aus!», flehte ich.

«Doch ...», stieß er krampfartig hervor. «Anna! Ich war so schlecht! Ich ... ich ... habe mich für Jesus entschieden. Aber ich hatte immer solche Angst vor dem Sterben und vor Schmerzen. Ich wollte mir nicht mal das Kreuz tätowieren lassen, weil ich solche Angst hatte.»

«Pst!», versuchte ich ihn zu beruhigen.

«Lass mich ausreden!», befahl mir Simon schwach. «Ich war so feige! Ich fühlte mich immer als etwas Besonderes ... und ich habe ... ich habe ... ich war so beleidigt, dass Philemon das nicht sehen wollte ... Ich hatte ständig diese Machtkämpfe mit ihm ... Und Eunice ... die liebe Eunice ... ich glaube, sie hat mich geliebt ...»

«Sie liebt dich immer noch!», weinte ich.

«Ich habe sie immer ignoriert ... weil ... konnte keine Beziehung eingehen ... Ich hatte Angst vor Verpflichtungen ...» Er holte tief Luft. «Meinst du, mir kann vergeben werden, dass ich so feige war ...?» Eine Träne rollte aus seinem Augenwinkel. Ich strich sie ihm weg. Meine Hand blieb auf seinem bärtigen Gesicht ruhen, und ich streichelte seine Wangen. Die Geschichte, die Philemon vorgelesen hatte, schoss wie ein Blitz durch meine Gedanken.

«Weißt du noch die Geschichte mit dem Typen am Kreuz?», stieß ich hervor. Simon nickte beinahe unmerklich. «‹Noch heute wirst du mit mir im Paradies sein›, hat Jesus gesagt.» Klar wie der reinste Diamant standen die Worte wieder vor meinen Augen. «Dieser Mann war ein schlimmer Verbrecher, und er hat sich erst kurz vor dem ... dem ... vor dem Tod an Jesus gewandt, und trotzdem hat Jesus ihm vergeben. Meinst du nicht, er tut das auch mit dir?» Ich unterdrückte ein Schluchzen.

Ein blasses Lächeln huschte über Simons abgekämpfte Züge. «Danke, Jesus!», seufzte er. «Danke, Jesus, danke für deine Vergebung.» Tränen folgten der ersten.

«Lass mich Hilfe holen, Simon, bitte!» Flehend blickte ich ihn an.

«Nein, Anna, warte hier! Bitte! Weißt du, Anna, Gott hat mich heute zweimal überrascht ...» Zitternd zwängte er Sauerstoff in seinen beschädigten Brustkorb. «Ich habe die Menschen aus dem Land der Mittagssonne ... immer gehasst, weil sie als Verräter und Spione bekannt waren ...»

Was soll hier die Überraschung sein?, dachte ich bitter.

Er sprach schneller, als würde seine Zeit langsam ablaufen. Ich hörte nicht auf, über seine Wangen zu streichen.

«Und jetzt ... und jetzt ... schickt Gott uns einen Bruder mit dunkler Haut aus dem Land der Mittagssonne ... der uns rettet ... Meine Brüder und Schwestern sind in Sicherheit ...» Simons Atmung verlangsamte sich. Er kämpfte um Luft und bäumte sich auf. Dann erschlaffte sein Körper. Ich schüttelte leicht an seiner Schulter.

«Hier! Bleib bei mir», schrie ich ihn an. «Simon! Bleib hier!»

Mit aufgerissenen Augen flüsterte Simon: «Anna ... auf wen verlässt du dich? Verlass dich nur auf Gott! Bitte ... Ich gehe jetzt zu ihm ...» Seine Stimme verebbte. Ein letzter zitternder Atemzug hob seinen lädierten Brustkorb, und dann brach sein Auge. Er hatte sein Leben ausgehaucht.

«Nein! Nein!», kreischte ich hysterisch und schüttelte Simon erneut. «Nein! Simon! Nicht sterben! Nicht sterben!» Sein Kopf war leblos zur Seite gefallen. Ich presste meine Hände auf seinen Brustkorb und versuchte ihn wiederzubeleben. Ich legte meinen Mund auf seine Nase.

«Atme! Simon! Atme! Bitte atme!» Mein Körper bebte unter meinen Schluchzern, und ich fiel über ihm zusammen. «Mein Gott, nein, dein Mörder wird bezahlen. Er wird bezahlen.» Ich schrie laut auf. Dann blieb ich wie betäubt sitzen und starrte auf Simons leblosen Körper.

«Oh Gott! Wo bist du? Mein Gott, hast du uns verlassen?» Ich wollte mich erheben, doch dann sank ich zusammen, und Schluchzer schüttelten mich.

«Nein.» Immer wieder versuchte ich, Simons Tod abzustreiten. Doch es half nichts. Jemand hatte sterben müssen, weil ich versagt hatte und weil solche Menschen wie Felix frei herumliefen.

«Verfluchtes Land der Mittagssonne!», heulte ich fassungslos. Doch dann hielt ich inne. Was hatte Simon gesagt? Einen Bruder aus dem Land der Mittagssonne? Der uns rettet? Er hatte gesagt, er sei hier, um eine junge Frau namens Anna zu beschützen … Es konnte doch nicht sein … Ich sog die Lungen voll mit Luft. War am Ende …? Felix …? War Felix der Retter in der Not? Nein! Niemals! Wahrscheinlich hatte mir mein Verstand einen Streich gespielt.

Felix … Felix? Er hatte dunkle Haut, er kam aus dem Land der Mittagssonne. Hatte Felix etwa die Christen gerettet? War Felix Christ? In meinem vernebelten Verstand fügten sich langsam alle Puzzleteile zusammen. Felix' Tarnung?

«Er wollte dich hier herausholen», hatte Simon gesagt. Unsere Freundschaft. Seine Freundlichkeit, sein ehrliches Gesicht, seine treuherzigen Augen … «Ich muss einen Auftrag erfüllen. Ich bin ihr Aufpasser.» Die Wahrheit schlich sich in meinen Verstand … Felix war nicht der Verräter! Er wollte mich retten! Aber in wessen Auftrag? Und wenn Felix nicht der Verräter war, wer war es dann?

Wie als Antwort auf die unausgesprochene Frage dröhnten schwere Schritte durch die Gänge der Höhle. Mein Instinkt für Gefahr warnte mich, aufzustehen und diesen Ort so schnell wie möglich zu verlassen, doch meine Beine waren wie aus Blei. Ich konnte mich nicht bewegen.

Im Schein des ersterbenden Feuers traten vier große Gestalten in den Höhlenraum. Sie waren von Kopf bis Fuß in Schwarz gekleidet und trugen Gewehre mit sich. Die größte und breitschultrigste Gestalt löste sich aus der Gruppe, baute sich vor mir auf und richtete ihr Gewehr auf mich. Meine Augen blickten an der dunklen Gestalt empor.

Seine honigfarbenen Augen erzählten mir die schreckliche Wahrheit, noch ehe seine Stimme die Stille wie ein Schwert durchschnitt: «Anna Tanner! Stehen Sie auf! Ich verhafte Sie im Namen des Gesetzes wegen Kollaboration mit regierungsfeindlichen Gruppierungen und …» Das Gewehr landete scheppernd neben mir auf dem Felsboden. «… wegen Mordes.»

Seine Stimme klang hohl, blechern, aber beherrscht. Sein Gesicht war zu einer eiskalten Maske erstarrt. Seine Augen flackerten in fiebrigem, irrem Glanz, und seine Hände, die in schwarzen Handschuhen steckten, zitterten stark.

«Das Spiel ist aus», verkündete er mit letaler Endgültigkeit.

«Ja», antwortete ich fassungslos und erhob mich schwankend.

Mein geliebter Göttersohn war wahrhaftig aus dem Pantheon gefallen und hatte sich in einen todbringenden Engel verwandelt.

Kapitel 25

«*Du* bist der Verräter», stammelte ich.

Der selbstgefällige Ausdruck auf Adonis' Gesicht verzerrte das geliebte Lächeln zu einer fremden Fratze. Die Männer um ihn herum rührten sich nicht. Auch ihre Gesichter waren reglos.

«Eigentlich ist es so, Anna ...» Seine Stimme peitschte mich. «Du bist die Verräterin. *Ich* habe hier nur meinen Job erledigt. Aber *du* warst diejenige, die ihre Familie und Freunde verraten hat. An mich – den Sohn eines Regierungsbeamten! Du bist so naiv! Wegen *dir* sind Menschen gestorben.» Er tippte mit der Fußspitze gegen Simons Leiche.

Ich zuckte zusammen. Meine Knie drohten unter mir wegzusacken.

«Wer bist du?» Die Worte lösten sich einfach von meinen Lippen, ohne dass ich etwas dagegen tun konnte.

«Wer sind *Sie,* wenn ich bitten darf ...», korrigierte mich der fremde Mann in Schwarz, den ich bis jetzt als Adonis Magellan und Amadeo Nero gekannt hatte. Er schlug die Hacken zusammen, grinste mokant, salutierte und meinte dann: «Darf ich mich vorstellen? Adonis Magellan, Sohn des Demokrit Magellan, Hüter des Gesetzes, Sonderbeauftragter der Regierung unseres Parts zur Aufspürung von regierungsfeindlichen Gruppierungen, *Humanitus Perfectus* und ... Schauspieler an der Schauspielschule für Hohe Künste der Dionysier.»

Seine Worte hallten durch die Gänge der Höhle und machten für mich keinen Sinn. Schauspieler? «Ich ... ich ... dachte, dass wir ...», stotterte ich, machtlos gegen die Tränen, die sich Bahn brechen wollten.

Adonis schnitt mir das Wort ab: «Meinst du wirklich, ich interessiere mich für eine gewöhnliche Studentin?!» Seine Worte waren wie ein Messer, das mich durchbohrte.

Ich zuckte zurück. «Du bist also ein Folterknecht deines Vaters?», stellte ich ungläubig fest.

Adonis' aufgesetztes Lächeln rutschte vom Gesicht, und ich bemerkte wieder, wie seine Hände bebten.

«War überhaupt irgendetwas echt an dir?», fragte ich traurig.

Wieder schlich sich der selbstzufriedene Ausdruck zurück auf sein Gesicht. Er musterte mich provokant von oben bis unten. «Du bist wirklich hübsch ... auf deine Art, Anna. Ich werde später beantragen, dich als Gespielin benutzen zu dürfen. Als meine ... Belohnung sozusagen.» Er wandte seine Augen sogleich ab. Sein Kinn zuckte.

«Und was ist mit Felix?», wollte ich wissen.

«Der Bursche ist ein schlauer Fuchs. Eigentlich ein Schmuggler. Er schmuggelt Christen und sowas aus Europa raus, dieser Mistkerl. Er sollte dich beschützen, was ihm aber nicht gelungen ist, da er leider aus den eigenen Reihen abgeschossen wurde.» Er grinste anzüglich. «Allerdings bleibt mir schleierhaft, wie er unserem perfekten Plan auf die Schliche kam. Wir waren so überzeugend. Findest du nicht?» Er beugte sich zu mir hinunter und strich mir mit der Hand über die Wange. Ich drehte den Kopf weg. Ekel stieg wie bittere Galle in meinen Mund auf. Sein frisches Parfum verhöhnte meinen Geruchssinn. «Wie praktisch, dass du *ihn* für den Spion gehalten hast! Das hat die ganze Sache vereinfacht. Schmuggler sind meine liebste Beute. Sie sind selbst auch Jäger. Das macht das ganze Spiel interessanter.»

«Was ist mit den Christen?» Ich musste es einfach wissen.

«Für den Moment konnten sie entkommen», antwortete Adonis. «Aber es dauert nicht mehr lange, bis wir sie haben. Der Arm des Gesetzes hat noch jedes Mal zugeschlagen.» Die Männer um ihn herum grinsten schmierig. Einer von ihnen trat vor, packte meinen Arm und legte Handschellen um meine Handgelenke.

Okay, Anna, versuchte ich mich zu beruhigen. *Das hier ist wirklich der schlimmste Alptraum, den du jemals hattest. Wenn du dich konzentrierst, dann wirst du gewiss aufwachen.* Ich kniff die Augen zusammen und wurde beinahe von meinen Füßen gerissen, als mich zwei der schwarz gekleideten Männer an meinen Oberarmen packten und hinter sich herzogen.

Ich drehte meinen Kopf zur Seite und warf noch einen letzten Blick auf Simons bewegungslosen Körper. Sein Anblick tat entsetzlich weh. Er sah aus wie eine weggeworfene Puppe, Arme und

Beine schlaff und leblos. Es brach mir das Herz, ihn zurücklassen zu müssen.

Immer wieder wurde ich gegen die Felswände gestoßen, während sie mich bis zum Vordereingang der Höhle zerrten. Ich taumelte durch die matschigen Blätter auf dem Waldboden, als wir den Gang verließen.

Die Sonne war soeben untergegangen, und die Dämmerung ließ den Wald unheimlich erscheinen. Vögel zwitscherten ihr Gutenachtlied. Ich schüttelte heftig den Kopf. Wenn dies ein Traum war, war er verdammt real.

Denk nach!, ermahnte ich mich. Ich konnte mir nicht länger etwas vormachen! Es galt, einen Plan auszuknobeln. Simon hatte gesagt, die Christen seien in Sicherheit. Aber wohin hatte Felix sie gebracht? Das Versteck in der Fabrikhalle war eine Falle. Als wir uns etwas vom Höhleneingang entfernt hatten, blieben die zwei Männer, die mich mit sich führten, stehen. Ich sah, wie Adonis und der dritte Mann hinter uns an etwas werkelten. Adonis zündete zwei dicke Stangen mit einer kleinen Feuerflamme an und warf sie in den Eingang. Dann rannten sie in unsere Richtung los.

«Weg! Weg!», rief Adonis hektisch, und ich wurde so schnell weitergezerrt, dass ich mit der Nase im Dreck gelandet wäre, hätten mich nicht zwei Paar Hände wie Eisenklammern umschlossen. Ein heller Blitz zuckte durch die Gegend, worauf ein ohrenbetäubender Knall ertönte, und dann zitterte der Boden unter unseren Füßen. Dreck und Unterholz regneten auf uns herunter. Meine Ohren klingelten.

«Aber die Lebensmittel», protestierte ich matt. «Die Menschen brauchen doch zu essen.»

«Sie erhalten genug zu essen», unterbrach mich die schneidende Stimme eines Sicherheitswächters. «Rationiert!» Der dritte Mann meinte theatralisch: «Diese morschen Höhleneingänge sollten sowieso verschlossen werden. Man stelle sich vor, ein Kind verirrt sich darin, und das Ganze stürzt ein! Das wäre unverantwortlich!» Meine zwei Wächter grinsten. Wenigstens hatte Simon jetzt eine Art Begräbnis, dachte ich erschüttert.

Dann flogen meine Gedanken zu meiner Mutter, und Panik würgte meine Kehle. «Ich will sofort in meine Wohnung!», verlangte ich mit zitternder Stimme.

Die zwei Männer lachten. «Schätzchen, deine Wohnung ist versiegelt, und alles verdächtige Material dort wurde sichergestellt.»

Eine knochige eiskalte Faust griff nach meinem Herzen und zerdrückte es. Adonis wusste genau, dass meine Mutter dort wohnte. Wohin war sie gebracht worden? Hatte man sie entdeckt? Würde man sie auch fassen? Würde man sie umbringen? Ich wollte meine Hände vors Gesicht schlagen. Doch der feste Griff der Grobiane hinderte mich daran.

«Ich bestehe darauf!» Meine Stimme sollte trotzig klingen, doch sie hörte sich an wie die einer kleinen Maus. Ich wollte kämpfen, doch ich ließ mich weiterzerren wie ein Schaf zur Schlachtbank. Willenlos ließ ich die Schultern hängen, mir waren die Hände gebunden. Im wahrsten Sinne des Wortes.

Der Weg in die Stadt und auf den Hügel des Chemondrions war lang. Das Gebäude hieß mich mit einer dunklen Umarmung willkommen. Fast kam es mir vor, als wären wir alte Bekannte. Dieselben Türen, dieselben Gänge ...

Ohne Erklärung lösten sie meine Handschellen mit einem Fingerdruck und stießen mich in einen dunklen Raum. Als hinter mir die Türen ins Schloss zischten und Dunkelheit mich umhüllte, Kälte mich umfing und nichts außer meinem keuchenden Atem zu hören war, erkannte ich plötzlich die ganze Tragweite der Geschehnisse, die mir gerade widerfuhren. Ich stolperte zwei Treppenabsätze hinunter. Ein schmales Fenster über meinem Kopf erhellte den Raum mit der letzten Kraft des verblichenen Tages. Ich drehte mich auf knirschenden Sohlen mehrere Male um mich. Meine Augen gewöhnten sich langsam an die Finsternis. An der linken Wand befand sich eine schmale Holzpritsche mit einer dünnen, rauen Decke darauf und einem klumpigen Kissen. Ich ertastete einen quadratischen kleinen Tisch an der Wand gegenüber mit einem Holzhocker davor. Der Sitz war aufgesprungen, und ich spürte den feinen Schmerz eines Splitters, der sich in meine Handfläche bohrte, als ich mit einer Hand darübertastete. Neben der Tür war eine Toilette eingebaut, und daneben hing ein winziges Waschbecken.

Ich stützte mich mit der Stirn an der kalten Betonwand ab und ballte meine Fäuste. Lange verharrte ich in dieser Position. Die Kälte der Nacht umfing meine Schultern und kniff mich in die Wangen. Ich schauderte. Die Realität bahnte sich tiefer und immer tiefer ihre Bahn in mein Gehirn. Es war kein Traum.

«Es ist kein Traum, Anna!» Selbst meine Stimme klang fremd in meinen Ohren. «Du wurdest verraten und verkauft.» Adonis ...

Amadeo ... Wieso? Schmerz! Verrat! Verlust! Ich löste mich von der Wand und setzte mich auf die harte Bettkante. Mein Gehirn spielte die Begriffe Verrat und Verlust gegeneinander aus, doch irgendwie konnte es die Wörter nicht zusammensetzen. Ich zerknüllte Felix' Tuch auf meinem Schoß, als könnte ich mit den Händen die Abstraktheit von Verrat ergreifen und dann begreifen.

Ich zuckte zusammen, als unverhofft die Tür wieder aufrauschte und ein Luftzug mich erfasste. Ein dunkler Schatten zeichnete sich im Türrahmen ab. Adonis! Er leuchtete mit einer Lampe direkt in mein Gesicht. Ich hob geblendet die Hand. Er warf einen Umschlag in die Zelle.

«Das haben wir in deiner Wohnung gefunden.» Der Umschlag segelte zu Boden und blieb dort liegen.

«Was ist mit meiner Mutter?», stieß ich hervor. Ich erhob mich.

«Bleib sitzen!», forderte er mich mit einer eingesperrten Stimme auf. Ich würde betteln, wenn es notwendig war. Ich fiel vor der Pritsche auf die Knie.

«Wieso, Adonis?», flehte ich ihn an. Die Lampe zuckte zurück.

«Bleib sitzen!», befahl er erneut mit beherrschter Stimme und noch etwas schärfer.

«Wieso meine Mutter? Lass sie frei! Ich bleibe hier, aber lass sie frei! Bitte!» Meine Stimme brach.

«Lies den Brief ... den Brief!» Der Lichtstrahl fiel auf den weißen Umschlag. «Morgen ist deine erste Anhörung! Da erfährst du mehr.» Der Lichtstrahl verschwand.

«Ich will einen Anwalt!», brüllte ich. Der stand mir in einer solchen Situation doch zu, oder? Doch die Tür zischte ins Schloss. Dunkelheit und Schweigen umhüllten mich wieder. Ich krümmte mich auf dem kalten verputzten Betonboden zusammen. Ich kroch langsam vorwärts. Wollte ich wirklich wissen, was in diesem Brief stand? Vielleicht hatte Adonis sich erklärt. Vielleicht fand er eine Begründung, weshalb er sich diese Abscheulichkeit geleistet hatte. Meine zitternden Hände griffen nach dem Stück Papier und klaubten es vom Boden. Ein Wort stand auf der einen Seite des Umschlags. Doch die Zelle war zu dunkel. Ich konnte es nicht entziffern. Suchend blickte ich mich im Raum um, neben der Tür war ein unscheinbarer Schalter in die Wand eingelassen worden.

«Wohl kaum der Türöffner!», bemerkte ich sarkastisch. Dennoch strengte ich mich an und kletterte die zwei Treppenstufen hoch und presste meinen Daumen darauf. Grelles, eiskaltes Licht flammte auf und stach mich in die Augen. Ich kniff sie schnell zusammen. Aus zwei kleinen Schlitzen musterte ich den Umschlag. Mein Name stand quer darüber in der Handschrift meiner Mutter. Meine Mutter ... Meine klammen Finger rissen den Umschlag auf. Ein dünner Briefbogen mit den zierlichen, etwas zittrigen Buchstaben meiner Mutter sprang mir entgegen. Ich riss den Bogen auseinander. Ich schoss zum Hocker, ohne meine jetzt in helles Licht getauchte Zelle wirklich wahrzunehmen. Mit bebenden Fingern strich ich den Briefbogen glatt. Vielleicht war es uns erlaubt, miteinander Kontakt zu halten. Meine Augen flogen über die Zeilen, und ich blinzelte den verschwommenen Schleier davor weg. Ein gequälter Laut kroch aus meiner Kehle.

Meine liebe Tochter Anna!

Diesen Brief sollst du in unserer Wohnung finden, wenn ich nicht mehr da bin. Ich muss dich um Vergebung bitten, dass ich mit dir niemals über deinen Vater gesprochen habe. Es hat mich wahrscheinlich davor bewahrt, den letzten Rest meines Verstandes zu verlieren. Dein Vater lebt, Anna! Er ist in Afrika, im Land der Mittagssonne. Schon bevor du geboren wurdest, hat er davon geträumt, ein Zentrum in Afrika aufzubauen, das helfen sollte, verfolgte Christen aus Europa zu befreien.

Er ging schließlich allein über die Grenze, um mit den Christen in Afrika Kontakt aufzunehmen und mit ihnen zusammenzuarbeiten. Er sagte, das Erste, was er machen würde, wäre, uns zu sich zu holen, sobald die Möglichkeit bestünde. Wir haben nie mehr etwas von ihm gehört. In meinem Herzen trage ich aber immer noch die Hoffnung, dass er überlebt hat und dafür kämpft, uns zu sich zu holen. Falls ich bis dahin nicht überlebe, dann fordere ich dich auf, Anna, suche deinen Vater, suche eine Möglichkeit, mit ihm Kontakt aufzunehmen. Ich war immer davon überzeugt, dass er uns liebt wie sein eigenes Leben. Es war nicht einfach, ohne ihn zu leben, besonders als Michael starb, aber in meinem Herzen war er immer da. Versprichst du mir das, Anna, dass du deinen Vater suchst? Es würde mich sehr entlasten zu wissen, dass du dich auf die Suche machst.

Wichtiger jedoch, als deinen irdischen Vater zu finden, ist es, deinen himmlischen Vater zu suchen. Vergib mir, dass ich dir so lange verschwiegen habe, dass ich zu Jesus Christus gehöre. Ich hoffe, ich habe dir nicht auf immer den Weg zu ihm versperrt durch meine Angst, dich ebenfalls zu verlieren, wie deinen Bruder. Jesus Christus ist das Wichtigste, das dir passieren kann. Wenn auch die ganze Welt um dich herum zerbricht, er hält dich fest. Wir haben in diesem Leben zwar Angst, aber er ist der Einzige, der stärker ist als diese Furcht. Anna, ich war niemals die Mutter, die ich sein sollte. Aber glaube mir, ich liebe dich von Herzen. Trauere nicht um mich, wenn ich gegangen bin, ich bin an einem besseren Ort. Vergib mir, Anna! Ich liebe dich!

Deine Mutter

Tränen strömten über meine Wangen, als ich den Brief auf den Tisch sinken ließ. Meine Mutter war tot! Mein Vater lebte! Vielleicht! Geschlagen ließ ich den Brief dort liegen. Wenn ich nicht die Handschrift meiner Mutter erkannt hätte, wäre ich überzeugt gewesen, es handle sich bei dem Brief um eine weitere Gemeinheit von Demokrit Magellan, um mich zu brechen. Doch die Worte meiner Mutter waren eindeutig. Sie war nicht mehr! Ich schlich zu der Pritsche und fiel wie ein nasser Sack auf die dünne knisternde Matratze. Ich zog die Decke über den Kopf und gab mich meinen Gefühlen hin, sonst wäre ich geplatzt.

Jetzt begriff ich, weshalb mein Kopf Verlust und Verrat nicht zusammenbringen konnte. Verlust und Verrat waren nur ein einziges Gefühl, zusammengemixt zu einem grausamen Gebräu, das in meinen seelischen Wunden ätzte und brannte. In diesen Kochtopf aus der Hölle mischten sich Trauer, Angst, Selbstmitleid, Einsamkeit. Ich weinte. Aber ich spürte, dass das nicht reichte. Niemals konnte ich den Druck, der sich in meiner Seele aufgebaut hatte, nur durch Tränen abbauen. Ich würde an meinem Kummer ersticken. Ich presste mein Gesicht in das Kissen. Zorn mischte sich unter die Gefühle. Gerechter Zorn auf dieses ungerechte Leben, auf diesen ungerechten ... verfluchten *Humanitus Perfectus*, der mich verraten und verkauft hatte.

Ich kauerte mich zu einem kleinen Ball zusammen, wünschte mir, ich könnte verschwinden, mich in Luft auflösen. Wenn nur dieser

Schmerz aufhören würde zu bohren! Ich verfluche den Tag meiner Geburt. Weshalb musste ich hier sein?

Dann schrie ich los. Ich schrie und schrie in das Kissen. Ich schrie, bis ich heiser war und meine Stimme nicht mehr existent war. Mein Heulkrampf verebbte, nicht weil ich genug Druck losgeworden wäre, sondern weil meine Glieder mir weitere Gefühlsausbrüche versagten. Erschöpfung übermannte mich. Stöhnend lag ich auf dem Bett. Einsamkeit peitschte mich. Meine Füße waren eiskalt und wollten nicht warm werden. Meine Mutter und ich hatten uns immer gegenseitig gewärmt. Aber nun war ich allein. Mutterseelenallein an diesem von Gott vergessenen Flecken Erde.

Irgenwann legte der Schlaf sich wie eine barmherzige Decke über meinen durchgeschüttelten Körper.

Als ich die Augen öffnete, war mir zuerst nicht bewusst, wo ich mich befand. Ich regte mich. Die Matratze unter mir protestierte knisternd. Düsteres Tageslicht füllte den kalten Raum. Und wie ein Schlag ins Gesicht wurde mir klar, wo ich war und weshalb. Meine Augen fühlten sich geschwollen an. Mein Gesicht war heiß und trocken. Ich richtete mich auf. Mein Kopf pochte, als hätte ich ihn mehrmals gegen die Betonwand geschlagen. Hätte ich es doch getan, dann müsste ich nicht wieder mit dem beißenden Schmerz kämpfen, der mich erneut zu überrollen drohte.

Ich erhob mich und tappte zum Waschbecken. Ich drehte am Hahn. Eiskaltes Wasser spritzte heraus und über meine Jacke. Ich streckte meine Finger darunter und beträufelte mein Gesicht mit dem kühlen Nass. Dann hängte ich meinen Mund unter den Strahl und trank, bis meine Zähne vor Kälte schmerzten.

In diesem Augenblick zischte ohne Vorwarnung die Tür auf. Ich fuhr herum. Zwei große, in Grau gekleidete Frauen erschienen im Türrahmen.

«Tanner! Mitkommen!», lautete die Anweisung. Meine Knie fingen an zu zittern. Ich war unfähig, mich zu bewegen. Die Anhörung sollte heute stattfinden.

«Tanner!» Die Stimme verschärfte sich. Eine der großen, kräftigen Frauen schob sich in die Zelle und zerrte mich am Arm. Die blauen Flecken vom Vortag protestierten heftig. Die eiskalten, schönen Gesichtszüge der Wächterin waren wie aus Stein, als sie mir wieder Handschellen verpasste. Unsere Schuhe klapperten auf dem Boden. Man führte mich durch die sterilen Gänge. Als ich versuchte zu schlucken, merkte ich, dass mein Mund trotz des Wassers, das ich soeben getrunken hatte, wieder auszutrocknen begann, so dass mir die Zunge am Gaumen festklebte.

Das Labyrinth mündete schließlich bei großen Doppeltüren, die sich öffneten, als wir uns näherten. Gleißendes Licht empfing uns. Erst als wir den Saal betraten, wurde mir bewusst, dass er voller Menschen war. Das Summen wie in einem Bienenstock verstummte, als wir an die Stirnseite des Raumes traten und alle uns sehen konnten. Ich blinzelte in den Raum, der gefüllt war mit Tageslicht. Ab und zu blitzte es aus dem Auditorium. Rechts von mir war ein großes, dunkles Pult aufgebaut. Eine Person in einem schwarzen Gewand saß ein bisschen erhöht dahinter. Etwas versetzt waren vier Stühle hinter einem Pult aufgestellt.

Als sich alle Menschen in dem Raum erhoben, zuckte ich zusammen. Ich konnte bei den vier versetzten Stühlen das strenge, aber selbstgefällige Gesicht meiner geistigen Führerin entdecken. Daneben war die große Gestalt Demokrit Magellans auszumachen, dessen Kohleaugen mich zu grillen drohten. Ich senkte den Blick. Neben Demokrit Magellan stand Adonis. Sein Anblick verschlug mir den Atem. Der Schmerz drückte mir auf die Brust. Dort stand er in hoch aufgerichteter Statur. Ein Bild von einem Mann. Sein Rücken war so gerade, als wäre seine Wirbelsäule ein Besenstiel, seine Schultern waren nach hinten gezogen. Seine schwarze Kleidung betonte seine muskulösen Oberarme. Der ganze Stolz seiner Erziehung und seiner Karriere strahlte mir entgegen. Doch seine fein gemeißelten Gesichtszüge waren blasser als sonst und irgendwie starr. Sein Kiefer war fest zusammengepresst und sein Blick gesenkt. Er war so schön ... dieser Verräter!

Hör auf!, befahl ich meinem Herzen, doch es gehorchte mir nicht. Wie konnte ich über diesen gebräunten Teint nachdenken, wenn er die schwärzeste Seele besaß, die ich jemals bei einem Menschen angetroffen hatte? Eine neue Welle von Scham und Schmerz überrollte mich. Tränen klopften hinter meinen Augenlidern. Ich verweigerte ihnen den Zutritt zu meinen Wangen. Es gehörte sich nicht, in aller Öffentlichkeit zu weinen, wenn andere zuschauten. Ich kam mir plötzlich vor wie bei einer Theateraufführung, die ich als Kind besucht hatte, nur dass *ich* hier die Hauptfigur war. Ich räusperte mich.

Die zwei Frauen führten mich neben den erhöhten Katheder. Sie lösten meine Handschellen.

«Setzen!», bellte eine tiefe weibliche Stimme vom Katheder herunter. Ich blickte auf. Eine streng wirkende, strahlende Schönheit blickte von ihrer erhöhten Position auf mich herab. Ich blinzelte gegen das Tageslicht, das hinter ihrem Kopf strahlte. Feurige blaue Augen blickten mich aus einem herzförmigen Gesicht an. Feine Augenbrauen wie Schwalbenflügel unterstrichen eine zarte elfenbeinfarbene Stirn. Ein kleiner Mund vollendete das perfekte Antlitz. Sie kam mir vor wie ein Engel, nur dass sie ein schwarzes Gewand trug und ihre Augen wie Eis wirkten. Ihre Stimme klang wie das tiefe Murmeln eines breiten Stroms, der sich durch die Landschaft wälzte.

Meine Knie gaben von selbst unter mir nach, und ich sank auf den harten Holzstuhl. Ein Rauschen aus dem Raum zeigte mir, dass das Publikum sich ebenfalls gesetzt hatte.

Jetzt erhob sich die schöne Frau und ließ ihre tiefe Stimme erklingen. «Wir haben uns hier versammelt, um die Anklagepunkte gegen Anna Tanner, Gefangene Nummer …», sie blickte auf ihr Display auf dem Katheder, «… fünf sechs null null, zu verlesen. Unser Part steht auf den vier Säulen der Freiheit, der Gerechtigkeit, der Toleranz und des Friedens. Sobald sich diese vier Werte in Gefahr befinden, sieht sich der Staat gezwungen, einzugreifen und sich im schlimmsten Fall auch rigoroser Mittel zu bedienen, dieses Gleichgewicht wiederherzustellen. Unser Part wurde verletzt durch die vorher erwähnte Studentin des Humaniums unserer Stadt. Diese Verletzung erfolgte über einen längeren Zeitraum, mutwillig und mehrfach. Als Richterin bin ich gezwungen, die Gerechtigkeit wiederherzustellen. Wir verlesen die Anklagepunkte.»

Eine Gestalt in einem schwarzen Gewand kam herangewieselt und überreichte der Richterin in einer theatralischen Bewegung eine Rolle aus Papyrus. Er knickste und huschte wieder an seinen Platz. Die Richterin rollte den Papyrus aus. Mein Blick heftete sich wieder auf Adonis.

«Ich bitte Sie, sich zu erheben!», dröhnte die Richterin mit ihrer vollen Stimme.

Adonis blickte nicht auf. Wenn ich doch nur den Augenkontakt mit ihm herstellen könnte. Vielleicht könnte ich erkennen, was in ihm vorging. Doch sein Blick blieb auf den Boden gesenkt, seine Gesichtszüge waren nicht zu lesen. Die zwei Frauen zogen mich in eine stehende Position.

Dann begann die Richterin zu lesen: «Anklagepunkte gegen Anna Tanner, vormals Studentin am Humanium, Gefangene fünf sechs null null. Erstens: Die Angeklagte hat regierungsfeindliche Gruppierungen unterstützt. Ein Beweis dafür befindet sich an ihrem Handgelenk.»

Die Wächterin zu meiner Linken hob mein Handgelenk und leuchtete mit dem Laser darauf. Blaue Farbe schillerte mir entgegen, und die zwei Bögen waren hell und deutlich sichtbar bis zum hintersten Winkel des Saales. Ein Raunen ging durch die Menschenmenge.

«Des Weiteren», dröhnte die Richterin, «wird die Angeklagte des Diebstahls von rationierten Lebensmitteln und bewusster Irreführung ihrer geistigen Führerin verdächtigt.» Ich sah aus den Augenwinkeln, wie Aquilina Akbaba heftig nickte.

Mein Herz schmerzte. *Mutter! Wo bist du?*, fragte ich mich wie ein kleines Kind. Unwillkürlich suchte ich die Menschenmenge nach ihrem Gesicht ab. Doch nur ernste, wenn nicht sogar feindselige Blicke begegneten mir. «Weiter wird sie verdächtigt, ihren *Humanitus Perfectus* verführt zu haben.»

In mir regte sich Wut. Das durfte doch nicht wahr sein! Meine Augen flogen zu Adonis. Er bewegte sich unruhig und verlagerte sein Gewicht von einem Bein zum anderen. Entgegen seiner sonst so selbstsicheren Art sah er jetzt aus, als wäre er mit der Hand im Bonbonglas erwischt worden. Er griff sich unauffällig an die Kehle.

«Und nicht zuletzt wird sie des Mordes an einem unschuldigen Zivilisten angeklagt. Die Schusswaffe wurde bei ihrer Verhaftung neben ihr gefunden. Die Untersuchungen laufen noch.»

Es kam mir vor, als würde man vor meinen Augen über jemand anderen sprechen. Meine Sinne waren wie betäubt.

«Die Angeklagte wird in Untersuchungshaft genommen, bis sämtliche Beweise sichergestellt sind. Darauf folgen das Gerichtsurteil und die Vollstreckung.»

Ich blickte erschrocken zu der Richterin auf. «Per sofort wird der Angeklagten ihre Selbstverwirklichungsstufe *Ordnung* aberkannt. Sie hat auf ewig das Recht verwirkt, jemals an eine Bildungsstätte der Apolliner zurückzukehren. Die Verhandlung ist geschlossen.» Sie hob einen kleinen hölzernen Hammer und ließ ihn auf ihr Pult krachen.

Ich zuckte zusammen.

«Abführen!», befahl die Richterin, und sofort umschlossen mich wieder die Handschellen. Das Letzte, was ich sah, bevor mich meine Wächterinnen wieder umdrehten, waren Adonis' Hände, die er, zu Fäusten geballt, an seine Seiten gepresst hatte.

Nur verschwommen nahm ich den Rückweg wahr: Ich stolperte durch Gänge und Türen, wurde irgendwo in eine fensterlose Umkleidekabine geschubst, schlüpfte dort in die bereitgestellte Gefängniskluft: eine graue Hose und ein graues Oberteil. Im nächsten Augenblick fand ich mich auf der Kante meiner Holzpritsche wieder, Felix' buntes Tuch in meinen Händen zerknüllt.

Die Wucht und Größe meiner Schuld wurden mir nun im vollen Maß bewusst. Was hatte ich getan? Ich hatte versagt! Auf der ganzen Linie versagt. Meiner Mutter gegenüber. Felix gegenüber. Felix, diese treue Seele. Wenn ich doch nur sein freundliches Gesicht noch einmal sehen könnte. Und an den Christen hatte ich mich geradezu versündigt. Wie hatte ich diesem Untier von *Humanitus Perfectus* nur vertrauen können? Glasklar breiteten sich die Tatsachen vor meinen Augen aus. Ich hatte mir Schritt für Schritt mein eigenes Grab geschaufelt, und alle, die mir lieb und teuer gewesen waren, hatte ich mit mir gerissen. Ich schlug das Tuch vor mein Gesicht. Die Schuldige war ich. Ich war schuldig im Sinne der Anklage. Vollkommen schuldig. Ich saß zu Recht in diesem Gefängnis. Ich hatte der falschen Person vertraut. Wie hatte ich nur so blind sein können?! Wie konnte ich Felix' fröhliche Freundlichkeit für ein falsches Spiel und Adonis' arrogantes schmeichlerisches Gehabe für Freundschaft halten? Hass stieg in meinem Herzen auf. Hass auf mich selbst. Warum hatte ich das zugelassen? Und wieso hatte mich niemand aufgehalten?

«Gott, wo warst du?», schrie ich dumpf, zerfleischt von Selbstvorwürfen, gebadet in Bitterkeit. «Wo *bist* du?»

Schweigen.

Logisch, er zog sich aus der Verantwortung. Das war ja auch einfach für ihn, man konnte ihn ja nicht einmal sehen! Er existierte eben doch nur in der umnebelten Vorstellung verwirrter, hungriger Christen. So viel zu meiner Illusion eines liebenden Gottes oder einer gerechten Welt.

«Ich habe doch schon immer gewusst, dass es dich nicht gibt», schrie ich ihm entgegen, und die pure Verzweiflung drohte mich in ihren Abgrund zu reißen.

Die Tage verschwammen mir in meiner Zelle zu einem grauen, monotonen Einerlei, doch gleichzeitig spürte ich jede einzelne Minute wie einen schmerzhaften Messerstich in meinem Herzen. Die Ungewissheit über meine Zukunft trieb mich in einen tranceähnlichen Angstzustand.

Jeden Tag wurde ich in Handschellen von zwei Wächterinnen auf den trüben Gang geführt und dann in einen quadratischen «Außenraum» gesperrt, der an der Decke eine große Öffnung hatte, die mit einem Gitter bedeckt war. Als hätte ich die Kraft gehabt zu entkommen! Der blaue und manchmal graue Himmel spannte sich über mir, während ich schlotternd die Arme um mich legte und unruhig auf und ab ging. «Ausgang» nannten sie das.

Außer den Wächterinnen sah ich keinen Menschen. Ich lebte in Isolation, aber es mit mir selbst auszuhalten war an manchen Tagen schon mehr, als ich ertragen konnte. Wenn ich durch den Gang schlurfte, hörte ich Schreie und Schläge aus den anderen Zellen. Ich selbst wurde nie geschlagen. Ich verstand es nicht. Mehr als alle anderen hier hatte ich Schläge verdient. Ich war ein verabscheuungswürdiges Wesen. Ich war die Verräterin. Ich hatte allen um mich herum Leid gebracht.

Ich hatte das Zeitgefühl schon lange verloren. Mein Dasein wurde durch die Spaziergänge und das trockene Brot unterbrochen, das mir durch die Tür gereicht wurde. Ich wünschte mir manchmal, ich könnte daran ersticken.

Obwohl ich während des Ausgangs bemerkte, dass die Temperaturen anstiegen und sich immer öfter freundliche weiße Wolken an dem blauen Viereck über mir zu zeigen begannen, wurde es in mir selbst immer grauer. Der Selbsthass gab mir aber auch Kraft, denn er zwang mich dazu, den Richterspruch zu erwarten für Dinge, die ich nicht getan hatte und an denen ich trotzdem schuld war. Immer wieder hatte ich betont, wie wichtig mir Gerechtigkeit war. Schlussendlich aber hatte ich dafür gesorgt, dass Unrecht geschah!

Irgendwann mündete der Selbsthass in Verzweiflung und Selbstaufgabe. Der Wille zu kämpfen, die Mitschuldigen anzuklagen verschwand. Ich begann, mit dem Tod zu liebäugeln. Ich würde sowieso verurteilt werden. Dass ich am Tod vorbeikommen würde, war sehr unwahrscheinlich. Weshalb sollte ich mich nicht selbst richten? Wenn Gott es nicht für nötig empfand, mich mit einem Blitz zu erschlagen, und auch die Maschinerie des Justizdepartements es nicht fertigbrachte, mich vorzuladen und von der Ungewissheit, wie meine Strafe aussehen würde, zu erlösen, weshalb konnte ich dann das Ganze nicht selbst in die Hand nehmen?

Ließ sich mein Kissen in Streifen reißen und eine Schlinge daraus drehen? Konnte ich irgendwo einen scharfen Gegenstand auftreiben, um meine Pulsadern aufzuschneiden? Konnte ich mich irgendwie mit dem Wasser aus der kleinen Waschecke meiner Zelle ersticken? Oder mit der Decke von meiner Pritsche? Ich wollte mich aus diesem Zustand, in dem mich die Gesichter von Felix, Adonis und meiner Mutter quälten und mir vorhielten, wie schlecht ich war, befreien.

Eines Morgens erwachte ich, und ich wusste, dass der Kampf vorbei war. Heute würde ich meinem Dasein ein Ende bereiten. Ich würde mich selbst richten. Irgendwie war ich erleichtert. Der Sumpf hatte mich auf den Grund des Moors gezogen, weiter nach unten ging es nicht mehr. Heute war der Tag gekommen.

Ich erhob mich mit steifen Gliedern aus der Kälte des Bettes. Dann kniete ich mich hin und riss drei breite Streifen von meiner Decke ab. Gott sei Dank war sie recht verschlissen und dünn. Nach getaner Arbeit stand ich auf und ging ans Fenster. Ein hellblauer Morgenhimmel begrüßte mich. Ein Stück Freiheit leuchtete mir entgegen. Ein schwarzer Vogel drehte seine Kreise. Was würde mit mir geschehen, wenn ich starb? Würde ich in das Nichts des Blaus hinauffliegen wie dieser Vogel?

«Ich will frei sein wie er!», entschloss ich mich. Alles war besser, als hier an meinen Selbstvorwürfen und meiner Verzweiflung zugrunde zu gehen.

Frei, frei, rief es in mir. Es war eine nette Abwechslung zu dem Refrain «Schuldig! Schuldig! Du bist schuldig!», der immer durch meinen Verstand pochte und mich jeden Tag von Neuem marterte.

Ich wandte mich seufzend vom Fenster ab, um mein wichtigstes und letztes Tagewerk zu vollbringen. Ich hob die drei Streifen von meiner Decke und ging zum Waschbecken. Ich drehte den Hahn voll auf. Kaltes Wasser spritzte über meine Gefängniskluft. Ich knotete die Steifen zu einer Kordel zusammen und zog sie dann über Nase und Mund. Nun musste ich sie nur noch fest verknoten. Dann streckte ich den Kopf unter den Hahn. Die Stoffstreifen füllten sich schnell mit Wasser. *Schuldig … schuldig …*, pochte es in mir, während meine Lungen schon nach Sauerstoff verlangten, ich aber nur Wasser einatmete. Ich hustete, konnte das Wasser aber nicht mehr loswerden. Panik ergriff mich. In einer plötzlichen Bewegung riss ich die Streifen von meinem Gesicht. Ich konnte nicht ...

Spuckend und hustend rang ich nach Luft und kauerte über der Pfütze vor dem Waschbecken. Das Wasser rauschte über mir weiter.

«Gott der Christen!», schlüpften die Worte aus meinem Mund, bevor ich sie zurückhalten konnte. «Ich gebe dir eine letzte Chance ...» Moment, auf so etwas wollte ich mich einlassen? «Ich kann keinen Tag länger leben.» Das stimmte. «Gib mir ein Zeichen!» Was geschah hier mit mir? «Schick mir Hoffnung ...» Was tat ich hier? Waren das die Worte einer Verdammten, die nicht einmal genug Kraft hatte, ihr elendes Leben zu beenden? Meine Knie schmerzten auf dem steinharten nassen Boden, und ich sank in mich zusammen, bis meine fieberheiße Stirn die kühle Härte des Bodens berührte. «Wenn du mich liebst, wenn es dich gibt. Zeige dich mir!» Es war mir egal, warum ich tat, was ich tat. Sämtliche Kräfte hatten mich verlassen. Ein enttäuschtes Schluchzen bahnte sich seinen Weg durch meine Kehle.

«Wo bist du, um Himmels willen?», krächzte ich in die Verzweiflung hinein.

Ein kalter Luftzug erreichte meine nasse Haut. Die Tür hatte sich geöffnet. Die raue Stimme einer meiner Wächterinnen ertönte: «Tanner! Sie haben Besuch!»

Ich hob meinen Kopf und blinzelte gegen das Licht im Gang. Eine große, schlaksige Gestalt stolperte in meine Zelle. Sie roch nach Zwiebelsuppe.

Kapitel 26

Ich hätte ihn nicht erkannt, wenn sein Geruch nicht so charakteristisch gewesen wäre. Norbert hatte sein Gesicht glatt rasiert, die Haare sahen frisch gewaschen aus, waren zu einem Zopf zusammengebunden, und er trug saubere Kleidung.

«Ein Freund der Familie», stellte er sich der Wächterin gegenüber vor.

«Eine halbe Stunde», bellte diese ihn an, und dann schlossen sich die Türen hinter ihm.

«Norbert!», flüsterte ich ungläubig von meiner knienden Position aus. Ich richtete mich wackelig auf.

«Norbert Parzival Bonifaz Fritzius der Vierte, wenn ich bitten darf», gab er zurück und ging einen Schritt auf mich zu.

Instinktiv wollte ich zurückweichen, blieb aber erst einmal, wo ich war. Misstrauisch beäugte ich ihn. «Freund oder Feind?» Ich musste es wissen.

«Ich habe jetzt klar Schiff mit dem Big Boss gemacht, falls du das meinst, Puppe! Ich bin jetzt per Du mit ihm.» Er deutete mit dem Finger nach oben. Seine braunen Augen schauten mich ehrlich an.

Einen unbeholfenen Schritt noch, und schon umarmte Norbert mich hastig. Er flüsterte nahe an meinem Ohr: «Wir werden belauscht, deshalb sage ich es dir jetzt so: Liebe Grüße von allen, sie sind in Sicherheit. Felix ist echt der Knaller. Übelst derber Arbeiter, schwer in Ordnung, hat uns voll gerettet.» Er löste sich von mir.

«Meine Mutter?», flüsterte ich tonlos. Er legte seinen Finger an den Mund, schüttelte sachte den Kopf und strich sich mit einer nervösen Bewegung über den Kopf.

«Was hast du denn gerade gemacht?», dröhnte er und zeigte auf meine heruntergekommene Erscheinung. «Wolltest du Schwimmunterricht nehmen?»

Ich verdrehte die Augen.

Dann erfassten seine Augen meinen Knebel, mit dem ich versucht hatte, mich zu ertränken. Seine Miene wurde ernst. Seine Finger wanden sich unruhig ineinander. Wir schwiegen beide. Ich griff nach den Deckenstreifen und warf sie mit einem lauten Klatschen ins Waschbecken.

«Meine Güte, Puppe!», versuchte er seinen Schock zu überspielen. «Das ist vielleicht ein Medienskandal mit dir! Sie stellen dich voll an den Pranger. Du hättest im Humanium sein müssen. Die haben eine Großrazzia gemacht. Sie haben uns Peacemen alle total durchleuchtet. Das war das Chaos, kannst du dir denken. Mensch, die waren stocksauer.»

«Ist jemand ...» Ich wollte wissen, ob noch jemand meinetwegen sein Leben verloren hatte.

«Alles sauber! Das kannst du mir glauben! Nichtsdestotrotz findet jetzt fast jeden Tag eine Demo statt. Kannst du dir vorstellen. Alles ungerecht. Freiheit dem Volk, Puppe!»

Ich seufzte unwillkürlich auf.

«Wir haben uns jetzt auf Gefängnisbesuche spezialisiert.» Er zwinkerte mir zu. «Wir haben gedacht, wir bringen dir einen geistigen Knigge, damit du ab sofort weißt, wie du dich zu benehmen hast in unserer Gesellschaft.» Er griff in seine schicke Jacke und schob mir ein großes Buch hin. Es hatte die genaue Größe der ... Meine Augen weiteten sich. Norbert schüttelte beinahe unmerklich den Kopf und deutete galant auf den Umschlag.

«Knigges großes Nachschlagewerk», prangte da mit großen Buchstaben.

«Ich habe mich erkundigt. Es ist den Gefangenen erlaubt, Bücher zu lesen.»

Ich streckte sehnsüchtig meine Hände der Bibel entgegen und umklammerte sie, als wäre sie mein Rettungsring in den tobenden Wellen eines Orkans. Und vielleicht war sie das auch. Es war auf jeden Fall ein Verbindungsstück zu den Christen. «Danke!», flüsterte ich heiser und fühlte mich ein bisschen weniger einsam. «Ich warte auf meinen Gerichtstermin», brachte ich schließlich heraus.

«Wann der ist, sagen sie in den Medien noch nicht», gab Norbert bekannt. «Aber bei meiner Ehre als Peaceman: Ich kann dir sagen, es ist ein korruptes Gericht. Voll ungerecht. Mach dir nicht zu viele Hoffnungen auf einen fairen Prozess.»

Ich zuckte mit den Schultern.

«Ich brauche kein Gericht, das mir sagt, dass ich schuldig bin. Mein Herz klagt mich schon genug an. Ich bin ein schlechter Mensch.» Ich erschrak wegen der Resignation in meiner Stimme.

«Sind wir doch alle ... Ich meine grottenschlecht, eine üble Schlangengrube ... ein Abfallkübel ... ein einziger Misthaufen ... oftmals sogar Satansbraten ...» Seine Augen waren zusammengekniffen. Ich zuckte bei jedem seiner harten Worte zusammen. Genauso fühlte ich mich: grottenschlecht.

Ich rückte wieder von ihm ab, bis ich gegen die Wand meines Gefängnisses stieß. Norbert löste sich aus seiner neuerlichen Anspannung und blickte mich fragend an. In seinen Augen glomm ein Hoffnungsschimmer. «Das ist nicht das Ende, Anna! Glaub mir.»

Ich blickte zu ihm auf, als er sich mir langsam näherte.

«Ich habe das alles abgelegt.» Er deutete wieder gen Himmel.

«Aber ich bin eine Verräterin, eine Diebin, eine Mörderin, ein mieses Individuum», brach es aus mir heraus.

«Auch ich habe einiges auf dem Kerbholz», bekannte Norbert freimütig. «Aber Gott hat die ganze Schuld auf sich genommen und den ganzen Mist ans Kreuz geheftet. Jesus ist dafür gestorben, die Anklagepunkte sind dort.»

Tränen verschleierten meinen Blick. Ich konnte das alles nicht glauben. «Wegen mir sind Menschen gestorben», flüsterte ich heiser. Die Tür zischte auf.

«Die Zeit ist um», schnarrte die unangenehme Stimme meiner Wächterin.

Norbert schlang nochmals seine schlaksigen Arme um mich. Ich klammerte mich mit aller Kraft an ihn, obwohl mir der Zwiebelgeruch fast den Atem raubte. Ich hatte eine menschliche Berührung so vermisst.

«Sag ihnen, es tut mir so leid. Ich hoffe, sie können mir eines Tages vergeben, was ich über sie gebracht habe.» Tränen erstickten meine Stimme.

Norbert flüsterte in mein Ohr: «Das haben sie doch schon lange, Puppe! Wir beten nur für dich. Wenn es irgendeine Möglichkeit für uns gibt, holen wir dich hier heraus.»

Panik erfasste mich.

«Nein!», flüsterte ich entsetzt. Sie würden beim Versuch alle sterben.

«Pst!», beruhigte Norbert mich. «Mach dir keine Sorgen um uns. Überleg mal: Was das für ein Wunder ist, dass sie mich bis jetzt noch nicht verhaftet haben. Es ist mir schleierhaft. Du hast doch sicher mit diesem elenden *Humanitus Perfectus* über mich geredet, oder?»

Ich nickte stumm.

«Und trotzdem haben sie mich noch nicht hopsgenommen! Und wie du weißt, habe ich einiges an Dreck am Stecken. Wer weiß? Vielleicht ist da höhere Gewalt im Spiel?»

Er ließ mich los. Seine Augen waren ungewohnt sanft, aber auch entschlossen. Dann verließ er meine Zelle.

Die Tür schloss sich hinter ihm, und ich war wieder ganz allein. Ich presste die Bibel fest an meine Brust und ließ mich mit dem Buch auf meine Pritsche fallen. Ich vergrub das Gesicht zuerst in meinem Kissen. Dann hob ich den Kopf und schlug das Buch mit dem falschen Umschlag auf. Ich sog die Buchstaben auf, als wäre ich eine Verdurstende in der Wüste, die soeben eine Oase entdeckt hatte.

Erst Stunden später, als die Buchstaben vor meinen erschöpften Augen verschwammen, wurde mir bewusst, dass der Gott der Christen mein Gebet erhört hatte. Er hatte mir ein Zeichen gegeben und sich mir in Gestalt eines Freundes gezeigt.

Mein eintöniger Tagesablauf hatte eine neue Dimension bekommen. Nebst dem Ausgang und der kargen Mahlzeit verbrachte ich Stunden auf meiner Pritsche und las mich nochmals durch die Bibel. Das beschäftigte meinen Verstand und half mir dabei, jeden Tag ein gewisses Maß an Konzentration in meinen Tagesablauf einzubauen. Norberts Besuch hatte meinem öden, suizidalen Leben eine neue Wendung gegeben. Ich wollte meine Zeit wieder in ein System pressen, sonst würde ich noch den Verstand verlieren. Ich fragte die Wächterin, welches Datum wir schrieben.

«15. Floréal», gab diese mürrisch zur Antwort, und ich staunte, dass seit meiner Gefangennahme bereits ein ganzer Monat vergangen war.

Ich hatte begonnen, mit meinem Essbesteck Striche in die Wand hinter meiner Pritsche zu kratzen, um der Zeit wieder eine Einheit zu geben. Ich joggte durch die Zelle, dachte an meine Mutter, weil sie das Gleiche in unserer Wohnung getan hatte, und betrauerte, dass sie gerade erst dabei gewesen war, die neue Freiheit von ihrer Krankheit zu entdecken. Dann stemmte ich Liegestütze. Es wärmte mich, und ich entwickelte wieder ein Bewusstsein für meinen Körper. Im gleichen Maße, wie meine Physis stärker wurde, wurden die Spinnweben in meinem Gehirn kleiner, und ich konnte neuerdings geradeaus denken.

Der Frühling hatte draußen Einzug gehalten. Wenn ich in der dachfreien Zone «spazieren ging», konnte ich den Blütenduft der Bäume riechen, und die Vögel jubilierten in neuen Tönen. Der Frühling war seit jeher meine liebste Jahreszeit gewesen, und ich versuchte, so viel davon aufzusaugen wie nur möglich. Ich stellte mir vor, wie draußen ein leichter Wind mit frischen grünen Blättern spielte, wie sich bunte Blumen sehnsüchtig der warmen Sonne entgegenstreckten, der Tau, der morgens auf frischem, sattem Gras lag ...

Obwohl ich mein Leben wieder im Griff zu haben schien, war mein Herz immer noch unruhig. Ich sprach nun regelmäßig mit dem Gott der Christen. Aber die Gebete, so kam es mir vor, reichten immer nur bis zur Gefängnisdecke und blieben dort vorwurfsvoll hängen. Ja, ich machte Gott noch immer gewaltige Vorwürfe.

Vielleicht hört er mich deswegen nicht, dachte ich schuldbewusst. *Wer will schon mit jemandem sprechen, der einem die ganze Zeit Vorwürfe macht?* Aber ich hörte nicht auf damit. Auch wenn es schlussendlich nur Selbstgespräche waren, sie bewahrten mich davor, wieder in das dunkle Tal der Selbstzerstörung abzugleiten.

Ich hatte gerade den sechzehnten Strich in die Wand gekratzt, als sich die Gefängnistür außerplanmäßig öffnete. Es war zu spät für meinen alltäglichen Spaziergang an der frischen Luft und zu früh für eine Mahlzeit. Was ging da vor? Zu zweit standen sie in der Tür, als hätten sie Angst, ich könnte sie überwältigen.

«Tanner! Gefangene fünf sechs null null?»

Ich blickte von meiner Lektüre auf. «Morgen findet Ihr Gerichtstermin statt. Halten Sie sich gegen acht Uhr am Morgen bereit. Wir holen Sie ab.»

Mein Herz fing an zu hämmern. Doch bevor ich etwas erwidern konnte, rauschte die Tür wieder zurück in ihre Ausgangsposition.

Ich versuchte zu schlucken, mein Hals war wie ausgetrocknet. Morgen war es also so weit, meine Ungewissheit hatte ein Ende. Das Datum hätte passender nicht sein können … Morgen war mein 21. Geburtstag. Furcht packte mich. Ich sank vom Stuhl in die Knie. Die Bibel zog ich mit mir. Mit einem dumpfen Aufprall landete sie auf dem Boden. Meine Hände zitterten. Auf meinen Schultern spürte ich wieder die schwere Last der Schuld, die mich herunterdrückte.

Ich schlug meine Augen auf, und da leuchteten mir Buchstaben aus dem Buch entgegen: «Doch Gott hat uns alle unsere Verfehlungen vergeben. Den Schuldschein, der auf unseren Namen ausgestellt war und dessen Inhalt uns anklagte, weil wir die Forderungen des Gesetzes nicht erfüllt hatten, hat er für nicht mehr gültig erklärt. Er hat ihn ans Kreuz genagelt und damit für immer beseitigt.»

Die Luft schien plötzlich wie statisch geladen zu sein, als hätte sich die Atmosphäre um mich herum verändert. Ich blickte auf und war erstaunt, dass ich niemanden erblickte. Ganz deutlich spürte ich eine Präsenz in diesem Raum. Sie war nicht beängstigend. Es war mehr wie ein warmer Mantel, der sich um meine bebenden Schultern legte.

«B…bist du da?», stotterte ich.

Ich hätte schwören können, dass ich deutlich ein «Ja» spürte, auch wenn meine Ohren akustisch nichts vernahmen. Es hätte lauter und deutlicher nicht sein können. Mein Herz schwang mit der Resonanz dieses einfachen Wortes.

«Gott der Christen! Bist du da? Jesus Christus?»

«Ja.» Erneut vibrierte die Atmosphäre. Ich fröstelte.

«Ist das alles wahr? Hängt meine Schuld an diesem Kreuz, weil du daran gestorben bist? Auch wenn es schon so lange her ist? Bist du wirklich der Einzige, der mir das abnehmen kann? Ist meine Schuld bezahlt?» Ich kniff meine Augen fest zu und knüllte mich angespannt auf dem Boden zusammen.

Vor meinen inneren Augen, wie in einem Traum, sah ich mich selbst, wie ich in den Wogen des Sturmes meines Lebens zu versinken drohte. Ich schnappte nach Luft, ruderte wild mit Armen und Beinen, aber der Strudel zog mich weiter hinunter auf den Grund des unendlichen Meeres. Meine Sicht war verschwommen, als das trübe Meerwasser meinen Blick vernebelte. Doch ich sah zwei Hände vor mir, die sich mir entgegenstreckten. Blutüberströmte, deformierte Hände, aber dennoch muskulös, vertrauenerweckend und mit einer Stärke versehen, die das ganze Universum zusammenzuhalten schien.

«Hier, Anna!» Das Echo schien von den Gefängniswänden widerzuhallen. «Nimm meine Hand! Ich ziehe dich hier heraus.» Ich richtete mich auf, die Augen noch fest zu, und streckte stumm meine Arme in die Höhe.

«Hier bin ich!», wisperte ich tonlos. «Ich kann nicht mehr! Hilf mir! Ich brauche dich in meinem Leben!» Mein tonloser Schrei schien diesmal nicht an der Decke zu kleben, er wurde von der Atmosphäre aufgesogen. Ich legte meine Hand – und ich wusste, es war mein Leben – in die Hand dieses allmächtigen Gottes. Es war, als würde das Auge eines Tornados den Grund, auf dem ich kniete, berühren. Gott kommt zu den Menschen. Zum ersten Mal begriff ich, was das bedeutete. Zu mir war er auch gekommen.

Und dann hob sich die schwere Last der letzten Tage, Wochen und Monate, ja eigentlich meines ganzen Lebens von meinen Schultern. Ich fühlte mich, als ob ich im nächsten Moment abheben könnte. Ich presste meine Hände auf mein Herz. Die Tränen fingen an zu fließen, doch es waren nicht verbitterte, krampfartige Tränen, wie sie mich in letzter Zeit immer wieder geschüttelt hatten. Die Tränen fühlten sich an wie ein sanfter Sommerregen, der den Schmutz aus meinem Herzen zu waschen schien. Es war dasselbe Gefühl, das ich gespürt hatte, als Philemon damals die Passionsgeschichte vorgelesen hatte. Ich begriff, dass Gott schon damals um mein Herz geworben hatte, es berühren wollte. Jetzt war ich so weit, es anzunehmen. Diese überfließende Vergebung, die nicht wie ein reißender Strom kam, mehr wie ein erfrischend plätschernder Bach. Er verschloss die offenen Wunden und besänftigte meine Unruhe. Ich fühlte mich … Ich biss mir auf die Lippen. Aufgenommen? Akzeptiert? Zu Hause? Ich spürte, wie die Einsamkeit wie ein altes Kleid von mir abfiel und sich die Decke des Trostes um mein geschundenes Herz legte. Es fühlte sich an wie ein Vorhang voller brennender Wunderkerzen am Fest des Lichtgottes, nur viel herrlicher, viel schöner.

«Danke!», flüsterte ich. Und ich wusste, ich war angekommen. Die Suche meiner Sehnsucht war zu Ende.

Sonntag, 1. Prairal 332 A. I.
«Tag der Luzerne» (21. Mai)

Ich erwachte blinzelnd. Helles Licht schien in mein Gesicht. Ich hob die Hand. Groggy schielte ich in die Lichtquelle.

«Tanner! Aufstehen!» Ich schüttelte verwirrt den Kopf. Wo war ich? Langsam dämmerte mir der Zusammenhang. Heute waren mein Gerichtstermin und mein Geburtstag. Und ich hatte zum ersten Mal seit Monaten tief und fest und vor allem traumlos geschlafen. Mollige Bettwärme umgab mich.

«Ja, ich komme!», antwortete ich verschlafen und rückte meine graue Gefängniskluft zurecht.

«Aber sofort!», bellte meine Wächterin. Ich wischte mir über die Augen. Ein blauer Himmel begrüßte mich durch die Gitter. Was für ein wunderbarer Tag! Ich wartete auf die nervöse Unruhe, von der ich annahm, dass sie jede Sekunde mein Herz erfassen würde, doch ich war ruhig und gelassen.

Die Wächterin warf mir ein Paar Schuhe hin. Ich schlüpfte hinein und band geschickt eine Schleife in die Schnürsenkel. Dann griff ich reflexartig nach dem Tuch von Felix und warf es mir um die Schultern. Ich erhob mich. Die erste und eine zweite Wächterin packten mich unsanft an den Armen und legten mir wieder Handschellen an. Sehnsüchtig blickte ich zurück in die Zelle auf die Bibel.

«Komme ich hierher zurück?», fragte ich schüchtern.

«Ja», bellte die Wächterin unfreundlich. «Sie haben verschlafen, Tanner!», gab sie von sich. «Frühstück fällt aus! Sie wollen doch Ihren großen Auftritt heute nicht verpassen.» Sarkasmus drückte durch.

Vor dem Gebäude wartete ein vierrädriges Vehikel auf uns. Ich war noch nie in einem solchen Fahrzeug gefahren worden. Dunkel flackerte eine Erinnerung auf, die ich schnell wieder zu verdrängen suchte. Der Abtransport der Kranken, Alten und Schwachen. Sah ich überhaupt einem Gerichtstermin entgegen? Oder würden sie mich einfach klammheimlich entsorgen?

Doch als wir zehn Minuten später beim Bahnhof hielten und mich eine ganze Eskorte schwarz gekleideter Wächter zu einem Zug geleitete, dessen Ziel die Hauptstadt unseres Parts war, überlegte ich, dass ich wahrscheinlich wenigstens den heutigen Tag noch überleben würde.

Der Zug fuhr überirdisch. Die großen Fenster gaben einen Blick frei auf die erblühte Landschaft, nach der ich mich in den letzten Wochen so sehr gesehnt hatte. Im Licht der hellen Frühlingssonne kniff ich die Augen zusammen. Neben uns flog die Natur vorbei. Alles war so grün, so unendlich grün. Ich sog den Anblick in mich auf und lehnte den Kopf gegen die Fensterscheibe. Mir war, als würde die Sonne mich tröstend wärmen. Das Abteil des Wagons war geschlossen, ein Sonderzug vermutlich. In den drei Sitzen um mich herum saßen grimmige Wächterinnen. Ich wandte den Kopf vollends von ihnen ab und widmete mich der Welt außerhalb dieses stickigen Zugs. In keinem Jahr waren mir die Farben der Blumen auf den Wiesen so bunt vorgekommen. Wunderschön wogten sie im saftig grünen Gras. Vögel schossen auf der Jagd nach Insekten über die Felder. Die Wälder erstreckten sich in sattem, dunklem Tannengrün. Ihre Zweige wogten im Wind. Ein Lächeln schlich sich auf mein Gesicht. *Als würde die Natur sprechen,* dachte ich.

«Tanner!», schnarrte eine Wächterin, die mir mittlerweile schon bekannt war. Sie war seit Beginn der Inhaftierung für mich zuständig gewesen. «Ihnen ist bewusst, dass Sie der Staatsfeind Nummer eins sind? Ihnen wird Ihr dämliches, selbstzufriedenes Lächeln schon noch vergehen. Sie werden nicht mit dem Leben davonkommen. Das schwöre ich Ihnen.»

Ich blickte ihr ruhig ins Gesicht. Ihre eisblauen Augen waren hasserfüllt. Was hatte sie nur erlebt, dass aus ihr dieser Drache geworden war? *So jemand muss auch mal ein kleines Kind gewesen sein,* überlegte ich.

Woher kam diese Distanz zu dem, was mir hier gerade widerfuhr? Seltsam: Das Erlebnis der letzten Nacht war viel realer gewesen als das, was ich hier vor meinen Augen sah. Ich war bei vollem Verstand, das spürte ich. Gott hatte mein Herz einfach mit Frieden erfüllt, da war keine Angst in mir, und das überstieg meinen Verstand. Gott war tatsächlich zu mir gekommen. Meine Hand fuhr an mein Herz, das gleichmäßig schlug. Diese Frau konnte mich nicht einschüchtern.

Ich wandte den Blick wieder ab und schaute in den Morgen hinaus. Ich wollte den Anblick aufsaugen, so lange dies noch möglich war.

Zu meinem Bedauern wechselte die weite Landschaft schon bald in eine präurbane Gegend. Der Zug bremste ab, und dann fuhren wir in den großen unterirdischen Bahnhof ein. Ich wurde auf die Füße gezerrt, aus dem Zug hinaus- und die Treppe hinaufgeführt, die auf den Platz vor dem großen Regierungsgebäude mündete.

Vor einem halben Jahr bin ich hier gewesen, dachte ich, als ich meinen Kopf in den Nacken legte, um das riesige Gebäude zu erfassen. Ich blieb stehen. Wie viel hatte sich seither verändert! Ich war eine leicht zu beeindruckende Studentin der Apolliner gewesen, und nun war ich eine von der Regierung der schlimmsten Verbrechen angeklagte Person, die gerade zu ihrem Prozess geführt wurde! Zwischen der Studentin von damals und der Angeklagten von heute lagen Welten. Die Verbrecherin stand dem kleinen Mädchen, das vor fünfzehn Jahren mit einem großen Mann hier gewesen war, viel näher. In erstaunlicher Klarheit stand das Ereignis plötzlich wieder vor meinen Augen. Ich hatte mich an die Hand eines Mannes geklammert. Mein Vater? Er *musste* es gewesen sein, denn ich hörte wieder meine hohe Kinderstimme fragen: «Papi, wer wohnt in diesem Haus?»

«Die Regierung!», meinte er belustigt.

«Wer ist das?»

«Es sind eigentlich nur Menschen!» Eine große, raue Hand verstrubbelte mein Haar.

«Können wir da hineingehen, Papi?»

«Nein, Anna! Das geht heute nicht! Aber eines Tages vielleicht.»

Ich würde meinen Vater wohl nicht mehr suchen können, davon war ich überzeugt. Aber der Tag, dieses Gebäude zu betreten, war definitiv gekommen. Und heute war mein himmlischer Vater an meiner Seite und führte mich an seiner Hand.

Ermutigt, aber etwas aus dem Gleichgewicht gebracht, suchte ich den Weg, den meine Füße beschreiten sollten.

«Kommen Sie weiter!», durchbrach der Befehl meiner Wächterin meine Erinnerung. Erst jetzt bemerkte ich, dass der gesamte Platz vor dem Regierungsgebäude abgesperrt war. Außerhalb der metallenen Gitter stand eine große Menschenmenge. Ein Meer von Gesichtern blickte mir entgegen. Gemurmel schallte durch die Luft. Blitze zuckten. Ich zögerte.

«Es tut mir leid, dass wir für Sie nicht den roten Teppich ausrollen konnten, Hoheit», ätzte die eine Wächterin. Dann griff sie mich hart am Arm.

Die Menge schien zu explodieren, als wir auf den Platz ins Sonnenlicht traten. Ich sah in die Luft gereckte Fäuste, zornige Gesichter, die etwas brüllten.

«Verräterin! Verräterin!», skandierten sie. Erstaunt blickte ich mich um.

«Ein riesiger Medienskandal», hatte Norbert mich gewarnt.

«Weshalb hast du das getan?», vermeinte ich eine schrille Frauenstimme zu hören. Vielleicht war es gut, dass sie alle so durcheinanderschrien. Der Klangteppich unterdrückte die meisten Einzelrufe. Ich schritt verwirrt durch die Menge und kam mir ein bisschen so vor wie auf dem Jahrmarkt, der einmal im Jahr in unserer Stadt gastierte und dann immer ein Flair von Glück verbreitete.

«Den Tod! Sie hat den Tod verdient!», hallten die Stimmen hinter mir her, als ich in den Schatten des Haupteinganges trat.

«Die Straßen sind verstopft», hörte ich einen Sicherheitswächter murmeln, als er mich abtastete und meine Fingerabdrücke einlas. «So einen Auflauf habe ich hier schon lange nicht mehr gesehen.»

«Was ist denn los?», flüsterte ich meiner Wächterin zu, als wir durch die großen glänzenden Hallen liefen, die längst nicht so beeindruckend waren, wie ich sie in Erinnerung hatte. Vielleicht, weil ich nun wusste, wie falsch der ganze Zierrat war.

Die Wächterin schnauzte: «Sie haben das System hintergangen. Damit haben Sie sich und der Menschheit keinen Gefallen getan.

Das Volk ist zufrieden mit unserer Gesellschaft. *Jeder* setzt sich dafür ein, dass sie so bestehen bleibt, wie sie ist. Das Volk hasst jeden Verräter.» Ihre Stimme klang gepresst. «Wir haben uns schon überlegt, ob wir Sie nach der Gerichtsverhandlung direkt dem Mob vorwerfen sollen. Das gäbe sehr viel weniger Kosten für den Staat und eine saubere Lösung.» Verständnislos und eingeschüchtert blickte ich sie an.

Sie eskortierten mich über mehrere Treppenfluchten in einen Bereich, den ich beim letzten Besuch hier nicht betreten hatte. In einem Foyer blieben wir stehen. Die großen Fenster gewährten einen atemberaubenden Blick über die Stadt hinweg.

«Kommen Sie hierher.» Ein in Anzug gekleideter, kleingewachsener Angestellter winkte uns in eine Kammer mit dunklen Holzpaneelen und abgenutzten Bänken an den Wänden. Dann verließ er den Raum durch eine weitere Tür, die ich beim Eintreten gar nicht bemerkt hatte.

«Setzen!», bellte eine Wächterin. Ich ließ mich auf eine Holzbank sinken und lehnte mich gegen die Wand. Ein sanftes Kribbeln erfasste mich. Was erwartete uns hinter dieser Tür? Meine Finger spielten mit den Perlen an meinem Tuch, und ich vermisste den Geber dieses einmaligen Geschenks wahnsinnig.

Es dauerte keine fünf Minuten, und der Angestellte erschien wieder. «Sie dürfen jetzt eintreten!» Die Wächterinnen erhoben sich. Sie schienen plötzlich nervös zu sein. Man zog mich hoch. Ein paar unsichere Schritte, und dann stand ich im größten Saal, den meine Augen je gesehen hatten. Er war noch viel größer als der Gerichtssaal in meiner Heimatstadt und ebenfalls mit Menschen gefüllt.

Wir waren über einen Eingang an der rechten vorderen Seite eingetreten. Wie bereits beim letzten Mal saß die Richterin mit den eiskalten, blauen Augen auf dem Richterstuhl. Meine Augen erfassten sofort Aquilina, Demokrit und Adonis in der ersten Reihe und noch einige andere flüchtig bekannte Gesichter, die ich aber nicht einordnen konnte.

Meine Augen blieben auf Adonis ruhen. Er hatte sichtlich abgenommen und schien seinen teuren Anzug nicht mehr richtig auszufüllen. Er war fahl im Gesicht, sah übernächtigt aus. Die verheilte Narbe an seiner Stirn hob sich rötlich von seinem blassen Teint ab. Blick und Schultern waren gesenkt. Mein Herz füllte sich mit Traurigkeit und Schmerz. Adonis war derjenige, der – ausgenommen ich selbst – das größte Leid über mich gebracht hatte, und ich fühlte trotzdem noch etwas für ihn. Ich tastete mich an meine Gefühle heran, während ich mich auf den für mich vorgesehenen Stuhl setzte, das Gesicht dem Auditorium zugewandt. Ich fühlte keinen Hass, da war ich mir sicher. Mitleid? Er sah aus wie ein Racheengel, dem die Flügel gebrochen worden waren. So zerstört und so ... schön ...

Ich wurde abgelenkt durch die Stimme der Richterin, die nun alle wichtigen Würdenträger im Saal begrüßte, von denen zahlreiche anwesend zu sein schienen.

«Wir kommen zur Anklage gegen die Strafgefangene Anna Tanner, Nummer fünf sechs null null.» Ab diesem Moment lief die Verhandlung wie ein Film vor meinen Augen ab. Die Richterin listete nochmals alle meine Vergehen auf. Entspannt lehnte ich mich in meinem Stuhl zurück. Ich wusste, dass ich jetzt eigentlich wie betäubt sein sollte, voll Furcht und Angst und Unruhe. Aber ich war gelassen.

«Bist du da?», wisperte ich.

«Ja», ertönte das Echo in meinem Herzen.

«Anklagepunkt: Vortäuschung falscher Tatsachen», ertönte die Stimme der Richterin.

Sie riefen meine Nachbarin, die im selben Haus wie wir gewohnt hatte, zum Pult neben der Richterin herauf. Zitternd und hastig erzählte sie, dass sie durch die dünnen Wände immer meine und die Stimme einer anderen Frau gehört hatte. Die Nachbarin ließ sich darüber aus, dass sie immer Mitleid mit mir gehabt habe, aber wenn sie gewusst hätte, dass ich der Regierung die Existenz meiner Mutter verschwiegen hatte, hätte sie uns schon viel früher gemeldet. «Ich hasse Lügen», erklärte sie mit ehrlich empörter Stimme.

Ich begriff sie nicht, sie hatte immer so nett gewirkt. Wozu klagte sie mich jetzt an? Sie verließ hastig das Pult und setzte sich wieder in die erste Reihe.

«Diebstahl von rationierten Lebensmitteln», ertönte die Stimme der Richterin.

Die Wächterin des Essensausgabeturms, die in der Nacht unseres Überfalls Wache geschoben hatte, erklomm das Podium und stellte sich hinter das Pult. Sie schilderte in eindrücklichen Worten und mit blühender Fantasie, wie ich und Norbert sie des Nachts mit Gewehren aus dem Hinterhalt überfallen hatten und wie ich sie brutal niedergeschlagen hatte. Norberts Schlag auf den Kopf musste doch mehr Schaden angerichtet haben, als er hatte zugeben wollen. Die Lüge war so dreist, dass sich der Anflug eines Schmunzelns auf mein Gesicht schlich.

Eine Wächterin lehnte sich zu mir herum und flüsterte mir mit Todesverachtung zu: «Schrauben Sie sich Ihr verdammtes Grinsen ab! Das wird Sie teuer zu stehen kommen.»

Der Auftritt der Wächterin aus dem Turm war überzeugend. Sie hatte sich wirklich Mühe gegeben, die Geschichte zu erfinden, wahrscheinlich wusste sie, dass sie mit ernsten Konsequenzen rechnen musste, wenn herauskam, dass sie selig geschnarcht hatte, anstatt die Lebensmittel zu bewachen. Die Wächterin wurde entlassen. Sie strich sich mit dem Handrücken die Schweißtropfen von der Stirn.

«Irreführung einer geistigen Führerin.» Aquilina erhob sich elegant und stolzierte wie ein geschmückter Pfau in ihrem türkisfarbenen Hosenanzug auf Stilettos zum Podium. Sie zupfte nervös mehrmals ihre langen Haare zurecht. Sicher hatte sie wochenlang ihre formvollendete Rede geübt. Oder hatte sie die meiste Zeit versucht, vor dem Spiegel ihr Outfit zu vervollkommnen? Jedes Haar lag perfekt. Ihre Worte klangen so unterwürfig und kriecherisch, als sie der Richterin erzählte, wie ich sie mit einem nicht vorhandenen Projekt getäuscht hatte, dass sie mir beinahe leid tat. Erwartete sie nun, dass man sie als Ausgleich für ihre Sorgen zur *Humanita Perfecta* erhob?

Mir war nun vollkommen bewusst, dass ich auf lange Sicht nie jemanden mit meinem Ablenkungsmanöver hätte täuschen können. Alles, was ich getan hatte, wurde offengelegt, wenn auch einige Tatsachen verdreht wurden, um mich in ein noch schlechteres Licht zu rücken. Wahrscheinlich fürchtete sich hier jeder vor dem Zorn des Gesetzes.

Aquilina klapperte mit einem strahlenden Lächeln auf ihrem sonst so strengen Gesicht vom Podium und warf mir im Vorbeigehen einen vernichtenden Blick zu.

Ich fürchtete mich ein wenig vor dem nächsten Anklagepunkt. Man hatte mir Verführung eines *Humanitus Perfectus* zur Last gelegt. Würde Adonis auf dieses Podium steigen und mich anklagen, Details meiner Dummheit preisgeben? Ich spürte, wie mir die Schamröte ins Gesicht stieg.

«Mord», dröhnte da die Richterin unheilvoll, und ein Sicherheitswächter, der mich zusammen mit Adonis verhaftet hatte, machte sich auf den Weg nach vorne. Er erzählte von meinem angeblichen Mord an einem unschuldigen Zivilisten. Ich hätte ihn mit einem Gewehr erschossen. Er habe es bei meiner Verhaftung sichergestellt und die Spurensicherung habe darauf meine Fingerabdrücke gefunden. Ich blieb ruhig, weil ich wusste, dass es nicht stimmte. Mein Herz schmerzte für Simon und für Eunice, wo immer sie auch jetzt war. Sie hatte ihre große Liebe verloren. Tränen stiegen in meine Augen.

«Als Letztes kommen wir zum Anklagepunkt betreffend die Unterstützung der regierungsfeindlichen Gruppierungen. Darf ich Sie nach vorne bitten, Meister Magellan?»

Mein Kopf fuhr hoch. Aber nicht Adonis, sondern Demokrit Magellan, der in einen eleganten Anzug gekleidet war und sich geschmeidig und mit großer Selbstsicherheit neben die Richterin stellte, würde als Zeuge gegen mich aussagen.

«Verehrte Bürger unseres Parts!» Alle Augen waren auf ihn gerichtet. Seine natürliche Autorität und seine finstere Ausstrahlung schienen alle in ihren Bann zu ziehen.

«Als Beauftragter des Sicherheitsdepartements muss ich Ihnen mitteilen, dass mich die Berichte über die Angeklagte schockiert haben. In unserem freien Europa wuchern regierungsfeindliche Gruppierungen unter der Oberfläche, die unsere Errungenschaften und die Errungenschaften unserer Väter und Mütter gefährden.» Seine volle Stimme erfüllte den ganzen Saal. «Sie nennen sich Christen, predigen aber Verderbnis, sind eine Gefahr für unsere Demokratie und bringen solche Individuen wie unsere Angeklagte hier hervor, die ohne Skrupel stehlen, lügen und morden.» Seine Stimme nahm einen besorgten Klang an. Selbst ich hätte ihm jedes Wort geglaubt, wenn ich nicht gewusst hätte, wie selbstverständlich diesem mächtigen und gefährlichen Mann Lügen über die Lippen kamen und wie sehr er mich hasste. «Mein Herz ist in Sorge um unseren Part, selbst um unser Europa, nie mehr soll unsere Gesellschaft in den rückständigen Glauben an Religion und Aberglauben zurückkehren, und die Grundpfeiler unserer Menschlichkeit sollen nie wieder erschüttert werden. Wenn Unruhestifter meinen, sich über unser geheiligtes System hinwegsetzen zu müssen, sollten wir keine Gnade walten lassen. Wehret den Anfängen! Unsere Angeklagte hier ging über Leichen, um ihr Erbe zu verraten und sich gegen ihr eigenes Volk zu wenden. Sie hat sich wiederholt unseren Warnungen widersetzt.

Als wir sie baten, ihre Finger von den Christen zu lassen, hat sie uns belogen, unsere Freundlichkeit ausgenutzt, Sicherheitswächter und ihre geistige Führerin bewusst getäuscht.» Seine Stimme versagte vor Emotionen. Sein Gesicht war das eines gekränkten Vaters. *Er ist wirklich gut,* dachte ich.

«Ich danke dem Gericht für eine würdige Entscheidung. Unsere Gesellschaft soll auch noch an unsere Kinder und Kindeskinder in unversehrtem Zustand weitergegeben werden. Ich danke Ihnen.»

Applaus brandete aus den Reihen herauf, und ich begriff, dass alles ein abgekartetes Spiel war. Ich schloss ergeben die Augen. Das Gericht hatte sein Urteil über mich bereits gefällt. Und dies hier war ein Schauprozess, wie er im Buche stand. Ich hatte ihre Autorität untergraben, und das war der Racheakt, um ein Exempel zu statuieren.

«Anna Tanner?», rief die Richterin. Ich fuhr hoch. Leises Gemurmel ertönte aus dem Saal.

«Schlafen Sie hier nicht ein!», befahl sie mir. «Ich habe Sie etwas gefragt ...»

Ich hob die Augenbrauen, um ihr anzuzeigen, dass ich nicht ein Wort mitbekommen hatte.

«Anna Tanner! Wollen Sie sich zu Ihrer Verteidigung äußern?» Sie nickte mit dem Kopf zu dem Pult, hinter dem alle Zeugen gestanden hatten. Unsicher blickte ich sie an. Damit hatte ich nicht gerechnet. Ich wollte bereits ablehnen. Was konnte ich schon gegen diese Übermacht ausrichten?

Doch da rauschten wie ein Sturmwind Worte in mein Gedächtnis. Ich hatte sie erst vor ein paar Tagen in der Bibel gelesen. Kurz vor seinem Tod hatte Jesus diese Worte zu seinen Nachfolgern gesagt, und es war mir, als würden diese ewigen Worte durch die Jahrhunderte hinweg in mein Herz dringen und mich persönlich ansprechen.

«Anna. Nur weil du zu mir gehörst, werden sie dich festnehmen und vor Gericht stellen. Sie werden dich ins Gefängnis werfen, ja, vor Machthabern und Königen wirst du verhört werden. Du sollst nicht schon vorher darüber nachgrübeln, wie du dich vor Gericht verteidigen kannst. Ich selber werde dir Weisheit geben und dir zeigen, was du sagen sollst. Dann werden deine Gegner nichts mehr erwidern können. Man wird dich hassen, weil du zu mir gehörst. Aber ohne Gottes Willen wird dir kein Haar gekrümmt werden. Bleib standhaft, dann gewinnst du das ewige Leben.»

Ich erhob mich so abrupt, dass eine Wächterin neben mir zusammenzuckte.

«Ja, Euer Ehren, das würde ich gerne», antwortete ich mit ruhiger Stimme. Sie hob erstaunt die Augenbrauen. Hatte sie nicht mit meiner Zusage gerechnet?

«Nehmen Sie ihr ihre Handschellen ab!», orderte sie. Sie klickten, und ich war frei. Mit gemessenen Schritten ging ich zu dem Pult. Ich spürte förmlich, wie die Schuldscheine meiner Anklage ans Kreuz flatterten und dort haften blieben. Meine Hand fuhr an das Tattoo am Handgelenk. Wie gern hätte ich nun ein Kreuz getragen. Ich hätte es als Zeichen vor mir hergetragen, meine Schuld hing daran. Stattdessen klammerten sich meine Finger in das Tuch von Felix, dass ich mir um die Schultern geschlungen hatte.

«ER sieht alles! Wir aber sind blind», flüsterte ich den Spruch darauf wie ein Mantra vor mich hin. Mein Herzschlag beruhigte sich. Ich fasste mit den Händen an die Enden des Pults.

«Sehr geehrte Bürger dieses Parts!», ertönte meine Stimme, und ich war erstaunt, wie fest sie klang. Alle Gesichter klebten an mir. Die Spannung war mit den Händen zu greifen.

«Mein Name ist Anna Tanner. Heute vor 21 Jahren bin ich in ein gutes apollinisches Elternhaus geboren worden. Ich bin gemeinsam mit meiner Mutter und meinem Bruder in einer Stadtwohnung groß geworden. Ich habe die Grundschule durchlaufen und bin mit sechzehn in das Humanium eingetreten, um meine erste Selbstverwirklichungsstufe der *Ordnung* zu erlangen. Ich bin mit der Vorstellung durchs Leben gegangen, mit allem, was ich tat, ein freies, gerechtes, tolerantes und friedliebendes Europa und ein System mit stabilem Fundament zu unterstützen, unsere Demokratie und unseren Part.» Nicht ein Mal hatte ich gestottert, die Worte, die ich sagen musste, standen so deutlich vor meinen Augen, als wären sie an die gegenüberliegende Wand gepinselt.

«Im Zusammenhang mit einer Forschungsarbeit im Geschichtsunterricht stieß ich auf eine Gruppe Christen, die sich im Untergrund versammelten. Sie hausten in einer feuchten, kalten Höhle, waren ärmlich gekleidet. Sie hungerten. Sie starben.» Mein Blick schoss zu Demokrit. In seinen dunklen Augen loderte ein verzehrendes Feuer. Ich konnte nicht zu Adonis blicken. Ich musste stark sein.

«Sie fragen sich jetzt bestimmt, weshalb ich den Feinden der Regierung geholfen habe. Nun, sie erschienen mir nicht wie Feinde. Ich sah mich mit einer humanitären Katastrophe konfrontiert und einer Quelle für meine Studien. Von Kindheit an wurde mir beigebracht, dass man Minderheiten helfen soll ... im Namen der Toleranz.»

Ich schritt hinter dem Pult hervor und stellte mich in den Graben zwischen der Richterin und dem Auditorium. Niemand hielt mich zurück. Meine Stimme schallte laut durch den großen Saal.

«Es schien mir ein Verbrechen zu sein, ihnen *nicht* zu helfen. Zu einem späteren Zeitpunkt fand ich heraus, dass sowohl meine Mutter als auch mein Bruder, ja sogar mein Vater Christen waren. Das hat meine Verbundenheit mit diesen sogenannten ‹regierungsfeindlichen Menschen› natürlich noch verstärkt.» Ein erschrockenes Raunen ging durch die Menge.

«Erst sehr spät erfuhr ich: Als ich ein Kind war, zog mein Vater aus, um den Christen zu helfen. Er ist nie mehr zurückgekehrt. Als ich ein Teenager war, starb mein Bruder. Er hatte den Christen geholfen, und er wurde deswegen auf brutale Art und Weise ermordet. Ich sorge seitdem für mich und meine Mutter. Wir haben in den letzten Monaten gemeinsam den Christen geholfen. Jetzt ist auch sie verschwunden.» Meine Stimme wurde schwer.

«Sie sagen, Diebstahl ist Unrecht. Wie aber nennen Sie es, wenn man seinen Mitmenschen verhungern lässt? Sie sagen, Lügen ist Unrecht. Was aber ist dann mit Mord an Unschuldigen? Ich habe noch nie so viel Ungerechtigkeit, Nulltoleranz und Gewalt erlebt wie in den letzten Monaten.» Ich erhob meine Stimme. «Aber die Aggressionen gingen niemals von den Christen aus!» Die Worte hallten durch den Saal.

Ich sah, wie Demokrit der Richterin einen fordernden Blick zuwarf. Doch niemand unterbrach mich, und so fuhr ich fort: «Mein Leben lang habe ich nach Erleuchtung gesucht. Aber nirgendwo schien das Licht heller als in der dunklen Höhle bei den Christen. Ich sah dort keine Machtdemonstrationen und hörte keine Gewaltparolen. In dieser Armut habe ich nur Menschlichkeit, Freundlichkeit, Geborgenheit und Akzeptanz erlebt.» Vor meinen inneren Augen zogen nochmals alle diese geliebten Gesichter vorbei, und der Wunsch, jedes zu berühren und mich von ihnen zu verabschieden, wurde übermächtig.

«Und durch diese Menschen habe ich auch den Einzigen kennen gelernt, der den wahren Frieden bringt. Jesus Christus.» Ich verstummte. Es hätte kein beredteres Schweigen herrschen können. Erst jetzt bemerkte ich, dass ich genau vor Adonis' Platz stand und ihm direkt ins Gesicht sehen konnte. Endlich hob er seine Augen zu mir. Sie waren verschleiert, als würde er gegen die Tränen kämpfen. Sein Kiefer mahlte krampfhaft. Er saß auf der äußersten Kante seines Stuhls und sah aus, als würde er demnächst zusammenbrechen. Seine Lippen bewegten sich, als wollte er etwas sagen, doch er räusperte sich nur geräuschvoll in die Stille.

Ich spürte, dass jemand an meiner rechten Seite stand. Eine Wächterin musste mir gefolgt sein, doch als ich mich umdrehte, konnte ich niemanden sehen. War Gott mir so nahe, dass ich ihn regelrecht spüren konnte?

Die scharfe Stimme der Richterin erreichte mein Ohr: «Sie wollen also sagen, dass Sie an diesen Gott der Christen glauben, an diesen ... diesen ...?»

Ich drehte mich zu ihr um und blickte sie offen an. Ihre blauen Augen waren zu zwei Eisblöcken gefroren.

«Ja!», gab ich bekannt. Sie lehnte sich über ihr Pult hinweg.

«Auch im Angesicht des Todes?», schleuderte sie mir entgegen.

«Ja! Auch dann!», erwiderte ich. «Ich bin nicht hier, um mich zu verteidigen. Ich weiß, was ich getan habe», ergänzte ich. «Ich habe viele Fehler gemacht. Ich hoffe, dass diejenigen, die ich mit meinem Verhalten verletzt habe, mir eines Tages verzeihen können. Ich bitte dafür um Entschuldigung.»

Meine Stimme wurde wieder fest, und ich drehte mich nochmals meinem Publikum zu. «Von Gott habe ich schon Vergebung erhalten. Jesus Christus ist der einzig wahre *Humanitus Perfectus,* und Gottes Vergebung macht aus mir, was keine Selbstverwirklichungsstufe vermag ... eine *Humanita Perfecta* in seinen Augen.»

«Wie können Sie es wagen, sich auf die gleiche Stufe wie unsere Meister zu stellen?», giftete mich die Richterin an. Ihre Stimme überschlug sich beinahe.

«Weil es die Wahrheit ist», entgegnete ich und bewegte mich zu meinem ursprünglichen Platz.

«Setzen Sie sich!», bellte sie, und ich spürte, dass sie angestrengt versuchte, wieder die Oberhand zu gewinnen. Blut rauschte in meinen Ohren, als mir die Wächterin die Handschellen umschnallte. Ihre Finger zitterten. Ich sank in meinen Stuhl.

Hektisch haspelte die Richterin den Urteilsspruch herunter. Sie schien völlig aus dem Gleichgewicht geraten zu sein. «Die Angeklagte wird in allen Punkten schuldig gesprochen. Wir können es nicht dulden, dass dieses *Geschwür* in der Gesellschaft weiterwuchern kann. Missachtung und ... Abscheulichkeiten ...» Sie spuckte die Worte heraus. «Anna Tanner! Sie werden zum Tode verurteilt.» Der Hammer in ihrer Hand sauste auf das Pult. «Wir werden alles tun, um das ganze Nest dieser Irreführer auszuräuchern. Sie werden der Gerichtsbarkeit der Dionysier überstellt. Das Urteil ist innerhalb einer Woche zu vollstrecken.»

Ich schluckte. Ich wusste, was das bedeutete. Sie würden mich ihren Göttern opfern und auf dem Altar verbrennen. Tod durch Feuer also.

«Die Verhandlung ist geschlossen», donnerte sie und haute den Hammer noch einmal auf das Pult. Plötzlich ging alles schnell. Ich wurde aus dem Raum gezerrt und durch einen unterirdischen Gang direkt in den Bahnhof verfrachtet. *Wenn die Menschen wüssten, auf wie vielen Hinterbühnen in diesem Land regiert wird,* dachte ich beim Anblick der Geheimgänge. Sie spuckten uns direkt neben einem Zugwagon aus. Dieser hatte keine Fenster. In seiner Dunkelheit kam mir die Reise vor, als dauere sie nur wenige Augenblicke. In Gedanken war ich bei Jesus und den Menschen, die ich liebte. Am Bahnhof meiner Heimatstadt stand wieder ein Vehikel bereit, das mich in meine Zelle brachte.

Erst als ich auf meine Holzpritsche sank, die Bibel fest an meine Brust gepresst, war mir bewusst, was ich gerade getan hatte, und ich wunderte mich, wie das überhaupt möglich gewesen war. Sämtliche Kraft hatte mich verlassen.

«Oh Gott ... oh mein Gott», wisperte ich. Die Tränen der Erleichterung flossen.

Und dann kam die Angst. Es war Todesangst.

Samstag, 6. Prairal 332 A. I.
«Tag der Melisse» (26. Mai)

Sechs Striche an meiner Zellenwand später holten sie mich ab. Es waren vier Priester. Sie waren in dunkle Roben gehüllt. Ihre Gesichter waren unter Kapuzen verborgen und leuchteten geheimnisvoll im Schein der Fackeln, die sie mit sich trugen. Die Flammen warfen unheimliche Schatten an die Gefängniswände.

Jetzt wurde es also ernst. Mein Herz hämmerte wie wild. War ich bereit, diese Welt zu verlassen? Würde es sehr schmerzen? Einzig die Hoffnung, dass auf der anderen Seite des dunklen Schattentals Gottes Gesicht zu sehen sein würde, ließ mich weiteratmen. Und meine Mutter und Michael, Sascha, Claudia, Kephas und Simon würde ich ebenfalls wiedersehen.

In den letzten Tagen war ich hin- und hergerissen gewesen zwischen dem tiefen Frieden Gottes und der Endgültigkeit des Urteils, das über mich verhängt worden war und mich wie eine dunkle Wolke umhüllte. Das Schlimmste war die Ungewissheit, wann genau sie mich holen würden, deshalb war ich nun beinahe erlöst, dass das quälende Warten endlich ein Ende hatte.

Ein Priester reichte mir ein langes weißes Gewand.

«Anziehen!», ertönte seine dumpfe Stimme. Ich streckte meinen Kopf durch die eine Öffnung. Mein Leichentuch?

«Mitkommen!», bellte die Wächterin hinter den Priestern hervor. Offenbar war ihr das ganze Getue nicht recht. Es hielt sie davon ab, ihre Arbeit vorschriftsmäßig zu machen.

Der größte Priester legte mir Handschellen um und presste seinen Daumen darauf, um sie zu schließen.

«Ich möchte das Buch und das Tuch mitnehmen!», verlangte ich. Ich hätte mit mehr Widerstand gerechnet, aber einer Sterbenden schlug man wohl keinen Wunsch ab, wenn sie sich an ihre letzten irdischen Besitztümer klammerte. Außerdem würde es dem Feuer noch mehr Zunder geben. Einer der Priester langte nach dem Buch auf dem Tisch. Der Brief meiner Mutter flatterte auf den Boden.

«Den auch, bitte!», bat ich mit zitternder Stimme.

Mutter, ich habe meinen irdischen Vater nicht suchen können, aber ich habe meinen himmlischen gefunden, dachte ich, und Tränen stiegen in meine Augen. Bald würde ich sie wiedersehen. Ich schlüpfte in meine Schuhe.

In einer düsteren Prozession geleiteten mich die vier Priester vor die Türen des Gefängnisses. Ihr Schweigen und ihre verdeckten Gesichter waren mir unheimlich.

Es war Abend. Die Wolken vom letzten kurzen Regenguss hingen im Westen. Die Sonne stand über dem Horizont. Vor den Toren des Gefängnisses schlossen sich vier weitere Priester unserer Prozession an. Sie führten mich von dem Hügel des Chemondrions in Richtung des Schlachthügels. Ich schauderte. Von dem Hügel, den die

Sonnenstrahlen schon nicht mehr berührten, schien ein dunkler Schatten auszugehen.

«Und wanderte ich im Tal des Todesschattens», flüsterte ich, «so fürchte ich kein Unheil, denn du bist bei mir.»

Auf halbem Weg in der Talsenke explodierte über uns ein wahres Feuerwerk an Farben, das mich vor Ehrfurcht den Atem anhalten ließ. Der Sonnenuntergang. Dunkles Karmesinrot mischte sich mit hellem Orange und Apricot, und ein zartes Hellblau hob sich dahinter ab, dazwischen sah ich ein paar Goldspritzer. Und es war nicht nur ein Streifen am Horizont, nein, es war ein Farbenspiel, über die ganze Himmelskuppel verteilt. Als würde Gott seine allabendliche Staffelei aufspannen und mit schwungvollen Pinselstrichen der Erde seinen Gutenachtkuss aufdrücken.

Außerdem kam es mir so vor, als hätte Gott dieses Naturschauspiel extra für mich inszeniert, als Versprechen: «Ich verlasse dich nicht! Ich umgebe dich von allen Seiten.» Der herbe Geruch von Gras stieg mir in die Nase. Aus dem Wald ertönte ein sanftes Rascheln. Die Vögel beendeten ihr Schlaflied und verstummten. Mit all meinen Sinnen versuchte ich, die Natur in mich aufzunehmen. Wie wunderschön das alles war!

Der Fußmarsch war länger, als ich erwartet hatte. Die Nacht hatte ihr dunkles Kleid beinahe schon ganz um sich herum ausgebreitet, als wir einen hellen Feuerschein erblickten, der uns vom Gipfel des Hügels entgegenstrahlte. Monotone Gesänge stiegen aus den Kehlen der Priester auf, und von den umgebenden Hügeln schallte ihr Echo zurück. Die Harmonien ließen die Haare an meinen Armen zu Berge stehen. Heute würde mein Leben enden. Hoffentlich würde es schnell gehen. Meine Füße wurden immer schwerer, ich musste auf jeden Schritt achten, damit ich nicht über den Saum meines langen Gewandes stolperte.

Endlich hatten wir die Anhöhe erreicht. Sie führten mich zu einer dunklen Hütte. Wir gingen nicht hinein, sondern blieben stehen.

«Warte hier!», meinte einer der Priester schroff. «Wir werden jetzt zu den anderen gehen, um uns für dieses Opfer zu reinigen, damit wir rein vor den Göttern stehen, wenn sie ihren Lohn abverlangen.»

Ich zitterte in der kälter werdenden Nachtluft. Eine feine Brise bauschte mein Gewand auf. Die Priester eilten schnell dem Feuerschein entgegen und ließen mich zurück. Ein Priester blieb neben mir stehen. In seinen Händen hielt er meine kostbarsten Schätze. Die Bibel und Felix' Tuch. Seine Figur war imposant genug, dass ich nicht hätte entwischen können, selbst wenn ich es versucht hätte. Die Priester verschwanden aus unserem Sichtfeld.

«Gott», fing ich laut an zu beten. Was kümmerte es mich, dass mich der andere hören konnte? «Du weißt, dass ich für dich sterben würde. Aber wenn du eine Möglichkeit siehst, bitte, mach, dass es nicht so wehtut. Ich fürchte mich. Bitte, rette mich!» Aus meinen Augenwinkeln sah ich, wie der Priester seine Kapuze abstreifte.

«Ich bin zwar nicht Gott», ertönte eine mir wohlbekannte, entschlossene Stimme, «aber ich kann versuchen, dich hier herauszuholen.»

Ich fuhr zu dem Priester herum und blickte direkt in Adonis' brennende Augen.

«Adonis!», keuchte ich. «Was tust du hier?»

«Deinen Hals retten!» Er presste seinen Finger auf meine Handschellen. Sie schnappten auf und fielen klirrend zu Boden.

«Komm mit mir, Anna! Ich weiß einen Ausweg! Schnell!» Skeptisch und zögernd blickte ich ihn an.

«Anna! Ich habe jetzt keine Zeit, um dir alles zu erklären! Schnell!» Er streckte mir seine Hand entgegen und blickte mich auffordernd an.

Kapitel 27

Ich wich vor ihm zurück und blickte ihn mit vor Schreck weit aufgerissenen Augen an.

«Nein!», flüsterte ich störrisch. «Nein!»

Adonis kam mir entgegen und packte mein schmerzendes Handgelenk. Er zog an mir, so dass ich einen Ausfallschritt machen musste, um nicht der Länge nach im Dreck zu landen. Seine langen Beine eilten los, und ich stolperte hinter ihm her, die Hände in meinem Gewand, damit ich nicht über den Saum strauchelte. Ich gab dem ersten Impuls einer leisen Hoffnung nach. Ich wusste, es hatte keinen Zweck zu schreien. Höchstens die Priester würden mich hören, und das würde meinen sofortigen Tod bedeuten. Egal, was Adonis mit mir vorhatte: Es bestand eine winzige Chance, dass ich ihm entwischen konnte.

Nicht weit von unserem ursprünglichen Standort hatte Adonis sein Motorrad geparkt. Hastig blickte er sich um und warf mir dann den kristallenen Helm zu. Ich fing ihn auf, doch meine Hände zitterten so sehr, dass ich ihn gleich wieder fallen ließ.

Adonis war derweil aufgesessen, meine Bibel und mein Tuch in der einen Hand, in der anderen seinen eigenen Helm. Er trieb mich zur Eile an: «Los, Anna! Schnell! Wir haben nicht viel Zeit!»

Ich griff nach dem Kristallhelm, der mir vor die Füße gekullert war. Wut stieg in mir auf, und bevor ich genau überlegen konnte, war ich zwei Schritte auf ihn zugegangen und donnerte Adonis den Helm über den Schädel. Ich konnte nicht meine volle Kraft aufwenden, doch es reichte, um ihm ein dumpfes Stöhnen zu entringen und ihn zusammensacken zu lassen. Das war meine Chance!

«Ein Schlag auf den Hinterkopf fördert das Denkvermögen», entschuldigte ich mich sarkastisch. Dann warf ich die Tatwaffe entsetzt von mir und hetzte davon. Nach wenigen Schritten fielen mir jedoch meine Schätze ein. Ich würde diese nicht in seinen gewalttätigen Händen zurücklassen, damit er die letzte Erinnerung an meine Mutter und die Christen zerstören konnte. Adonis lag zusammengesunken auf der Maschine. Die Bibel lag neben dem Motorrad am Boden. Ich ergriff sie hastig und zerrte dann das Tuch unter Adonis' bewegungslosem Körper hervor. Dann kam mir ein Gedanke: Mit dem Motorrad war ich vermutlich schneller! Ich hatte zwar noch nie ein solches Gefährt gefahren, aber es konnte ja nicht so schwierig sein. Ich beugte mich über den Lenker und überlegte gerade, wie ich Adonis am besten herunterschieben konnte, als eine Hand meinen Arm ergriff. Ich stieß einen panischen Schrei aus. Adonis hatte sich halb aufgerichtet. Ich entwand mich seinem Griff. *Der Kerl ist sogar noch stark, wenn man ihn halb k.o. geschlagen hat,* dachte ich verwundert.

«Anna!», lallte er.

Hektisch drückte ich sämtliche Knöpfe, bis mir voller Entsetzen bewusst wurde, dass das Motorrad, ähnlich wie alle Türen in der Stadt, ja nur mit persönlichem Fingerabdruck funktionierte. Und da das Motorrad auf Adonis gemünzt war, war es für mich unmöglich, es in Gang zu bringen. Ich ließ davon ab und betete flehentlich, dass ich schnell genug den Waldrand erreichen würde, um mich ins Gebüsch zu schlagen. Vielleicht konnte ich irgendwann die Christen finden, offensichtlich waren sie ja noch am Leben.

Ich griff das Buch und das Tuch, zog mein Gewand mit der anderen Hand bis zu den Knien hoch und rannte los. Mit jedem Schritt war ich dankbar für das Training, das ich in der Gefängniszelle absolviert hatte, sonst wäre ich schon lange zusammengebrochen.

Hinter mir ertönte ein knirschendes Geräusch auf der Naturstraße. Adonis hatte sich offenbar wieder aufgerafft und sich auf das Motorrad geschwungen. Ich rannte noch schneller. Meine Seiten stachen.

«Noch ... zehn ... Meter!», stieß ich im Stakkato hervor. Noch zehn Meter, und ich hätte den Wald erreicht, und Adonis könnte mich nicht mehr verfolgen! Doch genau in diesem Moment überholte er mich und schnitt mir den Weg ab. Ich prallte mit voller Wucht gegen das Motorrad. Doch Gefährt und Fahrer waren nicht zu erschüttern. Ich richtete mich auf. Im Mondlicht sah ich, wie Adonis der Schweiß über die Stirn lief. Er atmete schwer und sah mich wie gebannt an.

Sein Anblick entfesselte jedes Quäntchen Wut auf ihn, das ich in den letzten Wochen aufgestaut hatte. Ich sprang ihm ins Gesicht und schmetterte meine Faust in sein ungeschütztes Zahnpastalächeln, ich zerkratzte sein perfektes Antlitz mit meinen Fingernägeln und schrie wutentbrannt:

«Du Judas! Du Verräter! Du Schwein!» Er wich zurück und versuchte meinen Angriff mit seinen Händen abzuwehren. Schluchzer quälten sich aus meiner Kehle. «Lass mich gehen! Lass mich doch einfach gehen!»

«Das werde ich nicht», entgegnete er mir und bekam meine Hände zu fassen. Fest umklammerte er meine Handgelenke. Ich war ihm kräftemäßig vollkommen unterlegen. «Ich habe deiner Mutter versprochen, dass ich dich beschützen werde.»

«Das Gesülze soll ich dir glauben?!», schrie ich ihn an. «Du hast mich verraten!»

«Ich weiß, Anna, ich weiß! Ich hasse mich selbst dafür. Aber wenn du mir jetzt nicht vertraust, dann sind wir beide tot. Sie sind schon hinter uns her.» Er deutete hinter mich.

Ich drehte meinen Kopf. Eine Kolonne von Fackeln hatte sich von dem großen Feuer gelöst und bewegte sich schnell auf uns zu. Unsere Flucht war bemerkt worden.

«Anna! Hier erwartet dich der sichere Tod! Mit mir hast du wenigstens eine Chance! Komm! Spring auf!» Er ließ mich los.

Seine Vernunft drang durch den Schleier meiner Verzweiflung, und ich schwang mich nach einem kurzen Moment des Zögerns auf den Sozius. Das Motorrad schoss davon. Meine rechte Hand krallte sich in Adonis' schwarzes Gewand, während ich mit der linken meine Schätze umklammerte. Meine Haare und mein weißes Gewand flatterten im Wind. Wir brausten durch die überraschend kühle Nacht wie zwei Geisterfahrer. Vorsichtig warf ich einen Blick hinter mich. Durch die dicken Baumstämme des Waldes konnte ich noch den entfernten Schein des Feuers wahrnehmen, der immer schwächer wurde, je weiter wir uns vom Schlachthügel entfernten. Adonis reduzierte die Geschwindigkeit nicht. Sorge wallte in mir auf.

Das Gewand knatterte im Wind, als Adonis durch die menschenleeren Gassen der Stadt fuhr. Sie schien mir einmal mehr wie ausgestorben. Adonis ließ jedoch die Stadt hinter sich, und langsam dämmerte mir die Wahrheit, dass er nämlich Kurs auf die Magellan'sche Villa nahm. Horror durchfuhr mich. Demokrit Magellan war bestimmt dort. Wir würden ihm direkt in die Arme laufen! Und was hatte Adonis dort mit mir vor? Würde er mich eigenhändig umlegen? Oder würde er die Drecksarbeit anderen überlassen? Vielleicht sogar Demokrit Magellan? Vielleicht wollte sich Demokrit selbst an mir rächen, weil ich seine Autorität untergraben hatte.

Ich überlegte mir, mich einfach rückwärts vom Motorrad fallen zu lassen. Doch als ich sah, wie die Asphaltstraßen unter mir dahinrasten, verließ mich der Mut, es auszuprobieren. Stattdessen klammerte ich mich noch fester an Adonis, bis er mit einem abrupten Stopp vor dem Tor seiner Villa hielt. Mit einem Fingerdruck öffnete sich das große Gittertor und ließ uns ein.

«Festhalten!», raunte Adonis mir zu und drückte aufs Gas. Vor dem Treppenaufgang zur großen Tür stieg er nochmals kräftig in die Bremsen, so dass ich gegen ihn gepresst wurde und die Kieselsteine nur so spritzten.

«Komm! Komm! Komm!», befahl er mir und stieg vom Motorrad.

Vor Schreck gelähmt, konnte ich keinen Knochen bewegen und wäre in Zeitlupe nach hinten von dem Gefährt gepurzelt, hätte Adonis nicht seine Finger in mein Gewand gekrallt und mich auf seine starken Arme gehoben. Das Motorrad ließ er dabei achtlos in die Kieselsteine fallen.

Er bediente die Tür und eilte mit mir durch die Eingangshalle. Mein Gewicht schien ihm kaum Mühe zu bereiten, als er mich in den zweiten Stock trug. Die teuren Wandteppiche und Bilder rauschten an mir vorbei, als ich meinen freien Arm automatisch um Adonis' Hals schlang, um besseren Halt zu finden. Wir betraten seine Suite. Er setzte mich in seinem Schlafzimmer auf das Sofa. Mein Arm war immer noch um seinen Hals geschlossen. Ich war unfähig, mich zu bewegen. Seine warme Wange streifte meine, als er meine Finger vorsichtig löste und meine Hände in meinen Schoß legte.

«Warte hier!», wies er mich an. Als hätte ich die Kraft gehabt, mich noch zu bewegen! Er musterte mich. «Du brauchst neue Kleidung, du fällst auf!», bemerkte er besorgt. Er stürmte in die Richtung einer Tür, die ich zuvor noch gar nicht bemerkt hatte. In diesem Augenblick stolperte Mariangela ins Schlafzimmer. Ich zuckte zusammen und starrte sie erschrocken an. Ein kurzes Lächeln fuhr über ihre schwammigen Gesichtszüge. «Mia cara!», rief sie aus. Dann suchten ihre Augen diejenigen von Adonis. Sie eilte, so schnell es ihre Maße zuließen, auf Adonis zu und fasste ihn am Arm. Er drehte sich zu ihr um, seine Augen voller Sorge.

«Sie hat einen Schock», murmelte er ihr zu.

«Ascolta!», flüsterte sie, als würde sie hoffen, ich bekäme nichts von der Konversation mit. «Hör zu! Die Sicherheitswächter sind alle alarmiert und mobilisiert. Sie durchstreifen die Stadt. Es kann nicht mehr lange dauern, bis sie auch hier anklopfen. Das, was du tun musst, musst du schnell tun, Bello! Sonst ist es zu spät. Troppo tardi!» Sie schnalzte mit der Zunge und warf mir wieder einen Blick zu. «Ich suche die Kleider!», gab sie dann bekannt und lief durch die Tür in einen Raum, der wohl als Ankleidezimmer diente.

«Komm, Anna!», forderte mich Adonis auf und betrat ebenfalls den nun hell erleuchteten Raum.

Wie in Trance erhob ich mich und folgte ihm. Der Ankleideraum war groß. Die Wände waren voll mit Kleiderbügeln, Reihe an Reihe. Daran hingen Anzüge, Kleider, Hemden, sauber gefaltete Bundfaltenhosen. In den Gestellen darüber waren stapelweise Pullover und Hosen in allen Farben aufgeschichtet. Mariangela zog sich eine kleine Leiter heran und erklomm sie, ächzend und leise Schimpfwörter vor sich hin murmelnd. An der Stirnseite des Raums standen auf einer Kommode sicher zwanzig Perückenköpfe mit allerlei Frisuren darauf. Ich lehnte mich gegen die Wand und musterte die Spiegelreihe zu meiner Linken. Darunter waren riesige Boxen mit Make-up, Lippenstiften und Nagellacken angebracht. Noch nie hatte ich so viel Kosmetik auf einem Haufen gesehen.

«Da wird jede Frau neidisch, nicht wahr?», meinte Adonis mit einem Hauch von Humor in der Stimme. «Tja, ich habe mir einen Spaß daraus gemacht, mehrere Rollen in diesem Leben zu spielen. Man muss für alles vorbereitet sein.» Er seufzte und näherte sich mir langsam. Ich wich reflexartig zurück. «Anna! Ich tue dir nichts!», beschwichtigte er mich mit sanfter Stimme. «Ich will dich hier herausholen, koste es, was es wolle. Halt bloß still!» Er blickte auf meine Haare und zog mich an der Hand vor den bodenlangen Spiegel.

Eine dünne Gestalt mit zerzausten Haaren schaute mich daraus aus blauen verschreckten Augen an. In dem weißen Laken sah sie aus wie eine wandelnde Leiche. Kräftige Hände lagen auf ihren zitternden Schultern. Neben ihr stand ein großgewachsener, kräftiger Mann. Seine gebräunten Gesichtszüge waren ernst. Nur eine rote Narbe entstellte das sonst so perfekte Gesicht, außerdem zogen sich Kratzspuren über seine Wangen. Seine dunklen Augen suchten meine.

«Anna! Ich verspreche dir, wenn wir aus diesem Raum kommen, wird man dich nicht mehr als entflohene Strafgefangene erkennen.» Er strich mein Haar am Ansatz zurück und befestigte es mit Klammern. Diese Berührung jagte einen Stromschlag durch meine Glieder, und ich wich zurück. Meine Kopfhaut kribbelte. Er griff nach einem Kamm und versuchte, meine Haare zu bändigen, indem er sie zu kleinen Schnecken aufdrehte und feststeckte.

Durch seine Zähne zischte er Mariangela Befehle zu: «Ein möglichst widerstandsfähiger Stoff. Wir gehen nicht zum Picknick! Nein, nein, nein, kein Pullover, eine Bluse. Sonst ist die Frisur im Eimer.» Adonis krallte sich eine Perücke mit langen schwarzen Haaren. «So, da stecken wir deinen Kopf hinein. Nach einer schwarzhaarigen Schönheit sucht niemand.»

Willenlos ließ ich alles mit mir geschehen. Adonis setzte mir die Perücke auf. Er stopfte mit dem Kamm die Härchen, die hervorlugten, darunter und befestigte die falschen Haare mit weiteren Haarnadeln. Seine Hände zitterten stark. Mariangela kam herangewalzt. Sie schimpfte in einem fort und wischte sich den Schweiß von der Stirn.

«So, alles bereit! Tutto pronto!» Sie stapelte Kleider neben den Spiegel.

«Raus!», befahl sie Adonis. «Du darfst nicht schauen!»

«Momento!», antwortete dieser hastig und versuchte, noch die letzten Härchen zu verbergen. Mariangela knuffte ihn in die Seite. «Subito! Jetzt! Sofort!» Adonis ließ den Kamm fallen und verließ den Raum.

«Vorsichtig!», beruhigte Mariangela mich und half mir aus dem weißen Gewand, ohne dass die Perücke verrutschte. Auch der Kragen meines groben Gefängnishemdes war so weit, dass er meine neue Frisur nicht beeinträchtigte. Als Mariangela meine blassen, dünnen Glieder in der schäbigen Unterwäsche sah, ließ sie zischend die Luft zwischen ihren Zähnen entweichen.

«Nur Knochen», bemerkte sie missbilligend, doch in ihren dunkelbraunen Augen stand Mitleid. «Schnell! Hinein!» Sie reichte mir ein Unterhemd. Ich schlüpfte schnell in die warmen, sauberen Kleider und merkte erst jetzt, dass meine Zähne vor Kälte und Aufregung klapperten. Mariangela reichte mir eine Jeanshose aus starkem, festem Stoff und ein kariertes Hemd. Ich brachte es nicht fertig, die Knöpfe zu schließen.

Beruhigend legte sie ihre fleischigen, warmen Hände auf meine Schultern. «Ruhig jetzt! Ganz ruhig!» Dann knöpfte sie mir die Bluse zu.

Irgendwo im Haus ertönten schwere Schritte. Adonis schoss in den Raum.

«Wir müssen los!» Seine Stimme klang angespannt. «Jemand ist hier!»

«Dein Padre ist zu Hause», bemerkte Mariangela und lauschte in Richtung des Ganges. Ich streifte mir schnell die Socken über, die mir Mariangela gegeben hatte. Neben mir standen grobe braune Halbschuhe, die noch zu binden waren. Ich schlüpfte hinein. Sie waren zu groß. Mit den Zehen konnte ich die Spitze des Schuhs nicht einmal ertasten.

Adonis griff nach einer schwarzen Tasche, die in der Ecke des Raumes stand. «Schnell! Anna! Komm!» Er fasste meine Hand. Meine Schuhsohlen polterten auf die Bodenplatten. Mariangela steckte mir eine Jacke zu. Zu dritt schlichen wir über den Teppich zu dem Eingang von Adonis' Suite.

«Zu spät!», zischte Adonis. «Er ist schon auf der zweiten Treppe. In wenigen Sekunden wird er hier sein.» Mein Magen krampfte sich zusammen. Adonis schmiss die Tasche neben meine Füße und verließ entschlossenen Schrittes den Raum.

«Vater!», klang es überrascht im Gang. «Was tust du denn hier?» Nur zwei Schritte von der Tür weg stand mein Erzfeind, der vor einigen Tagen meinen Tod verlangt hatte. Ich lehnte meine Wangen gegen das Holz der Tür und schloss ergeben die Augen. Der Funke Hoffnung auf Freiheit war in mir erloschen. Wie hatte Adonis glauben können, wir könnten seinem Vater entkommen? Mariangela schob sich schützend vor mich.

«Bleib ganz ruhig!», wisperte sie tonlos.

«Hast du noch nicht von den Neuigkeiten gehört?», schnarrte Demokrits schneidende Stimme durch den Gang.

«Doch, wir haben davon gehört!», entgegnete Adonis mit ruhiger und ein bisschen gelangweilter Stimme. «Hat man sie denn schon wieder gefasst? Was ist überhaupt passiert?»

«Die Hinrichtung ist sozusagen ins Wasser gefallen», antwortete Demokrit zornig.

«Weshalb? Regnet es?», spöttelte Adonis. «Ist das Feuer ausgegangen?»

«Nein!», bellte Demokrit. «Das Opfer hat beschlossen zu streiken. Es ist abgehauen. Offenbar hatte es Hilfe dabei.»

Ich zitterte vor seinem Zorn. Sicher spürte Demokrit, dass ich hier war.

«Weshalb habe ich dich eigentlich dort nicht gesehen? Hättest du nicht auch am Schlachthügel sein sollen, um die Früchte deiner Arbeit einzuheimsen?»

«Ich hatte noch zu tun!», wehrte Adonis ab. «Wie du weißt, bin ich ein vielbeschäftigter Mann.»

«Was soll dann der alberne Aufzug? Bist du neuerdings auch noch unter die Priester gegangen?» Erschrocken sog ich Luft in meine Lungen. Adonis hatte sein schwarzes Priestergewand noch nicht ausgezogen. Mariangela warf mir einen warnenden Blick zu und schüttelte den Kopf.

«Ach das!» Adonis lachte. Etwas gekünstelt, wie ich fand. «Ich wollte anständig gekleidet sein für die Feier bei den Dionysiern nachher. Aus Respekt, wenn du willst.»

«Und was macht dein Motorrad quer in der Einfahrt? Ich dachte, du warst den ganzen Tag hier. Ich bin beinahe darüber gestolpert. Ich habe dem Gärtner gesagt, er soll es wegstellen.»

«Ich ... ich musste etwas erledigen. Ich bin etwas in Verzug geraten», redete sich Adonis heraus. Langsam schien er in Erklärungsnot zu geraten.

«Auf jeden Fall sind sämtliche Sicherheitswächter auf der Straße. Sie werden diese Flüchtige sicher aufgreifen. Es wäre eine Schande», sinnierte Demokrit. «Nicht genug, dass sie uns alle vor Gericht zum Narren gehalten hat. Wenn wir eine Strafgefangene dieser Wichtigkeit verlieren, die in den Medien so stark gehandelt wurde, dann wirft das ein schlechtes Licht auf den ganzen Verwaltungsapparat und noch mehr auf das Sicherheitsdepartement. Es könnte sogar meine Präsidentschaftskandidatur gefährden.»

Adonis schien ihm zuzustimmen. Ab und zu hörte man ein «Hm!» und dann wieder: «Ja, du hast recht.»

«Auch deine Arbeit wird kritisiert werden, mein Sohn! Komm, wir sehen uns in deinem Wohnzimmer die Nachrichten an.»

Mariangela straffte ihre Schultern, warf mir einen letzten Blick zu und legte ihre Hand kurz an meine Wange. Dann watschelte sie durch die Tür. «Signore Magellan!», sagte sie.

«Mariangela!», entfuhr es diesem. «Was tust du denn hier?»

«Ich wollte Signore Adonis zum Essen holen. Mangiare!» Sie klang ganz wie die kompetente Haushälterin und Köchin. Ich atmete stoßweise und suchte hinter meinem Rücken einen Fluchtweg. Konnte ich mich im Badezimmer oder unter Adonis' Bett verstecken?

«Kommen Sie, Signore Magellan! Feine Antipasti!»

«Na gut, Mariangela. Danke. Ich bin wirklich etwas hungrig bei dieser Aufregung. Was ist das für ein Ärger! Ich werde den Verantwortlichen für diese Aktion schon noch zu fassen kriegen, er wird sich zu verantworten haben, weshalb er eine Todeskandidatin so entkommen lässt.»

«Ich entschuldige mich», beeilte sich Adonis zu sagen, und die Stimmen von Demokrit und Mariangela entfernten sich.

«Heute ist nichts mit Feiern», rief Demokrit noch. «Du gehst besser auf deinen Posten und kommst deiner Arbeit nach wie jeder andere anständige Sicherheitswächter heute Nacht.» Adonis betrat eiligen Schrittes den Raum, streifte in einer raschen Bewegung das Priestergewand über den Kopf, knüllte es zusammen und warf es in die Ecke. Er trug schwarze Hosen und ein dunkelblaues Hemd darunter.

«Anna», rief er in den dunklen Raum. «Wo bist du? Schnell! Wir müssen jetzt gehen. Mein Vater wittert etwas. Ich glaube, ohne Mariangela wäre er schon längst hier drin.» Ich rannte förmlich zu ihm. «Gott sei Dank, Anna! Das war knapp!» Er lachte kurz auf und griff wieder nach seiner Tasche. «Jetzt müssen wir gehen.»

Er eilte mir voraus durch endlose Gänge in einen mir bis dahin unbekannten Trakt des riesigen Hauses. Ich musste meine Schritte beschleunigen, damit ich ihm hinterherkam. Er rannte zwei enge Treppenfluchten hinunter, und dann betraten wir einen kellerartigen Raum. Er bediente eine Tür, hinter der eine feuchte Kellertreppe auszumachen war. Kalter Nachtwind blies mir ins Gesicht. Meine Perücke juckte. Ich getraute mich nicht, sie anzufassen, weil ich befürchtete, dass sie dabei verrutschte und die ganze Tarnung aufflog. Wir erklommen die Treppe, bis wir wieder ebenerdig standen.

«Warte hier, Anna! Ich werde mein Motorrad suchen.» Es dauerte eine gefühlte Ewigkeit, bis der Kies unter Adonis' Rädern zu hören war. Er fuhr vor. Ohne Aufforderung schwang ich mich hinter ihn. Er drückte mir die Tasche in die Finger, und wir bretterten los. Gras und andere Pflanzenteile flogen um uns herum, als wir querbeet durch die Rabatten und Hecken fuhren. Wenn wir nicht den Tod im Nacken gehabt hätten, hätte ich die Verwüstung des wunderschönen Gartens bedauert. Sowohl die robuste Kleidung als auch die wasserabweisende Jacke, die Mariangela mir zugesteckt hatte, machten sich jetzt mehr als bezahlt.

Endlich hatten wir das Ende des Parks erreicht. Adonis stellte die Füße auf den Boden und schob uns an ein kleines Tor, das von Ranken umwuchert war. Seine Finger suchten das Schloss. Er presste den Daumen darauf, und es öffnete sich knarrend. Der Ausgang führte auf eine verlassene Asphaltstraße.

Kapitel 28

Entsetzt stellte ich fest, dass Adonis Kurs auf die Stadt nahm. Wollte er mich jetzt trotz allem den Löwen zum Fraß vorwerfen? Dann hätte er mich gleich Demokrit ausliefern können, ohne noch große Mühen auf sich zu nehmen.

Von Weitem sah ich, dass die sonst so ruhige und dunkle Stadt erleuchtet war. Sicherheitswächter durchkämmten offenbar die Straßen. Adonis schien jedoch zu wissen, wie er die hellen Flecken zu meiden hatte, und kurvte mit atemberaubender Geschwindigkeit und waghalsigen Manövern durch die engen Gassen. Einmal erhaschten wir einen Blick auf eine Gruppe schwarzer Gestalten mit Fackeln, die durch die Gassen patrouillierte. Adonis bremste ab, hielt einen kurzen Moment inne, lauschte und fuhr dann in die entgegengesetzte Richtung. Schließlich hielten wir vor einem großen Gebäude mit heruntergekommener dunkelbrauner Fassade an. Die einst weißen Fensterrahmen kamen mir bekannt vor.

Das Studentenwohnheim! Norbert!, durchschoss es mich. Hatte Norbert etwa sein Versprechen eingelöst, und steckte er hinter dieser Rettungsaktion?

Adonis schob das Gefährt in den dunklen Hauseingang und hämmerte gegen die Tür. Schlurfende Schritte erklangen aus dem Inneren. Ängstlich blickte ich über meine Schulter zurück. Hatte schon jemand die Gasse betreten? Die manuelle Tür öffnete sich einen Spaltbreit. Die kleine Zimmerwirtin mit den zurückgebundenen fettigen Haaren und dem unfreundlichen Gesicht streckte ihren Kopf heraus.

«Ja?», knurrte sie bissig und taxierte uns mit ihren Blicken.

«Ich bringe die Fracht, wie versprochen», antwortete Adonis hastig. «Lassen Sie uns herein!»

«Wie lautet das Passwort?», bellte die Alte.

Adonis knirschte hörbar mit den Zähnen und warf ebenfalls einen Blick über seine Schulter. «Der Krug geht zum Brunnen, bis er bricht!», stieß er hervor.

«Korrekt, mein Junge!», bestätigte sie, und ihr Gesicht runzelte sich bei dem Versuch eines Lächelns. Sie zog die Tür vollständig auf. «Schnell rein! Samt Motorrad!»

Adonis bedeutete mir, den Gang zu betreten, und schob das schwere Gefährt hinterher. Die Frau knallte die Tür hinter ihm zu. Im Gang roch es nach ungewaschenen Körpern und abgestandener Luft. Der Läufer zu unseren Füßen hatte definitiv schon bessere Zeiten gesehen, und die Wandleuchte, die alles in ein dämmriges Licht hüllte, war von einer uralten Staubschicht überzogen.

Das Ratschen eines Zündholzes ließ mich zusammenzucken. Die Zimmerwirtin zündete eine Laterne an und knipste die Wandleuchte aus.

«Wir wollen nicht, dass jemand sieht, dass wir zu so später Stunde noch wach sind», erklärte sie und wies uns an, ihr die Treppe hinauf voranzugehen. «Das Motorrad kannst du hier stehenlassen», instruierte sie Adonis, der das Gefährt gegen die Wand stellte und dabei über einen Stapel Bücher stolperte. Sie führte uns in den ersten Stock, dort ging es gleich links um die Ecke. Sie klopfte sachte an eine dünne Holztür. «Norbert! Hier ist deine Freundin und ihr Begleiter!», kündete sie uns an.

Die Tür flog auf, und Norbert lächelte mich an. «Anna! Du hast es geschafft! Wir haben es geschafft!», frohlockte er. Unbeholfen schlug er seine langen, schlaksigen Arme um mich. Sein Bart war beinahe wieder zu seiner vollen Üppigkeit zurückgewachsen, und der vertraute Geruch von Zwiebelsuppe füllte meine Nase, als ich mich an ihn klammerte.

«Adonis hat mich gerettet!», flüsterte ich, beinahe unfähig, meine Lippen zu bewegen. Norbert ließ mich los und schoss einen verächtlichen Blick auf Adonis.

«Ach, der alte Verräter! Es war doch bloß Teil der Abmachung.»

«Ich wollte nur ...», schob Adonis verteidigend ein, doch Norbert brachte ihn mit einer unwirschen Handbewegung zum Schweigen.

«Puppe! Ich gratuliere dir zu deiner bewegenden Rede vor dem Gericht! War echt stark! Der volle Tritt in den Hintern von allen! Du hast's allen gezeigt. Der ganzen korrupten Bande! Das war besser als Robin Hood und Schneewittchen zusammen.»

Ich stotterte: «Ich ... ich habe *ihn* jetzt auch gefunden ... Norbert ... *er* hat mir die Kraft gegeben ...»

«Ich weiß, Puppe! Ich weiß! Es war beeindruckend. Und jetzt konnten wir zusätzlich noch deinen süßen Hintern retten.» Er zupfte liebevoll an seinem Bart.

«Es ist noch gar nichts gerettet», schaltete sich Adonis ein.

«Und du hältst die Klappe», schnauzte Norbert ihn an. «Kommt mal rein in die gute Stube! Drinnen können wir die Details besprechen. Muss ja nicht sein, dass das ganze Haus wach wird.» In diesem Moment polterten mehrere Fäuste an die Eingangstür. Norbert fluchte. «Verdammt! Das wird die ganze Horde sein.»

Die Frau drehte sich um. «Ich werde öffnen! Verstecke sie!» Dann schlurfte sie mit der Laterne davon.

«Schnell in mein Zimmer! Unters Bett! Wir haben keine Zeit.» Seine hektischen Worte wurden durch ein weiteres lautes Klopfen an die Tür unterstrichen. Die Schlummermutter öffnete. Dumpfe Stimmen ertönten, und polternde Schritte stolperten über die Unordnung im Gang.

Ich warf mich auf die Knie, legte mich bäuchlings auf den Boden und krabbelte in die Staubflusen. Ich spürte Adonis dicht hinter mir. Unter dem Bett stank es bestialisch. Ich fragte mich, ob die Dionysier, die hier hausten, nicht nur in die Dachrinnen, sondern auch hinter die Betten pinkelten. Norbert warf sich über uns mit Schwung auf die Matratze, und die Sprungfedern kamen uns gefährlich nahe. Mein Gesicht landete im Dreck. Staub rieselte auf uns herunter und zwickte mich in der Nase. Ich spürte, wie sich ein Niesanfall anbahnte.

In diesem Moment flog die Tür auf und donnerte an die Wand. Fackelschein erhellte den Raum. Ich kniff mit meinen Fingern krampfhaft die Nase zu und vergrub mein Gesicht in Adonis' Schulter. Trotzdem entwich mir ein erstickter Laut. Verzweifelt kniff ich die Augen zusammen.

Norbert über uns gähnte geräuschvoll. «Was soll denn der Scheiß?», murmelte er verschlafen.

«Wir suchen eine Entsprungene. Anna Tanner. Sicherlich haben Sie sie in den Medien gesehen. Sie sollte heute Abend hingerichtet werden. Jetzt ist sie flüchtig. Haben Sie eine junge Frau gesehen, auf die diese Beschreibung zutrifft?»

Norbert schien nachzudenken. Ich versteckte mein Gesicht in Adonis' Halsbeuge. Im Schimmer der Fackeln konnte ich sehen, dass seine Augen geweitet waren. Tonlos formte ich mit meinen Lippen ein Gebet: «Bitte, Gott, lass sie blind sein! Bitte!»

«Ja klar kenn ich die!», ertönte da zu meinem Schrecken Norberts Stimme. «Die war im Humanium!»

«Haben Sie sie heute Abend gesehen?», folgte eine weitere Frage.

«Na klar! Grad eben erst ist sie hier reinspaziert! Meinte, es wäre doch abgefahren, wenn ich sie heut Nacht 'n bisschen verstecke.» Mein Atem stockte. Adonis bewegte sich leicht. Doch da bellte Norbert wütend: «Sehe ich wirklich aus wie jemand, der eine Verbrecherin unter dem Bett versteckt?» Er schien sich geradewegs in einen Tobsuchtsanfall hineinzusteigern. Wütend tigerte er im Zimmer auf und ab. «Sie wecken mich hier aus meinem verdienten Schlaf und haben das Gefühl, *ich* könne eine Verbrecherin aus dem Ärmel schütteln?»

«Wer sind Sie?», unterbrach ihn eine Stimme.

«Ich bin Norbert Parzival Bonifaz Fritzius der Vierte. Mein gutes Recht als Peaceman ist es, zu demonstrieren, und ich demonstriere hier für mein Recht auf gesunden Schlaf und eine ungestörte Nachtruhe!» Seine Füße in bunten Wollsocken stampften auf. «Im Namen der Demokratie! Ihr habt euch doch schon genug lächerlich gemacht mit dieser abgeblasenen Hinrichtung. Verschlimmert die ganze Sache doch nicht, indem ihr brave Bürger aus dem Bett jagt – mit wahnsinnigen Beschuldigungen!» Norbert stieß einen Schwall unflätiger Flüche aus. Ich hob den Kopf und zählte vier Paar klobige Schuhe, die mittlerweile gefährlich nahe am Bett standen. Niemals hätten wir eine Chance, sie zu überwältigen.

«Ich bin Vorsitzender der Peacemen an unserer Bildungsinstitution und per Du mit der Schulleiterin. Verderben Sie es sich nicht mit mir!» Er fluchte erneut wie ein Rohrspatz.

«Hüten Sie Ihre Zunge, junger Mann! Es gibt keinen Grund, sich dermaßen zu echauffieren», versuchte ihn eine ruhige männliche Stimme zu besänftigen. «Wir werden Sie jetzt weiterschlafen lassen, damit Sie morgen Ihren Aufgaben ausgeruht entgegensehen können.» Man hörte seiner Stimme an, dass er leicht schmunzelte.

«Besten Dank aber auch!», quittierte Norbert den Kommentar, stampfte aufs Bett zu und kroch demonstrativ unter die Decken.

«Sie werden uns aber Bescheid geben, sobald Sie Anna Tanner irgendwo sehen?», vergewisserte sich der Sprecher.

«Darauf kannste einen lassen!», schnappte Norbert und drehte sich im Bett herum. «Ich hasse Verbrecher!»

«Los, Männer! Gehen wir!» Die Schuhe trampelten aus dem Zimmer.

«Meine Güte, stinkt das hier», meinte einer leise. «Hier halten es ja nicht einmal die Ratten aus.» Die Tür flog ins Schloss.

In diesem Moment krachte mein Niesen durch die entstandene Stille. Adonis neben mir erstarrte. «Pst!», flüsterte er. Ich presste meine Faust hart gegen meine Nase.

Die polternden Schritte entfernten sich weiter. Ergeben ließ ich den Kopf sinken. Ich zitterte am ganzen Körper.

«Los! Rauf! Meine Fresse, war das knapp!» Norberts Gesicht ertönte nahe an unseren Köpfen. Adonis schnellte auf und stieß sich den Kopf an den Sprungfedern. Er stöhnte. Dann schob er sich unter dem Bett hervor. Ich folgte ihm langsam. Adonis klopfte sich den Staub von den Kleidern.

«Was ist denn das für ein Loch?», schimpfte er.

«Dieses *Loch*», betonte Norbert, «hat dir das Leben gerettet, Klugscheißer. Es wäre so einfach und schön gewesen, dich den Wölfen zum Fraß vorzuwerfen. Dann hättest du dir das Leben als Schoßhund Seiner Majestät in die Haare schmieren können.»

Adonis kniff die Augen zu schmalen Schlitzen zusammen.

«Ich habe beinahe Blut geschwitzt, als ich gesehen habe, dass deine elende Prolo-Tasche mitten im Zimmer steht. Wie konntest du so hirnlos sein? Sagt man dir nicht nach, du seist ein *Humanitus Perfectus?!* Ganz schön dämlich.»

Adonis' Blick fiel auf die Tasche, und er wurde etwas blass um die Nase.

«Was ist da drin?», wollte Norbert wissen.

«Geht dich nichts an», knurrte Adonis abweisend.

«Ein ... ein Wunder ... es ist ein Wunder. Sie sind wirklich weg», stotterte ich. Die Tür ging langsam auf. Im Türrahmen stand die Zimmerwirtin.

«Es ist auch ein Wunder, dass sie das Motorrad nicht bemerkt haben», bemerkte sie trocken. «Ich hab noch ein Laken drübergeschmissen, bevor ich die Tür aufgemacht habe.»

Adonis schlug sich die Faust an die Stirn. «Mein Gott, wo ist mein Kopf?», seufzte er zerknirscht auf.

«Das frage ich mich schon die ganze Zeit!», spottete Norbert.

«Ich muss zur Toilette», bibberte ich.

«Komm mit!», forderte mich die Zimmerwirtin auf.

Ich warf Adonis einen fragenden Blick zu. Er nickte. «Wir müssen hier sowieso warten.»

Sie führte mich aus dem Raum und auf dem gleichen Stock ans andere Ende des Ganges. Dort wies sie auf eine schmale Tür. Ich tippte dagegen, und sie öffnete sich mit einem Quietschen. Der Raum war eiskalt, aber hier konnte ich wenigstens mal wieder für mich sein. Kraftlos ließ ich mich gegen die Wand sinken und vergrub den Kopf in den Händen. Ich versuchte meine Fassung wiederzuerlangen. Nach einer Weile schreckte mich ein Klopfen an der Tür auf.

«Komm jetzt raus, Mädchen. Du solltest noch etwas Schlaf kriegen, wenn es geht.» Die Stimme der Zimmerwirtin war überraschend sanft. Ich zog am Toilettenknopf, und das Wasser rauschte. Das Gesicht der Frau leuchtete geheimnisvoll im Schimmer ihrer

Laterne, und sie drückte mir ein Kissen und einen Kanten Brot in die Hand. Plötzlich verspürte ich rasenden Hunger. Ich biss in das Brot und kaute hastig.

Sie führte mich zurück zu Norberts Raum. Dann hielt sie mir die Lampe hin. «Schlaf noch ein bisschen!»

Ich betrat das Zimmer. Norbert hatte sich auf dem Bett ausgestreckt und machte keinen Mucks. Adonis war nicht im Raum. Meine Augen schossen zu seiner Tasche. Ich musste wissen, was darin war. Vorsichtig zog ich am Verschluss. Sie ließ sich leicht öffnen. Zuerst starrte ich auf die Bibel und das Tuch von Felix. Zitternd zog ich die Dinge an mich. Ich tastete nach Mutters Brief. Er war noch drin. Dann hielt ich die Lampe näher. Ich griff in einen Stapel Kleider und ertastete ein weiteres Paar Schuhe. Ein Kulturbeutel mit Zahnbürste, Zahnpasta und weitere nützliche Dinge waren auch zu finden, und dann erfasste ich ein hartes kleines Heftlein. Ich zog es heraus. Es war rot. Ich schlug es auf. Auf einem festen durchsichtigen Plastik starrte mich mein Spiegelbild an. Ein Foto. «Sophia Bellwald», las ich! Was machte mein Gesicht mit einem fremden Namen und Geburtsdatum in einem so wichtig aussehenden amtlichen Papier?

«Das ist ein Pass», ertönte Adonis' Stimme hinter mir.

Ich fuhr hoch und stieß die Lampe um, die zischend erlosch. Misstrauisch beäugte ich Adonis. «Was soll das Ganze?», herrschte ich ihn an.

Adonis legte seinen Finger auf den Mund und hob die Lampe auf. «Ich kann dir nicht alles erklären, weil ich nicht alles weiß. Aber wir wollen dich außer Landes schaffen.»

Erschrocken schlug ich die Hände vor den Mund. «Wie?»

«Ich weiß es nicht!», gab Adonis zu. «Wir werden ein Zeichen erhalten, sobald wir von hier aufbrechen müssen. Wahrscheinlich wird es erst am frühen Morgen so weit sein. Bevor die Sonne aufgeht.»

«Mir ist alles egal», fauchte ich ihn an. «Aber was ist mit meiner Mutter? Wo ist meine Mutter?»

«Scht! Anna! Pst!» Er fasste meinen Arm.

Ich schüttelte ihn ab und drehte ihm den Rücken zu.

«Die Sicherheitswächter, die mir berichtet haben, dass sie deine Wohnung auseinandergenommen und versiegelt haben, haben nichts von einer Person gesagt. Offenbar war sie schon verschwunden, bevor wir die Tür eingetreten haben. Sie gaben mir danach das Material zur Sichtung, und dort habe ich den Brief deiner Mutter gefunden, den ich dir sofort überreicht habe. Was stand darin?»

«Es ... es ... war sozusagen ein Abschiedsbrief», brachte ich mit knapper Not hervor. Wenn meine Mutter nicht in Gewahrsam genommen worden war, wo war sie dann? Ich seufzte. «Wir müssen meine Mutter suchen.» Ich drehte mich entschlossen um.

«Du wirst heute Nacht *gar nichts* mehr tun, Anna! Erinnere dich: Du bist eine gesuchte Verbrecherin! Man würde dich trotz deiner Verkleidung irgendwann aufgreifen. Du kannst nirgendwohin jetzt. Schlaf ein bisschen!»

Ich ließ mich auf den Boden sinken. Dann knüllte ich das Kissen zusammen und legte mich auf den harten, abgenutzten Teppichboden. Ich hatte Adonis immer noch den Rücken zugekehrt. Ich hörte, wie er den Inhalt wieder in die Tasche räumte. Schließlich musste ich vor lauter Erschöpfung trotz der Anspannung eingenickt sein.

Ein weiteres Klopfen an der Tür schreckte mich aus meinem unruhigen Dösen. Ich richtete mich auf. Norbert warf sich unruhig auf seinem Bett umher. «Haut ab! Geht weg! Ich schlafe!», murrte er. Adonis war aufgestanden und durchschritt den Raum. Lichtschein drang durch die Tür herein.

«Wir haben gehört, Anna ist hier! Wir wollten uns wenigstens verabschieden!», ertönte eine leise, wenn auch bekannte Stimme.

Ich stolperte auf meine Füße. Eunices nussbraune Augen blitzten mich aus ihrem spitzen sommersprossigen Gesicht an. «Eunice!», lachte ich. Philemons und Timothées Gesichter erschienen ebenfalls hinter ihr.

In Eunices Augen glitzerten Tränen. «Anna!» Dann schob sie ihre Lampe in Philemons Hände und segelte an meinen Hals. «Anna!», rief sie. «Wir dachten, du seist tot! Du lebst! Du lebst!», jubilierte sie. Timothée und Philemon schoben sich ebenfalls ins Zimmer und herzten mich.

«Was ... was tut ihr denn hier?», stotterte ich, überwältigt und von Scham überflutet. «Wo sind Melody und Lois?»

«Im Keller! In unserem Versteck!», beruhigte Philemon mich. «Tabea und Margrit wachen über ihren Schlaf!»

«Wer ist Margrit?»

«Unsere Zimmerwirtin», erklärte Timothée.

«Also ihr wohnt jetzt hier?», stellte ich ungläubig fest.

«Ja, das ist unser neuster Unterschlupf!», bestätigte Philemon. «Felix hat uns hierhergeführt, als wir unsere Pläne so plötzlich ändern mussten.»

Ich zuckte zusammen.

«Wo ... wo ... ist Felix?», setzte ich an. Eunice zuckte die Schultern.

«Ich weiß es nicht! Wir haben ihn aus den Augen verloren. Er hat für die anderen Christen ebenfalls Unterkünfte in Privathäusern organisiert. Es sieht so aus, als gäbe es immer mehr Menschen, die uns wohlgesinnt sind.»

Ich wünschte mir plötzlich sehnlichst, ich könnte Felix um Verzeihung bitten.

«Anna, wir vermuten, dass etwas Schlimmes mit Simon passiert ist, weil er nicht zurückgekehrt ist. Er wollte ja noch Lebensmittel holen. Was ist geschehen? Weißt du etwas? Wir haben nur in den Nachrichten gehört, dass du gefangen genommen wurdest. Aber was ist mit Simon passiert? War er bei dir, als du verhaftet wurdest?»

Ich spürte, wie sämtliche Farbe aus meinem Gesicht fiel.

«Simon ist tot!» Eunice japste nach Luft.

Ein Blick in ihr Gesicht reichte, um mich um meine Fassung zu bringen. «Es tut mir so leid.» Ein dicker Kloß im Hals würgte mich. «Er wurde erschossen. Ich war zu spät. Als ich dazukam, war er bereits am Verbluten. Ich konnte nichts mehr für ihn tun. Es tut mir so leid.» Meine Stimme versagte. Dicke Tränen wallten in mir hoch, wollten überfließen.

Philemon und Timothée blickten Adonis messerscharf an. Dieser hatte sich in die Ecke des Raumes zurückgezogen und brütete finster vor sich hin.

«Wie konnte es dazu kommen?», fragte der praktisch veranlagte Timothée und zog die fassungslose Eunice an sich. «Ist gut, Eunice. Du weißt ja, wo er jetzt ist!»

«Ich weiß, ich weiß. Aber trotzdem ... es nun wirklich zu wissen.» Sie schlug die Hände vors Gesicht. Ich hätte es ihr am liebsten gleichgetan.

«Wie konnte das alles geschehen?», fragte nun auch Philemon mit belegter Stimme.

Auf befreiende Weise sprudelten da die Worte aus mir heraus. Ich verschwieg nichts. Die gesamte Geschichte brach sich Bahn. Dass ich sie alle zuerst als Teil einer Feldstudie betrachtet hatte,

Adonis' Rolle als motivierender *Humanitus Perfectus,* unsere Liaison, das Abenteuer, mit Norbert für Nahrung zu sorgen, die Beziehung zu meiner Mutter, die verstörenden Wahrheiten, die auf mich einprasselten ... Als ich ihnen von meinem Verdacht gegen Felix und von dem Racheplan erzählte, wäre ich vor Scham am liebsten im Boden versunken.

«Meine Güte, Puppe! Was hast du bloß getan?», fragte der mittlerweile wieder hellwache Norbert erschrocken.

Philemon bedeutete ihm zu schweigen.

Ich erzählte ihnen von meiner Schuld und meinem Selbstmordversuch und wie Gott mir begegnet war. Während ich die letzten Monate nochmals Revue passieren ließ, schien sich ein schweres Gewicht von meiner Brust zu heben und davonzuschweben. «Es tut mir so leid! Es tut mir so leid!», klagte ich wieder. «Ich hoffe, eines Tages könnt ihr mir verzeihen.»

«Das haben wir dir doch schon längst!», meinte Philemon begütigend. «Du warst ja selbst auch das Opfer einer Täuschung!» Er warf einen skeptischen Blick auf Adonis.

«Es hätte mir nicht passieren dürfen», jammerte ich. «Es hätte nicht passieren dürfen. Es tut mir so leid. Ich bin schuld daran, dass Simon tot ist.»

Philemon fasste mich an den Ellbogen. «Anna! Jemand anders muss sich dafür verantworten. Es ist nicht deine Schuld. Wir befinden uns in einer Art Krieg. Oft wird mit unfairen Mitteln gekämpft, und wir sind alle schon mal in die falsche Richtung gelaufen. Du hast gesagt, dass du gespürt hast, dass Gott dir vergeben hat.»

«Darf ich das überhaupt annehmen?» Plötzlich war ich wieder verunsichert.

«Darum geht es doch, Anna! Genau darum! Gottes Vergebung anzunehmen. Und wenn Gott dir vergibt: Wer sind wir, dass wir das nicht tun?» Er schob mich langsam von sich und strich mir brüderlich übers Haar. Ich schaute ihn zweifelnd an.

Eunice nickte heftig. Sie schloss mich in die Arme.

«Anna! Du gehörst doch zu uns!», bekräftigte sie. «Es tut mir so leid für dich, dass du die ganzen Qualen und die Todesangst auf dich nehmen musstest.»

«Bitte vergib mir, dass ich durch meine Dummheit euch alle gefährdet habe.»

Eunice löste sich von mir, und ihr Blick schweifte ins Leere. «Ich kann es noch gar nicht ganz fassen. Simon ist nicht mehr da.» Ihre Stimme versandete in Trauer.

«Er hat dich geliebt! Davon bin ich überzeugt», versicherte ich ihr und umfasste ihren Arm. «Die Zeiten sind hart. Ich bin überzeugt, wenn es euch besser gegangen wäre, dann ...» Ich verstummte, ich fand keinen Trost.

«Wir werden es nie wissen», meinte Eunice abrupt. «Weißt du, ich habe mir immer Sorgen um ihn gemacht. Dass er weggehen möchte, dass er sich nicht wohl fühlt, dass er von einem der Streifzüge durch die Stadt nicht zurückkehrt ... Ich weiß, dass ich ihn ewig vermissen werde. Aber jetzt weiß ich wenigstens, wo er ist. Er hat keine Schmerzen mehr, erlebt kein Leid, keine Tränen mehr. Er steht jetzt in der Gegenwart Gottes.»

«Aber ...»

«Bitte, Anna!», unterbrach sie mich, und der dünne Firnis über ihren Gefühlen wurde offenbar. «Mir bleibt noch Zeit für meine Trauerarbeit, aber uns bleibt nicht mehr viel Zeit zusammen. Du gehst weg, und ich weiß nicht, ob wir uns in dieser Welt wiedersehen werden.»

Ich schluckte.

Timothée trat zu uns. «Wir haben etwas für dich.» Er hatte das Gerät in den Fingern, mit dem er mir das Helferzeichen verpasst hatte. «Wir dachten, es sei an der Zeit.»

«Das Kreuz?», hauchte ich.

Drei Köpfe nickten eifrig. «Es stand in allen Medien», bestätigte Philemon. «Du wurdest zum Tode verurteilt, unter anderem weil du dich zum Glauben an Jesus Christus bekannt hast.»

«Und jetzt kriege ich das Kreuz?» Aufregung machte sich in mir breit.

«Wenn du willst.»

«Ja natürlich will ich!», antwortete ich fest. «Als Zeichen, dass ich zu euch gehöre und zu ... Jesus.» Leicht verwundert sprach ich den Namen aus, der mein Leben in den letzten Monaten komplett auf den Kopf gestellt hatte.

«Wir haben eine Vorlage, die von Kephas gezeichnet wurde», teilte Timothée mir mit.

Wie passend, dachte ich.

«Links oder rechts?» Der Teenager wurde geschäftsmäßig.

Ich blickte abwägend auf meine beiden blassen Unterarme. «Hm!» Dann kam mir ein Gedanke. «Ich weiß etwas Besseres», begann ich. «Ich möchte mich nicht mehr verstecken. Für dieses Regime bin ich sowieso schon gestorben. Ich möchte es hier – und mit sichtbarer Tinte –, damit jeder es klar und deutlich sehen kann.» Ich rollte meinen Ärmel bis über die Schulter auf und deutete auf meinen rechten Oberarm.

«Bist du sicher?», fragte Timothée. «Wir haben von dem Priester damals auch Farben bekommen. Hab sie nie weggeworfen. Man weiß ja nie.»

«Echt stylish, Puppe!», schaltete sich Norbert ein. «Ich wünschte, mir wäre der Gedanke gekommen.»

«Wo hast *du* es denn?»

Timothée leuchtete mit dem Prüfer auf Norberts Unterarm.

«Ich hätte auch die Wade nehmen können. Oder meine Stirn! Und ich Spießer wähle den Unterarm – wie alle anderen. So viel zum Thema Nonkonformismus. Also los, mach dich an die Arbeit», forderte er Timothée ungeduldig auf.

«Okay, setz dich aufs Bett.»

«Ich fass es nicht: Meine alte Furzkuhle mutiert zum Tattoo-Studio für Christen», meinte Norbert und blickte kopfschüttelnd in die Runde.

«Lampe», verlangte Timothée. Philemon hielt sie hoch.

Dann legte der Jüngere umständlich die Vorlage aufs Bett. Ich kniff unweigerlich die Augen zusammen, als er den Stift ansetzte. «Zuerst nur die Vorarbeit!», beruhigte er mich. «Das müsstest du doch noch vom letzten Mal wissen!»

Ich beobachtete, wie unter Timothées Händen in Windeseile ein kunstvolles Kreuz entstand.

«Du bist ein Könner», meinte Eunice bewundernd. «Kephas hätte es nicht besser gemacht.»

«Danke», antwortete er mit zusammengebissenen Zähnen. Schweißperlen bildeten sich auf seiner Stirn.

Vor der Tür ertönte ein Geräusch. Ein kleiner Schatten sprang herein. «Anna! Anna! Anna!», rief eine helle Kinderstimme. Und dann hopste Lois auf meine Knie. «Vorsicht!», mahnte Künstler Timothée und setzte sofort den Stift ab.

Ich herzte das Kind. «Lois, du kleiner Engel! Solltest du nicht schlafen?»

«Ich bin entwischt», erklärte sie stolz. Dann blickte sie schuldbewusst zu Eunice. «Nicht böse sein, bitte!»

«Ich bin nicht böse, Kleine!», erwiderte diese mild. «Sag Anna auf Wiedersehen, und dann gehst du zurück ins Bett.»

Lois blickte mir ins Gesicht. «Geh nicht, Anna!»

«Schätzchen, es geht nicht anders.»

«Okay, dann nimm uns einfach mit!»

Ich blickte hoffnungsvoll auf Norbert. «Das geht nicht, Puppe!», begrub dieser sogleich meine Hoffnungen. «Wir haben nur für dich eine neue Identität kreiert, aber wir werden alles dafür tun, auch die anderen hier herauszuschaffen.»

«Keine Sorge, Anna!», beruhigte Eunice mich. «Ich bin überzeugt, wir werden uns wiedersehen. Und wenn nicht hier, dann auf den Straßen aus Gold.»

«Meinst du, es gibt im Himmel auch Gummibänder aus Gold?», fragte Lois ernsthaft.

«Davon bin ich überzeugt», entgegnete Eunice fest.

«Spielst du dann wieder das Hüpfspiel mit mir, Anna?»

Der Kloß in meinem Hals schien nicht schwinden zu wollen, sooft ich auch schluckte. «Ja», brachte ich schließlich hervor.

Sie drückte mir einen feuchten Kuss mitten auf die Nase, hüpfte dann von meinen Knien und verschwand mit einem letzten Blick auf Eunice aus dem Zimmer.

«Darf ich weitermachen?», fragte Timothée. Über seinen Augenbrauen bildete sich eine steile Furche, als er den Stift mit der Nadel hervornahm.

Ich nickte. Mein Blick schwenkte kurz auf Adonis. Er saß mit dem Rücken zur Wand, die Hände locker zwischen den angewinkelten Knien. Seine dunklen Augen beobachteten die Geschehnisse aufmerksam.

«Jetzt wirds ernst», tönte Timothée und drückte den Knopf. Das hohe Geräusch des Geräts schickte mir einen Schauer über den Rücken.

«Diese bescheuerten Priester! Hätten sie nicht eine geräuschärmere Variante dieser Apparate entwickeln können?», bemängelte ich nervös. Timothée setzte an. Ich zuckte kurz zusammen. «Oder gleich eine komplett schmerzfreie!», stieß ich zwischen zusammengebissenen Zähnen hervor.

«Geht nicht lang», besänftigte Timothée mich und stach mir die schwarze Tinte unter die Haut. Ich hörte nur unsere Atemzüge. Alle hatten ihre Augen auf den Künstler und sein Kunstwerk gerichtet.

Hinter uns ertönten erneut Schritte auf dem Gang. «Es ist Zeit!», flüsterte Margrits Stimme. «Ihr müsst wieder in den Keller. Wir können es nicht riskieren, dass sie nochmals zurückkommen und euch hier oben entdecken. Wir haben heute schon genug Drama erlebt.»

«Gleich fertig», beeilte sich Timothée zu sagen und setzte mit Schwung zum letzten Schnörkel an. «Voilà!», bemerkte er zufrieden. Das Kreuz schimmerte mir schwarz entgegen und erfüllte mich mit Stolz. Timothée tupfte mit einem Tuch die Farbreste des Entwurfs weg. «Ein, zwei Tage, und dein Arm ist wie neu», versprach er und fügte entschuldigend an: «Sorry, ein Desinfektionsmittel habe ich jetzt nicht ...»

«Vielen Dank! Du bist großartig!», brachte ich heraus.

Eine feierliche Stille entstand. Eunice packte meine Hand und zog mich auf die Füße. Zögerlich stand sie ein paar Sekunden unschlüssig neben mir. Dann umschlang sie auf einmal meine Taille. Timothée umfasste mich von der anderen Seite, und plötzlich bildeten wir mit Philemon und Norbert einen Kreis, die Arme umeinander verschränkt, die Köpfe aneinandergelehnt.

«Jesus», sagte Philemon laut. «Wenn sich unsere Wege hier auch trennen. Lass das Zeichen deiner Versöhnung nicht nur als äußeres Symbol auf unserer Haut sichtbar sein, sondern lass es unauslöschlich in unsere Herzen eingraviert sein, damit wir nicht nur wissen, dass wir zusammengehören, sondern auch zu dir.»

«Amen!», besiegelte ich das Gebet, und wir lösten uns voneinander.

Eunice ließ mich jedoch nicht los. «Anna! Du warst ... bist mir eine kostbare Freundin geworden. Wir werden uns wiedersehen. Das spüre ich hier drin.» Sie deutete auf ihr Herz.

«Gib Melody einen Kuss von mir!», bat ich sie.

Eunice nickte.

«Wir haben auch gehört, dass deine Mutter verschwunden ist», wandte sich Philemon an mich.

Ich nickte schmerzerfüllt.

«Wir werden unsere Augen offenhalten. Vielleicht konnte sie entkommen.» Philemon schloss mich in eine Bärenumarmung. Sein Bart streifte meine Wange.

Timothée umarmte mich ebenfalls. «Gib auf dich Acht, Anna! Bleib gesund! Ich hoffe, wir sehen uns wieder.»

«Danke euch allen!», rief ich. «Wegen euch kenne ich jetzt Jesus. Ich werde euch das nie vergessen.»

Margrit drängte die Christen weiter zur Eile. «Wir lieben dich, Anna!», rief Eunice und warf mir eine Kusshand zu. Ich trat an die Türschwelle und winkte ihnen hinterher. Sie drehten sich um, bis sie um die Ecke verschwunden waren.

Als wir drei wieder unter uns waren, setzte ich mich wie in Trance an die Wand von Norberts Zimmer und zog meine Knie an mich heran. Trennungsschmerz durchflutete mich. Norbert war ins Bett geschlüpft und hatte das Licht gelöscht; die Nacht umgab uns wieder. Im Dunkeln gab ich mich lautlosen Tränen hin. Ich konnte mich einfach nicht mehr beruhigen, es schien mir, als wäre ein Damm gebrochen. Adonis bewegte sich unruhig neben mir. Ich konnte nicht verhindern, dass mir ein qualvoller Schluchzer entwich. Ich schniefte. Wieder ein Schluchzen.

Norbert setzte sich auf und stänkerte: «Ich hasse es, schon wieder aufstehen zu müssen, aber ich werde es sofort tun, wenn du Versager das Mädchen nicht gleich in den Arm nimmst. Ich möchte gerne meine Ruhe haben!»

Erschrocken blickte ich auf, bis ich begriff, dass er mit Adonis sprach. Dieser streckte seinen Arm nach mir aus. Ich richtete mich auf, und im nächsten Augenblick weinte ich an seiner Schulter und durchnässte sein Hemd mit meinen Tränen. Seine Hände fuhren beruhigend über meinen Rücken.

«Sch! Sch! Anna …» Beruhigend hauchte er seine Stimme in mein Ohr.

«Wieso? Wieso hast du mich verraten?», brachte ich zwischen zwei Schluchzern hervor.

«Oh nein!», stöhnte Norbert auf. «Soll das jetzt ein Beziehungsgespräch werden?»

«Schweig!», befahl ich ihm in plötzlichem Zorn.

«Wo soll ich bloß anfangen?», meinte Adonis.

«Wie wär's mit dem Anfang», schlug Norbert sarkastisch vor.

«Scht!», zischten Adonis und ich wie aus einem Mund.

«Du musst wissen, ich war mein Leben lang fasziniert von den Christen», begann Adonis mit gefasster Stimme. «Mein Vater hat mich von Kindesbeinen an darauf getrimmt, dass ich in seine Fußstapfen als Sicherheitswächter trete. Schon zu seiner Zeit hat er die Christen verfolgt und eingesperrt. Ich hatte immer Kenntnis davon. Als ich älter wurde, war ich bei den Verhören mit dabei. Ich war übrigens auch an dem Tag dabei, als du verhaftet wurdest. Demokrit hat dich verhört.»

Ich sog erschrocken die Luft ein. «Natürlich war er das! Seine Stimme kam mir von Anfang an bekannt vor», entfuhr es mir.

«Meine Pfade wurden geebnet. Ich war als Apolliner am Humanium in der Ausbildung, aber parallel dazu wurde ich von Demokrits Schergen auf Streifzüge gegen die Christen mitgenommen. Nicht nur gegen die Christen. Ich habe auch Verletzte, Schwerkranke und Alte ins Chemondrion transportiert. Damals wusste ich jedoch noch nicht, was mit ihnen später geschah. Manchmal wurde ich Zeuge von Morden, wenn sich die Opfer wehrten oder die Sicherheitswächter einen anderen Grund fanden, ihre irrationale Wut an jemandem auszulassen. Irgendwann konnte ich das Sterben nicht mehr mitansehen. Meiner Meinung nach waren es unschuldige Menschen. Ich versuchte meine Skrupel in Alkohol zu ertränken und mit Drogen und ... und Frauengeschichten zu betäuben.»

Ich blickte zu ihm hoch. Meine Tränen waren versiegt. Adonis' Ober- und Unterkiefer waren hart aufeinandergepresst.

«Ich ließ keines der Feste aus, die die Dionysier schmissen, und es waren viele. Durch die Kontakte meines Vaters konnte ich mich in allen Kreisen frei bewegen. Und Vater bildete mich zu einem Sonderbeauftragten aus. Er dachte, etwas mehr Disziplin könne mir nicht schaden.» Er lachte kurz und bitter auf.

Ich löste mich von ihm.

«Ich erhielt die Ausbildung. Gerüchte gingen herum, dass vom Land der Mittagssonne Agenten die Gesellschaft infiltrieren, die die Christen aus dem Part befreien. Ich sollte helfen zu verhindern, dass diese Organisation hier Fuß fassen konnte.»

Ich horchte auf. «Felix!», stieß ich hervor.

«Als auch diese strenge Ausbildung nicht die gewünschten Resultate zeigte, stellte mir mein Vater einen Posten als jüngster *Humanitus Perfectus* aller Zeiten in seinem Humanium in Aussicht. Ich habe mich darauf eingelassen. Natürlich vergnügte ich mich weiter mit der Oberflächlichkeit des Lebens. Und dann kamst du, Anna ...» Er verstummte.

Gespannt blickte ich ihn an. Instinktiv wusste ich, dass er mir jetzt endlich die Wahrheit erzählte.

«Anna! Du bist mir schon an meinem ersten Schultag aufgefallen.

Irgendwie hast du von Anfang an mein Herz berührt, durch deine Fragen, durch deine Art.»

«Aber du hast doch gesagt, du hättest dich niemals für mich interessiert», entgegnete ich betroffen.

«Das war eine glatte Lüge», schnaubte Adonis. «Ich war ein mieser Schweinehund.»

«Amen dazu!», knurrte Norbert ungnädig.

«Deine Fragen haben mich wieder darauf gebracht, mich ausführlich mit dem Christentum auseinanderzusetzen. Durch deinen Hinweis fand ich dann auch meine Adoptionspapiere und fand heraus, dass meine Eltern ebenfalls Christen gewesen waren. Also, das alles, das war wahr. Es waren nicht alles Lügen.»

Ich wusste wirklich nicht, was ich dazu sagen sollte. Doch Adonis fuhr fort: «Demokrit ließ meine Eltern offenbar töten, als ich noch ein Baby war. Da er aber seinen Stammbaum fortsetzen wollte, adoptierte er mich kurzerhand. Ich war so überzeugt davon gewesen, dass ich all die Verbrechen nur meinem Vater zuliebe tat. Es war wie ein Schlag ins Gesicht. Du kannst dich vielleicht erinnern, dass ich mich total zurückgezogen habe.»

Ich nickte. Wie konnte ich diese zwei einsamen Monate vergessen?

«Nach und nach fand ich alle diese Dinge heraus, die ich dir mitgeteilt habe. Aber ich würde gerne noch weitere Nachforschungen anstellen, was mit meinen Eltern geschehen ist, woher sie kamen, was meine echten Wurzeln sind.»

«Aber trotzdem hast du … hast du mich verraten … das war es, was dein Vater dir aufgetragen hat … als er uns überraschte, damals in der Villa, nicht wahr?» Meine Stimme bebte.

«Ja! Er hat mich bedroht! Er hat mir gesagt, er hätte keine Skrupel, mich bloßzustellen vor aller Welt und mich mit Schimpf und Schande fortzujagen. Er hat mich sogar mehrmals mit dem Tod bedroht.»

Ich schauderte.

«Ich war schon nach deiner ersten Verhaftung dazu abgestellt, dich zu beobachten. Ich wusste, wenn ich nicht spurte, würde ich alles verlieren. Es spielte mir natürlich in die Hand, dass du mich mit Informationen über Felix zugedeckt hast. Ich wusste sofort, dass er derjenige war, den wir all die Jahre gesucht hatten. Ruhm und Ehre winkten mir, wenn ich sowohl ihn als auch dich zur Strecke bringen konnte.» Seine Worte wogen schwer zwischen uns.

Ich rutschte von ihm weg.

Adonis schluckte schwer. «Es ist keine Entschuldigung für das, was ich getan habe. Aber um meinen Hals zu retten, hätte ich alles getan. Ich war niemals darauf gefasst, welche Gefühle mich befallen würden, als Felix mir entwischt war und ich dich hinter Schloss und Riegel sperren musste.»

«Wer hat Simon erschossen?», verlangte ich zu wissen.

«Einer meiner Männer!», antwortete Adonis dumpf.

«Was hat deine Meinung geändert über mich ... über das hier, dass du mir jetzt hilfst?» Erwartungsvoll blickte ich ihn an.

Adonis kämpfte sichtlich mit sich. «Du warst es! Schon immer! Ich habe gesehen, wie du mit deiner Mutter gelitten hast und mit diesen Christen. Als ich nach der Verhaftung nach Hause kam, habe ich mich zuerst besinnungslos getrunken. In diesem Zustand hast du mich am nächsten Tag bei der Anhörung gesehen. Als ich dich vollkommen zerstört sah, bin ich fast ausgerastet. Ich ging nach Hause, und die nächsten zwei Wochen habe ich gesoffen und versucht, meine Verzweiflung zu bekämpfen. Ich habe wirklich alles dafür getan», betonte er. «Aber du bist mir einfach nicht aus dem Sinn gegangen. Ich habe mit dem Gedanken gespielt, dieses Leben zu beenden. Aber dann wusste ich, dass ich es mir nicht so einfach machen durfte.»

«Ha», schnaufte Norbert.

«Nun ja, ich habe mit Norbert Kontakt aufgenommen, und er hat mir gesagt, ich soll mich zur Hölle scheren.» Adonis seufzte.

«Ha», machte Norbert erneut. «Ich habe ihm die volle Breitseite verpasst.»

«Heute bin ich froh», er warf einen Blick auf Norbert, «dass ich bei aller Feigheit doch nicht alle Informationen, mit denen du mich damals gefüttert hast, Anna, an eure Häscher weitergegeben habe. Sonst wäre Norbert hier nämlich auch dran gewesen.»

«Erwartest du jetzt ein höfliches Dankeschön?», schimpfte Norbert.

«Wichtig war vor allem Felix», Adonis sprach einfach weiter. «Meine ganze Ausbildungszeit über wurde ich darauf vorbereitet, Leute wie ihn zu jagen.»

Ich konnte es jetzt nicht mehr ertragen, weiter darüber nachzudenken. Deshalb fragte ich einfach: «Und wann wurde dir klar, dass du das alles gar nicht wolltest? Dass du mir helfen wolltest?»

«Kein Alkohol der Welt konnte meine Schuld betäuben. Ich war süchtig nach den Neuigkeiten über deinen Fall. Ich musste einfach an deiner Gerichtsverhandlung teilnehmen. Dein Plädoyer ... Anna ...» Er schwieg. «Es hat mich aus den Socken gehauen. Du warst nicht mehr dieselbe verzweifelte Frau, und ich wusste mit Bestimmtheit, wenn ich nur einen Funken Ehre in meinen Knochen hatte, dann würde ich die ganze Stadt auf den Kopf stellen, um dich zu befreien.»

«Und das hat er dann auch getan!», ergänzte Norbert. «Er hat mich ausgetrickst, der Idiot. Er hat herausgefunden, dass wir die Christen hier horten.»

«Das Resultat war der gegenwärtige Fluchtplan für dich», schloss Adonis humorlos.

Stille lag auf dem Raum. Die Morgendämmerung ließ ihr schwaches Licht ins Zimmer schleichen. Adonis' Gesichtszüge waren gequält. Er streckte seine Finger aus und berührte sanft meinen Handrücken. Wieder fing mein Herz an zu hämmern. Zart fuhr er mit den Fingerspitzen über meine Haut. Fragend blickte er mich an. Stummes Verlangen und die Bitte um Vergebung lagen in seinen Augen. Er schloss seine Finger um meine. Ein schmerzliches Lächeln zuckte um seine Lippen.

Ich zog meine Hand langsam weg. «Ich weiß es nicht!», beantwortete ich zögernd seine unausgesprochene Frage. Ich rieb mit der einen Hand über den Handrücken, den er gerade berührt hatte. Dann räusperte ich mich. «Ich weiß nicht, ob ich dir jemals wieder vertrauen kann.»

Adonis schloss seine Augen. Der Zauber war gebrochen.

«Wie geht es weiter mit dir?», wagte ich vorsichtig zu fragen.

«Mein Leben ist keinen Pfifferling mehr wert seit dem Moment, als ich meine Kapuze hob und mit dir fortgelaufen bin», stellte er gefühllos fest.

«Mir kommen die Tränen», ätzte Norbert.

Ich spürte, wie sich Adonis anspannte. «Bitte, Anna!», setzte er an.

Margrit betrat den Raum. «Es ist so weit!» Ihre Stimme klang aufgeregt. Norbert und Adonis sprangen gleichzeitig auf.

«Was? Was geschieht jetzt mit mir?», fragte ich in höchster Aufregung und erhob mich ebenfalls.

«Zweiter Teil des Plans tritt in Kraft!», antwortete Adonis vage. «Offenbar ist die Luft rein. Du musst dich jetzt verabschieden.»

Norbert lächelte mich unglücklich an und umarmte mich fest.
«Mensch, Norbert. Kommst du nicht mit?»
«Das geht nicht, Puppe», bedauerte er mit belegter Stimme. «Jemand muss hier die Stellung halten.»
«Danke», flüsterte ich heiser. «Du hast mir das Leben gerettet.»
«Ich weiß, ich weiß, Puppe! Ich stell's in Rechnung», antwortete er brummig und löste sich aus meiner Umarmung. «Jetzt! Geh!», verabschiedete er sich, und wieder verschwand ein Freund aus meinem Leben. Vermutlich für immer.

Margrit und Adonis eskortierten mich zum Ausgang des Studentenheims. Adonis schnappte sich sein Motorrad.

Ich überraschte Margrit mit einer heftigen Umarmung. «Danke!»
«Viel Glück!», entgegnete sie bestimmt und schob ein karges Essenspaket in meine Hände. «Und gute Reise!» Sie deutete zur Tür, und ich folgte Adonis hinaus.

Wir sausten los, und ich stellte erstaunt fest, dass schon das Versprechen eines neuen Tages am Horizont hing. Das leichte Vibrieren des Motorrads, mein unechtes schwarzes Haar, das im Wind wehte, und die Wärme von Adonis' Körper, an dem ich mich festhielt ... alles erschien mir wie ein seltsamer Traum. Die Stadt war leer, trotzdem mied Adonis die Hauptwege. Er verließ die Stadt in Richtung des Vororts, in dem er wohnte. Davor bog er jedoch nochmals ab.

Vor einem Wald breitete sich eine große Wiese im Licht des erwachenden Tages aus. Tau lag wie eine sanfte Decke auf den Grashalmen. Adonis drosselte die Geschwindigkeit, bis wir zum Stillstand kamen. Er bedeutete mir abzusteigen und nahm meine Nottasche an sich.

«Was geschieht jetzt hier?», bohrte ich erneut.
«Du wirst jetzt abgeholt.» Dann schwieg er, und wir harrten in der Dämmerung der Dinge, die uns erwarteten. Nach langer Zeit räusperte sich Adonis geräuschvoll. «Anna», hob er an. «Da ist noch etwas, was du wissen musst.»

Ich blickte ihn aufmerksam an. Mein Herz fing aus unerklärlichen Gründen an zu rasen.

«Ich ... Du hast mich gefragt, was an mir echt sei.»
Ich nickte.
«Eigentlich war alles eine Fälschung an mir», fuhr er hastig fort. «Bis auf eins. Meine ... meine Gefühle für dich ... Ich wollte nur,

dass du es weißt, dass es nichts Echteres gibt in meinem Leben als meine Gefühle für dich. Ich bin aufrichtig und ernsthaft in dich verliebt, Anna.» In seinen Augen schwammen Tränen. «Ich würde mein Leben für dich hingeben.»

Das hast du doch schon, wollte ich sagen, doch meine Kehle war wie zugeschnürt.

«Was ich getan habe, tut mir so leid. Ich hoffe, irgendwann kannst du es mir verzeihen.»

Ich schluckte schwer und blickte ihn einfach nur an.

Am Horizont näherte sich uns am Himmel etwas Schwarzes, das knatternde und flatternde Geräusche von sich gab. Im Licht des anbrechenden Tages sah ich, dass ein Rotor das Gefährt in der Luft hielt. Ich suchte unruhig nach Deckung. Hatten uns die Sicherheitswächter entdeckt?

«Keine Angst, Anna», brüllte Adonis in mein Ohr, da das Geräusch zu einem ohrenbetäubenden Krach anschwoll, als das fliegende Ungetüm dem Boden nahte und schließlich aufsetzte. Staub blies mir in die Augen, und der Wind von den Rotorblättern zerrte an meiner Perücke und riss sie mir vom Kopf.

«Das ist ein Hubschrauber. Du wirst jetzt dort einsteigen. Er fliegt dich in Sicherheit.» Er fasste meine Hand, und wir gingen auf das wirbelnde Ungetüm zu. Der Luftzug nahm mir beinahe den Atem. Ich hob schützend den Arm vor die Augen. Die Tür an der Seite öffnete sich. Der Boden und die ganze Atmosphäre um mich herum schienen zu beben. Der Wind drohte mich von den Füßen zu reißen. Adonis warf meine Tasche durch die Tür.

«Du musst jetzt einsteigen, Anna!», brüllte er mich an.

«Und du?», schrie ich zurück. Er schüttelte den Kopf.

«Nein! Ich will nicht!», weigerte ich mich. Unter keinen Umständen würde ich Adonis zurücklassen, weil ich genau wusste, dass er dafür büßen würde, dass er mir geholfen hatte.

«Du musst, Anna! Jetzt. Du wirst dein Leben verlieren, wenn du jetzt nicht gehst, und das lasse ich nicht zu.»

Ich schüttelte vehement den Kopf.

«Anna!», flehte er mich an. Dann umfasste er mein Gesicht mit beiden Händen und küsste mich mit der wilden Intensität der Endgültigkeit. «Anna! Ich liebe dich! Wir werden uns wiedersehen! Das verspreche ich dir!»

«Amadeo!», schrie ich und klammerte mich mit aller Kraft an ihn. Ich wusste genau, dass er log, um mich zu beruhigen.

«Geh, Anna! Um Himmels willen, geh!» Er hob mich in das Fluggefährt. In diesem Moment hob der Hubschrauber ab, und wir wurden getrennt. Ich lag flach auf dem Boden des Ungetüms und fasste Adonis' Hand.

«Komm mit!», bat ich in höchstem Entsetzen.

«Ich kann nicht! Aber du wirst leben!» Seine Hand rutschte aus meiner, und er verschwand unter mir zu einer winzigen Gestalt, als der Hubschrauber an Höhe gewann. Die Türen begannen sich zu schließen. Ich robbte schnell in das Innere des Fluggeräts.

«Nein», keuchte ich, als die Tür sich vollends schloss und ich Adonis nicht mehr sehen konnte. «Oh Gott! Sie werden ihn kriegen. Ich weiß es.»

Der Hubschrauber schien weiter an Höhe und Geschwindigkeit zu gewinnen, und dann veränderte er seine Richtung so abrupt, dass es mir den Magen umdrehte.

«Bitte stehen Sie auf, und kommen Sie ins Cockpit», erschallte eine Stimme über Lautsprecher.

Ich richtete mich erschrocken auf. Erst jetzt bemerkte ich im Vorderteil des Hubschraubers zwei Sitze, die offenbar zur Pilotenkabine gehörten. Ich erhob mich. Auf dem freien Sitz entdeckte ich einen Helm mit einem Kopfhörer darübergestülpt. Ich griff danach und setzte ihn auf.

«Bitte setzen und mit den Gurten anschnallen», knackte es in meinem Ohr. Gegen die Fliehkräfte schwankte ich auf den Sitz. Ich tastete nach den Gurten und schaute dann den Piloten des Gefährts misstrauisch von der Seite an. Blitzend weiße Zähne hoben sich von einem dunklen Antlitz ab.

«Hallo, Anna Tanna!» Felix grinste mich breit an.

Kapitel 29

Sonntag, 7. Prairal 332 A. I.
«Tag des Glatthafers» (27. Mai)

«Felix! Wohin bringst du mich?»
«Raus hier! Zu deinen Eltern!»
«Lebe ich eigentlich in einem Paralleluniversum, oder was?», schrie ich erschrocken über die Geräusche hinweg.

Ich rückte in meinem Sitz so weit weg von ihm, wie ich es nur wagen konnte. Das waren einfach zu viele Informationen. «Meine Mutter ist tot! Mein Vater wahrscheinlich auch.» Ärgerlich runzelte ich die Stirn. Tränen schossen in meine Augen, als sich der Schmerz in meinem Herzen wieder meldete.

Felix deutete auf meine Gurte. Dann richtete er seinen Blick fix geradeaus. Ich hastete mit meinen Fingern zu den Gurten und versuchte sie zu entwirren und richtig einzuklicken. Ich schaute mir ab, wie Felix sich angeschnallt hatte. Er hatte seine Hände fest um den Steuerknüppel zwischen seinen Knien gekrallt. Wir flogen der aufgehenden Sonne entgegen. Ich kniff die Augen zusammen und blinzelte. Das rötliche Licht erfüllte den ganzen Horizont. Mir wurde schlecht beim Anblick der unter uns dahinrasenden Landschaft.

«Meine Mutter ist tot!», meinte ich noch einmal. «Und ich will jetzt wissen, wohin du mich bringst!» Felix schüttelte den Kopf.

«Deine Eltern sind nicht tot, Anna Tanna! Nein, nein. Sie sind in meiner Heimat. Im Land der Mittagssonne. In Afrika. Genauer in Nairobi. Und dorthin bringe ich dich jetzt.»

Fassungslos starrte ich ihn an. «Aber das geht doch nicht! Meine Mutter ist verschwunden. Und sie hat mir klar und deutlich mitgeteilt, dass mein Vater sein Versprechen nicht gehalten hat, uns hier herauszuholen.» Meine Stimme drohte zu versagen. Unter uns flogen Dörfer vorbei. Heute war Sonntag, der freie Tag der Woche. Ab und zu konnte ich winzige Gestalten entdecken, die die Köpfe nach uns drehten.

«Dreh doch um, Felix. Zu Adonis. Er wird es nicht überleben.»

Felix schüttelte den Kopf. «Wir versuchen gerade, dich mit vereinten Kräften aus Europa hinauszuschaffen. Du bist im Moment im Part die meistgesuchte Person! Du würdest die Rückkehr nicht überleben. Adonis wird sich schon zu helfen wissen.» Der Hubschrauber gewann an Höhe, und Felix beschleunigte noch einmal. Er rief einige technische Daten in sein Mikrofon, und von irgendwoher ertönte eine englische Antwort.

Ich verstand nicht die Hälfte von den Codewörtern, die er jemand Unsichtbarem zurief. Meine Hände bebten. «Ich glaube, ich bin hier im falschen Film! Ich möchte raus!»

«Wir bringen dich raus.» Felix' Stimme klang tröstend.

«Kneif mich mal!», forderte ich ihn heraus. «Ich möchte sicher sein, dass ich nicht in meinem nächsten Alptraum stecke.»

Seine Hand auf meinem Knie, aber immer noch konzentriert nach vorne blickend, meinte Felix: «Ganz ehrlich, ich ertrage den Gedanken nicht, dich auch nur im Geringsten zu verletzen. Immerhin sind wir gerade dabei, dein Leben zu retten.» Er warf mir kurz einen ehrlichen Blick zu. Beschämt blickte ich nach unten. Ein weiteres Rauschen kam über den Äther in unsere Kopfhörer, und Felix verzog angestrengt sein Gesicht. Plötzlich wurde er sehr ernst.

«Anna Tanna! Ich werde dir bei Gelegenheit alles erklären. Aber nun muss ich mich echt konzentrieren. Wir versuchen hier, unter dem Radar zu fliegen. Aber offenbar ist die geheime Luftwaffe des Europäischen Reiches doch schneller abrufbar, als sie uns immer weisgemacht haben, da sie ja eigentlich gar nicht existieren sollte.» Er verzog sein Gesicht zu einem sarkastischen Lächeln. «Wenn wir erst in den Süden Europas kommen, über die Berge, wird's besser.» Er bellte hektisch ins Mikrofon. Rauschende, unverständliche Antworten drangen an meine Ohren.

Felix schlug entnervt aufs Armaturenbrett. «Ich wollte eigentlich direkt nach Tripolis in Libyen fliegen. Nun machen die mir Angst und sagen, die Abwehr über dem Mittelmeer wird es nicht zulassen. Jetzt müssen wir umdisponieren. Ich bringe dich nach Istanbul.»

«Wo liegt Istanbul?»

«In der ehemaligen Türkei! Das Tor zur Freiheit für dich! Wenn wir es bis dahin schaffen, bist du in Sicherheit. Allerdings müssen wir bis dahin wirklich schnell sein. Und wenn wir schnell sein wollen, muss ich verdammt auf das Ruder aufpassen.»

«Das heißt, sie könnten uns immer noch einholen?», fragte ich voller Angst.

«Ja», antwortete Felix schlicht. «Ich bin beruhigt, wenn wir erst mal die Berge hinter uns haben. Je weiter im Süden, desto weniger besteht die Chance, dass sie uns aufgreifen. In den Parts dahinter funktioniert der Staatsapparat nicht so schnell.»

Ich merkte, dass ich auf der Kante meines Sitzes saß. Tatsächlich! Vor uns ragte über einem Dunstschleier eine gewaltige Bergkette empor. Lag dahinter wirklich meine Rettung? Oder verlängerte diese Tortur nur mein Leiden, weil man uns sowieso schnappen würde? Fragen plagten mein Gehirn, und ich wollte mit ihnen herausplatzen. Ich hielt es kaum noch auf meinem Sitz aus. Was tat Felix mir hier an? Dann fiel mir wieder ein, was ich *ihm* angetan hatte. Wenn nicht der freie Fall unter mir gelauert hätte, ich hätte mir gewünscht, ich könnte im Boden versinken.

Ich ließ den Kopf gegen die Scheibe zu meiner Rechten sinken und studierte die Landschaft unter mir. Die Seen, Hügel und Felder breiteten sich strahlend vor mir aus. Ich hatte noch nie im Leben einen Hubschrauber aus nächster Nähe gesehen, geschweige denn, dass ich jemals in einem geflogen war. Die enorme Höhe und die Geschwindigkeit ängstigten mich. Als ich jedoch daran dachte, dass ich jetzt eigentlich schon tot sein müsste, war ich dankbar für das flaue Gefühl, das meinen Magen durcheinanderwühlte und mir anzeigte, dass ich im Augenblick noch sehr lebendig war.

Als wir dann schließlich die Berge erreichten, staunte ich über die massiven Felsbrocken, die in den Himmel ragten. Aus unserer Perspektive sahen sie majestätisch aus. Trotz der warmen Frühlingssonne erstreckten sich noch schneebedeckte Gipfel unter uns. Staunend klebte ich an der Scheibe. Sie schienen mir so nah, als müsste ich nur die Hand ausstrecken, um die gezuckerten Steine zu berühren. Wind rüttelte an unserer Kabine und versetzte meinen Magen in Aufregung. Aber da war noch etwas! Nach all dem Schrecklichen, das mir in den vergangenen Wochen passiert war, überkam mich in diesem Moment zum ersten Mal in meinem Leben ein Gefühl von … Freiheit.

«Fantastisch, nicht wahr?», murmelte Felix. Ich drehte mich zu ihm um.

«Felix! Ich …», setzte ich an.

«Schsch! Nicht jetzt!», wehrte er ab.

Die Berggipfel hatten ihre Faszination verloren, als ich jetzt seine dunklen Gesichtszüge studierte und mich fragte, welch ein Geheimnis hinter seiner unbeweglichen Fassade steckte und wann er um Himmels willen zwischen den Lektionen am Humanium die Zeit besessen hatte, dieses Ding fliegen zu lernen, während ich höchstens vom Fliegen geträumt hatte.

Wir ließen die Berge hinter uns, und Felix drosselte die Höhe stark, bis wir über einem riesigen glitzernden See dahinflogen.

Felix entspannte sich sichtlich. «Wir haben gerade die erste Hürde geschafft.» Er lächelte mich an. «Du wolltest wissen, wohin deine Mutter verschwunden ist?»

Ich nickte und wandte meinen Blick von seinem offenen und freundlichen Blick ab. Reue und Scham durchfluteten mich erneut.

Er legte seine Hand auf mein Knie. «Anna! Ich wollte dir bloß sagen, dass ich dir nichts nachtrage. Eine Frage habe ich mir aber doch immer wieder gestellt: Wie kamst du darauf, dass ich ein Spion war?»

Tränen stiegen mir in die Augen, als ich ihm in knappen Worten das Lauschen an der Tür in der Toilette gestand. «Es tut mir so leid, dass ich die falschen Schlüsse daraus gezogen habe. Ich dachte, du hast die Christen verraten. Sie sagten, dass Leute aus dem Land der Mittagssonne kommen, und weil ich dich mit diesem Sicherheitswächter gesehen habe, dachte ich ...» Ich presste die Hände vors Gesicht.

Felix' Finger umschlossen mein Handgelenk. «Schsch! Anna Tanna! Ich war auch vier Jahre unaufrichtig zu dir. Alles lief nach Plan, bis dieser elende Adonis aufgetaucht ist und dein Herz gestohlen hat. Der hat mir ganz schön Kopfzerbrechen bereitet, der Knilch, das kann ich dir sagen.» Er lachte laut und dröhnend in meinem Kopfhörer. Mit einem Blick auf mich wurde er wieder ernst. «Das hätte ganz schön ins Auge gehen können, wenn er nicht plötzlich sein Gewissen entdeckt und es über sein Pflichtbewusstsein gestellt hätte.»

«Was meinst du, was geschieht mit ihm?», fragte ich voller Sorge.

Felix zuckte mit den Achseln. «Sobald mein Auftrag erledigt ist, werde ich zurückkehren und feststellen, ob sie ihm das Fell über die Ohren gezogen haben. Wahrscheinlich kommen sie früher oder später schon darauf, dass er sie übel ausgetrickst hat.»

Entsetzen machte meine Augen weit.

«Nun gut, Anna Tanna, ich muss dir gestehen, dass ich die Lunte schon gerochen habe, als du mich plötzlich in deine Pläne eingeweiht hast. Du kannst einfach nicht gut lügen.» Ich senkte wieder beschämt den Blick.

«Als Norbert dir das Datum und die Uhrzeit für die Lebensmittellieferung gab und du dich nicht mit ihm treffen wolltest, ahnte er, dass etwas faul war. Er stand deiner Freundschaft mit Adonis schon eine Weile skeptisch gegenüber. Er suchte nach Hilfe und hatte gehört, dass es am Humanium einen Verbindungsmann der Christen aus dem Ausland gab. Der war natürlich ich. Zum Glück vertraute Norbert mir. Er meinte, dass er dich schon mehrere Male außerhalb der Schule mit Adonis gesehen habe. Zusätzlich zu meinen eigenen Beobachtungen machte es für mich plötzlich Sinn, dass Adonis dich wohl getäuscht hat. Zusammen mit Norbert knobelte ich einen Plan aus, um die Christen in Sicherheit zu bringen. Dass an diesem Tag etwas Großes laufen würde, war klar. Du warst entsetzlich nervös. Ich spielte vor dir den Unschuldigen, machte mich aber mit Norbert so schnell wie möglich auf die Socken. Zwei Fehler sind uns aber unterlaufen: Norbert hat die Lebensmittel gebracht, obwohl wir wussten, dass eine Flucht anstand, und einen der Christen mussten wir zurücklassen.»

«Ich weiß! Simon! Er ist gestorben.»

«Wir werden ihn wiedersehen», beruhigte Felix mich.

«Das heißt ... das heißt ... du bist auch Christ?», flüsterte ich.

«Ja, so was von», bestätigte er überschwänglich. «Ich hätte meine Arbeit niemals machen können, wenn ich nicht auf Gottes Beistand hätte zählen können. Das ist meine Berufung.» Felix blickte mich mit weisen Augen an, die weit über sein Alter hinausgingen.

«Wer bist du eigentlich?», fragte ich wie aus heiterem Himmel.

«Du bist ganz schlau, Anna Tanna!», meinte er lächelnd. «Ich hoffte, du würdest mir die Felix-Livingstone-Nummer noch möglichst lange abkaufen.»

Ich stöhnte auf. «Ist überhaupt irgendjemand das, was er vorzugeben scheint?», schoss ich ihm vorwurfsvoll entgegen.

«Darf ich mich vorstellen?» Er neigte mir leicht seinen Kopf zu. «Mein Name ist Moses Rafiki Kingori. Ich bin 35 Jahre alt.»

«Du flunkerst!», fuhr ich ihn empört an.

«Nicht im Geringsten!», versicherte er mir.

«Meine Lügen haben sich nur auf meine Felix-Identität beschränkt. Ich muss nun keine Geheimnisse mehr vor dir haben.»

Ich schnaubte. «Wer garantiert mir das?», forderte ich zornig. Ich war einfach zu naiv für diese Welt, das wurde mir immer deutlicher bewusst.

«Ich garantiere es dir. Du wirst schon merken, weshalb du mich bisher nur unter meinem falschen Namen gekannt hast», versuchte er mich zu beruhigen. Ich entriss ihm mein Bein.

«Ich verlange die Wahrheit!», beharrte ich. «Du bist zwanzig!», ergänzte ich trotzig.

«Nein, ich verhalte mich wie zwanzig», behauptete er. «Deswegen wurde ich auch ausgewählt. Ich war der größte Kindskopf in unserem Team und schon immer ein Spätzünder. Ich konnte mich gut als zwanzig ausgeben. Euch Europäern fällt es sowieso schwer, das Alter von uns Afrikanern abzuschätzen. Das spielte uns ebenfalls in die Hände.» Er grinste breit.

«Welches Team?», schnauzte ich ihn an. *Er ist 35,* pochte es in meinem Kopf. Ich konnte das nicht glauben. Seine Gesichtszüge wiesen keine Anzeichen von Alter auf.

«Wenn du mich endlich ausreden lassen würdest, dann könnte ich dir sagen, bei welchem Team ich mitspiele.»

Ich verschränkte bockig die Arme vor meinem Brustkorb.

«Ich bin in Nairobi aufgewachsen. Mein Vater ist ein Kikuyu, meine Mutter stammt aus dem Stamm der Swahili im Osten des Landes. Ich habe sieben jüngere Brüder und Schwestern. Arbeiten tue ich für deinen Vater, Reinhold Tanner, genannt Howdy.»

«Für meinen Vater?» Ich hielt den Atem an. «Mein Vater lebt also tatsächlich», flüsterte ich. «Und wo ist meine Mutter?»

«An dem Tag, an dem du mich verraten wolltest, haben wir sie außer Landes gebracht. Sie ist wohlbehalten angekommen.»

«Aber sie hat mir einen Brief hinterlassen, der besagt, dass ich ihn nur erhalte, wenn sie nicht mehr lebt.»

«Den Brief muss sie schon vor längerer Zeit geschrieben haben. Sie wusste bis zu jenem Tag nichts davon, dass sie abgeholt werden würde. Meine Kollegen haben gesagt, sie hat sich mit Händen und Füßen gewehrt, weil sie ohne dich nicht wegwollte. Sie ist genauso stur wie du. Es hat lange gedauert, bis wir sie überzeugen konnten. Wir versicherten ihr inständig, dass du ihr am nächsten Tag folgen würdest.»

«Das hat ja prima geklappt», spottete ich sarkastisch.

«Weil du unsere Pläne durchkreuzt hast», entgegnete Felix ungerührt. «Wir wussten bis zum Schluss nicht, was du nun vorhast.»

Ich schluckte und schwieg.

«Ich habe keine weitere Nachricht erhalten, aber mittlerweile gehen wir davon aus, dass deine Mutter seit beinahe zwei Monaten sicher bei deinem Vater ist.»

Ich schniefte und versuchte mit meinen Fingern, die Tränen aufzuhalten, die mir in die Augen stiegen.

«Meine Mutter lebt also und ist in Sicherheit?», flüsterte ich heiser.

Felix nickte: «So ist es!»

«Wie ist mein Vater?»

Felix checkte, soweit ich das beurteilen konnte, die Koordinaten auf einem Navigations-Display und meinte dann: «Er ist ein großartiger Mann, Anna Tanna! Ein Vorbild für uns alle. Das RCCE, das er aufgebaut hat, ist eines der größten Zentren, das die Flucht von Christen und anderen verfolgten Minderheiten aus Europa heraus organisiert.»

«Du hast mich schon wieder verloren. Das RCCE?»

«*Rescue Committee for Christians in Europe*», erklärte er. «Eine Organisation zur Rettung der Christen in Europa, würde man wohl auf Deutsch sagen.»

«Weshalb hat uns mein Vater nicht früher herausgeholt? Ich meine, bevor mein Bruder Michael gestorben ist?» Ein unverkennbarer Vorwurf schwang in meinen Worten mit.

«Es hat Jahre gedauert, bis er die Möglichkeit fand, sein Werk aufzubauen. Er kann dir die Geschichte selbst sicher besser erzählen als ich. Vor etwa fünf bis sechs Jahren bin ich dazugestoßen. Da lief das ganze Unternehmen erst richtig an. Ihr wart sehr schwer aufzuspüren. Zuerst mussten wir in die Gesellschaft infiltriert werden. Wir haben jahrelang trainiert, Geheimagenten zu sein. Du und deine Mutter waren ihm so wichtig, dass er sehr viel Zeit und Aufwand betrieben hat, um ein dichtes Rettungsnetz um euch zu spinnen, damit bei der Flucht bestimmt nichts schiefgehen würde. Nur deshalb dauerte es so lange. Die afrikanische Regierung entzog ihm beinahe die Unterstützung, weil er so verzweifelt darauf fixiert war, euch herauszuboxen.» Er schwieg.

«Was geschieht mit denen, die zurückgeblieben sind?», fragte ich zitternd.

«Die meisten Identitäten sind nicht aufgeflogen.»

«Und die von der blonden Nixe?», fragte ich.

«Du meinst Gisèle?», hakte Felix nach.

«Ja, die, die in dein Komplott mit eingeweiht war. Ich kann sie nicht ausstehen. Sie war immer gemein zu mir, und sie hat mit Adonis geflirtet.»

«Sie ist eben perfekt. Du bist nur eifersüchtig», nahm Felix sie in Schutz. «Und nein, ihre Identität ist auch nicht aufgeflogen.»

«Was ist mit dem Sicherheitswächter, der bei meiner Verhaftung dabei war und den ich nachher dann mit dir vor unserem Haus gesehen habe?», wechselte ich eilig das Thema.

«Der ist auch noch unerkannt!», antwortete Felix. «Zum Glück. Ihn auf unserer Seite zu haben ist enorm wichtig. Norbert dagegen ist ein normaler Student, der aus eigenem Interesse dazugestoßen ist. Er ist sozusagen ein Externer. Er hat sich von selbst entschlossen, den Christen zu helfen. Ein komischer Vogel, aber mit einem Herzen aus Gold. Ich war immer auf der Suche nach Verbündeten. Ein großes Verbindungsnetzwerk ist wichtig. Norbert war mir früher schon aufgefallen, ich wusste aber nicht, ob ich ihm hundertprozentig vertrauen konnte. Dass er den Christen gegenüber positiv eingestellt war, wusste ich, weil wir im selben Studentenwohnheim lebten. Da kriegt man schon mal die eine oder andere Bemerkung mit. Er muss die Christen während meiner Abwesenheit auf eigene Faust gefunden haben. Als er mir erzählt hat, wie ihr zusammen Essen ‹organisiert› habt, hätte ich ihm am liebsten den Kopf abgerissen. Aber er hat dich in meiner Abwesenheit im Auge behalten. Das werde ich ihm nicht vergessen.»

«Was geschieht mit all den Christen in unserer Stadt?», bohrte ich nach.

«Wir wussten lediglich, dass eine Gruppe Christen existiert, aber nicht, wie viele es genau waren. Wir werden sie so rasch wie möglich herausholen. Alle Christen im Einzugsbereich von Demokrit Magellan haben unter noch härteren Bedingungen zu leben als alle anderen Christen in Europa.»

«Meinst du, es gibt noch mehr?», fragte ich ihn entgeistert.

«Tausende, Anna Tanna! Und es kommen jeden Tag mehr dazu.»

Ich riss wieder die Augen auf.

«Gott kann nicht einfach durch ein Gesetz ausgelöscht werden. Dazu ist er zu mächtig.»

Ich nickte und dachte an meine Begegnung mit dem Allerhöchsten zurück. Gänsehaut überzog meine Arme. «Er ist unschlagbar, nicht wahr?», entgegnete ich und dachte an das Volk Gottes, das überall in Europa verstreut war und sich Christen nannte. Und ich war nun ein Teil davon!

«Dein Auftritt vor Gericht war übrigens schlichtweg genial», lobte mich Felix. Ich senkte erneut den Blick.

«Was tun wir eigentlich, wenn sie uns jetzt in der Luft entdecken?», lenkte ich ab.

«Das wäre peinlich für sie», entgegnete Felix locker. Er streckte seine Nase arrogant in die Höhe. «Sie werden nur einen afrikanischen Milliardär in seinen Flitterwochen erwischen. Das gibt Ärger, sage ich dir. Sie wollen es sich mit der kenianischen Regierung nicht verscherzen, Baby!» Er zwinkerte mir zu.

Etwas Farbe stieg in meine Wangen. Ich fuhr durch meine zerzausten Haare.

«Wieder eine neue Identität, Mister Kingori oder Livingstone oder was auch immer?», neckte ich ihn.

«Jederzeit!», grinste Felix.

«Ich habe das Lügen so satt», bekannte ich. «Ist überhaupt etwas wahr von dem, was sie uns erzählt haben?»

Felix zuckte mit den Schultern. «Kommt auf den Standpunkt an», entgegnete er. «Zeiten und Herrschaften ändern sich», dozierte er. «Vor Jahrtausenden waren es heidnische Religionen, dann kam die christliche und schließlich schleichend der Atheismus, der Europa einnahm. Jeder Herrscher wird dir sagen, dass sein Weltbild das richtige ist und dass die anderen im Unrecht sind. Über die Zeit hinweg verändert sich alles, aber eines bleibt immer gleich.»

Ich blickte in sein ernstes Gesicht.

«Gott! Er ist nicht an Raum und Zeit gebunden. Er bleibt immer der Gleiche. Menschen kommen und gehen, er bleibt. Das, was er für uns Menschen getan hat, indem Jesus Christus auf diese Erde kam und für uns gestorben ist, lässt sich nicht außer Kraft setzen. Das bleibt ewig.»

«Ich hoffe, ich kann auch eines Tages so überzeugt glauben wie du!», bemerkte ich wehmütig.

«Das tust du doch schon, Anna!» Scherzhaft stupste er mich an, und dann schwiegen wir. Die Stille war nicht unangenehm.

Die Sonne stand schon hoch am Himmel und brannte auf unsere Köpfe. Meiner robusten Jacke hatte ich mich entledigt. Ich faltete krampfhaft meine Hände auf meinem Schoß.

«Was passiert, wenn wir in Istanbul angekommen sind?», fragte ich ihn.

Felix räusperte sich.

«*Du* fliegst dann weiter nach Nairobi! Mit einem großen Linienflugzeug», sagte er langsam. Er schluckte. Seine Augen schauten ernst zu mir auf, und mir schwante Übles. «Dort wird dich jemand in Empfang nehmen und dich zu deinen Eltern bringen. Die Station liegt eine Autostunde vom Flughafen entfernt. Ich ... ich bleibe hier in Europa.» Seine Stimme wurde schwer.

Die schiere Panik packte mich. «Nein», rief ich entsetzt aus. «Das kannst du nicht bringen. Du kannst mich jetzt nicht einfach so verlassen. Kannst du nicht mit mir nach Afrika und dann irgendwann später wieder zurück?» Ich krallte meine Hände in seinen Unterarm.

«Ich muss zurück!», entgegnete er. Seine sonst so fröhlichen Gesichtszüge waren ernst. «Anna Tanna! Es ist jetzt wichtig, dass du alles, was hinter dir liegt, auch hinter dir lässt. Schau nach vorne. Du wirst deine Familie bald wiedersehen. Du entkommst aus einem Leben voller Angst und mit ständigem Leistungsdruck. Vor dir liegt deine Zukunft in Freiheit. Ich wünsche dir von Herzen, dass du den Mut nicht verlierst. Du hast jetzt Gott an deiner Seite. Er wird dich niemals verlassen. Er ist immer bei dir, so wie er bei mir ist.» Er deutete auf sein Herz.

Seine ehrlichen Gesichtszüge verschwammen vor meinen Augen, da ich meine Tränen nur knapp zurückhalten konnte. Ich musste jetzt stark sein! Das Licht in der Kabine reflektierte sich in seinem glänzenden Ohrstecker. Felix biss sich auf die Lippen und wandte den Blick ab.

Ich verschränkte trotzig meine Arme vor der Brust. «Und was machst du nach deinen Aktionen in Europa? Gehst du in Rente?», fragte ich patzig. Ich drehte mich von ihm weg und starrte schmollend aus dem Fenster auf die grüne Landschaft unter uns. Felix schmunzelte. «Du magst mich doch überhaupt nicht», jammerte ich und lachte dann auf. Wie erbärmlich das klang! «Sonst würdest du mich nicht verlassen», ergänzte ich trotzdem. Felix tastete nach meiner Hand und nahm sie in seine raue Rechte.

«Sieh mich an!» Ich schniefte und blickte ihn zögernd an. «Wenn es nicht unmöglich wäre, dann könnte ich mir vorstellen, den Rest meines Lebens in deiner Nähe zu verbringen.»

«Wieso sagst du jetzt so was?», flüsterte ich heiser.

«Weil du mir so blöde Sachen sagst wie: ‹Du magst mich gar nicht!›», äffte er mich spöttisch nach.

«Ich bin doch gar nicht stark genug, um ein solch gefährliches Leben an deiner Seite zu führen!», hielt ich ihm entgegen.

«Doch, Anna. Ich habe die letzten vier Jahre an deiner Seite verbracht. Du bist stark genug, um der ganzen europäischen Philosophie die Stirn zu bieten. Du könntest ein solches Leben ertragen.»

Ich wusste, dass er recht hatte. Ich war 21, stand auf eigenen Füßen und hatte die schlimmsten Monate meines Lebens hinter mir.

Felix lächelte mich treuherzig von der Seite aus an. In seinem Augenwinkel hing eine einsame Träne. Meine Hand fuhr an sein Gesicht und wischte sie weg. Er fasste meine Hand und drückte einen Kuss auf meine Handfläche.

«Anna Tanna! Es war mir eine Ehre, dich die letzten vier Jahre zu begleiten. Felix heißt ‹der Glückliche›, und es gab keinen passenderen Namen für mich. Ich kann mich wirklich glücklich schätzen, dich kennen gelernt zu haben. Glaub mir, auch ich möchte nicht Abschied nehmen. Auch wenn ich dich verlassen muss, Gott wird immer bei dir sein.» Sein Adamsapfel bewegte sich auf und ab, als er schwer schluckte. Er räusperte sich.

«Was wirst du also als Nächstes tun?», bohrte ich nach.

«Ich werde in wenigen Wochen nachkommen, wenn alles glatt läuft. Mit den Christen aus deiner Stadt und … Adonis.»

Ich ließ mich kummervoll in meinen Sitz sinken. Ich schloss die Augen und lehnte meine Stirn ans Fenster. Meine Gedanken sprangen unkontrolliert zu der Faszination, die Adonis vom ersten Augenblick an auf mich ausgeübt hatte. Meine närrische Sehnsucht nach seiner Nähe, seine atemberaubenden Küsse. Und schließlich der Verrat, der herzzerreißende Schmerz darüber. Die unerwartete Überraschung, als er mich aus der Todesschlinge rettete, und seine ehrliche Reue. Er hatte gesagt, er liebe mich. Eigentlich wollte ich es ihm glauben, doch mein Vertrauen zu ihm würde ich nicht so schnell wieder aufbauen können. Ich betete und wünschte ihm, dass er mit dem Leben davonkommen würde. Er sollte glücklich sein, auch wenn wir uns nie mehr sehen sollten.

Ich seufzte auf. Das alles lag jetzt hinter mir. Ich hatte Gott gefunden. Ich war mit dem Leben davongekommen. Die Christen waren in relativer Sicherheit. Meine Eltern lebten. Ein Funken Freude regte sich in meinem Herzen. Ich würde bald meine Eltern wiedersehen! Ich richtete alle meine Gedanken nach vorne. Ich wollte das Gesicht meines Vaters aus meiner Erinnerung rekonstruieren, doch ich erinnerte mich nur an einen großen Mann mit Bart. Bald würde ich ihn von Angesicht zu Angesicht sehen. Und meine Mutter war gesund und wieder mit meinem Vater vereint. War das nicht genug? Adonis' schmerzlicher, Vergebung heischender Blick zerrte aber trotzdem weiter an meinem Herzen.

«Rette ihn, Gott!», wisperte ich. Ich wusste, ich musste ihn loslassen.

Felix stupste mich an die Schulter. «Schau, das Meer, Anna Tanna!» Er deutete weit voraus an den Horizont. Ein glitzerndes Band zeigte sich mir.

«Ich habe das Meer noch nie gesehen», flüsterte ich ergriffen.

«Du hast überhaupt noch nichts von der Welt gesehen», stellte Felix trocken fest. «Das wird sich heute ändern.»

Mein Herz fühlte sich an, als wolle es aus meiner Brust springen. Ein Gefühl von Freiheit rauschte durch mich hindurch. Ich hatte nicht nur die physischen Gefängnismauern hinter mir gelassen, sondern auch die Gefängnismauern meiner Seele. Ich war nun frei, frei, um zu leben.

Je näher wir dem Meer kamen, desto mehr drosselte Felix die Geschwindigkeit und verringerte die Höhe. Ich sah ganz deutlich die trockenen Wälder und dann den Sandstrand. Weiße Schaumkronen tanzten auf den grünen Wellen.

«Wow!», stieß ich ehrfürchtig hervor.

«Genial! Was?», lachte Felix und gewann schnell wieder an Höhe, was mir den Magen in die Kniekehlen rutschen ließ. So fühlte sich also das Leben in Freiheit an. Ich blickte zu Felix.

«Gott wird immer mit dir sein!», hatte er mir gesagt.

«Gott ist also immer mit mir!», flüsterte ich. «Ist das wahr?», fragte ich in die Weite, die sich vor mir ergoss, hinein.

Ein Vers aus dem Buch, das nun in der Tasche neben mir ruhte, schoss mir durch den Kopf. Jesus hatte gesagt: «Du darfst sicher sein: Ich bin immer bei dir, bis das Ende dieser Welt gekommen ist!»

«Okay, Gott!», wisperte ich tonlos. «Das Ende der Welt, wie ich sie kenne, ist gekommen. Bist du immer noch da? Auch wenn ich jetzt in Freiheit lebe?»

Sein «Ja» echote wieder durch mein Herz, als ich die Finger auf meinem Schoß faltete und der Dinge harrte, die mich erwarteten.

Und dieses «Ja» verlieh meiner Seele Flügel.

Dank

Mein erstes Dankeschön geht an meinen Mann Pascal, der mich dabei unterstützt hat, meine Zeit dem Schreiben zu widmen.

Ebenso danke ich meiner Tochter Melody, die in den letzten Monaten ab und zu auf mich verzichten musste.

Meinen lieben Eltern habe ich viel zu verdanken: Danke für das Kinderhüten, Wäsche waschen und die Fahrdienste in Zeiten der Not und natürlich das Probelesen!

An meine Schwiegereltern: Ohne «Nana» und «Opa Joe» hätte ich das alles nicht geschafft. Und in diesem Sinne an meine ganze Schwiegerfamilie: Ihr seid einfach HAAAMMMER!

Hanna, Ruth und Susanna, meine Schwestern (mitsamt ihren Familien): Ich danke euch für das Interesse, das «Werbetrommel-Rühren» und die moralische Unterstützung.

Liebe Iris Muhl: Ohne deine Dienste als «Hebamme» wäre dieses Buch niemals geboren worden. Vielen Dank für deine wertvollen Tipps, deine aufbauenden Worte und deinen Ratschlag, niemals aufzugeben! Es hat sich gelohnt!

Damaris Kofmehl und Demetri Betts: Dank eurer verrückten Idee, ein Schreibcamp anzubieten, ist die Sache erst so richtig ins Rollen gekommen.

Nathalie Muster: Das Anfeuern aus der U-Bahn in Hongkong, die Ermutigung aus Neuseeland und deine Gebete aus Peru haben mich erreicht. Herzlichen Dank!

Ich bin meiner Chefin Irene Zumbach für ihre Flexibilität sehr dankbar und ebenfalls den Arbeitskolleginnen und Arbeitskollegen meiner Abteilung für ihr Interesse. Ja, es motiviert ungemein, wenn das Cover des Buches auf dem Monatskalender erscheint!

Alle Freunde, Verwandte, Bekannte, die von meinem Buchprojekt gehört, sich gefreut und mich ermutigt haben: Ihr seid großartig! Ermutigung ist so unglaublich wichtig!

An die Mitarbeiterinnen und Mitarbeiter des Fontis-Verlags: Danke für euer Vertrauen, die investierte Arbeit und die vielen hilfreichen und liebevollen Korrekturen.

Und zuletzt (weil es am wichtigsten ist) danke ich Gott, der schon seit jeher ein unerschütterliches Vertrauen in mich hat! *You are the very air I breathe.*